U0370834

『十二五』国家重点图书出版规划项目
国家社科基金重大项目成果

新中国60年外国文学研究

（第五卷）外国文学译介研究

申　丹　王邦维　总主编

谢天振　许　钧　主编

北京大学出版社
PEKING UNIVERSITY PRESS

图书在版编目 (CIP) 数据

新中国 60 年外国文学研究 . 第 5 卷 . 外国文学译介研究 / 申丹，王邦维总主编；谢天振，许钧主编 .—北京：北京大学出版社，2015.9

ISBN 978-7-301-18554-4

Ⅰ . ①新… Ⅱ . ①申… ②王… ③谢… ④许… Ⅲ . ①外国文学 —文学研究 ②外国文学 —文学翻译—研究 Ⅳ . ① I106

中国版本图书馆 CIP 数据核字 (2015) 第 214761 号

书　　名	新中国60年外国文学研究（第五卷）外国文学译介研究
著作责任者	申　丹　王邦维　总主编　谢天振　许　钧　主编
组稿编辑	张　冰
责任编辑	郝妮娜
标准书号	ISBN 978-7-301-18554-4
出版发行	北京大学出版社
地　　址	北京市海淀区成府路 205 号　100871
网　　址	http://www.pup.cn　　新浪微博：@ 北京大学出版社
电子信箱	zbing@ pup. pku. edu. cn
电　　话	邮购部 62752015　发行部 62750672　编辑部 62759634
印 刷 者	北京中科印刷有限公司
经 销 者	新华书店
	720 毫米 ×1020 毫米　16 开本　24.25 印张　485 千字
	2015 年 9 月第 1 版　2015 年 9 月第 1 次印刷
定　　价	88.00 元

新中国60年外国文学研究(第五卷)
外国文学译介研究
编撰人员

总主编/申丹　王邦维

本卷主编/谢天振　许钧

撰写人

总论:申丹、王邦维

绪论:谢天振、许钧

第一章:田全金、杨忠闺、和丽伟、李晓娟

第二章:卢玉玲

第三章:许钧、沈珂

第四章:陈民

第五章:宋炳辉

第六章:江帆(第一、二、三节)、滕威(第四节)

第七章:田全金

第八章:陈浪

第九章:卢志宏

第十章:谢天振

第十一章:赵稀方

目 录

总 论

文学是语言的艺术,是文化的沉淀,是人类精神生活的宝库。研究外来的文学,既是语言的阐释,也是文化的交流和思想的对话。在中华民族走向现代化、中外文明相互交融这一世界发展总格局的进程中,外国文学研究发挥了越来越重要的作用。外国文学研究是我国学术和文化建设的一个重要组成部分,有助于中国在深层次上了解世界,吸纳世界文明的精华。新中国成立后,受到政治、社会、文化、经济等各种因素的影响,我国的外国文学研究走过了一条曲折坎坷的道路,但同时也取得了辉煌的成就。新中国60年外国文学研究既丰富多彩又错综复杂,伴随着对研究目的、地位、作用、性质、方法等诸多方面的探索与论争,在中国社会发展的各个阶段积累了很多经验,也留下不少教训。系统梳理与考察新中国60年来外国文学研究的发展历程,并在此基础上,对其进行中肯而深入的分析,一方面可对我国外国文学研究界60年所做的工作做一个整体观照,进行经验总结;另一方面可通过反思,发现存在的问题,提出解决的办法,为外国文学研究的发展指出方向,进而为我国的文化建设和社会主义核心价值体系的构建提供重要参考。基于以上思考,国家社科基金重大项目"新中国60年外国文学研究"坚持历史唯物主义观点,采用辩证方法,自2010年1月立项至2013年底的四年中实事求是地展开全面工作。[①] 本项目设以下八个子课题:(1)外国文学作品研究之考察与分析(下分"诗歌与戏剧研究"和"小说研究");(2)外国文学流派研究之考察与分析;(3)外国文学史研究之考察与分析;(4)外国文论研究之考察与分析;(5)外国文学翻译之考察与分析;(6)外国文学研究分类考察口述史;(7)外国文学研究数据库;(8)外国文学研究战略发展报告。本书共六卷七册,加上数据库与战略发展报告,构成了本项目的

---

① 同时立项的还有陈建华担任首席专家的同名项目,该项目分国别考察外国文学研究,本项目则对外国文学研究按种类进行专题考察;两个项目之间有所不同,一定程度上可以互补。

最终研究成果。

本项目首次将外国文学研究分成不同种类,每一种类又分专题或范畴,以新的方式探讨新中国成立后60年外国文学研究的思路、特征、方法、趋势和进程,对重要问题做出深度分析,从新的角度揭示外国文学研究的得失和演化规律,对未来的外国文学研究进行前瞻性思考,以求推进我国外国文学研究的学术史建构。

国内现有的相关研究成果大致分成以下三类。其一为发展报告类,如《中国高校哲学社会科学发展报告1978—2008文学卷》《新中国社会科学五十年》等。这些成果提供了不少重要信息和资料,但关于外国文学研究的部分篇幅有限,留下了进一步研究的空间。四川外国语大学组织编写出版了2006—2009年度的《外国语言文学及相关学科发展报告》(王鲁南主编),其主要目的是收集信息、提供资料。其二为年鉴类和学术影响力报告类,如《北京社会科学年鉴》(2000—)、《中国学术年鉴》(人文社科版,2005—)、《中国人文社会科学学术影响力报告2000—2004》等。其重点在于介绍影响力较大的代表性成果或获奖成果,其中有关外国文学的部分篇幅不多,仅涵盖少量突出成果,且一般是从新世纪开始编写出版的。其三为学术史类,如龚翰熊的20世纪中国人文学科学术研究史丛书文学专辑《西方文学研究》(2005)、王向远的《东方各国文学在中国——译介与研究史述论》(2001)、陈众议主编的《当代中国外国文学研究(1949-2009)》(2011)等,这些史论性著作资料丰富,有很好的历史维度,但均按传统的国别和语种对外国文学研究进行考察,没有对其进行区分种类的专题探讨。近年来还出版了一些颇有价值的外国作家或作品的批评史研究专著,不过考察的主要是国外的研究成果。

新中国60年的外国文学研究以1978年十一届三中全会为界可大致分成前30年和后30年两个大的时间段。前30年又可分为前17年[①]和"文化大革命"两个时期;后30年也可进一步细分为改革开放初期,80年代中后期到90年代末,以及新世纪以来等三个时期[②]。这些不同时期外国文学研究的指导思想、范围、模式、角度、焦点等都有不同程度的变化,与社会变迁也产生了不同形式和特点的互动。

本套书前五卷的撰写者以分类研究为经,历史分期研究为纬,在经纬交织中对五个不同种类的外国文学研究展开系统深入的专题考察,探讨特定社会语境下相关论题的内容、方法、特征、热点和争议。纵向研究提供了每一类别(以

---

① 就前17年而言,1957年"反右"运动前后以及1962年中共中央批转《关于当前文学艺术工作若干问题的意见》前后也有所不同。

② 我们没有要求一定要这样来细分后30年,撰写专家根据考察对象的实际情况进行了不同的细分。

及各类别中每一专题的研究)在不同历史时期的不同表现和发展脉络;横向研究则展示了同一时期各个类别(以及其中不同专题的研究)之间的相互关联和相互影响。第六卷为外国文学研究口述史,受访学者是上述五个分类范围某一领域或多个领域的代表性资深专家。这一卷实录的生动的历史信息可与前面五卷的各类专项探讨互为补充、交叉印证。如果读者在前面五卷专著中读到了对某位学者某方面研究的探讨,想进一步了解该学者和其研究,就可以阅读第六卷中对该学者的访谈。

这样的分类探讨不仅有助于揭示每一个类别外国文学研究的范围、热点、特点、方法和得失,而且可以从新的角度达到对60年发展脉络和演化规律的整体把握和深刻认识,推进我国外国文学研究的学术史建构。本套书在撰写过程中,有七十余篇阶段性成果公开发表,其中五十余篇发表在《外国文学评论》《国外文学》《外国文学》《外国文学研究》《当代外国文学》《中国比较文学》《中国翻译》等CSSCI检索的核心期刊以及国际权威期刊*Milton Quarterly*上,也有论文被《新华文摘》和《人大复印资料》转载;《北京大学学报》(哲社版)和《浙江大学学报》(哲社版,先后推出三期)等开辟专栏,集中刊登本项目的阶段性研究成果。这从一个侧面体现出本套书分类考察的研究价值、研究意义和研究深度。

新中国60年外国文学研究涉及面很广,尽管采取了分类探讨的方法来限定各卷考察的范围,但考察对象依然非常繁杂,如何加以合理选择是保证研究成功的一个重要前提。第一卷作品研究子课题组在广泛收集已有研究成果的基础上,重点考虑国内的关注度、影响力、代表性、研究嬗变等多种因素,在征求专家意见的前提下最终选择了27位外国诗人和戏剧家的作品和42位外国小说家的作品分别作为第一卷上册和下册的专题考察对象。① 第二卷是我国第一部专门探讨外国文学流派研究的专著。为了突出重点,该卷以世纪为中轴组篇,每部分均以"总况"开始,概述相关范畴流派研究的全貌,然后对重要流派进行较为细致深入的专题考察,着重剖析涉及热门话题的代表性论文和著作。鉴于文学流派与特定时代的哲学、政治、文化、社会思想等有着密切关联,因而该卷的探讨在某种程度上也具有思想史研究的意义,可以帮助研究者更好地了解新中国外国文学流派乃至整个外国文学研究的思想语境。第三卷是我国第一部专门探讨外国文学史研究的专著,有利于更好地看到文学史研究的特点和发展规律。该卷在对外国文学史著作全面梳理研讨的基础上,对外国文学史的重要学者和优秀成果进行专题探讨,深入分析各个时期的写作特点和一些重要问

---

① 不少作家既创作小说,也创作诗歌和/或戏剧,但往往一个体裁的创作较为突出,也更多地受到新中国学术界的关注,因此被选作第一卷上册或者下册的考察对象。但也有作家不止一个体裁的创作成就突出,也同时受到我国学者的较多关注,因此被同时选为第一卷上册和下册的考察对象。

题。第四卷“外国文论研究”在总结历史经验、提供翔实材料的基础上,侧重新中国各历史时期文论研究重点关注的问题,对一些重要的理论、理论家和理论流派的研究加以专题考察和深度剖析,并以此来把握外国文论研究在我国的整体状况。这种以问题统帅全局的篇章结构,试图为新中国60年的研究成果整理出一个整体思想框架,以便读者更好地理解各种理论流派和理论家之间的内在联系和发展传承。第五卷“外国文学译介研究”借鉴译介学的视角,着力考察新中国政治、文化、学术语境中外国文学的翻译选择、翻译策略、翻译特点和读者接受,揭示外国文学翻译的发展脉络和发展规律。该卷将宏观把握与微观剖析相结合,在考察十余个语种翻译状况的基础上,在我国率先对外国文学史、外国文论、外国通俗文学的译介和文学翻译期刊的独特作用等进行专题探讨,并对经典作品的复译、通俗文学的翻译等热点问题进行深入分析。本套书开拓性地将文献考察与实地调研相结合。第六卷是我国第一部外国文学研究口述史,观念上和方法上具有创新性。该卷旨在通过直接访谈的形式来抢救和保留记忆,透过个体经验和视角探寻新中国学者走过的道路,进而多层面反映外国文学学科的发展历程及其与社会变迁互动的状况。这一卷实录的个体治学经验、对过往研究的反思和未来发展的建议是对前面五卷学术研究专著生动而有益的补充。为了更全面地反映新中国外国文学研究的面貌,还采访了主要从事教学、出版和比较文学研究的学者。

应邀参与各卷撰写的都是各相关领域学有所长的专家,不仅有学识渊博的资深学者,也有学术造诣精湛的中青年才俊,均具有相当好的国际视野。全体撰稿者严谨踏实的学风、精益求精的精神和通力协作的态度是本套书顺利完稿的保证。

总体而言,本套书具有以下特点:

一、重问题意识和分析深度 对外国文学研究进行分类专题考察,主要目的之一是力求摆脱以往的学术史研究偏重资料收集、缺乏分析深度的局限,做到不仅资料丰富,而且有较为深入的分析判断,以帮助提高学术史研究的水平。本套书注重问题意识,力求在对相关专题进行全面考察的基础上,以点带面,提炼重大问题,分析外国文学研究的局部和整体得失,做出中肯的判断和深入的反思,为今后的研究提供鉴照和参考。

二、重社会历史语境 密切关注国内及国外社会历史语境和外国文学研究的互动,挖掘影响不同种类外国文学研究的政治、社会、文化、学术、经济、国际关系等原因,揭示出影响新中国外国文学研究的深层因素,同时也关注外国文学研究对中国文学、文化和社会等方面所产生的影响。在作品研究卷的上、下两册中,每一个专题都按历史阶段分节,以便在共时轴上很好地展示不同作品的研究在同样社会环境制约下形成的共性,以及在历时轴上显示不同作品的研究随大环境变化而变化的类似特点，从而凸现文学研究与社会变迁的互动。与此同时，由于研究对象、研究者、研究方法、所涉及的社会环境因素等存在着差异，新中国对不同作品的研究也具有不同之处，这也是评析的一个重点。

三、重与国外研究的平行比较 引入国外相关研究作为参照，在更广阔的学术视野下探讨国内学者对相关问题的研究所处的层次，通过比较对照突显国内研究的特点、长处和不足之处。这样做不仅有利于提高分析的深度，在与国外研究的比较中，还能凸现新中国的学术研究与社会文化语境的密切关联。在外国受重视的作者，在我国的社会文化语境中有可能被忽视，反之亦然。文学研究方法也是如此。与国外研究相比较，还有利于揭示新中国的研究与对象国的研究在各自社会文化语境中的不同发展进程。

四、重跨学科研究 具有较强的跨学科性质，注重考察外国文学研究与哲学、语言学、比较文学、历史学、心理学、社会学、宗教学等学科的关联。

五、重前瞻与未来发展 在对新中国成立前的研究进行回顾并全面系统探讨新中国60年研究经验和教训的基础上，找出和反思目前存在的问题，对如何解决这些问题提出对策，对未来的研究方法和研究方向提出建议。这对我国外国文学研究的发展和文化建设、精神文明建设均有重要参考价值。

通过对新中国60年的外国文学研究进行分类考察和深度评析，总结经验与教训，并在此基础上进行前瞻性思考，本套书力求从新的角度解答以下问题：(1)各个种类的外国文学研究在不同时期具有哪些不同特征、哪些得失，呈现出什么样的发展规律？不同种类的研究之间有什么样的互动关系？(2)哪些外部和内部因素决定了新中国成立以来外国文学学科走过的道路？(3)新中国60年的社会文化发展历程如何在外国文学学科发展中得到反映？(4)新中国成立以来外国文学研究与其他人文、社会学科之间存在哪些互动关系？(5)我国外国文学研究目前存在什么问题，如何解决这些问题？(6)怎样避免我国外国文学研究对对象国研究话语和方法的盲从？怎样提高自主意识和创新意识？怎样更好更快地赶超国际前沿水平？(7)外国文学研究的经验与教训如何为未来的社会主义文化建设提供依据和参考？外国文学学科如何更好地服务于我国的文化建设和精神文明建设？

下面就本套书的编写做几点说明：

1. 从国内学科的布局和现状来讲，外国文学研究可以分为东方文学研究和西方文学研究两大块。新中国成立后的60年间（其实新中国成立前也是如此），西方强，东方弱，西方文学研究的总量大大超出东方文学研究的总量，因此本套丛书中对西方文学研究的考察所占比例要大得多。

2. 本项目的任务是考察新中国的外国文学研究，因此港澳台同行的研究成果没有纳入考察范围。

3. 本项目2010年1月正式立项,有的研究完稿于2010年,考察时间截止到2009年。但有的研究2013年才完稿,因此兼顾到外国文学研究近两年的新发展,对此我们予以保留。

4. 新中国60年以及此前的相关研究著作和论文数量甚多,而丛书篇幅有限(作品研究卷的篇幅尤其紧张),对考察范围的研究资料需加以取舍。专著的撰稿者聚焦于新中国60年来出版发表的相关研究专著和期刊论文(新中国成立前和新中国成立初期的考察对象包括报纸文章)。[①] 需要说明的是,除了本套六卷七册书提供的翔实资料和信息外,本项目的第八个子课题"外国文学研究数据库"也系统全面地提供了丰富的资料。[②] 数据库采取板块形式,搜集新中国60年外国文学研究的各方面资料,包括研究成果类信息(含专著和论文)、翻译成果类信息、研究机构类信息、研究人物类信息、研究刊物类信息、研究项目类信息(国家社科基金等基金的立项情况)和奖项类信息。对新中国60年外国文学研究资料信息感兴趣者,还可以登录本项目数据库网址进行查询(http://sfl.net.pku.edu.cn:8081/)。

5. 因篇幅所限,书中的文献信息只能尽量从简。在中国期刊网、国家图书馆网站和本项目数据库中,只要给出作者名、篇目名和发表年度,就可以很方便地查到所引专著和论文的所有信息。本套书中有的引用仅给出作者名、篇名和发表年度。

本研究能够顺利完成,得益于各子课题负责人的认真负责和通力协作,也得益于全体参与者的大力支持和无私奉献,对此我们感怀于心。本课题在立项和研究过程中曾得到众多专家学者的指导和帮助,在此深表感谢;特别要感谢陈众议、吴元迈、盛宁、陆建德、戴炜栋、刘象愚、张中载、张建华、刘建军、罗国祥、吴岳添、严绍璗等先生的帮助。需要特别说明的是,本项目的研究,不仅得到国家社科基金的资助,也得到北京大学主管文科的校领导、北京大学社会科学部和北京大学外国语学院的极力支持和多方帮助,对此我们十分感激。感谢北京大学出版社对本套丛书的出版立项,尤其感谢张冰主任为本套丛书付出诸多辛劳。

由于这套丛书时间跨度大,涉及面广,难免考虑欠周,比例失当,挂一漏万。书中的诸多不足和错谬之处,恳请各位专家和读者批评指正。

---

① 博士论文往往以专著形式出版,重要部分也往往以期刊论文形式发表。

② 本项目的战略发展报告中也有不少资料信息。

绪　论

从某种意义上而言，中国的外国文学研究从一开始就是伴随着对外国文学的翻译而来的，且表现出一定的比较文学意味，尽管研究者或评说者主观上当时并无此自觉。远的可追溯到林纾：林纾早期的译本大多都有他写的序言，在序言里林纾都会站在一个中国译者的立场上有意无意地把所译作品与中国文学中的作品进行比较。近的可以当代翻译家戈宝权为例。作为翻译家兼外国文学研究家，戈宝权的外国文学研究有不少是围绕着某一外国作家、作品在中国的翻译和传播而展开的。这里有必要指出的是，在 20 世纪五六十年代，因受苏联文艺界庸俗社会学批评的影响，我国的外国文学研究多热衷于探究作品的主题、作家生平与作品的关系等问题，对戈宝权这样的从翻译和传播角度研究外国文学的著述并不是很重视，所以在很长一段时间内从翻译角度研究外国文学在我国外国文学研究界一直处于边缘位置，研究者不多，影响也不大。直到改革开放以后，随着比较文学在中国内地的重新崛起并繁荣发展，对外国文学的翻译研究才重新进入学术界的视野，并成为我国外国文学研究界越来越受人重视的研究领域，也即译介学研究领域。

必须要提的是，在学术界对"译介"一词有两种不同的理解。一种是通常的常识性理解，即"翻译和介绍"，另一种是学科性质的理解，即对于"译介学"中的译介的理解。后者是比较文学的一个专门术语①，把我们的视角引向了翻译对

---

① "译介学"作为国内比较文学研究的一个专门术语，由卢康华、孙景尧两位教授率先在他们于 1984 年出版的《比较文学导论》一书里提出，孙景尧在乐黛云教授主编的《中西比较文学教程》(1988)中设专节对其进行分析。之后，谢天振于 1994 年推出其个人论文集《比较文学与翻译研究》，又在陈惇、孙景尧和他共同主编的教材《比较文学》(1997)中，以两万字的篇幅推出"译介学"专章，详细阐释了译介学的基本理念、研究对象和研究范畴。接着，他又先后于 1999 年和 2003 年推出两本专著《译介学》和《翻译研究新视野》，于 2007 年出版一本教材《译介学导论》。在这三本书以及先后发表的数十篇论文里，他对译介学理论做了更加深入的阐述，完成了对译介学理论的基本建构。与此同时，国内同类比较文学教材，如陈惇、刘象愚的(转下页)

中外文学影响关系的研究,并揭开了中外文学关系研究中新的层面。本书的撰稿者基本立足于"译介"一词的常识性理解,聚焦于在特定历史时期为何选择某些作家作品进行翻译和介绍,翻译活动受到了哪些社会、政治与文化因素的影响和制约,而基本没有关注翻译文学与中国文学的关系。其原因主要是因为本卷书是"新中国60年外国文学研究"这套丛书中的一卷,而不是比较文学丛书中的一卷,所以关注重点有所不同,应邀撰稿的也基本都是从事外国文学研究而不是专门从事比较文学研究的学者。本书着重考察的是外国文学在新中国的翻译、传播和接受本身,虽然涉及了外国文学对于中国社会政治文化所产生的影响,但基本没有考察翻译文学对中国文学创作的影响。我们的目标是,通过对每个特定历史时期所翻译的代表性外国文学家及其作品的梳理,揭示这些翻译活动背后的深层动机,以及影响这些翻译活动的深层因素。

我们首先借用译介学中的一个重要理论基石多元系统论(Polysystem Theory)对新中国60年来的外国文学翻译进行考察,这其实也是贯穿本书始终的一个基本理论立场。在多元系统论看来,每个社会都是由各种符号支配的人类交际形式如语言、文学、经济、政治、意识形态等组成的一个开放的多元系统。在这个多元系统里,各个系统"互相交叉,部分重叠,在同一时间内各有不同的项目可供选择,却又互相依存,并作为一个有组织的整体而运作"[①]。但是,在这个整体里各个系统的地位并不平等,它们有的处于中心,有的处于边缘。与此同时,它们的地位并不是一成不变的,它们之间存在着永无休止的斗争:处于中心的系统有可能被驱逐到边缘,而处于边缘的系统也有可能攻占中心位置。

具体到承担着向国人译介外国文学的翻译文学,它在三种条件下在译入语文学的多元系统里有可能占据中心位置:第一种情形是,一种多元系统尚未定型,也即该译入语文学的发展还处于"幼嫩"状态,还有待确立;第二种情形是,译入语文学(在一组相关的文学的大体系中)尚处于"边缘"位置,或处于"弱势",或两者皆然;第三种情形是,译入语文学出现了转折点、危机或文学真空。多元系统论对翻译文学地位变化的这种阐释为我们研究翻译文学、实际也为我们研究中外文学关系提供了一个新的切入点,并对中外文学关系史上的一些现象做出了比较圆满的解释。

(接上页)《比较文学概论》(1988)、张铁夫的《新编比较文学教程》(1997)、杨乃乔的《比较文学概论》(2002)、曹顺庆的《比较文学论》(2002)和《比较文学教程》(2006)等,也都开始设立"译介学"专节或专章,从而进一步奠定了译介学研究在国内比较文学研究中的地位,极大地推动了译介学研究的深入广泛的展开,并由此对国内的外国文学研究、翻译研究等领域产生影响,提供新的研究视角。具体对外国文学研究而言,人们开始意识到,译介学研究揭示出了我国外国文学研究较少关注,甚至长期被忽视的一面。

① 埃文-佐哈尔:《多元系统论》,张南峰译,《中国翻译》2002(4):20。

参照这三种情形去审视20世纪中外文学关系史，我们的确可以发现不少契合之处。譬如中国清末民初时的文学翻译就与上述第一种情况极相仿佛：当时中国现代文学还处于“幼嫩”状态，我国作家自己创作的现代意义上的小说还没有出现，白话诗有待探索，话剧则连影子都没有，于是翻译文学便成了满足当时新兴市民阶层的文化需求的最主要来源——翻译小说占当时出版发表的小说的五分之四。

至于借用多元系统论的视角去审视新中国成立以后60年的外国文学翻译，那就更能说明问题了。新中国成立后最初的十七年，由于新生的共和国尚未发展起符合自己意识形态的新文学，文学生态呈现出一种近乎真空的状态，所以只能大量翻译苏联的文学作品，包括一些二三流的苏联文学作品。据统计，1949年10月至1958年12月，中国翻译出版的俄苏文学作品3526种，占这个时期翻译出版的外国文学作品总数的65.8%强，总印数82 005 000册，占整个外国文学译本总数的74.4%强。[①] 然而译介过来的苏联文学作品中良莠不齐、鱼龙混杂，一些掩盖社会矛盾、粉饰太平和过度拔高英雄人物形象的作品也纷纷译介进来，对新中国文学产生了极其重大的影响，这也从一个层面上解释了新中国最初十七年间文学中的“假大空”“高大全”作品的产生根源。

再如“文化大革命”十年期间，由于“文化大革命”中极“左”思潮的泛滥，我们的文学几乎一片空白，仅有屈指可数的几本反映极“左”路线的所谓小说尚能公开出版并供读者借阅。这正如上述第二种情形，由于特定历史、政治条件制约，原本资源非常丰富且在历史上一直是周边国家（东南亚国家日本、越南、朝鲜等）的文学资源的中国文学，此时却处于“弱势”“边缘”地位。于是在“文化大革命”后期，具体地说，是进入70年代以后，翻译文学又一次扮演了填补空白的角色：当时公开重版、重印了“文化大革命”前就已经翻译出版过的苏联小说，如高尔基的《母亲》《在人间》、法捷耶夫的《青年近卫军》、奥斯特洛夫斯基的《钢铁是怎样炼成的》等。另外，还把越南、朝鲜、阿尔巴尼亚等社会主义国家的文学作品，连同日本无产阶级作家小林多喜二等人的作品，也一并重新公开出版发行。与此同时，当时还通过另一个所谓“内部发行”的渠道，翻译出版了一批具有较强文学性和较高艺术性的当代苏联以及当代西方的小说，如艾特玛托夫的《白轮船》、三岛由纪夫的《丰饶之海》四部曲、赫尔曼·沃克的《战争风云》、约瑟夫·赫勒的《第二十二条军规》等。这些作品尽管是在“供批判用”的名义下出版的，但对于具有较高文学鉴赏力的读者来说，不啻是文化荒芜的“文化大革命”年代里的一顿丰美的文化盛宴。及至“文化大革命”结束，中国当代文学创作又一次出现了“真空”时，创作思想也发生重大转折，于是一边大批重印“文化

① 卞之琳、叶水夫、袁可嘉、陈燊：《十年来的外国文学翻译和研究工作》，《文学评论》1959(5)。

大革命"前已经翻译出版过的外国古典名著,诸如托尔斯泰、巴尔扎克、狄更斯等人的作品,印数动辄数十万甚至上百万册;另一边同时开始组织翻译出版新中国成立后一直被视作禁区的西方现代派作品,从而迎来了中国历史上的第四次翻译高潮。这第四次翻译高潮的出现正好印证了上述埃氏多元系统理论所说的第三种情形,即当一种文学处于转折点、危机或文学真空时,它会对其他国家文学中的形式有一种迫切的需求。"文化大革命"结束后,我们大量翻译出版西方的意识流小说,正是迎合了国内小说创作界欲模仿、借鉴国外同行的意识流等现代创作手法的这一需求。

其次,我们运用译介学的研究视角探讨了外国文学经典化与翻译之间的关系。

一部文学作品之所以能成为经典、尤其是成为世界文学的经典,一方面固然与作品本身的创作成就与特点有关,但另一方面,还与翻译有着极其密切的关系。一部作品若能被许多不同国家、不同民族的翻译家所翻译,历经不同的时代仍然不断地被翻译,那么它就很有可能成为世界文学中的经典。古希腊的悲剧和喜剧,荷马史诗,正是由于各个国家和民族的翻译家的不断翻译,被世界各国一代又一代的读者所阅读,才逐渐成为了世界文学的经典。然而世界各国的文学作品,即使是优秀的文学作品也是数量繁多,浩如烟海,翻译家们是如何选择并找到他们需要翻译的作品的呢?译介学研究揭示出了其背后的深层原因。

一般而言,翻译活动通常受到三个因素的制约,即意识形态、诗学和赞助人。第一个因素即意识形态,我们并不陌生,新中国成立后最初十七年正是由于新生共和国的社会主义意识形态决定了我们的翻译选材向以苏联为首的社会主义阵营国家的文学一边倒。于是,在这十七年间,我们不仅翻译了大量的苏联文学作品,还翻译了大量的东欧国家的文学作品。据统计,仅东德之外的东欧七国的古典(19世纪前)文学作品的翻译就有80多种单行本,共涉及100多个作家的300多个篇目,同时还有多种以国别形式编译的现代中短篇小说集问世。尤其是1950年至1959年间,东欧文学作品源源不断地被译成了汉语,掀起了东欧文学翻译的一个高潮。原因无他,就是因为我们与这些国家具有政治意识形态上的相似性,同时在国际冷战格局中中国与他们同属以苏联为首的社会主义阵营。

这样的选择也就造就了一批东欧国家的文学作品成为20世纪五六十年代中国读者心目中的世界文学的经典。譬如匈牙利裴多菲诗人的"自由与爱情"等诗作,捷克作家与文艺评论家伏契克的《绞刑架下的报告》等,前者的"生命诚可贵,/爱情价更高,/若为自由故,/两者皆可抛。"的诗句为几代中国读者所传诵;后者的"我爱生活,为了它的美好,我投入了战斗","我为欢乐而生,我为欢乐而死”，以及该书最后一句话“人们，我爱你们！你们要警惕呵！”等语句，同样对几代新中国读者产生了深刻影响，两人也因此成为新中国几代读者心目中的经典作家。

“三因素”中的第二个因素即“诗学”(Poetics)，不是指的作诗法，而是指的文学观念。或更确切地说，指的是在某一特定时代占据主导地位的文学观念。譬如新中国成立后的最初三十年，受苏联影响，我们在文学创作领域标榜社会主义现实主义的创作方法，这样的文学观念也就直接影响到我们译介外国文学作品的选择：凡是不采用现实主义创作手法的外国文学作品，就被贴上“腐朽的，没落的，反动的，颓废的”等等标签，原则上不予译介；只有运用现实主义创作手法的外国文学作品才能进入我们的译介视野。这样，譬如我们在译介美国文学时，我们译介者的眼中就只有辛克莱，只有德莱赛，只有马克·吐温等等这样一些所谓的批判现实主义作家的作品，至于像福克纳，尽管他于1949年已经获得了诺贝尔文学奖，赢得了世界性的文学声誉，我们仍然不会予以译介。从两位著名的英美文学研究者当时发表的文章中我们也可以清楚地发现这种文学观念主导下的译介立场。朱虹在为纪念英国作家萨克雷逝世100周年撰文时说：“比起过去英国历史的任何时代，19世纪对于我们来说恐怕最为熟悉，这在很大程度上要归功于当时一批杰出的现实主义作家，多亏他们对于当时的社会生活做了广泛的栩栩如生的形象描绘和深刻的揭露，我们得以对这一时期的英国资本主义社会有比较生动具体的认识。”[①]对现实主义的推崇跃然纸上。而袁可嘉在总结新中国成立10年来欧美文学在中国的译介的文章中说得更为直白：“中国人民坦率地表示不喜欢统治美国的政治，但对于优秀的美国文学作品却有着同样坦率的爱好。马克·吐温轻松幽默的笔触和西奥多·德莱赛沉重的悲剧气氛同样吸引中国读者的兴趣：《王子与贫儿》《夏娃日记》《哈克贝里芬历险记》和《美国的悲剧》《天才》《嘉莉妹妹》并排地列在书架上。”[②]明乎此，我们也就不难明白，为什么对于20世纪五六十年代的中国读者来说，他们心目中的英美文学经典作家只能是德莱赛、马克·吐温、狄更斯、萨克雷，而不可能是西方现代派作家诗人福克纳、T. S. 艾略特、詹姆斯·乔伊斯等人。而笛福、斯威夫特、高尔斯华绥和莎士比亚等作家因为在苏联也被列入现实主义传统作家的缘故，他们的作品在新中国成立以后也就理所当然地得到大量的译介。

第三个因素“赞助人”(Patronage)也是促成一部外国文学作品成为经典的重要因素。所谓的“赞助人”并不限于某个资助翻译出版的具体的个人，还包括赞助、支持翻译出版的党政领导部门、政府机构、社会团体、文艺组织等。新中

---

① 朱虹：《论萨克雷的创作》，《文学评论》1963(5)。

② 袁可嘉：《欧美文学在中国》，《世界文学》1959(9)。

国成立后,宣传部、团中央、各地的出版社等,都扮演了赞助人的角色,在外国文学作品的译介和经典化过程中起着极其重要的作用。其中,最著名的例子莫过于苏联作家奥斯特洛夫斯基的《钢铁是怎样炼成的》和爱尔兰作家伏尼契的《牛虻》了。奥氏的长篇小说尽管在1949年以前就已经有了多个译本,但当时的影响终究有限。是在新中国成立以后,尤其是在团中央向全国青年学生发出向小说主人公保尔·柯察金学习的口号以后,小说才真正风靡全国,总印数突破百万,保尔成为中国亿万青年心目中的学习偶像和英雄,小说也俨然成为当代苏联文学的经典之作。更有意思的是,由于小说主人公保尔最喜欢的一部小说是《牛虻》,于是爱屋及乌,中国读者也连带喜欢上了《牛虻》,从而使伏尼契这位在英国本土默默无闻的女作家以及她的在英国本土同样名不见经传的小说《牛虻》成为了中国读者心目中的经典。20世纪五六十年代的中国青年读者,可以不知道卡夫卡,可以没听说过乔伊斯,甚至可以没读过莎士比亚,但他(她)一定知道伏尼契和她的《牛虻》,他(她)一定读过《钢铁是怎样炼成的》,说不定他(她)还能完整地背诵保尔关于人的一生应该怎样度过的名言呢。至于到了改革开放以后,我们的译介视野已经大大拓展,艺术成就得到学术界高度肯定的俄国"白银时代"的文学作品,如《彼得堡》《我们》《银鸽》《时代的喧嚣》等一本本都已翻译进来,笼罩着诺贝尔文学奖光环的帕斯捷尔纳克的长篇名著《日瓦戈医生》也已经翻译进来,它们的印数却平均都只有万余册而已,而借着"红色经典"之名重新推出的《钢铁是怎样炼成的》,尽管同时有十几个译本,每一本的印刷数却动辄都在两三万册以上。这背后的原因就不仅仅是靠"三因素"说就能解释的了,而需要运用译介学的理论对之进行更加全面、更加深入的探讨才能说得清。

最后,我们运用译介学的研究视角探索外国文学翻译与译入语国家的世界文学地图构建之间的内在关系。

众所周知,每一个民族都有一幅属于他们自己的世界文学地图。然而这幅世界文学地图是如何构建起来的?它是否存在一些缺失?又为何会存在这些缺失?对这些问题,我们国内外国文学研究界显然并没有给予足够的关注。而运用译介学的研究视角有助于我们发现外国文学翻译与各民族心目中的那幅世界文学地图构建之间的关系,并对这些问题进行深入的审视与考察。

一般而言,每个民族心目中的那幅世界文学地图通常源于两个方面,一个方面是这个民族或国家译介的外国文学作品,包括实际翻译出版的以及在报刊杂志和教科书等各种渠道介绍的外国作家作品,这些译作连同报刊杂志和教科书上的介绍构成了读者心目中一幅比较具体且形象的世界文学地图;另一个方面则是这个民族或国家的学者自己编撰的世界文学史以及他们翻译出版的国外学者编写的相应的世界文学史著述。实际翻译出版的以及在报刊杂志和教科书等各种渠道介绍的外国作家作品，正如以上所述，因受到译入语国意识形态等诸多因素的制约和操控，所构建的世界文学地图注定是不完整的，在某些特定历史时期，它还会呈现出残缺甚至极度扭曲的形态，如在上世纪我国的“文化大革命”时期。那么由译入语国的学者们自己编撰的世界文学史类的著述情况是否会好一些呢？从理论上说，答案似乎应该是肯定的，然而由于新中国成立以来的60年时间里的一些特殊情况，尤其是在新中国成立初期，我们尚未形成一支比较成熟、齐整的外国文学研究队伍，我们在世界文学史和外国文学史的编撰方面，在相当长的一段时间里，还得依靠翻译进来的世界文学史或外国文学史类的著述，这样呈现在我国读者面前的那幅世界文学地图就不可避免地打上外来影响的深深的烙印。译介学的研究视角也从这个方面让我们看到了新中国成立以来为构建我们自己的世界文学史地图所经历的曲折过程及其背后影响这幅世界文学地图构建的诸多深层因素。

以新中国成立初期翻译的俄苏文学史为例，自1950年至1962年期间新中国直接翻译自苏联出版的俄苏文学史类的著述就达11部之多。由于苏联文学界强调文学的发展与社会政治、经济的发展密不可分，标榜优秀文学作品的特点就是反映了人民性和阶级性，不符合这种标准的文学作品就不足为训，所以他们编写的俄苏文学史著述也就通篇贯穿着这样的观点和立场。具体如文学史的分期，在缪灵珠翻译的《俄国文学史》(1956年翻译出版)中，原作者高尔基为该书各章节所拟的就是“叶卡捷琳娜时代的俄国文学”“十二月党人与普希金”“平民知识分子作家”“农民运动与文学”“农奴解放后的文学”等这样一些标题。不难发现，文学本身的发展规律与特征在这里是得不到体现的。由于忽视甚至无视作家作品的文学性及其文学价值，这些文学史著述在作家作品的选择上唯革命导师领袖关于文学的片言只语马首是瞻，以作品的人民性、阶级性和社会主义现实主义创作方法作为作家作品是否入选文学史的标准和依据，于是得到无产阶级革命导师高度肯定的作家如高尔基就占据了相当重要的地位，譬如在水夫翻译、季莫菲耶夫主编的《苏联文学史》(1957年翻译出版)中，其上卷总共364页，而关于高尔基的章节就要占去全书的二分之一篇幅。与之形成鲜明对照的是，与高尔基同时代的、具有很高艺术成就的著名诗人叶赛宁，篇幅上仅占可怜的三页姑且不论，还要被冠上“不能抵抗敌对思想的影响”“背叛了自己，背叛了自己的才智，背叛了自己对祖国的爱”等诸多恶谥。至于活跃在19世纪末到十月革命前将近30年时间里的俄国象征派、阿克梅派、未来派等一大批文学流派及其创作——被誉为代表俄罗斯文学的另一高峰即“白银时代”，在这些文学史著述里仅只有寥寥数语，基本被抹煞。由此可见，在新中国成立后的十七年间，更不用说“文化大革命”十年间，呈现在中国读者心目中的那幅俄苏文学地图是何等的残缺不全。

同样的情况其实也见诸当时国内英美文学史类著述的翻译。新中国成立后直至“文化大革命”结束，我们不光在俄苏文学地图的构建方面，在英美文学乃至其他国家民族文学地图的构建方面也同样受到翻译过来的苏联同类著述的深刻影响。一个典型的案例即是1959年我们翻译出版的苏联学者阿尼克斯特撰写的《英国文学史纲》。自从该书出版之后，该书立即成了我国英美文学教学与研究界、外国文学翻译与出版领域的权威导向性著作，它不仅直接影响了我国同类文学史著作的编写方针，同时还直接影响了我们在翻译英美作家作品时的选择取向。

阿氏的“史纲”贯彻的完全是苏联文艺界那套以阶级斗争为纲、唯政治论、无视文学特点的做法，把在英国文学史上没什么地位的宪章派文学抬得很高，而把劳伦斯、乔伊斯、福斯特等20世纪英国文学重要小说家及其作品贬得一文不值，还把他们贴上“颓废文学”代表、“反动文学领袖”这样的标签。受此影响，我国学者于20世纪60年代编写的《欧洲文学史》也跟着强调要“用阶级观点和历史主义观点分析历史上的欧洲文学现象”[①]，并把宪章派文学也搬进了该书。而因为阿氏的“史纲”高度评价拜伦及其诗作，于是拜伦的诗作在新中国得到了前所未有的翻译出版：在1949年前拜伦的诗歌只有零星的几首得到译介，其代表作《唐璜》也仅有一个节译本，但在新中国成立后，拜伦诗作包括长诗和抒情诗几乎都得到了译介，拜伦的诗作毋庸置疑地成为新中国读者心目中的英国文学经典。翻译与世界文学地图的构建关系由此体现得淋漓尽致。

从译介学视角考察和分析我国的外国文学翻译与研究所揭示的当然并不仅仅限于上述这几个方面，包括外国文学期刊在其中所起的作用，包括我国改革开放以来在外国文学界乃至国内文化界的一些热点问题，譬如关于名著重译的问题，譬如围绕现代派文学的争议问题，譬如翻译与市场的消费问题等等，都让我们对新中国成立60年来的外国文学的翻译、教学与研究有一种新的理解和认识。

具体就本书的编写而言，众所周知，考察新中国60年外国文学的译介，是一个很有挑战性的课题，首先是涉及面广，涉及语种多。从广义上看，外国文学，至少包括小说、诗歌、传记、散文和戏剧作品。但在本书的具体研究中，我们没有局限于体裁的简单分类，面面俱到地予以考察，而是把主要目光投向了外国主要作家的重要作品在我国的翻译，同时还有选择地对外国文学史、外国文论的翻译情况进行了梳理和分析。从语种情况看，我们从新中国60年来外国文学翻译的实际情况出发，重点对俄苏文学、英美文学、法语文学、德语文学、

---

① 杨周翰、吴达元、赵萝蕤主编：《欧洲文学史》(上卷)，北京：人民文学出版社，1964年，第7页。

东、南、北欧文学、拉美文学与东亚及非洲文学的翻译状况加以全面地考察，涉及了10余个语种。在对翻译历程的梳理与描述的基础上，我们尝试着对新中国60年外国文学在中国的翻译选择、翻译环境、翻译策略、翻译特点和翻译影响等方面进行研究和探索。

外国文学翻译，不是一种简单的语言转换，也不是一种单向的、单纯的文学活动。从本质意义上看，文学翻译是一项具有跨文化性质的交流活动，要受到诸如社会、文化、经济、政治与意识形态等因素的制约与影响。因此，我们在研究中，没有孤立地从文学的角度对翻译的状况进行考察，而是把外国文学在新中国60年的翻译活动置于一个社会、政治与文化的广阔空间中进行考量与分析。如通过对英美文学在我国翻译状况的考察与分析，我们可以清楚地看到：新中国60年我国的英美文学翻译与每个历史时期的社会语境、文化语境以及与国内外政治语境的变化等息息相关。英美文学的翻译，凸显了独特、鲜明的综合特征。

翻译，尤其是文学翻译是一项相当复杂的活动，其过程涉及拟译作品的选择，翻译策略的制定，具体作品的译介、接受与传播，外国文学与中国文学的互动等一系列环节。在以往的外国文学翻译研究中，一般都比较关注原作者及其作品，而很少关注翻译过程中的其他因素。在本研究中，我们根据外国文学在新中国60年翻译的具体情况，特别关注到了翻译文学期刊在外国文学翻译中所起到的独特作用。从文学翻译期刊的办刊方针、译介目的、作品选择标准与翻译传播的实际效果等重要方面展开研究，进一步凸显外国文学译介的特点。

新中国60年的外国文学翻译，具有强烈的时代特征。在我们的研究中，我们将60年明确地划分为三个阶段：新中国成立后十七年为第一阶段；1966年至1978年为第二阶段；改革开放至2009年为第三阶段。通过研究，可以看到外国文学翻译在三个不同的阶段呈现出来的许多不同的特征，也可以看到影响翻译的诸多因素在各个时期所起的不同作用，如在第一阶段俄苏文学翻译中主流意识形态所起的作用；第二阶段近乎空白的翻译所凸显的政治性的选择；改革开放之后作品选译标准呈现出多样化的特征，同时在市场经济环境下，外国文学翻译，特别是外国经典作品的复译、通俗文学的翻译等明显受制于利益驱动因素等等。

考察与分析新中国60年外国文学的翻译，有三个方面是我们在研究中特别坚持与关注的。首先，整个研究着力于描述新中国60年外国文学在中国语境中翻译的基本轨迹、发展脉络和特点，进而揭示出外国文学的翻译活动与出发语和目的语国家的政治、历史、社会和文化语境之间的联系及其受到政治、意识形态、文化和语言等要素影响的过程与表征。在充分掌握资料的基础上，有重点、有侧重地加以论述，避免重大翻译事件的疏漏，也力戒面面俱到，把梳理工作做成一个个孤立的翻译事件的简单罗列。

其次,在译介学的视野下,我们把外国文学的翻译视作一个外国文学在目的语国家翻译、接受与再生的过程。在研究中,我们特别注重具体的个案,对外国文学在中国语境中的翻译、变形、认同与接受的过程加以考察与分析。如在对越南《南方来信》这一作品的翻译活动的具体分析中,揭示出该作品如何在特定的历史语境中被选择、被组合与变异的原因与诸种复杂的因素。又如在对非洲文学翻译的考察中,通过对阿契贝和乌斯曼作品在"文化大革命"前后中国的译介的分析,展现了两位作家在目的语国家的不同命运。

再次,通过对新中国60年来外国文学翻译的考察与分析,我们也特别注意到存在一些值得反思的问题。在传统的翻译理论视野里,一般都认为文学翻译活动是在作者、译者与读者的三者的互动与影响中展开的,但实际情况要复杂得多。新中国60年,尤其是前两个阶段对外国文学的翻译,过分受控于政治因素与主流意识形态,文学在一定的意义上成为了工具,因此,新中国60年前两个阶段中,无论对外国文学作品的选择,还是对外国文学作品的理解与接受,都出现了很浓的政治化倾向。改革开放之后,随着我国政治、经济与文化环境的不断改善,我国的外国文学翻译进入了一个高潮时期。我们注意到,一方面,外国文学翻译逐渐回归其文学的本位,翻译的诗学标准在新的历史时期得到了应有的关注,作品选择的视野不断拓展,呈现出多样化的趋势。但另一方面,外国文学翻译的质量也不容乐观,特别是外国经典作品的翻译,出现了无序的重复翻译,甚至出现了大量抄袭、抄译的现象,值得我们特别关注。

最后,必须强调一下的是,本书作为"新中国60年来外国文学研究"总项目下的一个子项目,旨在从翻译的角度对新中国60年来我国译界和学界对外国文学的译介过程及其特点进行审视。本书不是一本翻译文学史,所以我们没有追求面面俱到地展示新中国60年来的外国文学翻译的所有方面,更没有对之进行系统的史的描述,而是提取其中最主要的、最富代表性的外国国别语种文学或区域文学在我国的译介过程中具有典型意义的作家、作品、事件进行剖析,进而揭示经过"译介"这一文化过滤之后,在中国文化语境中的外国文学面貌——相对于原作在形式、主题、形象和信息等方面的扭曲、增添或失落,价值观、评价等方面的变异,等等。所以,本书书名所表示的"外国文学翻译研究",其真正的含义是从翻译和译介的角度展开的外国文学研究。读者在本书中看不到传统意义上的"翻译研究",即对具体两种语言文学之间转换过程和细节的研究,除非这种转换涉及不同文化的误读与误释,如本书第七章有关一些外国文论关键术语的翻译。同时,本书也不是一部比较文学史,所以我们也没有对外国文学译介对中国文学的影响展开深入具体的分析。

从20世纪70年代开始,国际译学界出现了翻译研究的文化转向,而与此同时国际人文学界则出现了文化研究的翻译转向，两大转向的交汇无论是对国际、还是国内人文学科的研究，都产生了很大的冲击，同时也为国内外的人文学科研究、包括我国的外国文学研究展示出更为广阔的研究空间。本书正是在这样的国际学术大背景下所做的一个探索与尝试，希望这样的探索与尝试能为国内的外国文学研究带来一点新意。然而正因为是一个探索与尝试，再加上我们作者团队以自身学术水平和能力的局限，所以本书肯定还存在许多不足之处，我们衷心期待专家学者与广大读者的批评指正。

上　编

新中国60年外国文学翻译：国别专题探讨

第一章
俄苏文学翻译之考察与分析

第一节　从"金星英雄"到"叶尔绍夫兄弟"
——新中国头十七年对苏联文学的翻译

1949年中国革命的胜利和新的中苏同盟关系的确立,极大地促进了中苏文化的交流,使50年代成为苏俄文学译介的黄金时代。新中国成立后头十七年间翻译出版的苏联文学作品可谓汗牛充栋。据统计,1949年10月至1958年12月,中国翻译出版的俄苏文学作品3526种,占这个时期翻译出版的外国文学作品总数的65.8%强,总印数82 005 000册,占整个外国文学译本总数的74.4%强。[①]这一组数字充分显示了俄苏文学在新中国文化生活中的重要地位。

一、中苏"蜜月"与光明颂歌

50年代,苏俄文学名篇乃至一些平庸之作,大都有新译本出版或旧译本重版。

旧译新版的多是典范的革命文学作品,如高尔基、法捷耶夫、绥拉菲莫维奇、富尔曼诺夫、尼·奥斯特洛夫斯基等人的"经典之作"。例如,高尔基的《母亲》在1929年即由沈端先(夏衍)译为中文出版,新中国成立后由上海开明书店(1950)、新文艺出版社(1955)、人民文学出版社(1956)重版。再如,尼·奥斯特洛夫斯基《钢铁是怎样炼成的》1937年被译为中文,在1949年之前已经出过多种译本。1952年,人民文学出版社请刘辽逸先生等根据俄文原本(1949年版)对梅益译本《钢铁是怎样炼成的》做了校订,并补译了英译者所删节的内容,出版了校订本。到1966年,梅译《钢铁是怎样炼成的》共印刷25次,发行100多

① 卞之琳、叶水夫、袁可嘉、陈燊:《十年来的外国文学翻译和研究工作》,《文学评论》1959(5)。

万册。但有些接近“普遍人性论”的作品，虽然与革命的逻辑有所出入，在1949年之后也借着“苏联”的品牌获得了新的出版机会。例如，拉夫列尼约夫的中篇小说《第四十一》(曹靖华译，未名社，1929)，新中国成立前曾多次重印，1958年又由人民文学出版社重版。当然，随着中国国内政治文化氛围日趋“左倾”，像这类宣扬“普遍人性”的作品就“丧失”了革命性，逐渐退出了新中国的文化舞台，直到改革开放后才由上海译文出版社重版(1985)。

新中国成立后的头十七年间的新译本更是如雨后春笋，亮点闪烁，令人目不暇接。很多二三流的平庸作品，也得到了中国出版界的青睐和读者的追捧。反映工人阶级生产生活的文学作品对中国文坛和中国读者具有特殊的魅力。例如，普拉托希金(М. Платошкин)的《车间主任》(1951)，出版后不久就迅速翻译过来(种觉译)，上海光明书局1952年10月发排，1953年5月初版，首次印数10 000册。这种成绩是很多优秀的古典作品难以达到的。当然，比起《金星英雄》和《卓娅和舒拉的故事》来，那就小巫见大巫了。

巴巴耶夫斯基(Семён Петрович Бабаевский，1909—2000)的《金星英雄》(1948，获斯大林奖金一等奖)短时间内出了三种译本：《金星骑士》(秦南林译，上海时代书局，1949)，《金星武士》(雷励译，大连新华书店，1950)，《金星英雄》(姚艮译，人民文学出版社，1953)，总印数达数十万册。其中秦译《金星骑士》于1949年11月初版，仅仅两个月后即于1950年1月再版。《金星英雄》的姊妹篇《光明普照大地》(获斯大林奖金二等奖)有两种译本：《地上的光明》，张梦麟译本(中华书局，1951；1953再版)；《光明普照大地》，赵隆勷译本(人民文学出版社，1953)。50年代还出版了巴巴耶夫斯基的《米嘉的幸福》(吴墨兰译，少年儿童出版社，1954)、《牧羊的孩子》(曹桢尧译，少年儿童出版社，1959)以及宣传苏联七年计划的小册子《幸福》(施肖华编译，科学技术出版社，1959)。

这样，巴巴耶夫斯基的这些平庸之作都迅速变成了中国读者的精神美餐，中国报刊上还不断出现“向金星英雄学习”的口号。要问巴巴耶夫斯基在中国为何如此具有魅力？除了50年代初特殊的中苏关系以外，就要从小说的内容寻找根源。正如一篇评论文章所说的：“《金星英雄》是一部荣膺1948年斯大林奖金的小说。作品通过谢尔格依，一个光辉灿烂的人物(在卫国战争中因建立奇功而获得金星勋章，胜利后复员还乡的一位苏联坦克手)，描写战后苏联人民为和平建设(农村电气化)所做的斗争以及在这‘比战争还要艰难而且复杂’的斗争中，涌现出的具有高贵品质的苏联人民；描写他们怎样为了集体幸福而忘我地辛勤劳动着，用无比的果敢和魄力克服着种种困难，同时和周围残余的落后现象及人物做着坚决不屈的搏斗。小说不但写出了古班草原一个农村由废墟而变成一片繁荣的生动事实，也写出了古班社会里落在时代后面的腐朽力量的垂死挣扎以至灭亡，而新生的站在时代前列的力量，则从萌芽的嫩叶茁长成为国家的栋梁。”因此，“这部社会主义现实主义的作品使我们从今天的斗争中看到辉煌灿烂的明天。巨大的森林伐成了木材，激流又把木材载到村子里，变成了发电站的栋梁。于是，本来夜晚一片漆黑的村子，大放光明了。电，根本改变了人们的生活面貌：本来靠人力的，机械化了；本来是赶牛的，或者作家庭妇女的，成为电气员了。今天的现实是这样改变了，改善了，明天还有更大的改善。”[①]也就是说，这是一部粉饰太平的作品，作者把满目疮痍的战后社会描写得温馨光明，这是一部“无冲突论”的作品，其中只有好的和更好的之间的冲突。但对于中国读者来说，战后的苏联社会是否满目疮痍并不重要（因为不可能知道），重要的是，这是一部充满乐观主义的作品，它给人民描绘了共产主义的美好未来——“苏维埃政权加电气化”，为正在一片废墟上建设社会主义新生活的中国人民提供了榜样。正是这一特点，决定了中国翻译界和中国读者对这部平庸“史诗”的热情接受。如果不是这种“光明梦”，就不能理解巴巴耶夫斯基在中国的“情缘”，其作品甚至在“文化大革命”期间也动辄“内部发行”数万册。[②]

1952年，科斯莫杰米扬斯卡娅的传记小说《卓娅和舒拉的故事》由尤侠（么洵）译为中文，由中国青年出版社出版，两年之内发行至第7版，至1958年，印数已达200余万册。么洵的译本还同时在上海的元昌印书馆出了节本。建业书局、大东书局还出版了彭鸿迈、俞荻的两种节译本《卓娅》，节译本印数也达46万册。尽管《卓娅和舒拉的故事》与《金星英雄》一样虚假平庸，但它们的主人公却同时成为中国青年崇拜的英雄、学习的榜样。乐观主义和英雄主义正是50年代中国社会最为盛行的两种“主义”。

十七年间也有一些虽然充满“乐观主义”但艺术上比较成功的苏联文学作品译介过来。如特瓦尔多夫斯基的长诗《瓦西里·焦尔金》连续出了两个译本：梦海译本（新文艺出版社，1956），汪飞白译本（中国青年出版社，1957）。列昂诺夫的剧本《金马车》也在1959年译为中文出版（丁宁等译，中国戏剧出版社）。

西蒙诺夫的《生者与死者》三部曲也于这个时期译介过来。第一部《生者与死者》，由谢素台等翻译，作家出版社1962年正式出版。但是，由于中苏两国已经在60年代反目成仇，第二部《军人不是天生的》和第三部《最后一个夏天》，就没有第一部“幸运”了，直到“文化大革命”后期才作为批判材料“内部出版”（多人合译，上海人民出版社，1975）。《最后一个夏天》中译本前言指出：“西蒙诺夫的三部曲就是按照赫鲁晓夫—勃列日涅夫叛徒集团的订货单炮制出来的政治商品。三部曲的共同主题就是反斯大林！”[③]

---

① 萧乾：《读〈金星英雄〉》，《人民文学》1953(10)。

② 巴巴耶夫斯基：《人世间》，上海：上海人民出版社，1972年5月初版，当年12月重印，两次印数为40 000册。

③ 《如此“深刻理解”》，《最后一个夏天》，上海：上海人民出版社，1975年。

二、从“蜜月”到“反目”:肖洛霍夫现象

肖洛霍夫(1905—1984)在中国的命运,形象地反映了十七年间中俄两国文学由“蜜月”到“反目”的戏剧性变迁。肖洛霍夫的《静静的顿河》第一、第二部出版不久,鲁迅就积极筹备把它介绍给中国读者。1931年10月,上海神州国光社出版了贺非(赵广湘)翻译的《静静的顿河》(第一卷的上半部)。1936—1939年,光明书局出版了《静静的顿河》的新译本(赵洵、黄一然合译)。1940—1948年,光明书局又出版了金人译的《静静的顿河》。《被开垦的处女地》(第一部)早在1936年就由周立波译为中文。肖洛霍夫的长篇小说《他们为祖国而战》(1943—1969),虽经历二十余年而始终未完成,但其第一部分早在1947年就由上海时代书报出版社出版了中文本(林陵节译)。

新中国成立以后至60年代中期,肖洛霍夫的主要作品,如《顿河故事》《静静的顿河》《被开垦的处女地》《他们为祖国而战》等,都有中译本出版。例如,1950年,三联书店重版了周立波译《被开垦的处女地》第一部,1954年,该书又由作家出版社出新版。1955—1957年,《译文》连载了该书第一部草婴译本,1959年,草婴翻译的该书第二部连载于《世界文学》。1961—1962年,草婴译本《被开垦的处女地》分上下两卷由作家出版社出版。1956—1957年,人民文学出版社出版了《静静的顿河》金人重译本,新译本对译文做了较大修改。1959年,上海文艺出版社出版了草婴翻译的《顿河故事》。

1956年12月31日至1957年1月1日,肖洛霍夫的短篇小说《一个人的遭遇》发表于《真理报》,这是极其重要的位置。中国也给予极大的关注,几乎同时出了两个译本。正文译本(戈宝权校)发表于《解放军文艺》1957年第3期;草婴译本发表于《译文》1957年第4期,并由新文艺出版社出版单行本。草婴在译文序中写道:“这样一篇字数不多的小说怎么能产生如此巨大的影响?我认为首先就是真实,只有真情实感才能引起广大读者的共鸣。主人公索科洛夫是个普通军人,但他在战争中的遭遇却具有广泛的代表性。……肖洛霍夫在《一个人的遭遇》里写的是索科洛夫的个人悲惨遭遇,其实也是写千百万苏联人民的遭遇,因此具有深刻的典型意义。”[①] 中国读者的反应也很热烈。张立云在《读肖洛霍夫的新作——〈一个人的遭遇〉》一文中写道:“小说深刻地写出了战争在善良人们的心上留下的难以弥补的创伤,它极为典型地表现出侵略战争对人类和平幸福生活的残酷的、无耻的破坏;小说呼唤一切战争受害者和爱好和平的人们,不要忘记法西斯侵略者在人类面前所犯下的滔天罪行。它对侵略战

① 草婴:《痛苦的遭遇和坚强的人格——〈一个人的遭遇〉译本序》,《我与俄罗斯文学——翻译生涯六十年》,上海:文汇出版社,2003年5月,第56页。

争和战争贩子提出了有力的控诉和警告。”文章高度肯定了主人公索科洛夫的形象“是整个苏维埃人的形象，是整个社会主义新人的形象”[①]。房树民[②]、杜黎均等，都对这部作品给予普遍的肯定。杜黎均称赞《一个人的遭遇》“严正地描绘了生活的真实”，“没有回避困难和缓和冲突”。他说：“肖洛霍夫所描绘的悲痛的个人命运，突出地体现了时代的面貌和时代精神。苏联伟大爱国战争是付出了重大代价的，无数苏维埃人为祖国献出了美丽的生命，无数像索科洛夫一样的人失去了妻子儿女。索科洛夫的悲痛的个人命运，使我们更加入微地认识到法西斯侵略者的罪恶本质，增强了对敌人的憎恨，使我们亲切地感受到保卫新的生活是多么不容易而新的生活又是多么珍贵！作品中的时代精神的昂扬使人物的悲痛的个人命运获得了积极的政治效果。”[③]

60年代，肖洛霍夫在中国已逐步由“社会主义现实主义”的典范作家演变为“修正主义文艺的总头子”，其作品则变成了修正主义的大毒草。《人民日报》1966年5月13日和7月9日两次以整版的篇幅刊登批判肖洛霍夫的文章。齐学东、郑机兵的文章说：“在《一个人的遭遇》里，肖洛霍夫通过突出渲染卫国战争中索科洛夫的非人遭遇，疯狂地夸大反法西斯战争破坏了人民的‘和平幸福’生活，造成了人间的生离死别。”[④]

三、“解冻”“百花齐放”与柯切托夫

要理解中苏关系由“蜜月”到“反目”的转变，“解冻”是关键。简言之，“解冻”在政治上是反对个人迷信和个人崇拜，反对极权专制，在文艺上则是反对“无冲突论”，要求文艺作品真实地反映生活，大胆地揭露生活中的矛盾冲突。“解冻”之初，中国文坛也为之欢呼雀跃，奥维奇金《区里的日常生活》[⑤]、爱伦堡的《解冻》[⑥]、迦林娜·尼古拉耶娃的《拖拉机站站长和总农艺师》[⑦]几乎同时于1955年被译为中文发表。其中《拖拉机站站长和总农艺师》先在《译文》连载，接着经团中央书记胡耀邦推荐转载于发行量达300万份的《中国青年》杂志，当年12月出版单行本，首印15万册，一年之内3次印刷，印数达105万册。这些“带刺的玫瑰”移植中国，为1956年的“百花齐放”提供了强大的助力。50年代

---

① 《光明日报》1957年3月16日。

② 房树民：《俄罗斯性格的赞美——读肖洛霍夫〈一个人的遭遇〉》，《中国青年报》1957年3月21日。

③ 杜黎均：《论〈一个人的遭遇〉的创作特色》，《文艺学习》1957(5)。

④ 齐学东、郑机兵：《〈一个人的命运〉——现代修正主义文艺黑旗》，《人民日报》1966年5月13日。

⑤ 奥维奇金：《奥维奇金特写集》，君强、冰夷译，北京：作家出版社，1955年9月。

⑥ 爱伦堡：《解冻》，钱诚译(第一部，《国际展望》1955年第1—4期；第二部，作家出版社1963年“内部发行”)。

⑦ 尼古拉耶娃：《拖拉机站站长和总农艺师》，草婴译，《译文》1955年第8—10期；北京：中国青年出版社，1955年12月。

中后期，像《金星英雄》之类的作品作为“无冲突论”的代表在苏联受到批判，其在中国的声望也大幅下降。但遗憾的是，60年代初，中苏国家利益的冲突强化了两国的意识形态分歧，中国方面不仅接受苏联文学的热情有所降低，对“解冻”的容忍度也大大降低了。简言之，苏共当局纵容“解冻”无异于推行“修正主义”路线，而中国却要推行“无产阶级专政下继续革命”，致使苏俄文学(特别是解冻后的文学)在中国人的心目中逐渐丧失了革命性，终于在“文化大革命”到来前夕退出了中国文坛。于是，奥维奇金的长篇小说《艰难的春天》和爱伦堡的长篇回忆录《人·岁月·生活》等“解冻”之作就只能以“内部发行”的形式出版了。①

其实，“内部发行”不是60年代的特产，早在50年代就有了这种做法。例如，杜金采夫的“解冻”之作《不是单靠面包》1956年发表于《新世界》，中译本1957年由作家出版社“内部发行”(白祖芸等译)。这说明中国文艺界对于“解冻”一开始就非常警惕。但与“解冻”“反对个人迷信”等思潮相对立、主张“公正”评价斯大林的作品，在“文化大革命”之前仍然在中国得到大规模译介。突出代表是柯切托夫的作品。

十七年间，从《金星英雄》《光明普照大地》到“解冻”，再到柯切托夫的《叶尔绍夫兄弟》和《州委书记》等在中国的译介，不仅反映了中苏文学的密切关系，更反映了中国翻译界欣赏趣味和接受能力的变迁。

柯切托夫(1912—1973)著有《茹尔宾一家人》(1952)、《青春常在》(1954)、《叶尔绍夫兄弟》(1958)、《州委书记》(1961)等长篇小说。这些作品都被迅速翻译为中文出版。《茹尔宾一家人》先后有徐克刚译本(上海泥土社，1953)，殿兴、桴鸣译本(青年出版社，1954)，金人译本(作家出版社，1956；人民文学出版社，1959)，由这部小说改编的电影文学剧本也迅速译为中文(李邦媛译《大家庭》，中国电影出版社，1957)。为什么中国翻译界特别青睐这位二流的作家和这些二流的“经典作品”呢？症结就在于，这些小说具有强烈的政论色彩，跟当时以《新世界》为代表的“解冻”思潮展开了激烈的论战。我们试以《叶尔绍夫兄弟》和《州委书记》为例分析如下。

《叶尔绍夫兄弟》是一部具有强烈当代性的作品。写作于1956—1957年，描写“世袭的”钢铁工人叶尔绍夫兄弟的工作和生活，反映了1956年苏共二十大前后苏联社会尖锐复杂的矛盾斗争。1962年7月，龚桐、荣如德译本由作家出版社出版，当年11月第二次印刷，两次印数达6万册。1962年至1963年间，湖北人民出版社、四川人民出版社、贵州人民出版社、江苏人民出版社等八家出

① 奥维奇金:《艰难的春天》，杨永译，上海文艺出版社1962年“内部发行”；爱伦堡《人·岁月·生活》1—4卷，冯南江、秦顺新等译，作家出版社1962—1964年“内部发行”。

版社印行了该译本,总印数达27万册。翻译的理由是什么呢？据“译后记”说：这部小说“为我们描绘了当代许多激动人心的事件,出色地反映了现代生活中的深刻的冲突,成功地刻画了作为斗争中心的力量、战斗和胜利的力量的工人阶级”。“以高度的热情歌颂了当代社会的中坚——工人阶级。在小说中,我们可以看到苏联的普通工人群众在工作中、在日常生活中跟阻碍苏维埃社会向共产主义迈进的逆流所做的坚决斗争。站在这个斗争尖端的是叶尔绍夫一家。他们跟苏联知识分子中的优秀代表人物一道捍卫着马克思列宁主义原则和理想,在生产中和在艺术工作中坚决地揭露了形形色色坏分子的罪恶勾当。”小说塑造了一系列正面人物:为共产主义美好未来进行创造性劳动的工人普拉东、季米特里、安德烈,坚持捍卫艺术的党性和人民性原则的艺术家雅柯夫,另外还有演员古良也夫、工程师伊斯克拉·卡扎柯娃、大学生卡芭,都是优秀的知识分子的代表。反面人物则有:卑劣的蜕化分子、野心家阿尔连采夫,唯恐天下不乱的诽谤者、冒牌“发明家”克鲁季里契,叛徒沃罗别内,也有艺术界的败类托马舒克。“作者一方面令人信服地指出在工人阶级和苏联知识分子的优秀代表人物的坚决反击下,这些侏儒的叫嚣和阴谋是注定要失败的,同时一再强调不能忽视他们的危险性。”[①]有意思的是,这部作品中,作者直接对当代生活中重要事件做了回应。例如,1956年的匈牙利事件,作者通过炼钢厂厂长秘书卓娅·乌沙阔娃跟邻居老太太(儿子在匈牙利服役)的谈话指出,匈牙利事件是反革命暴乱,匈牙利人民一定“能平定这次反革命叛乱”[②]。

《叶尔绍夫兄弟》的一个突出特点是对“个人迷信”的不同看法。在作家看来,很多人反对个人迷信并非出于真诚,而是“别有用心”。当叛徒沃罗别内声称反对个人迷信但却“敢怒不敢言”时,一个工程师坚决反击了他:“我曾经喊着‘为了祖国！为了斯大林！’冲锋,……是的,是这样。冒着弹雨、握着步枪冲向坦克和榴弹炮！我跟斯大林非亲非故。从他身上我看到的是党,是中央委员会,是人民,而不只是一个人。”[③]

作者还塑造了一些中间人物,如市委书记戈尔巴乔夫,画家卡扎柯夫等。市委书记戈尔巴乔夫,为人正直,但跟歪风邪气斗争不力,对别人反映的坏事总是批评反映者“惊慌失措”“夸大其词”,一出场就带着心脏病,终于心脏病发作而死。[④] 但他的女儿、年轻大学生卡芭则嫁给优秀工人安德烈,并在父亲逝世的这一夜生下了一个儿子。

画家维塔里·卡扎柯夫,摇摆于理想主义和个人主义(颓废派)之间,既画

---

① 柯切托夫:《叶尔绍夫兄弟》,北京:作家出版社,1962年,第589—591页。

② 同上书,第459—460页。

③ 同上书,第314页。

④ 同上书,第548页。

过裸体美女，也以季米特里为原型画过钢铁工人的光辉形象，但意志不坚定，差点抛弃优秀的妻子，最终回到妻子的怀抱，回归工人阶级的理想。知识分子们跟工人阶级的结合、从工人那里得到启示和力量，凸显了苏联文学的党性原则和“社会主义现实主义的创作方法”[①]。

演员古良也夫坚持党性原则、坚持塑造理想人物的言行，不仅是在跟剧院里的“堕落倾向”的代表人物托马舒克斗争，也是明显地跟“解冻”势力和解冻思潮做斗争。古良也夫说：“看看我们现在上演的这些剧本吧，一个剧里妻子抛弃了丈夫，说什么他是个老官僚主义者；另一个剧里丈夫离开了妻子，只因为她老了；又一个剧里谁也没离开谁，都是些胆小鬼，想抛弃对方又不敢，于是就在背地里偷偷摸摸；再有一个剧里则是一个婆婆妈妈的老好人受到欺侮……”[②]在提到古良也夫的演艺生涯及其理想主义时，作者说：

> 他从来都是以他的角色的生活作为自己的生活。当他扮演的是个英雄形象，在舞台上发出豪壮的语言，传播伟大的思想时，他生活中的一切也似乎有了重大的意义，变得崇高而豪迈；而当舞台上的形象是渺小空虚的时候，生活也就变得庸俗而烦琐。……在艺术上，可以创造出各种典型形象，并不要求他们与真人真事完全吻合，只要演得惟妙惟肖，就可以使观众信服。然而却无论如何不能把虚伪演成真实，更何况是要把渺小演成伟大呢？[③]

从艺术性上看，《叶尔绍夫兄弟》这部小说完全符合“社会主义现实主义”。主人公是纯而又纯的工人阶级，优秀知识分子接受工人阶级的良好影响，反动派则是脱离工人阶级背叛苏维埃信仰的腐化堕落分子。今天看来，这部作品也暴露了苏联社会的腐败。管理混乱，一个工厂工程师的任命直接关联中央委员会，法制不完备，诽谤者和剽窃者仅仅被开除出党了事，没有受到任何法律的制裁。

《州委书记》是又一部反映苏联现实生活的长篇小说。作家出版社 1962 年出版了孙广英等译本，1963 年重印时改为“内部发行”。这部小说塑造了两个性格不同的州委书记形象。斯塔尔戈罗德州委第一书记杰尼索夫是小说着力描绘的正面主人公。他对人诚恳，对工作认真负责，踏踏实实，常常深入工厂和农村考察，热爱共产主义事业，同时又很有人情味。例如，杰尼索夫对不称职的化工厂厂长苏霍多洛夫颇为迁就，因为他是老朋友，对自己有救命之恩，甚至当人们揭露维索科戈尔斯克州委书记弄虚作假时，他也出于“人情”而出面劝告，

---

① 柯切托夫：《叶尔绍夫兄弟》，北京：作家出版社，1962 年，第 591 页。

② 同上书，第 176 页。

③ 同上书，第 187 页。

迟迟不愿向中央报告。与此相对照，小说还塑造了官僚主义者阿尔塔莫诺夫的形象。阿尔塔莫诺夫是维索科戈尔斯克州委第一书记，苏共中央委员，一贯虚报产值产量，常常“提前完成”播种和收割任务，并且“超额三倍”完成上交粮食和畜牧产品的计划，靠弄虚作假为自己捞取勋章。当然，最后正义得到了伸张，弄虚作假者被撤职查办。这部小说之所以特别吸引读者，首先就在于对官员弄虚作假行为的揭露，对于刚刚经历了“大跃进”和“三年自然灾害”的中国人民来说，尤其如此。同时，这部小说也符合中国官方的价值观或官方意识形态：第一是反修防修，割资本主义尾巴。小说详细描写了一群老布尔什维克跟一个新生资产阶级杰苗希金所做的坚决斗争。杰苗希金是化工厂管道工人，靠盗窃国家财富而发家致富，盖起了楼房别墅，进而剥削雇佣劳动者。第二是反对文学艺术上的颓废主义倾向。小说塑造了青年颓废诗人普土什科夫的形象，该诗人始于色情诗篇，终于为弄虚作假者歌功颂德。与之相反，巴克沙诺夫却兢兢业业描写农村生活，是对党有益的作家。可以说，《州委书记》是一部“社会主义现实主义”的经典作品。今天看来，正如《叶尔绍夫兄弟》一样，《州委书记》也是充满了矛盾的作品，也在某种程度上暴露了苏联社会的腐败。例如，化工厂厂长苏霍多洛夫只知“超额完成计划”，拒绝一切合理化建议，甚至不许停产进行正常的机器设备维修，导致严重爆炸事故。为排除故障英勇负伤的女工玛依娅固然应该获得勋章，但严重失职的厂长苏霍多洛夫仅仅被“劝告退休”了事，丝毫不用承担责任。而“退休”后的苏霍多洛夫居然异地被任命为另一个大型企业的领导。再如，像阿尔塔莫诺夫那样虚报产值、讨好中央领导，导致地方民不聊生的现象在民主国家是绝不可能发生的，但在苏联不仅出现了，出现后还长期得不到纠正，最后对他的处理也仅仅在报纸上发表了“两条不很引人瞩目的消息”——解除职务。这样的丑事应该闹得沸沸扬扬、变成天下皆知的“丑闻”，才可能起到警醒世人的作用。面对如此恶劣的、危机四伏的局面，作家却满怀信心地预言苏联将成为世界最发达最强大的国家。殊不知，苏维埃社会正是由于不愿敲响警钟才终于将警钟变成了丧钟。

但《叶尔绍夫兄弟》和《州委书记》的乐观情调，正如《金星英雄》的乐观情调一样，乃是苏联“社会主义现实主义”的基本特征。正如西尼亚夫斯基在长篇论文《何谓社会主义现实主义》(1957 年，1959 年 2 月发表于法国文学杂志《精神》)所说的：“每部社会主义现实主义作品还在它出现之前就都已确定会有美好的结局，情节通常沿着走向结局的途径展开。……失去的幻想，破灭的希望，不能实现的梦，这些其他时代和制度下的文学特征，是社会主义现实主义所忌讳的。”①

① 西尼亚夫斯基：《笑话里的笑话》，北京：中国文联出版社，2001 年，第 14 页。

从艺术形式的角度看,由于柯切托夫们对西方颓废派和形形色色的现代主义持强烈排斥态度,所以写作手法相当陈旧,基本上是19世纪现实主义的翻版,唯一的革新就是把悲观消除,注入乐观情绪。事实上,在柯切托夫创作的年代,西方作家的形式探索日新月异,法国人正在写作"新小说",美国人约瑟夫·海勒正在写作《第二十二条军规》,俄裔美国作家纳博科夫正在写《微暗的火》,只有中国人正在写作《创业史》和《山乡巨变》。而中国作家们学习的楷模就是肖洛霍夫、柯切托夫乃至巴巴耶夫斯基等苏联"老大哥"。于是在世界上构成了两道全然不同的风景线。

第二节　从普希金到托尔斯泰

——新中国头十七年的俄罗斯文学翻译

由于新中国政府实行"一边倒"的外交政策,文化政策上也向苏联全面倾斜,中国文艺界开始大规模地翻译出版苏联文学作品,旧俄古典作家的作品也捎带着涌进中国。普希金、莱蒙托夫、果戈理、屠格涅夫、冈察洛夫、托尔斯泰、陀思妥耶夫斯基、契诃夫等俄国古典作家的作品,都在新时代获得了新的生命。当然,毋庸讳言,这些古典作家作品的翻译远远不如苏联革命作家的译介热闹,而且很多情况下是他们搭了苏维埃作家的顺风船,多多少少与革命扯上点关系。我们以普希金、托尔斯泰、陀思妥耶夫斯基为例,简析俄罗斯古典文学在中国的译介。

一、"人民诗人"普希金

普希金(1799—1837)是俄国近代文学的奠基人,也是最早译介到中国的俄罗斯古典作家。其主要作品早在1949年之前就已全部译为中文,而许多代表作往往有多个译本,如《叶甫盖尼·奥涅金》有孟十还译本、甦夫译本、吕荧译本等;《茨冈》有瞿秋白译本、余振译本;《青铜骑士》有林耘译本、余振译本等。而这些译作大多在新中国头十七年间再版。例如,吕荧译本《欧根·奥涅金》,先后由上海海燕书店(1950)、人民文学出版社(1954)重版。罗果夫、戈宝权编辑的《普希金文集》(首版于1947)也于1954年修订再版(北京:时代出版社,收诗40首,戈宝权译,长诗三首:《茨冈》,瞿秋白译;《渔夫和金鱼的故事》《牧师和他的工人巴尔达的故事》,戈宝权译;剧本2部:《波里斯·戈都诺夫》,林陵译,《石客》,耿济之译;小说四篇以及俄苏作家和诗人论普希金的文字二十余篇),并重印了5次。瞿秋白译《茨冈》(人民文学出版社,1953)于1959年再版。磊然译的《村姑小姐》(普希金短篇小说选,1947),于1950年11月再版(时代出版社)。

20世纪50—60年代出版的普希金作品新译本也不少,而且也往往多次印刷。例如,陈伯吹翻译的普希金童话诗《牧师和他的仆人巴尔达》1950年由中华书局出版(收入《小金鸡》),1951年再版时易名为《牧师和他的工人巴尔达》,1954年上海少年儿童出版社出版时再易名为《牧师和工人巴尔达》。陈伯吹译的《沙皇撒尔丹》,也于1954年由上海少年儿童出版社出版。1954年,新文艺出版社出版了《普希金童话诗》(梦海译),该译本于1959年再版(上海文艺出版社)。

50年代出版的普希金小说译本不多,主要有:萧珊译的《别尔金小说集》(平明出版社,1954)和刘辽逸翻译的《杜布罗夫斯基》(人民文学出版社,1958)。柴可夫斯基改编本《叶甫根尼·奥涅金》也在1955年由音乐出版社出版(陈绵、沈左尧译)。

此外,普希金作品还以其高度的艺术性成为学习俄语的材料。1959年,商务印书馆出版了俄汉对照《普希金作品选读》(毕家禄注释),1964年增补再版。1964年,商务印书馆还出版了毕家禄注释的另一部普希金作品《死公主和七勇士的故事》(俄语简易读物)。

50年代,在普希金诗歌翻译方面成就最突出的是查良铮(穆旦),他在不到十年的时间里把普希金几乎所有优秀诗作译为中文。

1954年,上海平明出版社出版了查良铮译本《欧根·奥涅金》,该译本迅速由文化生活出版社(1956)和新文艺出版社(1957)再版。而查良铮晚年一直在修改译文,于逝世前不久(1977年初)改定完成(修订本1983年一次印刷53 000册)。除《欧根·奥涅金》之外,查良铮还翻译了普希金的《波尔塔瓦》(上海:平明出版社,1954;新文艺出版社,1957新一版)、《青铜骑士》(平明出版社,1954;新文艺出版社,1957)、《高加索的俘虏》(新文艺出版社,1958,包括《高加索的俘虏》和《巴奇萨拉的喷泉》两部长诗,并附录别林斯基等人论述两诗的文字,印数4 500)、《加甫利颂》(平明出版社,1955,包括《加甫利颂》《塔西特》《科隆那的小房子》三部长诗,印数9 000)和《普希金抒情诗一集》《普希金抒情诗二集》等。《普希金抒情诗一集》收集抒情诗160首,贯穿诗人二十三年创作生涯(1814—1837),由平明出版社1954年初版(印数38 000册),1957新文艺出版社新一版,1958第三次印刷(印数76 000册)。《普希金抒情诗二集》收集240首抒情诗,上海新文艺出版社1957年10月出版(印数45 000册)。查良铮既是杰出的翻译家,更是天才的诗人,具有巧妙处理译入语和原文关系的能力,于诗歌翻译方面尤其成就卓著。查良铮的这些译作在“文化大革命”后都得到再版。

与新中国译介普希金的热潮相伴随,普希金研究也逐渐活跃起来。如戈宝权的《普希金和中国》以时间为序,详细论述并评价了普希金对中国的兴趣、17

至18世纪的俄国接受中国文化的情况以及中国接受普希金的始末,史料翔实,具有相当的学术价值。[①] 查良铮的《漫谈〈欧根·奥涅金〉》一文从美学的角度分析了普希金作品的艺术特征。[②] 匡兴的《论"奥涅金"是多余人的典型》和陆凡的《关于奥涅金是"多余人"的形象问题》讨论了国内外学者的不同观点,以实事求是的态度缜密地论证了奥涅金是多余人的观点。[③]

不过,中国学界接受普希金,并不仅仅是因为普希金诗歌的伟大艺术魅力,还由于普希金诗歌的人民性(народность,也可译为"民族性")。而"人民性"是普希金这个古典作家与社会主义时代作家们相同的一条重要精神纽带。当时介绍和研究普希金的文章中,存在人为地拔高普希金的倾向。例如,称普希金"虽出身贵族,与人民血肉相连,不向沙皇屈服,不向王座低下'英雄头颅'"[④];普希金是"为真理而斗争的坚强不屈的战士"[⑤]等。从政治上拔高普希金及其作品,虽然在当时提高了普希金译介的"合法性",但也导致对普希金评价的严重扭曲,因而当20世纪60—70年代政治风向发生逆转时,普希金也就从被偶像化的"人民诗人"变为"反动诗人"了。

二、"俄国革命的镜子"托尔斯泰

列夫·托尔斯泰(1828—1910)在十七年间的译介也富有特色。托氏主要作品早在民国期间就译为中文,其中《复活》《安娜·卡列尼娜》《战争与和平》等都有多个译本,例如《复活》有七种译本(马君武、耿济之、张由纪、秋水、高植等);《安娜·卡列尼娜》有四种译本(陈大镫、陈家麟,周笕、罗稷南,宗伟,高植);《战争与和平》有三种译本(郭沫若译本、郭沫若与高地即高植合译本、董秋斯译本)。由于托尔斯泰对中国文化的持续强烈的关注,再加上列宁的保驾护航("俄国革命的镜子"),托尔斯泰在50年代的中国受到特别的"礼遇"。于是,在旧译重印的同时,十七年间的新译作也不断涌现。

在托尔斯泰的三部长篇小说中,《复活》的译本最多。早在1914年,马君武就翻译了《复活》(易名为《心狱》)由中华书局出版,1961年收入阿英编辑的《晚清文学丛钞·俄罗斯文学译文卷》,由中华书局再版。耿济之译的《复活》初版于1922年(上海商务印书馆)。高植译本初版于1943—1944年(重庆文化生活出版社),1946—1949年再版于上海文化生活出版社,1958年改由新文艺出版

① 《人民日报》1959年6月6日,又见《文学评论》1959(4)。本文经修改又重新发表在1980年12月22日《光明日报》上。

② 《文艺学习》1957(7)。

③ 分别见《北京师范大学学报》1962(2);《文史哲》1962(3)。

④ 田间:《普希金颂——纪念俄罗斯文学之父普希金诞生154周年》,《光明日报》1953年6月7日。

⑤ 王亚平:《诗人普希金在中国的影响》,《说说唱唱》1953(6)。

社出版。1952 年，汝龙译的《复活》由上海平明出版社出版，人民文学出版社 1957 年 2 月再版。直到“文化大革命”以后，汝龙译本仍有强大的生命力。[①]

《安娜·卡列尼娜》也有新译本出版。陈大镫、陈家麟译《婀娜小史》初版于 1917 年，1961 年收入阿英编辑的《晚清文学丛钞》，由中华书局再版。周笕（周扬）、罗稷南译《安娜·卡列尼娜》于 1950 年再版于三联书店。高植译本 1949 年初版于文化生活出版社，1953 年三版，1956 年新文艺出版社新一版。1956 年 11 月，人民文学出版社出版了周扬、谢素台译的《安娜·卡列尼娜》。

《战争与和平》董秋斯译本（据英译本转译）初版于 1949 年，1950 年改由三联书店出版，1958 年由人民文学出版社重版。1951 年，高植独立翻译的译本由上海文化生活出版社出版，1957 年再版于新文艺出版社。

托尔斯泰的中短篇小说和戏剧剧本也在新中国头十七年间出版了不少，但印数远不能跟《复活》等长篇小说相比。例如，中篇小说《哈吉穆拉特》出了三个译本：《哈泽·穆拉特》，刘辽逸译，哈尔滨光华书店 1948 年初版，作家出版社 1954 年 4 月新版（印数 15 000），人民文学出版社 1962 年 12 月改为《哈吉穆拉特》（3 000册）；《哈吉·慕拉》，侍桁译（上海平明出版社，1950；国际文化服务社，1953）；《爱自由的山人》，彭慧译（北京师范大学出版社，1952）。再如，吴岩译的《哥萨克》，开明书店 1949 年初版（2 000 册），1951 年 3 月二版（共 7 000 册）。1954 年 3 月，吴岩译《哥萨克（附袭击）》，上海新文艺出版社第一版，1957 年 11 月第六次印刷，总印数只有 19 031 册。

短篇小说集《塞瓦斯托波尔故事》也出了两个译本：《西伐斯托波尔的故事》，俞荻译（海燕书店，1950；新文艺出版社，1951；1952 年三版）；《塞瓦斯托波尔故事》，吴岩译（上海新文艺出版社，1955，印数 7 610 册）。

托尔斯泰的戏剧，翻译最多的是《文明的果实》《黑暗的势力》和《活尸》。《文明的果实》有：李健吾译本，收入《托尔斯泰戏剧集·三》，平明出版社 1950 年 7 月初版，1951 年 4 月再版（印数 3 500 册）；芳信译本（译名为《教育的果实〈四幕喜剧〉》），作家出版社，1954 年 12 月出版（印数 5 000 册）。《黑暗的势力》有：芳信译本，1944 年初版，海燕书店 1950 年再版，作家出版社 1955 年新版；文颖译本，收入《托尔斯泰戏剧集·二》，上海平明出版社 1950 年初版，1953 年第三版。托尔斯泰的另一个剧本《活尸》新中国成立前出过三个译本，1955 年作家出版社出版了芳信译本（印数 6 500 册）。

50—60 年代出版的托尔斯泰译作还有：《两个骠骑兵》，海戈译，新文艺出版社，1956 年；《一个地主的早晨》，海戈译，新文艺出版社，1957 年 6 月（印数 10 000册）；《艺术论》，丰陈宝译，人民文学出版社，1958 年 5 月（首印 12 000

---

① 汝龙译《复活》，1979 年 3 月人民文学出版社第二版，1984 年 7 月第 7 次印刷，印数达 440 800 册。

册);《高加索故事》,草婴译,人民文学出版社上海分社,1964年。这个时期出版的简易俄语读物,也有托尔斯泰的作品,如《童年》(梅溪译注,上海中华书局,1951),《高加索的俘虏》(汪守本注释,商务印书馆,1964),但印数都不多。

在翻译托尔斯泰作品的同时,苏联和西方学者研究托尔斯泰的著述也翻译过来。择其要者,有:罗曼·罗兰《托尔斯泰传》(傅雷译,商务印书馆,1950再版),古德济《托尔斯泰评传》(朱笄译,时代出版社,1950),史丹芬·褚威格编著《托尔斯泰的思想》(许天虹译,文化工作社,1951),高尔基《回忆托尔斯泰》(巴金译,平明出版社,1953年),洛牟诺夫等《论托尔斯泰》(收入洛牟诺夫、古德济、却尔司·亨巴脱三人的论文三篇,刘珂译,泥土社,1953年),贝奇柯夫《托尔斯泰评传》(吴钧燮译,人民文学出版社,1959,印数15 000册)。

托尔斯泰的作品既是作为"俄国革命的镜子"被接受的,其作品中的"反动思想"和"清醒的现实主义"自然而然引起热烈的争论。50年代中国的托尔斯泰研究带有强烈的论战色彩,争论集中在"世界观与创作方法的关系"。与这一主题相关的文章主要有:林希翎的《试论巴尔扎克和托尔斯泰的创作》、王智量的《列夫·托尔斯泰的世界观和创作方法》、张文勋的《关于古典作家的世界观和创作方法关系的一些问题》、钱学熙的《作家的世界观与创作方法问题》、卞之琳的《略论巴尔扎克和托尔斯泰创作的思想表现》、钱中文的《反对修正主义对托尔斯泰的歪曲》等[①]。这些文章的文风或思维模式显然受控于当时的政治氛围。

50年代末,文坛曾发生过一场怎么评价托尔斯泰的尖锐论争,表明某些极左分子正企图把"俄国革命的镜子"变成"反革命的镜子"。1958年,谭微在《新民晚报》上发表了一篇题为《托尔斯泰没得用》的文章,称托尔斯泰"不会反映我们的时代",他的"慢条斯理的写作方法""不能符合我们这个时代要求",作为贵族老爷的托尔斯泰"占了社会停滞的便宜"。张光年发表《谁说"托尔斯泰没得用"?》[②]予以反击。谭文是极"左"思潮日益猖獗的信号,张文则是正常理智发出的抗议之声。无奈的是,进入60年代中期,尽管托尔斯泰还"有得用",却被严酷的政治形势打入冷宫,类似的抗议之声也被冻结了。

三、地位尴尬的陀思妥耶夫斯基

与托尔斯泰和普希金的翻译和研究相比,新中国头十七年间陀思妥耶夫斯基的译介显得多少有点冷落。

---

① 分别载:《文艺报》1955(21)、《文学研究集刊》1956(4)、《云南大学学报》1957(2)、《北京大学学报》1957(3)、《文学评论》1960(3)、《文学评论》1960(6)。

② 《文艺报》1959(4)。

陀思妥耶夫斯基(1821—1881)是一位风格独特、思想极其复杂的作家,他在中国译介的历程更加曲折坎坷。他的作品在50年代初也曾大量出版。择其要者有:1950年上海晨光出版公司再版耿济之译的《卡拉马助夫兄弟们》,上海文光书店重版韦丛芜译的《西伯利亚的囚犯》和《罪与罚》,王维镐译的《地下室手记》和《淑女》,叔夜译的《白夜》和《女房东》,高滔、宜闲译的《白痴》,荃麟译的《被侮辱与被损害的》,李葳译的《醉》,印数在两千册至四五千册不等。1951年,上海文光书店出版韦丛芜译的《穷人》,侍桁译的《赌徒》,上海出版社出版的作品集《佳作》中有陀思妥耶夫斯基的《圣诞树与婚礼》(董秋斯译)。以上各作品在1950—1953年间多次重印,其中韦译《罪与罚》印数高达85 000册,荃麟译《被侮辱与被损害的》印数也有1万余册。1952年,文化生活出版社重版了文颖译的《穷人》(至1954年3月共印3次7 580册),后来又分别于1956年和1957年由作家出版社和人民文学出版社重版。1953年4月—11月,晨光出版公司重版了耿济之译的《卡拉马助夫兄弟们》(1—4),两次印了4 000套。

1953年上海文光书店印行了九卷本"陀思妥耶夫斯基选集",包括:《罪与罚》(上下,韦丛芜译),《被侮辱与被损害的》(荃麟译),《穷人》(韦丛芜译),《西伯利亚的囚犯》(韦丛芜译),《地下室手记》(王维镐译),《赌徒》(侍桁译),《白痴》(宜闲译),《卡拉玛卓夫兄弟》(韦丛芜译)和《陀思妥夫斯基短篇小说集》。以上各书印数是2 000至4 000不等。从篇目看,该选集实际上是1945—1948年版的重印,但某些译作的译文有较大的改进,如叔夜译的《白夜》,译文质量比从前有明显的提高,而韦译《卡拉玛卓夫兄弟》是新译,是该书第二个完整中译本。这套选集的另一个特点是,除了《群魔》因"思想上有偏差"未被收录外,《少年》似乎因为"艺术上"的问题未受到应有的重视。而《群魔》的所谓"思想偏差",就是攻击革命,将革命与暴力和恐怖主义混为一谈,这为他在60年代以后沦为"反动作家"做了铺垫,也为他在90年代升格为"先知"埋下了伏笔。

1953年以后,陀思妥耶夫斯基的译介开始走下坡路。1956年,陀思妥耶夫斯基被世界和平理事会列为当年纪念的三位世界文化名人之一。但纪念活动并未推动陀氏著作的翻译高潮。当年重版的陀思妥耶夫斯基的作品,只有《穷人》(文颖译)和《被侮辱与被损害的》(荃麟译),印数为一万多册。1958年3月,耿济之译的《白痴》(王琴校)由人民文学出版社出版,后于1962年10月重印,两次共印了25 000套。1958年7月,种觉(包也直)译的中篇小说《二重人格》由上海新文艺出版社出版,印数为1万册,这是该书第一次译为中文。1959年10月,上海文艺出版社出版了陈林、沈序译的《涅朵奇卡·涅茨瓦诺娃》(印数11 500册)。

50年代,虽然中国大陆仍在出版陀思妥耶夫斯基的作品,但新译本只有3种:《卡拉玛卓夫兄弟》(韦丛芜译)、《二重人格》(种觉译)、《涅朵奇卡·涅茨瓦诺娃》(陈林、沈序译)等。出版之所以继续,一方面是惯性使然,一方面是由于民众的阅读兴趣依然;新译本之所以较少,是因为随着国有化进程的加快,唯一的赞助人(政府当局)已不再热心支持陀氏的译介。1960 年和 1961 年,中国没有出版陀思妥耶夫斯基的作品,也没有发表过一篇关于陀氏的评论。但上海文艺出版社 1961 年出版的《外国文学作品选》第三卷(周煦良主编)节选了《罪与罚》的片段(冯增义译)。这种情况表明,处于"三年自然灾害"时期的中国人民大众,正同时经历着肉体的饥饿和精神的贫困,陀思妥耶夫斯基只好暂时"靠边站"了;另一方面也表明,陀思妥耶夫斯基并没有真正远离中国的文学生活,仍然受到学者专家的关注。1962 年 9 月,人民文学出版社出版了《冬天记的夏天印象》(满涛译,印数 4 000 册)。这部随笔式作品于"三年自然灾害"后翻译问世,的确意味深长,因为它以犀利的笔锋,辛辣地讽刺和揭露了西方资本主义世界令人触目惊心的贫穷、罪恶、荒淫和堕落。此后,陀氏终于沦落为"反动作家"而退出中国文坛。

这个时期出版的陀氏研究著作主要有:叶尔米洛夫等《论陀思退夫斯基》(真琛、潘际坰等译),上海文光书店 1949 年 8 月初版。该书收入卢那察尔斯基等人的论文六篇。叶尔米洛夫的专著《陀思妥耶夫斯基论》也于 1957 年翻译出版(满涛译,新文艺出版社)。中国学者写的研究著作,主要有欧阳文彬的《陀思妥耶夫斯基和他的作品》(上海新文艺出版社,1956 年 9 月,印数 16 000 册)。该书简介了作家的生平和创作活动,历数作家的创作特色,分析了其"世界观与创作方法的尖锐矛盾"。这些论点虽不怎么新鲜,却恰好指出了陀氏在中国不走运的原因:政治上的反动(背离空想社会主义),思想上的非理性主义(宗教色彩),艺术上的非现实主义(现代主义色彩)。

据统计,"从新中国成立后到'文化大革命'前,……翻译出版的外国文学的总印数不低于一亿册,大约平均每种书出版两万册。而解放前,每种译本一般只有一二千册,多的也超不过四五千册。""新中国成立后的最初七年,仅人民文学出版社(包括作家出版社)就翻译出版了一百九十六种俄苏文学作品。"[①]另一个比较准确的统计数字是:1949 年 10 月至 1958 年 12 月,中国共译出俄苏文学作品 3 526 种,总印数达 8 200 万册以上,[②]平均每种印数为 23 300 册(套)。

必须指出,50 年代中国翻译出版俄苏文学作品虽然种类多、数量大,但主要是苏维埃时代的文学作品,俄国古典作家的作品印数并不多。例如,1950 年至 1962 年出版的陀思妥耶夫斯基的作品共 20 种(包括同一作品的不同译本),

---

① 陈玉刚主编:《中国翻译文学史稿》,北京:中国对外翻译出版公司,1989 年,第 346、347 页。

② 卞之琳、叶水夫、袁可嘉、陈燊:《十年来的外国文学翻译和研究工作》,《文学评论》1959(5)。参见陈建华:《20 世纪中俄文学关系》,上海:学林出版社,1998 年,第 184 页。

总印数(包括重印数)为239 480册(套),平均每部不到12 000册(套)。[①] 这些数字虽然与1949年前相比相当可观,但却远远低于当时的平均数字。不仅不能跟《钢铁是怎样炼成的》相比,就是跟发行量数十万的《金星英雄》相比,也是相形见绌。可以说"曲高和寡",陀思妥耶夫斯基的阳春白雪不为多数读者理解;也可以说"道不同不相为谋",走在社会主义光明大道上的中国读者不愿多瞥一眼阴暗、矛盾、病态的陀氏著作。也许二者兼而有之。总之,陀思妥耶夫斯基在20世纪50—60年代中国的译介,成就不值得骄傲。

第三节 渐行渐远的苏联文学

——新时期苏联文学的翻译

1976年,持续了十年的"文化大革命"结束,中国渐渐敞开胸怀接纳外国的"新生事物",接受外国的文学和文化。"文化大革命"的结束,实质上是一种中国式"解冻",因此,紧跟着最红、最革命的"红色经典"之后,俄国古典文学和苏联"解冻"以后出现的新作,迅速占领中国译坛,"文化大革命"期间遭到猛烈批判的作家也逐步恢复了名誉。于是形成了80年代翻译苏联文学的高潮。但是,进入90年代后,苏联文学的译介急剧衰落了,除了几个有特殊"品牌"可用的作家外,其余的作家已渐渐远离了中国读者的视线。我们以肖洛霍夫、瓦西里耶夫、邦达列夫、格罗斯曼等人的译介为例,简析苏联文学在新时期中国的潮起潮落。

一、战争文学的冷热更迭

苏联战争文学不仅是50年代译介的热门,也是80年代深受中国文坛关注的领域,瓦西里耶夫、巴克兰诺夫、邦达列夫等"前线一代"作家的创作,更是广受读者欢迎。但到了90年代之后,苏联战争文学的魅力大幅度降低了。

鲍里斯·瓦西里耶夫(1924—2013)是新时期最早进入中国读者视野的苏联作家之一。1977年,《世界文学》第1期发表了瓦西里耶夫的中篇小说《这儿的黎明静悄悄》,译者为王金陵。但译者却在书评中对作品的主题和人物形象做了牵强附会的解释,批评这部优秀作品"充斥"着"双料的思想毒素:既有和平主义的陈词滥调,又有军国主义的思想渗透;既有人性论的说教,又有战争的鼓吹。它是适应勃列日涅夫集团奉行的社会帝国主义政治需要的一株毒草"[②]。

---

① 田全金:《言与思的越界——陀思妥耶夫斯基比较研究》,上海:复旦大学出版社,2010年,第29页。

② 王金陵:《评〈这儿的黎明静悄悄〉》,《世界文学》1977(1)。

这表明中国读书界还没有从“文化大革命”时代的思想冰冻中完全解脱出来。1980年,王金陵译本由湖南人民出版社出版单行本。1986年,上海译文出版社出版的小说集《白轮船》中也收入了王金陵译的《这儿的黎明静悄悄》。1985年,海峡文艺出版社出版的《世界著名电影剧本选(1)》收入了王琢译的剧本《这里的黎明静悄悄》。1981年,瓦西里耶夫的另一部名著《未列入名册》,几乎同时出了两个译本:王守仁译本(安徽人民出版社)和裴家勤译本(湖南人民出版社)。1985年,瓦西里耶夫的描写战争前夕苏联学校生活的长篇小说《后来发生了战争》(1984)连载于《苏联文学》第1—3期,引起热烈反响。1986年,国际文化出版公司出版了《鲍·瓦西里耶夫优秀作品选》,其中包括《这里的黎明静悄悄》(李钧学等译)、《未列入名册》和《后来发生了战争》三部名作。80年代初,根据瓦西里耶夫的小说《这里的黎明静悄悄》改编的同名电影(罗斯托茨基导演)在中国上映,引起热烈的反响;作家又于1985年访问中国,成为最受中国读者喜爱的俄罗斯作家之一。90年代,瓦西里耶夫的译介冷落了。2005年5月,中俄合拍的19集电视连续剧《这里的黎明静悄悄》热播,瓦西里耶夫再次引起中国社会广泛的关注。

“战壕真实”的代表巴克兰诺夫(1923—2009)的作品也于80年代初译介到中国。1981年,巴克兰诺夫的《永远十九岁》由王书云等译为中文,发表于《俄苏文学》1981年第1期。该书在80年代还出了两个译本:马振寰译本,解放军文艺出版社1984年出版;殷勤、王燎等译本(译名改为《十九年华》),上海译文出版社1988年出版。1986年,吉林人民出版社出版了《一死遮百丑》(章海陵、伊文译,包括《一死遮百丑》和《一寸土》两个中篇)。但是像瓦西里耶夫一样,巴克兰诺夫的译介热潮仅限于20世纪80年代,90年代以后渐渐被遗忘,直到新世纪才又有新译作出版。2005年,人民文学出版社出版了良少年译的《一寸土》。这表明巴克兰诺夫的作品颇受中国读者欢迎,但除了苏俄文学史之类的书籍外,单独发表的评论文章极为少见。①

尤里·邦达列夫(1924—)是苏联“前线一代”作家,是“战壕真实”和“全景真实”的重要代表人物。他的中篇小说《营请求炮火支援》《最后的炮轰》等是战壕真实的代表作,《热的雪》(1969)是“全景真实”的杰作,其社会哲理小说“三部曲”《岸》(1974)、《选择》(1980)、《人生舞台》(1985)则拥有更广泛的社会影响,被译为多种文字。因此,邦达列夫在中国的译介和接受更有代表性。

1976年6月,上海人民出版社“内部发行”了邦达列夫的长篇小说《热的雪》(上海外国语学院译)。1978年6月,《岸》由人民文学出版社出版(南京大学外文系欧美文化研究室译),注明“供内部参考”。在《岸》的中译本前言中,译

---

① 目前所见有:杜隽《海明威与巴克兰诺夫战争小说比较》,浙江海洋学院学报(人文科学版)2010(2)。

者对小说提出了严厉的批评和怪诞的分析：邦达列夫创作这部小说的目的是为苏修争霸全球服务；尼基金等人前往西德是苏联社会帝国主义加紧向西方渗透的需要，是为了麻痹西欧人民，其实质是觊觎美国的势力范围，妄图把西德变成苏联的一个加盟共和国，并进而霸占全欧等等。应该说，《岸》的译者实际上已意识到作品的价值，但还没有从"文化大革命"的"左倾"思维惯性中摆脱出来，故而做出种种自相矛盾的、荒唐的评价。

改革开放以后，邦达列夫获得了中国文艺界和中国读者的热情接纳。1980年，邦达列夫与他人合著的"电影史诗"《解放》（施达译）由上海译文出版社出版，印数为33 000册，但仍注明"内部发行"。1982年，何茂正等节译的《选择》发表于《俄苏文学》（1982年第2期）。1983年，几乎同时出版了三部邦达列夫作品：上海译文出版社出版了邦达列夫随笔集《瞬间》（李济生、贺国安译），但仍然标有"内部发行"的字样；花山文艺出版社出版《最后的炮轰》（吴德艺等译）；安徽人民出版社出版了王燎、潘桂珍译的《选择》。1984年，上海外国语学院译的《热的雪》由上海译文出版社再版，译者署名改为朱纯、李德发、孙培伦和苏诚一。1985年，《中外电影丛刊》第5辑还刊登了金雨译的电影剧本《岸》。1986年，南京大学外文系欧美文化研究室集体翻译的《岸》由外国文学出版社新版，译者署名改为索熙。新版删除了原有的译者前言，增添了陈敬诛写的《论邦达列夫的长篇小说〈岸〉》作为附录，肯定《岸》是一部内容复杂的、多层次的哲理小说。1986年，上海译文出版社出版了《营请求炮火支援》（张勉、程家钧译），印数达42 000册。尤其值得关注的是，80年代的中国对邦达列夫的热情迅速达到了"抢译"的程度，几乎令人想起50年代的"重译风"。例如，邦达列夫的《戏》俄文版出版于1985年，但在1986—1987年两年的时间里，中国竟出版了该书的五种译本。它们是：《戏》（范国恩、述弢译，中国文联出版公司，1986），《影幕内外》（贾福云、叶薇译，北京群众出版社，1986），《人生舞台》（王燎译，外国文学出版社，1987），《新星之殒》（珊友、开石译，湖南人民出版社，1987），《女演员之死》（胥真理译，海峡文艺出版社，1987），而且这种重译风延续到90年代。1989年12月，刘同英译的《美·孤寂·女人的气质——邦达列夫人生、艺术随想集》由上海知识出版社出版。

1976—1989年间，邦达列夫几乎所有的作品都译成了中文，各译本印数在六七千册至四五万册不等，邦达列夫在中国享有很高的声望，是确定无疑的。但到了90年代，翻译的热潮冷却了，虽然邦达列夫的作品还在重印，新译作却不多。90年代以来的新译作似乎只有翁文达、张继馨译的《女演员之死》（上海译文出版社，1992）、闫洪波译的《百慕大三角》（外国文学出版社，2002）、石国雄译的《诱惑》（昆仑出版社，2006）等寥寥几部。不过中国学者的邦达列夫研究继续在进行，且取得不少成果。1980—2009年，中国期刊上发表了110多篇有关邦达列夫的文章,其中以之为题的评论文章30余篇,并且出版了研究邦达列夫的专著:陈敬咏的《邦达列夫创作论》(译林出版社,2004年)。陈敬咏的论著全面详细地分析了邦达列夫的几乎全部作品,论点公允客观,充分体现了当代评论的学术品格。

二、“红色经典”与“诺贝尔效应”

新时期出版的苏联文学名著数不胜数,其中相当一部分是“红色经典”。

早在1952年就译为中文的《卓娅和舒拉的故事》,也重新与读者见面。1979年,中国青年出版社重版了尤侠翻译的《卓娅和舒拉的故事》。1990年以来,江苏少儿出版社、海天出版社、浙江文艺出版社、新世纪出版社、中国妇女出版社、海峡文艺出版社、译林出版社等十余家出版社,先后推出十多个译本(包括改写本),可谓盛况空前。

法捷耶夫的译介也颇为引人注目。1978年,磊然译的《毁灭》由人民文学出版社出版。同年,上海译文出版社出版了《青年近卫军》俄汉对照本。1983年,水夫翻译的《青年近卫军》由人民文学出版社重印,1987年出了第二版,该书至1996年已是第八次印刷,2004年又出插图本。1985年,外语教学与研究出版社出版了《青年近卫军》俄文改写本(刘宗次改写)。1986年,宝文堂书店出版了《青年近卫军》磊然译本。1996年,解放军文艺出版社出版了《青年近卫军》缩写本(牛颂缩写)。1999年,译林出版社出版了王士燮翻译的《青年近卫军》,该译本于2005年、2006年多次重印。2004年,天津人民出版社出版了《青年近卫军》改写本(谈戈改写),列入“青少年必读丛书”。2007年,光明日报出版社出版了《青年近卫军》缩写本(周露缩写)。

1980年,梅益翻译的《钢铁是怎样炼成的》修订本出版。此后至1995年,该版本就印刷32次,发行130多万册,并被列为中学生课外必读书目。1994年,漓江出版社出版了由黄树南翻译的《钢铁是怎样炼成的》“全译本”,全国上下竞相仿效。2000年以来,随着20集电视连续剧《钢铁是怎样炼成的》热播,小说《钢铁是怎样炼成的》再版、重印再掀高潮。自1994年至2007年,全国有五十多家出版社投入了“大炼钢铁”的热潮,把数十种重译本、全译本、再版本、缩写本、双语对照本推向市场。[①] 这种热闹局面,可以说是人类历史上从未有

---

① 《钢铁是怎样炼成的》新译本常见的有:曹缦西、王志棣译本(译林出版社,1996),马海燕等译本(海天出版社,1996),袁宗章译本(陕西人民出版社,1996),张文郁译本(北岳文艺出版社,1997),李兆林等译本(浙江文艺出版社,1997),王志冲译本(上海译文出版社,1998),楼瑛译本(中国电影出版社,1999),宋建超译本(大众文艺出版社,1999),张江南、张豫鄂译本(长江文艺出版社,2000),赵健译本(北京大学出版社,2004),田国彬译本(北京燕山出版社,2005),张敏译本(哈尔滨出版社,2006),邢兆良译本(长江文艺出版社,2007)等。学术界对所谓“全译本”有不同看法,围绕“全译本”展开的争论实际上构成了“钢铁热”的一部分。

过的。与此同时,批评界关于《钢铁是怎样炼成的》的一场大讨论也随之出现。

当"苏联文学"译介的热潮已成明日黄花的时候,"红色经典"的翻译却高歌猛进,纷纷抢译。这确实令人怀疑,人们究竟是欣赏艺术还是"炼钢"。至于那些堪称经典却不太红的作品,复兴的步履要缓慢一些,而且过了 80 年代的黄金时期之后,译介就趋于停滞了。

1980 年,《静静的顿河》金人译本由人民文学出版社重版,肖洛霍夫得到正式平反。1981 年,《苏联文艺》(1981 第 5 期)重新发表了草婴译的《一个人的遭遇》。同年 10 月,徐昌汉译《一个人的命运》发表于《外国小说报》(1981 年第 10 期)。1986 年,漓江出版社出版了力冈译的《静静的顿河》新译本。力冈译本因较好地表现了原书的神韵而广受赞誉,直到 2010 年还在重印。1988 年,金人译《静静的顿河》第二版由人民文学出版社出版。

进入 90 年代,虽然上述作品都得以重印,但新译本却很少。1996 年,冯加等翻译的《人的命运》由四川人民出版社出版。2000 年,人民文学出版社出版了草婴等翻译的 8 卷本《肖洛霍夫文集》,将肖洛霍夫的主要作品搜罗殆尽[①],但也基本上是旧译本,新译不多。2003 年,中国致公出版社出版了《静静的顿河》新译本(李志刚、张苏敏、王丽美译)。

中国研究肖洛霍夫的热情也于 80 年代同时恢复,而且这种研究热情三十年来一直持续着。1980—2009 年,中国期刊上发表的有关肖洛霍夫的文章有 500 余篇,其中以肖洛霍夫为题的文章 200 余篇,有 6 篇硕士论文论述他,出版的研究专著有七八部。1982 年 10 月,外语教学与研究出版社出版孙美玲选编的《肖洛霍夫研究》("外国文学研究资料丛刊"之一),收录苏联和外国学者文章 50 余篇,印数 10 500 册。此后,孙美玲《肖洛霍夫》(1985)、李树森《肖洛霍夫的思想与艺术》(1987)、孙美玲《肖洛霍夫的艺术世界》(1994)、何云波《肖洛霍夫》(2000)、冯玉芝《肖洛霍夫诗学研究》(2001)、刘亚丁《顿河激流:解读肖洛霍夫》(2001)、李毓榛《肖洛霍夫的传奇人生》(2009)等研究专著相继出版,把肖洛霍夫研究推向深入。期间,中国学者还翻译出版了俄罗斯学者的一些著作,如瓦连京·奥西波夫《肖洛霍夫的秘密生平》[②]、瓦·李维诺夫《肖洛霍夫评传》[③]等。当然,肖洛霍夫在 90 年代以来仍然受关注,靠的不是"苏联"牌,更不是"红色"牌,而是"诺贝尔"牌甚至"反红"牌,还跟"剽窃"之类的辩白联系在一起。

帕斯捷尔纳克(1890—1960)是"白银时代"后期的诗人,在 30—40 年代严

---

① 第 1 卷,《中短篇小说》(草婴译);第 2—5 卷,《静静的顿河》(金人译);第 6—7 卷,《新垦地》(草婴译);第 8 卷,《随笔、文论、书信》(孙美玲译)。

② 瓦连京·奥西波夫:《肖洛霍夫的秘密生平》,刘亚丁、涂尚银、李志强译,成都:四川人民出版社,2001 年。

③ 瓦·李维诺夫:《肖洛霍夫评传》,孙凌齐译,北京:中央编译出版社,2002 年。

酷的政治环境下沉默了二十余年,直到50年代中期“解冻”之后,才试图重新发出自己的声音。1958年,帕斯捷尔纳克受到中国学界的关注[①],是作为仇视革命的知识分子、甚至“市侩、叛徒”而受到批评,为他惹来横祸的“毒草”《日瓦戈医生》并未译介过来。他的作品直到80年代才译为中文。他的代表作《日瓦戈医生》几乎同时出了两个译本。1986年12月,力冈、冀刚合译的《日瓦戈医生》由漓江出版社出版,印数41 000册。1987年1月,蓝英年、张秉衡合译的《日瓦戈医生》于外国文学出版社出版,印数达13万册。稍后,湖南人民出版社出版了顾亚铃、白春仁翻译的《日瓦戈医生》。这三部译本的出版,掀起了国内研究帕斯捷尔纳克的热潮。1988年,帕斯捷尔纳克诗选《含泪的圆舞曲》(力冈、吴笛译)由浙江文艺出版社出版。接着,安然、高韧合译的《追寻》(花城出版社,1988),乌兰汗、桴鸣译的《人与事》(三联书店,1991),毛信仁译的《帕斯捷尔纳克诗选》(上海译文出版社,1992)等诗文集也相继出版。

1984—2009年,中国期刊发表了500余篇有关帕斯捷尔纳克的文章,其中以帕斯捷尔纳克为题的文章130余篇,另有一篇博士论文[②],10篇硕士论文论述他。中国学者写了多部研究专著,一个是高莽的《帕斯捷尔纳克——历尽沧桑的诗人》(长春出版社,1998)。高莽还于2001年出版了一部简化版的《肖洛霍夫》,作为“诺贝尔奖百年英杰学生读本”之一出版。另一部专著是包国红的《风风雨雨“日瓦戈”——〈日瓦戈医生〉》(云南人民出版社,2001)。

像肖洛霍夫一样,帕斯捷尔纳克惹人注目靠的不是“苏联”品牌,而是“诺贝尔”品牌。不同的是,肖洛霍夫不断遭受质疑,而新时期的帕斯捷尔纳克却受到一致赞扬。至于没有诺贝尔品牌的作家,则有少数民族或神话品牌、生态品牌可用,否则就难以吸引中国的译者和读者。艾特玛托夫和拉斯普京是突出的例子。

三、“神话”“生态”与忧患意识

艾特玛托夫(1928—2008)的作品早在文化大革命前夕的1965年就译为中文[③],他的中篇小说《白轮船》也在1973年译为中文(雷延中译,上海人民出版社“内部发行”)。1980年,外国文学出版社出版了力冈等翻译的《艾特玛托夫小说集》(上、下册)。同时,《苏联文学》(1980年第3期)刊登了粟周熊翻译的艾

---

① 华夫:《杜勒斯看中了〈日瓦戈医生〉》,重玉:《诺贝尔奖金是怎样授予帕斯捷尔纳克的》,均见《文艺报》1958(21)。刘宁:《市侩、叛徒日瓦戈医生和他的“创造者”帕斯捷尔纳克》,臧克家:《臃疽·宝贝——诺贝尔奖金为什么要送给帕斯捷尔纳克?》,见《世界文学》1959(1)。

② 黄伟:《〈日瓦戈医生〉在中国》,饶芃子指导,暨南大学,2006年。

③ 《艾伊特玛托夫小说集》,陈韶廉等译,作家出版社1965年“供内部参考”,收录《查密莉雅》等中短篇小说6篇。

特玛托夫中篇小说《面对面》，编者极其简要地分析了该作品的主题和艺术特点："作品描写细腻，感情真挚，同时注意吸收神话传说和民歌等民间创作养分，以对社会生活矛盾的多方面的现实主义描写和对人物心理细致的刻画为基础，形成一种富于强烈浪漫主义激情和抒情传奇色彩的独特艺术风格。"这两部作品的出版，揭开了重新接纳艾特玛托夫的序幕。

1980—1986年，外国文学出版社出齐了《艾特玛托夫小说集》上、中、下三册(力冈等译)。该社还把其中最著名的三篇作品《查密莉雅》《永别了，古利萨雷》和《白轮船》另行结集为《艾特玛托夫小说选》(力冈、冯加译)于1984年出版。《白轮船》和《查密莉雅》应是艾氏作品再版次数最多的，直到21世纪还在重印。

1982年，新华出版社出版了艾特玛托夫的第一部长篇小说《一日长于百年》(张会森、宗玉才、王育伦译)，四年之后出版了该书的另一个译本《布兰雷小站》(高山、晓歌译，湖南人民出版社，1986)，直到90年代才又出新译本《风雪小站》(汪浩译，花山文艺出版社，1994)。

艾特玛托夫的另一部长篇小说《断头台》(1986)一出版就被译成中文，短短五年间至少出了八种译本，是中译本最多的艾氏小说。它们是：《母狼的心愿》，冯加节译，《当代苏联文学》1986年第3期(冯加译全本《断头台》，外国文学出版社，1987)；《断头台》，许贤绪节译，《外国文学报道》1987年第3期；《断头台》，李桅译，漓江出版社于1987年出版；《死刑台》，张永全等译，湖南人民出版社于1987年出版；《断头台》，徐立群、张祖武译，重庆出版社于1988年出版；《死刑台》，陈锌等译，中国文联出版公司于1988年出版；《断头台》，曹国维等译，上海译文出版社于1991年出版；《上帝前的殉难》，刘先涛、胥真理译，百花洲文艺出版社于1991年出版。

80年代出版的艾特玛托夫小说还有：《我的包着红头巾的小白杨》(力冈译，人民文学出版社，1985)，《教师之歌》(彭庚译，湖南人民出版社，1986)等。艾特玛托夫的文学论文和随笔集《对文学与艺术的思考》也于这个时期出版(陈学迅译，新疆大学出版社，1987)。

自1991年以后，虽然有不少作品再版，但新译作却不多，而且旧译新版的印数也往往不足万册。直到21世纪才又出新作：《崩塌的山岳 永恒的新娘》，谷兴亚译(上海译文出版社，2008)。

1981—2009年，中国期刊上发表了300余篇有关艾特玛托夫的文章，专门论述他的文章约180余篇。专著两部：韩捷进《艾特玛托夫》(四川人民出版社，2001)；史锦绣《艾特玛托夫在中国》(河北人民出版社，2007)。整体上，中国学者对他持赞赏的态度。

拉斯普京(1937—2015)的作品也早早地译介到中国。1978年12月，拉斯普京中篇小说《活着,可要记住》由中国社会科学出版社出版(李廉恕、任达萼译),一次印刷5万册,标明“内部发行”。同时,丰一吟、张继馨、严梅珍、史慎微等翻译的《活下去,并且要记住》,连载于《外国文艺》(1978.2—1979.1.),丰译单行本于1979年6月由上海译文出版社出版,印数也是5万册,也是“内部发行”。1979年,江苏人民出版社还出版了多人合译的《活下去,并要记住》。三个译本几乎同时出版,确实是盛况空前。但译者对此书的评价却仍然沿袭了过去的“文化大革命”遗风。例如,1978年中国社会科学出版社出版的序言指出:《活着,可要记住》揭露了开小差的逃兵,但对支持逃兵的女主人公却持同情态度,而在描写女主人公复杂、痛苦的心理过程时又充满了浓厚的“人情味”,小说实际上宣扬了和平主义和人性论。而拉斯普京以道德为主题的作品,符合苏修领导集团培养所谓具有“积极的生活态度和对待社会主义的自觉态度”的“个人的崇高品质”的要求,得到了官方赏识。1979年上海译文版的《活下去,并且要记住》中,译者前言也说:拉斯普京企图证明没有绝对的好坏善恶之分,曲意为小说主人公安德烈逃离战场开脱。

80年代,拉斯普京的作品越来越多地译介到了中国。1981年,《苏联文艺》第3期刊登了拉斯普京的中篇小说《为玛丽娅借钱》(原译名为《冷暖人情——为玛丽娅借钱的故事》)。1982年,外国文学出版社出版了《拉斯普京小说选》,收录《告别马焦拉》(王乃倬等译)、《最后的期限》(余虹译)、《给玛丽亚借钱》(冯明霞、马肇元译)三部中篇小说,印数为22 000册。其后,拉斯普京的一些中短篇小说和特写之类的作品陆续译为中文。例如,《世界文学》在1986年第4期上刊载了拉斯普京的特写《贝加尔湖啊,贝加尔湖》,《外国文艺》1987年第4期刊载了拉斯普京的中篇小说《火灾》。由此可见,国内译界对拉斯普京及其作品相当重视。但是好景不长,90年代以来,中国译介拉斯普京的热情大幅降低,新译本踪迹难觅。只是到了21世纪,才又出现了几个译本。一是《幻象:拉斯普京新作选》(任光宣、刘文飞译,人民文学出版社,2004),一是《活下去并且要记住》(吟馨、慧梅译,上海译文出版社,2004),再就是拉斯普京的新作《伊万的女儿,伊万的母亲》(石南征译),2005年由人民文学出版社出版。

当然,中国学者研究拉斯普京的热情始终保持着,1983年来发表的研究论文达50余篇,有8篇硕士论文和1篇博士论文①论述他的创作,并且出版了一部研究专著:《拉斯普京创作研究》(孙玉华、王丽丹、刘宏著,人民文学出版社,2009)。拉斯普京的主要作品都是深入探讨社会道德问题,“呼唤美德”,《告别马焦拉》《火灾》等则不仅涉及道德主题,还涉及生态主题,这就使他能在苏联社会剧变、原有的道德体系解体之后仍然吸引当代批评家的关注。

---

① 赵杨:《拉斯普京作品中的乡土意识》,郑体武指导,上海外国语大学,2005年。

那些既没有"诺贝尔"品牌也没有"少数民族""神话"牌、"生态"牌的作家们,在中国的译介表现出全然不同的面貌。纵然是很优秀的作家,也难以找到"合法"的评价坐标,具体说就是翻译热、研究冷。

瓦西里·格罗斯曼(1905—1964)著有中篇小说《人民是不朽的》(1942)、纪实文学作品《特雷布林卡地狱》(1944)、长篇小说《为了正义的事业》(1952)等名篇,受到读者广泛欢迎,也曾得到官方的认可。他的代表作《生活与命运》虽于1960年完成,但生前未能发表。中篇小说《人民是不朽的》早在1945年就译为中文(海观译《不朽的人民》,重庆正风出版社),稍后又出了茅盾的新译本。茅盾译本1949年出版于上海文光书店,1952年出至第9版。

长篇小说《生活与命运》在西方被誉为"20世纪的《战争与和平》",1988年在苏联本国发表后,迅即介绍到中国。《苏联文学》1988年第6期发表了单继达缩写本。1989年5月,该书同时出了两个译本:王福曾、李玉贞、孙维韬译的《生活与命运》(中国友谊出版公司"内部发行");严永兴、郑海凌译的《生存与命运》(工人出版社,译林出版社2000年再版)。1991年,漓江出版社出版了该书的力冈译本,译名改为《风雨人生》。1993年,翁本泽等译的《生活与命运》由上海译文出版社出版。这种大部头作品在短短五年内出了五个译本,确实是可以使人深思的。但国内学者研究格罗斯曼的论文极少,而且都是介绍性的,目前所见,仅有:单继达《格罗斯曼的长篇小说〈生活与命运〉》(《当代苏联文学》1988年第4期)、谢·利普金《真正的诗人永远是先知——谈瓦·格罗斯曼和他的斯大林格勒两部曲》(李莉译,《俄罗斯文艺》1988年第6期)、闻敏《难忘的格罗斯曼》(《读书》2000年第1期)以及蓝英年的《反社会主义现实主义作家——也谈格罗斯曼》(见《历史的喘息》中央编译出版社,2005)等为数不多的几篇。

《生活与命运》的坎坷命运,可以从它的忧患意识和批判精神寻找原因。这部史诗性的长篇巨著以亚历山德拉·弗拉基米罗夫娜·沙波什尼科娃一家人及其亲戚们在第二次世界大战中的命运为中心,全面反映了苏德战争时期的社会面貌。它当时之所以未能发表,根本原因就在于揭露了苏联社会的腐败专制对人类灵魂的戕害,并把它与希特勒法西斯主义做了对比。第一,在苏联社会,人人自危,互相之间不敢说真话。不仅如此,它的警察机器还要强迫你说假话,诬陷和诽谤那些同样遭受迫害的人们。第二,在苏联社会,同样存在种族歧视和民族压迫,同样存在反犹主义。第三,苏军内部矛盾重重,军事指挥员与政工人员互不信任,也无法信任——政工干部的责任似乎是监视指挥员,并常常卑鄙地告密。苏军士兵并不是"为祖国,为斯大林,为社会主义"而战,而是为"自由"而战,对苏联的农业集体化进行了激烈的批判。第四,更为严重的是,种种丑恶的东西似乎存在于每个人的灵魂深处,人天生丑陋邪恶,却自以为纯洁高尚。互相诬陷和诽谤成为人的常态。即使那些本来高尚的人,一旦获得权利、地位和名望,为了维护既得利益,也会变得谨小慎微、苟且偷生。

《生活与命运》是苏俄战争文学的巅峰之作,它对人性思考和揭露的深度以及巨大的艺术力量,是许多所谓经典难以企及的。它逃脱了“社会主义现实主义”及其背后专制制度的牢笼与读者见面,确有侥幸的成分,但绝不仅仅是侥幸。人们创造了某种制度,但每一种制度内部都孕育着颠覆它自身的力量。格罗斯曼及其《生活与命运》的遭遇说明,苏联文学的光辉成就绝不是社会主义现实主义推行的结果,而是尽力挣脱这一桎梏的结果。格罗斯曼既非白银时代的人,也非典范的“苏联作家”,而是“国内流亡者”,是被长期埋没又终于“回归”的作家。中国读者可以热情地阅读《生活与命运》,但中国学者在分析这部文学杰作时很难做到不对苏联的社会制度“说三道四”,因为格罗斯曼的“忧患意识”不是针对生态、工厂、水电站,而是针对苏联社会和人的奴性。这其实也解释了《生活与命运》在中国翻译热、研究冷的根源。而没有持续深入的研究,翻译的热潮乃至阅读的热情是难以持续的。

如果说中国在80年代表现出了接受“苏联文学”的巨大热情,那是毫不夸张的。但这次热情的喷发与50年代的喷发有着极大的不同:50年代的热情怀抱仅仅对“苏联文学”敞开,80年代的热情却不仅对“苏联文学”敞开,也对俄罗斯古典文学敞开,还对形形色色的西方文学敞开。中国文学与其说需要从苏联文学补充营养,不如说更急切地希望从西方文学吸收养分。随着中国改革开放的步伐加快,中国人的文化观念日益向西方发达国家倾斜,艺术趣味也日益向西方看齐,这就使“光明梦”支撑的苏联文学显得虚假,使它的现实主义手法显得陈旧。于是,当俄罗斯人自己“追悼苏联文学”的时候,在一般读者的心目中,苏联文学已经渐行渐远,悄无声息地离开了中国的文学青年。而在市场经济条件下,翻译和出版哪些书正是由“一般读者”决定的,而不是由少数精英决定的。90年代以来“苏联文学”翻译之寥若晨星,正是“无可奈何花落去”。

第四节 “白银时代”文学的重新发现

——新时期俄苏文学翻译的新热点

白银时代的俄罗斯文学几乎与苏维埃文学和俄国古典文学同时介绍到中国。早在1918年,李大钊在《俄罗斯文学与革命》一文中就提到“十九世纪最后五年间,有一派新诗人崛起,号颓废派(Decadents)”,并提到Blok(勃洛克)的名字。[①] 1921年,沈雁冰在《近代俄国文学家三十人合传》中介绍了梅列日科夫斯

① 《人民文学》1979(5)。

基、巴尔蒙特、布留索夫、勃洛克等象征主义诗人的创作。[①] 20—30 年代，这些作家的作品陆续有中译文出现。但是，这些作家的作品所流露的“颓废”思想与中国近现代启蒙和革命的思潮有些距离，其表达方式也跟我们习惯的现实主义和浪漫主义相距甚远，所以并未得到全面译介和深入研究。1949 年后，中国人民沉浸在苏联文学所勾画的共产主义乐观气氛中，与颓废的距离更加遥远。所以，50 年代到 80 年代中期，中国的出版物上很少见到白银时代作品的译文，只有一些零星材料提到这些作家作品。例如，高尔基在《个人的毁灭》(缪灵珠译)中提到了梅列日科夫斯基、别雷、别尔嘉耶夫等反面角色。据 1979 年版《论文学(续集)》，高尔基说：“今日的《俄罗斯思想》所登载的这样一些胡说八道的文章：譬如，楚科夫斯基论柯罗连科、梅烈日科夫斯基论安德烈耶夫、别尔佳耶夫论革命的文章以及其他一些骂人的文章。”[②]而在同页脚注中，称安德烈耶夫为“俄国反动作家”，别尔嘉耶夫为“俄国反动哲学家”。高尔基《个人的毁灭》还提到了别雷，说他与勃洛克、勃留索夫、安德烈耶夫等“是在原始的畏惧之下结合起来的”。[③] 脚注称别雷为“俄国反动作家，象征派理论家之一”。

但是，自 80 年代末 90 年代初以来，白银时代俄国文学逐渐成为俄国文学译介的热点，这些久违了的作家作品纷纷登上中文译坛，形成“回归潮”。1998 年，中国文联出版公司出版了周启超主编的“俄罗斯白银时代精品文库”，包括小说卷、诗歌卷、名人剪影卷、文化随笔卷，共四卷。1998—1999 年，作家出版社、云南人民出版社、学林出版社、外国文学出版社先后推出“白银时代丛书”“俄罗斯白银时代文化丛书”“白银时代俄国文丛”“20 世纪外国文学丛书”，选收白银时代俄国作家的作品二十余种。2000 年，东方出版社推出了“俄罗斯优秀作家随笔丛书”，选收叶赛宁《玛丽亚的钥匙》、梅列日科夫斯基《先知》、勃洛克《知识分子与革命》、亚·沃隆斯基《在山口》、扎米亚京《明天》、霍达谢维奇《摇晃的三脚架》六部著作。这一系列丛书的出版，使白银时代俄国文学的翻译成为足以跟西方现代派文学翻译媲美的一道靓丽的风景线。下面我们以梅列日科夫斯基、安德烈·别雷、扎米亚京、布尔加科夫等人为例，简析白银时代俄罗斯文学在当代中国的译介。

一、梅列日科夫斯基

梅列日科夫斯基(1865—1941)是白银时代重要的作家、诗人、文艺评论家、剧作家、宗教哲学家，是俄罗斯早期象征派的重要代表。早在 1921 年，沈雁冰

---

① 《小说月报》1921 年 12 卷号外“俄国文学研究”。

② 高尔基：《论文学(续集)》，北京：人民文学出版社，1979 年，第 96 页。

③ 同上书，第 108 页。

在《近代俄国文学家三十人合传》一文(《小说月报》第12卷号外《俄国文学研究》)中,向中国读者介绍了"弥里士考夫斯基"(梅列日科夫斯基)的思想和创作。此后,陆续有不少文章介绍梅氏创作。1941年,中华书局刊行了梅列日科夫斯基的长篇小说《诸神复活》(绮纹译自德文),使梅列日科夫斯基真正进入中国读者的阅读视野。此后,梅列日科夫斯基的译介进入低谷。40年代至80年代中期基本是空白,只有一些零星的材料提到梅列日科夫斯基。1982年出版的《中国大百科全书·外国文学卷》花了四百多字的篇幅介绍梅列日科夫斯基(陈燊执笔),称梅氏为"俄国作家,哲学家,批评家""俄国象征主义的首倡者之一"。

1988年9月,《基督与反基督》三部曲第二部《诸神复活:雷翁那图·达·芬奇传》(绮纹译)由北京三联书店出版。该书是1941年版的简体字版,作者署名由"梅勒支可夫斯基"改为"梅勒什可夫斯基"。绮纹即著名翻译家、中共早期革命家郑超麟(1901—1998)。此后该译本多次重印,2007年的新版,译者署名改为郑超麟。《诸神复活》的出版,标志着梅列日科夫斯基终于迎来了在中国译介的春天。此后,梅列日科夫斯基的主要作品都翻译过来,而且某些作品有了不止一个译本。

《诸神复活》除绮纹(郑超麟)译本外,此后还有:刁绍华、赵静男译本《艺术大帝达·芬奇》(黑龙江人民出版社,1998);张舒平译本《达·芬奇罗曼史》(甘肃人民美术出版社,2007)。

1997年3月《基督与反基督》三部曲的第一部《诸神死了——背教者尤利安》(谢翰如译)由辽宁教育出版社出版。一年后,黑龙江人民出版社出版了本书的另一个译本,译名为《叛教者罗马大帝尤里安》(刁绍华、赵静男译)。

第三部《反基督:彼得和阿列克塞》目前只有一个译本:刁绍华,赵静男译,北方文艺出版社2002年初版,2009年再版。

梅列日科夫斯基虽然以诗人成名,但他的诗歌却不怎么受译者青睐。从90年代初开始,梅氏诗歌的译介渐渐有了起色。

1992年,汪剑钊译《德·梅列日科夫斯基诗六首》(《俄罗斯文艺》1992年第4期)应该是梅氏诗歌初入中国。同时,汪剑钊翻译的《订婚的玫瑰——俄国象征派诗选》由中国文联出版公司出版发行,选入了索洛古勃、巴尔蒙特、梅列日科夫斯基、吉皮乌斯、别雷等人的诗篇,其中选译了梅列日柯夫斯基的《上帝》《被放逐者》《孤独》《沉默》《空碗》《波浪》《自然》《涅槃》《假如玫瑰悄悄地枯萎》《秋天,在夏日花园里》等11首诗歌。

2000年10月,顾蕴璞编选的《俄罗斯白银时代诗选》由花城出版社出版,这里节选了梅氏的四首诗歌《如果玫瑰花悄然地凋落》《苍天》《不要做声》《沉默》。译者在前言中指出梅氏"用诗反映了人无望的孤独、命定的矛盾性,鼓吹以美拯救世界，但无法克服理多于情的宣传性等弱点”。

李辉凡《俄国“白银时代”文学概观》（中国社会科学出版社，2008）花了20页的篇幅详细地介绍了梅氏的诗歌，并从原文翻译了《在伏尔加河上》《未来的罗马》《涅槃》等重要诗篇。

梅列日科夫斯基在文学批评方面的主要著述有《论现代俄罗斯文学衰落的原因与若干新流派》《永恒的旅伴》《列·托尔斯泰与陀思妥耶夫斯基》《果戈理与魔鬼》《米·尤·莱蒙托夫：超人诗人》和《俄罗斯诗歌的两种奥秘：涅克拉索夫与丘特切夫》等。1993年以来，中国翻译的梅氏论文只有五六篇，而且多不是完整译文，但单独出版的梅氏批评和随笔集有四部。首先是《永恒的旅伴——梅列日科夫斯基文选》（傅石球译，学林出版社，1999），接着是《重病的俄罗斯》（李莉、杜文娟译，云南人民出版社，1999），再就是《先知》（赵桂莲译，东方出版社，2000）。这三部集子共收录梅氏论文及随笔二十余篇。

特别值得一提的是，2000年1月，辽宁教育出版社出版了梅列日科夫斯基的批评巨著《托尔斯泰与陀思妥耶夫斯基》第一部（杨德友译）。译者在序言中说：“在《托尔斯泰与陀思妥耶夫斯基》中，梅列日科夫斯基对这两位伟大的艺术发现进行了综合，预示了人对世界的认识的最后高级阶段，即达到生存的最高级宗教之奥秘。作者细致入微地列举、分析了两位作家生平中某些细节及其作品的某些细节与情节，指出了其哲学的、宗教文化的涵义。”2009年，杨德友翻译的《托尔斯泰与陀思妥耶夫斯基》两卷本由华夏出版社出版。

梅列日科夫斯基在历史散文、传记方面的成就也很高，但这方面的译介较少。目前可见者主要有《路德与加尔文》（杨德友译，学林出版，1998）和《但丁传》（刁绍华译，辽宁教育出版社，2000）。2005年，团结出版社出版了《但丁传》另一个版本（汪晓春译）。

梅列日科夫斯基的译介具有如下特点：第一，选题高度集中。小说译介集中在《基督与反基督》三部曲，第二个三部曲“来自深渊的野兽”和第三个两部曲“埃及两部曲”，至今也没有被翻译出版。梅氏短篇小说目前只有《爱胜过死亡》有中译本（赵桂莲译）[①]。对其诗歌的选译有所增加，其诗歌译成中文的也不到20首。梅列日科夫斯基的剧本，目前尚无中译本，关于梅氏剧作的介绍也很少。第二，对其文学创作成就，整体上评价不高。周启超《俄国象征派文学研究》（1993）、王福祥、吴君编《俄罗斯诗歌掇英》（1997）、郑体武《俄国现代主义诗歌》（1999）、曾思艺《俄国白银时代现代主义诗歌研究》（2004）等，都提到了梅氏诗歌创作及其特色，但都吝于赞辞。第三，对梅列日科夫斯基的批评活动和理论观点，中外学者多有介绍和分析批判，显示梅氏文艺思想在中国有较大的影

---

① 见《白银时代：小说卷》，北京：中国文联出版公司，1998年。

响,梅氏作为批评家的地位远胜于作为诗人的地位。

中国对梅列日科夫斯基的接受主要着眼于其思想成就,尤其是所谓"新宗教意识""基督与反基督"方面的探讨。中外学者对梅氏小说的评论,主要集中在《基督与反基督》三部曲。评论的着眼点也不在其艺术性,而在于"新宗教意识"。1988年至2009年,中国期刊上发表了约九十篇有关梅列日科夫斯基的文章,其中专门论述他的文章二十余篇,阐述的重点是他的宗教思想。中国出版的许多关于白银时代的著作中,也往往将其象征理论和宗教思想联系起来分析。例如,刘文飞、陈方《俄国文学大花园》(2007)提到梅氏"毕生治学和创作的目标,就在于用新宗教意识启蒙人类":"梅烈日科夫斯基将象征主义视为一种世界观,一种宗教观,他的理论,使俄国象征主义理论具有了一层浓重的、有别于西欧象征主义理论的哲学意味和宗教色彩。"①

二、安德烈·别雷

安德烈·别雷(1880—1934)的作品中译文最早见于1929年上海光华书局出版的《新俄诗选》(李一氓、郭沫若等译),此后直至80年代才重新见到别雷作品的译文。1989年,中国人民大学出版社出版了黄晋凯等主编的《象征主义·意象派》,其中有梁坤节译的别雷论文《艺术形式》和《象征主义》,后者节选自别雷的重要论文《作为世界观的象征主义》。1998年,翟厚隆编选的《十月革命前后苏联文学流派》(上海译文出版社),有别雷的《象征是世界观》(立早译);2000年,顾蕴璞编选的《俄罗斯白银时代诗选》(花城出版社),其附录中有《作为世界观的象征主义》(程海容译);《世界文学》2002年第4期发表了王彦秋翻译的《作为世界观的象征主义》,后者是全译。

到了90年代,别雷的译介渐入佳境,翻译和评论陆续不断出现。在十年的时间,翻译作品涉及了别雷的小说、诗歌、散文、文学评论以及象征主义理论文章等。

别雷的诗歌再次见于中文书刊始于1992年。这一年,中国文联出版公司出版的《订婚的玫瑰:俄国象征派诗选》(汪剑钊译)中,选入了别雷的10首诗:《永恒之形象》(献给贝多芬)、《太阳》(致《我们将像太阳一样》作者)《夜》《致阿霞》《致阿霞》(之二)、《羯磨》《田野里》《小夜曲》《深夜墓地》以及《元素的躯身》。1993年《俄罗斯文艺》第1期上有关引光翻译的《安·别雷诗八首》分别是《我的话语》《山峰上》《倾诉衷情》《在原野上》《被遗弃的小屋》《绝境》《罗斯》《祖国》等。1996年,浙江文艺出版社出版了黎皓智翻译的《俄国象征派诗选》,其中也有别雷的诗歌8首:《在田野里》《"钟塔上的十字架"》《笑声》《弗拉基米尔·索

① 刘文飞、陈方:《俄国文学大花园》,武汉:湖北教育出版社,2007年,第133页。

洛维约夫》《放逐者》《乡村》《爱情》《倦怠》，其中《在田野里》是重译。1998年，云南人民出版社出版了由汪剑钊翻译的《俄罗斯白银时代诗选》，其中收录了别雷的诗歌9首：《弗·索洛维约夫》《太阳》《流亡者》《永恒之形象》《致阿霞》《羯磨》《夜》《田野里》以及《小夜曲》，全部是重译。2000年，广州花城出版社出版了顾蕴璞编选的《俄罗斯白银时代诗选》，有别雷的诗歌6首：《绝望》《良心》《祖国》《我的话语》《太阳》和《"永恒"的倩影》，其中《绝望》和《良心》是新翻译。另外，有些学者在研究别雷的文章中也翻译了一些诗歌或是零散片段，比如杨秀杰的《隐喻与象征主义诗歌——别雷诗集〈蓝天里的金子〉中隐喻的特点》，选译了《伪先知》《忠诚》《一个人》等诗篇。至此，别雷的诗歌被翻译过来的已有三十来首，但相比别雷创作的数百首诗来说，实在不多。

别雷小说的翻译晚于诗歌和理论性文章。长篇小说《彼得堡》最先在中国的翻译是在1992年，这一年《世界文学》第4期上发表了靳戈选译的《彼得堡》片段。直到1996年，广州出版社才出版了靳戈与杨光翻译的《彼得堡》"全译本"，但翻译所依据的底本却是"删节本"，别雷本人也看好这部删节本。1998年，作家出版社出版了未删节版的译本《彼得堡》，比前个版本多了约三分之一的内容。在同一年，云南人民出版社出版了李政文、吴晓都、刘文飞译的《银鸽》。此外，中国文联出版公司出版了周启超主编的《白银时代：小说卷》，选录了别雷短篇小说《故事No2——摘自一位官吏的笔记》(周启超译)。此外没有别雷小说的翻译。

别雷散文随笔的翻译与小说同步。1992年，《世界文学》第4期刊载了别雷的《作家自述》(张小军译)。1998年，中国文联出版公司出版了周启超等主编的"俄罗斯白银时代精品文库"，其中《白银时代：文化随笔》中有别雷的随笔《未来的艺术》《生活之歌》与《语言的魔力》(林精华译)；《白银时代：名人剪影》中有多篇别雷写的随笔，包括《弗拉基米尔·索洛维约夫》和《列夫·舍斯托夫》(梁坤译)，《安·巴·契诃夫》(赵桂莲译)，《亚·勃洛克》(凌建侯译)，《瓦·勃留索夫》(苗澍译)和《德·梅列日柯夫斯基》(刘涛译)。2001年，百花文艺出版社出版了高莽主编的《世界经典散文新编丛书——明月般的朋友》(欧洲卷之俄罗斯)，其中有别雷的散文《我们怎么写作》以及《作家自述》(张小军译)。2005年，上海文艺出版社出版了由刘宁主编的《俄国经典散文》，有别雷的散文《科米萨尔热芙斯卡娅》与《勃洛克与我》(冯玉律译)。

别雷在中国的译介表现出以下特点：从时间上看，时冷时热，表现为阶段性空白；从选题看，翻译集中于别雷的少数作品。80年代之前几乎为空白，90年代热闹了一阵，但是进入新世纪后又突然冷了下来，别雷的翻译似乎停滞了，只有两首诗歌和两篇随笔散文的零散翻译，显得后继乏力。别雷一生创作涉及诗歌、散文、小说、回忆录、游记、文艺评论、创作研究等，而译介集中少数几部小说和诗歌,其他作品被忽略了。比如,别雷的长篇回忆录《在两个世纪的交接点上》《世纪之初》和《两次革命之间》,至今无人问津。还有那四部半诗半文的"交响诗"(包括《北方交响曲》《戏剧交响曲》《归来》和《风雪高脚杯》),也未翻译过来。相对于别雷丰富多彩的创作而言,翻译过来的实在太少。

如何解释这种情况?为什么别雷的译介会出现长时间的空白?最重要的是思想指向问题。别雷的一些诗文虽有同情革命之意,却有着"踟蹰不决的神态",与中苏两国都遵循的"社会主义现实主义"显然是不协调的。因此,进入30年代后,别雷被冷落了,甚至作为"政治和艺术上反动的蒙昧主义与叛变行为的代表者"遭到公开批判,直到50年代"解冻"之后,苏联文艺界才重新想起别雷。但苏联解冻之时正是中国及中苏关系迅速冰封之时,别雷的译介自然提不上日程。

至于选题的狭隘以及进入21世纪后的停滞,除了经济原因(出版发行量等)外,估计需要从翻译本身来寻求解释。靳戈在1996年版的《彼得堡》译后记中说:"除了与多数象征主义,意识流作品一样比较难译外,还有它特别的难度。第一,内容特别广泛,包罗万象,行文中随时提到古希腊神话、非洲和阿拉伯的古今文化现象、圣经故事、东方佛学诸流派和中国的孔子儒学,直到古今各国包括认知学、通灵术等哲学观点、欧洲和俄国从古至今的民间传说和文学掌故,还有天文、地理、数学、物理、哲学的种种理论、名词、术语,数以万计;第二,独特的文体,作者通过音乐、美术、雕塑等各种艺术门类的融合,对传统的小说形式进行革新,尤其是为了追求独特的'演员表演'般的功能,使小说具有直接的视觉效果,更竭力把和音、对位、旋律的再现、变奏和转调等作用技法巧妙移植到小说里,使小说的叙述体现出一种交响乐般的韵律、节奏和音响效果;第三,故事情节的叙述和人物的对话中,使用了许多古字、民间词汇、外来语词和仿声词,其中不少查遍各种辞书、请教俄国学者都无法明白,而有些是通常流行的词语,在小说里却不是通常流行的含意。还有全书的遣词造句、标点符号,都不同一般。……以致作家本人也说他的小说'不可译'。"可见翻译别雷的作品,确实是一项艰巨的工程。

当然,中国学者对别雷的研究一直持续着。1989—2009年,短短二十年的时间,散见于各大报刊的有关别雷的文章有三十余篇,还出现了研究别雷的专著。杜文娟的《诠释象征:别雷象征艺术论》(中国传媒大学出版社,2006),比较深入地分析了别雷的象征主义理论和实践。

三、扎米亚京

扎米亚京(1884—1937)是白银时代后期的作家,主要作品有长篇小说《我们》,中短篇《小城轶事》《三天》《洞穴》以及一些散文随笔等。

1933年，由上海良友图书新刷公司出版、鲁迅编译的外国小说集《竖琴》，里面收录了扎米亚京的短篇小说《洞窟》（又译为《洞穴》），译者为鲁迅。这是扎米亚京作品在中国首次"亮相"，也是此后半个多世纪里，扎米亚京作品的唯一一篇中译文。80年代之前国内出现的关于扎米亚京的批评文章也是寥寥无几。

薛君智的《扎米亚京及其文学活动》(1982)[①]一文是中国学者所著最早的扎米亚京研究专篇。文章以大量篇幅，分别详细、全面地论述了扎米亚京及其文学活动以及《我们》作为"反乌托邦文学中的经典作品"的主题和艺术特色。薛君智还回顾了《我们》在国内的"命途多舛"和时来运转，以及它在西方的备受"礼遇"的原因，具体分析作品的主题和艺术特征，并恰当评论它在世界反乌托邦文学体系中的地位和价值。

马克·斯洛宁的《苏维埃俄罗斯文学》（浦立民等译，上海译文出版社，1983），其第九章为"叶甫盖尼·扎米亚京：好讽刺的持不同政见者"，激赏扎米亚京的反叛精神和讽刺艺术。

20世纪80年代末期，苏联文坛出现了"回归"潮，许多过去鲜为人知的作家、作品涌入人们的视野。1988年，《我们》首次发表在《旗》杂志上，苏联作家出版社也加倍刊印了20万册。《莫斯科新闻》《文学报》等均相继发表评论，为扎米亚京及《我们》平反昭雪。作家被称颂为"具有敏锐的头脑和出色的想象力""曾想以自己的非谄媚的语言帮助革命""没有忘记对恶作斗争"；而《我们》则被视为扎米亚京"最优秀和艺术上最完美的创造，至今仍在以最激进的方式影响着社会生活"。从此，《我们》作为"反乌托邦文学"的代表作被载入史册。

《我们》刚刚在苏联发表，中国的《当代苏联文学》（1988年第4期）发表了章竟渥的节译本，并在译者前言中说明《我们》"是一部反乌托邦的幻想讽刺小说"，也提及"新现实主义"以及艺术手段和技巧上值得借鉴之处。这可以看作是扎米亚京在中国"解禁"的标志。此后，中国的扎米亚京译介和研究进入了"多产"的季节。

1989年，《我们》（余丹、阿良译）由花城出版社作为"反面乌托邦三部曲"的系列之一出版。1998年，作家出版社推出了"白银时代丛书"系列，《我们》（顾亚铃、邓蜀平、刁绍华译）作为单行本出版，此版本收录了长篇《我们》（顾亚铃译），三个短篇《洞穴》《龙》《洪水》（邓蜀平译），以及中篇《岛民》（刁绍华译）。这些作品充分体现了扎米亚京的创作特色。同年，周启超主编的《白银时代：小说卷》（中国文联出版公司）收录了扎米亚京的短篇小说《洞穴》（黄玫译）；上海译文出版社出版的"外国文学研究资料丛书"《十月革命前后苏联文学流派》（张捷

---

① 《苏联文学史论文集》，北京：外语教学与研究出版社，1982年9月。

编选),收录了扎米亚京的论文《谢拉皮翁兄弟》。2000年,东方出版社将扎米亚京的部分散文、短评结集成《明天》(闫洪波译)出版。2003年,辽宁教育出版社出版了《我们》(范国恩译)的另一个单行本,还附录了扎米亚京的《自传》和《致斯大林的信》。

扎米亚京在苏联的"解禁",为扎米亚京在中国的译介和受容打开了一个"出口"。而译介最多的还是他的最重要代表作《我们》,出现了四种译本。中国学者发表了十余篇论述扎米亚京的评论文章,对他肯定和赞誉的呼声响成一片。扎米亚京研究的主要话题包括:探析《我们》解禁的原因,小说主题和艺术技巧的分析,还涉及扎米亚京的文艺思想等。

1991年《我们》的译者顾亚铃在《外国文学评论》上发表了《〈我们〉的审美时间和色彩》,从审美时间和色彩的角度对《我们》做了一番文本的解读,分析了扎米亚京的创作技巧。1997年她又撰文《扎米亚京的新现实主义及其艺术特征》,探讨了扎米亚京的"新现实主义小说"理论及其实践,并以《我们》为例,分析了"新现实主义"艺术特征——反讽,描写感觉化和感觉描写具象化,肯定了扎米亚京对现实主义创作传统的继承、丰富和发展。

随着扎米亚京的解禁和回归,1989年后出版的文学史对扎米亚京采取了接受甚至"宠幸"的态度,有的辟专章或专节论述其创作。例如,江文琦的《苏联二十年代文学概论》(1990)设专节论述了"扎米亚京及其小说";李辉凡的《二十世纪初俄苏文学思潮》(1993)把扎米亚京认作是"谢拉皮翁兄弟"训练班的导师;严永兴的《辉煌与失落——俄罗斯文学百年》(2005)设专节论述"反乌托邦的《我们》";梁坤的《末世与救赎——20世纪俄罗斯文学主题的宗教文化阐释》(2007)也设专节探讨了《我们》:刘文飞、陈方的《俄罗斯文学大花园》(2007)把普拉东诺夫和扎米亚京连在一起,称之为20世纪俄国文学中所谓"反乌托邦文学"最突出的代表;张敏的《白银时代:俄罗斯现代主义作家群论》(2007)第七章"扎米亚京:反乌托邦的表现主义"则从三个方面论述扎米亚京的现代主义特色:现实主题与变形艺术,反乌托邦主义,真假统一、虚实结合。

这种情况说明中国学界已经越来越认识到扎米亚京的重要性。同时我们也可以看出,中国译介扎米亚京的局限性也是很明显的:对于扎米亚京的翻译集中在长篇小说《我们》,而对《我们》的分析、解读也往往集中在"反乌托邦"和"讽刺"等。

四、米哈伊尔·布尔加科夫

米哈伊尔·布尔加科夫(1891—1940)出生在白银时代,当他开始从事创作的时候,辉煌的白银时代已逐渐风流云散,苏维埃革命文学已席卷俄罗斯文坛。但布尔加科夫的创作与革命文学有着较大的距离,所以其作品在苏联本国长期遭禁，未能随着50年代的苏联文学“译介潮”涌入中国，只能等到“回归”和中国改革开放后才与中国读者见面。1982年，荣如德翻译的《屠尔宾一家》发表于《外国文艺》第4期，应是布尔加科夫的作品首次译为中文。1982年外语教学与研究出版社出版的《苏联文学史论文集》收录了童道明的《布尔加科夫及其创作》，这是中国学者发表的第一篇论述布尔加科夫的论文。1985年，钱诚译的《大师和玛格丽塔》(节译)发表在《苏联文学》第5－6期上，其单行本于1987年由外国文学出版社出版(1999年由浙江文艺出版社再版，2004年由人民文学出版社出版第三版)。1985年，臧传真等翻译了《莫里哀传》(南开大学出版社)。1987年，钱诚翻译了《狗心》。《大师和玛格丽特》的其他译本还有1987年徐昌翰译的《莫斯科鬼影》(春风文艺出版社)，这个译本附有西蒙诺夫为《莫斯科》杂志写的序言。徐昌翰译本于2009年由北方文艺出版社再版，恢复《大师和玛格丽特》的书名。

1991年是布尔加科夫100周年诞辰。在这一年，钱诚和吴泽霖翻译了《不祥之蛋》;《世界文学》刊登了布尔加科夫早期的9部中短篇作品(1991年第4期)。1992年，花城出版社出版了理然、王燎译的《袖口手记 魂断高加索》，包括布尔加科夫的自传小说《袖口手记》(理然译)和列·列昂诺夫的中篇小说《魂断高加索》。1996年，王振忠译的《大师和马格丽达》由中央民族大学出版社出版。1998年，作家出版社出版了由石枕川、曹国维和戴骢、许贤绪翻译的《布尔加科夫文集》(共4卷)，其中包括《剧院情史》(石枕川译)、《白卫军》(许贤绪译)、《狗心》(曹国维译)、《大师和玛格丽特》(戴骢、曹国维译)、《红岛》(曹国维译)、《恶魔纪》(曹国维译)、《献给秘密的朋友》(曹国维译)、《不祥的蛋》(戴骢译)、《年轻医生手记》和一些早期的散文(石枕川译)，这是迄今为止国内最系统地展现布尔加科夫作品全貌的译本。同年作家出版社还出版了《大师和玛格丽特》新译本(寒青译，标题易为《撒旦起舞》)。1998年，辽宁教育出版社出版了徐昌汉译的《莫斯科:时空变化的万花筒》(布尔加科夫散文集)。1999年，解放军文艺出版社出版了周启超翻译的《孽卵》(其中包括《孽卵》《魔障》《吗啡》三部作品)。

进入新世纪，上述译作大多以不同的方式重版过。如曹国维译的《狗心》，2002年再版于上海译文出版社(与徐振亚译的《基坑》合为一集)。曹国维、戴骢译的《大师与玛格丽特》，2008年再版于北京燕山出版社。周启超翻译的《孽卵》重见于《布尔加科夫中短篇小说选》(周启超、梁坤译，中国文联出版社，2007)。

同时，也有一些新译作出版。

2004年，陈世雄、周湘鲁翻译的《逃亡:布尔加科夫戏剧三种》由厦门大学出版社出版，其中收录了布尔加科夫《逃亡》《土尔宾一家的日子》和《伪善者的奴隶》(即《莫里哀》)三个剧本。除了陈世雄的前言《布尔加科夫戏剧的历史命运》外,每个剧本后又另附有一篇译者的论文,分别为:陈世雄的《关于〈逃亡〉的札记》,周湘鲁的《在历史的断裂处——评〈土尔宾一家的日子〉》和《大师与暴政的对话》。

2007—2008 年,《大师和玛格丽特》连续出了两个新译本:一个是高惠群译的《大师和玛加丽塔》(上海译文出版社,2007),另一个是王男栿译的《大师与玛格丽特》(长江文艺出版社,2008)。

在二十多年的时间里,布尔加科夫的大多数作品都有了中译本,有些代表作还有不止一个译本。例如,《大师和玛格丽特》有七种译本,《狗心》和《不祥的蛋》(《孽卵》)、《图尔宾一家的日子》也都有两三个译本。布尔加科夫的作品虽然创作于白银时代后期的俄罗斯,但其中译本的出现却姗姗来迟,直到 1982 年才陆续译介过来。这种现象表明,文学作品的译介绝不是仅仅取决于某个原作是否优秀,中国读者和中国译界思想解放的步伐始终制约着文学作品的翻译。因此,当 90 年代以来"苏联文学"渐行渐远的时候,布尔加科夫及其他白银时代作家们仍然深受欢迎,其作品在中国一版再版。不仅如此,新世纪还出版了多部研究布尔加科夫的专著。其中译著一部:莱斯莉·米尔恩的《布尔加科夫评传》(杜文娟、李越峰译,华夏出版社,2001)。中国学者的著述有三部:唐逸红《布尔加科夫小说的艺术世界》(辽宁师范大学出版社,2004),温玉霞《布尔加科夫创作论》(复旦大学出版社,2008),钱诚《米·布尔加科夫》(人民文学出版社,2010)。1980—2009 年,中国期刊上发表了 200 余篇有关布尔加科夫的文章,其中以他为题的文章 60 余篇,另有博士论文 1 篇[①],硕士论文 10 篇。但这种盛况显然靠的不是"苏联"品牌,而是"现代"品牌,即白银时代与当下文学及人文思想的密切联系。

当"苏联文学"已成为昨夜星辰、明日黄花之际,中国翻译界和出版界迅速找到了新的热点,一个是白银时代文学以及"流亡文学"的回归,另一个是"红色经典"。前者展现了思辨深度和批判精神,而在学术界或知识分子那里受到关注,后者则表现了老一代读者的怀旧情绪,也跟我党教育青年的"主旋律"合拍,因此前者占据了学术论坛,后者占据了大众媒体。而结果可谓各有所得:各种"白银时代丛书"出版的《彼得堡》《我们》《银鸽》《时代的喧嚣》等文学名著,印数都是一万册到一万五千册之间,而《钢铁是怎样炼成的》虽然同时出了十几个译本,印数却都能达到两三万册,竟然超过了有诺贝尔奖"保驾护航"的《日瓦戈医生》和《静静的顿河》,岂不令人深思吗?

---

① 王宏起:《布尔加科夫小说的虚幻世界》,石南征指导,中国社会科学院研究生院,2002 年。

第二章
英美文学翻译之考察与分析

新中国成立60年期间,我国译界对英美文学的翻译经历了从备受冷落到广受追捧的大起大落的曲折过程。而这样一个过程的背后实际上折射了这一特定历史阶段中西政治文化经由冲撞到沟通、从彼此隔阂到相互了解的过程。

1949年10月中华人民共和国成立之初,我国英美文学翻译所肩负的不仅是要在千疮百孔的旧中国躯体中寻求民族新生的历史使命,而且还要在新中国成立之初所面临的严峻的国际政治环境中捍卫国家利益的民族重任。建设新社会的历史使命使得新中国的文化建设必须在外来文化中寻求新的文化参照物以突破自身已然僵化的旧文化传统;而在二元对立的"冷战"国际政治格局中捍卫民族国家利益的使命又势必将新文化建设引向在外来文化中寻求一个对立的文化他者的道路。这既是对当时剑拔弩张的国际关系新格局的回应,同时也是对新文化选择的进一步确认与肯定。这样,在强调文化上向苏联一边倒、一切以苏联文学、文化为参照物、并从中寻找文化认同的同时,与西方文化割裂、寻找与西方文化的差异性,也就成为新中国文化建设的应有之义。因此,在新中国成立后的最初十七年(以下统称"十七年")[①]风云突变的国际政治格局中,作为外来文化引领者的"翻译行为不再是精英知识分子的'游戏',或是文学学术的注脚……"[②]相反,它被赋予了前所未有的文化政治内涵。中西政治文化对峙的结果导致"十七年"西方文学翻译的萎缩,而作为西方文学主要代表的英美文学也自然首当其冲地遭遇了翻译的寒冬[③]。就"十七年"翻译的英美文

① 指从1949年中华人民共和国成立至1966年"文化大革命"爆发之前这一历史阶段。

② Edwin Gentzler. *Contemporary Translation Theories*. London & New York: Rouledge, 1993, p. 107.

③ 十七年间,英美文学作品的翻译主要是以单行本与散见于各类外国文学期刊(主要是《译文》《西方语文》《英语学习》)翻译两种形式出现。本文的考察分析主要根据单行本的翻译出版情况。

学作品单行本而言,英国文学翻译总共出版了244种,美国文学则是215种[①]。如果从历史的纵向来考察,以1949年10月为一个历史拐点,新中国成立后头十七年英国文学翻译出版了516种,美国文学是529种[②],由此不难发现英美文学翻译出版的数量在十七年间的极度萎缩。而从历史的横向来比较,根据《1949—1979翻译出版外国文学著作目录和提要》提供的数据,十七年间苏俄文学翻译总共出版了3218种,由此可见英美文学作品在这期间的翻译总量上所占的比重是何等之低。

进入"文化大革命"时期以后,英美文学的翻译在中国几乎找不到生存的土壤。根据谢天振的研究,在这一阶段,只有5种6部当代美国文学作品通过"'内部发行'的形式在一个特定的、比较有限的圈子内发行、流传、阅读。"[③]鉴于"文化大革命"时期"政治决定一切"的特殊文化语境,英美文学翻译几近中断的特殊情况,本章对于这一阶段的英美文学翻译不做深入的考察与分析。[④]

1976年"文化大革命"结束,中国的政治面貌发生了翻天覆地的变化,与西方国家的关系开始破冰,由此中国对包括英美文学在内的西方文学的态度也从20世纪70年代的朱门微启转为到90年代开始张开双臂尽情拥抱。英美文学首先是随着70年代末"外国文学名著重印"(特别是古典文学作品)的大潮开始重新进入中国读者的阅读视野,并参与了新时期知识结构的生产[⑤]。80年代则是英美文学的复兴时期,特别是曾经被视为洪水猛兽的英美现代派作品得以大量进入中国翻译工作者的视野。根据洪子城的研究,80年代初全国各种主要的刊物译介、评述、讨论西方现代派文学、出版现代派作品,已经形成了相当规模[⑥]。由此,英美现代派文学在80年代的中国大放异彩。1990年以来则更是英美文学在中国翻译界备受关注、特别活跃的发展时期[⑦]。随着市场经济的进一步发展,英美文学作品被大量竞相翻译,甚至出现了不同出版社重译,抢译同一作品的现象。

从以上对新中国成立后60年间英美文学翻译情况的简单描述中我们不难发现,我国的英美文学翻译与每个历史时期的时代语境、国内外政治格局的变

---

① 孙致礼:《我国英美文学翻译概论 1949—1966》,南京:译林出版社,1996年,第221—239页。

② 王建开:《五四以来我国英美文学作品译介史 1919—1949》,上海:上海外语教育出版社,2003年,第64—65页。

③ 谢天振:《非常时期的非常翻译——关于中国大陆文革时期的文学翻译》,《中国比较文学》2009(2)。

④ 关于"文化大革命"期间的英美文学翻译的情况可参见本书下编关于"文化大革命"时期文学翻译的专章。

⑤ 赵稀方:《翻译与新时期话语实践》,北京:中国社会科学出版社,2003年,第5页。

⑥ 洪子诚:《中国当代文学史》,北京:北京大学出版社,2010年,第229页。

⑦ 孙会军、郑庆珠:《新时期英美文学在中国大陆的翻译(1976—2008)》,《解放军外国语学院学报》2010(3)。

迁等息息相关。英美文学翻译不仅仅是简单的文学翻译，它见证了中西政治文化关系的变迁，具有独特、鲜明的时代特征。本章拟撷取新中国成立后最初十七年与改革开放以来的“新时期”最具鲜明时代特征的翻译热点，对英美文学在新中国60年中的译介历程进行审视和探讨。

第一节　他者缺席的批判：“十七年”英美批判现实主义文学的翻译

他者是相对自我而存在的一个概念，是自我对自身之外世界的认知。相对自我，他者是陌生的，异己的。当自我与他者和谐相处之时，他者作为自我参照的对象参与了自我的自身建设，起到提升修正自我的作用。但当他者与自我处于二元对立的状态，他者对于自我来说将是敌对的和危险的，因而将遭遇铲除。在这种情景中，自我对他者的认识往往成为对缺席的他者的批判，偏执的自我言说与盲目的排外，从而遮蔽了他者的真实身份，并阻碍人们认识一个真实的他者世界。对自我与他者关系的正确认识将有助于我们理解本族文化与他者文化之间的关系。文化中的他者意识往往是褊狭的自我意识在他者身上的投射，是主观的、非理性的。从这个角度来考察中西文化对峙的“十七年”的英美文学翻译，我们将能更好地认识这段文学翻译史的真实面貌，揭示激荡在看似风平浪静的文字转换背后历史的风起云涌。

翻开这段尘封的翻译史，梳理这一时期译介的英美文学作品，我们不难发现“十七年”中国翻译界选择翻译英美文学作品时的一个重要倾向：即所谓的批判现实主义文学作品是“十七年”中国英美文学翻译最主要的关注点。与此段历史密切相关的一些专家学者在他们的研究中也反映了这一事实。譬如朱虹在《文学评论》1963年第5期发表的为纪念英国作家萨克雷（William Makepeace Thackeray）逝世100周年的文章《论萨克雷的创作》中就曾这样写道：“比起过去英国历史的任何时代，19世纪对于我们来说恐怕最为熟悉，这在很大程度上要归功于当时一批杰出的现实主义作家，多亏他们对于当时的社会生活做了广泛的栩栩如生的形象描绘和深刻的揭露，我们得以对这一时期的英国资本主义社会有比较生动具体的认识。”朱虹的这段话清楚地反映了十七年间中国读者对英国文学的整体认识以及通过当时对英国文学的翻译而得到的对英国社会的认识是如何与当时的英国文学翻译密不可分的。其实，岂止是英国文学，对于美国文学也是同样情况，几乎一样的印象同样深深地烙印在那个时代的中国读者的集体记忆之中。1959年，袁可嘉在总结新中国成立10年来欧美文学在中国的译介的文章中这样谈到当时中国读者对美国文学的喜好：

“中国人民坦率地表示不喜欢统治美国的政治,但对于优秀的美国文学作品却有着同样坦率的爱好。马克·吐温轻松幽默的笔触和西奥多·德莱赛沉重的悲剧气氛同样吸引中国读者的兴趣:《王子与贫儿》《夏娃日记》《哈克贝里芬历险记》和《美国悲剧》《天才》《嘉莉妹妹》并排地列在书架上。”[①]毋庸赘言,十七年间中国读者对美国文学的这种爱好也是在当时的翻译文学作品的阅读中培养起来的。朱虹与袁可嘉在历史现场中关于“十七年”中国读者对英美文学认知的观点也得到了历史现场之外的洪子诚的认同。在总结“十七年”中国对西方文学的接受时,洪子诚说,“以时间而言,对外国文学的有限度的肯定大体限在19世纪以前的文学;以创作方法而言,则‘现实主义’是衡量的标尺;而这两个标尺大致又是重合的。”[②]尽管从“十七年”英美文学翻译的实际情况来看,远自14世纪的乔叟(Geoffrey Chaucer),近自与“十七年”译入语语境同期的英美文学作品,都曾出现在当时中国翻译家的翻译视野中,但“十七年”对英美文学翻译的一个重要倾向——对文本的选择侧重所谓的批判现实主义——却是一个不争的事实。

这里我们不妨通过对批判现实主义小说在新中国成立后头十七年英美文学翻译中一枝独秀的原因的分析,通过对批判现实主义文学在这十七年期间所遭遇的批判的考察,同时结合对狄更斯与马克·吐温两位英美作家作品翻译的个案分析,再进一步深入考察一下在“十七年”中国的译入语语境中,译界对英美文学的翻译与接受。

一、英美批判现实主义文学翻译为何一枝独秀?

首先,“十七年”中国翻译界对英美现实主义文学的偏爱延续了近现代中国翻译西方文学的传统。近现代中国是在外患肆虐的屈辱历史进程中掀起翻译欧美文学热潮的。“现实主义”这个生成于19世纪欧洲文学母体的理论概念以及其他形形色色的文学理念随着这次翻译热潮的掀起而冲刷着国人的诗学理念。作为五四新文学现实主义、现代主义、浪漫主义三足鼎立的创作理论与实践的外来借鉴,中国翻译界对欧美各文学流派的翻译也呈现“百花齐放”的局面。然而,从1920年开始,文学研究会与创造社围绕文学“为人生”还是“为艺术”而展开的论战开始使得在欧洲文学母体中以历史更迭和交织并存态势出现的诗学理念“现实主义”“浪漫主义”和“现代主义”在中国语境中的同一个历史平台上展开厮杀,争夺话语权。1930年后中国左翼作家接受马克思经典作家对现实主义的理论阐释之后,现实主义在中国取得主宰性的地位。30年代末

---

① 袁可嘉:《欧美文学在中国》,《世界文学》1959(9)。

② 洪子诚:《中国当代文学史》,北京:北京大学出版社,2010年,第20页。

至 40 年代，民族危亡、内战频仍，民族话语高于个人话语的历史语境进一步将“为人生”的现实主义文学推到前台，“以农民为主体的战争文化规范悄悄取代了五四以来逐渐形成的以知识分子为主体的现代文化。战争高于一切，中国知识分子的个性意识与反社会意识都受到严重削弱，文学上的浪漫主义和现代主义难以为继……”[①]这样，五四新文学时期现实主义、浪漫主义、现代主义三足鼎立的局面逐渐被现实主义一枝独秀所取代。随着新中国的建立，马克思主义理论成为新中国文艺思想的指导纲领，现实主义唯我独尊的正统地位也就在“十七年”的政治话语语境中得以合法地确立。

其次，作为“十七年”中国英美文学翻译选择权威参照系的苏联的翻译界和外国文学界对英美现实主义文学的推崇，对刚刚起步的新中国的外国文学翻译界无疑亦是影响巨大。事实上，早在俄国时期，“现实主义”一词在俄罗斯文学评论界就具有异乎寻常的意义。正如美国文学批评家韦勒克(René Wellek)所指出的：“在俄国，现实主义就是一切。在那里人们甚至竭力寻找过去时期的现实主义。”[②]还在 1836 年，著名的俄国文艺批评家别林斯基就采用德国人弗里德里希·施莱格尔在《真实的诗》中使用的“现实主义”一词来评论莎士比亚和司各特。而当俄罗斯文学进入苏维埃时期以后，苏联文学界“关于现实主义的确切含义、历史和未来，进行着无尽无休的争论，发表的文章汗牛充栋，其范围之广泛超过了我们在西方可以想象的程度。”[③]当然，此时的现实主义已经逐渐变异为被苏联官方规定为唯一合法的创作方法——社会主义现实主义。在苏联学者看来，现实主义是一切文学创作方法的最高境界，而其他有别于现实主义的创作倾向或流派，如浪漫主义、现代主义，则统统被带上“反现实主义”的镣铐。王建刚在谈到影响中国 50 年代文艺思想的苏联文艺界时曾指出，苏联在文学领域人为地制造了“现实主义—反现实主义”二元对立的论说模式，结果是“纷繁复杂的文学图景就这样简化为‘二元对立’”[④]。而通过对“反现实主义”的遮蔽、扼杀，文学空间所呈现的实际上是“现实主义”一元化的美学形态。

现实主义既是苏联唯一合法的文学创作方法，也是苏联翻译界用来甄选、规约外国文学的重要标准。就英国文学而言，苏联学者肯定了“文艺复兴”以来至 19 世纪的英国现实主义文学传统。出于借鉴的目的，“十七年”中国翻译的几本苏联学者编写的英美文学史如《英国文学史纲》《英美文学史教学大纲》以及涉及英美文学的外国文学史如《十八世纪外国文学史》《西欧文学简论》等，基

---

① 陈思和：《中国新文学整体观》，上海：上海文艺出版社，2001[1987]年，第 382 页。

② 雷内·韦勒克：《批评的概念》，张今言译，范景中主编，杭州：中国美术学院出版社，1999 年，第 229

③ 同上书，第 222 页。

④ 王建刚：《政治形态文艺学——五十年代中国文艺思想研究》，北京：中国社会科学出版社，2004 年，第 222—223 页。

本上都反映了这个倾向。苏联学者阿尼克斯特的《英国文学史纲》将英国现实主义传统溯源至14世纪肩负中世纪与新时代使命的诗人乔叟。他说:"从这个'朝圣'(《坎特伯雷故事集》)开始了英国现实主义文学的光荣道路给世界以伟大艺术珍品。"[①]这些文学史常常以马克思、恩格斯、列宁等革命导师和别林斯基、高尔基等文艺界权威对英美文学译作的阅读事实与喜爱来作为评判这些作品价值的一个重要标准。例如根据《十八世纪外国文学史》,菲尔丁(Henry Fielding)、彭斯(Robert Burns)深得马克思喜爱;高尔基爱看《弃儿汤姆·琼斯的历史》;别林斯基称赞斯威夫特(Jonathan Swift)和斯特恩(Laurence Sterne)的幽默短篇小说是真正的18世纪的小说。于是,这些导师的喜好也成了苏联文学翻译界的一个风向标:在高尔基的儿童时代,《弃儿汤姆·琼斯的历史》的第一个俄译本就已出现,并不断再版;《格利佛游记》在苏联也一再出版,还译成苏联各民族的语言。根据《译文》编辑部编写的《外国文学参考资料》(1958年第2期,内部刊物)中"国外文艺动态"栏"苏联大量翻译外国作品"一文报道,英国文学作品在苏联翻译出版的品种和印刷数居苏联外国文学翻译的第三位。英国作家的作品用54种语言出了32 414版,约650万册。其中最受欢迎的是狄更斯(Charles Dickens)、笛福(Daniel Defoe)、斯威夫特、高尔斯华绥(John Galsworthy)和莎士比亚(William Shakespeare)等被列入现实主义传统的作家。[②]

对美国文学的翻译,苏联文学界同样也是以"现实主义"作为作品选择的一个重要标准。斯皮勒(Robert E. Spiller)在《美国文学史》关于美国文学在世界各国的传播一章中,指出苏联对美国文学的翻译选择模式有别于其他欧洲国家对美国文学的翻译选择。他说:"从一开始,如果小说在创作方法上是现实主义的、幽默的或英雄主义的,反映民主思想的,讲述的是关于大城市生活的,关于边疆冒险就更好,刻画的角色是美国劳动大众的代表,那么这样的作品就会赢得他们的青睐。"[③]根据斯皮勒的《美国文学史》,俄国"十月革命"之后的25年(1918—1943)里,共有217位美国作家的作品被译成俄文,印数达36 788 900册,其中翻译最多的前三位作家分别是杰克·伦敦(Jack London,10 367 000册)、马克·吐温(Mark Twain,310万册)和厄普顿·辛克莱(Upton Sinclair,270万册)[④]。前三位的印数竟占总印数的五成左右。

在现实主义主宰"十七年"中国翻译语境的"诗学"话语和苏联英美文学翻

① 阿尼克斯特:《英国文学史纲》,戴镏龄,吴志谦等译,北京:人民文学出版社,1980年,第58页。

② 《译文》编辑部:《苏联大量翻译外国作品》,《外国文学参考资料》(内部刊物)1958(2)。

③ Robert E. Spiller. *Literary History of the United States*. New York: The Macmillan Company, 1957, pp. 1384-1385.

④ Ibid., p. 1386.

译选择倾向的巨大影响下,英美现实主义传统文学获得了“十七年”中国译入语语境的特别青睐。英国文学方面,被视作现实主义作家作品而纳入翻译范围的有文艺复兴时期的莎士比亚戏剧,启蒙时代笛福、斯特恩、斯威夫特、菲尔丁、斯摩莱特(Tobias George Smollett)等人的现实主义小说,谢立丹(Richard Sheridan)的戏剧、布莱克(William Blake)、彭斯的诗歌,司各特(Walter Scott)的历史小说,萨克雷、狄更斯、夏洛特·勃朗蒂(Charlotte Brontë)、盖斯凯尔夫人(Elizabeth Gaskell)、哈代(Thomas Hardy)、高尔斯华绥等人的小说,萧伯纳(Bernard Shaw)的戏剧,等等。其中,莎士比亚(35 种)、狄更斯(16 种)、高尔斯华绥(9 种)是“十七年”中国翻译最多的三位英国作家。在美国文学方面,被视为现实主义传统的作家和诗人如马克·吐温、杰克·伦敦、德莱塞(Theodore Dreiser)、斯坦贝克(John Steinbeck)、欧·亨利(O. Henry)、惠特曼(Walt Whitman)等人获得了“十七年”中国翻译界的大力推介,其中马克·吐温(30 种)和杰克·伦敦(23 种)是这一时期中国译介得最多的美国作家。与之形成鲜明对比的是,英美(所谓的消极)浪漫主义、现代主义文学在同时期的中国翻译界遭到了冷遇。毛泽东关于是否要破坏作家的创作情绪的观点则对如何处置那些抒情言志、表现现代人思想的流派做了政治上的最高指示。他说:“那么,马克思主义就不破坏创作情绪了吗?要破坏的,它决定地要破坏那些封建的、资产阶级的、小资产阶级的、自由主义的、个人主义的、虚无主义的、为艺术而艺术的、贵族式的、颓废的、悲观的以及其他种种非人民大众非无产阶级的创作情绪。”[①]对于外国文学来说,尽管“十七年”中国译入语语境无力干涉外国作家的创作自由,限制其创作方法,但却能通过拒绝翻译这些作品来阻止这种创作情绪在译入语语境中的传播、接受并产生影响。从以上所述中我们不难发现,在“十七年”这样特殊的接受语境里,新中国成立后的最初十七年对外国文学的接受,只可能让现实主义文学、特别是英美的批判现实主义文学的翻译呈现一枝独秀的局面,而让西方现代主义文学集体失声。与之相比,浪漫主义文学的境遇稍稍好一些,但也难免遭遇被“修枝剪叶”的命运。

二、寻找光明的背面

表面上看,新中国成立后头十七年的外国文学翻译是从现实主义的诗学角度来择取英美文学作品的。现实主义文学作为英美文学发展史上的一个伟大传统,新生的共和国本着尊重、借鉴他者文学遗产以建设、发展自己的文化事业的宗旨,做出这样的翻译选择似也无可厚非。然而如果我们深入探究一下蕴藏在这一翻译选择背后的深层原因,那么我们将很容易发现,对英美现实主义文

---

① 毛泽东:《毛泽东文艺论集》,中共中央文献研究室编著,北京:中央文献出版社,2002 年,第 79 页。

学的翻译选择骨子里实际还是在奉行“十七年”中国特殊语境下那个“政治标准第一，艺术标准第二”的文艺方针，同时又是在当时苏联的政治文艺话语的巨大影响下进行的。因此，这一翻译选择从一开始就已经注定它不可能是一个纯粹的文学翻译的选择，而是新中国“十七年”时期的独特文化语境中的一个充满政治意味的翻译行为。在跨越时空的文化传递行为中，译入语语境中的现实主义概念已经与其脱胎其中的文学母体渐行渐远。在苏联政治话语的囹圄中，作为抽象艺术审美概念的现实主义术语已经被异化为一个超越了单纯文学意义的政治话语，并进一步被肢解成染上了浓重意识形态色彩的两个子术语：社会主义现实主义和批判现实主义。

作为苏联唯一合法的文学创作方法，社会主义现实主义将创作的目标局限于凸现社会主义制度的优越性和无产阶级的先进性：“我们的文学充满了热情与英雄气概。它是乐观的……因为它是上升阶级——无产阶级——唯一进步和先进的阶级的文学。这种文学创作和文学批评方法，就是我们称之为社会主义现实主义的方法。”[①]因此，客观反映现实/真理的创作方法就演变成了对现实的理想化和脱离实际的美化。在这种旨在表现社会主义社会的光明和英雄主义的文艺话语的规约下，文学创作充斥着对现实的理想主义甚至不符合实际的描绘，无视甚至有意遮蔽社会的病痛之处。著名作家王蒙在反思苏联文学的“光明梦”时曾指出：“苏式的‘社会主义现实主义’的提法也带来了负面的结果。它是现实主义的继承，也是对现实主义的背离，粉饰太平的自己安慰自己的幻想的真实正在取代严峻的真实。”[②]这种粉饰太平的结果是，在社会主义现实主义的创作中，现实主义对现实/真理的追求不见了，只剩下政治的乌托邦。

如果说苏联的社会主义现实主义对现实主义真正内涵的背离在于它将对未来社会的美好想象作为对现实的表现，那么苏联视域下的欧美文学中的批判现实主义则反映了它的另一个极端：将文学等同于赤裸裸的他者社会问题的揭露以及对他者社会问题的批判。高尔基关于资产阶级“浪子文学”的定义就带着苏联强烈的政治烙印。他在1934年8月17日举行的第一次全苏作家代表大会上所做的报告《苏联的文学》中，将西欧作家分成两派：“一派是赞扬和娱乐自己的阶级的……另一派为数不多，只有几十个，是批判的现实主义和革命的浪漫主义的伟大的创造者。他们都是自己阶级的叛逆者，自己阶级的‘浪子’……资产阶级的‘浪子’的现实主义，是批判的现实主义；批判的现实主义揭发了社会的恶习，描写了个人在家庭传统、宗教教条和法规压制下的‘生活和冒

① 日丹诺夫：《苏联文学艺术问题》，北京：人民文学出版社，1959年，第21页。

② 王蒙：《苏联文学的光明梦》，《读书》1993(7)。

险'，却不能够给人指出一条出路。"[①]因此，如果说苏联文学意在创造社会的光明梦想，那么苏联对欧美批判现实主义文学的曲解则意在借他者的"逆子"之口臆造对峙社会的"梦魇"，并通过文学翻译的途径培养本土读者对资本主义社会的认识。

紧跟着苏联话语的50年代的中国在翻译欧美批判现实主义文学作品上所奉行的政策自然也是与苏联如出一辙：在批判他者的同时教育本土读者热爱自己的社会。"解放后，西欧的批判现实主义文学作品继续介绍到中国，对中国的读者仍然具有一定的教育意义和美学价值……今天，我国人民仍然可以通过这些文学作品了解旧时代的特点，旧社会中不合理的现象，更进一步认识过去社会的丑恶面目。因而也使他们更加热爱现今的社会，更积极地去创造美好的未来。"[②]暴露敌人的"黑暗"成了文学创作及文学翻译的一个迫切任务。1949年《翻译月刊》的"创刊词"《翻译工作的新方向》对如何对待"帝国主义"文艺做了方向上的规定，指出对帝国主义的思想文化的介绍要先经过翻译工作者的清滤，通过翻译工作者的精密深入地了解帝国主义思想文化，它的腐败性、反动性，等等，针对帝国主义思想的弱点，进行有效的攻击与战斗。[③] 朱虹在《论萨克雷的创作》一文中对狄更斯、萨克雷等英国作家创作主题的归纳，非常具体地点明了为何这些作家会成为"十七年"新中国外国文学翻译的热点的原因。她说："关于资本主义大都会的繁荣及其阴暗角落；关于劳动人民受凌辱的生活及其反抗；关于剥削阶级的腐朽堕落以及他们之间的互相倾轧以及在这种大鱼吃小鱼的普遍竞争中许多小人物的命运，等等，都在狄更斯、萨克雷、勃郎特、特罗洛普、盖斯凯尔夫人等人的作品中得到生动的反映。"[④]在他者文学中寻找光明的背面——黑暗，既直接对他者社会现实进行批判，引以为戒，也是百废待兴的新社会对自己所选择的"光明"的社会制度——苏联模式的间接肯定。

三、"十七年"对批判现实主义文学的批判

除了揭露和批判封建主义和资本主义社会的腐朽、没落和黑暗外，当时的苏联文艺界还提出了另一个判断文学作品价值的标准——人道主义，并且也把它作为评判欧美"浪子文学"即批判现实主义文学作品价值的标准。苏联学者撰写的《西欧文学简论》中就指出："以往的优秀作家都是伟大的揭露者……也

---

① 高尔基：《高尔基论资产阶级文学遗产》，《文艺报》1960(6)。

② 北京大学西语系法文专业57级全体同学编著：《中国翻译文学简史》，北京大学西语系(未公开出版)。

③ 孙思定：《翻译工作的新方向——代发刊词》，《翻译月刊》1949(1)。

④ 朱虹：《论萨克雷的创作——纪念萨克雷逝世一百周年》，《文学评论》1963(5)。

是伟大的人道主义者,帮助进步阵营的斗士进行斗争。"[①]然而,对于50年代的新中国而言,"全民政治化的目的在于保卫新生的社会主义制度,抵制资本主义意识形态的侵袭,而人道主义则被视为最易突破社会主义的'糖衣炮弹',无论怎样提防都不为过"[②]。因此,从一开始,"十七年"中国的翻译语境就是在高度警惕的态度中迎接这些来自他者世界的"浪子文学"的。事实上,对新中国而言,从50年代初起对资产阶级人道主义的批判就从来没有消停过:1951年批判的是"小资产阶级人道主义",1957年批判的是"资产阶级人道主义"。这些批判都直接影响了对英美文学的翻译。根据《1949—1979翻译出版外国文学著作目录》,1951—1952年是50年代英美文学作品翻译得最少的两年:1951年翻译的英国文学作品为6种,1952年仅为3种;美国文学1951年为8种,1952年为9种。而从1957年"批判资产阶级人道主义"开始,尽管在"大跃进"等运动的刺激下,外国文学的翻译也跟着加快了翻译的速度,但此时中国文化界对欧美批判现实主义文学已经从肯定的态度转变为对其大加批判。

"从1949年以后的现代性实践经历看,革命者倾心的一直是思想的斗争、精神的高扬、心灵深处的革命。"[③]因此,欧洲现实主义文学中那些被"十七年"译入语语境建构起来的单薄的"批判"外衣很难抵御"革命"的狂轰滥炸。这些作品所蕴含的人道主义内核成为"十七年"译入语语境所不能容忍的异类。50年代末,一批批判欧洲批判现实主义文学的文章应运而生,这些文章基本上反映了当时重新评价欧美文学的态度。卞之琳等人提出,对于外国古典文学作品,要"从今日的高度看这些作品,本着'政治标准第一'的精神,首先分析其中的思想倾向"[④]。冯至指出:"为了配合反修正主义的斗争,我们要站在共产主义的高度上,对于欧洲十九世纪资产阶级的现实主义文学进行科学的分析和批判,给以重新的估价,只有认识他的历史上的价值和对于我们今天的意义,他才不至于被修正主义者利用和歪曲。"[⑤]与这些声音相应和的是文艺界的大批判运动。著名翻译家吴岩回忆说:"'大跃进'之后上海'作协'就大张旗鼓地开了四十九天的会,大批十八、十九世纪文学,认为都是资产阶级的东西,毫无用处……不久的'反修',查创作中的'修正主义',凡描写战争残酷,有宣传人性论味道的字句、段落,都认为是修正主义。最后外国文学的翻译出版只剩下亚非

---

① 穆拉维耶娃,屠拉耶夫:《西欧文学简论》,殷涵译,上海:新文艺出版社,1957年,第4页。

② 王建刚:《政治形态文艺学——五十年代中国文艺思想研究》,北京:中国社会科学出版社,2004年,第251—252页。

③ 蓝爱国:《解构十七年》,上海:华东师范大学出版社,2003年,第6页。

④ 卞之琳,叶水夫,袁可嘉,陈燊:《十年来的外国文学翻译和研究工作》,《文学研究》1959(5)。

⑤ 冯至:《关于批判和继承欧洲批判的现实主义文学问题》,《文学评论》1960(4)。

拉和内部发行的《黄皮书》。"[①]

在这种情势之下，进入60年代后新中国的英美批判现实主义文学作品的翻译也陷入了举步维艰的境地。那些反映资产阶级个人英雄主义的英美小说遭到了重新盘查。1955年平明出版社出版了杨必翻译的艾米莉·勃朗特(Emily Brontë)的《呼啸山庄》。小说塑造的男主角希斯克里夫(Heathcliff)曾被视为资本主义社会的反抗者而受到重视。但是1960年《欧洲十九世纪资产阶级文学中的个人反抗问题》一文却对《呼啸山庄》提出了批判，认为19世纪欧洲资产阶级作家歌颂个人反抗，肯定个人主义，也就会宣扬蔑视群众的个人英雄主义。文章认为希斯克里夫是一个资产阶级个人英雄主义者。[②]不仅如此，该文还对曾经被马克思赞美过的夏洛特·勃朗特的《简·爱》(李霁野译，1936年出版，1949年文化生活出版社再版)提出批评："本来，既然个人反抗注定要失败，写出这种失败正是批判现实主义作品成功的一个标志 。而像《简·爱》那样为个人反抗勉强安排了虚假的'幸福'归宿，结果就多少抵消了作品的现实主义力量。"[③]连著名外国文学研究家冯至也对《简·爱》中的爱情观提出批评："我们教育青年要树立共产主义的远大理想，献身革命事业，有人却认为爱情至上，把爱情绝对化、神秘化，沉溺于感伤主义小说和浪漫主义诗歌里，甚至于从《简·爱》一类的小说里去寻找如何对待爱情的道理。"[④]随着这些批判声音成为当时社会对外国文学批评的主流，1958年人民文学出版社专门组织了一批作者，推出一套重新评价已经翻译出版过的西方文学作品的小册子。与英美文学有关的著述有：《论伏尼契的〈牛虻〉》《夏绿蒂·勃朗特的〈简·爱〉》《论哈代的〈苔丝〉》《论哈代的〈还乡〉和〈无名的裘德〉》《论艾米利·勃朗特的〈呼啸山庄〉》，等等，其目的是"帮助青年读者正确地理解这些作品，取其长处，免受其不良影响"[⑤]。

四、狄更斯与马克·吐温的翻译

狄更斯和马克·吐温是"十七年"期间中国翻译界给予特别青睐的两位19世纪英美作家。从翻译的数量来看，在英国作家中，狄更斯所受到的关注仅次于莎士比亚。从1950年到1963年，狄更斯作品的中译本有16种，这些译本包

---

① 吴岩：《落日秋风》，北京：华夏出版社，1998年，第52页。

② 朱于敏：《欧洲十九世纪资产阶级文学中的个人反抗问题》，《文学评论》1960(5)。

③ 同上，第86—87页。

④ 冯至：《发扬马克思列宁主义的批判精神，正确对待欧洲资产阶级文学遗产是批判地吸收，还是盲目地崇拜？》，《文艺报》1964(4)。

⑤ 北京大学西语系法文专业57级全体同学编著：《中国翻译文学简史》，北京大学西语系(未公开出版)，第206页。

括:《双城记》(罗稷南,三联书店,1950),《匹克威克外传》(蒋天佐,三联书店,1950),《奥列弗尔》(蒋天佐,三联书店,1950),《雾都孤儿》(熊友榛,通俗文艺出版社,1957),《大卫科波菲尔》(董秋斯,三联书店,1950),《大卫考柏飞》(林汉达,潮锋出版社,1951),《大卫高柏菲尔》(许天虹,文化生活出版社,1953),《老古玩店》(许君远,上海文艺联合出版社,1955),《艰难时世》(全增嘏,胡文淑,新文艺出版社,1957),《圣诞之梦》(米星如、谢颂羔,广学会出版,1950),《圣诞欢歌》(吴钧陶,平明出版社,1955),《圣诞欢歌》(汪然,上海文艺联合出版社,1955),《人生的战斗》(陈原,国际文化服务社出版社,1953),《着魔的人》(高殿森,上海文艺联合出版社,1955),《钟乐》(金福,上海文艺联合出版社,1956),《游美札记》(张谷若,上海文艺出版社,1963)。而马克·吐温作品的中译本高达30种,在"十七年"被译介的美国作家中排在首位。这些译本包括:《乞丐皇帝》(俞荻,神州国光社,1950),《王子与贫儿》(李葆贞,商务印书馆,1950),《王子与贫儿》(张友松,人民文学出版社,1956),《密士失比河上》(上册)(毕树棠,晨光出版公司,1950),《密士失比河上》(毕树棠,新文艺出版社,1955),《密士失比河上》(常健,人民文学出版社,1958),《傻瓜威尔逊》(侯浚吉,上海文艺联合出版社,1955),《傻瓜威尔逊》(常健,人民文学出版社,1959年),《在亚瑟王朝廷里的康涅狄克州美国人》(叶维之,人民文学出版社,1958),《冉达克》(朱复,新文艺出版社,1958),《一个败坏了哈德勒堡的人》(柳一株,新文艺出版社,1953),《败坏了哈德勒堡的人》(常健,人民文学出版社,1958),《神秘的陌生人》(蒋一平,新文艺出版社,1956),《汤姆·莎耶侦探案》(荀枚,上海出版公司,1955),《马克·吐温中短篇小说选》(常健,人民文学出版社,1960),《马克·吐温短篇小说集》(张友松,人民文学出版社,1954),《一个兜销员的故事》(云汀,平明出版社,1955),《神秘的访问者》(尹元越等,上海文艺联合出版社,1955),《孤儿历险记》(章锋声,光明书局,1949),《汤姆·莎耶》(月琪,开明书店,1949),《汤姆·莎耶历险记》(钱晋华,上海文艺联合出版社,1955),《汤姆·索亚历险记》(张友松,人民文学出版社,1955),《顽童流浪记》(铎锋、国振,光明书局,1950),《哈克贝里·芬历险记》(张万里,上海文艺联合出版社,1954),《哈克贝利·费恩历险记》(张友松、张振先,中国青年出版社,1956),《汤姆·莎耶出国记》(徐汝椿等,上海出版公司,1955),《傻子旅行》(刘正训,光明书局,1949),《赤道环游记》(常健,人民文学出版社,1960),《夏娃日记》(李兰,新文艺,1953)。可以说,这两位作家的所有重要作品基本上都被译成了中文,有些作品甚至出现重复翻译出版的现象。之所以如此,是因为这两位作家在他们的作品中所表现的对社会现实的关注、对普通劳苦百姓的同情以及他们对资本主义社会各种腐败、黑暗的时弊所进行的猛烈抨击,十分符合"十七年"中国译入语语境对所谓"欧美资产阶级进步作家"的期待。

在新中国成立之初，正值中美关系剑拔弩张的“冷战”时期。1950 年朝鲜战争爆发，中国加入了“抗美援朝”的战争，文艺界也随即展开了对美国社会的批判。在这样的语境中，狄更斯首先是作为一名“揭露”美国社会丑恶现象的英国作家被介绍给新中国读者的。狄更斯曾经两度访问美国(1842 年和 1867—1868 年)。1842 年，狄更斯访美归来后写下《美国杂记》谈他对美国的印象，对美国的奴隶制度进行了猛烈的批判。1950 年《文艺报》第 2 卷第 4 期刊载了一篇译自苏联《环球杂志》的文章《狄更司笔下的美国》(自生译)，《翻译月刊》1951 年第 4 卷第 3 期再一次翻译刊载苏联学者契尔尼亚克的文章《狄更斯的美国丑恶暴露》(星原译)。这两篇文章根据《游美札记》中的一些内容断章取义地把狄更斯塑造成了一个敢于揭露美国社会中的丑恶现象的英国作家。《狄更斯的美国丑恶暴露》一文更是指出，狄更斯不仅揭露了美国丑恶的社会制度、虚伪的民主，而且，“美国民主主义的腐朽和虚伪不单是美国一国所特有，笼罩着他的本国(英国)的政治习气也并不比那好一点儿。”[①]。在后来关于狄更斯小说的评价上，苏联学者主要就是从狄更斯对英国社会的批判入手的。狄更斯是苏联重点翻译介绍的作家，远在 19 世纪末 20 世纪初“十月革命”之前，俄国就已经有了 3 部不同的狄更斯全集的俄文译本。“十月革命”以后，重译的狄更斯小说也有十多部。[②] 在苏联，狄更斯被称为英国批判现实主义文学的创始人和最伟大的代表。[③] 俄罗斯简直成了狄更斯的第二祖国，在这里，“狄更斯的名字是每一个中小学生都知道的，他的作品为千万人所阅读和喜爱。”[④]因此，从“十七年”新中国文学界对英国文学翻译的选择要求来看，获得苏联认可的狄更斯毫无疑问是一位“政治正确”的作家。50 年代，中国关于狄更斯作品的评价依据基本出自苏联学者。《文史译丛》1956 年创刊号刊载了苏联学者伊瓦雪娃论述狄更斯的文章《关于狄更斯作品的评价问题——〈狄更斯的创作〉一书的序言》。伊瓦雪娃指出，“在所有苏联文艺学家的作品中，狄更斯首先总是被看作一个暴露者、一个资产阶级的批判者、一个揭露了当代英国现实及英国人民的剥削者压迫者的真实面目的作家。”[⑤]1959 年人民文学出版社出版的苏联学者阿尼克斯特撰写的《英国文学史》更是把狄更斯作为批判现实主义的重要作家辟出专章(篇幅仅次于莎士比亚)予以评述。“十七年”期间我国翻译转载的苏联学者撰写论述狄更斯的文章还有《世界文学》1962 年 7、8 月号刊载的卢那察尔斯基的文章《查尔斯·狄更斯》(蒋路译)。50 年代，国内重要文学刊物上发表中国学

---

① 契尔尼亚克：《狄更斯的美国丑恶暴露》，星原译，《翻译月刊》1949(1)。

② 全增嘏：《读狄更斯》，《艰难时世》，全增嘏、胡全淑译，上海：新文艺出版社，1957 年，第 394 页。

③ 阿尼克斯特：《英国文学史纲》，北京：人民文学出版社，1959 年，第 381 页。

④ 伊瓦雪娃：《关于狄更斯作品的评价问题(“狄更斯的创作”一书的序言)》，《文史译丛》1956(1)。

⑤ 同上，第 114 页。

者论狄更斯的论文很少,全增嘏的《读迭更斯》(《复旦学报》1955年第2号)可以说是国内学者对狄更斯做全面研究的第一篇论文,此外,1957年华林一的《读狄更斯的〈劳苦世界〉》(《南京大学学报》,1957年第1期)是50年代国内学者撰写的另一篇评价狄更斯作品的重要文章。1962年是狄更斯诞辰150周年纪念,国内学者适时发表了许多论文[①]。总的来说,这些评论在"思想观念与研究方法上都以马克思主义和社会历史批评方法,去分析狄更斯作品的思想内容,特别强调的是作品对资本主义社会的批判和揭露暴露,对下层人民的人道主义同情,以及现实主义创作的运用,等等。"[②]从"十七年"中国翻译的狄更斯的作品来看,那些被认为最能反映现实、揭露社会丑恶现象的小说,最受重视,甚至被重复翻译。狄更斯有多种作品被重复翻译,*David Copperfield* (1849)有三个译本《大卫·科波菲尔》(董秋斯译,1950)、《大卫考柏飞》(林汉达译述,1951)、《大卫高柏菲尔》(徐天虹译);*A Christmas Carol* (1843)有3个译本,《圣诞之梦》《圣诞欢歌》(吴钧陶版)、《圣诞欢歌》(汪然版);*Oliver Twist* (1837)有两个译本《奥列佛尔》(蒋天佐版)和《雾都孤儿》(熊友榛版)。而像 *Dombey and Son*(《董贝父子》,1848)、*Bleak House*(《荒凉山庄》,1852)这两本被阿尼克斯特视为"调和阶级矛盾"或"描绘的图画具有很大的阴郁性特点"[③]的小说则未受到重视,前者只是被节译(《世界文学》,1961年,第7、8号),后者则未被翻译。50年代后期"反资产阶级人道主义"开始,评论界对狄更斯的评价显然来得比苏联凶猛。1960年,杨耀民等人的文章"欧洲十九世纪资产阶级文学中的劳动人民形象",批判狄更斯的《艰难时世》(1954)中的阶级调和论,认为狄更斯作为资产阶级作家,宣传资产阶级人道主义之类的思想,要劳动人民放弃斗争,归根到底是有利于资产阶级统治的。[④] 1957年,《雾都孤儿》和《艰难时世》被译之后,狄更斯的其他小说就没在"十七年"后期以单行本的形式翻译出版。因此,1957年之后,狄更斯小说的价值也就基本上只存在于研究中的批判意义了,这种局面直到"文化大革命"结束以后的改革开放新时期才得以改观。

美国作家马克·吐温的情形与狄更斯一样,"苏联差不多每一个儿童都读过马克·吐温的汤姆·索耶传和哈克贝利·芬传;苏联各大学的文学系对马

---

① 这些文章包括范存忠的《狄更斯与美国问题》(《文学研究》1962年第3期),杨耀民的《狄更斯的创作历程与思想特征》(《文学研究》1962年第6期),姚永彩的《从〈艰难时世〉看狄更斯——为纪念狄更斯诞生一百五十周年而作》(《南京大学学报》1962年第4期),陈嘉的《论狄更斯的〈双城记〉》(《江海学刊》1962年2月号),王佐良的《狄更斯的特点及其他》(《光明日报》1962年12月20日),杨耀民的《狄更斯的〈双城记〉和人道主义》(《光明日报》1964年7月,第468期)等。

② 葛桂录:《他者的眼光:中英文学关系论稿》,银川:宁夏人民教育出版社,2003年,第207页。

③ 阿尼克斯特:《英国文学史纲》,北京:人民文学出版社,1959年,第400页。

④ 杨耀民、干永昌,张羽:《欧洲十九世纪资产阶级文学中的劳动人民形象》,《文学评论》1960(3)。

克·吐温的作品做过许多次的专题研究。”[①]苏联的认同确保了马克·吐温在“十七年”中国语境中的翻译一路畅通，成为“十七年”中国翻译最多的美国作家。在“十七年”中国语境中，*The Adventures of Tom Sawyer*（《汤姆·索亚》）多达7种译本，*Adventures of Huckleberry Finn*（《哈克贝利·芬》）有2种译本，*The Prince and the Pauper*（《王子与贫儿》）有3种译本，*Life on the Mississippi*（《密西西比河上》）有3种译本，*The Man That Corrupted Hadleyburg and Other Stories and Sketches*（《一个败坏了哈德勒堡的人》）和*Pudd'nhead Wilson*（《傻瓜威尔逊》）都各有2种译本。

“十七年”中国文化界关于马克·吐温的评论首先是苏联学者P.奥尔洛娃的《马克·吐温论》（《译文》，1954年8月号）。奥尔洛娃通过对马克·吐温作品的分析，认为“吐温经历了一条艰难曲折的创作道路：从早期作品中轻松的诙谐转向于认识资本主义世界的矛盾，并最后发展到敌视和否定帝国主义的美国。吐温是那些虽然与无产阶级革命斗争还有很大距离、却会严厉地批判了帝国主义的作家之一。”[②]1960年是马克·吐温逝世50周年纪念。周珏良的《论马克·吐温的创作及其思想》（《世界文学》，1960年4月号）也强调吐温对封建主义、资本主义、帝国主义的揭露和批判，但同时受50年代末“反资产阶级人道主义”运动的影响，作者还从吐温作为资产阶级作家的身份对其资产阶级立场上的批判提出批评。[③] 1961年，苏联学者包布洛娃[④]的《马克·吐温作品中的华侨工人的形象》（《世界文学》，1961年第4期）则从马克·吐温描述中国人的小说和他对中国的态度的政论文章中，揭示马克·吐温对美帝国主义的抨击和对中国的友好态度，“马克·吐温——人道和正义的，富有热情的人——是中国人民的真正朋友。”[⑤]苏联模式研究中关于马克·吐温反对种族歧视、资本主义、殖民主义的特点也通过翻译的形式传播给读者。60年代，全球范围的反殖民主义运动风起云涌。《世界文学》1960年7月号刊载老舍的文章《马克·吐温——“金元帝国”的揭露者》。在文中老舍指出：“我们尊重吐温留下的文学遗产，因为它里面鲜明地反映出美国人民的一个优良传统：热爱和平和民主、反帝帝国主义侵略战争、反对殖民主义。”同年人民文学出版社出版了马克·吐温的《赤道环游记》（*Following the Equator*，1897）。马克·吐温在1895—1896年做了一次环球旅行。《赤道环游记》正是这次环球旅行归来写下的一部游记，描写世界各地包括原英国殖民地澳大利亚、印度等地的风土人情，历史习俗。老舍

① 柳一株：《译后记》，《一个败坏了哈德勒堡的人》，上海：新文艺出版社，1954年，第118—119页。

② P.奥尔洛娃：《马克·吐温论》，《译文》1954(8)。

③ 周珏良：《论马克·吐温的创作及其思想》，《世界文学》1960(4)。

④ 包布洛娃的《马克·吐温评传》1958年以单行本形式出现。

⑤ 包布洛娃：《马克·吐温作品中的华侨工人的形象》，《世界文学》1961(4)。

认为,“《赤道旅行记》虽然只是一部旅途随笔,却有反对全世界帝国主义的重大意义。吐温在他的环球旅行中看到了一些殖民地国家人民的生活。他愤怒地揭发了白种侵略者给他们带去的‘文明’。”[①]译者常健在《译后记》中这样写道,“我们可以通过它的作者对帝国主义所做的勇敢的揭露和谴责,重温一遍殖民主义的罪恶的历史,同时也可以看到它的作者所没有看到的世界人民就要把殖民主义葬入坟墓的前景。”[②]不过,这部书中许多内容与译者所设想的相去甚远,译者不得不为这部“美国文学中第一部反对殖民主义的名著”做种种后续解说,“由于作者受着资产阶级世界观的限制和某些资产阶级传统见解的束缚”,把印度士兵大起义说成“大叛乱”,受白人优越论的影响,赞美一个舍己救人的神父,等等。[③] 然而,这些翻译的周边文字恰恰展示了翻译所无法抹去的他者的真实印迹。

五、批判现实主义:谁的批判?

综合本节所述,在中西政治文化对峙、他者缺席的历史语境中,“十七年”中国翻译研究界将目光投向19世纪英美文学中的现实主义作家,以语言建构即社会建构的天真设想,将狄更斯和马克·吐温等已经故去的英美现实主义作家作为自己的“同盟军”[④],将他们的文学作品作为了解英国、美国两个对峙文化的窗口,试图在他者的历史中寻找现实社会的差异,用以对彼时他者的批判。例如,《游美札记》的“译后记”中这样写道,“虽然狄更斯写的只是个人的感受,表面的现象,但是却是他亲身的见闻,忠实的记录,使我们读来,可以知道,现在的美国统治阶级,那样凶恶,那样残暴,是有其历史根源的,是由来已久的,是过去的继续和发展。所以狄更斯对美国的这些暴露,即便在现在,仍旧有它的历史的和一定的现实意义。”[⑤]然而,这种将他者历史化的努力不但徒劳无功,也留下了一个笑柄。1979年,陈焜在反思新中国成立以来外国文学研究的文章中那个关于“狄更斯死了”的笑话令人深思:“据说有这样的事情,我们派留学生出国,外国人发了些议论。一位英国记者说,他们欢迎中国留学生去英国,因为到了英国,中国人就可以知道狄更斯已经死了。妙语成趣,这句俏皮话当然把我们挖苦得很苦。……他的意思大概是讲,狄更斯是十九世纪的作家了,不要

---

① 老舍:《马克·吐温——“金元帝国”的揭露者——在世界文化名人马克·吐温逝世50周年纪念会上的报告》,《世界文学》1960(10)。

② 常建:《后记》,《赤道环游记》,常建译,北京:人民文学出版社,1960年,第385页。

③ 同上。

④ “和资本主义作斗争,狄更斯仍然是我们有力的同盟军,仍然是一个坚强的战斗武器。”见全增暇,《读狄更斯》,《艰难时世》,全增暇,胡全淑译,上海:新文艺出版社,1957年,第393页。

⑤ 张谷若:《译后记》,《游美札记》,张谷若译,上海:上海文艺出版社,1963年,第367页。

再用他看往日英国的眼光来看今天的英国了；情况改变了，不要再把奥列佛尔要求多给一点食物的英国看成现在的英国了。”[①]而将“浪子”“叛逆”的帽子任意扣在这些作家的头上也是难以让更接近真相的原语读者苟同的。即使马克·吐温在本土遭遇两种不同的历史命运，美国的读者始终相信马克·吐温是深爱着美国的。[②] 同样，在英国主流文学评论界看来，狄更斯对他身处时代的贫穷、丑恶的细致描述并不证明他对社会的仇恨，而是揭示了狄更斯的仁爱之心。利维斯在分析《艰难时世》的文章中这样写道：“他（狄更斯）兴致勃勃地观察着城市（以及郊区）景致所呈现出来的富有人情味的人性。当他在丑恶、龌龊以及陈腐中看到——这是他非常乐意看到的——日常显露的人性之善以及基本美德伸张自己的时候，他的反映乃是一颗温暖的同情之心，里面完全没有什么需要克服的厌恶感。”[③]由此可见，他者缺席的批判现实主义只是自我对他者现实一厢情愿的批判。而那批判声中总带着的牵强附会的作者“局限性”的尾音恰恰使这种批判产生的尴尬效果不言自明。

第二节 翻译的周边文字：“十七年”英美文学翻译策略的操控功能分析

说起翻译，人们更愿意相信它是居间文化的桥梁，认识世界的必由之路，并寄托着人们借助语言的转换以带来心灵的沟通和理解的坚定信念。然而，当人们追求的不是心灵的沟通和理解，而是憎恨和敌视时，翻译却可能是误读世界的开始，离间文化的利刃，因为在“忠实/信”的翻译原则的伪装之下，语言的转换更容易带来心灵的屏蔽。因此，从这一层面上来说，“翻译是反映不同文化之间冲突最具代表性的范例。”[④]可以说，文化冲突语境中的翻译活动受制于时代话语的规约，同时它也折射出那个时代电闪雷鸣的文化碰撞！比较文学家勒菲弗尔曾经说过，翻译是对原文本的改写[⑤]，而文化冲突语境中的翻译更是如此。译入语主流话语对文学作品翻译策略的干预贯穿着作品的整个“旅行”过程：文字转换之前——文本的选择，文字转换的实际过程——文字的删增、语词的变

---

① 陈焜：《从狄更斯死了谈起——当代外国文学评论问题杂感》，《外国文学研究集刊》1979(1)。

② 董衡巽：《马克·吐温的历史命运》，《读书》1985(11)。美国学者奈德指出，苏联人认为吐温攻击的目标主要是美国社会的观点在多数美国人看来是很奇怪的。

③ F. R. 利维斯，《伟大的传统》，袁伟译，北京：三联书店，2002 年，第 392 页。

④ Román Álvarez and M. Carmen-África Vidal (edited), "Translation: A Political Act", *Translation Power Subversion*, Clevedon · Philadelphia · Adelaide: Multilingual Matters LTD, 1996, p. 2.

⑤ André Lefevere. *Translation, Rewriting and the Manipulation*. London: Routledge, 1992, p. vii.

形等变形手段，文字转换之后——对译品阅读的导向性评论。经过这一番改造，翻译作品俨然成为皈依了译入语主流话语的一个符号文本。翻译造成对他世界的误读也由此产生。

将“十七年”英美文学翻译置于中西文化对峙的大背景下考察，不以“信达雅”等价值标准来论译本的成败，我们将更加客观、准确地反映那段翻译史的真实面貌。在“十七年”中西政治文化对峙语境中的英美文学翻译中，译者对原作的改写策略形式多样，包括语词层面上的“偷梁换柱”。一个典型的例子是1960年戈哈最早将the Beat Generation译成“垮掉的一代”(《垂死的阶级，腐朽的文学——美国的‘垮掉的一代’》《世界文学》1960年2月号)，这个译法十分符合当时对“腐朽”西方世界的想象。于是，几十年来“垮掉的一代”似乎成了the Beat Generation约定俗成的译法。然而，新世纪以来不断有国内外学者对此提出质疑，如文楚安认为英文beat根本就不存在“垮掉”的意思，这个在中国特殊年代中生成的译名甚至令美国学者大惑不解①。台港学者钟玲在《美国诗与中国梦》中在谈到东方宗教对50年代的美国青年的思想的影响时，则把the Beat Generation译成“搜索的一代”②。在钟玲看来，the Beat Generation是试图突破社会陈规的探索者，而这与中译名“垮掉的一代”传达的意义可谓相去甚远。这种差异恰恰揭示了生成于“十七年”的“垮掉的一代”这个译法所蕴含的政治目的。又如文字上的删减。被视为那个时代革命经典之作的《牛虻》(1953年版，李俍民译)就存在许多删减现象。原文涉及宗教的文字在译本中都遭到删减，如1953版删除了第1部第1章中亚瑟与神父蒙泰尼里的谈话。这段对话在1999年庆学先的译本中得以呈现，“‘刚才你讲的就是基督要说的话——’蒙泰尼里慢条斯理地说道，但是亚瑟打断了他的话。‘基督说：“凡为我而献身的人都将获得新生。”’”③通过过滤清除原作中那些与当时国内时代话语格格不入的“杂草”“毒瘤”，《牛虻》也就获得了被塑造成革命经典之作的资质。

然而，尽管通过对语词的重新包装，甚至增删能够在一定程度上不留痕迹地改变原作的世界，但对于在不同的文化生态环境中成长起来的外语文本，其中与译入语文化背道而驰的“叛逆分子”可能潜伏在整个文本的生命肌理中，因此，如何避免让阅读中的读者走上原作的“不归路”显然不是通过几个语词的“改造”就能达到的。于是，一个更为张扬、更加普遍的策略应运而生，即译者或评论者借助“内容提要”“注解”“译序跋”等翻译副文本公然侵入原作者的话语

① 文楚安：《“垮掉一代”及其他》，成都：四川大学出版社，2002年，第126—127页。

② 钟玲：《美国诗与中国梦 美国现代诗里的中国文化模式》，桂林：广西师范大学出版社，2003年，第10页。

③ 伏尼契：《牛虻》，庆学先译，桂林：漓江出版社，1999年，第18页。1999年庆学先版保留了1953年版中删除的所有内容。

舞台,重构原作者的精神世界。必须指出的是,在“十七年”这段特殊的历史时期,译者与批评者的话语重构显然是在隐形的“上帝之手”的干预下进行的。这一节将通过考察“十七年”英美文学中译本,分析其中翻译的副文本:内容提要、注解、译序跋等的时代特点,以1963年版的《游美札记》译本为研究个案,深入全面地解读“十七年”英美文学翻译中译者“粉墨登场”“鸠占鹊巢”的张扬策略,并通过历史的长镜头,将新时期以来的几个《游美札记》的新版本和新译本翻译策略的改变纳入考察比较的范围,从而更加深刻地揭示那些生成于“十七年”的翻译的周边文字的时代功利性!

一、作为诗学标准的政治话语

一般来说,附着在译本周围的副文本:内容提要、注解、译序跋目的是协助读者更加深刻理解原作,了解真实的他者世界。然而,现实的世界从来不是真空的,在各种现实杂音冲击之下的译者/批评者往往会在这些文字中传达出某些偏离原作的见解,从而将读者带上一条歧路。这些杂音可能与译者/批评者个人的成长教育经验有关,也可能受制于更大的社会政治背景。在勒菲弗尔的文学赞助理论中,文学系统内外存在控制文学在该社会主流轨道运行的两个元素。文学系统之内的元素是指批评家、评论家、教师、翻译家等专业人士。为了使某些文学作品迎合主流诗学与意识形态,这些专业人士往往会对这些作品进行改写。文学系统之外的控制元素指的是赞助这些文学作品的权力者。赞助者关心更多的是作品的意识形态问题——思想倾向,而不是诗学问题。可以说,赞助者赋予专业人士“管制”文学的权威。因此,在意识形态高度张扬的社会或某个特定的历史时期,这两个元素高度统一。勒菲弗尔认为,如果说原作者试图在写作中突破主流话语的限制,那么改写者的任务就是使作品皈依主流话语①。对于“十七年”的译者来说,毫无疑问,社会政治因素的干预是主要的。在这些翻译的周边文字中,有时译者身兼批评者一职,有时更具权威的评论者单独出现。这些文字遵循主流批评话语的模式,对译作进行着广义上刻板的“二度翻译”。因此,要理解这些附着在“十七年”英美文学译本的周边文字,我们必须要了解彼时英美文学的研究模式。

在中西文化对峙的“十七年”期间,中国文艺界也在对峙的“诗学”中,确切地说,是在强调作品思想倾向的政治话语与强调作品内部价值的“新批评”理论的冲突中研究批评英美文学作品。在五六十年代英美大学的文学系中,新批评是占主导地位的文学批评理论,“其核心观念是将文学视为一个审美的客体,认为无依无

---

① André Lefevere. *Translation, Rewriting and the Manipulation*. London: Routledge, 1992, pp. 14—15.

傍、自由自在地阐述文学文本意义产生的动态机制正是文学批评家的主要任务。"[①]"十七年"外国文学研究者则以截然不同的态度面对外国文学作品。"对于苏联文学,凭苏联同志的正确观点,凭他们的先进经验,凭他们对于材料的熟悉,就由他们自己去研究吧,我们只要把他们的研究成果介绍过来就行了。"[②]而对于英美等西方文学作品,"十七年"中国文艺界强调独立于西方学术话语的思考。袁可嘉指出,"新中国研究工作的特点是试图用马克思列宁主义的文艺观点来论述文学现象,重新估价作家和作品;对于外国进步的研究界的先进经验固然重视,对于外国资产阶级学术界所已做出的研究成果也并不忽视。坚持正确的阶级观点,同时广泛吸收有益的研究成果,这样成为普遍的原则。"[③]

因此,"十七年"翻译界翻译的13部英美文艺理论有7部为马克思主义文艺理论作品,见下表:

序号/年份	书名	作者/国别	译者	出版社名称
1.1950	《马克思主义与诗歌》《论诗歌源流》	汤姆逊/英国	袁水拍	三联
2.1950	《小说与人民》	福克斯/英国	何家槐	三联
3.1951	《马克思主义与现代艺术》	克林兼德/英国		三联
4.1952	《文学与现实》	法斯特/美国	于树生等	文艺翻译
5.1953	《论苏联文学的任务与特征》	哈德莱/英国	孟永祁	作家
6.1953	《好莱坞电影中的黑人》	季洛姆/美国	黄鸣野,卓文心	中央电影局
7.1958	《安诺德文学评论选集》	安诺德/英国	殷宝书	人民文学
8.1958	《论社会主义现实主义》	林赛/英国	钟日新	作家
9.1961	《戏剧与电影的创作理论与技巧》	劳森/美国	邵牧君等	中国电影
10.1962	《托·史·艾略特论文选》	艾略特/英国	周煦良等	上海文艺(内部发行)
11.1963	《试论独创性作品》	杨格/英国	袁可嘉	人民文学
12.1964	《剧作法》	阿契尔/英国	吴均燮等	中国戏剧
13.1964	《为诗辩护》	锡德尼/英国	钱学熙	人民文学

13部作品中美国3部,英国10部。其中法斯特与季洛姆(Victor Jeremy

---

① 安贝托·艾柯等:《诠释与过度诠释》,斯特凡· 柯里尼(编),王宇根译,北京:三联书店,2005年,第6页。

② 卞之琳,叶水夫,袁可嘉,陈燊:《十年来的外国文学翻译和研究工作》,《文学研究》1959(5)。

③ 袁可嘉:《欧美文学在中国》,《世界文学》1959(9)。

Jerome)是美国当时极其活跃的马克思主义理论家与作家,劳森(John Howard Lawson,1894)是戏剧理论家。英国方面,福克斯(Ralph Fox)是英国第二次世界大战爆发前夕出现的马克思主义风潮中的代表人物,在西班牙内战中为捍卫共和政府阵亡;林塞(Jack Linsay),克林兼德(F. J. Klingender),汤姆逊(George Thomson)均为20世纪上半叶活跃于英国文坛的马克思主义理论家;锡德尼(Philip Sidney, 1554—1586),扬格(Edward Young,1683—1765),安诺德(M. Arnold, 1822—1888)则是作为古典文艺理论家被翻译的。而对于转变20世纪英美两国批评的趣味转向和理论变化的核心人物庞德(Ezra Pound),艾略特(T. S. Eliot)[①],以及其他重要的主流文艺理论家如詹姆斯(Henry James),理查兹(I. A. Richards)、利维斯(F. L. Levis)等人,"十七年"翻译界避之唯恐不及。唯一一部被翻译的反映同一时期英美主流文艺理论的作品是《托·史·艾略特论文选》[②]。不过,它是在60年代初国内反对"资产阶级反动文艺思想"的历史语境中,以"内部发行"的特殊形式作为反面的批判教材被翻译的。该书的"出版说明"上写道:"为了配合我们当前反对资产阶级反动文艺思想和现代修正主义文艺思潮的斗争,我们选了他的有关文化思想和文学理论的一些主要文章,编成这个文选,为国内文学艺术研究者、批评工作者提供一些对立面的材料,以便彻底批判与揭露艾略特的反动政治面目。"[③]配合这部"反面教材"的翻译出版,研究界也适时推出批判性文章,如《艾略特何许人?》(王佐良,《文艺报》,1962年第2期),《稻草人的黄昏——再谈艾略特与英美现代派》(王佐良,《文艺报》,1962年第12期)。事实上,对艾略特的批判在50年代就频频出现。1956年刊载于《译文》1956年7月号,由英国马克思主义文艺批评家阿诺德·凯特尔(Arnold Kettle)撰写的《谈谈英国文学》就严厉地批判了对50年代英国资产阶级"反动文学"产生深刻影响的两个英籍美国人亨利·詹姆士和艾略特,称艾略特为"英国资产阶级文化的最大鼓手"[④]。《文学评论》1960年第6期刊载袁可嘉的文章《托·史·艾略特——美英帝国主义的御用文阀》,题目中彰显的政治意识形态油然可见。

然而,"十七年"英美文学研究"抛弃资产阶级学者'为艺术而艺术'"的研究模式并没有获得真正的独立,而是将从苏联舶来的一套打着政治烙印的术语运

---

① 雷纳·维勒克:《近代文学批评史 1750—1950》(第五卷,英国批评),杨自伍译,上海:上海译文出版社,2002年,第3页。

② 该书根据伦敦 Faber and Faber Ltd.,1932版 *T S Eliot Selected Essays* (1917—1932)翻译而成。包括《传统与个人才能》(1917,曹庸译),《批评的任务》(1923,曹庸译),《莎士比亚和西奈卡的苦修主义》(1927,方平译),《诗的功用与批评的功用:绪论》(1932—1933,周煦良译),《近代教育与古典文学》(1933,傅东华译),《宗教与文学》(1934,傅东华译),《何谓古典作品》(1944,周煦良译)。

③ T. S. 艾略特:《托·史·艾略特论文选》,上海:上海文艺出版社,1962年,第2页。

④ 阿诺德·凯特尔:《谈谈英国文学》,《译文》1956(7)。

用于对英美西方文学的研究中。[①] 温儒敏这样概括当时苏联文艺理论的特点:“那时为革命的意识形态所主宰的苏联文艺界,大都习惯于用所谓‘唯物’‘唯心’这样的标准,去区别和评判文论家的立场与价值,而且喜欢抓‘主流’‘本质’‘大方向‘之类,寻找比较符合革命时代需求的概念命题,如‘时代性’‘民族性’‘人民性’,以及文学的‘典型’意义、现实主义的批判价值,等等。”[②]也就是进行文本之外的社会历史批评,将美学批判转变成为意识形态批判和政治批判的工具。批评模式上的差异使得“十七年”中国译入语语境从本土的时代需求出发,借助翻译周边的文字不断“修正”英美文学文本,而批评界则不断规范研究者的研究视野,使之沿着苏联的研究道路“准确无误”地行进。

二、“十七年”英美文学翻译副文本的时代特点

“十七年”期间翻译的英美文学作品一般都有“内容提要”这一项目。在书中添加“内容提要”本来并没有什么诡异之处,即使在今天的图书出版中也是一件凡常之事。但是,从对“十七年”英美翻译文学作品的考察中,却可以发现,这些附于扉页中的“内容提要”看似简单扼要实则是译者对作品的道德、政治价值判断,将一种先入之见,或者说偏见传递给读者。这些文字往往游离于文本之外,单方面宣布作品起到“批判”“揭露暴露”的作用。这些“先声夺人”的文字有时甚至以命令的口吻将“译者”关于作品的理解强行灌输给读者。例如,1954年,新文艺出版社翻译出版的马克·吐温的《一个败坏了哈德勒堡的人》(*The Man That Corrupted Hadleyburg*,柳一株译)所附的“内容提要”除做了例行的“批判”外,更做了这样的强调,“……我们要记住,作者所指的哈德勒堡,实际上正是指整个资产阶级的美国。”[③]可见,“内容提要”扮演着强制性“阅读指南”的角色。

“注解”是翻译的一把“双刃剑”。它既可能是“译者”在翻译过程中为着将作者的“弦外之音”充分表达清楚、帮助读者理解原文而添加的文字,也可能是译者将自我的时代需求作为作者的“言外之意”而添加的文字,从而强行将读者带离原作者的真实世界。例如,在1955年梁真翻译的《拜伦抒情诗选》中《拿破仑颂》第19小节中,当拜伦对英国的君主制度倍感痛恨失望,试图在他处寻找一个“没有罪恶的国家”,他将目光投向了华盛顿。这一小节如下:望着伟人,我们疲倦的眼睛在哪里可以停下?哪里才没有罪恶中的光荣和不卑鄙的国家?是的,有一个,绝后,空前,他是西方的辛辛芮塔斯,对于他,嫉妒也不敢洩愤,他的名字是华盛

---

① 蓝爱国:《解构十七年》,上海:华东师范大学出版社,2003年,第4页。

② 温儒敏:《文学史的视野》,北京:人民文学出版社,2004年,第143—144页。

③ 见马克·吐温:《一个败坏了哈德勒堡的人》,“内容提要”,柳一株译,上海:新文艺出版社,1954年。马克·吐温在这部小说中讽刺了以“正直诚实”而闻名的哈德勒堡居民的虚伪。1954年版的《内容提要》则将它扩大为对整个美国社会的影射。

顿，只有他的美德才使人脸红！[①]。对此，译者在“华盛顿”处加了一个注解：“美国第一任总统。拜伦当时对美国仍有种种幻想。”[②]译者严厉的“画外音”以自我时代话语的需求来训诫原作者的“出轨”。这种做法在今天看来真是令人啼笑皆非！

然而，“注解”有限的空间难以充分发挥译者干预译本的力量，因此译者往往将更多的“后续解说”留给“译序”或“译后记”。“译序”“译后记”是“十七年”英美文学中译本中“译者”参与译本意义重新建构的另一个重要手段。“十七年”期间翻译的英美文学中的“序”有三种情况。第一种情况是双序，苏联学者写的“序”与中文版译者的“序”或“译后记”并存，例如杰克·伦敦的《北方的奥德赛》(陈复庵译，1953 年)，苏联学者阿·米洛娃作的序，译者陈复庵作了“后记”；1954 年新文艺出版社出版的马克·吐温的《一个败坏了哈德勒堡的人》在小说正文前附有苏联学者沙马林的《马克·吐温的真面目》(代序)，正文之后附有译者柳一株的《译后记》，等等。第二种情况是只有苏联学者的“序” 例如，德莱塞的《堡垒》(The Bulwark，徐汝祉译，1952 年)译者序言基本来自《苏联文学》1950 年 12 月号对介绍德莱塞的文章；《牛虻》(The Gadfly，李俍民译，中国青年出版社)，“序”译自苏联学者耶·叶戈洛娃的文章；德莱塞的《美国的悲剧》(An American Tragedy，许汝祉译，上海文艺联合出版社，1954 年)，书中所附的《德莱塞小传》译自苏联大百科全书，《关于〈美国的悲剧〉》译自《德莱塞选集》俄译本第 8 卷；多丽丝·莱辛的《野草在歌唱》(王蕾译，实为王科一译，1956)译者“前记”参考了《苏联文学》月刊 1954 年 5 月号相关的文章；《济慈诗选》(The Poem of John Keats，查良铮译，1958)，译者序译自苏联科学院 1953 年出版的“英国文学史”；H. G. 威尔斯的《隐身人》(The Invisible Man，张华译，1955 年)，序言译自苏联学者亚·扎苏尔斯基的文章；G. 格林的《沉静的美国人》(林耳译，1957)，序言译自苏联人安娜·埃里斯特拉妥娃的文章，等等。第一、二种情况主要出现在中苏关系尚未破裂之前、50 年代早中期的英美文学译本中。第三种情况是中国译者写的“序”，这种情况在 50 年代末中苏关系恶化后最为普遍，例如，盖斯凯尔夫人的《玛丽·巴登》(佘贵棠、荀枚译并作“译者序”，1955，1963 年的《玛丽·巴顿》译序为朱虹所作)，高尔斯华绥的《开花的荒野》(Flowering Wilderness，李葆真译并作序，1959)，《布莱克诗选》(查良铮、袁可嘉、宋雪亭等译，1957，袁可嘉作的序)，斯坦贝克的《愤怒的葡萄》(The Grapes of Wrath，胡仲持译并作“后记”，1959)，马克·吐温的《赤道环游记》(张友松译并作了“译后记”，1960)，狄更斯的《游美札记》(1963 年，译者张谷若作的序)，等等。与“内容提要”一样，“译序”“译后记”一般游离于文本之外，或将作者的

① 拜伦：《拜伦抒情诗选》，梁真译，上海：平明出版社，1955 年，第 43 页

② 同上。

原意进行扭曲,或将一些“莫须有”的思想强行注入文本。在分析作者为何能被译入语语境接受的原因(通常是所谓的“现实性”“人民性”“揭露意义”,等等)之余,附带对作者“局限性”的批判。

三、译者的代言:1963年版《游美札记》(*American Notes*,1842)

50年代中国对狄更斯的介绍始于1950年《文艺报》第2卷第4期刊载的一篇译自苏联《环球杂志》的文章《狄更司笔下的美国》(自生译)。这篇文章介绍了狄更斯1842年访美归来写下的《游美札记》,目的是“揭露”美国社会的丑恶现象。随后《翻译月刊》1951年第4卷第3期刊载的苏联学者契尔尼亚克的文章《狄更斯的美国丑恶暴露》(星原译)同样论述狄更斯借《游美札记》“揭露”美国的丑行。不过,这两篇文章推出后,翻译界并没有适时跟进,而是将注意力放在“揭露”英国社会的小说上,直到1963年,上海文艺出版社才出版了张谷若翻译的《游美札记》。此时,美国国内黑人民权运动高涨,毛泽东发表声明声援黑人反种族歧视运动。在《游美札记》中,狄更斯不时展示他所看到的美国黑人的困境,并辟专章《奴隶制度》(第17章)描述了当时美国触目惊心的奴隶制度的残暴。因此,《游美札记》在这个时候翻译出版应该不仅仅只是一个历史的偶然,要知道50年代末狄更斯因“人道主义”而饱受批判,其作品的翻译也早已停止。《游美札记》之后,狄更斯的“历史使命”也就完成了。可以说,“十七年”对狄更斯的关注始于《游美札记》也止于《游美札记》。

在中美政治文化对峙的历史语境中,《游美札记》中对美国社会诸多不良现象的描述无疑是作为反映对立文化的“最佳教材”。然而,从翻译的角度来看,《游美札记》却有着太多难以“驯服”的因素。在第一次访美过程中,狄更斯对于美国显然怀着十分复杂的感情。一方面,狄更斯对美国当时的新闻行业、华盛顿的政客、奴隶制度难掩厌恶之情,另一方面对于波士顿的慈善盲童学校、洛厄尔的工厂文化、纽约市,等等,却是赞不绝口,以至于他在离开纽约市时会那样难过:“我从来没有难过过。我从来没想到,一个城市,离我那么远,我认识它又那么晚,而它的名字,叫我一想起来,却会在我心里,和现在丛集纷来的甜蜜回忆交织在一起。”[①]而在《结束语》中,狄更斯更是无法掩饰他对美国人的喜爱:“美国人的天性,坦白、勇敢、热诚、好客、友爱……从来没有别的人,像这班人那样博得我的好感;从来没有别的人,像这班人那样使我那么容易地那么快乐地完全信赖,完全敬重;也从来没有别的人,使我在相交半年的工夫里,就觉得好像相契半生一样。”[②]因此,在这部褒贬并重的作品中,仅仅依靠语词的“偷梁换

① 狄更斯:《游美札记》,张谷若译,上海:上海文艺出版社,1963年,第142页。

② 同上书,第344页。

柱"显然很难有效地在翻译中把"译者"所要传达的"他/她者"形象传递给读者，甚至可能造成背离译入语语境时代需求的"负面效果"。在这种矛盾之中，唯有"译者"的强悍干预才能既达到"揭露"的目的，又能引导读者朝"应该"走的阅读方向前行。从对《游美札记》1963 年版的中译本来看，"译者"通过"内容提要""注解"和"译后记"等三个方面强有力地干预原作者的思想。

《游美札记》中的"内容提要"如下："狄更斯于 1842 年访问美国。他本来对于这个标榜民主、自由、平等的国家，存有幻想；在美国各地访问之后，发现那儿存在的某些阴暗面，比欧洲古老腐败的君主国家还严重；回国后，将他的亲身经历，以特写和随笔的形式，写成《游美札记》，对美国社会的黑暗现象有所讽刺和抨击；其中尤以《奴隶制度》一章最为突出，作者列举了许多触目惊心的材料，以激昂的心情，揭发和批判了这个最丑恶的制度。"在这个"内容提要"中，第 17 章《奴隶制度》(全书共 18 章)被作为一个重点加以推介，目的是渲染狄更斯对当时美国奴隶制度的抨击。但事实上，从整部书的情况来看，狄更斯对奴隶制度的态度往往与"十七年"中国译入语语境的态度大相径庭，以致译者不得不在"译后记"中批判狄更斯的"暧昧"态度。"译者"在《译后记》中针对这个问题这样批评狄更斯，"狄更斯的超阶级的人道主义和超阶级的人性论也贯穿在全书里，象贯穿在他的别的作品里一样。他对于奴隶主的残酷暴戾，常常用人性有善恶来解释。"[①]。因此，这个以偏概全的"内容提要"从一开始就强行遮蔽作者狄更斯的真实世界。

其次，1963 版《游美札记》译本的某些注解反映了译者受当时时代大背景的影响对原文本的改写和操控。通过对《游美札记》1963 年版译本的细读我们可以发现，除了对一些地名、文化常识做必要的知识补充外，译本中有 3 处"注解"明显带着"译者"所处时代烙印的意志。这 3 处原文与注解如下：

例一：

作者说：我真诚地相信，这个马萨诸塞的首城(波士顿，本文注)里的公共机关和慈善机关十分完备，细致体贴，几乎尽了人类的智慧、慈悲和人道所能做到的一切。他们对贫苦失所，穷独无告的人谋求幸福的慈心，在我参观这些机关的时候，使我受的感动之深是我一生中所没有过的。

译者注解：作者没有看到在资本主义社会里，阶级压迫，阶级剥削是产生贫困的根源，却从资产阶级人道主义和改良出发，过分强调慈善机关的作用，做了很不恰当的赞许。[②]

---

① 狄更斯：《游美札记》，张谷若译，上海：上海文艺出版社，1963 年，第 367 页。

② 同上书，第 41 页。

例二:

作者说:我知道,像所有的人知道的或者应该知道的那样,监狱纪律这个问题,对于任何社会都是非常重要的;美国这一方面所做的彻底改革和给别的国家树立的榜样,表示她有极大的智慧,极大的慈爱和高远的政策。①

译者注解:实际上,资本主义国家的监狱,很难说得上什么表示“极大的智慧”“极大的慈爱”。

例三:

作者说:如果非要把这儿的工厂和英国的工厂比较一下不可,那就得说,二者的不同,是很强烈的,因为他们那种不同就和善与恶不同一样,就和辉煌的光明与杳冥的黑暗不同一样。

译者注解:事实上,美国工厂主对工人阶级的剥削并不比英国工厂主更慈善些。工人问题,女工和童工问题当时已是十分严重。请参阅《译后记》中有关的评述。②

这几个打着强烈意识形态烙印的注解非常深刻地折射出当时政治文化对峙的国际环境。可以说像《游美札记》那样,译者在翻译注解中“修正”作者的观点的做法在当时的英美翻译文学作品中是很普遍的。

第三,“译序”或“后记”中译者强悍的干预使译者取代原作者的地位,俨然成为作者在译入语语境中的代言人。在《游美札记》的“译后记”中,“译者“补充了他在“注解”中没有完成的任务,不仅“修正”作者关于美国工厂的看法,并批评了狄更斯的“局限性”,“天下的乌鸦一般黑,美国的资本家,对于工人的剥削,并不比英国的资本家更仁慈。他在参观了一些慈善机关后,往往为表面现象所蒙蔽,把管理人员夸奖一番……这也表现了狄更斯的局限性,表现了他的不切实际的改良主义的幻想,不大能看到产生贫困和罪恶的根本原因。当时最尖锐的社会矛盾,象工人阶级为改善自己的生活条件所做的斗争,被压迫的黑人为解放自己而日益高涨的斗争运动,并没有或很少能在这部游记里得到反映。”③这些“画蛇添足”、但又不得不添加的批判话语恰恰使“译者”的用意昭然若揭,从而削弱了“译者”对原文本的“攻城策略”的有效性。

四、译者的隐退:新时期《游美札记》新版本、新译本

新时期以来,随着中美政治对峙关系的不断缓解,从冲突走向对话,1963

---

① 狄更斯:《游美札记》,张谷若译,上海:上海文艺出版社,1963年,第75页。

② 同上书,第100页。

③ 同上书,第369页。

年版《游美札记》的翻译折射出来的文化对峙也在其后的新版本和新译本中随之逐渐消融。从对80年代至新世纪的三个译本的考察中，我们可以发现“十七年”中译者通过“内容提要”“注解”“译后记”对文本意义的重构的行为逐渐消失，“译者”在文本中代作者言说逐渐变为译者悄然走向幕后，让原作者自行言说。

1982年，上海译文出版社出版的《游美札记》依然沿用张谷若1963年翻译的版本，新版正文基本保持原译本的面貌，其中前文提到的3个彰显对抗意识形态的“注解”第3处做了修改。修改的这一处是，“事实上，美国工厂主对工人阶级的剥削并不比英国工厂主更慈善些。工人问题，女工和童工问题当时已是十分严重。请参阅《译后记》中有关的评述”。由于新版本删除了1963年版张谷若的“译后记”，因此，“请参阅《译后记》中的评述”也被删掉，这样，这个注解变成就事论事的解说，尖刻的话语对抗也就基本被消解了。但是第1、2处依然被保留，这与80年代初，政治冰雪还未全部消融不无关系。但译本内的副文本文字已经可以发现某些微妙的变化。首先，“内容提要”的文字尽管保留了某些历史的痕迹，但经过一些删减，文字中咄咄逼人的口吻多少得到了缓解。这个“内容提要”如下：“狄更斯于1842年访问美国。在美国各地访问之后，发现那儿存在的某些阴暗面。回国后，将他的亲身经历，以特写和随笔的形式，写成《游美札记》，对美国社会的黑暗现象有所讽刺和抨击；其中尤以《奴隶制度》一章最为突出。”其二，1963年版中那个游离文本的“译后记”被弃用，代之以张玲写的“译本序”。在描述《游美札记》的内容，这个“译本序”基本围绕原文本的内容展开，“描绘沿途所见的处于开发殖民之际的美国风光景物、城镇乡村、民情风俗、特别是美国社会结构和政治生活。”①在对狄更斯创作态度的评价上也基本是客观的，“从总的方面看，狄更斯在这部作品中对美国一般社会生活各方面的报道是瑕瑜皆录、褒贬并存，做到了真实、客观。”②值得一提的是，张玲对原来那些带着意识形态烙印的评论做了批判性的反思。虽然没有指明出处，但很显然是针对原来的“译后记”的：“有的研究者只是根据当时国际形势和国际关系的需要，对书中所反映狄更斯对美国的看法加以不确切的诠释……还有的评论者，由于狄更斯肯定和赞扬了当时美国现实社会的某些优点和长处，就一反当时的历史的真实，不分青红皂白地强称这是狄更斯思想局限性的表现。这样的研究态度和方法，似乎不宜为我们提倡和取法。”③从1963年版“译者”借助文本内的周边文字对原文本进行颠覆性的意义重构，再到1982年版张玲“译本

① 张玲：“译本序”，狄更斯：《游美札记》，张谷若译，上海：上海译文出版社，1982年，第2页。

② 同上书，第4页。

③ 同上书，第6页。

序”对原译本的批判性反思、回归原文世界的努力揭示了《游美札记》在近20年中国译入语语境中的一次重大的“生命轮回”。

1998年,《游美札记》再次以更新的姿态出现于上海译文出版社出版的《狄更斯全集》系列中的《游美札记·意大利风光》。本书除《游美札记》外还收录了狄更斯的另一部游记《意大利风光》(*Pictures from Italy*,金绍禹译)。《游美札记》的“译本序”依然取自1982年版张玲所写的序,在篇幅上略微修剪,但基本保持1982年的批判性反思。一个重大的变化在于《游美札记》正文中的“注解”。在1998年版中,1963年版和1982年版中的“注解”第1、2处被删掉了,第3处维持了1982年版的变化。这种变化使译者带有意识形态色彩的干预基本消失。

2006年,狄更斯的这部美国游记由年轻一代的译者刘晓媛以《美国手记》(鹭江出版社)为名翻译出版。新旧译本的差异不仅体现在书名的差异上,更重要的是译者几乎从文本中全身而退。“作者简介”主要是对狄更斯创作作品的交代;“内容简介”不见任何关乎政治的只言片语,只把这本游记作为“考察19世纪美国社会风土人情的一个不可多得的参照。”[①]除此之外,译者没有发表任何关于文本评价的文字,“译序”与“注解”都在新译本中消失。难能可贵的是,新译本增加了狄更斯所作的“前言”,交代了狄更斯写下这本游记的目的,并以“后记”为名附录了狄更斯25年之后重访美国(1868年)时在一次招待晚宴中发表的演说,谈到他对25年后再访美国时对其间美国在“道德上的变化、体格上的变化、大量的土地被开垦并住满了人的变化,大量新兴城市日新月异进度的变化,古老的城市旧貌换新颜的变化,报纸行业的变化”[②]等各方面令他惊喜的重大变化的感想。狄更斯在后来的《游美札记》的新版附录了这次演说。“我以最大的真诚发表了上述言论,我也以同样的真诚将它们附录在书中,只要这本书会流传,我希望它们也会成为本书的一部分,会被公正地认为是我对美国感想和印象的不可分割的一部分。”[③]可见,狄更斯本人也心存此书被断章取义的隐忧。新译本中添加的“前言”与“后记”最大限度地将作者自己的言说呈现给历史之外的读者、使读者能够在文本的历史流动中更加准确地走进狄更斯的真实世界。

五、结语

在历史的此岸遥望彼岸的人们在政治的纠结中趔趄行进,我们不免深深叹

① 狄更斯:《美国手记》,刘晓媛译,厦门:鹭江出版社,2006年,“内容简介”。

② 同上书,“后记”,第274页。

③ 同上书,第375页。

息！幸运的是，在中西文化重启对话，政治恩怨一笑泯恩仇的当下，我们慢慢学会把文学的还给文学。那些曾经在他者缺席的情境中对来自他文化的文学作品所作的文化独白已经得以拨乱反正。从1963年版《游美札记》到2006年版《美国手记》的变化，从译者的代言到译者的隐退，我们可以发现，译者从最初咄咄逼人的话语侵入，试图再造原文世界的用意到新世纪译者的全身隐退、使原作者成为翻译话语舞台上的唯一主角的努力见证了近半个世纪中国与英美等西方国家政治文化关系的变迁。这是一个可喜的变化！

第三节　"误读"与影响的焦虑
——新时期英美意识流小说译介研究

1949年中华人民共和国成立以来，在我国对英美各类文学作品的翻译中，现代主义文学的翻译最为跌宕曲折。现代主义文学作为19—20世纪之交，特别是"一战"后西方社会动荡激变的产物，以"表现资本主义制度、现代战争和机械文明对人性的压抑，以离经叛道、标新立异的艺术形式和光怪陆离的扭曲形象来折射现代社会中的人生百态。"[①]小说家，特别是意识流小说家如詹姆斯·乔伊斯(James Joyce)、弗吉尼亚·伍尔夫(Virginia Woolfe)无疑是最善于反映战后西方社会分崩离析的道德价值体系的。[②]乔伊斯、伍尔夫与美国作家威廉·福克纳(William Faulkner)被视为最具现代主义精神的意识流小说家。他们奠定了20世纪西方文学的新走势，对后世层出不穷的各后现代文学流派几乎都产生了重大影响。

这场在20世纪西方狂飙突进的现代主义文学运动在向中国东进的历程却是一波三折。1920—1940年代间西方现代主义以"新罗曼主义"之名被引入中国，其中意识流小说颇受翻译界与评论界的青睐[③]，并对当时的文学创作产生了不少的影响。然而，1949年新中国成立后，在西方现代主义文学万马齐喑的环境下，意识流小说的翻译几乎停滞。70年代末，随着中国社会的全新转型，西方现代主义文学成为新时期译介西方文学的主色调，意识流小说在这一期间也得到了空前的关注。本文将择取70年代末到80年代末我国对意识流小说的译介为研究对象，这是因为比起之前因意识形态原因意识流小说的译介遭遇

---

① 李维屏：《英美现代主义文学概观》，上海：上海外语教育出版社，1998年，第3页。

② Mary Ann Gillies and Aurelea Mahood, *Modernist Literature An Introduction*, Edinburgh: Edinburgh University Press, 2007, p. 9.

③ 伍尔夫在1949年前有三种作品被译成汉语，分别是《狒拉西》，石璞译，北京：商务印书馆，1935年；《到灯塔去》，谢庆垚译，北京：商务印书馆，1945年；《一间自己的屋子》，王还译，上海：文化生活出版社，1947年。

粗暴简单的对待,和1990年之后更为自由开放的社会文化语境中意识流小说的译介大爆发的状况相比,这一阶段对意识流小说的译介显得尤为复杂。本节将探讨以下几个问题:在盛况空前的评论中,意识流小说的翻译为何"欲拒还休"?评论界是如何通过"误读"打破"意识流禁区"的?饱受西方影响焦虑的中国文学界又是如何应对英美意识流影响的?

一、盛况空前的评论和作品零星的翻译

70年代末至80年代初,中国文化界围绕西方现代派文学的论争可谓众声喧哗、盛况空前。"从1978年到1982年间,全国主要报刊、各出版社出版的现代派文学的文章,约有四百余篇。"[①]而这其中最令人印象深刻的无疑是1980年—1982年间中国学界在《外国文学研究》上展开的"西方现代派文学讨论"。评论界这种盛况空前的状况从一个侧面反映了这一时期中国思想文化界百家争鸣的氛围。然而考察这一时期英美意识流小说的翻译,我们会发现翻译界对意识流小说的反应并未如评论界那样热烈,翻译的大门似乎只是朱门微启。从1979年到1983年5年间,英美意识流小说翻译的模式主要是外国文学刊物的译介,并且以短篇小说和个别长篇小说的个别章节选译为主,因此这一阶段的意识流小说的读者群呈现精英小众化的特点,其影响局限于知识界。《外国文艺》《外国文学》《外国文学季刊》等刊物成为新时期之初传播英美意识流小说的主要渠道。在这一期间,文学期刊对乔伊斯作品的翻译有,《外国文艺》1980年第4期刊载了《死者》(王智量译),《阿拉比》(宗白译),《小人物》(宗白译);《外国文学》1982年第8期刊载了《阿拉比》(钱兆明译),《小云》(笔生译);对福克纳的翻译有,《纪念艾米丽的一朵玫瑰》(杨岂深译),《干旱的九月》(杨小石译),《烧马棚》(蔡慧译)(《外国文艺》,1979,6);《喧哗与骚动》(选译)李文俊,(《外国文学季刊》1981年第2期);《两个战士》(刘国云译)(《外国文学》,1981年第4期),《伊万杰琳》[②](宗齐译)(《外国文学》1983年第2期);伍尔夫作品的翻译有,《邱园纪事》(舒心译,《外国文艺》1981年第3期);《海浪》(《外国文学季刊》1982年第4期)。而到1983年以单行本面世的仅有乔伊斯的《一个青年艺术家的画像》(黄雨石译,外国文学出版社,1983)。不过,乔伊斯的这部作品并不是反映其作为意识流创作天才的作品,而是其从现实主义向现代主义过渡的作品,小说受到普遍承认的原因是因其"出色的现实主义以及作者的出众的才华"[③]。此外,1980年袁可嘉、董衡巽、郑克鲁选编的《外国现代派作品选》收录

---

① 洪子诚:《中国当文学史》,北京:北京大学出版社,2010年,第229页。

② 1936年福克纳根据该短篇写成《押沙龙,押沙龙》。

③ 詹姆斯·乔伊斯:《一个青年艺术家的画像》,黄雨石译,北京:华夏出版社,2008年,第9页。

了乔伊斯的《尤利西斯》(第二章,金隄译),伍尔夫的《墙上的斑点》(文美惠译)和《达罗卫夫人》(郭旭译)。

可以说与各刊物上评论界对包括意识流在内的现代主义文学的百家争鸣相比,翻译界前进的步伐相当迟缓。1980 年,李文俊编选的《福克纳评论集》出版了。在写于 1979 年 7 月的"前言"中,李文俊的这段话反映了当时评论与作品翻译严重脱节的一个事实,"文集中没有更多地收入分析其他重要作品(如《八月之光》《我弥留之际》、"斯诺普斯"三部曲、《寓言》、中短篇小说)的文章,固然是因为本书篇幅有限,更主要的原因还在于福克纳的作品基本都没有译成中文,恐贻本末倒置之讥。"①

这种反差甚至被当时关注着中国开放进程的美国文化界觉察到。1980 年,美国《纽约时报书评》载文谈我国评介外国文学的情况这样写道:"这些新刊物暴露出中国文学界更为自相矛盾的情形。读者大众可以在刊物上看到对现代外国文学作品的详细描述,却看不到原书。虽然能让那些其专业研究与此相关的个人或机构搞到现代外国书籍,但却没有正式出售这些书籍的零售处。"②更确切地说,一般读者看不到翻译的文学作品。这种反差揭示了新时期初要走出"现代主义禁区"的艰难。

现代主义在新时期之初举步维艰的原因首先是历史遗留的意识形态坚硬的壁垒,其深层根源则又在 50 年代"一切向苏联看齐"的文学生态环境。事实上早在 1934 年日丹诺夫就给西方现代派文学贴上"颓废主义"的标签。1934 年 8 月,在苏联作家第一次代表大会上,作为权威的官方代表,日丹诺夫做了关于苏联文学的报告确立了社会主义现实主义对苏联及其权力影响辐射之下的各社会主义国家的文学艺术的长期统治。对于资本主义社会现代文学,日丹诺夫这样说道:"由于资本主义制度的衰颓与腐朽而产生的资产阶级文学的衰颓和腐朽,这就是现在资产阶级文化与资产阶级文学状况的特色和特点……沉湎于神秘主义和僧侣主义,迷醉于色情文学和春宫画片——这就是资产阶级文化衰颓和腐朽的特征。资产阶级文学,把自己的笔出卖给了资本家的资产阶级文学,它的著名人物'现在是盗贼、侦探、娼妓和流氓了。"③ 50 年代中国翻译界和批评界显然唯日丹诺夫关于西方现代文学的观点马首是瞻。1950 年《翻译月刊》第 3 卷第 2 期刊载了苏联学者罗曼诺夫的文章《美国进步文学问题》,在赞

---

① 李文俊:"前言",《福克纳评论集》,李文俊编选,北京:中国社会科学出版社,1980 年,第 4 页。

② 《美〈纽约时报书评〉载文谈我国评介外国文学的情况》,张志澄,王立达译,《外国文学动态》1980(9)。

③ 日丹诺夫:《在第一次全苏作家代表大会上的讲演》,《苏联文学艺术问题》,北京:人民文学出版社,1959 年,第 18—19 页。

美那些“健康的充满生命”的左翼进步文学的同时抨击了那些“厌世的颓废”[1]的文学。1956年国内依据莫斯科大学外国文学史教学大纲写成《英国文学史教学大纲》,在“现代英国文学”部分介绍了“二三十年代在英国文学中占统治地位的颓废主义文学”[2],其中乔伊斯首当其冲(当时译乔哀斯,James Joyce)。1959年出版的苏联学者阿尼克斯特编写的《英国文学史纲》中乔伊斯同样被纳入“颓废派”的行列,与劳伦斯、艾略特(Thomas Stearns Eliot)和赫胥黎(Aldous Huxley)等人为伍。由此被贴上了“颓废主义”标签的英美意识流文学在50年代中国的翻译被边缘化的境况也就不难理解了。唯一的例外是福克纳,不过这种幸运不是源于其作为“意识流”作家的身份,而是由于当时他被视为反战作家。而这与苏联学者对福克纳态度的转变有关。40年代后期,福克纳在苏联被划入说明“美国文学日趋腐朽”的反动作家,其作品表现“反动的资产阶级思想”。但50年代末,苏联对福克纳的态度发生了变化,认为福克纳是值得研究的美国作家。受其影响,1955年,中国甚至邀请福克纳去参加惠特曼的《草叶集》出版一百年的纪念活动,但被拒绝。1958年,《译文》发表了福克纳的两个短篇小说《胜利》(赵萝蕤译)和《拖死狗》(黄星圻译)以及苏联学者叶琳娜·罗曼诺娃有关《士兵的报酬》《胜利》和《寓言》中反战主题的论文。因此,《胜利》和《拖死狗》也就作为反映“福克纳对于战争的痛恨和对于战争摧残的人们的深刻同情”小说而得以翻译。[3] 但随着60年代“阶级斗争”运动日益高涨,福克纳的作品翻译也就跟着偃旗息鼓了。因此从严格意义上来说,英美意识流小说从1949年到70年代末是零翻译。1959年,卞之琳等人在回顾“十年来的外国文学翻译和研究工作中”就指出,“解放前,我们译的资本主义国家的作品中,夹带有颓废主义的、低级趣味的、思想反动的东西。解放后由于社会性质的改变,这些货色失去了市场。”[4]1960年,冯至在谈到十年来对外国文学作品有计划的翻译时也指出,“现在欧美资产阶级文学中那些颓废的、反动的货色在我国已经很难找到市场了。”[5]因此,不难理解在被禁闭了近30年之后,尽管知识界对现代派的呼声此起彼伏,翻译界对现代派的试水却是战战兢兢。

其次,意识流小说本身的艺术特点客观上也阻碍了新时期之初意识流小说的翻译进程。意识流小说深受现代心理学如柏格森的直觉主义和弗洛伊德的心理学理论的影响,摒弃了传统小说关注外部世界的结构模式,转向心理探索,

---

① M. 罗曼诺夫:《美国进步文学问题》,陈麟瑞译,《翻译月刊》1950(2)。

② 《英国文学史教学大纲》(草案),北京:高等教育出版社,1956年,第41页。

③ 于沁:《美斯通贝克教授谈我国研究翻译福克纳作品的情况》,《外国文学动态》1983(9)。

④ 卞之琳,叶水夫,袁可嘉,陈桑:《十年来的外国文学翻译和研究工作》,《文学研究》1959(5)。

⑤ 冯至:《学习毛泽东思想,进一步明确外国文学研究工作的方向》,《世界文学》1960(2)。

揭示现代西方人复杂的内心世界。意识流小说在题材、形式、技巧和语言等方面都做出了有别于传统小说的改革与创新。福克纳曾经这样自嘲过自己的作品："每当我写下不少东西时，警察就会向我走来并且说：'注意，你得使它具有某种连贯、秩序和重点。'"[①]另一位意识流小说大师乔伊斯的作品更"因为他的作品变幻莫测、寓意深奥，没有我们习以为常的故事情节，而且语言晦涩、难以捉摸，使一般读者和译者望而却步。乔伊斯的一位朋友、英国翻译家吉尔伯特就曾说过，他的作品对读者的注意力、记忆力和忍耐力要求过高"。[②]乔伊斯作品之艰涩难懂甚至令同为意识流小说家的伍尔夫困惑不解，"当《尤利西斯》刚发表时，甚至连正在潜心创作《达罗卫夫人》的伍尔夫对乔伊斯在作品中采用的叙述手法也感到困惑不解，她当初对这部小说中许多现在看来是极为简单的问题一筹莫展。伍尔夫不仅无法弄清楚布鲁姆与斯蒂芬的关系，甚至还因作品叙述笔法的混乱将广告经纪人布鲁姆误认为是报社编辑。"[③]

因此，对于在"十年动乱"遭遇重创的外国文学翻译队伍来说要在短期里翻译出这些犹如"天书"的意识流小说真是困难重重。而即使是那些才识过人的老一辈英语专家，在面对意识流小说翻译这一问题上也要再三思量。80年代末，李景端邀约众多国内一流英语专家翻译《尤利西斯》均被婉言拒绝，就连被视为国内唯一能译《尤利西斯》的钱锺书先生也不例外，他说："八十衰翁，再来自寻烦恼讨苦吃，那就是别开生面的自杀了。"[④]钱锺书先生的自谦从一个侧面也反映了翻译意识流小说之不易。而最终填补国内《尤利西斯》汉译空白的是萧乾、文洁若夫妇与金隄。萧乾夫妇二人从80年代末接受翻译任务到1994年用了6年多时间协力完成了这部天书的翻译。而另一位翻译家金隄从1980年翻译出版《尤利西斯》第二章到1994年最终完成全书翻译，前后更是用了十五年时间。意识流小说的另一经典之作福克纳的《喧哗与骚动》由李文俊花费数年于1984年翻译出版。

最后，新时期之初社会物质的匮乏与市场经济下出版社的唯利是图，也在一定程度上造成了意识流小说的翻译出版困难。来自1980年《纽约时报书评》的观点可以让我们从他者的视角找到当时"书荒"的原因："由于出版业在中国社会作用已限定，整个系统也就不能不听凭如此了。出版业不是着眼于生产商业上成功的畅销书，而是旨在完成上级规定的计划。在任何特定时刻，都有大

---

① Judith B. Wittenberg, Faulkner, *The Transfiguration of Biography*, Lincoln: University of Nebraska Press, 1979, p.3

② 樵杉：《乔伊斯与〈尤利西斯〉》，何望贤编选：《西方现代派文学问题论争集》（上），北京：人民文学出版社，1984年，第31页。

③ 李维屏：《英美意识流小说》，上海：上海外语教育出版社，1996年，第230页。

④ 李景端：《萧乾与〈尤利西斯〉》，《翻译编辑谈翻译》，武汉：湖北教育出版社，2009年，第37页。

量已批准但未付印的书积压着,其中包括许多被认为对全民族实现教育事业现代可资借鉴的著作。印刷设备严重有限,使得文学作品不能经常再版……"[①]被限制的出版业当然也无法出版尚未脱去"颓废外衣"的西方现代派作品。1983年底,政府有关部门发布文件,规定文学刊物除个别的外,"自负盈亏"。而在此之前,刊物和书籍出版,主要考虑意识形态上的利益,采取由国家拨款方式,利润上的收益不是考虑的重点。两年过后,《纽约时报书评》再次刊文谈我国的翻译和出版情况,注意到当时中国出版业发生的这种变化:"从强调政治作用和思想动机变成远为资本主义化的刺激奖励和方式方法。"[②]出版业开始追逐利润的目标,而意识流小说的特点显然很难为出版业带来丰厚的利润。李维屏认为:"意识流小说因手法新颖、语言晦涩以及缺乏生动有趣的故事情节而在一定程度上失去了它的可读性。尽管本世纪的意识流小说几乎都是现代西方文坛的上乘之作,但他们并不具有一般现实主义小说所享有的读者群。半个多世纪以来,意识流小说虽博得世界各国的学者与评论家的赞赏并理所当然地成为大学课堂中不可多得而又无可挑剔的文学教材,但这些作品却很难在普通读者中寻觅知音或引起共鸣。这无疑在一定程度上削弱了意识流小说在现实生活中的作用,同时也影响了它的社会效果。"[③]关于意识流小说的可读性,作家王蒙的读后感很具代表性,他说:"我也承认我前些时候读了些外国的'意识流'小说,有许多作品读后和你们的感觉一样,叫人头脑发昏……"[④]对于作家王蒙尚且如此,对于那些长期习惯于阅读现实主义作品的80年代初的一般读者来说,阅读意识流作品更是无异于阅读"天书"。因此,从经济利益的角度来说,尚无法为一般读者接受的意识流小说很难获得当时出版社的青睐,这类作品当时没有得到翻译青睐的命运也在情理之中。

二、"误读"与意识流翻译的合法化

英美意识流小说的汉译出版从80年代中期开始渐渐走出窘境。1984年,李文俊翻译的威廉·福克纳的《喧哗与骚动》以单行本的形式由上海译文出版社出版。尽管早在1981年该书以节译的形式出现在《外国文学季刊》,但以单行本的形式出现的《喧嚣与骚动》无疑使福克纳的意识流创作手法更加全面地展示给更大的读者群。1986年,广东人民出版社出版了福克纳的另一部作品

---

① 《美〈纽约时报书评〉载文谈我国评介外国文学的情况》,张志澄,王立达译,《外国文学动态》1980(9)。

② 《美国出版家谈我国翻译和出版情况》,颉伊译,《外国文学动态》1982(12)。

③ 李维屏:《英美意识流小说》,上海:上海外语教育出版社,1996年,第289—290页。

④ 王蒙:《关于"意识流"的通信》,何望贤编选:《西方现代派文学问题论争集》,北京:人民文学出版社,1984年,第297页。

《老人》,译者为蔡宋齐。同样在1984年,乔伊斯早期的短篇小说集《都柏林人》,由上海译文出版社翻译出版(孙梁等译);1987年,百花文艺出版社以节译单行本的形式出版了乔伊斯的代表作《尤利西斯》,译者为金隄。伍尔夫的作品在80年代的译介最多,1986年,湖南人民出版社翻译出版了伍尔夫的《黑夜与白天》(唐在龙、尹建新译),1988年,上海译文出版社出版伍尔夫的两部作品《达洛卫夫人》(孙梁、苏美译)和《到灯塔去》(翟世镜译),1989年,三联书店出版了伍尔夫的《一间自己的屋子》(王还译)。

值得我们注意的是,从新时期之初的举步维艰到80年代中、后期意识流等西方现代派的中国之行的豁然开朗,是什么样的因素促成了这一转变?诚然,如洪子诚所说,"在80年代中、后期,文学与政治的关系,不像80年代初那样呈现'粘着',作家、读者对文学成为政治意图和观念载体的方式,也不再持普遍的赞赏、呼应的态度。"[①]逐渐宽松的社会语境为更多的西方现代主义小说的翻译提供了更大的空间。但是,更为重要的是,通过新时期最初几年评论界颇为热闹的争鸣,曾经被视为西方资本主义腐朽颓废的文化产物的西方现代派的形象不再如洪水猛兽般那样狰狞。在作品翻译并不充分,对意识流仍一知半解的情况下,心情迫切的意识流支持者往往脱离源文本,尽情发挥想象。于是,借助评论界的"误读"暗度陈仓,意识流等西方现代主义文学的翻译的合法性也就逐渐顺理成章。

(一)现代化与现代派

"四个现代化"的目标最早是在1964年12月第三届人民代表大会第一次会议,周恩来根据毛泽东的建议在政府工作会议上提出的。但由于全国上下忙着"阶级斗争","现代化"自然无人问津。进入新时期,"现代化"旋即取代"革命""阶级斗争",成为了新时期压倒一切的历史使命,放之四海而皆准。因此,任何似乎与"现代化"相关的行为也就获得合法存在的理由。而根据"'经济基础决定上层建筑'这一马克思主义的经典判断,又使得新时期之初的文学界在追求'文学现代性'的过程中,也在潜意识之中将作为上层建筑的西方现代文学作为赶超的对象。依据当时对西方现代文学的理解,西方现代文学是西方现代化的产物。而西方现代主义文学又被认为是西方现代文学的主流。在以西方现代借鉴对象的意识形态诉求中,作为现代化产物的西方现代主义文学便成了中国文学界的学习对象。"[②]知识界迫切寻找中国文学现代化的方法,于是曾经在"文化大革命"被打入冷宫的外国文学,特别是现代主义文学转眼被视为新时

① 洪子诚:《中国当文学史》,北京:北京大学出版社,2010年,第335页。

② 叶立文:《"误读"的方法 新时期初西方现代主义文学的传播与接受》,北京:中国社会科学出版社,2009年,第13—14页。

期革新文学的一剂良方。

许多外国文学刊物首先积极响应"现代化"的号召,例如,1979年仍作为"内部刊物"的《外国文学动态》在《编后记》中指出:"本刊本期出版,正逢我国革命道路上发生伟大转变的重要时刻。按照党的三中全会的决定,全党全国工作的着重点今年将转移到社会主义现代化建设上来。与此相应,我国的外国文学工作也必将有更大的发展。"①《外国文学报导》(1979年3月)也指出:"在全国人民向四个现代化进军的大好形势下,外国文学研究工作十分活跃。"②徐迟在《外国文学研究》创刊号(1978)上的文章《吸收外国文艺精华总和》指出:"为了建设我们的现代化的强国,为了极大地提高整个中华民族的科学文化水平,我们绝不可以拒绝继承和借鉴古人和外国人。"③

与此同时我们看到,在80年代最初几年,围绕现代化与现代派关系的一系列文章应运而生。如徐迟的《现代化与现代派》(《外国文学研究》1982年第1期),理迪《〈现代化与现代派〉一文质疑》(《文艺报》1982年第11期),李准的《现代化与现代派有着必然联系吗》(《文艺报》,1983年第2期),潘家柱的《也谈现代化与现代派》(《外国文学研究》1983年第2期),孙子威的《也来谈谈现代化与现代派》(《江汉论坛》1984年第8期)。毫无疑问,这一系列的争鸣文章是评论界在新时期之初为包括意识流在内的现代派文学所做的极为有效的平反工作。评论界的不断争鸣目的是让人们认识到,"西方现代文学,特别是现代派文学,其实并不是青面獠牙、非常可怕的东西,它不过是西方现代社会发展的产物,是这种社会现实在精神上的一种反映。"④因此,从现代化的角度来译介现代主义文学便上升到完成一个宏大历史使命的高度,其合法性也就不言而喻了。

(二) 意识流与现实主义

十七年间,现实主义,特别是所谓的批判现实主义,是衡量翻译西方文学作品的一个重要标尺。在这个标尺的衡量下,英美浪漫主义作品的译介极度萎缩,现代主义作品除了几部供批判的内部发行的作品外几乎是零翻译。新时期之初,现实主义的正统地位依然不可撼动,是西方文学作品获得译介的重要护身符。于是,如何找到现实主义与"意识流"的联系似乎是让举步维艰的"意识流"流入中国的一个突破口。在新时期之初评论界与翻译界对"意识流"的解读中,"意识流"被视为文学创作不断发展的必然结果,从这个结果溯源而上,现实

---

① 《编后记》,《外国文学动态》(内部刊物)1979(1)。

② 《外国文学报导》1979(3):51。

③ 徐迟:《吸收外国文艺精华总和》,《外国文学研究》1978年创刊号。

④ 陈焜:《漫评西方现代派文学》,何望贤编选:《西方现代派文学问题论争集》(上),北京:人民文学出版社,1984年,第223页。

主义被视为“意识流”的一个源头，对意识流产生重大影响的逻辑似乎也就顺理成章，“意识流”也就获得了一张流入中国的天然护照。

徐南在《意识流能否流到中国》一文中这样写道：“在资产阶级登上历史舞台以后，文学上随着启蒙主义、浪漫主义和现实主义的出现，深入的心理描写就已很普遍地存在于西方小说之中。如雨果、福楼拜、托尔斯泰等都是擅长心理描写的大家，他们的作品中往往有大段的内心活动剖析。”[①]在这个解读中，意识流就等同于现实主义心理描写。

与此同时意识流小说的译者也特别强调意识流与现实主义的渊源。1984年翻译出版的乔伊斯的《都柏林人》的译者在代序《传统 真实 创新》中将乔伊斯视为现实主义的继承者，强调现实主义对乔伊斯文学创作的影响。文中这样写道：“众所周知，乔伊斯是现代主义的先驱者，然而实际上，他深受欧洲传统文化的熏陶。诚然，他在中期与后期作品内，大量运用意识流手法，其实大部分作品，包括奥僻的压轴卷作《芬尼根守灵夜》，都像传统文学那样，经过缜密的思考和计划，因此结构谨严、脉络精细，并且融合历史和现实；究其实质，是根扎在昔日的沃土中的。早期作品《都柏林人》在较大程度上更是受到易卜生、莫泊桑与契诃夫等现实主义巨匠的影响的。”[②]又如在同样翻译出版于1984年的另一位意识流大师威廉·福克纳的《喧哗与骚动》中，译者也特别强调福克纳与传统现实主义的深厚渊源。译序这样写道：“译者个人认为，福克纳之所以如此频繁地表现意识流，除了他认为这样直接向读者提供生活的片段能更加真实之外，还有一个更主要的原因，这就是，服从刻画特殊人物的需要。前三章的叙述者都是心智不健全的人……福克纳有许多作品手法上与传统的现实主义作品并无太大区别。他的别的作品若是用意识流，也总有其特殊原因。”[③]

不仅如此，在对作家的评价上，译者依然延续“批判现实主义”的传统模式，将作家视为其所生活的社会的批判者。《都柏林人》的代序中这样评价乔伊斯：“他的作品在一定程度上反映了作者对都柏林社会习俗的鄙视，对资产阶级伪善与偏见的厌恶。”[④]而李文俊对福克纳的评价也循着这一传统套路：“尽管他的作品显得扑朔迷离，有时也的确如痴人说梦，但是实际上还是通过一个旧家庭的分崩离析和趋于死亡，真实地再现了美国南方历史性变化的一个侧面……我们完全有理由认为：《喧哗与骚动》不仅提供了一幅南方地主家庭(扩大来说

---

① 徐南：《意识流能否流到中国来》，《外国文学研究》1981(2)。

② 詹姆斯·乔伊斯：《都柏林人》，孙梁等译，上海：上海译文出版社，1984年，《传统 真实 创新》——代序，第3页。

③ 威廉·福克纳：《喧哗与骚动》，李方俊译，上海：上海译文出版社，1984年，“前言”，第11页。

④ 詹姆斯·乔伊斯：《都柏林人》，孙梁等译，上海：上海译文出版社，1984年，《传统 真实 创新》——代序，第3页。

又是种植园经济制度)解体的图景,在一定程度上,也包含有对资本主义价值标准的批判。"[①]将意识流现实主义化无疑使意识流更容易打破翻译的壁垒!

(三)鲁迅与意识流的本土性

新时期之初围绕中国是否应该接受意识流的争论中,赞同者往往从本土渊源来说明意识流的合法性,其中鲁迅常常被看作是一个极好的例子。徐南在《意识流是否该流到中国来》一文中,这样写道,"意识流能否为中国作家所接受、运用的问题,事实上已经做出了回答。早在几十年前,鲁迅著名的《狂人日记》中主人公内心活动的自我独白,就与意识流十分相像。"[②]王蒙也十分认同鲁迅和意识流的关系,他说,"例如鲁迅先生的散文诗《野草》中,就有许多写感觉,在某种意义上,也可以干脆说是'意识流'的篇什。《秋夜》《好的故事》《雪》都是这样的。"[③]鲁迅作为公认的无产阶级作家,其权威性无疑是证明意识流合法性的重要依据。在对西方意识流仍是一知半解的情况下,有研究者如杨江柱甚至走得更远,认为意识流并不源于西方现代派作家如伍尔夫,乔伊斯,福克纳,而是鲁迅,"用意识流手法写成的《狂人日记》比《尤利西斯》早四年。这个历史事实本身就证明鲁迅先生运用的意识流手法是他自己独特的创造(其中当然也有借鉴),与西方现代派的意识流作品毫无瓜葛,因为当时它们还没有产生"[④]。作者甚至追溯至屈原和民间戏剧(绍兴社戏)对鲁迅创作的影响。无独有偶,另一位研究者也认为中国古老戏曲中的意识流元素,"而像自由联想、内心独白、旁白等意识流派常用的表现手法在中国戏曲艺术中的运用,简直到了炉火纯青、出神入化的境界。"[⑤]

三、影响的焦虑与"意识流"的东方化

新时期之初,中国文学界急切地将目光投向西方文学,寻找变革的域外动力。然而,如赵毅衡所说,"与五四时期作家不同,当代中国作家大都不直接阅读原文"[⑥]。翻译的作用因此更加的重要。但如前文所分析,由于意识形态的遗留问题,西方现代主义作品自身的特点等因素的影响,翻译的脚步往往无法跟上那急切投向西方的目光,很多作品甚至久久都得不到翻译的机会。"我们检查一下1985年之前西方文学作品在中国的翻译出版情况,就可以看到,一些

① 威廉·福克纳:《喧哗与骚动》,李方俊译,上海:上海译文出版社,1984年,"前言",第11页。

② 徐南:《意识流能否流到中国来》,《外国文学研究》1981(2)。

③ 王蒙:《关于"意识流"的通信》,何望贤编选:《西方现代派文学问题论争集》,北京:人民文学出版社1984年,第298页。

④ 杨江柱:《意识流小说在中国的两次崛起——从〈狂人日记〉到〈春之声〉》,《武汉师范大学学报》1981(1)。

⑤ 奚海:《批判借鉴与锐意创新——"意识流"断想》,《河北学刊》1983(3)。

⑥ 赵毅衡:《当说者被说的时候》,北京:中国人民大学出版社,1998年,第266页。

公认的元小说大师——唐纳德·巴塞尔姆、约翰·巴思、罗伯特·库弗、意大利奥·卡尔维诺、塞缪尔·贝克特等的作品大都没有得到翻译介绍直至今日也极少。"[①]作品没有得到翻译,来自西方的文艺评论的翻译却往往捷足先登,将各类流派、主义、作家等介绍给中国读者。然而,如瞿世镜所言:"由于多年的封闭,使得国内第一手材料奇缺,译出来的不过是零篇碎简,使我们对许多问题的认识仍如隔雾看花,许多名词术语,自己用了,却不知是在误用。"[②]那一个个看似时髦现代的术语,那些新鲜的表现手法、创作技巧强烈刺激着新时期作家的创作欲望,在匆匆饮下这杯域外美酒之后,便带着微醺开始了自己的试验。

新时期之初英美等西方意识流小说的译介对于当时怀揣着"现代化"梦想、渴望变革的中国文学界无疑是遭遇久旱迎来的甘露,哪怕一滴也能瞬间春暖花开!作家如王蒙在匆匆读了为数不多的意识流小说及介绍(从翻译的时间上判断,当时他读到的大多是短篇或节选),便于1979年开始自己的"意识流"试验田的耕种,一年半时间便推出了《布礼》《春之声》《夜的眼》《蝴蝶》等6个中短篇。全新的审美体验很快在评论界燃起"意识流"争鸣的热情!如陈思和所言:"在那个年头里,争鸣是最好的宣传方式,毫无例外批评者会扮演一个适得其反的愚蠢角色。王蒙大获全胜,现代主义的审美经验以'意识流'为缺口开始重新注入中国文学创作的领域,刺激并逐步改变了长期处于封闭状态下中国读者的农民式的审美心态。"[③]评论界如火如荼的争鸣,以及之后不断涌现作家追随王蒙脚步加入"意识流"小说创作,一时间文学界仿佛找到治疗中国文学的一个妙方,陷入了"意识流"的集体性狂喜!从译介传播的角度来看,英美意识流小说似乎已经借助译介将胜利的旗帜牢牢地插在东方的山顶。然而,当我们重新梳理来自80年代的一些资料时,会发现文学界和评论界在谈到西方"意识流"小说时所持的矛盾态度十分令人不解,一方面高谈阔论"意识流",另一方面却对它的影响轻描淡写,甚至极力撇清。

哈罗德·布鲁姆在《影响的焦虑》再版前言中指出,莎士比亚十四行诗和戏剧里,"影响"一词的第二重含义是"灵感"[④]。对于匆忙进行"意识流"试验性写作的作家来说,他们似乎也更愿意用"灵感"一词来理解他们与西方意识流小说的关系。

王蒙用"启示"一词来形容意识流小说对他的影响。1979年,12月,王蒙在与厦门大学中文系学生的通信中,这样写道:"我也承认我前些时候读了些外国

---

① 赵毅衡:《当说者被说的时候》,北京:中国人民大学出版社,1998年,第266页。

② 瞿世镜:《意识流小说理论》,成都:四川文艺出版社,1989年,第21—22页。

③ 陈思和:《中国新闻学整体观》,上海:上海文艺出版社,2001年,第402页。

④ 哈罗德·布鲁姆:《再版前言:玷污的苦恼》,《影响的焦虑:一种诗歌理论》,南京:江苏教育出版社,2006年,第2页。

的‘意识流’小说,有许多作品读后和你们的感觉一样,叫人头脑发昏,我当然不能接受和照搬那种病态的、变态的、神秘的或者是孤独的心理状态。但它给我一点启示:写人的感觉。”[①]随后,王蒙试图在鲁迅、李商隐、苏联作家肖洛霍夫,甚至中国传统文学“赋,比,兴”中,寻找“意识流”手法的源头,似乎阅读这些在他看来有些“变态”的外国“意识流”小说的作用只是唤醒了沉睡在其内心深处、激发其写出“人的感觉”的作品的真正动力——中国传统文学、左翼文学和苏联文学。在王蒙看来,“‘意识流’手法在国外已经盛极而衰了,我们何至于‘把洋人的裹脚布当领带’用呢?”[②]其轻慢态度由此可见一斑。

另一位作家莫言在谈到威廉·福克纳对他的影响时,用了“鼓舞”一词。他说:“十几年前,我买了一本《喧哗与骚动》,认识了这个叼着烟斗的美国老头。我首先读了该书译者李文俊先生长达两万字的前言。读完了前言,我感到读不读《喧哗与骚动》已经无所谓了。”[③]他认为读了前言之后,甚至读不读作品都无所谓了,原因在于读《喧哗与骚动》之前,他已经写出了打破常规的作品,只是在他为自己打破常规的描写彷徨之时,福克纳的适时走入让他一下子找到了自我肯定的榜样。他说:“福克纳让他小说中的人物闻到了‘耀眼的冷的气味’。冷不但有了气味而且还耀眼,一种对世界的奇妙感觉方式诞生了。然而仔细一想,又感到世界原本如此,我在多年前,在那些路上结满了白冰的早晨,不是也闻到过耀眼的气味吗?未读福克纳之前,我已经写出了《透明的红萝卜》,其中有一个小男孩,能听到头发落地的声音。我正为这种打破常规的描写而忐忑不安时,仿佛听到福克纳鼓励我:小伙子,就这样干。把旧世界打个落花流水,让鲜红的太阳照遍全球!”[④]这段话似乎要传达的是:我已经自己干出了点名堂了,你只是告诉我,我在干的是什么。

这两位作家对西方“意识流”小说的暧昧心情基本反映了新时期之初中国社会面对西方的矛盾态度:一方面是希望通过学习西方进行变革的急迫心情,另一方面是对“全盘西化”的高度警惕,对西方影响的深深焦虑。因此当西行的脚步仍在逆风中一步三回头,稍有风吹草动,西方现代派文学就又沦为批判的靶子。1983年爆发的“清除精神文学污染运动”中,西方现代派成了一个精神污染源,受到了严厉的批判:“西方现代派文学作品内容大多数消极,颓废,甚至反动;它们所标榜的技巧上的创新,实际上不少是陈腐的东西,是我们早就应抛

① 王蒙:《关于“意识流”的通信》,何望贤编选:《西方现代派文学问题论争集》,北京:人民文学出版社,1984年,第297页。

② 同上书,第302页。

③ 莫言:《说说福克纳老头》,《当代作家评论》1995(2)。

④ 同上。

弃的糟粕。"[①]从这个角度来看,新时期之初意识流等西方现代派作品的译介对当代中国文学的影响既是深远,又是相当肤浅的,一方面通过翻译输入的西方现代派作品似乎对中国文学界起了醍醐灌顶的作用,另一方面中国文学界并未依葫芦画瓢,而是打着意识流之名创造自己的中国故事,而与西方保持的这段距离恰恰符合仍处转型期的中国社会的要求,既不能走得太急太近,又没有原地自闭。对此,陈思和这样说道:"1985 年以前中国文学界对现代主义的理解是相当表面的,被评论界称作为'现代主义'的小说作品,也是以很不纯粹的形式出现的。但这色调斑驳的杂烩,正适应了社会转型时期所赋予文学的一种时代精神。"[②]

在这种情势之下,80 年代中期,彰显本土文化渊源的"东方意识流"被高调提出,并成为评论热点就不难理解了。1985 年,石天河在《〈蝴蝶〉与"东方意识流"》(《当代文艺思潮》1985 年第 1 期)中首先提出所谓"东方意识流"这一概念,探讨其与"西方意识流"的异同,随后 1986 年,宋耀良的文章《意识流文学的东方化》(《文学评论》1986 年第 1 期),1987 年李春林的《王蒙与意识流文学的东方化》(《天津社会科学》1987 年第 6 期)进一步探讨了西方意识流与中国文化的渊源,及其落户中国之后烙上的中国特点,染上的东方色彩。

然而,当我们回头再看王蒙、莫言等作家谈论西方意识流翻译小说的影响时那种轻描淡写,我们不禁要问,在"意识流"之前放上"东方"是否恰切?或许更确切地说"东方意识流"这一概念的提出是 80 年代中国知识界面对西方影响而产生的集体性焦虑的结果——借鉴、突破、超越,它符合长期以来中国文化面对外来文化所采取的以本土文化为中心,物为我用的一贯策略。王蒙认为对意识流小说的态度应该是"吸收和借鉴必须消化,必须为我所用,必须有所改革、发展、创造"[③]。而李春林在评论王蒙的小说时,大谈王蒙如何对西方意识流"取其精华,去其糟粕",超越西方意识流小说,认为"将西方意识流文学手法,融入适合中国民众审美要求、具有东方美学神韵的作品之中,以此作为载体,对古老的中国传统文明的落后方面进行批判。这才是为中国人民根本利益所需要的'东方意识流'"[④]。问题是,经过削足适履之后,"东方意识流"和西方还有多少的关系?而这似乎也不重要,有研究者就认为:"没有西方'意识流'派的侵入,中国也会有自己的'意识流'。"[⑤]那向西张望的目光又不时写满外来文化虚无主义。

---

① 《认真学习文件积极清除精神污染——本刊编辑部座谈会学习体会》,《外国文学研究》1983(4)。

② 陈思和:《中国新文学整体观》,上海:上海文艺出版社,2001 年,第 402 页。

③ 王蒙:《关于"意识流"的通信》,何望贤编选:《西方现代派文学问题论争集》,北京:人民文学出版社,1984 年,第 302 页。

④ 李春林:《王蒙与意识流文学的东方化》,《天津社会科学》1987(6)。

⑤ 彭建德:《"意识流"与国情》,《外国文学研究》1981 年(1)。

四、结语

综上所述,由于意识形态遗留问题,意识流小说本身的艺术特点,以及初期市场经济下出版社唯利是图等因素的影响,新时期之初英美意识流小说的翻译显得步履蹒跚。在意识流作品翻译并不充分的情况下,评论界的争论却煞是热闹!抽离西方语境的意识流与现代化的历史使命,现实主义,鲁迅等中国元素联系了起来,"误读"不经意间产生了"无心插柳柳成荫"的功效,意识流的形象不再是狰狞颓废的,翻译的合法性也渐渐确立。而80年代中、后期,"东方意识流"的提出反映了中国知识界面对西方影响集体性焦虑的一个反制。以借鉴、突破、超越之名构建出来的"东方意识流"执拗于自身文化渊源的迷思,试图摆脱成为西方影子的危险!

第四节　文学祛魅与消费主义:新时期英美通俗文学译介嬗变

通俗文学又称大众文学,往往被视为纯文学、高雅文学、严肃文学的对立面。前者散居广场,不入文学史家的法眼,难登大雅之堂,被鄙夷蔑视,而后者高踞庙堂,写入文学史,被瞻仰膜拜。英语中相应的两个术语分别是 high literature 与 low literature,高低区分更是一目了然。前者属于贵族、知识分子等精英文化,后者则是低俗大众文化的代名词。

小说作为最为大众化的文学形式从其诞生之日起便与大众文化紧紧地联系在一起。伊恩·P. 瓦特在《小说的兴起》中指出,18世纪的英国,虚构故事读者大众的显著增加得益于公共图书馆的流通,"这些'文学上的廉价商店'据说腐蚀了'遍及三个王国'的学童、农家子弟、'出色的女佣',甚至'所有屠夫'面包师、补鞋匠和补锅匠的心灵"[①]。从最初读者群的构成不难理解为何"小说被广泛地认为是一种降低格调的写作方式的典型例证,书商借此迎合读者大众的口味"[②]。然而,随着时代的前进,社会的变迁,一部分小说的格调发生了变化,小说家的高低之分渐渐形成,例如利维斯认为"所谓小说大家,乃是指那些堪与大诗人相比相埒的重要小说家——他们不仅为同行和读者改变了艺术的潜能,而且就其所促发的人性意识——对于生活潜能的意识而言,也具有重大意义"[③]。小说

① 伊恩·P. 瓦特:《小说的兴起》,高原,董红钧译,北京:三联书店,1992年,第41页。

② 同上书,第53页。

③ F.R. 利维斯:《伟大的传统》,袁伟译,北京:三联书店,2002年,第3—4页。

的功能不再只是最初的提升文化素养，愉情悦性，而是升华到诗性与思想性的层面，小说的雅俗之分也由此产生。

文学的雅俗之分不仅决定作品是否能在本国文学史上名垂千秋，也是决定作品是否能获得世界性名声的关键。不难理解，相比高雅文学，通俗文学的跨国旅行从来不是一件易事。1949 年新中国成立之后，英美通俗文学在中国的译介一直是磕磕碰碰，极为艰难，然而，新时期以来，“就通俗作品而言，英美文学译品（特别是美国文学译品）所占比重就更大，差不多达到二分之一”[①]。这一数字显示曾经在文学殿堂外徘徊的英美通俗文学的翻译却在新的历史时期与高高在上的高雅文学共处一室，平分秋色，这一译介转变很值得我们深思。本节将通过考察和分析 80 年代初与始于 90 年代的两次英美通俗文学热潮，试图找到影响这一译介转变的原因。

一、新时期 30 年英美通俗文学译介的基本情况

范伯群在界定通俗文学时指出，通俗文学“在功能上侧重趣味性、娱乐性、知识性和可读性”[②]，而作品娱乐大众的主要手段，如作家张炜对通俗小说的评价，“主要是靠情节的曲折离奇来吸引读者”[③]。因此，归于通俗文学门下的是侦探推理间谍小说、科幻小说、冒险侠盗小说、言情小说、历史小说、社会小说、恐怖小说、滑稽小说、通俗戏剧[④]这类靠曲折离奇情节、悬念迭起取胜的作品。

英美通俗文学在新时期的翻译始于 1979 年。在这之前的两年，刚刚感受到政治春天气息的英美文学是以“名著旧译重印”的形式重新走入读者的视野的，数量极少，均为大家之作。经过一段时间的酝酿，英美文学新作新译在 1979 年开始面世，其中通俗文学所占比例极高。从 1979 年到 2008 年近 30 年的时间里，除了个别年份受国内、国际大气候的影响偶有受挫，英美通俗文学的翻译数量基本上是逐年在增加，其翻译总量在这 30 年间差不多占了英美文学总译量的二分之一。

从翻译的作品类型来看，侦探推理间谍小说、冒险侠盗小说、科幻小说、历史小说、社会小说所占比例最高。英国通俗小说的翻译以侦探间谍小说与科学幻想小说类为主。翻译数量最多的作家主要有侦探小说作家柯南·道尔（Arthur Conan Doyle）、阿加莎·克里斯蒂（Agatha Christie），威尔基·柯林斯（William Wilkie Collins）；间谍小说家伊安·弗莱明（Ian Fleming），肯·福莱特

---

① 孙致礼：《中国的英美文学翻译：1949—2008》，南京：译林出版社，2009 年，第 240 页。

② 范伯群：《中国近现代通俗文学史》（上卷），南京：江苏教育出版社，1999 年，第 18 页。

③ 张炜：《纯文学的当代境遇》，《鲁东大学学报》（哲学社会科学版）2006(9)。

④ 王友贵：《20 世纪中国翻译史研究：共和国首 29 年对外国通俗文学的翻译：1949—1977》，《广东外语外贸大学学报》2011(11)。

(Ken Follet),惊险小说家弗雷德里克·福赛斯(Freerick Forsyth);科幻小说家英赫·乔·威尔斯(Herbert George Wells),等等。

美国通俗文学翻译的类型更加驳杂。主要的通俗小说家有侦探推理类的爱伦·坡(Edgar Ellen Poe)、厄尔·加德纳(Erle Stanley Gardner)、奎因(Ellery Queen),玛西亚·缪勒(Marcia Muller)、被称为"美国的阿加莎·克里斯蒂"的玛格丽特·杜鲁门(Margaret Truman);科幻小说类埃德加·巴勒斯,艾萨克·阿西莫夫(Issac Assimov),恐怖小说方面有斯蒂芬·金(Stephen King)、畅销书作家如欧文·华莱士(Irving Wallace)、西德尼·谢尔顿(Sidney Sheldon)、丹尼尔·斯蒂尔(Danielle Steel)、约翰·格里森姆(John Grisham),写黑帮犯罪故事著称的马里奥·普佐(Mario Puzo),揭露医疗界内幕故事为主的作家罗宾·库克(Robin Cook),等等。

从30年里翻译数量来看,英国方面侦探小说家阿加莎·克里斯蒂与柯南·道尔的作品翻译的数量最多。其中柯南·道尔的作品是80年代的一个译介重点,而从1994年开始到2008年间16年间,柯南·道尔的小说年年都有翻译出版,而美国通俗文学能与之媲美的则是西德尼·谢尔顿,其作品从1982年到1998年间除了1993年,其余年年有作品翻译。

纵观英美通俗文学翻译近30年的发展,不难发现英美通俗文学在新时期初的1979—1982年迎来了第一次翻译热潮,然后经过几年的调整,从80年代末英美通俗文学翻译又开始渐渐增加,90年代英美通俗文学译介的翻译又迎来第二次翻译热潮,迄今这股热潮依然未散。

二、革命文学祛魅与新时期初英美通俗文学翻译热潮

英美通俗小说在新时期的第一次翻译热潮发生在1979—1982年间。以英国通俗小说翻译为例,1979年翻译出版的英国文学作品共16种,其中通俗小说的翻译有8种,占据了半壁江山。这些作品均为侦探推理、间谍冒险小说,有柯南·道尔的《福尔摩斯探案集》(一),阿加莎·克里斯蒂的《东方快车上的谋杀案》(出现了中国电影出版社版和浙江人民出版社版两个版本)、《尼罗河上的惨案》,威尔基·柯林斯的《月亮宝石》,赖·哈格德(H·Rider Haggard)的冒险故事《蒙特朱姆的女儿》,特德·奥尔布里(Ted Allbeury)的间谍惊险故事《雪球》,斯蒂文生(Robert Stevens)的冒险故事《诱拐》。1980年出版的35种英国文学作品中有24种属于通俗小说类,占了68%。阿加莎·克里斯蒂的侦探推理小说的翻译在这一年大放异彩,共有9种作品翻译出版。柯南·道尔也有4种作品翻译出版。其余作品也基本为侦探推理,间谍冒险小说。比较特别的是这一年达夫妮·杜·穆里埃(Daphne du Maurier)的言情惊悚小说Rebecca,有两个译本,分别由江苏人民出版社以《吕蓓卡》和山东人民出版社以《蝴蝶梦》

翻译出版。1981年出版的73种英国文学译作中依然是侦探推理间谍各类通俗文学当道，占了八成以上，其中阿加莎·克里斯蒂的译作就有14种，柯南·道尔6种。在这次翻译热潮中，侦探小说的译介独占鳌头。阿加莎·克里斯蒂与柯南·道尔的侦探故事风靡全国，而冠以"奇案""疑案""谜案""惨案""谍影""迷雾"等名称的其他通俗侦探作品亦是充斥其中，层出不穷。当时，王逢振这样解释柯南·道尔侦探小说的作用，"这些故事对广大公安、司法干部颇有裨益，对广大读者是一种艺术享受，对学习写作的人也有一定的借鉴作用。"[①]

那么，究竟是哪些原因促使新时期之初英美通俗文学翻译的快速增长？

首先，新时期之初，中国文学话语的转型至为关键。在《文学的祛魅》一文中，陶东风借用马克思·韦伯的"世界的祛魅"，提出"文学的祛魅"这一概念，用来表示"统治文学活动的那种统一的、或高度霸权性质的权威和神圣体的解体"[②]。陶东风认为，80年代初文学的第一次"祛魅"，所祛的是被神化的革命文学之"魅"。

通俗文学的娱乐消遣功能与中国传统的文学观念"文以载道"完全背道而驰，因此长期以来通俗文学一直行走在中国文学系统的边缘。"文以载道"强调文学的教化功能，一直是判断文学价值的一项重要准则。近代以来，文学的思想启蒙功能是"文以载道"在家国离乱的历史语境中的演化。在"为人生"与"为艺术"逼仄的夹缝中，通俗文学茕茕孑立。新中国成立后的十七年与"文化大革命"期间，在日益高涨的阶级斗争语境中，"文以载道"达到了登峰造极的地步，文学渐渐沦为政治教化与阶级斗争的工具，完全抹杀文学的其他功能，如审美，如娱乐。因此，新中国成立后的十七年期间，在对英美等西方国家文学作品的引进中，通俗文学作品由于头戴"宣扬资产阶级的腐朽生活方式""格调低下、手法陈旧""诲淫诲盗"三顶帽子[③]，在这一阶段的翻译屈指可数[④]。这一阶段英美文学的译介热点一是英美批判现实主义作品，二是英美左翼革命文学，前者获得译介的重要理由乃是所谓的作品对资本主义社会的"黑暗、腐朽"的揭露和批判，后者的译介则是对本土主流的革命文学的呼应。

进入新时期之后，十七年间译介英美文学的这两个标准在全新的时代语境中难以再成立。首先，揭露、批判资本主义社会的"黑暗、腐朽"与新时代改革开

---

① 王逢振：《柯南道尔和他的〈福尔摩斯探案集〉》，《读书》1979(8)。

② 陶东风：《文学的祛魅》，《文艺争鸣》2006(1)。

③ 王友贵：《20世纪中国翻译史研究——共和国首29年通俗文学的翻译：1949—1977》，《广东外语外贸大学学报》2011(11)。

④ 科幻小说有威尔斯的《大战火星人》(1957)，《俄罗斯之谜》，侦探小说有柯林斯的《月亮宝石》(1957)，柯南·道尔的《巴斯克维尔的猎犬》(1957)，《四签名》(1958)，《血字的研究》(1958)，《玛拉柯深渊》(1959)。

放,学习西方的时代话语格格不入。因此,新时期在译介狄更斯、马克·吐温等传统经典作家作品时强调的是作品的人道主义,这与新时期之初那场声势浩大的"人道主义争论"相呼应。更为重要的是长久掌控文学话语权的革命文学被质疑与颠覆,如陶东风所言"祛魅"。作为新时期思想解放的一个重要组成部分,"这次'祛魅'由精英知识分子发动,也以精英知识分子为主力。它所祛的是以'文革'时期的样板戏为典型的'无产阶级革命文学'之'魅',是'以阶级斗争为纲'的工具论文学之'魅',是'三突出'的创作方法之魅和'高大全'的英雄人物之'魅'"。[①] 即是说,长期以来文学作为政治的附庸,强调政治教化功能的模式被摒弃了。长期被捆绑的文学的娱乐消遣功能终于获得解放,通俗文学也因此终于理直气壮地站在文学的殿堂上。70年代末、80年代初见证了本土通俗文学的复兴,通俗文学旧作重印与新作频出共存,武侠、侦探、间谍各类情节曲折的小说强烈地吸引着广大读者的阅读兴趣。任真在分析新时期通俗文学的接受心理时,认为长期被禁锢在政治教化文学圈中的读者在阅读心理上早已厌倦、摒弃了政治教化的模式的文学作品,而一旦这种神化的文学模式祛了魅,"娱乐性质终于挣脱教化功能的束缚,显示出强大的魅力。这实际上是文学原始功能的回归,也是文学获得自觉意识的表现,尽管这种自觉尚处于低级阶段,它体现在读者的阅读心理中,尚未觉醒为一种清晰的理论,它恢复了文学原始的故事天性,尚未升华到文学进入高级阶段的艺术价值追求"[②]。在长久被禁锢在"高大全"假大空的文学阅读枷锁中之后,这样的阅读何尝不是弥足珍贵的生命体验!

其次,"文化大革命"的文化破坏几乎拖垮了学校教育,知识分子被视为"臭老九",千千万万的年轻人上山下乡。毫无疑问,经过"文化大革命"一劫,整个中华民族的平均文化知识水平毫无疑问降低了很多,而通俗文学文字易懂、故事好看的特点恰好符合大量的这样文化层次读者的需要。因此新时期精英知识分子在重印的名著,如莎士比亚,狄更斯、马克·吐温的经典作品中寻找温情脉脉的人道主义光辉,抑或在意识流等现代派译作中寻找文学革新的灵感,他们的阅读升华到更高层面的艺术价值追求,然而,那些在"文化大革命"期间遭遇知识阉割的无数普通读者在这些作品面前只能高山仰止,他们更愿意在阿加莎·克里斯蒂、柯南·道尔、玛格丽特·米切尔等作家情节曲折的通俗文学作品中进行一次又一次的域外旅行。这样的旅行酣畅淋漓,充满欢愉与刺激,他们的阅读体现了文学原始功能的回归。因此,这样的作品获得广大读者的欢迎不足为奇。

最后,新时期之初,仍在雏形中的市场经济也开始影响到出版社的经营策

---

① 陶东风:《文学的祛魅》,《文艺争鸣》2006(1):6。

② 任真:《新时期通俗文学接受心理分析》,《社会科学家》1993(3)。

略。80年代初，出版社开始实行“自负盈亏”，出版那些拥有更大读者群的作品当然能给出版社带来更大的利润。1982年，美国出版界人士来华考察了中国当时外国文学出版状况后，颇为吃惊地发现在中国大受欢迎的美国文学作品居然是赫曼·沃克（Herman Wouk）的《战争风云》，但很快找到了原因，“沃克满足了中国的出版社当前的许多要求：即既谨慎地打开了一扇面朝西方的窗子，又出版了在文学风格上不太费解或者说不太背离传统的作品；既取悦了广大读者，还赚了钱”[①]。也就是说，比起出版那些晦涩难懂，又有“历史问题”的严肃作品来说，市场经济下自负盈亏的出版社显然更愿意靠出版消遣性和逃避性的读物来赢取市场，在谋取更多利润的同时，又避免犯下任何政治不正确的错误。赢得读者也就赢得市场。然而市场追逐利润的特点同时带来了不可避免的问题，很快引起一些人的不安。我们还注意到，近年来在文学翻译和出版上，也出现了某些值得注意，令人担忧的倾向：一方面是那些经受过历史考验急待翻译的名著远远没有得到及时介绍，留下不少空白点；另一方面某些迎合不健康“时尚”的，并不具有代表性、艺术水平、思想价值和格调并不高，因而并不值得介绍，甚至是有害的作品，例如像数不胜数的什么“奇案”“惨案”“血案”“疑案”“怪影”“魔影”“谍影”等等都得到大量翻译和出版…… “向钱看”的倾向正在腐蚀、危害着我们的文学翻译和出版事业，并且在相当程度上助长了某些翻译家的粗制滥造的坏风气。[②]这些“不良”的现象很快就在1983年清除“精神文明污染”的运动中遭到清算，英美通俗文学的翻译也没逃过被清算的命运。

三、精英文学话语祛魅与英美通俗小说翻译热潮

1983年爆发的清除“精神文明污染”运动阻滞了英美通俗小说的翻译步伐。随后两年，英美通俗小说的翻译比重严重下降，名著翻译重新上位。以在新时期初大放异彩的阿加莎·克里斯蒂为例，从1983年到1985年，克里斯蒂作品的翻译为零，直到1986年才重新有作品被翻译出版。事实上，短暂的调整之后，英美通俗小说的翻译在1985年又开始上路了。这一年，尽管阿加莎·克里斯蒂、柯南·道尔缺席，但是以写007而闻名于世的间谍小说家伊安·弗莱明携《来自俄国的爱情》首次亮相中国。这一年翻译出版的还有间谍小说家肯·福莱特，惊险小说家弗雷德里克·福赛斯等人的作品。而美国文学方面，停滞了几年的《飘》（傅东华版）再次由浙江文艺出版社出版。同样这一年，美国当代最知名的通俗小说家之一西德尼·谢尔顿有四部作品被翻译出版。自此，英美通俗文学的翻译又开始上路，并在90年代初开始进入翻译的快车道，掀起

① 《美〈纽约时报书评〉载文谈我国评介外国文学的情况》，张志澄，王立达译，《外国文学动态》1980(9)。

② 一鸣：《文学翻译应该评奖吗?》，《世界文学》1982(3)。

新一轮的翻译热潮,而这热潮迄今没有退去的意思。

通俗小说翻译的再次走热,缘于80年代末的历史事件与90年代初消费主义冲击下中国文学的第二次祛魅。整个80年代,中国文学界精英都在致力于革新自我,追赶世界文学潮流。80年代初到中期产生的以伤痕文学,反思文学、改革文学为主的启蒙文学冲击着革命文学的权威地位,而从中期到末期的文学先锋实验进一步颠覆后者的地位,但祛魅的过程,同时也是赋魅的开始。陶东风认为,"文学的自主性和自律性是第一次'祛魅'和'赋魅'的核心,倡导文学的自主性既可以祛文革时期'工具论'文艺学的魅,同时又可以为知识分子精英文化和'纯文学'赋魅。当文学艺术的那种权威性被世俗浪潮冲击以后,文学自主自律的意识形态成为赋予文学以神圣性的另外一种'魅',它认为文学艺术具有独立的自主性价值。由于这种被赋予神圣自主价值的文艺的生产者正好就是精英知识分子(自主的、创造性的、具有批判精神的艺术家和作家),所以为之赋魅实质上就是为精英知识分子赋魅。"①精英话语赋予文学高高在上、神秘稀缺的"魅"。然而,80年代末的反资产阶级自由化运动使得精英知识分子的话语权威受到了来自官方的震慑,颜敏认为:"80年代末的历史性事件导致了过度紧张的文化气氛,精英文化不得不重新调整自身的叙事策略,一向由知识分子占据的文化空间因主角的退场而空寂荒凉。而鲜有政治色彩并集中体现娱乐功能的大众文化便当仁不让地乘隙而入,在主流话语默认与知识分子无暇顾及的情境中迅速抢占文化空间。"②在官方压力,以及90年代排山倒海呼啸而来的市场文化、消费主义冲击之下,刚刚确立话语权威的精英文学话语受到了极大挑战,文学再一次被祛魅。

作为大众文化重要组成部分的通俗文学在90年代初再一次获得了千载难逢的发展机会。本土通俗文学迅速蚕食曾经高高在上的"纯文学"的地盘。"90年代由于商品经济大潮的冲击，使它的发展又转为迅猛,它仿佛蚕吃桑叶那样'喇喇喇'把纯文学的地盘吞食。这个在80年代初还被一些正统文人或读者斥为'低级趣味'的东西,近年来竟反过来让这些纯文学的捍卫者们感到自己的阵地岌岌可危，由此可见，通俗文学进入到了一个前所未有的发展时期。"③这种快速发展使得本土通俗文学传统资源远远不足以满足通俗小说家的创作需求，于是从域外通俗文学寻求创作灵感促使外国通俗小说翻译需求大大增加。"20世纪90年代，中国大陆的通俗小说作家一方面仍然秉承中国传统文化的创作理念，同时把目光转向欧美、日本等通俗小说的创作手法上，并为自己创作提

① 陶东风:《文学的祛魅》,《文艺争鸣》2006(1):8。

② 颜敏:《宿命般的两难——消费主义文化与文学分析》,《创作评谭》2004(2)。

③ 杨汉云:《通俗文学:九十年代中国文坛的三种现象之一》,《衡阳师专学报》(社会科学)1995(1)。

供灵感，大量的通俗小说文本中明显体现出外国通俗小说的中国本土化。”[①]在这种情势之下，英美通俗文学的比重进一步增加。即使是 1992 年 10 月，我国成为《伯尔尼公约》和《世界版权公约》的成员国，使得我国翻译和介绍当代英美文学作品的范围被缩小，从而导致 1993 年翻译出版英美文学书目种类数目分别从 1992 年的 128 种和 189 种下降到 91 种和 80 种，随后两年整个英美文学翻译处于调整期，但是通俗文学的比重翻译并未受影响，以侦探间谍类小说为例，1993 年华文出版社推出阿加莎・克里斯蒂系列丛书 29 种，湖南文艺出版社推出伊安・弗莱明的 007 系列小说 5 种。

另外，90 年代初开始我国进一步加快改革开放的步伐，市场经济大潮渗透到整个社会的方方面面。与 80 年代初出版在官方与市场夹缝中运作的出版社相比，基本挣脱了行政化干扰的 90 年代的出版社追逐利润的最大化的任务更加紧迫。如何提高销量、赢得最大利润成为出版社不得不考虑的问题，也就意味着要出版更多能赢得读者青睐的作品。学校教育经过 10 年的复原发展，90 年代的普通读者相比 80 年代初期的读者在文化知识程度上有了大幅度的提高，但是由于商品经济大潮中谋生的人们，生活变得更加忙碌局促，有限的时间和精力迫使他们更愿意在轻松愉悦的阅读中获得些许的喘息。而好的通俗文学不但能赢得广大的普通读者的欢心，也深受许多知识界人士的喜爱。作家马原就非常喜爱阿加莎・克里斯蒂的侦探推理小说，他说，“我知道世界上绝大多数读者不是从作家或者理论家的那种要求去解读所有小说，不是为了探求小说中的思想的哲学的价值意义；绝大多数人拿出一两个小时来读小说，是希望在这一两个小时里过得愉快。”[②]也就是说对绝大多数读者来说，阅读的目的不在于寻求某种意义的存在，而是为了获得感官上的愉悦。而侦探间谍冒险小说等各种通俗小说所展示的文学的原始功能——娱乐消遣最能满足这种需求，这也解释了在商品经济大潮中通俗小说为何相比其他类型的写作更加如鱼得水。

四、社会因素与消费主义影响下的英美通俗小说译介

新时期 30 年间中国社会在政治、经济、文化等各方面发生了翻天覆地的变化，而不同时期的历史烙印也在不同层面上对英美通俗文学的译介产生了不一样的影响。

新时期之初是中国社会转型的初期，面对西方文化来袭，新旧思想仍处拉锯战中，因此这一阶段的英美通俗文学的译介仍时不时受到偶占上风的旧有思

---

① 陶春军：《试论 20 世纪 90 年代通俗文学的基本特征》，《盐城师范学院学报》(人文社会科学版) 2011(6)。

② 马原：《阅读大师》，上海：上海文艺出版社，2002 年，第 302 页。

想的影响,起起伏伏,《尼罗河上的惨案》和《飘》的译介波折就是很典型的例子。

美国女作家玛格丽特·米切尔的小说《飘》出版于1936年,并于次年赢得普利策奖,是美国历史上最畅销的小说之一。新中国成立前,《飘》就有4个译本,其中傅东华于1943年翻译由龙门联合书局出版的版本可以说最为有名[①]。然而,1949年之后,《飘》被视为腐朽反动的文学作品而在翻译界销声匿迹。"文化大革命"刚过,《飘》甚至被看作复辟小说,与"四人帮"联系在一起,如杨静远认为,"它是以十九世纪六十年的美国内战和战后重建时期为背景,替早已土崩瓦解的美国黑人奴隶制度招魂的复辟小说。"[②]又如柳鸣九指出《飘》是"鼓吹腐朽、反动的作品,为他们的反革命政治需要服务"[③]。然而,尽管僵化的政治幽灵依然阴魂不散,1979年浙江人民出版社分上、中、下出版的傅东华的旧译《飘》却很快获得众多读者的喜爱。而新时期初英美通俗文学翻译热潮中最为热门的作家英国侦探推理小说家阿加莎·克里斯蒂的《尼罗河上的惨案》电影1979年初就在全国热映,并促使小说很快得以翻译出版。1979年11月江苏人民出版社出版翻译出版了这部作品,小说的推出进一步激起广大读者的兴趣,出版20万册很快售完,立即加印20万册,还是不够卖。同年同月以翻译通俗文学为已任的《译林》创刊号也译载了《尼罗河上的惨案》。"不料一位著名的外国文学研究专家上书胡乔木,批评江苏版《尼罗河上的惨案》和浙江版的《飘》,是'趋时媚俗','我国出版界从五四以来从来没有如此堕落过','不知把社会主义飘到哪里去了'。"[④]然而,一语遮天的时代毕竟不复存在了,尽管之后关于这两部作品的争论仍不断,但是作品译介的波折很快就过去了。以《飘》为例,《读书》1981年第2期针对《飘》所引发的争议刊载了3篇争论性文章。其中曾经将《飘》视作复辟小说的杨静远仍坚持该书是反动的僵硬观点,但并不反对该书的翻译出版,因为"看看这本书,知道什么叫奴隶主意识,也是从一个角度了解历史……但不宜当成一部不朽的文学名著来欣赏。"[⑤]而另一位作者肖穆肯定了《飘》的文学价值,认为不能简单以"反动"来评价《飘》,并指出英美学界的评论该书出版是"不朽的现象"的事实[⑥]。

90年代市场主导取代行政干预,在追逐利润最大化的经营理念的指导下,英美通俗小说的翻译出版呈现出不同于80年代的一些特点。

---

① 其余3个译本分别是1943年译者书店出版的《乱世佳人》(之江译),1945年美学出版社出版的《风流云散》(郑安娜译),1947年陪都书店出版的《飘》(杜苍云译)。

② 杨静远:《从复辟小说〈飘〉看复辟狂江青》,《世界文学》1977(2)。

③ 柳鸣九:《十九世纪批判现实主义文学的历史地位与"四人帮"文化专制主义》,《世界文学》1978(2)。

④ 李景端:《翻译编辑谈翻译》,武汉:湖北教育出版社,2009年,第85—86页。

⑤ 杨静远:《〈飘〉在文学史上的地位》,《读书》1981(2)。

⑥ 肖穆:《美国南北战争与〈飘〉的认识价值》,《读书》1981(2)。

首先，考察90年代后第二次英美通俗小说翻译热潮的情况，我们可以发现，与80年代作品零星出版不同的是，许多知名的通俗小说家的作品在90年代后系列化、丛书化出版。以最受欢迎的两位英国侦探小说家阿加莎·克里斯蒂和柯南·道尔为例，1993年华文出版社翻译出版了阿加莎·克里斯蒂的系列作品，共29种，1995年华文出版社再次推出《阿加莎·克里斯蒂小说选》10种，1999年贵州人民出版社出版阿加莎·克里斯蒂的系列作品，共79种，2006—2008年间人民文学出版社也推出阿加莎·克里斯蒂的系列作品44种。另一位侦探小说家柯南·道尔的作品从1994—2008年14年间每年都有作品翻译出版。其作品更是被多家出版社系列化出版，如1992年群众出版社推出10种，1994年江苏文艺出版社推出《福尔摩斯探案》系列作品共10种，1996年，湖南文艺出版社出版的《福尔摩斯四大奇案》(列入"世界通俗名著译丛")，1998年山东友谊出版社出版的《福尔摩斯探案全集》(5册，改写本)，广州新世纪出版社出版的《福尔摩斯侦探故事全集》(3册，程君等译)；1999年，中国检察出版社出版的《福尔摩斯探案集》(邓小红等译，列入"世界文学文库 全译本丛书")，大众文艺出版社的《福尔摩斯探案全集》(共5册，列入"世界文学名著百部丛书")，河北少年儿童出版社出版的《推理故事 名探福尔摩斯全集》；2000年，外文出版社的《福尔摩斯四大奇案》，中国社会出版社出版的《福尔摩斯探案集》(浩宇、明亮译，列入"世界侦探惊险名著丛书")，群众出版社出版的《插图版福尔摩斯探案精选》(杨淑华译)；2001年延边大学出版社出版的《福尔摩斯探案全集:少年版》14种；2004年华夏出版社出版的《福尔摩斯探案全集》(共5册)；2005年中国少年儿童出版社出版的柯南·道尔探案系列共11册；2007年北方文艺出版社出版柯南·道尔作品6种，百家出版社出版柯南·道尔的福尔摩斯系列8种。

其次，出版紧跟英美畅销书的脚步，出版商敏锐的商业嗅觉与逐渐成熟的商业运作策略使得英美畅销的通俗小说也能在中国取得巨大的商业成功！90年代，随着改革开放的脚步进一步加快，中国与世界，特别是西方的联系更加畅通。在英美大获成功的畅销书，往往被国内嗅觉灵敏的出版社迅速引进，并很快在国内引起轰动热销！第一个成功案例是1995年人民文学出版社引进出版的美国畅销书《廊桥遗梦》，该书在1994年的圣诞节在美国发行了400万册，抱着试试看心理的人民文学出版社次年引进后取得了意想不到的效果。这本只有157页的小书，竟然在1995年一年之内连印5次，到1996年5月印刷9次，销售了70万册，取得了空前的商业成功。2000年人民文学出版社引进英国女作家J.K.罗琳的畅销书"哈利·波特"系列魔幻小说。尽管由于书中魔法、巫师、悬疑、幻想等西方儿童文学的传统与中国的孩子和家长习惯上喜欢知识性、学习性的读物相冲突，初期遭遇"水土不服"，但经过出版社深耕细作的商业营销,加上"哈利·波特"系列电影的引进,很快化险为夷,再次取得巨大的商业成功。2003年3月《达·芬奇密码》在美国上市当周便进入《纽约时报》畅销书排行榜,并很快引起世纪文景出版公司的注意,同年10月,该公司便与该书版权代理公司谈判引进事宜,并以三人集体翻译的最快速度很快翻译出来,2004年2月《达·芬奇密码》的中文版正式出炉。通过专设网站进行网络推广的方式,《达·芬奇的密码》迅速博得中国读者的兴趣,成为了又一个翻译引进畅销书的成功商业案例。

五、结语

英美通俗文学在中国新时期近30年的译介旅程,每一步都打上了新时期不同阶段中国社会历史进程的烙印。80年代初,长期占据着文学圣殿最高位置的革命文学的权威地位受到了精英知识分子的质疑挑战,文学的政治教化功能被摒弃,娱乐消遣作为文学最原始的一个功能获得了认可,从而促使长期被边缘化的本土通俗文学的回归与发展,而通俗文学自身简单易懂、生动好看的特点也契合当时文化水平低下的普通读者的阅读需求,同时市场经济初期开始需要"自负盈亏"的出版社也寄望通过通俗文学赢得更多读者,从而获得更大的利润,英美通俗文学也就在这些不同的因素的促使下产生了第一次翻译热潮。而90年代开始由于80年代末反资产阶级自由化运动与市场经济、消费主义冲击之下,80年代精英文学话语权威祛魅,本土通俗文学再次获得千载难逢的好机会,并试图在外国通俗文学中寻找进一步发展的灵感,从而带动新一轮包括英美在内的外国通俗文学的翻译热潮。英美通俗文学的翻译丰富了普通中国读者的文化生活,在娱乐大众之余,也为普通读者提供了一扇了解英美社会的窗口。

第三章
法国文学翻译之考察与分析

法国文学渊远流长,流派纷呈,在世纪文学之林占有十分突出的位置,同样的,法国文学翻译在中国翻译文学中也占有重要的一席之地。从严格意义上说,小仲马的《茶花女》是在中国被译介的第一部法国小说,那是在1898年,由林纾与王寿昌合作翻译,素隐书屋出版,距今已经一百多年的历史。"因此从某种意义上说,我国近代翻译文学始自法国文学作品的翻译。"[①]林纾译品出版后的两年,也就是20世纪的第一年,女翻译家薛绍徽翻译的凡尔纳的《八十日球游记》,由经文文社刊发,由此而开始了中国译介法国文学的世纪历程。

回望一个多世纪法国文学在中国的译介传播历程,我们大致可以分为四个阶段:第一阶段为五四新文学运动至新中国诞生前夜,这一时期是与中国现代文学的发展密切相关的,从20世纪初的新文学革命、新文化运动到30、40年代的现代文学的蓬勃发展,中国现代文学的一批先锋人物,积极借鉴法国文学,使对法国文学的译介成为中国本土文学发展的内在需要;第二阶段为新中国成立至"文化大革命"运动开始,即新中国成立后的最初十七年,这一阶段在"洋为中用,古为今用"方针的指引下,对一批西方的经典文学和理论作品敞开国门,法国文学也因此得到较为系统的译介,"50年代的译介'以质取胜'而掀起的小高潮是对三四十年代中国现代文学发展期的一个延续"[②]。另外,这一时期也是文学与政治开始交错的时期,特别是在翻译选择上,更多地受到了意识形态、文化政策等政治因素的约束;第三阶段为"文化大革命"十年,这一时期由于对外国文学的批判与排斥,法国文学的译介也几乎进入一个短暂的停滞期;第四阶段为1978年至今。随着改革开放政策的实行,思想上也得到了极大的解放,文化和文学都朝着更为开放和更为多元的方向发展。法国文学的译介也从之前

---

① 陈宗宝:《法国文学在我国的翻译》,《法国研究》1984(2)。

② 黄荭:《回望与反思:20世纪法国文学在新中国的译介历程》,《中国比较文学》2011(1)。

的政治束缚中摆脱出来,在新时期和新世纪进入了蓬勃发展期。特别是翻译出版机制的不断完善和文化交流的逐步深入,有效地促进了翻译和评介工作全面、有序的进行。

值得一提的是,在译介外国文学,促进中国文化与外国文化的交流方面,我国的法国文学研究界和翻译界人士始终起着积极的作用。在整个20世纪,中国的法国文学研究和翻译工作者和别的语种的同行一起,实际上担负着对整个外国文学在中国的研究、选择、翻译与传播的工作。他们一方面对从中世纪到19世纪的法国文学进行了有选择的译介,无论是中世纪的英雄史诗、宗教文学与骑士文学、市民文学,16世纪的人文主义文学、七星诗社,17世纪的古典主义文学,还是18世纪的启蒙文学,或是19世纪的象征主义文学、现实主义文学、自然主义文学,无一不纳入他们的视野。另一方面,他们关注20世纪法国文学的发展,特别是从20世纪80年代初开始,随着中国的大门向世界慢慢打开,中外文化的交流日渐频繁,中国的法国文学研究与翻译工作者有机会与法国文学界、出版界进行直接的交流甚至对话,得以不断加深对法国文学的认识与理解,把更多的精力投向了对法国20世纪文学的译介工作,取得了令中外文学界瞩目的成绩。北京大学中法文化关系研究中心和北京图书馆参考研究部中国学室曾合作编了一部《汉译法国社会科学与人文科学图书目录》[①],据编者的话,该图书目录收录了从19世纪末到1993年3月出版的汉译法国社会科学与人文科学图书的书目资料。全书共333页,其中文学书目占209页,包括复译在内,约有1800种,尽管如编者所言,因"我国目前图书呈缴制度不够完善",所收书目不全,但我们通过该书目,至少可以看到法国文学在中国译介的一个概貌。

从上述对法国文学在中国的翻译状况的简单描述中,我们可以看到,法国文学翻译在不同时期都与我国本土的社会、政治和文学发展阶段有着千丝万缕的联系。本章拟在梳理法国19世纪、20世纪以及现当代左翼文学在中国的翻译和评介过程的基础上,结合最有代表性的作家、作品的译介轨迹,对法国文学在新中国60年中的译介特点进行探讨和分析。

第一节 经典的再现与传播:法国19世纪文学的翻译

自法国文学在中国译介伊始,众多中国的法国文学研究者和翻译家对19

① 《汉译法国社会科学与人文科学图书目录》,北京大学中法文化关系研究中心与北京图书馆参考研究部中国学室主编,世界图书出版公司,1996年。

世纪文学情有独钟。无论是1898年揭开法国文学在中国译介序幕的小仲马的《茶花女》译本，还是迄今翻译最多的作家巴尔扎克，抑或是中译本最多的《红与黑》[①]，19世纪文学成为中国译者不谋而合的共同选择。19世纪是法国历史上政治动荡的时期，却也是文学最为辉煌的时代。其间，浪漫主义、批判现实主义、自然主义、象征主义等各个文学流派相互交错，大放异彩。一批才华横溢的作家，对身处的社会或进行写实性的描绘，或借此抒发浪漫情怀，留下了诸多传世之作。这些作家和作品不仅是人类精神文化的宝贵财富，也使法国19世纪文学成为世界文坛上的一朵奇葩。而通过翻译，巴尔扎克、雨果、司汤达，不仅成为中国读者耳熟能详的名字，也使他们的文字成为读者心中的经典，而为一代代人阅读、传诵。

"经典"，是在时间的推移中一步步确立其地位，在历史的沉淀中一步步彰显其价值。王宁在解读美国批评家哈罗德·布鲁姆关于经典问题的讨论时认为，"文学经典是由历代作家写下的作品中的最优秀部分所组成的，因而毫无疑问有着广泛的代表性和权威性"[②]。换句话说，文学经典的形成，首先是通过书写确立其在本国文学中的地位和价值。毋庸置疑，法国19世纪文坛上涌现的一批作家，对法国文学的发展乃至世界文学、文化的繁荣都有着无可估量的作用。当然，在中国被译介的，也都是在本国备受关注、其价值得到认可的作家和作品。然而，当这些作家和作品被译介到中国时，他们的经典地位是何以在异域的语境下得以延续的呢？

本节通过对法国19世纪文学在中国的译介历程的梳理，同时辅以主要经典作家、作品翻译的个案分析，考察法国经典文学在中国语境下再现和传播的特点，从而进一步揭示译介过程中影响翻译选择的诸多因素。

一、法国19世纪文学在中国译介的特点

从新中国成立至今，法国19世纪文学在中国的译介始终是外国文学翻译不可绕开的话题，鉴于其在文学史上的重要地位，经典作家和作品也一直受到翻译界的关注。可以说，新中国成立后的译介是对19世纪末开始的法国文学译介的延续与发展，这在数量、质量和规模上均有所体现。

首先，翻译数量不断增多，而译介的对象相对比较集中。据有关统计，从新中国成立至1979年4月，仅人民文学出版社出版发行的巴尔扎克作品，其总数就达200万册之多。至于其他出版社出版的巴尔扎克作品的复译本或者重印本更加难以计算。而雨果、乔治·桑、司汤达、梅里美、莫泊桑、福楼拜等众多

① 参见余协斌：《法国小说翻译在中国》，《中国翻译》1996(1)。

② 王宁：《文学的文化阐释与经典的形成》，《天津社会科学》2003(1)。

19世纪法国作家的一些重要作品的中译本也在新中国成立之后经历了从无到有的过程。同时,"这个时期翻译的法国文学作品,选材都比较严格,而且每部译本出版时大多附有译者的序言或后记,对原作的写作背景、思想内容、艺术特点进行剖析,帮助读者更好地理解原作,充分体现了译者严肃认真的负责态度"①。可以说,新中国成立后,译者队伍不断扩大的同时,译者的专业水平和素养也进一步提高。尽管由于"文化大革命",外国文学翻译和研究经历了十年的停滞期,但1978年摆脱了思想束缚的中国法语界则以更高的热情投入到了法国文学的翻译中。1978至1982年,短短五年间,国内出版的法国文学译品就达四五十种之多,其中如雨果的《笑面人》(鲁膺译,上海译文出版社,1978),司汤达的《巴马修道院》(郝运译,上海译文出版社,1979),福楼拜的《情感教育》(冯汉津、陈宗宝译,人民文学出版社,1981),等等。

翻译数量的不断增加,是对法国19世纪文学关注的正面反映,同时也吸引着更多的中国读者。但与增加的翻译数量相比,被翻译的对象却相对比较集中,主要集中于几位经典作家,或者更准确地说,集中于经典文学流派的几位代表人物上,如批判现实主义的巴尔扎克、司汤达,浪漫主义的雨果、女作家乔治·桑,自然主义的左拉,还有短篇小说的大师莫泊桑和梅里美等。译介对象的集中不仅表现在被译介的作家,而且也包括被译介的文学形式。小说成为首选的译品文学形式,几乎所有作家在中国的译介都以小说先行,而后才是戏剧、诗歌。尽管出于读者接受和翻译难易等诸多方面的考虑,选择小说作为首先译介的形式本无可厚非,但对认识作者上却难免造成先入为主的影响。

其次,复译现象活跃,翻译质量不断提高。自19世纪末法国文学首次在中国被翻译到新中国成立,再到改革开放文化新局面的打开,一百多年的过程当中,一些重要的作品不断地被重译,译本也从不完整走向完整,从不完善走向完善,而其中由以19世纪文学的复译现象最为突出。如巴尔扎克的《高老头》,自傅雷于1950年在三联书店翻译出版的译本之外,先后有韩沪麟、李恒基(译林出版社,1998)、陈话、成骅(华艺出版社,1998)、张冠尧(人民文学出版社,2002)等多个版本问世。中译本最多的《红与黑》同样也出自19世纪批判现实主义作家司汤达之手,尤其是90年代十几个不同版本的《红与黑》先后呈现在中国读者面前,不仅使读者可以根据阅读的兴趣和口味选择不同风格的译本,同时,各译本的取长补短,也有利于更加忠实地再现原著。

复译现象的存在首先证明了作品的价值,因为只有"好书,杰作,尤其是经典名著,会赢得一批一批的知音,找来一代一代的读者"②。19世纪文学被不断

---

① 陈宗宝:《法国文学在我国的翻译》,《法国研究》1984(2)。

② 参见许钧:《翻译思考录》,武汉:湖北教育出版社,1998年,第150页。

地复译也正是基于这样的理由。一百多年法国文学在中国翻译的历史，也伴随着社会政治、经济、文化、意识形态，尤其是语言上的诸多变迁和发展，“每一位译者对于原作的解读和翻译都不可避免地打上时代的烙印”[1]，而另一方面，不同译者在解读作品时也多少带着主观的色彩，只能无限地贴近原作，而难以与原作、原作者完全重合，因此，复译无疑将加深对原作内涵的挖掘，从而延伸其在异域的生命。

再次，翻译与创作并行，使译者与原作者之间产生了某种对应关系。在从事19世纪法国文学翻译的译者之中，有相当一部分本身不仅是文学研究者，更是文学创作者，如现代诗人穆木天、赵瑞蕻，罗大冈等等，他们在从事翻译的同时，也在进行着创作，这样，翻译与创作并行，相互借鉴，相得益彰。更重要的是，这些译者大多选择一两位法国作家进行研究和翻译，从而在读者心中形成了较为稳定的译者与原作者的关系：傅雷、陈学昭、陈占元等译巴尔扎克；傅雷译罗曼・罗兰；李健吾译福楼拜；李青崖译莫泊桑；罗玉君译乔治・桑和司汤达；郑永慧译小说家雨果；闻家驷译诗人雨果；毕修勺、孟安、焦菊隐等译左拉；王道乾译司汤达；盛澄华译莫泊桑；郝运译都德和司汤达。[2] 若将翻译活动视为“二度创作”，那么相对稳定的译者与原作者的关系同时也透露出译者风格对原作的某种渗透，无论是无心插柳或是有意为之。译者选择原作者，而读者又同时选择着原作者和译者，这种微妙的原作者、译者和读者的三者关系将引导读者，尤其在译介之初，选择忠实可信的文本，并同时去感受译者的“译作”与“创作”。

二、形成原因

1. 主流意识形态影响

1949年7月，即新中国成立前夕，第一次全国文代会召开，毛泽东《在延安文艺座谈会上的讲话》被定为今后全国文艺工作的总方针。新中国成立后，马克思主义成为了中国人民各项工作的指南，文化传播事业当然也紧跟马、恩思想的步伐。

巴尔扎克在中国的传播便是因为马克思、恩格斯对《人间喜剧》的喜爱与推崇而在新中国成立初期顺利展开的。马克思“非常推崇巴尔扎克”，曾不止一次的表示，要写一篇关于评论巴尔扎克《人间喜剧》的文章，因为巴尔扎克的作品，

---

① 孙会军、郑庆珠：《谈文学名著的复译》，张柏然、许钧主编：《面向21世纪的译学研究》，北京：商务印书馆，2002年，第422页。

② 参见王友贵，《20世纪中国翻译研究——论共和国首29年法国文学翻译》，《外国语言文学》2010(1)。

是"用诗情画意的镜子反映了整整一个时代"[①]。而恩格斯也在1883年12月给劳拉·拉法格的信中写道:"在我卧床这段时间里,除了巴尔扎克的作品外,别的我几乎什么也没有读,我从这个卓越的老头子那里得到了极大的满足。这里有1815年至1848年的法国历史,比所有拉贝尔、卡普菲格、路易·勃朗之流的作品所包含的多得多。多么了不起的勇气!在他的富有诗意的裁判中有多么了不起的革命辩证法!"[②]他们将巴尔扎克所取得的创作成就视为"现实主义的最伟大胜利之一"。共产主义的精神导师马克思和恩格斯对巴尔扎克作品的高度赞赏引导着新中国成立初期外国文学的翻译和研究取向,这也是巴尔扎克成为在中国译介最多的法国作家的重要原因。

1954年的两次会议推动了巴尔扎克在中国的传播进程。7月17日,中国作家协会主席团第七次扩大会议召开,通过了文艺工作者学习政治理论和古典文学遗产的参考书目,其中包括巴尔扎克《欧也妮·葛朗台》《高老头》《贝姨》《邦斯舅舅》《农民》等近百部外国文学名著。8月,在全国翻译工作会议上,茅盾做了《为发展文学翻译事业和提高翻译质量而奋斗》的报告。会中研究讨论了由人民文学出版社组织一百多位专家拟定的世界文学名著的选题目录,决定人民文学出版社和上海新文艺出版社为组织翻译出版外国文学作品的主要机构。使巴氏著作传播有了良好的运行机制和"氛围"。从此,巴氏作品单译本发行量较原来急剧增加,传播范围也日趋广泛。[③]

与巴尔扎克在中国传播的丰富土壤相比,《红与黑》的译介则遭受到政治层面的多重障碍,尤其是在改革开放前。《红与黑》的翻译不仅时间上较巴氏作品晚很多,其数量在90年代以前也不可同日而语。在很长一段时间内,《红与黑》被当作阶级斗争的蓝本加以解读,其主人公于连则是资产阶级野心家的代表,而作者司汤达也因流露出对主人公的同情而被批判为带着资产阶级的局限性。"他创造的典型人物,尽管精力充沛,自身并没有力量解决社会和他们之间的矛盾。从根本上解决这些矛盾的,将是他们和他们的作者一时看不见的另一个阶级——无产阶级的伟大事业"[④],李先生的观点尽管并没有尖锐的批判,却具有典型的意义,将《红与黑》置于资产阶级和无产阶级的对立中加以审视,客观上限制了作品在中国语境下的传播,尤其是刚成立的新中国。

由此可见,主流意识形态这双"无形之手"操控着作家、作品的选择,同时也对译介进程起着重要影响作用。

---

① 梅林:《马克思传》,北京:人民文学出版社,1965年,第70页。

② 恩格斯:"致劳拉·拉法格(1883年12月13日)",见《马克思恩格斯全集》(第36卷),北京:人民出版社,1975年,第77页。

③ 参见蒋芳:《建国后30年巴尔扎克传播史述评》,《湖南师范大学社会科学学报》2004(1)。

④ 李健吾:《司汤达的政治观点和〈红与黑〉》,《文学评论》1959(3)。

2. 译者的选择

作为翻译活动的主体，译者在译本的选择、翻译的动机以及翻译策略的选择等方面都起着关键性的作用，直接影响着翻译的数量和质量。致力于19世纪法国文学翻译的中国译者，如穆木天、高名凯、傅雷、赵少侯、罗玉君、罗大冈、赵瑞蕻、陈占元、毕修勺、郝运等，他们大都是留法学者，都曾在国外研习法国、欧洲的哲学、文学、艺术，归国后，也多从事教学、语言研究或者译介等文化工作。与之前的译者群体相比，他们的专业结构更为完整，文学和艺术修养也更为深厚。因此，他们的译作不仅更加忠实于原作，也体现出更自觉的翻译选择和更明确的艺术追求，其中成就最为卓越的当属傅雷。

新中国成立以后，面对满目疮痍、百废待兴的社会主义新中国，傅雷希望通过翻译实现自己的报国宏愿，于是他选择了巴尔扎克。尽管起初，“他主要是考虑到政治问题，当时国内的情况，翻译巴尔扎克最安全，如果不是在这种情况下，他不一定会翻巴尔扎克，但是他翻了，也很喜欢”[①]。不容否认，当时由于马克思和恩格斯对巴尔扎克的推崇，翻译巴尔扎克的作品可以畅通无阻地通过审查，得以顺利出版。但是傅雷之所以能在翻译巴尔扎克的过程中保持着持久热情，并不断向读者呈上优美的译品，其中更重要的在于译者的自觉选择和主动追求。《人间喜剧》中所暴露的资本主义社会对金钱的崇拜，人性的泯灭，其中所有善与恶、是与非、美与丑的对比，映照的都是对真善美的向往和追求，正是在这一点上，傅雷找到了与巴尔扎克的共通之处。他曾赞扬巴尔扎克“不愧为现实派的大师，他的手笔完全有血有肉，个个人物历历如在目前，决不像罗曼·罗兰那样只有意识形态而近于抽象的漫画”[②]，在《赛查·皮罗多盛衰记》的“译者序”中他也这样写道：“怪不得恩格斯说：巴尔扎克‘汇集了法国社会的全部历史，我从这里……甚至在经济细节方面……所学到的东西，也要比从当时所有职业的历史学家、经济学家和统计学家那里学到的全部东西还要多’。”[③]傅雷投入了十分的热情翻译了巴尔扎克《人间喜剧》的十多部作品，旨在让人了解人类文明所经历的曲折，以警示灰暗浑浊、是非不明的世界。傅雷对巴尔扎克的情有独钟，但他更明确作为一名文艺工作者所肩负的思想引领作用。在赞扬巴尔扎克的同时，对他的批判同样中肯：“凡是他无情的暴露现实的地方，常常会在字里行间或是按语里面，一针见血，挖到资本主义社会的病根，而且比任何作家都挖得深，挖得透。但他放下解剖刀，正式发表他对政治和社会的见解的时候，就不是把社会向前推进，而是往后拉了。很清楚，他很严厉地

① 金圣华编：《傅雷与他的世界》，北京：三联书店，1996年，第77页。

② 傅雷：《傅雷文集·书信卷》，合肥：安徽文艺出版社，1998年，第566页。

③ 傅雷：《傅雷全集》(第6卷)，沈阳：辽宁教育出版社，2002年，第352页。

批判他的社会;但同样清楚的是他站在封建主义立场上批判。他不是依据他现实主义的分析做出正确的结论,而是拿一去不复返的、被历史淘汰了的旧制度做批判的标准。”[①]傅雷明确翻译家的使命是不断地将社会往前推进。对巴尔扎克的有褒有贬,更进一步地体现出他作为译者的高度责任感。对傅雷而言,选择巴尔扎克不仅仅是个人的喜好,而更应与国家、民族的命运相联系,这样才能使作品在异域发挥更大的作用。

3. 不同媒介的推动

译本固然构成了作家、作品传播的主要方式,然而不同传播途径的介入却极大地扩大了传播的范围,推动了传播的进程。首先大众传媒的形式,使传播的受众由读者扩展到了观众。电影、电视、话剧等多种形式的表现手段,使故事的情节更为直观生动,也使作品中的人物更加立体和丰满。也正是通过这样的方式,《巴黎圣母院》《悲惨世界》《红与黑》等一系列经典小说,成为中国家喻户晓的文学作品。尽管影视等媒介不可避免地对原作进行成程度不一的改编,但更为平民化的传播方式必然有助于这些经典名著在世界范围内得以传播。

同时,一些经典著作的片段或节选也被选编进中国的语文课本中,成为学生的必读书目,如初中语文课本中收录的斯丹达尔的《红与黑》片段,雨果的《给巴特勒上尉的信》《纪念伏尔泰》,都德的《最后一课》,莫泊桑的《叔叔于勒》,等等。经典名著进入语文课本,再次彰显了其经久不衰的价值,同时作为呈献给青少年的读本,这些名著不再是保存在某个尘封已久的书室里的珍藏,而成为触手可及的床头书,这样的转变正是传播推进的最好体现。

三、巴尔扎克、雨果、司汤达的翻译

巴尔扎克在中国的译介可以追溯到1915年5月由上海商务印书馆铅印出版的《哀吹录》,其中收录了林纾和陈嘉麟合译的4个短篇,分别为《猎者斐里朴》(*Adieu*)、《耶稣显灵》(*Jésus-Christ en Flandre*)、《红楼冤狱》(*L'Auberge Rouge*)和《上将夫人》(*Requisitionnaire*)。而巴尔扎克的长篇小说中译本的首次面世则在1936年,同样由上海商务印书馆出版的,穆木天翻译的《欧贞尼·葛郎代》(即《欧也妮·葛朗台》),由中法文化出版委员会编辑。

从五四之后对巴尔扎克中短篇小说的翻译到20世纪三四十年代长篇小说译作的不断涌现,如果说这一过程是作者价值和译者热情合力的结果,那么新中国成立初以及“十七年”时期巴尔扎克作品在中国译介的小高潮则是作者、译者和主流意识形态共同推动的结晶。正如前文所述,主流意识形态对于巴尔扎克的肯定和认同极大地促进了其作品在中国语境下的翻译和传播,因此在这一

---

① 傅雷:《傅雷全集》(第6卷),沈阳:辽宁教育出版社,2002年,第353页。

时期，巴尔扎克的作品被不断地再版、重译，而更突出的是，新译作频频面世。而其中重要的原因是有一批才华横溢而又潜心致力于巴尔扎克作品翻译的译者，他们中成就最突出的要数穆木天、高名凯和傅雷。

穆木天是巴尔扎克长篇小说的第一位译者，自1936年翻译出版了《欧贞尼·葛郎代》，此后，尤其是40年代译作连连，包括《从妹贝德》上、下两册（即《贝姨》），《从兄蓬斯》上、下两册（即《邦斯舅舅》），《二诗人》（即《两个诗人》，《幻灭》三部曲之一），《巴黎·烟云》（即《外省大人物在巴黎》，《幻灭》三部曲之二），《绝对之追求》（即《绝对之探索》）等。1951年，上海文通书局再版他的译作《从兄蓬斯》《夏贝尔上校》之后，又新版了《勾利尤老头子》和《恺撒·比图盛衰史》，仅1951年至1953年之间，再版和新版的总数近2万册。

高名凯是继穆木天之后又一位卓越的巴尔扎克中译者，他长期从事语言研究和法国文学的翻译。他翻译的巴尔扎克作品约有26种，发行量也非常之大，主要集中在1949年至1954年间。1949年可谓是高译巴尔扎克硕果累累的一年：上海海燕书店再版了《葛兰德·欧琴妮》《两诗人》《古物陈列室》（《竞争》二部曲之二）、《幽谷百合》《杜尔的教士》（《独身者》三部曲之一）、《毕爱丽黛》（《独身者》三部曲之二）、《单身汉的家事》（又名《打水姑娘》，《独身者三部曲之三》）、《老小姐》（《竞争》三部曲之一）等旧译，继而又重版了《闻人高笛洒》《发明家的苦恼》（《幻灭》三部曲之三）等新译作。1950年之后，海燕出版社又相继出版了《杜尼·玛西美拉》《受人诅咒的儿子》和《半露埃·雨儿胥》等译作。1950年之后，新文艺出版社也不断再版、新版高译巴尔扎克作品，其中包括《外省伟人在巴黎》《玛拉娜母女》《三十岁的女人》《驴皮记》《钢巴拉》《无神论者做弥撒》《朱安党》等。

傅雷的译作均为新版，时间持续最久，1949—1963年间，印行未间断过。三家出版机构分阶段为其承担传播任务。1949—1950年三联书店率先初版其《欧也妮·葛朗台》和《高老头》。1951年后，平明出版社在多次再版这两部译作基础上，新版并多次印行《邦斯舅舅》（上、下）、《贝姨》（上、下）和《夏倍上校》。到1954年止，他的每种译本发行量都在万册之上。之后，人民文学出版社继担重任。先再版平明出版社所有版本，然后新推《都尔的本堂神甫比埃兰德》《搅水女人》《于絮尔·弥罗埃》三个新译本。印数万余册。至此，傅雷翻译的巴氏著作达11种，总数16万册以上。据统计，本阶段推出各种巴尔扎克作品（含不同译本）达53种，总数38万余册。

因此，从数量上看，可以说“在中国的译作中，穆、高、傅三人占了总数的7/8，雄霸了巴尔扎克译作的大半江山”[①]。正如前文所言，新中国成立初期，巴尔

---

① 蒋芳：《建国后30年巴尔扎克传播史述评》，《湖南师范大学社会科学学报》2004(1)。

扎克作品广泛而深入的译介既是译著自觉选择并孜孜不倦潜心于译事的结果，也是马克思、恩格斯思想指引下的产物。60、70年代，外国文学的译介进入了一段停滞期，巴尔扎克作品的翻译同样受到影响。直至1978年改革开放之后，译介又重拾了对经典文学的热情。除前文提到的《高老头》外、《欧也妮·葛朗台》(李恒基译本，南京译林出版社，2002；王振孙译本，上海译文出版社，2010；余启应译本，长江文艺出版社，2011)、《贝姨》(许钧译本，上海译文出版社，1999)、《邦斯舅舅》(许钧译本，译林出版社，1998；何友齐译本，人民文学出版社，2010)等多部作品被重译。尤其值得一提的是，1999年，即巴尔扎克诞辰200周年之际，30卷本的《巴尔扎克全集》中文版，由人民文学出版社正式出版。《巴尔扎克全集》共收入了31位译者的译文1200万字，其中五分之四为80年代以来当代翻译家的新译。全集中包括巴尔扎克除书信外的全部著作，《人间喜剧》占24卷，《都兰趣话》与《戏剧》各占1卷，文论、书评、随笔、小品、特写、杂文、专论、时事政治述评等编为"杂著"4卷。《巴尔扎克全集》的出版，既是八十多年来巴尔扎克在中国翻译的总结，也为之后的巴尔扎克研究提供了更有效和更全面的参照。

中国学界不仅一直致力于巴尔扎克作品的翻译，对有关这位现实主义大师的研究更是表现出了持续热情。50年代，巴尔扎克研究主要是翻译介绍西方与苏联研究者的文章以及一些较短的介绍性文字。从60年代到"文化大革命"前，研究的焦点集中在巴尔扎克的世界观与创作方法的关系、高老头的父爱及《欧也妮·葛朗台》的现实主义意义这三个问题上①。1978年以后，有关巴尔扎克研究的论文和专著不断涌现，不仅数量众多，而且质量高，研究涉猎面广。单就巴尔扎克研究的专著而言，包括黄晋凯的《巴尔扎克和〈人间喜剧〉》(北京出版社，1981)、李清安的《巴尔扎克》(北京师范大学出版社，1983)、高丕忠的《巴尔扎克：漫步在她们心中》(远方出版社，1997)、王艳凤编著的《巴尔扎克研究》(内蒙古大学出版社，1997)、王路的《未完成的雕像——巴尔扎克传》(河北人民出版社，1999)、蒋芳的《巴尔扎克在中国》(中国社会科学出版社，2009)等多部。这些专著或论文深入探讨了巴尔扎克其人其作，为引导中国读者正确认识作家作品，打开他们的阅读视野，起到了指导性的作用，也使这位现实主义大师在中国的译介和传播朝着更加理性和客观的方向发展。

雨果同样也是在中国最早被翻译和介绍的法国作家之一。20世纪初，雨果的小说作品《悲惨世界》《巴黎圣母院》《海上劳工》等便出现多个中文译本，戏剧和诗歌也零星地被翻译。如果说20世纪初是雨果作品翻译的一个高潮，那么新中国成立后，对这位法国作家的翻译则更加广泛与深入。从译品的数量上

① 参见王艳凤：《新中国成立以来的巴尔扎克研究》，《内蒙古师大学报(哲学社会科学版)》1999(5)。

看，雨果作品，特别是几部代表作从50年代至今不断地被重译和重版。《悲惨世界》完整的中译本于1984年出版完毕，由李丹翻译，人民出版社出版。这部一百多万字的巨著从1958年中译本的第一册问世至1984年第五册出版，前后跨度达26年之久。之后，李玉民、潘丽珍又重译了《悲惨世界》，分别于1999年河北教育出版社和2001年译林出版社出版。除完整译本之外，还有节译本，如1982年陕西人民出版社出版的周光熙译本。《巴黎圣母院》的中译本也非常丰富：有1980年贵州人民出版社的陈敬容译本，1984年湖南人民出版社的余耀南译本，1986年上海译文出版社的管震湖译本，1995年南京译林出版社的施康强、张新木译本，2000年中国对外翻译出版公司的郝演苏译本等。《九三年》则有1957年人民文学出版社的郑永慧译本，1994年太白文艺出版社的刘志威译本，1998年南京译林出版社的桂裕芳译本，2003年上海译文出版社的叶尊译本等。《海上劳工》《笑面人》也都有多种译本。从翻译的广度上看，雨果作品的翻译不再仅仅局限于几部有代表意义的小说上，而是通过翻译其诗歌、戏剧，还原其作为诗人和戏剧家的本色。新中国成立后，尤其是80年代，翻译出版了多本诗集：1954年，闻家驷译的《雨果诗选》，作家出版社出版；1986年，闻家驷译的《雨果诗抄》，外国文学出版社出版；1986年，沈宝基译的《雨果抒情诗选》，江苏人民出版社出版；1987年，张秋红译的《雨果诗选》，上海译文出版社出版；1985年，沈宝基译的《雨果诗选》，湖南人民出版社出版；1986年，程曾厚译的《雨果诗选》，人民文学出版社出版；1992年，白英瑞译的《雨果诗选》，花山文艺出版社出版；1993年，闻家驷编的《雨果诗歌精选》，北岳文艺出版社出版；2008年，张秋红译的《雨果抒情诗100首》，山东文艺出版社出版。戏剧方面，有刘小蕙翻译的《安琪罗》剧本（上海译文出版社，1983），许渊冲翻译的《雨果戏剧选》（人民文学出版社，1986）等。除小说、诗歌、戏剧外，雨果的散文和文论也都相继被译介到中国，如柳鸣九译的《雨果论文学》（上海译文出版社，1980），颜维熊译的《雨果的情书》（华岳文艺出版社，1988），佘协斌选编的《雨果抒情散文选》（湖南文艺出版社，1992），张政译的《雨果情书》（江苏人民出版社，1997），柳鸣九等译的《雨果美文集》（中央编译出版社，2003），程曾厚译的《雨果散文》（人民文学出版社，2008）等。

从雨果作品在中国翻译的时间上来看，作为19世纪法国影响最大的文人之一，雨果在中国的介绍和翻译在新中国成立初期便受到了重视，不仅有译者开始着手完整地翻译《悲惨世界》这一皇皇巨著，连之前鲜有涉猎的诗歌翻译也开始迈步向前。这当然与新中国成立后的文化新环境直接相关，但同时也借了1952年雨果诞辰150周年的契机，使得中国的文化界、文学界再次将目光投向雨果其人其作。茅盾首先提出将雨果作为世界文化名人来纪念。《人民日报》也特别发表社论，题为"为保卫人类文化的优秀传统而斗争"，其中是这样评价雨果的:“对于伟大的文豪维克多·雨果,我们是把他当作法国进步人民的一颗巨大的良心来认识的,我们十分尊重在雨果的作品及其一生事业中所表现出来的民主主义、人道主义的精神和对人类的合理前途的渴望。”[①]继而在全国范围内掀起了纪念活动,各大报刊都登载了纪念文章或学术论文,一些著名作家、社会活动家、文艺评论家,如茅盾、郭沫若、楚图南、洪深等纷纷撰文纪念[②]。应该说,50年代的雨果译介为80年代之后雨果作品在中国的完整翻译和全面认识奠定了基础。1998年是雨果作品在中国的翻译和研究值得关注的一年,著名学者柳鸣九编选了一部《雨果精选集》(山东文艺出版社),又主编了一套20卷的《雨果文集》(河北教育出版社),收录了近百年来雨果在中国译介的成果,对中国的雨果作品翻译和研究都有着重要意义。柳鸣九长达九万字的序言,深入评介了作家小说、诗歌、戏剧等多方面的创作,并细致分析了其作品所依存的社会历史背景,即造就“雨果奇观”的深层次根源,可以说整篇序言是他自身作为雨果学专家研究的阶段性大总结,极大地推进了雨果在中国的传播和研究。

除雨果本身的文学成就使其成为中国学界和读者所关注的法国文学家外,雨果本人对中国的关注也使他与中国读者之间产生了一种特殊情缘。其中,最著名的当属《致巴特勒上尉的信》,雨果在信中将圆明园与欧洲久负盛名的巴特勒神庙相提并论,同时以犀利的笔锋痛斥了英法联军洗劫并焚毁圆明园的行径。1962年,程曾厚在阅读完由俄语转译而来的《致巴特勒上尉的信》后,撰文《艾尔琴、圆明园与巴特勒神庙》并在《文汇报》上发表。此后,该信便不断地受到中国读者的重视,中国读者由此而生一种共鸣,雨果也成为“值得中国人民尊敬的伟大朋友”[③]。这样一种特殊的情缘无疑会激起读者阅读雨果的热情,从而有助于作家、作品在中国的传播。

纵观雨果作品在中国的翻译状况,我们不难发现这样一个事实,总体说来,小说的译本数量远远超过诗歌、戏剧、散文等其他文本形式,而同时,对作家和作品的译介,无论是20世纪初还是新中国成立后,也往往从小说先行。在中国读者的心目中,雨果首先是创作出《悲惨世界》《巴黎圣母院》《九三年》《海上劳工》等一系列经典作品的小说家,其次才是戏剧家、诗人,而雨果在法国则是沿着诗人、戏剧家、小说家这样的轨迹被认识和接受的。这种作家形象认识上的错位,首先受到了翻译文本选择的直接影响。文本选择,既有文本形式的顾虑,也有文本内容的考量。选择小说作为雨果作品在中国译介的首要文学形式,首

---

① 参见程曾厚:《雨果作品在中国》,《中国翻译》1985(5)。

② 参见余协斌:《雨果在中国:译介、研究及其他》,《中国翻译》2002(1)。

③ 李耕拓:《雨果的‘中国心’》,《中学语文教学》2010(9)。

先契合了中国文学发展的程度。自维新派改革大力提倡“小说界革命”以来，小说在文学中的地位便逐渐提高。从20世纪初到新中国成立，“社会政治经济生活的变化，城市繁荣带来的市民阶层文化需求的增长，外来文化的影响、冲击等，都使我国文学主流从抒情向叙事转化，文体从以诗为主转向以小说戏剧为主”[①]。同时，就启发民众，扩大接受群体的角度，以叙事为主体的小说也较诗歌更容易被阅读。从文本内容上看，雨果是用诗歌记录了法国19世纪的历史，包括七月革命，第二共和国的覆灭，普法战争，等等。其中不乏对英雄的赞美和对受迫害民众的声援，从而鼓励他们为捍卫自己的利益而投身政治斗争。对于刚成立的新中国和刚经历战争磨难的中国人民而言，显然小说中对黑暗社会的揭露和对美好心灵的张扬更加贴近中国人民的生活，也更加符合中国读者的精神需求，“尤其对找出路的人们，雨果作品中真、善、美的人格的力量起到了关键的点化作用”[②]。而且，当时马克思、恩格斯对于浪漫主义的一些政治性见解，也对雨果诗歌的译介产生了一定的影响，因为诗歌正是雨果作为浪漫主义文学代表人物的集中体现。在《马克思恩格斯论艺术(二)》一书中，马克思、恩格斯在谈到雨果时，均是抱着批判的态度，指出其错误和缺点，如认为他忽视1870年普法战争的性质，批判雨果有可笑浅薄的“沙文主义思想”[③]。马克思、恩格斯对雨果的带有强烈政治色彩的批判性认识对新中国成立初期的文化界具有某种意识形态的导向作用，这也使得具体表现浪漫主义思想的雨果诗歌在中国的译介遭遇到某些障碍。诗歌翻译时间上的推延和数量上的微弱，与诗歌翻译的难度也不无关系。我们知道，雨果创作的诗歌不仅数量众多，而且题材覆盖面广，包括抒情诗、政治讽刺诗、长篇史诗等，更重要的是，雨果在诗歌中所运用的词汇被认为是“诗人所能使用的最丰富的词汇之一”，他甚至将古典主义诗歌中一些禁用的日常用语、俚语都运用到了自己的诗歌之中。除了诗歌的韵律、节奏以外，雨果诗歌中异常丰富的词汇无疑对译者提出了更高的要求，也不可避免地使许多译者望而却步。正是诗歌译介与小说、戏剧相比出现的时间差和数量差，造成了中国读者心目中雨果形象的错位。

尽管由于译介过程中的种种原因造成中国读者所认识到的雨果与法国读者心中的雨果不尽相同，但不可否认的是，雨果依然是为中国读者所熟悉、所喜爱的法国文豪，《悲惨世界》《巴黎圣母院》等作品的重译、重印便是最好的证明。除了翻译文本这一传统的传播途径之外，雨果的作品也通过各种形式被搬上舞台，深入到普通民众中间。早在1956年，上海电影制片厂便译制了《巴黎圣母

---

① 王新玲：《对雨果的中国化误读》，《张家口职业技术学院学报》2004(2)。

② 钱林森、陈励：《“时间可以淹没大海，但淹没不了高峰”——雨果在中国》，《文艺研究》1991(3)。

③ 参见米·海伊尔·里夫希茨：《马克思恩格斯论艺术(二)》，北京：人民文学出版社，1963年1月。

院》,将这部著作以电影这一大众传媒的形式介绍到中国。此后,音乐剧《巴黎圣母院》也传到中国,甚至有自编自演话剧《巴黎圣母院》,以一种更活泼、更轻松的方式推进了作品及其作品在中国的传播。《悲惨世界》同样也以多样的形式在中国流传着。可以说,大众传媒的介入,使得作家和作品的受众大大增加了,从"读者"扩展到"读者+观众",其中最重要的变化也许是,一些经典的文学作品不再是爱好文学的读者或是学者的"特权",而成为可以为普通民众所共有的文化享受。文本和其他媒介的共同作用,必然可以推进雨果在异域的广泛接受。

提到法国经典文学在中国的译介,就不能回避《红与黑》这部至今中译本最多的法国文学作品。自1944年,青年诗人赵瑞蕻首次翻译《红与黑》,便有十多个译本相继问世,其中有赵瑞蕻(上海作家书屋,1947)、罗玉君(上海平明出版社,1954)、黎烈文(台湾远景出版事业公司,1978)、郝运(上海译文出版社,1986)、闻家驷(北京人民文学出版社,1988)、郭宏安(译林出版社,1994)、许渊冲(湖南文艺出版社,1993)、罗新璋(浙江文艺出版社,1994)、张冠尧(人民文学出版社,1999)、傅强(外文出版社,2000)等。尽管与巴尔扎克、雨果相比,《红与黑》的作者司汤达在中国的译介要晚一些[①],但这部作品本身却受到了国内学界和读者的高度重视,从新中国成立前夕的首次翻译到新中国成立初期的完整译本,从60、70年代对主人公定位、作者思想倾向的争论到90年代兴起的《红与黑》的"翻译热",以及由此引发的关于翻译问题的大讨论,《红与黑》在中国的译介对于法国文学研究以及翻译研究都有着重要的意义。

新中国成立后至今,《红与黑》的译介的高潮大致可以分为两个阶段,一为1978年之前,二为90年代。从新中国成立初到改革开放前,司汤达的这部批判现实主义小说大多被当作"一部阶级斗争的形象历史"来加以解读和分析,而这恰好符合了当时"无产阶级对历史上整个阶级斗争经验进行研究和总结"[②]的时代需要。《红与黑》始终与政治相关联,在介绍与分析作品时,其政治主题,即主人公于连的政治立场,作者司汤达的政治倾向,成为肯定或否定该作品的重要标准。"许多年来,围绕着如何评价于连,是用资产阶级人性论和形而上学观点,歪曲作品的政治内容,鼓吹'爱情中心',把于连打扮成英雄;还是用马克思主义的阶级论和辩证法观点,研究作品所反映的复杂矛盾,批判于连向上爬的背叛行为,一直存在着激烈的斗争,而斗争的实质就是美化还是批判资产阶

---

① 参见谢天振、查明剑:《中国现代翻译文学史(1898—1949)》,上海:上海外语教育出版社,2004年,第422页。

② 钟世文:《也谈〈红与黑〉》,《华中师院学报(哲学社会科学版)》1975(1)。

级的世界观。"[①]从政治的角度，应该采用何种观点去分析《红与黑》，答案是不言自明的。而"用马克思主义的阶级论和辩证法观点"，于连这一形象便无疑被定义成资产阶级的野心家、个人主义膨胀的典型，"于连的个人奋斗，绝不是什么反复辟的斗争，而纯粹是为了向上爬，为了改变自己的身份，取得高人一等的社会地位。贯串在他一生中的一条黑线，就是资产阶级的政治野心"[②]；"从于连的社会地位来看，他无疑是属于反复辟社会力量的一方，但是他的资产阶级个人主义野心使他一步步向复辟势力一方转化，最后堕落成复辟势力的帮凶和爪牙"[③]。而同时，对于连这一形象进行正面描写的作者司汤达也不免受到同样的责难，因为他同情主人公，为他罩上一道"英雄"的光环，而被认为带上了资产阶级严重的局限性，他"不懂得'人民是历史的主人'"，并受"唯心史观"支配，因此"彻底批判司丹达尔对资产阶级世界观的美化，也是我们评论于连形象不可缺少的一个组成部分"[④]。尽管一时间阅读《红与黑》的热情急剧高涨，但显而易见的是，当《红与黑》被当作体现阶级斗争的典型性文学文本时，着上鲜明政治色彩的批判性阅读必然在很大程度上遮蔽对其艺术价值的认识和探讨，这也直接造成了《红与黑》在相当长一段时间内难以有新的译本问世，也难以对其做出突破性的解读和分析。

进入 80 年代，摆脱了"以阶级斗争为纲"的束缚之后，对《红与黑》的评判也渐趋理性化和全面化。1980 年王殿全撰文"简论司汤达和他的《红与黑》"，较早地指出要"用实事求是的态度来研究问题"，以"还历史以真面目"。文章从司汤达的自身经历和政治思想状况入手，深入分析了这位批判现实主义作家创作《红与黑》、塑造于连形象的由来，以及作品中所寄托的作者的进步思想，因此认为"《红与黑》无论在思想的深广程度上，还是艺术形象上，都是一部在世界文学史上占有重要地位的作品"[⑤]。1981 年，由毕修勺翻译的左拉的"论司汤达"发表[⑥]，文中，左拉更多地从文学创作的角度，即心理描写、人物刻画等方面，肯定了《红与黑》的艺术价值。从一定程度上说，这两篇发表于 80 年代初期的文章拉开此后客观评价《红与黑》，全面认识司汤达的序幕，也为 90 年代掀起的译著该书的热潮奠定了基础。

---

① 孟宪强、郑万鹏：《资产阶级世界观的破产——评〈红与黑〉中于连的形象》，《吉林师大学报》1975(2)。

② 邵鹏建：《试论〈红与黑〉》，《南昌大学学报(人文社会科学版)》1978(3)。

③ 廖钟闻：《一部反映旧制度复辟的政治历史小说——评司汤达的〈红与黑〉》，《辽宁大学学报(哲学社会科学版)》1975(2)。

④ 孟宪强、郑万鹏：《资产阶级世界观的破产——评〈红与黑〉中于连的形象》，《吉林师大学报》1975(2)。

⑤ 王殿全：《简论司汤达和他的〈红与黑〉》，《齐齐哈尔师范学院学报(哲学社会科学版)》1980(1)。

⑥ 左拉：《论司汤达》，毕修勺译，《文艺理论研究》1981(3)。

赵瑞蕻于40年代推出了《红与黑》的第一个译本，不仅为中国读者奉献了富有特色的译文，更以高尚的译德影响着后来的译者，而新中国成立初期，罗玉君又以生动流畅的译笔重译该书，“在我们普及《红与黑》这本杰作方面，做出了贡献”。90年代，更呈现出各译本“争芳斗艳”的繁荣景观，各译家怀着对《红与黑》的喜爱，对译事的执着，为中国读者奉献着不尽相同的《红与黑》。“译书天下事，得失寸心知”。郝运几十年如一日，按他“对原著的理解，兢兢业业，尽心尽力去译”；罗新璋“朝译夕改，孜孜两年，才勉强交卷”；许渊冲为使译文“脱胎换骨，借尸还魂，青出于蓝而胜于蓝”，在理论和实践上都大胆而不懈地追求；郭宏安在读中学时，第一次读了罗玉君译的《红与黑》，大学二年级“便有些迫不及待，跟头把式地读了原文的《红与黑》”。对《红与黑》的那份喜爱，使他“在心里翻译不止一遍”，“无意中为翻译《红与黑》准备了三十年”。数辈译者的努力，如罗新璋在《红与黑》开篇第一章的译按中所说，“目的只是一个：为我国读者提供一个可读的本子，当然，最好的情况是，提供一个与原著相称，甚至堪与原著媲美的译本”。[①]《红与黑》在短短十多年间不断地被复译，既说明其价值不断地受到中国学界和读者的认同和肯定，复译现象本身也是翻译水平日渐提高的证明，因为“复译必然是继承、借鉴、突破或另辟蹊径的过程，因为后来者不大可能没有读过已经存在的译本，也很可能要参考一下旧译，以不掠前人之美”[②]。而各译家在复译过程中，由于对翻译问题认识的差异，也会采用不同的翻译策略，因而影响到最终的文本呈现，也由此引发了关于翻译标准，翻译策略，直译与意译，忠实与创造，形似与神似等一系列文学翻译的基本问题的大讨论，对开展翻译批评和促进文学翻译事业的繁荣都有着广泛而深远的影响[③]。

众多译本的出现，一方面说明读者阅读《红与黑》的热情，另一方面也更进一步推进了作家和作品在中国的传播。与雨果的《巴黎圣母院》《悲惨世界》一样，除文本形式外，《红与黑》也被搬上了屏幕，呈现在中国观众面前。中国引进的1954年版和1997年版的电影《红与黑》都给中国观众留下了深刻印象，观众也纷纷发表影评表达自己的观感。更重要的是，读过译本的观众有意识地将电影情节与文本做对比，发现其中的一些改编，而对于为读过原著的观众而言，恰恰是电影这种直观的形式促使他们回归文本，重温原著文字的美妙。这样，文本与影视，两种传播途径相得益彰，相互促进，有助于中国读者和观众对《红与

---

① 许钧：《〈红与黑〉汉译的理论与实践》，许钧主编：《文字·文学·文化——〈红与黑〉汉译研究》(增订本)，南京：译林出版社，2011年，第6—7页。

② 郭宏安：《我译〈红与黑〉》，许钧主编：《文字·文学·文化——〈红与黑〉汉译研究》(增订本)，南京：译林出版社，2011年，第129页。

③ 关于《红与黑》汉译以及相关翻译问题的大讨论，参见许钧主编：《文字·文学·文化——〈红与黑〉汉译研究》(增订本)，南京：译林出版社，2011年。

黑》的理解和接受。

除《红与黑》外，司汤达的其他几部主要作品也在新中国成立后或被重译，或被首次译介，如《红与白》有杨元良（湖南人民出版社，1985—1986）、周围（四川文艺出版社，1995）、王道乾（上海译文出版社，2003）等多个译本；《阿尔芒斯》有管筱明（花城出版社，1984）、俞易（上海译文出版社，1986）、李玉民（上海译文出版社，2003）等译本；《巴马修道院》也首次由郝运从法文版翻译，于1979年在上海译文出版社出版；《拉辛与莎士比亚》由王道乾翻译，于1979年在上海译文出版社出版。虽然司汤达的其他几部著作并没有像《红与黑》那样受到持久而广泛的关注，但是对作家完整作品的译介却能使中国读者更客观、更全面地认识司汤达。

第二节 多元的选择与呈现：法国20世纪文学的翻译

与19世纪相比，法国20世纪文学发展更为迅速。经过两次战争的洗礼，文艺思想空前活跃，文学创作异常丰富，这在品种、数量、质量上均有所体现，“各种文艺思潮和文学流派的产生、发展和消亡的过程异常迅速，其速度之快令人瞠目”[①]。如此丰富的法国20世纪文学必然引起中国翻译界和评论界的关注，20世纪文学始终是法国文学在中国译介的最重要的内容。

20世纪法国文学在我国的翻译，大致经历了三个小的高潮。第一个小高潮是在1919年以后的几年间，随着五四新文化运动的兴起，我国对法国文学的翻译进入了一个相对活跃的时期，在此期间，法国文学的大量作品被介绍到中国，其中包括20世纪的法国文学作品。另外两个小高潮则形成于新中国成立后。新中国成立后，特别是在50年代末和60年代初这个阶段，“百花齐放，百家争鸣”的文艺政治也给翻译文学带来了良好的时机，一批优秀的20世纪法国文学被有目的地介绍给中国读者。而第三个高潮是在“文化大革命”结束之后，从70年代末至今，国家改革开放大业不断深入发展，翻译事业迎来了前所未有的繁荣局面，可以说，这个时期的法国文学翻译，是过去任何一个时期都无法相比的。在这三个不同的阶段，我们发现，影响译者对所译作品的选择，既有一些相同的因素，也有一些与时代相联系的不同的因素。

一、20世纪法国文学译介的特点

不容否认，新中国成立后，20世纪法国文学在中国的传播，尽管经历过短

---

① 陈振尧主编：《法国文学史》，北京：外语教学与研究出版社，1989年，第375页。

暂的停滞,但始终没有远离中国法语文学研究和翻译界的视线,特别是80年代之后,在译介和研究方面所取得的成绩是引人瞩目的。那么在这一译介工作中,翻译家们是如何选择作品,又有哪些因素对翻译和研究工作起着不可忽视的影响作用,整个20世纪法国文学在中国的译介又有哪些特点呢?下面,我们结合20世纪法国文学在新中国汉译的个案对上述的这些问题做一分析和探讨。

1. 翻译动机和选择更为多元

翻译是一项文化交流活动,实践性很强,考察20世纪法国文学在中国的翻译情况,我们看到,翻译在很大程度上,都是为一定目的服务的。一个翻译家选择一部作品来翻译,都出于某种明确的目的,并要受到各种因素的影响。

在众多影响翻译的因素中,最为活跃的是译者的选择视角和动机,而译者的选择,除了个人的追求和爱好,如艺术上的追求,政治上的追求和审美趣味,还要受到社会、时代和政治因素的影响。如对法朗士的选择,无疑有政治、艺术和时代等多种因素所起的作用。翻译法朗士,最重要的是因为"他是拉伯雷、蒙田、伏尔泰的光辉继承者,是他把法国传统的民主主义的火炬从左拉手中接过来,保持着它的纯净而旺盛的火焰交到巴比塞和罗曼·罗兰的手里,为今天的法国的战斗文学打下了基础"[①]。在由赵少侯翻译、1956年出版的《法朗士短篇小说选》"前记"中读到的这段文字中,我们可以明确地看到译者的选择立场和标准。在50年代和"文化大革命"结束后的一段时间里,被译介成汉语的大都是传统的、带有现实主义特征的作品。这在很大程度上,体现了一种求真的翻译动机和需要。

如果说在社会动荡变革年代,求真是主要的翻译动机和社会需要的话,那么在相对自由、安定的时期,求美则是翻译的主要追求。作品内在艺术价值和审美价值,也是译者选择一部作品和一个作家时非常重视的一个因素。如《追忆似水年华》被介绍到中国,编者韩沪麟看重的是这部巨著的"独特的艺术形式",表现出了"文学创作上的新观念和新技巧",而"普鲁斯特的这种写作技巧,不仅对当时小说写作的传统模式是一种突破,而且对日后形形色色新小说流派的出现,也产生了深远的影响"[②]。柳鸣九主编《法国20世纪文学丛书》,推出了各种体裁的作品七十种,"唯具有真正深度与艺术品位的佳作是选,并力求风格流派上多样化"[③]。

选择作家和作品加以译介,作家在文学史上的地位和影响也是一个极其重

① 转引自钱林森:《法国作家与中国》,福州:福建教育出版社,1995年,第510页。

② 见《追忆似水年华》中译本"编者的话",南京:译林出版社,1989年。

③ 见柳鸣九:《一个漫长的旅程——写在F.20丛书七十种全部竣工之际》,《出版广角》1999(8):43。

要的参照因素。若对已被译介的20世纪法国作家的情况加以分析，我们至少可以看到以下两点：一是在翻译史上已有定评的作家被翻译的作品多，如米歇尔·莱蒙在《法国现代小说史》中重点介绍的作家和作品，几乎已被全部介绍给中国读者。二是获得重要文学奖的作家作品被译介的机会远远要多于其他作家的作品。漓江出版社于1996年推出了一套“获国际著名文学奖作家作品丛书”，主编吴元迈指出：“事实已经表明，世界各国的各种文学奖的创立与颁发已越来越显示出了自己的不可忽视的作用，它们不仅对鼓励作家的创作热情、发现一批又一批文学新人具有重要意义，而且对引导读者的阅读、促进各国文学事业的发展产生很大影响。”[①]从翻译选择的角度看，文学奖的创立与颁发，对译者或出版社选择作品也同样起着引导的作品，像诺贝尔文学奖，在20世纪，法国有罗曼·罗兰、法朗士、马丁·杜伽尔、纪德、莫里亚克、加缪、萨特、克洛德·西蒙等八位作家获此奖，他们的代表作品相继在中国得到译介。法国本土的小说奖，如龚古尔奖、法兰西学院奖、费米娜奖、勒诺多奖、联合奖、梅迪契奖，等等，也对译品的选择起到了重要的导向作用。

2. 自发选择与系统组织并存

翻译就其本质而言是一种跨文化的交流活动，但它也可以是译者个人的一种文学行为，出版社的一种文化产品生产。从20世纪法国文学的译介情况看，零星的翻译是与系统的组织相并存的。零星的翻译，往往是译者个人的一种选择。如傅雷，出于他的爱好与追求，他年轻时对罗曼·罗兰创作的传记情有独钟，于是，他便进行翻译并自费出版。从对作品的选择形式看，特别是近二十年来的翻译，主要有三种形式：一是译者根据自己的爱好和追求，看中一部值得翻译的书后，向出版社推荐出版；二是出版社根据自己的选择标准（如今出版社，似乎都遵循着社会效益和经济效益这双重标准），选定可翻译的作品，请合适的译者进行翻译；三是文学学术团体和文学研究专家从理论的高度，本着借鉴的原则，组织系统译介。

我国对20世纪法国文学的翻译，自新中国成立后，之所以取得了很大成就，除了得益于相对自由安定的政治与社会环境和译者所做的努力之外，与国内几家重视外国文学译介的出版社的努力，特别是与法国文学研究会会长柳鸣九及研究专家的精心组织是分不开的。如《追忆似水年华》这一填补空白的汉译本的推出和工程浩大的《法国二十世纪文学丛书》的问世，就是译者、出版社和文学研究专家共同努力的结果。

《追忆似水年华》是一部“超时代、超流派”的杰作，它“空前大胆地运用了客

---

① 吴元迈：《新的角度、新的视野、新的开拓——〈获国际著名文学奖作家作品丛书〉序》，《获国际著名文学奖作家作品丛书》，桂林：漓江出版社，1996年。

观第一人称的叙事手法;它强调了知觉过程的相对性;它离经叛道,摆脱了线性时序的束缚;它通过形象、关联和巧合,安排了宏丽的布局”[①]。这部作品,艺术手段独特新奇,笔触细腻至极,作者以追忆为手段,借助超时空概念的潜在意识,凭借现时的感觉和昔日的记忆,通过嗅觉、味觉、听觉和触觉,立体、交叉地重现似水年华,追寻生命之春。为了表达的需要,作者在创作中,充分调遣了独特的句法手段,采用或连绵、或分列、交错的立体句法结构,句子长,容量大,结构巧,形成了为表达原作复杂、连绵、细腻的意识流动而刻意追求的独特风格。加之作者善用隐喻,比喻新奇、巧妙,给翻译造成了难以移译的重重困难。所以,尽管《追忆似水年华》可与巴尔扎克的《人间喜剧》相媲美,但问世半个多世纪以后,一直无缘与中国读者见面。为了填补这一翻译的空白,译林出版社编辑韩沪麟做了大量的工作,说服了社领导,在80年代中期将《追忆似水年华》列入了正式出版计划,一步步组织翻译,从选择翻译人员开始,然后制定长达数十页的统一的人地名译名表、作品人物关系表,组织研讨会,与专家译者探讨作品风格和写作特色,组织审读译稿,甚至为确定作品的译名,组织了专门的讨论,在专家、译者意见难以统一的情况下,最终以举手表决的方式敲定,成了译界的美谈。正是在出版社、译者和研究专家的通力合作下,《追忆似水年华》这一被称为“不可移译”的伟大作品才得以介绍给了广大中国读者。

《法国20世纪文学丛书》是我国对法国20世纪文学译介的一个里程碑式的工程,更是凝聚着主编、数十位译者和出版社编辑人员的心血。《法国20世纪文学丛书》由柳鸣九主编,系国家“八五”重点出版工程,全书共10批70种,分别由漓江出版社和安徽文艺出版社出版。据柳鸣九介绍,这套丛书从1985年开始筹划,编选,翻译,由漓江出版社和安徽文艺出版社分别出版35种,前后经历了12个春秋。“就规模而言,它是迄今为止国内唯一一套巨型的20世纪国别文学丛书,就难度面言,它不仅在选题上是开拓性的,首选性的,而且每书必有译序70种书的序基本全部出自主编之手”,从“阅读资料、确定选题、约译组译、读稿审稿、再到写序为文、编辑加工、还要解决国外版权问题”,将“一个文学大国在一个世纪之内的文学,精选为七十种集中加以翻译介绍,构成一个大型的文化积累项目”。这一视野开阔,目的明确,组织严密,译介系统而有质量保证的大型文化工程,在我国的外国文学译介史上,无疑是一个重要的篇章。

在对法国文学的译介中,新中国成立前的商务印书馆,新中国成立后的北京人民文学出版社,上海译文出版社,译林出版社,漓江出版社做了大量工作,近几年,花城出版社、中国文学出版社、海天出版社也积极引进选题,组织翻译法国20世纪的文学作品。另外,《世界文学》《外国文艺》《当代外国文学》等刊

① 参见《现代世界文化词典》,南京:江苏人民出版社,1988年,第532页。

物也为介绍法国现当代文学做了大量的工作，特别是它们推出的一些流派或作家专辑，对我们深入与系统地了解这些作家或流派的作品有很大的帮助。

3. 翻译与研究互为促进

译介外国文学，意义是多重的。对一个国家或民族来说，翻译什么，引进什么样的作品，不仅仅是语言转换层次的译者的个人活动，它关系着一个民族的文化借鉴什么吸收什么的重大问题。一部作品，一个作家，一个流派的译介，离不开研究这一基础，没有系统的研究为基础，选择有时会是盲目的。从某种意义上来说，研究是翻译的前提，但反过来，翻译也可以促进研究。从 20 世纪法国文学在中国译介的情况看，翻译与研究始终起着相互促进的作用。一般来说，翻译一个作家的作品，往往以对这个作家的介绍为先声，尽管这种介绍开始往往是肤浅的，片面的，甚或是错误的。而翻译的过程，也是对一个作家一部作品的了解的深化过程。

基于翻译与研究之间密切的互动关系，我们注意到这样一个现象：不少译著宏富的翻译家，同时也是出色的研究专家，也有不少研究者因欣赏、喜爱一个作家的作品，而走上了翻译的道路。在许多译本中，我们可以读到具有相当研究深度的译序，有的序是请专家作的，是专家的研究成果；也有的序是译者自己写的。这些译本序或译后记，集中反映了译者对所译作品的认识和理解，有的具有很高的价值。前者如《法国 20 世纪法国文学丛书》，主编几乎为每个译本都写有译序，这些译序，涉及面广，“从普鲁斯特到萨洛特的心理现代主义的发展、从莫里亚克到龚古尔文学奖众多获得者的传统现实主义——自然主义的巨流、从马尔罗到萨特与加缪的震撼人心的哲人文学、从罗伯-葛利叶到克洛德·西蒙的文学实验‘新小说’”[①]，构成了对 20 世纪法国文学一些重要课题的系列研究。后者如郭宏安翻译加缪的作品。郭宏安翻译加缪，是基于加缪深刻的思想和有度而“高贵的风格”。他翻译了加缪的《西绪福斯神话》《局外人》《堕落》《流放与王国》等重要作品。翻译加缪作品，郭宏安是有其研究作为基础的，但翻译的过程，也是郭宏安对加缪的思想与艺术的认识与理解不断深化的过程。他为“获诺贝尔文学奖作家丛书”阿尔贝·加缪卷[②]写的“译者前言”长达一万五千余言，对加缪的小说艺术进行了系统研究与分析，为广大读者阅读加缪、理解加缪提供了一把钥匙。

翻译促进研究，是一个普遍的现象，像对纪德的研究，对罗曼·罗兰的研究，对新小说的研究，翻译都起到了积极的推动作用。而研究促进翻译，则主要表现为以下几个方面：一是研究有助于选择有价值的作家加以译介；二是研究

① 柳鸣九著：《法国廿世纪文学散论》，广州：花城出版社，1993 年，第 3 页。

② 阿尔贝·加缪著、郭宏安等译：《局外人·鼠疫》，桂林：漓江出版社，1990 年。

有助于拓展译者的视野,加深对作品的理解;三是研究有助于提高翻译质量;四是研究有助于提高普通读者对作家作品的认识,为译本的接受拓展空间;五是研究可以加强翻译功能的发挥,使翻译作品为丰富译语文化,促进译语文化发展起到积极的作用。改革开放以来我国的法国文学研究对法国20世纪文学的译介所做的一系列有目的的推进工作,便充分说明研究对翻译所起的促进作用。首先,法国文学研究会作为一个群众性的学术团体,自成立以来,特别是近十几年来,召开了一系列学术研讨会,交流研究成果,对20世纪法国文学的译介起到了导向作用。其次,中国社会科学院外国文学研究所柳鸣九、罗新璋主编的《法国现代当代文学研究资料丛刊》,"以编译介绍法国现代当代文学研究资料为任务,内容包括现代当代文学中的重要文论、代表作以及有关资料,分辑出版,每辑一个专题,或以作家,或以流派,或以文学史问题为对象"[①],对翻译工作者选择作家作品提供了参照。

4. 翻译在广泛与直接的交流中发展

20世纪法国文学,尤其是当代法国文学的译介有着一个不可忽略的优势,那就是有关流派、作家的资料相对来说比较容易觅得,特别是与一些健在的作家,可以尝试着建立直接的联系,即使一些作家已经去世了,也还可与他们的亲属好友建立联系与交流。这些条件,是翻译19世纪以及19世纪以前的作家的作品所不能具备的。

译者与作家直接的交流,无论对选择作品,还是提高翻译质量,都有重大的意义。回顾20世纪法国文学的译介,我们可以发现许多作品的翻译,都与译者与作家之间的交流有着直接的关系。交流增进友谊促进了解,更为交流奠定了坚实的发展基础,法国了解中国文化,中国认识法国文化,都离不开双方的接触与交流,而译者与作家的直接交往与交流,是文学交流中一个重要的环节。20世纪20年代,中国有一批学生赴法国留学,有了直接了解法国社会与文化的机会,在各自的学习研究中,与一些著名作家和文学研究专家建立了联系,发展了友谊。而在80年代之后,随着改革开放,交流更是越来越频繁。一批法国重要作家,也有机会来到中国,如罗伯-格里耶、米歇尔·比托尔、罗兰·巴特、吕西安·博达尔、勒克莱齐奥等,与中国文学界和翻译界进行直接交流。中国译者通过各种不同方式,与法国作家进行接触交流,如写信、拜访、参加研讨会等,直接推动了翻译工作。同时,译者通过交流,更有利于理解作品,特别是遇到作品中的理解难点,可以直接向作家请教,作家本人往往为译者正确理解原文,把握原作的精神,领悟原作的风格,提高翻译质量,提供了有益的帮助。特别是作者为中译本写的序言,更为中国读者认识与了解作家作品开启了一扇明亮的

① 参见《法国现代当代文学研究资料丛刊》出版说明。

窗户。

应该看到，法国文学，特别是法国当代文学在中国的译介，在一定程度上也得益于法国政府的文化政策。法国政府为发扬法兰西语言与文化，扩大法兰西文化在国际上的影响，多年来一直采取积极的措施，增进外国学者和翻译家与法国文学界的联系，为他们提供直接交流的机会。如法国文化部拨出专款，设立“奖译金”，每年邀请三十来位优秀的翻译家从世界各地去法国进行为期两至三个月的访问，带着翻译研究或翻译项目，与有关作家、出版家或研究专家进行直接交流。法国有关部门还在南方美丽的历史名城阿尔设立了“国际文学翻译中心”，为各国翻译家在法国的交流提供了良好的环境和许多便利条件，每年11月还在这儿举行文学翻译研讨会，让各国的法国文学翻译家、研究家与法国文学界进行切磋、交流。另外，法国政府还牵线搭桥，为中国和法国的出版社、中国翻译家与法国作家、文学研究机构之间的交流提供各种帮助，为中国选择翻译项目，引进版权做了许多促进工作。[①]

5. 翻译队伍的不断壮大

我国对20世纪法国文学的译介，无论就数量而言，还是就质量而言，都为我国外国文学研究界和翻译界的同行所瞩目，这是我国一代又一代的翻译家求真求美默默耕耘的结果。一个世纪以来，我国的法国文学翻译家们怀着崇高的理想，远大的抱负，为丰富中国文化，促进中国文化的发展，向中国人民介绍了一批又一批优秀的文学作品，为中法文学文化交流做出了卓越的贡献。除了一批前辈翻译家之外，改革开放之后，出现了又一批20世纪法国文学出色的翻译家，像北京的徐继曾、桂裕芳、柳鸣九、李恒基、罗新璋、施康强、郭宏安、沈志明、袁树仁、吴岳添、李玉民、罗芃、谭立德、陈筱卿、葛雷等，上海的郑克鲁、王振孙、徐和谨、马振骋、周克希、朱静、何敬业等，南京的徐知免、陈宗宝、汪文漪、冯汉津、钱林森、陆秉慧、王殿忠、韩沪麟等，武汉的江伙生、张泽乾、周国强等，西安的张成柱，广州的罗国林、黄建华、程依荣、朗维忠等，长沙的佘协斌，洛阳的潘丽珍，广西的黄天源等，翻译介绍了大量的20世纪法国诗歌、戏剧、小说作品以及文艺理论著作。近十几年来，新一代的翻译家也在健康成长，像许钧、余中先、王东亮、秦海鹰、董强、树才、罗国祥、杜青钢、曹德明、朱延生、边芹、杨令飞、管筱明、胡小跃、金龙格、袁筱一、袁莉、李焰明、黄荭等，我国的法国文学翻译事业后继有人，前景看好。

① 参见赵武平:《法国明年将加大‘傅雷计划’赞助——法国驻华使馆文化科技合作参赞卜来世访谈录》,《中华读书报》1999年11月17日第17版。

二、20世纪法国文学在中国译介的个案分析

正如前文中所提到的,20世纪法国文学作品之丰富、作家之众多、流派发展之迅速,都是19世纪和19世纪之前所无法比拟的。而20世纪法国文学在中国的译介也随着新中国的成立,尤其是80年代之后的改革开放进入到一个新的时期,这在对重要的作品,重要的作家,或是重要的文学流派的译介方面,都有突出体现。下面,我们选取较有代表性的一部作品、一位作家和一个文学流派,通过梳理其在中国的译介状况,从而进一步反观20世纪法国文学的译介特点以及影响译介的各因素的相互作用。

1.《追忆似水年华》在中国的译介历程

提及20世纪法国文学,《追忆似水年华》无疑成为文学翻译和研究无法绕开的重要作品。诚如安德烈·莫洛亚所言,至少"对于一九〇〇年到一九五〇年这一历史时期而言,没有比《追忆似水年华》更值得纪念的长篇小说杰作了"[①]。从某种程度上说,普鲁斯特的不朽之作《追忆似水年华》已成为一个重要的现代"文学符号",占据着20世纪文学的中心地位。莫洛亚认为《追忆似水年华》之所以值得纪念,并不仅仅因为普鲁斯特的这部作品像巴尔扎克的著作一样规模宏大,而是因为普鲁斯特通过他的小说创作发现了新的"矿藏",突破了巴尔扎克的《人间喜剧》所开拓的外部世界领地,以一场"逆向的哥白尼式革命",将人的精神重新置于天地之中心。[②]

中国文学界接触到普鲁斯特,差不多是在他逝世十年后,也就是1933年左右。《大公报》"文艺副刊"于288期(1933年7月10日)第三版和289期(1933年7月17日)第三版刊登的《法国小说家普鲁斯特逝世十年纪念——普鲁斯特评传》,这应该是国内第一篇较为系统地介绍普鲁斯特的文字,作者为曾觉之。曾觉之的文章,长达两万余言,对普鲁斯特的生活与创作和普鲁斯特的作品的价值发表了重要的观点[③]。这应该说也是中国学界和中国读者第一次接触到比较全面的有关这位法国文学巨匠的介绍。就在这篇文章发表七个月后,还是在《大公报》文学副刊,发表了普鲁斯特《追忆似水年华》第一卷开头几段的译文,以《睡眠与记忆》为题。这一部分由卞之琳完成的译文也许是国内第一次译介普鲁斯特的文字。卞之琳的译文是《追忆似水年华》第一卷《在斯万家那边》开篇的一个片断,篇幅虽不多,但流传甚广。据卞之琳自己介绍,他在上海商务

---

① 安德烈·莫罗亚:《追忆似水年华》,施康强译,南京:译林出版社,1989年,"序"第1页。

② 同上书。

③ 曾觉之:《法国小说家普鲁斯特逝世十年纪念——普鲁斯特评传》,《大公报》文学副刊1933年7月10日第3版。

印书馆1936年出版的《西窗集》中收录了这个片断的译文①。20世纪70年代末，香港翻印了《西窗集》；后于1981年，江西人民出版社又出版了《西窗集》的修改版，其中一直收有这个片断。2000年12月，安徽教育出版社出版了《卞之琳译文集》，在上卷中，也收入了卞之琳译的这个片断。

在卞之琳的译文发表之后，出现了几乎长达近半个世纪的沉默，或者说是淡漠，中国文学界和翻译界似乎对普鲁斯特没有表示出应有的重视或兴趣。对《追忆似水年华》这部巨著，也没有发现谁有翻译的意图或志向。直到80年代，随着中国改革开放的步伐不断加快，思想的禁区不断被打开，中国学者才开始注意到了普鲁斯特在西方小说历史发展过程中的特殊位置，在《外国文学报道》上陆续出现了介绍普鲁斯特的文字②，对普鲁斯特的《追忆似水年华》也有了一些新的认识。1986年长沙铁道学院主办的《外国文学欣赏》第3期上，刊出了刘自强翻译的《追忆流水年华》(节译)(后又在1986年的第4期与1987年的第2期继续刊出，总共约两万字。)就在同一年，即1986年的《外国文艺》第4期上，发表了郑克鲁翻译的普鲁斯特早期写的两篇短篇小说，一篇叫《薇奥朗特，或名《迷恋社交生活》(Violante ou la mondanité)，另一篇叫《一个少女的自白》(La confession d'une jeune fille)，均选自于他的短篇小说与随笔集《欢乐和时日》(Les plaisirs et les jours)。1988年，《世界文学》在当年的第2期上刊登了徐知免翻译的《追忆似水年华》第一卷《在斯旺家那边》的第一部《孔布莱》的第一章，其中包含"玛德兰蛋糕"那个有名的片断③。差不多就在80年代中期，一方面，法国几家有影响的出版社，竞相出版普鲁斯特的《追忆似水年华》新版，如伽利玛出版社于1987年推出了由让—伊夫·塔迪埃(Jean-Yves Tadié)主持的七星文库版，弗拉马里翁出版社则在同年出版了著名的普鲁斯特研究专家让·米伊(Jean Milly)的校勘版。另一方面，在国内，译林出版社也开始积极物色译者，准备推出《追忆似水年华》的全译本。

在组织翻译出版《追忆似水年华》的工作中，译林出版社的首任社长李景端与编辑韩沪麟无疑做出了重要的贡献。译林版的《追忆似水年华》的"编者的话"明确指出了翻译此书的必要性："对于这样一位伟大的作家，对于这位作家具有传世意义的这部巨著，至今竟还没有中译本，这种现象，无论从哪个角度来看，显然都不是正常的。正是出于对普鲁斯特重大文学成就的崇敬，并且为了进一步发展中法文化交流，尽快填补我国外国文学翻译出版领域中一个巨大的空白，我们决定组织翻译出版《追忆似水年华》这部巨著。"对于中国文学界而

---

① 卞之琳：《普鲁斯特小说巨著的中译名还需斟酌》，《中国翻译》1988(6)。

② 如在1982年，《外国文学报道》的第2期与第5期，分别刊登了徐和瑾的《马塞尔·普鲁斯特》与冯汉津的《法国意识流小说作家普鲁斯特及其〈追忆往昔〉》两篇文章。

③ 见《世界文学》1988(2)：77—121。

言,普鲁斯特确实是一位姗姗来迟的大师。一部在20世纪世界文学史上公认的杰作,等了半个多世纪之后,才开始被当作一个"巨大的空白",迫切地需要填补。所幸的是,在改革开放进程加快的80年代中期,随着中法文化交流的不断深入,中国读书界和中国文学界确实有了迫切了解《追忆似水年华》的需要,而编者也已把组织翻译《追忆似水年华》这部巨著提高到了"发展中法文化交流"的高度来认识。但是,鉴于《追忆似水年华》的巨大篇幅与该书难以比拟的翻译难度,当时的法语翻译界普遍认为难有人敢于担此重任。在此情况下,出版社的李景端与韩沪麟倾向于以法语翻译界集体的力量,协力完成。

从落实各卷译者到最后交稿编辑出版,前后经历了差不多六年时间。1989年6月,由李恒基、徐继曾翻译的第一卷《在斯万家那边》终于与中国读者见面了。之后,译林出版社陆续推出了七卷本的全套《追忆似水年华》,全书有安德烈·莫罗亚的序(施康强译)和罗大冈的《试论〈追忆似水年华〉》(代序)。还有徐继曾编译的《普鲁斯特年谱》。七卷的书名与译者分别为:第一卷《在斯万家那边》(李恒基、徐继曾译)、第二卷《在少女的身旁》(桂裕芳、袁树仁译,1990年6月)、第三卷《盖尔芒特家那边》(潘丽珍、许渊冲译,1990年6月)、第四卷《索多姆和戈摩尔》(许钧、杨松河译,1990年11月)、第五卷《女囚》(周克希、张小鲁、张寅德译,1991年10月)、第六卷《女逃亡者》(刘方、陆秉慧译,1991年7月)和第七卷《重现的时光》(徐和瑾、周国强译,1991年10月)。《追忆似水年华》全套出版不久后,江西的百花洲文艺出版社又出版了王道乾翻译的《驳圣伯夫》(1992年4月)。1992年6月,由柳鸣九组织,沈志明选译的《寻找失去的时间》"精华本"分上下卷由安徽人民出版社出版。关于"精华本"的选编与翻译,柳鸣九在题为"普鲁斯特传奇"的长序附记中这样写道:"既然不能单选一卷,就得取出整部作品的一个缩影,但从七卷中平均取出,篇幅亦很可观,是"法国20世纪丛书"的袖珍书所难容纳的,这样,我就只能把注意力放在这部巨著原来的三个基本"构件",即普鲁斯特1913年所完成的三部:《在斯万家那边》《在盖芒特那边》与《重新获得的时间》上,这三个"构件"组成了莫洛亚称之为"园拱"的主体,这"园拱"正是一个浑然整体,正表现出了"寻找失去的时间"这个主题[①],柳鸣九是从为一般读者考虑的角度,兼顾到《法国20世纪丛书》的体例,才决定选编"精华本"的。而"精华本"的取舍不是一个简单的篇幅问题,它体现了编者独特的眼光和对原著的理解,应该说,普鲁斯特的这个"精华本"是中国视角下产生的一个独一无二的"版本"。

两个不同版本的出现,"一个全译本,一个精华本,两者相得益彰,不失为社

① 普鲁斯特:《寻找失去的时间》(精华本),沈志明译,合肥:安徽文艺出版社,1992年,柳鸣九序第23页。

会文化积累中的一件好事”[①]，似乎已经可以为普鲁斯特在中国的翻译画上一个休止符。姗姗来迟的大师在逝世近七十年后，终于在中国延续了生命。然而，一个由15个翻译者参加翻译的全译本和一个仅从“园拱”主体中选取的“精华本”从一开始问世起就带有某种公认的“缺陷”，前者的“风格不统一”与后者的“内容不全面”的遗憾注定要给有志还普鲁斯特真面貌的追求者以进一步接近普鲁斯特的雄心。出于对原著的尊重，更出于对真对美对善的追求，当年参加翻译《追忆似水年华》的15位译者中，有多位都曾想过要在一个适当的时期，倾余生独立翻译全书。但译者中有的已经过世，有的年事已高，“美好”而勇敢的想法难以付诸实施。直到20世纪末，上海的周克希与徐和瑾几乎不约而同地开始了各自“寂寞”的精神之旅，依据不同的版本，重新翻译普鲁斯特的不朽之作。多年的努力过后，我们终于等来了周克希翻译的《追寻逝去的时光》第一卷《去斯万家那边》（上海译文出版社，2004年5月），第二卷《在少女花影下》（人民文学出版社，2010年6月）和徐和瑾翻译的《追忆似水年华》第一卷《在斯万家这边》，（译林出版社，2005年4月），第二卷《在花季少女倩影下》（译林出版社，2010年4月），第三卷《盖尔芒特那边》（译林出版社，2011年4月）。当年，普鲁斯特的《追忆似水年华》从1920年开始出书至1927年出齐，前后经历了七年；如今，周克希与徐和谨中译本的出版，要出齐，恐怕至少也要七年之后，好在，姗姗来迟的大师已并不在意他的不朽之作急于在中国以新的面目问世，因为普鲁斯特在中国的生命历程还很长，很长。

值得指出的是，普鲁斯特的不朽名著在中国的译介文字中，作品名的翻译并不统一。就总的书名而言，从曾觉之的《失去时间的找寻》、卞之琳的《往昔之追寻》，到刘自强的《追忆流水年华》，译林出版社版的《追忆似水年华》，沈志明的《寻找失去的时间》，再到周克希的《追寻逝去的时光》，其中的差异是多个层面的。至于各分卷的书名，单就第一卷而言，有卞之琳的《史万家一边》、李恒基、徐继曾的《在斯万家那边》，还有周克希的《去斯万家那边》和徐和瑾的《在斯万家这边》，从“一边”到“那边”，再到“这边”，出现的不仅是差异，不是大同小异，而是迥然而异，“那”与“这”，一字之差，虽谈不上南辕北辙，至少也是大方向有别了。我们知道，翻译过程虽然复杂，但理解是基础。书名如此不统一，甚至迥然而异，涉及的正是对原著的理解问题。

关于书名的翻译，几乎从一开始介绍普鲁斯特以来，就一直存在着分歧。从语义角度看，分歧主要存在于三个关键词：首先是 A la recherche de 这个短语，分别译为“追忆”“追寻”与“寻找”“找寻”，其中最大的分歧在于“寻”与“忆”，

---

① 普鲁斯特：《寻找失去的时间》（精华本），沈志明译，合肥：安徽文艺出版社，1992年，柳鸣九序第24页。

从原文看,“寻”是贴近的,“忆”是实施“寻”之行为的方式;其次是 le temps,分别译为“时间”“时光”与“年华”,其区别在于词的内涵有别,且语阶也有异;再次是 perdu 这个形容词,分别译为“失去的”“逝去的”“似水”与“流水”,有修辞性的、语域的区别,而且十分明显。就译林版《追忆似水年华》而言,参与翻译的译者们曾进行过专题讨论,但对于书名的翻译,难以达成统一意见。最后勉强形成译为“寻求失去的时间”和“追忆似水年华”两种意见,但最终取哪一译名,竟采取了表决的方法,结果是七比七。出版社的意见比较倾向于《追忆似水年华》,觉得比较美,符合传统的小说名,容易被一般读者接受,当然销路也会好一些。国内第一个翻译介绍普鲁斯特的卞之琳,对译林出版社准备选定《追忆逝水年华》这一译名提出了尖锐的批评意见,认为这样的译法无异于“附庸风雅,以陈腔滥调为‘喜闻乐见’[①]”。而在会上坚持要用《追忆逝水年华》的如许渊冲,就反对卞之琳的观点。柳鸣九是法国文学研究专家,他的观点很明确:“这部小说巨著的主题是什么?主要角色是谁?对这两个问题,批评家都答曰:‘是时间。’没有看过这部作品的人一定会感到难以理解,这对于一部文学作品来说,简直就是一件不可思议的事!但实际情况的确如此。……《寻找失去的时间》,就准确无误地概括与标明了整部作品的目的、主旨与内涵。”[②]上海译文出版社版的译者周克希也同样关注“时间”这一主题,而最终选用“追寻逝去的时光”则是因为他看到的不仅是“哲理意义”,而且是“不失文采和诗意”[③],于是在左右权衡之下,原本被他高度概括的主导动机中的“寻找”一词,改为了“追寻”,“失去的”改为了“逝去的”,“时间”改为了“时光”。

围绕着总书名的翻译所展开的争论以及所展示的种种观点,使我们看到了对普鲁斯特这一巨著的理解是在一步步加深的。尽管在翻译方法上和文字风格上,各译者有不同的追求,在翻译中体现了自己的主体性,但通过对总书名的讨论,至少对该书的“主题”和“主角”已经有了比较一致的理解。从卞之琳等的片断翻译,到15个人合力翻译全书,再到沈志明在柳鸣九的建议下选译“精华本”,如今周克希与徐和瑾又在独自追寻各自心目中的普鲁斯特,希望给读者一个更真实的普鲁斯特。在追寻普鲁斯特的过程中,译者在不断加深对普鲁斯特的理解的同时,也为不懂法文的外国文学研究者和广大读者提供了接近普鲁斯特,理解普鲁斯特的可能性。

---

① 卞之琳:《普鲁斯特小说巨著的中译名还需斟酌》,《中国翻译》1988(6)。

② 普鲁斯特:《寻找失去的时间》(精华本),沈志明译,合肥:安徽文艺出版社,1992年,柳鸣九序第3页。

③ 周克希译:《追寻逝去的时光》第一卷《去斯万家那边》,上海:上海译文出版社,2004年,“译序”第2—3页。

2. 杜拉斯的中国之旅

玛格丽特·杜拉斯(1914—1996)无疑是当代法国作家中在全世界最有影响,拥有读者最多的作家之一。《抵挡太平洋的堤坝》《琴声如诉》《副领事》,这一部部令读者回味无穷的作品奠定了杜拉斯在法国文坛的地位,尤其是荣获1984年龚古尔文学奖的《情人》更是她小说艺术登峰造极之作。《情人》在中国,也同样倾倒了成千上万的读者。在作品获奖后不到两年的时间里,我国就连续出版了多个译本,人们争相阅读,引发了持续多年的"杜拉斯热"。杜拉斯在中国至少有两次成为明显的热点:第一次发生在1985年往后的四五年间,由《情人》多种汉译本纷纷出版引起,其中王东亮率先发表的译本成为"杜拉斯热"的前奏;第二次发生在1996年她逝世后的大约五年间。

杜拉斯的作品中首先传入我国的是由王道乾翻译,发表在《外国文艺》1980年第2期上的《琴声如诉》。而她最辉煌的作品《情人》在我国,仅1985至1986年间,就出了六个版本[①],形成了第一次翻译出版杜拉斯作品的高潮。其中,王道乾的译本受到我国读者普遍的欢迎,《情人·乌发碧眼》版本的发行总量已突破五万;而漓江出版社在推出《悠悠此情》(即《情人》)的同时,也出版了《长别离·广岛之恋》。

在1999至2000年间,我国又出现一次翻译出版杜拉斯及相关作品的高潮,其中主要有:1999年7月,漓江出版社推出了她的《外面的世界》和《黑夜号轮船》以及布洛-拉巴雷尔的《杜拉斯传》和米歇尔·芒索的《闺中女友》。1999年10月,作家出版社推出由陈侗、王东亮主编的《杜拉斯选集》共三册,第一册收录了《如歌的中板》(即《情声如诉》)、《毁灭,她说》和《卡车》;第二册收录了《坐在走廊里的男人》《80年的夏天》《大西洋的男人》《萨瓦纳湾》《死亡的疾病》和《诺曼底海滨的妓女》;第三册收录了《话多的女人》和《埃米莉·L》。2000年1月,春风文艺出版社又推出了由许钧主编的《杜拉斯文集》,共十五个单本,收录其二十五部作品,分别是:《厚颜无耻的人》《抵挡太平洋的堤坝》《塔吉尼亚的小马》《街心花园》《阿帮·萨芭娜和大卫》《广岛之恋》《纳塔丽·格朗热》《音乐之二》《英国情人》《塞纳·瓦兹的高架桥》《来自中国北方的情人》[②]《树上的岁月》《巨蟒》《多丹太太》《工地》《平静的生活》《直布罗陀水手》《劳儿的劫持》《夏日夜晚十点半》《安德马斯先生的午后》《副领事》《印度之歌》《爱》《恒河女子》

---

① 《情人》六个译本分别是:王东亮译,成都:四川人民出版社,1985年7月;蒋庆美译,见《当代外国文学》1985(4);王道乾译,见《外国文艺》1985(5);颜保译,北京语言学院,1985年12月;戴明沛译,北京出版社,1986年8月;李玉民译,桂林:漓江出版社,1986年8月(译名《悠悠此情》)。另有林瑞新译,兰州:敦煌文艺出版社,2000年。

② 《来自中国北方的情人》另有华艺出版社1993年出版的纪应夫的译本和中国文联出版公司1992年出版的胡小跃的译本,胡氏译名为《北方的中国情人》。

《写作》。这套文集“网罗了作家从步入文坛到离开世界各个阶段的代表作,包括小说、电影、戏剧、随笔等各种形式的建树……,集中展示了目前国内学术界对这位天才女作家全部人生风貌和艺术面貌的整体特色的总览和把握”[①]。同时,春风文艺出版社也出版了劳拉·阿德莱尔的《杜拉斯传》。而海天出版社于1999年9月也推出了弗莱德里克·勒贝莱的《杜拉斯生前的岁月》和雅恩·安德列亚的《我的情人杜拉斯》,该书的后半部是杜拉斯写的《杜拉斯的情人》。

此外,我们还能在《世界文学》《外国文学》《当代外国文学》和《外国文艺》等期刊上,读到杜拉斯的一些作品,如《广场》《洛儿·瓦·斯泰因的迷狂》《在树林间的日日夜夜》和《杜拉谈话录》[②]。她的一些作品,零星地出版或散见在各种文集中,如1994年安徽文艺出版社就出版过《抵挡太平洋的堤坝》。1996年9月,春风文艺出版社出版的《世界中篇小说经典》法国卷中收录了她的《痛苦》[③]。1997年8月,百花文艺出版社出版了她的《物质生活》。这是我国作家很感兴趣的一部关于写作的随笔集。

在翻译杜拉斯作品的同时,一些评介文章首先以译序、译后记或前言的形式出现。其中,王东亮译本的“代译后记”、戴明沛译本的“玛格丽特·杜拉斯简介”、王道乾关于《情人》和《琴声如诉》的“前言”都各有见地,起到导读的作用,具有参考性研究价值。柳鸣九为《悠悠此情》写的前言“自传文学中的新探索”和胡小跃为《北方的中国情人》写的译后记“杜拉斯的魅力”都具有评论文的深度,给他人的研究带来启迪。

此外,还有一些专门性的评介与研究,如吴岳添的《玛格丽特·杜拉斯轶事》,在介绍阿兰·维尔贡德雷的《杜拉斯传》的同时,无疑增添了广大读者对杜拉斯的浓厚兴趣[④]。吴岳添还在《文艺报》上评介过杜拉斯和萨冈的爱情小说,在《世纪末的巴黎文化》中谈到了“世纪之星”——杜拉斯的一生[⑤]。《世界文学》在较早的时间里介绍了杜拉斯的概况[⑥]。王东亮的《盖棺难以定论的杜拉斯》,对女作家的创作生涯和代表作进行了全面的回顾与评述[⑦]。还有论者探讨了

---

① 刘恩波:《杜拉斯的全景画卷》,《中华读书报》2001年7月25日。

② 《广场》见《世界文学》1984(1);《洛儿·瓦·斯泰因的迷狂》见《当代外国文学》1992(1);《在树林间的日日夜夜》见《外国文学》1984(8);《杜拉谈话录》见《外国文艺》1990(3),是《物质生活》的选译。

③ 《痛苦》,王东亮译;另有张小鲁的译本,发表于《外国文艺》1987(2);作家出版社于1989年4月以《痛苦·情人》为名也出版过王道乾的译本。

④ 吴岳添:《玛格丽特·杜拉斯轶事》,《读书》1992(1)。

⑤ 吴岳添:《杜拉斯和萨冈的爱情小说》,《文艺报》1991年03月09日;《世纪末的巴黎文化·玛格丽特杜拉斯的一生》,北京:社会科学文献出版社,1998年,第73—77页。

⑥ 程伟:《玛格丽特·杜拉》,《世界文学》1984(1)。

⑦ 王东亮:《盖棺难以定论的杜拉斯》,《世界文学》1996(5)。

具有创新意义的“二分对位、双层复调”的小说结构，在杜拉斯作品中形成的特色[①]。刘成富则揭示了女作家如何以独特的方式表达了独特的爱情观和人生观，认为杜拉斯通过文学创作生活在梦幻之中，生活在乌托邦式的爱情之中，她通过对酗酒、情杀和抗拒现实等行为的描绘，为我们生动地展现了她一生对绝对爱情寻求的心路历程[②]。这一时期最不应忽视的文章，就是王道乾的《关于杜拉的小说创作》[③]。作者在《情人》的翻译上显耀的成功与其在文中表现出的深厚的文学功力和具有穿透力的见解是紧密联系在一起的。此外，综合性的评论还涉及“杜拉斯的精神空间”和“爱是不死的欲望”[④]等内容。除文章外，我们还看到了《痛苦欢快的文字人生——玛格丽特·杜拉斯传》[⑤]的出版。

杜拉斯以其作品，尤其是《情人》，在中国所引发的翻译和评介的热潮一方面得益于整体思想解放的社会大环境，另一方面也是中国本土文学发展的内在需要。1985 年前后，正值中国文坛从“伤痕文学”经过“寻根热”而转入“人”的解放和对“人性”的挖掘，内容与形式皆独具特色的《情人》这时进入中国，必然在中国当代作家特别是年轻女作家中产生广泛影响。从某种程度上说，杜拉斯的中国之旅是与中国当代文学的发展相契合的。

3. 法国存在主义文学在中国的传播轨迹：以加缪为例

法国存在主义是兴起于 20 世纪 30 年代末、鼎盛于二战后的具有重要影响的西方流派。其代表人物为萨特、加缪和波伏瓦。这一流派曾对 20 世纪的文学和哲学产生了重要影响。巨大的影响力也必然波及中国，早在 1943 年，《明日文艺》的第二期便发表了展之翻译的《房间》，即萨特 1939 年出版的短篇小说集《墙》中的一篇。自此，法国存在主义文学开始了在中国的翻译和传播。应该说，我国对法国存在主义的译介主要集中在对萨特文学、文论和哲学作品的译介上，无论是光明前夜的 40 年代，还是在日渐开明的新时期，对萨特译介的广度与深度都远远超过其他两位存在主义作家，而单从译介时间上比较，萨特的翻译始于 1943 年，加缪始于 1947 年，而波伏瓦则更晚，直至 80 年代初才有零星的介绍性文字。本书下篇将专辟章节探讨萨特在新中国的译介，故不在此赘述。而波伏瓦进入中国又相对比较晚，因此，我们拟以加缪为例，对法国存在主义在中国的译介历程做一梳理。

其实，新中国成立前夕，一些评介存在主义的文章中，便有有关加缪的简单

---

① 彭姝祎：《杜拉斯的二分对位、双层复调小说结构》，《当代外国文学》1998(2)。

② 刘成富：《杜拉斯：寻求绝对爱情的人》，《当代外国文学》2003(2)。

③ 王道乾：《关于杜拉的小说创作》，《法国研究》1995(2)。

④ 户思社：《杜拉斯的精神空间》，《法国研究》1997(1)；余杰：《杜拉斯：爱是不死的欲望》，《外国文学动态》1997(3)。

⑤ 户思社：《痛苦欢快的文字人生——玛格丽特·杜拉斯传》，北京：中国文联出版社，2002 年。

介绍,可惜未做详细深人的介绍与研究。最早集中介绍加缪的是翻译家吴达元,他在《大公报·图书周刊》第21期(1947年6月20日)撰文《名著评介〈外人〉》,介绍加缪及其作品《局外人》。尽管借着存在主义在中国备受关注这股东风,加缪的部分作品被评介到中国,但遗憾的是,这一时期,加缪的文学作品始终没有出现完整的中译本,而支离破碎的评介性文字也不足以让中国读者窥得这位存在主义作家的全貌。而随着萨特的"介人"受到法共的抨击,存在主义新中国的传播遭遇到政治这股巨大的阻力。因此,50、60年代对存在主义的译介主要以批判为宗旨。如译文《亚尔培·加缪》的编者按说,加缪"只是一个丧失了人生高贵理性的人,……对马克思主义进行种种污蔑,……(他)反对人类为明天的幸福而斗争";译文《无神论的存在主义》(摘自《存在主义是一种人道主义》——笔者注)的编者按说,"现代存在主义思潮,从其社会阶级根源来说,乃是垄断资本主义腐朽性、反动性在意识形态上的表现"[①]。1961年12月,作家出版社上海编译所"内部"发行了孟安根据1958年法文版翻译的加缪(当时的译名为亚尔培·加缪)短篇小说《局外人》,但它仅仅是"作为反面教材的西方文艺和政治理论书籍",是"供领导机关和高级研究部门批判之用"的内部读物,发行目的是通过这部"充分体现加缪的反动哲学思想的中篇小说,使我国的文学工作者能够具体认识存在主义小说的真貌,为了配合反对资产阶级反动文艺思潮的斗争"[②]。由此可见,尽管一些涉及存在主义的作品作为内部读物被翻译过来,但中译本出现的初衷同样也不是为了宣传,而是为了批判。

直到1978年,《世界文学》第3期发表了施康强翻译的《不贞的妻子》,这是加缪小说作品的首个中译本。1979年,冯汉津发表论文《卡缪和"荒诞"》[③],这是进入新时期后首篇介绍加缪的文章。加缪作品真正进入中国是80年代。随着"存在主义热"的兴起,一些外国文学刊物、出版界竞相介绍和翻译存在主义作品。加缪的作品也被陆续译介到中国。1980年,上海文艺出版社和上海译文出版社各自推出了《鼠疫》中译本,《外国文学》刊登了罗国林翻译的《沉默者》。1985年2月,郭宏安出版《加缪中短篇小说集》,收录了《局外人》《堕落》《流放与王国》,这是加缪主要的小说在我国第一个中译本结集,是加缪小说集《流亡与独立王国》最完整的中译本,也是他最具争议的小说《堕落》第一个中译本。1986年,由李玉民翻译、漓江出版社出版的《正义者》,收录了加缪的三部戏剧,分别为《卡利古拉》《误会》《正义者》。1987年,三联书店出版了国内第一个《西西弗神话》完整的中译本 ,由杜小真译翻译。1989年4月,三联书店出版

---

① 参见《现代外国哲学社会科学文摘》1960(4)。

② 参见李军:《加缪在中国的译介与研究》,《山东社会科学》2008(2)。

③ 冯汉津:《卡缪和"荒诞"》,《译林》1979(1)。

了杜小真翻译的《置身于苦难与阳光之间：加缪散文集》，收入了《反与正》《反叛者》。自 80 年代，除集中出版的情况外，加缪的一些代表作品也被"外国现代派"或"西方现代派"或"欧美现代派"或"现代主义"等名下的各种"作品选"收编。

90 年代，加缪作品的译介热潮持续"升温"。再版、复译、复编现象不断出现。从加缪小说作品看，其主要小说作品的中译本由十余家出版社出版，如《局外人》和《鼠疫》分别都有十余个版本。1994 年，余中先在《外国文学动态》节译了加缪未完成的最后一部小说《第一个男人》。《当代外国文学》1996 年第 2 期发表了袁莉节译的《第一个人》。1999 年，译林出版社以单行本的形式推出了《第一个人》。同年 5 月，它被收入《加缪文集》(郭宏安主编，译林出版社，1999 年 5 月)。至此，加缪的小说、文论、散文及戏剧作品大多都被译介到了中国。

从 20 世纪 40 年代迅速反应期，到 50、60 年代的冷却期，到 80 年代的高潮期，再从 90 年代至今的持续发展期，作为法国存在主义代表之一的加缪在中国的译介历程也折射出这一重要流派的中国的存在轨迹。我们可以看到，尽管曾经遭遇政治束缚文学的阶段，但存在主义以其对人生、对存在境遇的深刻思考和生动的文学表现而得到了中国学界和读者普遍而又长久的关注。

第三节　文学与政治的交错与分离：法国现当代左翼文学在中国的翻译

法国的左翼文学源远流长，其实早在 19 世纪中期，随着无产阶级力量的壮大，工人运动的蓬勃发展，出现了一批有着鲜明民主主义倾向的作家，他们将作品中的主人公转向工人、农民等劳动群众，以批判现实，颂扬新兴的进步力量。自 19 世纪末期，马克思主义在法国开始传播，特别是 1920 年法国共产党成立之后，左翼作家在文学和社会层面的影响力愈加彰显，并在反法西斯和抵抗运动的过程中发挥了重要作用。以法共为核心的左翼力量的壮大，使左翼文学也在 20 世纪的 30 年代至 50 年代之间达到了鼎盛。然而，"在左翼力量十分强大、进步文学极为繁荣的法国，不但从未有过'左翼文学'的名称，而且几乎没有任何研究者或批评家关注'左翼文学'"[①]。即使没有出现过明确的"左翼文学"的提法，但法国的文学史上也不乏众多的左翼作家，如罗曼·罗兰、法朗士、阿拉贡、马尔罗、杜加尔，甚至包括萨特、波伏瓦等主张"介入"的存在主义作家，尽管他们各自都被划归到不同的文学流派中。

---

① 吴岳添：《法国现当代左翼文学》，湘潭：湘潭大学出版社，2007 年，第 1—2 页。

若是将左翼文学视作“在马克思主义影响下、以共产党领导的革命斗争为核心的进步文学”[①],那么当法国的左翼文学,或者说偏左的进步作家的左派传入同样深受马克思主义影响的中国,便具备了一定的政治和社会土壤。事实也正是如此,法国左翼文学在中国的译介经历过两次高潮,分别在20世纪的20、30年代和20世纪的80、90年代,而两次高潮的出现,并不意味着某种断裂,恰恰相反的是,其间的介绍、翻译、评论始终持续,甚至在一些特定的时期,个别作家、个别作品的译介明显多于同一流派的其他作家或作品。下面,我们拟在梳理法国现当代左翼文学在中国传播历程的基础上,结合几位重要左翼作家的翻译个案,分析法国现当代左翼文学在中国的译介特点。

一、政治束缚中的法国左翼文学翻译:20世纪30年代至70年代

20世纪20年代开始的法国左翼文学在中国翻译高潮的影响力一直持续到新中国成立前后,可以说,新中国成立至70年代之间的法国左翼文学译介是第一次高潮的回响与延伸,尽管在“文化大革命”期间,由于对外国文学的整体排斥而使法国左翼文学的译介也陷入了低谷。但总体上说,这一时期的法国左翼文学译介,虽然隶属于文学范畴,却更多地受制于中国的政治环境、主流意识形态、文化政策等层面的社会因素。

1. 中国左翼文学的发展是法国左翼文学译介的重要条件

自20世纪20年代兴起新文学革命和新文化运动以来,左翼文学在中国文学,甚至社会发展史上都有着特殊的作用。1930年成立的“中国左翼作家联盟”更是汇集了鲁迅、郭沫若、茅盾等一大批在中国产生过巨大而深远影响的左翼作家。当然,中国左翼文学的发展是与当时的国际大环境密不可分,“俄国布尔什维克的赤色革命在政治上、经济上、社会上生出极大的变动,掀天动地,使全世界的思想都受它的影响”[②]。这股“红色”旋风自然也席卷到中国,不仅激发了中国国内左翼作家的创作,同时也使对外国左翼文学的译介成为可能。法国左翼文学在中国译介第一次高潮的出现正是在这样的背景下发生的。

进入40年代,尤其是新中国成立前后,由于政权更迭带来的文学格局的重组,使得左翼文学成为中国最主流的文学力量。“40年代后期的文学界,虽然存在不同思想艺术倾向的作家和作家群,存在不同的文学力量,但是,有着明确目标,并有力量决定文学界走向,向文学的状况实施‘规范’的,却只有由中共领导、和影响下的左翼文学。在中国文学总体格局中,左翼文学成为具有影响力的派别,在30年代就已开始。到了40年代后期,更成了左右当时文学局势的

---

① 吴岳添:《法国现当代左翼文学》,湘潭:湘潭大学出版社,2007年,第2页。

② 转引自唐弢主编:《中国现代文学史》(第一卷),北京:人民文学出版社,1979年,第46页。

文学派别。这个期间，左翼文学界的领导者和重要作家清楚地认识到：文学方向的选择应与社会政治的转折同步。”[①]从某种程度上说，此时中国的左翼文学是与社会政治交织在一起的，而这样具有鲜明政治倾向性的文学导致的结果，便是“以延安文学作为主要构成的左翼文学，进入 50 年代，成为唯一的文学事实”[②]。然而，客观上，中国左翼文学的特殊地位有利于对外国左翼文学的阅读和翻译，如罗曼·罗兰的《约翰·克利斯朵夫》于 1950 年由北京三联书店再版，1952—1953 年间，上海平明出版社推出傅雷的重译本，1957 年，人民文学出版社又重印了平明版；法朗士的《泰绮思》（徐蔚南翻译）1949 年由上海正风出版社出版，《诸神渴了》（萧甘、郝运合译）于 1956 年由上海新文艺出版社出版，同年，北京出版社又重印了《法朗士短篇小说集》，等等。

然而，需要指出的是，新中国成立后的中国左翼文学与 30 年代左联所倡导的左翼文学已经呈现出一些差别，而最重要的区别便在于，前者更是一种与政治倾向相关的文学观念和写作实践，这也为之后对一些外国左翼文学的批判与排斥埋下了隐患。

2. 作者的身份成为翻译选择的重要标尺

前文中，我们已经提到，法国左翼文学的发展是与法国共产党的发展和壮大密切相关的，尽管这种关系的亲密程度无法与中国左翼文学与中国共产党之间的关联相提并论，政党力量在本国的地位和影响也不可同日而语，但同为深受马克思主义影响的政党，仅从指导思想层面，两个政党多少有些亲缘关系。因此，作家的身份成为翻译文本选择的重要标尺，换句话说，属于法共的作家或者与法共有着密切关系的作家更容易在这一时期被译介到中国。

法国超现实主义在中国的译介也早在 20 世纪的 30 年代便陆续展开。布勒东、阿拉贡、艾吕雅等超现实主义作家的一些重要作品纷纷被翻译成中文，而当时对他们的定位是“在政治上主张联络共产党，他们实在是左翼文人的一派”[③]。但是从 40 年代的中后期至 60 年代，阿拉贡、艾吕雅都有不断的评介与翻译，如罗大冈等译的艾吕雅的《诗选》，阿拉贡的《法兰西晨号》组诗（《译文》1953 年第 2 期），人民文学出版社出版的《艾吕雅诗钞》，等等，评介性的文字也有罗大冈的《悼艾吕雅》《阿拉贡的小说〈共产党人〉》，等等。相形之下，我们就很难找到对布勒东的评介，对其作品的翻译更是少之甚少。那么何以作为超现实主义主帅，并对超现实主义这一运动始终不渝的布勒东被忽略，甚至全然不提他的代表小说《娜嘉》和代表诗作《自由结合》呢？原因就在于，艾吕雅和阿拉

① 洪子诚：《中国当代文学史》，北京：北京大学出版社，2010 年，第 8 页。

② 同上书，第 3 页。

③ 吕文甲：《最近法国文艺界之动向》，《申报月刊》，1935 年 4 卷 3 期，第 90 页。

贡，因他们走上了共产主义道路，因他们的文艺思想发生了转变，是“脱离超现实主义的虚无混乱而走向社会主义现实主义”的法共进步作家，而相反的，布勒东则因脱离法共，而陷入往日幼稚的泥沼中[①]。可见，作家的身份直接关系着其作品能否在中国得以译介。

作家本身与中国的亲疏关系同样是影响其作品译介的重要因素。作家本身与中国的亲疏关系包括作家作品中的中国元素以及作家亲历的中国之行。前者，如马尔罗反映中国省港大罢工的《征服者》，反映上海工人第三次武装起义的《人的命运》，两部小说都是马尔罗在中国亲历之后的所见所闻，从不同的侧面记录了当时的状况。如果说涉及中国题材的作品因为外国人独特的视角而激发某种阅读的好奇，而使译介成为可能，那么作家的中国之行则在客观上有利于作家、作品的翻译和接受，尤其是受中国政府之邀的访问。萨特、波伏瓦50年代中期作为法共“同路人”而被邀到中国，这对存在主义伴侣的中国之行在访问期间以及之后对萨特在中国的译介又起到了很大的推进作用。

自新中国成立前后到20世纪70年代期间，法国左翼文学的译介始终深受中国当时政治环境的影响，文学与政治交织在一起，翻译和评介也以政治为导向，这造成了在翻译选择和文本解读过程中的诸多偏见。

二、逐渐从政治中走出来的法国左翼文学翻译：20世纪80年代以后

20世纪80年代之后，外国文学的译介进入了一个新的时期。法国左翼文学的翻译和评介也较前一个时期有明显的不同。而其中明显的是，我们不再过分地关注作家或者作品“左”或者“右”这样具有鲜明政治立场或者政治倾向的判断，而是将更多的目光投射到作家或者作品本身，从真正的文学创作中去发掘他们的思想和艺术价值。这样的转变直接来源于中国文学的历史转折，“‘转折’最具影响力的诉求和实践，是表现为强烈地力气现代中国‘左翼’文学、毛泽东的‘工农兵文学’的倾向”[②]。换句话说，文学渐渐与政治分离。而脱离政治的法国左翼文学的译介也经历了由破到立的过程。

首先是对一些左翼作家固有形象的破除。大部分的左翼作家是作为具有民主倾向的进步文人而被引入到中国的，这样的初衷也直接导致了在翻译和评介这些作家的过程中，译者或者评论家都有意或无意地将他们塑造成符合当时时代需要的形象，长此以往，这样的形象深深地植根于中国读者的心中。而要还原这些作家或作品的本色，首要任务便是破除这些固有的、人为塑造而成的形象。

法国作家法朗士有着60年的创作经历，作为一个跨世纪的作家，其在法国

① 迈·高尔德：《阿拉贡：诗人——组织者》，《译文》1956(9)。

② 洪子诚：《中国当代文学史》，北京：北京大学出版社，2010年，第236页。

文学史上的地位是令人瞩目的。1921年诺贝尔文学颁奖仪式的《授奖词》赞扬他为充满想象力和创造力的闪耀的“诗歌明星”，是为“古典的法语”之美做出了新贡献的“最杰出的艺术家之一”[①]，可见，法朗士是法国读者公认的诗人、小说家和艺术家。而在中国，一谈起法朗士，“人道主义的斗士”“人道主义的作家”这一类鲜明的形象便会出现在中国读者的脑海里。从一开始，中国的新文学革命的斗士们便强化法朗士的社会性形象，而淡化其文学性的形象。这样的认识一直持续到新中国成立后的二十年之中。直至1981年，吴岳添在《世界图书》上发表了《被遗忘了的法朗士》一文，使我们开始了重新认识这位作家之路。文章指出了之前的一些评论存在“寻章摘句”的现象，而在当时的历史文化和社会语境下塑造出了一个有别于西方的法朗士形象。吴岳添基于对法朗士的全面把握，概括性地评介了诸如《企鹅岛》《红百合花》《诸神渴了》等多部作品，并强调指出：“我们应该把对法朗士的研究和介绍作为文艺评论工作的一项任务，给法朗士以应有的历史地位。”[②]

可见，在破除作家在译介过程中形成的固有形象的同时，也是重新客观、全面地翻译、评介作家和作品的开始。破与立，是相辅相成的。摆脱政治束缚的文学翻译与评论，也使译者、评论者和读者重新回到文本本身，借由文本这一承载作者的艺术手法、创作思想等多种信息的媒介，进行翻译选取，品评作家和作品的艺术价值。

三、罗曼·罗兰和阿拉贡在新中国的译介

1. 罗曼·罗兰

罗曼·罗兰是中国读者非常敬仰和爱戴的以为具有高尚人格魅力和超凡的艺术魅力的作家，其作品《约翰·克利斯朵夫》自20世纪30年代在中国出版以来，影响了我们一代又一代的知识读者积极进取。20世纪30年代开始至40年代，对罗曼·罗兰作品的译介高潮连连，复译、再版等现象此起彼伏，充分说明了该作家及其作品在中国读者之中产生的巨大反响。

新中国成立之后，1950年，北京三联书店再版了傅译《约翰·克利斯朵夫》，这是老译本的第七版，也是绝版发行。从1952到1953年，上海平明出版社推出傅雷的重译本。傅雷为重译本写下言简意赅的介绍文字。1957年，人民文学出版社根据平明版重印了《约翰·克利斯朵夫》。傅译《约翰·克利斯朵夫》所产生的积极影响，从译本诞生之时起，就一直推动着我国对罗兰其他作品的译介。《搏斗》《哥拉·布勒尼翁》《现代音乐家评传》《爱与死的角逐》《狼群》

---

① 参见《苔依丝》，吴岳添译，附录《授奖词》，第609—610页。

② 吴岳添：《被遗忘了的法朗士》，《世界图书》1981(3)：17。

《韩德尔传》《七月十四日》和《罗曼·罗兰革命剧选》等作品于20世纪50年代纷纷出版[①],傅雷翻译的《托尔斯泰传》到1950年已是商务印书馆的第6版[②]。1955年,《译文》1月号刊发了一组关于罗曼·罗兰的文章。尽管《译文》没加任何编者按,但想来还是为纪念罗曼·罗兰逝世十周年编发。从译介的角度看,上海新文艺出版社1957年和1958年出版的孙梁辑译的《罗曼·罗兰文钞》和《罗曼·罗兰文钞》(续编),也是大事之一,我们从中还可以读到罗兰对《约翰·克利斯朵夫》的最早构思。译者所依据的翻译原则"首先力求忠实,其次曲传神韵"[③]则是传统翻译思想中得到普遍认同的观念。

在这期间,不但罗兰的多部作品得到翻译,外国作家或学者研究罗兰的论著也被及时翻译过来,如法国知名的左翼作家阿拉贡的《论〈约翰·克利斯朵夫〉》,译著由上海平明出版社1950年初版,1951年再版,1953年第三次发行,可见译著很受欢迎。译者陈占元在《后记》中还写道:"篇内征引《约翰·克利斯朵夫》原作的地方,俱采用傅雷先生的译文。"[④]其实,陈占元本人也是法文翻译家,但他并没有自己来译阿拉贡论著中出现的罗兰作品,由此也可说明,傅雷的译文已让同行诚服。除阿拉贡的论著外,还有前苏联的阿尼西莫夫的《罗曼·罗兰》被译成中文[⑤]。

20世纪60年代对罗兰作品及有关资料的翻译不多。只有少数期刊偶有译介,如1962年,《世界文学》第9期发表了罗大冈翻译的《若望—雅克·卢梭》。20世纪70年代的初期和中期,仍然笼罩在"文化大革命"的政治气氛中,对罗曼·罗兰作品的译介基本停止。快到70年代末,《世界文学》才发表了罗大冈翻译的《欣悦的灵魂》选段[⑥]。

改革开放,政治日渐明朗,文化领域春归燕回。人民文学出版社于1980、1981和1983年连续三次重印了傅译《约翰·克利斯朵夫》,1987和1997年又两度重印。除人民文学出版社外,漓江出版社(1992)、敦煌文艺出版社(1994)、内蒙古文化出版社(1996)、河南人民出版社(1998)和中国友谊出版公司(2000)等,也各自推出傅雷的译本。安徽人民出版社(1981—1985、1989)和安徽文艺出版社(1990、1992、1998、1999)推出的《傅雷译文集》以及辽宁教育出版社

---

① 分别由陈实、秋耘译,广州:人间书屋,1951年;许渊冲译,北京:人民文学出版社,1958年;白桦译,上海:上海群益出版社,1950年;李健吾译,上海:上海文艺生活出版社,1950年;沈起予译,北京:三联书店,1950年;严文蔚译,新音乐出版社,1954年;齐放译,北京:作家出版社,1954年;齐放译,北京:人民文学出版社,1958年出版。

② 参见罗大冈著:《论罗曼·罗兰》(修订本),上海:上海文艺出版社,1984年,第422页。

③ 孙梁辑译:《罗曼·罗兰文钞》,上海:上海新文艺出版社,1957年,代序XIII。

④ 陈占元译:《论约翰·克利斯朵夫》,上海:平明出版社,1950年,"后记"第73页。

⑤ 阿尼西莫夫著、侯华甫译:《罗曼·罗兰》,上海:新文艺出版社,1956年。

⑥ 罗大冈译:《欣悦的灵魂》选段,《世界文学》1978(2)。

(2002)推出的《傅雷全集》,都收入了傅译《约翰·克利斯朵夫》。台湾的远景出版事业公司也在较早的时间(1981),推出了傅雷的译本。另外,还有根据傅译缩写、缩编的多个文本的出现①。

另一方面,自新时期以来,早已深入人心的傅译《约翰·克利斯朵夫》所产生的积极影响,也再一次更为广泛地推动了我国对罗兰其他多姿多彩的作品的译介:在小说方面,如罗大冈翻译的《母与子》和陈实、黄秋耘翻译的《搏斗》②。在传记方面,罗曼·罗兰的《巨人三传》《贝多芬传》和《米开朗琪罗传》等《名人传》以及《米莱传》《亨德尔传》《卢梭的生平与著作》和《贝多芬:伟大的创造性年代》等作品,或初版或重版发行。梁宗岱于1943年翻译出版的《歌德与贝多芬》,也由广西师范大学出版社于2002年重新出版。收录了罗曼·罗兰的《夏洛外传》《贝多芬传》《弥盖朗琪罗传》《托尔斯泰传》和《服尔德传》的《傅译传记五种》,由北京三联书店1983年出版,到1996年已第三次印刷。另外,像《罗曼·罗兰回忆录》《罗曼·罗兰妙语录》《罗曼·罗兰箴言录》《罗曼·罗兰隽语录》《罗曼·罗兰读书随笔》《罗曼·罗兰音乐散文集》《罗曼·罗兰日记选页》《内心旅程》《罗曼·罗兰如是说》等凡是罗曼·罗兰写下的文字,都受到了读者的欢迎。罗曼·罗兰的《莫斯科日记》有上海人民出版社(1995)和广西师范大学出版社(2003)两个译本。孙梁辑译的《罗曼·罗兰文钞》新版把原先出版的正编和续编合为一册,由上海译文出版社1985年出版,2004年又由广西师范大学出版社重新出版。罗大冈编选的《认识罗曼·罗兰:罗曼·罗兰谈自己》,1988年由中国社会科学出版社出版。2001年,我们还看到了钱林森编译的《罗曼·罗兰自传》。钱林森在《后记》中表达了他那一代人对罗曼·罗兰的普遍的认识和情感。

在此更值得一提的是,自21世纪伊始,我国又出现了《约翰·克利斯朵夫》多种译本并存的局面,其中引起关注的有许渊冲的译本③和韩沪麟的译本④。二人的译本均有再版⑤。

新时期里,国外学者研究罗兰及其作品的成果在我国也得到译介。具体情况分为两种:一是这一时期首次出版的论著或发表的文章,二是在此之前已出版或发表过的作品的再版再发表。前一情况如莫蒂列娃的《罗曼·罗兰的创

---

① 如雪岗改写的同名作品,北京中国少年儿童出版社1993年版;萧萍缩改的同名作品,济南明天出版社1996年版。

② 罗大冈译:《母与子》(上、中、下),北京:人民文学出版社,1980年(上)、1985年(中)、1987年(下);陈实、黄秋耘译:《搏斗》,广州:广东人民出版社,1980年。《搏斗》是《母与子》中的一卷。

③ 罗曼·罗兰著:《约翰·克里斯托夫》,许渊冲译,长沙:湖南文艺出版社,2000年。

④ 罗曼·罗兰著:《约翰·克利斯朵夫》,韩沪麟译,南京:译林出版社,2000年初版、2002年再版。

⑤ 许氏重译本见许编:《罗曼·罗兰精选集》,北京:燕山出版社,2004年。译文开篇略有修改。

作》[①];后一情况中最突出的例子,是茨威格的《罗曼·罗兰传》,自新时期以来,至少可以找到湖南人民出版社(1984)、湖南文艺出版社(1993)、漓江出版社(1999)[②]、北京华夏出版社(2002)和北京团结出版社(2003)的版本。

傅译《约翰·克利斯朵夫》取得的成功、产生的效应,不仅推动了对罗兰其他作品的译介工作,也推动了对这部巨著及作者本人的研究工作的展开。1979年2月,上海文艺出版社出版了罗大冈的《论罗曼·罗兰》。1980年,《文汇增刊》发表了《不要再对罗曼·罗兰和〈约翰·克利斯朵夫〉泼污水吧》[③]。不久,《文艺情况》也发表了《为〈约翰·克利斯朵夫〉说几句公道话》[④]。也就在同一时间,《读书》期刊上前后出现了三篇质疑文章:《〈约翰·克利斯朵夫〉在中国》[⑤]《要作具体分析》[⑥]和《重读〈约翰·克利斯朵夫〉的随想》[⑦]。1980年,郑克鲁发表了《谈谈罗曼·罗兰的〈约翰·克利斯朵夫〉》[⑧]。这是新时期初对《约翰·克利斯朵夫》评论篇幅最长、观点最为适度的一篇文章。作者从小说的思想性和艺术性两大方面进行了探讨。进入20世纪90年代,柳鸣九的《罗曼·罗兰与〈约翰·克利斯朵夫〉的评价问题》,以其对过去极"左"观点的有力批判和对前期权威观点的鲜明反拨,而醒目于学界,他的论述深刻、合理,令人信服,既代表了90年代研究《约翰·克利斯朵夫》的一个新的水平,也预示了此后研究《约翰·克利斯朵夫》的一个健康方向。

综观罗曼·罗兰在中国的译介历程,傅雷完成的对《约翰·克利斯朵夫》的重译工作,使得这部皇皇巨著的艺术风格更为浑成,也使它继续成为中国读者最喜爱的外国作品之一。曾经拥有千万读者、曾经影响了一代又一代优秀青年的傅译《约翰·克利斯朵夫》,还会拥有未来广大的读者,还会影响未来积极进取的青年。而对这部巨著的评论也从偏见甚至批判走向冷静和客观;而越来越多的学者也因注重文艺自身的规律、法则以及客观事实,继续深入地研究、探讨《约翰·克利斯朵夫》。

2. 阿拉贡

阿拉贡创作颇丰,在诗歌、小说、评论等多方面都有很大成就。他发起成立了超现实主义小组,而他始终向往革命的心,以及倾向苏联的政治立场,使他成为20世纪30、40年代法共典范的社会主义现实主义作家。

---

① 莫蒂列娃著:《罗曼·罗兰的创作》,卢龙等译,上海:上海译文出版社,1989年。

② 漓江出版社的版本名为《罗曼·罗兰》,吴裕康译。

③ 贺之:《不要再对罗曼·罗兰和〈约翰·克利斯朵夫〉泼污水吧》,《文汇增刊》1980(1)。

④ 秋耘:《为〈约翰·克利斯朵夫〉说几句公道话》,《文艺情况》1980(6)。

⑤ 成柏泉:《〈约翰·克利斯朵夫〉在中国》,《读书》1980(8)。

⑥ 胡静华:《要作具体分析》,《读书》1980(10)。

⑦ 柳前:《重读〈约翰·克利斯朵夫〉的随想》,《读书》1980(12)。

⑧ 郑克鲁:《谈谈罗曼·罗兰的〈约翰·克利斯朵夫〉》,《春风译丛》1980(2)。

我国早期对阿拉贡的译介，是与超现实主义的译介并行的，主要集中在20世纪30年代。30年代，上海唯一的文艺刊物，施蛰存主编的《现代》，对超现实主义也做了多次介绍。在创刊号上，玄明评论了达达主义和超现实主义[①]；在第二期上，戴望舒化名陈御月翻译了核佛尔第(即勒韦尔迪)诗五首，并介绍说，“苏保尔、布勒东和阿拉贡甚至宣称核佛尔第是当代最伟大的诗人，别人和他比起来便都只是孩子了”[②]；第四期，倍尔拿·法意把布勒东、阿拉贡、苏波、艾吕雅等作为达达派“年轻的首领和弟子”突出加以介绍，因为他们“产生了些真正美丽的作品”。从30年代末至40年代初，由于民族战争的爆发，国难当头，对超现实主义流派的译介渐趋冷落，其中当然也包括对阿拉贡的翻译和评介。进入40年代中期后，一些从事法国文学的专家又有对阿拉贡的评介。如徐仲年在《时与潮文艺》上介绍法国文学中的抗战诗时，就采撷了阿拉贡的《玫瑰与香草》[③]。稍后不久，在同一刊物上，编辑孙晋三也把阿拉贡作为抗敌运动里最活跃的两位诗人之一(另一位是艾吕雅)做了介绍。两篇文章都没有把阿拉贡作为超现实主义作家加以介绍，而是突出了他的爱国主义热情，一方面因为他的创作实践确实发生了很大的转变，孙文称阿拉贡是新浪漫派的领袖[④]；另一方面，因为当时我国的抗日战争还没有取得最后的胜利，作者借法国的抗战作品和抗敌的文艺活动，欲唤起我国文学界更为强烈的爱国情怀。到1947年，盛澄华在大型文艺期刊《文艺复兴》上介绍《新法兰西杂志》和法国现代文学时，又对超现实主义做了简略的阐述：“超现实主义派诗人中如艾吕雅、阿拉贡、苏波在诗坛中一向占有相当的地位。本次大战中法国受敌人入侵后在极端痛苦的生活中诗歌却像得了新的生机。阿拉贡、艾吕雅与茹佛的诗都曾吸引了广大的读者”[⑤]。

50年代，阿拉贡，因走上了共产主义道路，文艺思想发生了转变，而被作为保卫国家和平与世界和平的光荣战士，作为“脱离超现实主义的虚无混乱而走向社会主义现实主义”的法共进步作家来介绍[⑥]。当时对阿拉贡介绍，尤其集中在《译文》期刊上，如罗大冈等译的阿拉贡的《法兰西晨号》组诗[⑦]；还有盛澄华等译的阿拉贡的文论如《论司汤达》《左拉的现实主义》和《关于苏联文学》等[⑧]。在前后不久的时间里，人民文学出版社出版了《阿拉贡文艺论文选集》

---

① 玄明：《巴黎艺文逸话》，《现代》1卷1期，1932年5月，第172页。

② 陈御月：《比也尔·核佛尔第》，《现代》1卷2期，1932年6月，第269页。

③ 徐仲年：《巴黎解放前后的法国文学》，《时与潮文艺》4卷5期，1945年1月，第41—44页。

④ 孙晋三：《照火楼月记·抗敌的文艺活动》，《时与潮文艺》5卷1期，1945年3月，第170—175页。

⑤ 盛澄华：《〈新法兰西杂志〉与法国现代文学》，《文艺复兴》3卷3期，1947年5月，第322页。

⑥ 迈·高尔德：《阿拉贡：诗人——组织者》，《译文》1956(9)。

⑦ 见《译文》1955(2)。

⑧ 分别见《译文》1956第10期、第11期、1957年第10期。

(1958),作家出版社出版了《阿拉贡诗文钞》(1956)和阿拉贡的《共产党人》(1956)。50年代末,《世界文学》还发表了阿拉贡夫人,即马雅可夫斯基夫人的妹妹爱尔莎·特丽奥莱的中篇小说《第一个回合花费了二百法郎》。罗大冈同一期上介绍了近年来法国进步小说的概况,首先就谈到了阿拉贡及他的《共产党人》和《受难周》[①]。同一时期,罗大冈还在《文学评论》上发表了近三万字的《阿拉贡的小说〈共产党人〉》,称赞作品中新颖的叙述方式和结构方式,以帮助读者解作品"难读"之惑,从小说的主题思想和丰富而复杂的内容方面,从作者处理事物的立场与态度上面,从作者在创作中对自己提出的重大任务和严格要求的角度,肯定了作品艺术上的新尝试,认为《共产党人》是一部"高度思想性和高度艺术性相结合的完美的小说""是社会主义现实主义在法国文学上占领的第一个桥头阵地"[②]。

进入60年代,《世界文学》第一期就译介了阿拉贡的《让·布里埃还活着吗?》。《现代文艺理论译丛》于1963—1965年间依然对阿拉贡的文论进行了译介,作为"社会主义现实主义、现实主义及其争论"栏目里的内容。但也在这一时期,由于国内无产阶级专政下继续革命的思想意识又形成气候,由于中苏关系的恶化,那一批紧跟苏共的法共作家渐渐不再受欢迎,于是《文学评论》上出现了《阿拉贡的小说〈受难周〉——现代修正主义文学产物之一例》的批判长文。作者揭示了《受难周》的真正主题思想和这部曾经引起西方世界广泛注意的小说暗示给读者的"生存的理由":阿拉贡"通过小说《受难周》向历史上的反动统治势力伸出和解之手,实质上等于向当前的反动统治势力伸出求和乞怜之手。他以'人道主义'的名义,要求劳动大众放弃革命斗争,安于命运,怀着但求活命的心情,个人去种自己的园地",并总结道:"现代修正主义在文学艺术上所能施展的伎俩,也不过改头换面地贩卖一些最陈腐最恶劣的资产阶级梦呓。"[③]随后"文化大革命"开始,极"左"路线盛行,即便像阿拉贡这样的法共作家,也被划入"封资修"的行列,不是受到无产阶级意识形态的排斥与批判,就是被扫进"历史的垃圾堆"。

改革开放为包括超现实主义在内的西方现代主义文学再次进入我国提供了前所未有的宽松的文化氛围。1980年,《青海湖》和《星星》两刊发表了阿拉贡的诗作[④]。《外国文艺》作为介绍外国文学作品的主要阵地,对超现实主义的介绍自然最多,发表了阿拉贡的名作《艾尔莎的眼睛》等诗[⑤]。除诗歌外,《外国

---

① 罗大冈:《近年来法国进步小说概况》,《世界文学》1959(7)。

② 罗大冈:《阿拉贡的小说〈共产党人〉》,《文学评论》1959(4)。

③ 罗大冈:《阿拉贡的小说〈受难周〉——现代修正主义文学产物之一例》,《文学评论》1965(2)。

④ 见《青海湖》1980(7)和《星星》1980(12),均王意强译。

⑤ 见《外国文艺》1983(6);1987(2)。

文学报道》还对阿拉贡的《戏剧——小说》做了选译，并发表了其短篇小说《罗马法不复存在》[1]。

自80年代以来，以专集的形式对超现实主义作品的译介，也有不小的收获。其中，不乏专门的章节探讨阿拉贡的创作。如袁可嘉等选编的《外国现代派作品选》四册八卷，在第二册上介绍了布勒东、艾吕雅和阿拉贡三个代表人物的作品[2]；沈志明编选的《阿拉贡研究》，不仅有阿拉贡的诗歌选、小说散文选和文论的翻译，也有其他作家批评家对他的评论译文，全书六十余万言，对阿拉贡七十年的文学生涯做了全方位的介绍[3]；在《法国现代诗选》《20世纪外国诗选》《外国现代派诗集》《古今中外文学名篇拔萃》(外国诗卷)、《欧美现代十大流派诗选》和《外国诗歌精品》中，都可读到阿拉贡优秀的诗作[4]。阿拉贡的小说《巴塞尔的钟声》和《圣周风雨录》等也先后翻译出版[5]。

法国左翼文学虽然没有形成一股固定的文学力量，或者成体系的文学流派，左翼作家也没有形成有组织的团体，但是一些重要的法国左翼的作家和作品，当他们来到中国的语境下，在特定的历史时期汇成了一种进步的声音，在翻译界、评论界和普通读者之中都引起了强烈反响。而这些具有明显倾向性的解读着上了一层浓厚的政治色彩，也使这些曾经让中国读者倍感"亲切"的左翼作家的中国之旅多少带着点遗憾。"亲切"是过去式的，是带着深刻的时代印迹的，也正是如此，当法国现当代左翼文学在中国的译介逐渐走上去政治化的道路的同时，也实现了某种"疏离"。或许应该这样说，"疏离"是在对"亲切"的纠正中深入的，因为文学与政治的"疏离"，反倒使原著与译作、原作者与译者、评论者和读者之间变得更亲切了。从这个意义上说，这样的"疏离"是必要的，也是值得庆幸的。

---

① 见《外国文学报道》1983(6)，于沛、程晓岚、袁震华译。

② 袁可嘉等编：《外国现代派作品选》第二册(上)，上海：上海文艺出版社，1981年。

③ 沈志明编：《阿拉贡研究》，北京：中国社会科学出版社，1986年。

④ 罗洛译：《法国现代诗选》，长沙：湖南人民出版社，1983年；王惟甦、邵明波编：《20世纪外国诗选》，成都：四川文艺出版社，1987年；未凡、未珉主编：《外国现代派诗集》，北京：中国文联出版公司，1989年；绿原编：《古今中外文学名篇拔萃·外国诗卷》，青岛：青岛出版社，1990年；袁可嘉主编：《欧美现代十大流派诗选》，上海：上海文艺出版社，1991年；辛晓征、郭银星编：《外国诗歌精品》，沈阳：春风文艺出版社，1994年。

⑤ 《巴塞尔的钟声》，蔡鸿滨译，北京：外国文学出版社，1987年；《圣周风雨录》，李玉民等译，桂林：漓江出版社，1991年。

第四章 德国与德语文学翻译之考察与分析

第一节　分裂的天空与分裂的文学

——新中国头十七年对德国文学的翻译

文学翻译和翻译文学不是简单的词序颠倒，更是限定与被限定的关系，同时强调主次关系的不同。文学翻译将重点放在了翻译上，文学作为限定以示非科技翻译或其他翻译，而是文学文本的翻译，强调翻译的文本属性。翻译文学则更明确为目的语文学的一个组成部分，是目的语文学系统中的一个子系统。这个子系统在目的语文化强势期可能处于较为边缘的地位，在特定的历史时期也可能中心化。同时在翻译文学系统中也存在各个子系统，这些子系统在目的语文学文化系统中的地位各不相同，并且不是一成不变的。德语翻译文学中歌德、席勒、海涅等的诗歌，歌德、托马斯·曼、黑塞、卡夫卡、茨威格、格拉斯等的小说，以及布莱希特、迪伦马特等的戏剧，还有《格林童话》等民间文学和儿童文学都对中国这个文化系统产生过或产生着重要的影响，但在这个目的语文化系统的译介和接受情况并不相同，各个历史时期的译介情况也因意识形态、赞助人和主流诗学观等的变化各有千秋。同时德语文学自身的多系统化使其在其他目的语的译介与接受具有自身特点。

一般而言，德语文学专指德语语言区用德语创作的文学作品。1945 年二战德国投降后，国土被英、法、美、苏占领，1949 年英、法、美占领区合并成立德意志联邦共和国，又称联邦德国，简称西德。同年苏战区成立德意志民主共和国，又称民主德国，简称东德。1945 年特别是 1949 年后德语文学严格划分为德意志联邦共和国文学、德意志民主共和国文学、瑞士德语文学和奥地利文学。德国分裂的格局一直持续到冷战结束，1990 年 10 月 3 日两德统一，原东德各州并入德意志联邦共和国，也就是现在的德国。德语区较为复杂的历史发展道路也使中国在译介德语文学的界定上出现模糊甚至有些混乱的局面。在全国总书目和各类检索目录中奥地利文学和瑞士文学先是归入欧洲文学其他国家，德国文学则是作为其他国家文学中的一个子目录介绍，民主德国或联邦德国作家名前有时用括号标出其国别有时又未标识，但都属于德国文学。基本上以作品发表出版的年份决定其是否标属德国（在两德统一前出版的书目中此德国专指德国分裂前），或标属民主德国、联邦德国。但在江苏人民出版社1986年出版、中国版本图书馆编的《1949—1979翻译出版外国文学著作目录和提要》中并未标识联邦德国或民主德国。在德语区尽管国家形态产生变化，意识形态产生分裂，但并未过多或过分明示之间文学的区别，而是强调这是一个共同语言下的文学。

"德语文学的翻译，最早见诸文字的大概要推王韬在其编译的《普法战纪》（中华商务总局，1873）一书中他本人所翻译的《祖国歌》了……最早译成汉语的德语作家作品是瑞士德语作家威司的冒险小说《小仙源》（即《瑞士的鲁滨逊》。"[①]此后，德语文学中的歌德、席勒、海涅、莱辛、沙米索、尼采、施托姆、施尼茨勒、茨威格、里尔克、布莱希特等重要作家的作品都有所涉猎。但由于当时学习德语和去德国留学的中国人数量相比精通英语和日语的少很多，所以大多数作品都是从英语、日语甚至还有法语、俄语等转译过来。这些翻译为德语文学在中国的译介做出了重要贡献、奠定了基础，也赢得了许多中国读者。但由于当时大部分为转译文本，随着意识形态和文化语境的变迁，特别是懂德语的翻译工作者队伍不断壮大，转译这种翻译方式渐渐被淘汰，重要的作家作品均被重新从德文版本翻译。

1949年新中国成立后的头十七年中国文艺界遵循为社会主义建设服务的文艺方针，政治与文艺紧密结合。《十年来的外国文学翻译和研究工作》一文对建国十年来外国文学翻译和研究工作进行了总结，文中强调"德国以外东欧人民民主国家的作家"[②]，如此看来尽管民主德国也属于人民民主国家之列，民主德国文学的翻译和研究工作未受到足够的重视，显示当时意识形态造成的慎重态度。同时50年代末、60年代初中国与前苏联交恶，也影响到对视为前苏联同一阵线的民主德国文学的译介。

1959年人民文学出版社出版了民主德国女作家西格斯等著的《民主德国作家短篇小说集》，严宝瑜等译。西格斯（1900—1983）在二战时流亡到墨西哥等国，战后回到了当时的民主德国，并曾经担任民主德国作协主席和名誉主席，

---

① 查明建、谢天振：《中国20世纪外国文学翻译史》（上卷），武汉：湖北教育出版社，2007年，第213页。

② 卞之琳、叶水夫、袁可嘉、陈燊：《十年来的外国文学翻译和研究工作》，《文学评论》1959(5)：46。

1951年访问中国。西格斯是十七年间中国最受欢迎的民主德国作家之一。除合集外,1955年作家出版社还出版了季羡林等译的《安娜·西格斯短篇小说集》。西格斯在流亡期间创作的《第七个十字架》和《过境》在思想性与文艺性上都被认为是德国流亡文学中的重要作品,而其在民主德国期间的创作已经打上了社会主义现实主义烙印和英雄主义色彩。长篇小说《第七个十字架》在50年代就推出了三个译本(林疑今、张威廉译,上海文化工作社,1953;常风等译,作家出版社,1956;尚松、赵全章、赵荣普译,北京人民文学出版社,1959),1999年湖南师范大学出版社又推出了李世勋的译本。此外西格斯的中长篇小说《死者青春长在》《渔民的起义》《一个人和他的名字》等,短篇小说《委员的女儿》《第一步》《怠工者》等都被翻译出版。但除《第七个十字架》外其他作品60年代后几乎没有重版,没有翻译的作品也未再推出。

民主德国文学界另一位重要人物布莱希特(1898—1956)对中国戏剧艺术的影响更为深远。对布莱希特的介绍早在20世纪20年代,1929年上海北新书局发行的《北新》第3卷第13号上的"最近德国的剧坛"(赵景深译),将布莱希特的戏剧称作表现主义戏剧(当时译作白礼齐特),认为"白礼齐特有诗的天才和创造力,他的将来是很有希望的。"[①]布莱希特的戏剧思想被认为从梅兰芳在莫斯科的演出中得到启发,同时布莱希特也转译了很多如白居易等诗人的诗歌作品,其与中国文化之间的互为影响互相接受的关系也成为布莱希特研究的焦点。1955年冯至在《译文》上翻译发表了布莱希特的7首诗,1959年人民文学出版社出版发行了《布莱希特选集》,分为诗选和剧选两部分:诗选共39首,由冯至、杜文堂译;剧选有《卡拉尔大娘的枪》(姚可崑译)、《大胆妈妈和她的孩子们》(孙凤城译,冯至、严宝瑜校)、《潘第拉先生和他的男仆马狄》(杨公庶译,孙凤城校)等三部剧本。此外1959年中国戏剧出版社出版了《大胆妈妈和她的孩子们》单行本,值得一提的是1959年黄佐临在上海人民艺术剧院导演了该剧。卞之琳1962年在《世界文学》(5—8月号)上发表《布莱希特戏剧印象记》,较全面地向中国读者介绍了布莱希特。在人民版《布莱希特选集》的出版说明中关于阶级与社会的字眼比较多:布莱希特出生在"资产阶级"家庭,"很早就对自己出身的阶级感到憎恶","站在和平主义立场上反对战争","开始学习马克思主义",等等。另外最后提到"在我国,人们久已熟悉布莱希特的名字。50年代末,我国上演了他的《大胆妈妈和她的孩子们》,并出版了《布莱希特选集》等。最近,《伽利略传》也搬上舞台,与观众见面;同时,还发表了不少有关作者及其理论和创作的评介文章"。冯至在人民版"后记"中谦虚地指出:"无论在数量上或是在译文的质量上,我们都只能把这个集子看作是一个'开端',希望此后布

---

① 赵景深:《最近德国的剧坛》,《北新》第3卷第13号,上海:上海北新书局,1929年,第52—53页。

莱希特的著作能以更多地通过更好的译文被介绍到中国来。”冯至的确很谦虚，选集里的三部戏剧译文获得了历史的认可，一直到安徽文艺出版社 2000 年版的戏剧集中都还收录。从后记中我们既看到冯至敏锐的专业能力，他给予布莱希特非常高的评价：“布莱希特的作品以它们独特的风格和纯洁而朴素的语言在德国近三十年的文学里是最富有创造性的。”也有那个时代文评的政治烙印：“布莱希特的诗歌战斗性很强，浸透了阶级爱憎，但作者并不用激情来感动读者，而是通过理智引起读者的思考……可是在歌颂列宁、歌颂十月革命、歌颂和平和社会主义时，身后的情感和明澈的理智得到高度的结合。”对布莱希特的诗歌，冯至如是说，“他的诗有很大部分是打破一般的诗歌格律、用散文体写的，但也就是这些诗，语言是那样简练，使人感到几乎不能增减一字；不过我们的译文在许多地方太不能传达原诗的优点了。”[①]从中我们可以看出冯至对布莱希特的诗歌评价相当高，可惜其后布莱希特的诗歌翻译并未有较大的突破，主要有阳天翻译的《布莱希特诗选》(湖南人民出版社，1987)，国内更偏重戏剧翻译和研究。拨开意识形态的因素可以看出布莱希特的译介也有其艺术性和创新性的元素。冯至还认为布莱希特创作最丰富的阶段是流亡时期，大部分代表作都是在这一时期完成或开始的，除翻译收录的三部剧本外，冯至认为《第三帝国的恐怖和灾难》《伽利略的一生》《四川好人》《高加索的灰阑记》等，以及一些诗和散文都值得推介和翻译。“他的戏剧理论和创作不仅是在德国，就是在国外也发生了巨大的影响，引起广泛的注意。他有拥护者也有反对者，但是他在现代戏剧史上的重要地位是无可置疑的。在 1957 年，西德进步作家魏森堡访问了中国，他归国后写的游记里有一段记载他和毛主席的谈话。他和毛主席谈话时，曾经建议把布莱希特的作品译成汉语。他这个建议是意味深长的，因为布莱希特不只是德国现代第一流的戏剧家兼诗人，而且也是中国人民的朋友，30 年来他密切地注意中国共产党领导的革命运动，他的诗歌和戏剧有许多处是取材于中国革命的故事，他的戏剧理论受过中国戏剧的一些影响，此外他也曾把中国的诗译成德语。”[②]这段评价可以看出这一时期布莱希特进入中国还是更多在于其思想的进步，在于其与中国之间较为密切的联系。

由于国内选择翻译的德语书籍通常来自民主德国的出版社，如柏林新生活出版社(克里斯塔·沃尔夫曾于 1956 年担任柏林新生活出版社的主编)、柏林建设出版社、德累斯顿艺术出版社是德语文学翻译原文本的主要来源，题材多为反纳粹反法西斯英勇事迹(如杨·贝特逊的《我们的街》，杨苡译，新文艺出版社，1957)、歌颂社会主义(如史·海姆的《理性的眼睛》，平明出版社，1954)、歌

① 冯至：《布莱希特选集》，北京：人民文学出版社，1959 年。

② 同上书：第 325—326 页。

颂民主德国和政治家(如巴特尔的《皮克总统》,商志馨等译,少年儿童出版社,1956)等,个别以联邦德国为创作背景的也是描写进步力量与帝国主义反动势力的斗争(如波多·乌塞的《菲力浦·慕勒》(民族英雄),韩世钟译,中国青年出版社,1957)。这期间翻译推出的有些作家如埃盖尔特基本不再提及,而1957年翻译了他的《航行北冰洋的船员》,1959年再版,一共印了三次。有些作家虽然不是一流的,但曾经是翻译的重要对象,如威利·布莱德尔的《亲戚和朋友三部曲:父亲们、儿子们、孙子们》(张威廉译),翻译出版于50年代,在当时的历史文化环境下起到了一定的影响作用。除这三部曲外,布莱德尔的《考验》《运粮侠盗》《五十天》《一个德国兵的遗嘱》《凡尔登的教训》都是在要50年代和60年代初翻译的。但其后只有三部曲在80年代重印再版。这一时期还推出了两部民主德国作家作品的选集:《德意志民主共和国诗选》(钱春绮译,上海文艺出版社,1959,收录了魏纳特、贝希尔、布莱希特、阿伦特、库巴和赫姆林的诗歌共计150多首)和《民主德国作家短篇小说集》(严宝瑜译,人民文学出版社,1959)。

作为古典主义作家的席勒、歌德在某种程度上算是民主德国作品外来自德语圈的精神食粮。在"十年来的外国文学翻译和研究工作"一文中提到有位德国文学研究者(指张威廉)提醒注意海涅对当时德国文坛上赞扬歌德和拥护席勒的评论,指出海涅既重视作品的思想性又不忽视作品的艺术性,该文作者认为海涅对歌德的推崇并非仅仅是艺术上的考量,引用恩格斯对歌德"最伟大的德国诗人"的评价,说明歌德在思想上也不比席勒差。[①] 从中我们可以看出,马克思主义和思想进步作家(如海涅)对歌德与席勒为代表的古典文学在中国的接受产生了重大影响。

席勒思想的意义在于对刚新中国成立不久的中国文化界的积极影响。席勒的名作《阴谋与爱情》《强盗》《威廉·退尔》《奥里昂的姑娘》(开始译为《奥里昂的女郎》)、《华伦斯坦》(开始译为《华伦斯太》)等在民国时期都已翻译出版。"1955年,是席勒逝世150周年,而世界和平理事会也将席勒选入当年的四大文化名人之列,民主德国甚至将这年命名为'席勒年'。中国的有关政府机构,为此举行纪念活动。""紧接着是1959年,那是席勒200周年诞辰。首都文化艺术界千余人集会,纪念这个日子。中国戏剧家协会主席田汉,在会做了题为'席勒,民主与民族自由的战士'的报告。"[②]同时中国推出了一系列席勒戏剧的译本:《华伦斯坦》(郭沫若译,人民文学出版社,1955—1959)、《威廉·退尔》(有两个版本:张威廉译,新文艺出版社,1955—1956;钱春绮译,人民文学出版社,

---

① 卞之琳、叶水夫、袁可嘉、陈燊:《十年来的外国文学翻译和研究工作》,《文学评论》1959(5):74。

② 卫茂平:《席勒戏剧在中国——从起始到当下的翻译及研究述评》,《东南大学学报》2012年9月,第14卷第5期,第97页。

1956—1978)、《阴谋和爱情》(廖辅叔译,人民文学出版社,1955—1978)、《奥里昂的姑娘》(张天麟译,人民文学出版社,1956—1959)、《强盗》(杨文震、李长之译,人民文学出版社,1956—1962)和《斐哀斯柯》(叶逢植、韩世钟译,新文艺出版社,1957)。《强盗》和《阴谋与爱情》在德国上演时反响轰动,席勒到场感受成功的喜悦,这两部作品特别是《阴谋与爱情》也受到中国舞台的欢迎。而《威廉·退尔》则是席勒最后一部完整的作品,创作时期同前两部狂飙突进作品不同,属于德国古典文学的经典之作,射苹果的退尔完成了思想的裂变成为勇敢的战士和经典的文学形象。

相对而言,歌德(1749—1832)在这一时期的翻译较少,郭沫若译的《少年维特之烦恼》,由两个出版社推出:新文艺出版社,1951—1955;人民文学出版社,1955—1959,加起来共计近十万册。《浮士德》也是郭沫若译本,除上述两家出版社外,群益出版社也推出这一译本,群益的版本早在 1949 年 11 月就推出,都是根据 1928 年创造社初版。此外还有《野蔷薇》(罗贤译,正风出版社,1950)和《赫曼·窦绿苔》(郭沫若译,新文艺出版社新 1 版,1952—1954)。

另一位被视为革命主义的德国诗人——海涅(1797—1856)在中国的译介也十分活跃。翻译出版的作品有《织工歌》(吴伯箫译,文化工作社,1950)、《波罗的海》(吴伯箫译,文化工作社和新文艺出版社,1950;1957—1958)、《德国——一个冬天的童话》(艾思奇译,三联书店,1950;人民文学出版社,1951,重排版;作家出版社,1954,据苏联外国工人出版社 1938 年版《海涅选集》译出)、《海涅诗选》(冯至译,人民文学出版社,1956—1962)、《西利西亚的纺织工人》(冯至译,1959,从 1956 年版《海涅诗选》中辑选,人民文学出版社),以及重要的三部诗歌集,其发行数目可观:《诗歌集》(钱春绮译,新文艺出版社和上海文艺出版社新 1 版,1957—1958 和 1959—1962,超过 14 万册),同一时期钱春绮译的第二部诗集《新诗集》也有 12 万册,第三部诗集《罗曼采罗》也达到了近 4 万册。此外 50 年代还推出了《哈尔茨山游记》(冯至译)和《海涅散文选》(商章孙译)、《海涅评传》(高中甫译),等等。

这一时期出版影响力较大的古典作品还有莱辛的《爱美丽雅·迦洛蒂》(商章孙译,新文艺出版社,1956)、《敏娜·封·巴尔海姆》(海梦、阮遥译,上海文艺出版社,1961);克莱斯特的《马贩子米赫尔·戈哈斯》(商章孙译,新文艺出版社,1957;上海文艺出版社新 1 版,1961)、《破瓮记》(白永译,新文艺出版社和上海文艺出版社新 1 版,1956 和 1961)和《赫尔曼战役》(刘德中译,上海文艺出版社,1961);戴·斯托姆(后译名施托姆)的《迟开的蔷薇》(巴金译,文化生活出版社,1949—1953)、《小哈佛》(文林译,少年儿童出版社,1957)以及两部古典作品选集:《德国古典短篇小说选》(刘德中译,上海文艺出版社,1959—1962;上海译文出版社新 1 版,1978)和《德国诗选》(钱春绮译,上海文艺出版社,1960,选译歌德等40位德国中古至现代诗人的诗歌270多篇。据莱比锡英塞尔出版社1958年版译出)。

值得一提的是格林童话的翻译影响,应该说自进入中国市场,格林童话就长盛不衰,为广大读者所喜爱,和安徒生童话并列为中国最受欢迎的外国童话,同时格林童话当之无愧是译介最多、传播最广的德国文学作品。从1949年12月起,特别是50年代就推出了不同版本的合集、选集和单印本。1959年人民文学出版社推出了《格林童话全集》(魏以新译),少年儿童出版社同年出版魏以新译《格林童话》第一至三集。除格林童话外,浪漫主义时期的威廉·豪夫童话翻译也有多个版本。

除民主德国文学外,联邦德国文学或者说德国现当代文学在中国的译介这一时期值得一提的有托马斯·曼的《布登勃洛克一家》(傅惟慈译,人民文学出版社,1962—1978);雷马克的《生死存亡的时代》(朱雯译,人民文学出版社,1958—1959)等。但整体的翻译量较少,二战、战后德国自身文学的迷惘以及两德分裂后意识形态的影响等都造成了译介的难度,这一时期出版了一部《德国现代短篇小说集》(张威廉等译,新文艺出版社,1957)。

相对德国现当代作家的译介较为疲软的状态,瑞士和奥地利德语文学的译介可圈可点。瑞士德语文学方面,1965年中国戏剧出版社推出了迪伦马特(当时译作杜仑马特)的《老妇还乡》(黄雨石译,英译本转译)。叶廷芳在《迪伦马特在中国》一文中提到"'文革'前夕,即1964/65年,北京的人民文学出版社和上海的新文艺出版社奉命共同出版一批作为'反面教材''供内部参考'的西方现代派文学作品,它们统统覆以单调、空白的黄皮封面,每部作品均附上一篇批判性的'译者前言'或后记之类,然后在作家中'内部发行'。迪伦马特的代表作《老妇还乡》就被列在其中。"[①]以及19世纪瑞士著名德语作家凯勒的《乡村罗密欧与朱丽叶》(田德望译,作家出版社,1955)、《七个传说》(斗惠译,新文艺出版社,1958)和《凯勒中篇小说集》(田德望译,人民文学出版社,1963)。奥地利著名作家茨威格的作品《历史的刹那间》(适夷译,上海出版公司,1950)也已经引进到中国。而卡夫卡的《审判及其他》(李文俊、曹庸译,作家出版社上海编辑所,1966)为小说集,包括《判决》《变形记》《在流放地》3部中篇小说,《乡村医生》《致科学院的报告》2部短篇小说和《审判》1部长篇小说(据纽约"企鹅丛书"1955年版英译本转译)。

"文化大革命"十年,文学翻译在加入文学政治工具化的进程中变得无所适从。俄苏和亚洲国家的文学有些翻译,但同属于社会主义阵营的民主德国作品并未有所翻译。德语文学没有公开出版物,只有一部内部发行,即德国斐迪

---

① 叶廷芳:《迪伦马特在中国》,《戏剧艺术》2008(3):11。

南·拉萨尔的《弗兰茨·冯·济金根》(五幕历史悲剧)(叶逢植译,人民文学出版社 1976)。[①] "内部发行"这种独特的形式,特别是还有供批判使用的,这正说明了意识形态和赞助人对文学的直接操纵与干预。"译作采取'内部发行'的形式出版,实际上表示作品在意识形态或者在文学观念方面不符合当时的翻译选择标准,'文化大革命'前以内部发行形式出版的十几种欧美现代文学作品,如卡夫卡的《审判及其他》、凯鲁亚克的《在路上》等,就属此类作品。"[②] 即便是内部发行也主要为俄苏文学、日本文学、美国文学等,德国文学就这一部。拉萨尔将济金根悲剧的根源归结于其策略错误和狡诈个性,马克思则批评认为济金根是作为骑士和垂死阶级的代表来反对现存制度的新形式,在统一和自由的口号下还对旧制度存有幻想。他的失败是历史的必然,悲剧是社会冲突的反映,强调社会历史现实的深刻内涵。提出悲剧创作要"莎士比亚化",从历史现实的真实出发,而不是从个人观念出发。这部作品的翻译引进充满了政治需要的色彩,从正面或反面为当时的政治所用。这是部历史剧,牵涉到马克思、恩格斯致斐迪南·拉萨尔的信,在信中与拉萨尔论战,但不是简单的文学批评。从中国版本图书馆编的《1949—1979 翻译出版外国文学著作目录和提要》的附注也可以看出该作品的政治意义大于文学意义,"通过对十六世纪济金根领导的德国骑士暴动失败的历史题材的描写,错误地指出 1848—1849 年法国资产阶级革命失败的主要原因是个别领导人的'智力过失'"[③]。尽管中国将拉萨尔更多甚至只看作是社会主义政治运动家或机会主义者,但在德国,拉萨尔还是个作家,也是社会主义政治运动家,当然他的文学创作很少,重要的作品就是这部剧本。

尽管翻译文学的出版处于停滞状态,但海涅的《论德国宗教和哲学的历史》(海安译)由商务印书馆 1972 年推出,1974 年又推出了第 2 版,这也说明了海涅在中国代表着进步作家和进步思想,特别是其反对德国唯心主义更符合当时那个时代的需要,不过这部作品并不是文学作品。值得一提的是《格林童话》的翻译出版几乎没有受到影响,十年间也有几个版本的全集或选集出现。另外,尽管 1972 年中国与联邦德国建交,但因为正处在"文化大革命"期间,文学文化交流几乎没有任何进展。

---

① 谢天振:《非常时期的非常翻译——关于中国大陆文革时期的文学翻译》,《中国比较文学》2009(2):27。

② 查明建、谢天振:《中国 20 世纪外国文学翻译史》(上卷),武汉:湖北教育出版社,2007 年,第 757 页。

③ 中国版本图书馆编:《1949—1979 翻译出版外国文学著作目录和提要》,南京:江苏人民出版社,1986 年,第 1053 页。

第二节 古典文学与现当代文学翻译齐头并进

70年代末、80年代初中国社会开始反思文学的本质以及围绕文学的种种问题。在这种反思的大环境下,特别是对"文化大革命"十年文学观念和文学表现形式的批判,翻译文学又一次担当起启蒙和推动变革的作用。尽管1991年之前德国从政治形体上来说还是联邦德国和民主德国分裂的状态,但随着1972年中国与联邦德国建交,特别是改革开放以后,虽然还是分德国古典文学与现当代文学,而现当代文学中又分民主德国文学和联邦德国文学,另外还有瑞士文学和奥地利文学,但民主德国和联邦德国的政体分裂在文学研究和文学翻译上渐渐被完整的德国文学和德国文学翻译取代。这十几年间德语文学翻译非常活跃,几乎各个时期、各个流派的文学都有所翻译。这一时期中国文学如饥似渴,期望新鲜的外来血液。变革的时代本土文学百废待兴,翻译文学走到了文化系统的中心位置。文本选择的标准逐渐从意识形态转向诗学观。德语文学除经典作品的各种重译、重印外,也开始对具有现代创作色彩的诸如卡夫卡、迪伦马特和布莱希特等的重点译介,这些作家的译介为中国戏剧舞台和文学创作注入了新思维,打开了新思路,这种状况一直维持到80年代末。尽管当时两德仍未统一,对联邦德国文学的译介存在诸多困难,但对纯粹表现意识形态、为民主德国唱赞歌而诗学性欠佳的作品已经不再盲目引进。德语文学翻译同其他语种翻译一样呈现出多元化的局面,特别是逐渐增加对当时联邦德国文学的翻译。

一、古典作品走向全面译介

文学译介经过单本翻译的过程后开始走向经典重译、合集和全集,其中有各种丛书和专辑,如歌德的翻译涉及其诗歌、小说、戏剧各个体裁,以及谈话(《歌德谈话录》,朱光潜译,人民出版社,1978)、传记等。文艺理论的翻译也有所增加,如:海涅的《论浪漫派》(张玉书译,人民文学出版社,1979)和莱辛的《拉奥孔》(朱光潜译,人民文学出版社,1979)等都得到翻译出版。各种丛书、合集不计其数,如:《外国中篇小说》(第三卷)(金子信选编,云南人民出版社,1982)、《德国古典中短篇小说选》(刘德中译,上海译文出版社新1版,1983)、《歌德席勒叙事谣曲选》(王以铸译,人民文学出版社,1980)、《德国诗选》(钱春绮译,上海译文出版社新1版,1982—1983,上海文艺出版社1960第1版,重印了十万多册)、《德国民间滑稽故事》(刘建设、蒋仁祥译,中国民间文学出版社,1981)、《洪水过后》(中德联合编辑委员会编辑,人民文学出版社,1986)、《德国浪漫主义诗人抒情诗选》(外国抒情诗丛书)(钱春绮译,1984)、《何其芳译诗稿》(卞之琳编选,外国文学出版社,1984)、《外国电影剧本丛刊》(17)(蓝馥心译,中国电影出版社,1982)、《玫瑰之歌》(金仲达、金洪良等译,浙江文艺出版社,1985)、《灯船》(世界文学小丛书)(《世界文学》编辑部编,光明日报出版社,1985),等等。

这里所谓的古典作品中并不特指具体的古典主义时期,而是相对于现当代的文学创作而言。在德语文学译介方面重要的作家有格里美尔斯豪森、莱辛、席勒、歌德、豪夫、霍夫曼、克莱斯特、施托姆,等等。

前期海涅的译介在古典文学中占有很大的分量,改革开放后海涅的翻译并没有太多的新内容,主要还是海涅的诗集。上海译文出版社将海涅的三部重要诗集的钱春绮译本《诗歌集》(上海译文出版社新1版,1982—1983)、《新诗集》(上海译文出版社新1版,1982—1982)和《罗曼采罗》(上海译文出版社新1版,1982)再次推出。此外,对德国和德国文化极尽讽刺的《德国——一个冬天的童话》(冯至译,人民文学出版社,1978)和《阿塔·特罗尔——一个仲夏夜的梦》(钱春绮译,人民文学出版社,1979)也都在70年代末推出。值得一提的是海涅关于德国文学文化的论集《论浪漫派》在1979年7月由人民出版社推出张玉书译本,并在1980年第2次重印,该书成为国内讨论浪漫派的重要依据,对德国浪漫派的创作做出评价,并认为其迷恋中世纪是反动的,在翻译出版的那个年代认为这部文艺理论作品反映了海涅的进步思想观和艺术观。海涅出生在法国军队占领德国时期的一个犹太人家庭,但海涅并未将拿破仑和他的法国军队视为侵略者,而是将其视为一种革命力量加以崇拜。其他重要的出版物有《海涅诗选》(冯至译,人民文学出版社,1978)、《莎士比亚笔下的女角》(温健译,上海译文出版社,1981)、《海涅选集》(张玉书编选,人民文学出版社,1983—1984)、《海涅抒情诗选集》(冯至等译,江苏人民出版社,1984);《海涅选集》(诗歌卷)(张玉书等译,人民文学出版社,1985)、《青春的烦恼》(收录了短诗180余首,张玉书译,人民文学出版社,1987)、《海涅抒情诗菁华》(钱春绮译,上海译文出版社,1989)等。

新中国成立后头十七年间席勒重要的戏剧作品基本上都得到了翻译,到80年代又翻译出版了《席勒诗选》(钱春绮译,人民文学出版社,1984)、《唐·卡洛斯》(张威廉译,上海译文出版社,1981)、《杜兰朵——中国的公主》(张威廉译,江苏人民出版社,1983)、《玛利亚·斯图亚特》(张玉书、章鹏高译,上海译文出版社,1985)等,总体翻译量与头十七年正相反,相对歌德的翻译少了很多。席勒的诗歌和戏剧充满了革命战斗的热情,除此以外他还写小说以及美学著作和历史著作。《审美教育书简》(冯至、范大灿译,北京大学出版社,1985)是部重要的美学理论作品。这一时期非常重要的是董问樵研究席勒的专著《席勒》

1984年12月由复旦大学出版社推出,该书分为上下篇,上篇是《生平、诗歌、美学观点》,下篇是《戏剧》,并附有席勒生平和著作简表。

歌德是德国大文豪、狂飙突进和古典文学的代表作家,在这一时期几乎所有的翻译都是直接从德语翻译的译本,之前出版过的从其他外语转译的郭沫若版本《少年维特之烦恼》和《浮士德》等也都有了新译本。《少年维特之烦恼》为歌德狂飙突进时期的经典作品,出版后即在德国乃至欧洲引起极大反响,这部具有自传色彩的青年歌德之作充满悲情,一般来说都被认为是部爱情悲剧,但也有人把它视作社会小说,认为其具有深刻的社会意义。"如果维特不是一个有感情、有意志、有欲求、有理想,因而也就是具有了鲜明自我意识的人,而是那种没有理想、没有打算、随波逐流的人,那他就不会因为自己的理想和愿望得不到实现而烦恼;如果维特在自己的需要与社会现实发生矛盾时不是尊重自己的感情坚持自己的理想,绝不向现实妥协,而是采取机会主义的态度随机应变、理智地顺应潮流,那他同样也不会有那么多的烦恼。另外,如果现实世界能为维特的自由意志和自我意识提供哪怕最低限度实现的可能,那维特也不至于要到另外的世界去寻找幸福。"[①]这部小说引发的轰动不仅仅在于拥有无数的再版和无数的译本,更重要的是因为很多青年人过度沉溺维特的悲情伤感选择了自杀的道路,以致该书在某些地区和某些时期被封禁。《少年维特之烦恼》在中国的译本也超过一百多,除郭沫若外,侯浚吉、胡其鼎、杨武能、卫茂平等都翻译过《少年维特之烦恼》。歌德的创作在古典时期不光有叙事作品,诸如长篇小说《威廉·迈斯特的学习时代》和史诗《列那狐》《赫尔曼与窦绿苔》,还有戏剧如《艾格蒙特》等,晚年的歌德则创作了《威廉·迈斯特的漫游时代》《亲和力》《西东合集》等,最重要的作品应该是《浮士德》,这是德国文学中无与伦比的经典。在这部巨作中既有各种悲剧、又有诗歌和叙述,时空的跨越被有机地串联在一起。特别是源自民间作品的浮士德形象和魔鬼梅菲斯特被无数诠释和演绎。据不完全统计,《浮士德》的译本和重印本多达近五十个,《浮士德》在翻译上具有很高的难度,但依然有不少重要翻译家如郭沫若、钱春绮、董问樵等大胆尝试(董问樵译,复旦大学出版社,1982—1984;钱春绮译,上海译文出版社,1982—1986;郭沫若译,人民文学出版社,1983)。这一时期的歌德译介已不局限于涵盖诗歌小说戏剧的创作翻译,还推出了《歌德谈话录(1823—1832)》(朱光潜译,人民文学出版社,1980—1985)、《歌德传》(伊德等译,商务印书馆,1982)、《歌德自传——诗与真》(共两册)(刘思慕译,人民文学出版社,1983)和《〈浮士德〉研究》(董问樵著,复旦大学出版社,1987),为深入了解和研究歌德的创作提供了丰富的素材。各种合集和选集主要有《歌德抒情诗选》(钱春绮译,人民文学出

① 范大灿:《德国文学史》(第2卷),南京:译林出版社,2006年11月,第247页。

版社，1981—1983)、《歌德中短篇小说集》(王克澄、钱鸿嘉译，上海译文出版社，1982—1985)、《歌德戏剧三种》(韩世钟译，上海译文出版社，1982)、《歌德的格言和感想集》(程代熙、张慧民译，中国社会科学出版社，1982—1985)、《歌德诗选》(上、下，钱春绮译，上海译文出版社，1982—1985)、《歌德叙事诗集》(钱春绮译，人民文学出版社，1983)、《歌德戏剧集》(钱春绮等译，人民文学出版社，1984)、《野蔷薇》(钱春绮译，人民文学出版社，1987)和《歌德抒情诗新选》(钱春绮译，上海译文出版社，1989)等。

格里美尔斯豪森的《痴儿西木传》(李淑、潘再平译，人民文学出版社，1984)是德国流浪汉小说的代表作，也是德国巴洛克时期的重要作品，这部作品被视为"德国巴洛克作品中唯一一部可以在世界文学中占有一席之地的作品"。[①]这部小说与一般流浪汉小说不同，其丰富的叙事和相对复杂的人物变化带来了不同的理解和诠释，也有学者认为这部小说可以纳入德国的"成长小说"和反战小说等。这部作品算是中国翻译德国文学最早期作品之一，德国19世纪前的文学在中国的译介并不多，值得一提的还有启蒙运动时期重要的剧作家和美学家的莱辛(1729—1781)，这一时期除朱光潜的《拉奥孔》外，还推出了《戏剧两种》(外国文学名著丛书)(商章孙等译，上海译文出版社，1980)、《莱辛寓言》(高中甫译，人民文学出版社，1980)、《汉堡剧评》(张黎译，上海译文出版社，1981—1982)等。

对德国浪漫主义文学的翻译也在这一时期有所爆发。施瓦布(也译为斯威布)的《希腊的神话和传说》(共两册)，1949年前就出版过，题为《神祇的英雄》，人民文学出版社1959年出过大开本，书名改为《希腊的神话和传说》(楚图南译，上海书报联合发行所，1949；人民文学出版社，1959—1977，1982；山东人民出版社，1978，上下册)。克莱斯特(1777—1811)的创作带有浪漫派色彩，但不能简单地将其归入浪漫主义，有些作品如《破瓮记》又具有现实主义特征，同时人物所表现的宿命思想又带有浓厚的神秘主义。克莱斯特除主要创作戏剧外还创作了诸如《智利地震》等脍炙人口的短篇小说。"总体而言，回顾近百年来的克莱斯特中国研究史，会发觉他对中国的介入还处于初级阶段，可谓知音寥寥。且不论与中国知识精英的'亲密接触度'极为有限，就是在专业的德语文学研究界也还远未成为热门话题。"[②]克莱斯特作品翻译推出的有《O侯爵夫人》(袁志英译，上海译文出版社，1982)、《克莱斯特小说戏剧选》(外国文学名著丛书)(商章孙等译，上海译文出版社，1985)和《克莱斯特作品精选》(杨武能选编，译林出版社，2007)。

---

① 安书祉:《德国文学史》(第1卷)，南京:译林出版社，2006年11月，第293页。

② 叶隽:《现代中国的克莱斯特研究》，《南京师范大学文学院学报》，2010年3月，第97页。

虽然浪漫主义作家豪夫(1802—1827)的童话在中国没有格林童话的名气大,但两部童话集在欧洲都是家喻户晓,也受到世界各国读者的喜爱。各种豪夫童话集、豪夫全集的中译本也有将近二十种,是除格林童话外德国童话在中国翻译最多的,而且内蒙古人民出版社还推出了蒙古文的《豪夫童话集》(蒙古文,桑布等译,内蒙古人民出版社,1986)。

受到晚期浪漫主义影响的德国作家施托姆(1817—1888)创作中最为著名的是《茵梦湖》,这是部感伤的爱情悲剧经典之作,1949年前出过郭沫若的译本,现在的单行本主要是杨武能的译本(译林出版社,1997)。除《茵梦湖》外在中国比较著名的还有《白马骑士》(王克澄译,江西人民出版社,1982)和《溺殇》(外国著名作家经典中篇小说选)(叶廷芳等译,山东文艺出版社,1996;叶廷芳译,安徽文艺出版社,2004)。后者也是一对门第地位不相当的青年男女的爱情悲剧,一部浪漫主义时期的诗意小说。施托姆小说创作多为中短篇,所以常被出版社推出小说集,而抒情小说的风格也符合改革开放后人们对情感表达细腻、抒发情怀之类作品的渴求。施托姆的译名较为混乱,有斯托姆或者史托姆、施笃姆等,现在基本统一为施托姆。在解放初期出版过《迟开的蔷薇》(巴金译,文化生活出版社,1949—1953)和《小哈佛》(文林译,少年儿童出版社,1957)。1978年后出版推出的中短篇小说集有:《史托姆中短篇小说集》(黄贤俊译,上海译文出版社,1981);《史托姆中篇小说选》(黄贤俊译,重庆出版社,1982)、《施笃姆诗意小说选》(杨武能译,江苏人民出版社,1984)、《史托姆抒情诗选》(钱鸿嘉译,浙江文艺出版社,1985)、《茵梦湖:施托姆抒情小说选》(叶文等译,上海译文出版社,1987)、《春梦难续》(江南等译,江西人民出版社,1989)、《白玫瑰:施托姆抒情诗选》(魏家国译,人民文学出版社,1991)、《施托姆短篇小说选》(孙坤荣译,湖南文艺出版社,1998)、《施托姆小说选》(关惠文译,人民文学出版社,2000)等。而《茵梦湖》一直到今天还有许多译者尝试用自己的文笔去翻译演绎那段爱情悲剧。

德国本土的文学奖多以重要作家命名,其中毕希纳奖最为重要。而毕希纳(1813—1837)英年早逝,其创作为数不多,中译单行本也不多,如《丹东之死》(傅惟慈译,人民文学出版社,1981),但人民文学出版社1986年推出了李士勋、傅惟慈译的《毕希纳文集》,2008年又推出了李士勋、傅惟慈译的《毕希纳全集》,给予这位德国作家在中国的重要地位。

二、更多现当代作家走进中国读者的视线

现当代文学中,联邦德国作家伯尔是1972年诺贝尔文学奖得主,其创作的《女士和众生相》或《莱尼和众生相》,围绕着名叫莱尼的女人向读者展示了德国社会(包括战后西德)的丰富画面,80年代的译名为《莱尼和他们》(杨寿国等

译,上海译文出版社,1981),此外还翻译了《一次出差的终结》(王润荣等译,湖南人民出版社,1982)、《小丑之见》(高年生、张烈材译,上海译文出版社,1983)、《小丑汉斯》(余秉楠译,湖南人民出版社,1984)、《一声不吭》(钱鸿嘉译,上海译文出版社,1983)、《早年的面包》(林笳、雷夏鸣译,广东人民出版社,1986)、《保护网下》(倪诚恩、赵登荣译,外国文学出版社,1987)等。此外还推出了《伯尔中短篇小说选》(外国文学出版社,1980—1983),包括《列车正点到达》《丧失了名誉的卡塔琳娜》两部中篇小说和《流浪人,你若到斯巴》等14部短篇。伯尔的小说创作被认为是结合现实主义和现代主义的创作手法。

雷马克是德裔美籍作家,其进步反战思想使得其作品在80年代被大量译介进来,但好几部作品都是从英译本、俄译本转译的。将反战思想与艺术性完美结合的《西线无战事》早在民国时期就已经有多个版本,1983年外国文学出版社推出朱雯译的《西线无战事》(二十世纪外国文学丛书);2001年译林出版社推出了李清华根据原书1929版译出的德译本(2007年、2011年两次重印,分别收入20世纪经典和经典译林中)。雷马克以敏锐的观察力洞察了战争的威胁,揭开了战争英雄主义宣传的伪面纱,鲜明的反战主题引起了巨大轰动,纳粹执政后禁止了这本书,但该书对战争忠实的表现和深刻的反思不仅无法被禁,而且从未过时,该书跻身20世纪世界经典作品之一。除《西线无战事》外还翻译出版了雷马克的《里斯本之夜》(朱雯译,上海译文出版社,1980)、《流亡曲》(朱雯译,上海译文出版社,1981)、《凯旋门》(高长荣译,天津人民出版社,1981—1983)、《三伙伴》(世界长篇小说名著)(石公译,安徽人民出版社,1982)、《在纳粹铁丝网后面》(王竞、章伟良译,安徽文艺出版社,1984)、《黑色方尖碑——被耽搁的青年时代的故事》(李清华译,上海译文出版社,1986)等。但一再重印和重译的主要还是《西线无战事》。

德国现当代文学代表人物中的曼氏兄弟都擅长长篇小说的创作,亨利希·曼的主要作品具有批判现实主义色彩。翻译的工作基本在1978年后进行,值得一提的是亨利希·曼的《臣仆》(上海译文出版社,1979)和托马斯·曼的《布登勃洛克一家——一个家庭的没落》(人民文学出版社,1962—1978)都是傅惟慈译。后者是部家族小说,在动荡的历史背景下一个家族历史也就是一部社会历史,堪称德国家族小说的典范。这两部作品一再重印。另外亨利希·曼的《亨利四世》三册由董问樵翻译成中文,1980年上海译文出版社出版。此外还有《垃圾教授》(当代外国文学名著译丛)(关耳、望宁译,长江文艺出版社,1986)和《爱情的考验》(外国文学小丛书)(关惠文译,人民文学出版社,1986)。而托马斯·曼的作品中还翻译了单行本的《大骗子克鲁尔自白》(君余译,上海译文出版社,1988)和《绿蒂在魏玛》(侯浚吉译,上海译文出版社,1989),推出了两部合集:《托马斯·曼中短篇小说集》(刘德中等译,上海译文出版社,1980)和《托马斯·曼中短篇小说选》(外国文学名著丛书)(钱鸿嘉、刘德中译,上海译文出版社,1986)。

布莱希特的作品都是在中国舞台上演较多的剧作,如《大胆妈妈和她的孩子们》《伽利略》等多次被搬上中国舞台,这种译介、接受的多方位验证赞助人、诗学观和意识形态是影响翻译接受的三大要素。布莱希特作品的翻译出版第二个高潮是1980年人民文学出版社出版发行的《布莱希特戏剧选》。《布莱希特戏剧选》分为上、下两册,上册收录了四部:《三角钱歌剧》(高士彦译)、《第三帝国的恐惧和苦难》(高年生译)、《卡拉尔大娘的枪》(姚可崑译)、《大胆妈妈和她的孩子们》(孙凤城译,冯至、严宝瑜校);下册收录了四部:《伽利略传》(潘子立译)、《潘第拉先生和他的男仆马狄》(杨公庶译,孙凤城校)、《高加索灰阑记》(张黎译,卞之琳译诗)、《巴黎公社的日子》(刘德中译)等。而第三次译介高潮就是2000年安徽出版社出版的《布莱希特戏剧集》,共三卷;从翻译剧作的数量上来说是一次飞跃。很多剧本都是第一次在国内面世,如《人就是人》《马哈哥尼城的兴衰》《阿波罗·魏发迹记》等。此外,单行本方面,中国戏剧出版社1985年出版黄永凡译《四川一好人》,这也是《四川好人》(现通行译名)第一次翻译出版。1987年湖南人民出版社出版了阳天译的《布莱希特诗选》,这也是在中国出版的唯一一部布莱希特诗选。

对有些现当代作家的关注如马丁·瓦尔泽,基本是从80年代文学翻译繁荣时期才开始的。其中有两部作品翻译出版:《菲城婚事》(马仁惠译,江西人民出版社,1983)和《爱情的彼岸》(倪仁福等译,陕西人民出版社,1987)。值得一提的还有聚斯金德(也有译居斯金德)所著被视为反启蒙反理性小说的《香水》,不仅在德语世界非常畅销,而且在中国推出后也受到广泛关注,1988年就推出了三个译本:《香水:一个凶手的故事》(李清华译,漓江出版社,1988);《香水:一个凶手的故事》(金弢译,中国文联出版公司,1988)和《杀人狂》(封一函等译,民间文艺出版社,1988),这种现象也令人深思。德国当代重要的现实主义作家伦茨,其作品的翻译也主要是从80年代开始,如《德语课》(当代外国文学)(许昌菊译,外国文学出版社,1980)、《面包与运动》(外国文艺丛书)(侯浚吉、江南译,1980—1982)和《激流中的人》(梁定祥、杨小娟译,广东人民出版社,1986),伦茨的作品具有很强的社会批评意识。

三、瑞士和奥地利作家后来居上

中国版本图书馆编纂的全国总书目从1982年开始,德国、奥地利和瑞士依序单列介绍。之前德国文学是作为其他国家文学中的一个子目录介绍,奥地利和瑞士常常归入欧洲文学其他国家。虽然有些瑞士和奥地利作家的作品早在民国时期就有所译介,但大规模的译介还是得益于改革开放大环境的变化。另外二战后德国文学相对消沉和迷茫，除废墟文学和流亡作家的写作外，德国面临清洁语言和意识形态的双重压力，而瑞士和奥地利的作家作品却表现出手法现代丰富、内容符合现实需要等与世界文学大环境无缝对接的优势，在德国也十分受欢迎，这种影响力也对引进到中国起到了一定作用。特别是在现代派各种浪潮涌入中国时，奥地利和瑞士的作家作品自然也成为当仁不让的选择。

瑞士迪伦马特和德国布莱希特的作品都是在中国舞台上上演较多的剧作，其中迪伦马特的《老妇还乡》多次被搬上中国舞台。迪伦马特是瑞士杰出的德语作家，剧作上演也受到联邦德国观众的欢迎，这正反映了战后初期德国舞台的匮乏。迪伦马特的翻译最早见于《世界文学》张佩芬翻译的《法官和他的刽子手》。迪伦马特的多个剧本都曾在中国上演，如上戏演过《物理学家》，北京人艺演过《老妇还乡》等，也有些青年剧作家学习迪伦马特的戏剧创作。《法官和他的刽子手》被定义为侦探小说，1979 年群众出版社推出第 1 版，张佩芬译，一年后重印取得了 17 万册销售的好成绩。迪伦马特的怪诞喜剧让观众含泪地笑，在《关于〈物理学家〉的二十一点说明》中迪伦马特就强调戏剧“故事虽然怪异但不荒诞，现实性显现于似乎荒谬而实际上可能发生的事物之中。谁面对似乎荒谬而实际上可能发生的事物，他就置身于现实之中了。戏剧艺术可以欺瞒观众，使其置身于现实之中，但不能强迫观众顶住现实，甚至去左右现实”[①]。另外还出版了《迪伦马特小说集》(张佩芬译，上海译文出版社，1985)、《迪伦马特喜剧选》(叶廷芳译，人民文学出版社，1981)、《老妇还乡：迪伦马特喜剧选》(叶廷芳、韩瑞祥译，外国文学出版社，2002)，其成功不光是因为进步的思想内容，更是思想内容与艺术形式的和谐统一。

“弗里德利希·迪伦马特是 20 世纪瑞士两位最杰出的作家之一，与他的另一位同时代同胞、也是戏剧家兼小说家的马克斯·弗里施地位相仿。但也有人认为，迪伦马特比弗里施更重要，例如德国著名作家兼批评家瓦尔特·延斯就认为，‘迪伦马特是继布莱希特之后最重要的德语戏剧家’。不管如何，迪伦马特在中国大陆的影响要比弗里施大得多。究其原因，我想在很大程度上当归因于迪伦马特的戏剧美学更接近中国人的审美趣味。同时，迪伦马特的戏剧既有思想性，又有艺术性；既有现代性，又有大众性，这一特点，也较适合当前中国的国情和中国读者的文化水准。”[②]针对目标读者的审美情趣也是翻译选择的因素之一。迪伦马特和弗里施的创作都是批判现实，特别是对战争的反思。但马克斯·弗里施在中国的影响力远远不及迪伦马特。弗里施的长篇小说《施蒂

① 迪伦马特：《关于〈物理学家〉的二十一点说明》，《老妇还乡》，叶廷芳、韩瑞祥译，北京：外国文学出版社，2002 年，第 390 页。

② 叶廷芳：《迪伦马特在中国》，《戏剧艺术：上海戏剧学院学报》2008(3)：10。

勒》是作者的成名作,中译本开始译成《逃离》(许昌菊译,中国文联出版社,1991),后2008年该版本更名为《施蒂勒》(许昌菊译,重庆出版社,2008),通过对雕塑家施蒂勒的描写探讨自我认同问题。此外还有《能干的法贝尔》(江南译,外国文学出版社,1983;重庆出版社,2008),1987年,北京人民艺术剧院曾将马克斯·弗里施的剧本《毕德曼和纵火犯》搬上首都舞台。

黑塞是德裔瑞士作家,其作品翻译的第一个高潮出现在80年代。《在轮下》就出了两个版本:《在轮下》(二十世纪外国文学丛书)(张佑中译,上海译文出版社,1983)和《轮下》(潘子文译,人民文学出版社,1983;1989)。《荒原狼》更是同一年出了两个不同的译本:《荒原狼》(赵登荣、倪诚恩译,上海译文出版社,1986)和《荒原狼》(获诺贝尔文学奖作家丛书第二辑)(李世隆、刘泽珪译,漓江出版社,1986)。此外还有:《纳尔齐斯与歌尔德蒙》(杨武能译,上海译文出版社,1984)、《彼得·卡门青》(外国中篇小说译丛)(胡其鼎译,百花文艺出版社,1983)、《赫尔曼·黑塞小说散文选》(张佩芬译,上海译文出版社,1985)以及《梦系青春:青年辛克莱寻找"夏娃"的故事》(王卫新译,同济大学出版社,1989)。而瑞士文学另一位重量级人物凯勒的长篇小说《绿衣亨利》上、下册由田德望翻译,收入人民文学出版社的《外国文学名著丛书》,分别于1980年6月—1983年10月和1983年9月推出。

奥地利著名作家卡夫卡、茨威格、里尔克、施尼茨勒和穆齐尔等虽然都未获得过诺贝尔文学奖,但文学地位在世界上并不亚于那些诺奖获得者,而且对中国改革开放后的文学思潮起到了极为重要的推动作用。卡夫卡的译介主要开始于1979年《世界文学》推出李文俊译的《变形记》,到1996年河北教育出版社推出《卡夫卡全集》。对卡夫卡的翻译既有其重要的作品,除《变形记》外还有《城堡》(外国文艺丛书)(汤永宽译,上海译文出版社,1980—1982)、《审判》(钱满素、袁华清译,湖南人民出版社,1982)、《诉讼》(孙坤荣译,外国文学出版社,1986),选集有《卡夫卡短篇小说选》(孙坤荣选编,外国文学出版社,1985)、《审判:卡夫卡中短篇小说选》(李文俊、曹庸译,上海译文出版社,1987),此外还推出了《卡夫卡日记》(陆洁、金坚范译,青海人民出版社,1988)、《卡夫卡寓言与格言》(张伯权译,黑龙江人民出版社,1987),以及关于卡夫卡的介绍:《卡夫卡》(瓦根巴赫著,韩瑞祥译,陕西人民出版社,1986)和卡夫卡的研究专辑《论卡夫卡》(叶廷芳著,中国社会科学出版社,1988)。卡夫卡对中国文学的深远影响,应该算德语圈小说类第一人。

茨威格是奥地利的重要作家,也是多产作家,除小说外也撰写历史名人传记。其作品在中国图书市场上一直非常畅销,这与其艺术成就特别是艺术表现符合中国式审美有关,其作品的中译本不计其数。1978年《世界文学》就推出了孙芳来的俄译本《象棋的故事》,1979年人民文学出版社推出了张玉书译的

《茨威格小说四篇》,《一个陌生女人的来信》更是脍炙人口,并被改编成中国电影。原名为《*Ungeduld des Herzens*》的小说在两三年间推出了三种不同的译本:《永不安宁的心》(关耳、望宁译,江苏人民出版社,1982.10);《爱与同情》,(张玉书译,浙江文艺出版社,1983—1984);《危险的怜悯》(名作欣赏丛书)(彭恩华译,山西人民出版社,1984)等。茨威格在传记方面也取得了辉煌成就,其中《巴尔扎克传》也有两个译本:吴小如、高名凯译(上海译文出版社新1版,1983—1985);李金波、鲁效阳译(福建人民出版社,1985)。不少出版社还推出了茨威格作品的选集,如《斯·茨威格小说选》(二十世纪外国文学丛书)(张玉书等译,外国文学出版社,1982—1987);《茨威格小说集》(高中甫、韩耀成等译,百花文艺出版社,1982—1984);《茨威格传奇作品集》(郑开琪等译,江苏人民出版社,1983)等。

奥地利诗人里尔克的创作影响了很大一批人,四川文艺出版社1988年推出了杨武能译《里尔克抒情诗选》。而施尼茨勒号称文学界的弗洛伊德,擅长心理分析小说,北方妇女儿童出版社1988年推出杨源译的《相思的苦酒》。穆齐尔的巨著《没有个性的人》走进中国相隔甚远,2000年作家出版社推出张荣昌译的《没有个性的人》。

纵观德语文学翻译,从1949年后特别是基本为从德语直译的这短短几十年,我们不难发现,德语文学中很多知名作家的名字是与一些翻译家的名字紧密结合在一起。叶廷芳在"德语文学走入中国读者视野——中国德语文学翻译60年"[①]一文中先从新中国成立初期四位翻译家的介绍入手,他们是冯至、钱春绮和田德望、傅惟慈。这几位都是德高望重的翻译家,冯至翻译了海涅、歌德、布莱希特等,钱春绮的诗歌翻译几乎涉及德语文学所有重要诗人如歌德、海涅、尼采、里尔克、施托姆、奈莉·萨克斯等一串长长的名单。田德望和傅惟慈都啃下了艰难的德语巨著,前者翻译了瑞士作家凯勒的《绿衣亨利》上、下册,后者翻译了德国作家托马斯·曼的长篇家族小说《布登勃洛克一家》上、下册。此外,张威廉与布莱德尔、杨武能与歌德、叶廷芳与卡夫卡、张黎与布莱希特、张佩芬与黑塞、张玉书与茨威格等紧密相连,很多翻译工作与研究工作相结合,成为所译作家的研究专家。当然很多译者和研究工作者并不仅仅涉足某个作家,如绿原对歌德和里尔克诗歌的翻译,董问樵不仅翻译了大量的歌德作品,还翻译了亨利希·曼的长篇小说,他们的辛勤工作极大地丰富了德语文学在中国的译介和接受。

---

① 叶廷芳:《德语文学走入中国读者视野——中国德语文学翻译60年》,中国作家网2009年10月17日。

第三节　文学奖的契机与流行文学的引进

一、文学奖成为译介的契机

如果说经久不衰、经典化的文学作品是中国文学翻译出版界文本选择的标准之一，进入90年代后特别是21世纪，获奖作品成为另一重要的选择标准。文学作品获得较重要的奖项可以代表其诗学观、文学价值都位于上流，翻译这样的文本应该具有重要的学习借鉴意义，也更容易与外部主流诗学接轨。

在各种文学奖项中，诺贝尔文学奖尽管常常因获奖人存有争议但依然不可动摇其重要的地位，除诺贝尔文学奖外，在德语文学圈里毕希纳奖公认是最重要的德语文学奖，其他还有巴赫曼奖、克莱斯特奖以及德语图书奖，等等。我们主要以诺贝尔奖为例，梳理德语世界中获得诺贝尔文学奖的情况。从1901年开始颁发诺贝尔文学奖至2009年德语女作家赫塔·米勒获奖，一共产生了104位，德语写作的作家有13位，除瑞典籍德语女作家奈莉·萨克斯没有单行本作品翻译外，其他获奖者的获奖作品或多部作品均已被翻译出版，如霍普特曼、海泽、托马斯·曼、黑塞、伯尔、格拉斯、卡内蒂和耶利内克等。其他翻译作品较少的获奖作家多为早期获奖者，如1902年的得主特奥多尔·蒙森(1817—1903)，他是诺贝尔文学奖得主中比较特殊的一位，蒙森是著名的历史学家，文学奖颁给他撰写的《罗马史》(也有译为《罗马风云》)。他们获奖作品的翻译都在这一时期才完成，如蒙森的《罗马史》(李稼年译，商务印书馆，1994—2005)；《罗马风云》(王建、王炳钧等译，漓江出版社，2001)。1908年得主鲁道夫·奥伊肯(1846—1926)也很特殊，他是位哲学家，与帕格森都是生命哲学的倡导者，其获奖作品译为《生活的意义与价值》(万以译，上海译文出版社，1997;2005)，这部作品民国时期已推出余家菊的译本。瑞士德语作家卡尔·弗里德里希·乔治·施皮特勒(1845—1924)是1919年诺奖得主，其获奖作品《奥林匹斯的春天》1996年由漓江出版社推出，施岷译，2001年再版，这是部神话史诗。在搜集资料的过程中发现2006年时代文艺出版社推出一系列所谓李斯译的诺贝尔文学奖作品，如《人生的意义与价值:1908年获奖》《罗马史:1902年获奖》《奥林匹斯的春天:1919年获奖》《倔犟的姑娘:1910年获奖》，等等。这显然反映了某些赞助人的急功近利，但从反面说明诺贝尔文学奖对市场的影响力很大。

诺贝尔文学奖1910年得主海泽(1830—1914)是德国小说家、诗人、剧作家，其作品民国时期有所翻译，但重要的翻译主要集中在80年代及以后。其重要作品《特雷庇姑娘》由杨武能翻译，1983年漓江出版社推出，其后该译本又于

2001年和2003年分别在漓江出版社和广西师范大学出版社推出。另外，海泽的《台伯河》也由杨武能翻译，华夏出版社2007年出版。

1912年得主霍普特曼(1862—1946)的作品民国时期就有杨丙辰、钟国仁等的翻译，头十七年中的1957年新文艺出版社推出了《织工们》(吕铮译)，并未强调其诺奖得主身份，而是如那个时代的统一思想从工人阶级为革命力量的角度进行译介。再次向中国读者介绍霍普特曼已经到了80年代，《霍普特曼小说选》(蔡佳辰译，外国文学出版社，1985)和《戏剧两种》(包括《织工》和《海狸皮大衣》，韩世钟、章鹏高译，上海译文出版社，1986)。《群鼠》也在1991年由章国锋等译出，漓江出版社收入获诺贝尔文学奖作家丛书中。

托马斯·曼(1875—1955)是1929年诺贝尔奖的得主，新中国成立后最早翻译出版了《布登勃洛克一家》，将其归入外国古典文学名著，推出时同样挖掘出意识形态的意义，即德国市民社会灭亡的必然性。而艺术性未受到足够的重视。托马斯·曼的其他重要作品如《死于威尼斯》(也有译《威尼斯之死》)、《大骗子克鲁尔的自白》《绿蒂在魏玛》《马里奥和魔术师》等都有了译本，就是被认为哲理性很强、内容艰涩难懂的《魔山》也推出了杨武能等译的漓江出版社版本、杨武能单独出的中国戏剧出版社版本和钱鸿嘉的上海译文出版社译本。另外还出版了各种选集如《托马斯·曼中短篇小说集》(刘德中等译，上海译文出版社，1980)、《托马斯·曼中短篇小说选》(钱鸿嘉、刘德中译，上海译文出版社，1986)、《托马斯·曼文集》(上海译文出版社，2006)、《托马斯·曼中短篇小说全编》(吴裕康等译，漓江出版社，2002)，等等。

1946年诺奖得主是黑塞(1877—1962)。《荒原狼》的李世隆、刘泽珪译本(漓江出版社，1986)属于获诺贝尔文学奖作家丛书，收入的不仅仅是长篇小说《荒原狼》《彼得·卡门青德》，还有中短篇小说《拉第德》《回乡》《订婚》《笛梦》。此外《纳尔齐斯与歌尔德蒙》(杨武能译，上海译文出版社，1984)、《彼得·卡门青》(胡其鼎译，百花文艺出版社，1983)，另外还有张佩芬译的《赫尔曼·黑塞小说散文选》，共收集了12篇作品，上海译文出版社出版。在大部分经典作品均已有译本的基础上，上海译文出版社又在2007年推出《黑塞文集》收录了《荒原狼》《玻璃球游戏》《纳尔齐斯与歌尔德蒙》《在轮下》《堤契诺之歌：散文、诗与画》《婚约：中短篇小说选》等。上海人民出版社2009年推出了赫尔曼·黑塞作品系列，基本都是之前未受到足够关注和译介的，如《悉达多》《德米安：埃米尔·辛克莱的彷徨少年时》《罗斯哈尔德》《盖特露德》《德米安》等。

犹太作家奈莉·萨克斯(1891—1970)于1966年和以色列作家阿格农一同获奖，其诗剧《伊莱》受到诺奖评委的好评。虽未在中国翻译出版过单行本，但其诗歌被收入多部获奖作品选中。如《诺贝尔文学奖获奖作品精华集成》(A、B册)(王国荣主编，文汇出版社，1993)收录了萨克斯的15首诗，如

“噢，烟囱”“是谁把你们鞋里的沙倒空”等。《诺贝尔文学奖全集》(上、下册)(宋兆霖主编，北京燕山出版社，2006)只收录了钱春绮译的六首诗。1988年的《诺贝尔文学奖金获奖诗人作品选》(宋兆霖主编，浙江文艺出版社)一共收录了八首：钱春绮译的六首诗：“我真想知道”“约伯”“黑夜，黑夜”“啊，母亲”“你坐在窗口”“哦，哭泣的孩子们的夜晚”等以及魏家国译的“被拯救者同声歌唱”和“墓志铭”两首。《诺贝尔文学奖获奖作家诗歌选》(宋兆霖选编，浙江文艺出版社，2005)，也是选了这八首诗。奈莉·萨克斯的授奖词和授奖演说都是章国锋翻译的。

埃利亚斯·卡内蒂(1905—1994)是1981年诺奖得主。卡内蒂经历丰富，很难将其归入哪国文学，但他一直用德语写作，所以被称为德语文学作家。其长篇小说《迷惘》出过多个译本，望宁译(湖南人民出版社，1985；译林出版社，2001)、钱文彩译(漓江出版社，1986)和章国锋等译(外国文学出版社，1986)。还有散文作品《五十个怪人，又名耳证人：五十种性格》由沙儒彬、罗丹霞译，1989年三联书店推出。自传体小说《获救之舌》(陈恕林等译，工人出版社，1989；陈恕林、宁瑛、蔡鸿君译，新星出版社，2006)、《眼睛游戏：1931—1937年间生活经历》(陈良梅译，新星出版社，2006)和《耳中火炬：1921—1931年间生活经历》(陈良梅、王莹译，新星出版社，2006)也称为三部曲回忆录。另有一部杂文著作《群众与权力》(冯文光、刘敏、张毅译，中央编译出版社，2003)，很遗憾作者名译为埃利亚斯·卡内提，加上卡内蒂的国籍翻译成英国、德国和保加利亚，对读者造成较大的迷惑和混乱。三部曲回忆录讲述了其在保加利亚、英国、奥地利和瑞士等国的经历。

伯尔(1917—1985)是1972年诺贝尔文学奖得主，前面介绍过其中篇小说《丧失了名誉的卡塔琳娜·勃罗姆》早在1977年作为内部发行推出过；80年代推出了《莱尼和他们》《一声不吭》《小丑汉斯》《小丑之见》《早年的面包》《一次出差的终结》《保护网下》以及《伯尔中短篇小说选》等。90年代又推出了《女士及众生相》(高年生译，漓江出版社，1991)、《伯尔作品精粹》(倪诚恩选编，河北教育出版社，1994)、《伯尔文论》(黄凤祝、袁志英译，三联书店，1996)、《亚当，你到哪里?》(虞龙发译，上海译文出版社，1999)、《小丑之见》(高年生、张烈材译，上海译文出版社，1996)、《无主之家》(倪诚恩、徐静华译，上海译文出版社，1996)、《爱尔兰日记》(舒柱、英兰译，漓江出版社，1992)、《天使沉默不中用的狗》(曹乃云、刁承俊译，译林出版社，1998)、《笑着》(姜爱红译，外语教学与研究出版社，2002)，以及两部对深入了解和研究伯尔非常有帮助的选编和研究著作：《伯尔生平与著作》(黄凤祝等编，三联书店，1996)和《交互文化沟通与文化批评：“伯尔与中国”国际学术研讨会论文集》(孙周兴、黄凤祝编，上海：译文出版社，2005)。

君特·格拉斯(1927—　)于1999年获得诺贝尔文学奖。尽管《铁皮鼓》1959年就出版,但直到1999年才因此部作品将诺贝尔奖颁奖给格拉斯。真正大规模的译介始于诺奖颁发后,但1990年推出了中译本。格拉斯是个多才多艺的作家,也是四七社成员之一,其长篇小说《铁皮鼓》“出版后的25年里销售了三百多万册,被译成二十多种文字,还被改编成电影,获得奥斯卡最佳外语片奖。1999年格拉斯获得了诺贝尔文学奖”[①]。中国80年代初《世界文学》曾经对格拉斯有过零星的译介,但因为其联邦德国作家身份、荒诞的手法和反思的深度使得格拉斯真正进入中国文学系统比其在世界文坛的风生水起晚了将近30年,1987年《世界文学》推出了君特·格拉斯小辑,1990年上海译文出版社推出胡其鼎译的《铁皮鼓》,但真正拉开译介和研究学习序幕的还是1998、1999年,漓江出版社将格拉斯的《但泽三部曲》同时推出:《铁皮鼓》(胡其鼎译)、《狗岁月》(刁承俊译)和《猫与鼠》(蔡鸿君译)。胡其鼎的译本被上海译文和漓江出版社不断重印。21世纪格拉斯几乎所有重要的作品甚至有些出版后即购买了版权翻译推出,如《比目鱼》(冯亚琳、丰卫平译,漓江出版社,2003)、《母鼠》(魏育青译,上海译文出版社,2005)、《蟹行》(蔡鸿君、石沿之译,上海译文出版社,2005)、《我的世纪》(蔡鸿君译,上海译文出版社,2005)、《辽阔的原野》(刁承俊译,上海译文出版社,2005)、《剥洋葱:诺贝尔文学奖得主君特·格拉斯回忆录》(魏育青、王滨滨译,译林出版社,2008)、《局部麻醉》(刘海宁译,南京大学出版社,2010)等。

奥地利女作家艾尔弗雷德·耶利内克(1946—　)是诺贝尔文学奖2004年的得主。“耶利内克的译介被视为外国文学翻译出版的个案,赞助人的因素起到了非常重要的作用。在翻译出版界,版权代理人鲜见走到幕前,而2005年耶利内克在中国的版权代理人蔡鸿君先生撰写了文章‘耶利内克如何来到中国’,附录在深圳报业集团出版社出版的三本著作,后全文发表在《外国文学动态》(2006年第一期和第二期)上。从中我们了解到耶利内克的作品在多家出版社几乎同时推出的缘由。这在诺奖作家甚至外国文学领域都是极为少见的。在获奖后短短一年左右的时间里,国内的翻译几乎涵盖了耶利内克这个多产作家从20世纪70年代到21世纪初创作的各个时期的作品,共计11部,除小说外还有不少戏剧作品,相当可观。译介的整体特点就是‘短平快’,应该说实属罕见。短是指整个译介在获奖后到下一位诺奖获得者出炉前迅速达到了高潮,但很快就归于沉寂;平是指多部作品在多个出版社几乎同时推出;快则指出版社以及众多媒体、研究者对耶利内克获奖反应快速。对耶利内克的研究主要集中在获奖后的2005年,大多是作家点评或针对《钢琴教师》等少数几部作品。而

---

① 李昌珂:《德国文学史》(第5卷),南京:译林出版社,2008年,第154页。

格拉斯获奖后的研究文章并未如耶利内克出现高潮,但年份分布比较均匀。"①2005年不同出版社同时推出耶利内克的作品:《钢琴教师》《米夏埃尔:一部写给幼稚社会的青年读物》《贪婪》《美好的时光》《我们是诱鸟,宝贝!》《托特瑙山》《娜拉离开丈夫以后:耶利内克戏剧集》《逐爱的女人》《魂断阿尔卑斯山》《死亡与少女》《啊,荒野》等。其中耶利内克的《钢琴教师》当初作为《曾经轰动的20世纪外国女性小说丛书》中的一部,后来被搁置下来,直到获得了诺奖,如果没有诺奖的契机,也许《钢琴教师》中译本的面世还得费一番周折。

德国本土最重要的文学奖项毕希纳奖的许多得主如伯尔、卡内蒂、格拉斯、耶利内克后来获颁诺贝尔文学奖,因此有媒体称毕希纳奖为诺贝尔文学奖的风向标。获得过毕希纳奖的重要作家还有西格斯、凯斯特纳、弗里施、保罗·策兰、迪伦马特、瓦尔泽、克里斯塔·沃尔夫、巴赫曼等,巴赫曼奖也是德国重要文学奖项之一。我们以2004年毕希纳文学奖得主威廉·格纳齐诺为例,其作品《爱的怯懦》("21世纪年度最佳外国小说"评选中2005年度德语文学入选作品)(周新建译,人民文学出版社,2007)、《一把雨伞给这天用》(刘兴华译,上海人民出版社,2008)、《女人,房子,一部小说》(刘海宁译,译林出版社,2009)都已经翻译推出,最后一部被视为格纳齐诺的自传体小说,也被认为是一部成功的成长小说,而格纳齐诺曾到中国朗读过自己的作品。

二、经典作家作品译介的进一步完善

进入90年代后带有浓厚民主德国色彩的作家作品渐渐淡出中国读者和研究者的视线。经典德语作家作品的翻译在经过前四十年德语翻译界的辛勤积累后步入到查漏补缺、进一步完善的阶段。翻译和出版界也在寻找新的热点和亮点。除诺贝尔文学奖得主的作品全面翻译外,还出版了一批经典作家的全集如《茨威格小说全集》(高中甫主编,西安出版社,1995)和《卡夫卡全集》(叶廷芳主编,河北教育出版社,1996)以及众多作家选集。

古典文学中的歌德、席勒和海涅等在各种纪念年都会掀起新一轮译介和研究的高潮。2005年为纪念德国狂飙突进和古典时期的伟大作家席勒逝世二百周年,人民文学出版社推出了张玉书选编,钱春绮、朱雁冰、章鹏高等翻译的《席勒文集》,共6卷,第一卷为诗歌、小说,第二卷至第五卷收入了《强盗》《阴谋与爱情》《威廉·退尔》等熟知和《墨西拿的未婚妻》《德米特里乌斯》等对中国读者来说相对陌生的共11部剧作,第六卷收录了席勒重要的文艺美学理论《人的美学教育书简》等重要作品。充分彰显了席勒在文学史和思想史的重要地位。席勒的戏剧虽然有着18世纪下半叶的烙印,但除反叛外也挖掘了掩藏在冲突背

① 陈民、许钧:《无力面对的镜子——耶利内克在中国的译介与接受》,《南京社会科学》2010(5):105。

后的人性问题和道德价值。到2005年席勒逝世两百周年，席勒的美学思想成为纪念文章的主题。另外，2002年人民文学出版社推出张玉书选编的《海涅文集》，共分4卷，分别为“批评卷”“诗歌卷”“游记卷”和“小说戏剧杂文卷”。2003年河北教育出版社推出章国锋、胡其鼎主编的《海涅全集》，共12卷。至此，中国德语界已比较集中而全面地反映了德国作家海涅的创作成就。

值得一提的还有经典诗人的翻译，诗歌翻译是件极其困难的工作，这是由诗歌本身的特质决定的，并且德语语言本身和中文的差距甚大，所以诗歌的翻译相对小说和戏剧在量上都要有限。荷尔德林(1770—1848)被归入“介于古典文学与浪漫文学之间”[①]的诗人，他是位多产诗人，也是位美学思想家。中国共推出了3部诗集:《荷尔德林诗选》(顾正祥译注，北京大学出版社，1994)、《塔楼之诗》(先刚译，同济大学出版社，2004)和《荷尔德林后期诗歌》(上、中、下)(刘皓明译，华东师范大学出版社，2009)。后者还分文本卷和评注卷，文本卷为德汉双语对照，按体裁和编年收录了荷尔德林1800—1807年间除赞歌外的全部诗歌作品(含完成作品、完整草稿、修改稿、不完整草稿、片段等)及其翻译。评注卷详尽阐述诗人后期作品的历史背景及其神学、哲学、诗学和美学内涵，对其诗歌进行分析。这种诗歌选集的方式非常新颖独到。此外，里尔克(1875—1926)的诗歌翻译也推出了几本诗选，都命名为《里尔克诗选》，有绿原译(人民文学出版社，1996;1999)、臧棣译(中国文学出版社，1996)和黄灿然译(河北教育出版社，2002)等。除诗歌外，还出版了散文选等，如《上帝的故事:里尔克散文随笔集》(叶廷芳、李永平编，中国广播电视出版社，2000)、《里尔克散文选》(绿原、张黎、钱春绮译，百花文艺出版社，2005)和《里尔克散文》(叶廷芳选编，人民文学出版社，2008)，以及《杜伊诺哀歌》(刘皓明译，辽宁教育出版社，2005;林克译，同济大学出版社，2009)、《艺术家画像》(张黎译，花城出版社，1999)和《马尔特手记》(曹元勇译，上海译文出版社，2007)。

德国当代作家马丁·瓦尔泽虽然未获得过诺贝尔文学奖但也是位和格拉斯同等级别的重量级作家。瓦尔泽的第一部长篇小说也是其成名作《菲城婚事》，1983年由马仁惠译，江西人民出版社推出，后易名为《菲利普斯堡的婚事》(胡君亶、王庆余译，上海译文出版社，2008)。1987年陕西人民出版社推出了倪仁福等译的《爱情的彼岸》。但真正大规模翻译是在21世纪，除《菲城婚事》重译外，还推出了《惊马奔逃》(郑华汉、朱刘华译，浙江文艺出版社，2004)、《批评家之死》(黄燎宇译，人民文学出版社，2004)、《迸涌的流泉》(卫茂平译，上海译文出版社，2005)、《恋爱中的男人》(黄燎宇译，人民文学出版社，2010)等。

克里斯塔·沃尔夫(1929—2011)(也译为克丽丝塔·沃尔夫)是前东德女

---

① 任卫东、刘慧儒、范大灿:《德国文学史》(第3卷)，南京:译林出版社，2007年10月，第165页。

作家,但其影响力不仅仅在前东德,东西德都对其文学创作给予很高的评价,获得过毕希纳奖、托马斯·曼奖、还有德国图书奖。沃尔夫的创作具有深邃的思想内涵,且因为沃尔夫的前东德著名作家身份,其新作面世总是引起极大的轰动和争议。沃尔夫的中译本主要有《分裂的天空》(刁承俊译,重庆出版社,1987)、《美狄亚:声音》(朱刘华译,上海译文出版社,2006)和《卡珊德拉》(包智星,孙坤荣译,上海译文出版社,2006)。

三、通俗流行文学的大量译介面世

文学作品的市场前景成为文本选择的重要标准,作为赞助人之一的出版社被推向市场化,社会效应和市场效益都是出版社需要考虑的因素。90年代中期以来德语国家的通俗流行文学翻译开始大量面世。其原因很多,一方面是90年代德语国家年轻一代作家崛起,队伍不断壮大。另一方面外国文学翻译市场的放开,多家出版社去追逐获奖作品(如耶利内克),新入行的出版社另辟蹊径,转向通俗流行文学的翻译出版,如21世纪出版社推出系列、大批侦探小说和科幻小说等。通俗流行文学的翻译一定程度上改变了中国读者对德语文学的恐惧心理,很多作品被冠以"流行小说"(如孔萨利克的《黑品官》,华宗德等译,译林出版社,1997)、"侦探小说"(如科顿的《绑架游戏》,朱刘华译,群众出版社,2001)、"畅销小说"(如海勒的《先报复,后娱乐》,朱刘华译,漓江出版社,1999)、"通俗小说"(如莎克的《生死不测》,裘明仁译,上海译文出版社,1992;丹内拉的《薰衣草中的少女》,蔡幼生译,上海译文出版社,1996)、"科幻小说"(如奥托·维里·盖尔的《争夺宙斯之剑》,孟白译,福建人民出版社,1982)等标签。涉足德语文学翻译圈的出版社越来越多,但也带来了另一个问题,大部分出版社缺乏德语编辑。出版翻译的非诗学和文学性因素越来越引起重视,如版权问题,追求利益和效益等。这一时期的大部分当代作品特别是流行畅销小说以及儿童文学都是以多册同时推出。恩德的作品在2000年就同时推出了5本,90年代孔萨利克(或译为康萨利克)的作品就十多部。当代文学翻译的共时性更加强烈,较大程度地改变了有研究无翻译的局面。流行畅销文学的翻译也在一定程度上改变了中国读者对德语文学艰涩难懂的印象。

德语文学中值得关注的是儿童文学在中国的畅销,早期如格林童话和豪夫童话的儿童文学版,世纪之交当代德语儿童文学也十分热销。《文学报》2002年10月24日第002版发表了作者为宗信的文章:"在中德建交30周年之际,北京德国图书信息中心凯泽女士谈——德国文学在中国","总的说来,德国出版社把最多的特许出版许可证卖给了中国。2000年共出售了380个,主要是儿童文学作品和社科类图书。这也是德国之优势所在。”①

以1999年的出版为例，根据1999年《全国总书目》的统计，全国共出版8871本文学类图书(《全国总书目》仅统计初版和改版的图书)，其中德语文学图书共177本，经典文学共计34部，另格林童话各种版本(包括儿童文学版本)15部，20世纪之交的探险小说21部，当代流行畅销通俗类文学合计107部。当代文学中的凯斯特纳是儿童文学作家，凯斯特纳被评价为20世纪最伟大的德国儿童文学作家，获得过安徒生奖，其成名作《埃米尔擒贼记》被拍成电影，在中国也受到好评。除南海出版社推出《艾米尔和侦探们》(李海丹译)外，明天出版社共出版了7本:《埃米尔擒贼记》(华宗德、钱杰译)、《飞翔的教室》(赵燮生译)、《动物会议》(任庆莉、蔡鸿君译)、《两个小洛特》(赵燮生译)、《小不点和安东》(孔德明译)和《袖珍男孩儿和袖珍小姐》(刘冬瑜译)、《5月35日》(刘冬瑜译)。恩德创作的《毛毛》《永远讲不完的故事》等(李士勋译，21世纪出版社，2004);奥地利儿童文学作家勃莱齐纳的作品翻译了12本，都是汤姆·托伯惊险系列，由上海科技普及出版社推出。勃莱齐纳(译为布热齐纳)的《冒险小虎队》(译为布热齐纳)由浙江少年儿童出版社推出，畅销不衰，连续23次荣登“中国少儿畅销书榜”榜首，到2009年已经突破了2300万册，创造了图书市场的记录。卡尔·麦(1842—1912)是个有着超常想象力的作家，除撰写乡村故事外，其创作的异域探险故事非常吸引人。中国妇女出版社在1999年共推出21部，冠以世界探险故事丛书。德国当代女作家G·霍普特曼的作品共出版三部:《找个衰男人过日子》《床上的谎言》和《死了的丈夫是好丈夫》，由漓江出版社的《欧美畅销书丛》推出。这一年中经典作家只有歌德作品或围绕歌德的翻译(或重译)较多，共11部，而海涅、黑塞、托马斯·曼、茨威格等都只有1部，卡夫卡有4部，且多为文集或各种选集。更多的还是各种当代儿童文学、侦探、冒险小说。

流行文学中也有不少精品翻译成中文，如乌韦·提姆的《咖喱香肠之诞生》(刘灯译，译林出版社，2000)，施林克的《生死朗读》(姚仲珍译，译林出版社，2000)，等等。《生死朗读》后译名改为《朗读者》(钱定平译，译林出版社，2006;2009)，以及《爱之逃遁》(姚仲珍，拱玉书译，译林出版社，2003)、《快刀斩乱麻》(温桂华译，群众出版社，2004)、《销声匿迹》(朱军评译，群众出版，2004)、《误入歧途》(史扬、刘丰、肖科译，群众出版社，2004)、《机关算尽》(朱军平译，群众出版社，2004)和《回归》(吴筠译，人民文学出版社，2008)。这些精品的推出已充分体现出翻译出版的社会效应与经济效益相结合的市场运作模式。

---

① 宗信:《在中德建交30周年之际，北京德国图书信息中心凯泽女士谈——德国文学在中国》，《文学报》，2002年10月24日。

第五章
东、南、北欧文学翻译之考察与分析

第一节　从裴多菲、伏契克到昆德拉

——东欧文学的翻译

“东欧”作为国际区域划分概念，不只是一个具有地域意义的名词，它是冷战时期形成的一个特殊政治地理概念①，因而有着特定的政治和文化内涵。因此，在文学史描述中的这一诸国并称的方式，不仅出于一种概述时的便利，更凸显了“东欧”概念的政治文化内涵。“东欧文学”的概念也是这种含义的体现②，本节就中国60年来对这一地区翻译文学的分析与考察，也与这一含义密切相关。

东欧文学的翻译，虽说在数量上逊色于英、法、德等国家或语种的文学，但在中国现代翻译文学史上同样有着重要的传统。这种重要性和特殊性，至少体现在以下几个方面：

第一，它贯穿了整个中国现代翻译文学史的始终。东欧文学在中国的翻译肇始于20世纪初叶。根据现已掌握的资料，1906年吴梼从日文转译波兰作家

---

①　政治意义上的“东欧”，实际包括了地理位置上的中欧三国，即波兰、捷克斯洛伐克和匈牙利，以及东南欧及巴尔干半岛四国：罗马尼亚、保加利亚、南斯拉夫和阿尔巴尼亚。另外，第二次世界大战后至80年代末，德意志民主主义共和国即东德也纳入东欧概念中。但自20世纪90年代以来，这个区域的政治格局已有相当大的变化：东德已经从这个概念中分离出去(1990年10月东西德合并)；捷克与斯洛伐克各自独立(1992年7月)；南斯拉夫联邦共和国已分解成若干个民族国家，包括先后分离并独立的斯洛文尼亚、克罗地亚、马其顿、科索沃(1991)。最后连“南斯拉夫(联盟共和国)”这个延续了近80年的国家名词也变成了“塞尔维亚和黑山”(2003)。

②　关于“东欧”和“东欧”文学的政治文化含义特别是对于中国现代文化与文学的意义，参见宋炳辉《政治东欧与文学东欧：论东欧文学与中国文学现代性的内在关联》，《中国比较文学》2010(4)。

显克维奇的小说《灯台卒》[①]可能是最早发表的东欧文学的译作，由此开始了现代中国对东欧文学翻译的历史，之后经过近百年的翻译、介绍和研究的积累，中国的读者、学术界和文学界对东欧的了解在整体上也更趋于全面和深入。

第二，有重要的翻译家、作家和研究者参与其间，尤其是鲁迅、周作人、茅盾、巴金、施蛰存、王鲁彦、叶君健、杨绛等中国现代文学的第一、第二代作家积极倡导和参与其间，因此，在译介与研究方面有着深厚的传统。

第三，在中国翻译文学的现代时期，因为涉及语种多而相应的语言人才稀缺等原因，这一领域的文学翻译，是借助第三种语言转译现象最为集中的领域。直到新中国成立之后，东欧语言人才的培养完成了从无到有的发展，这种情况才有变化。

第四，更重要的是，这一译介传统因与中国文化与文学的自身建设有着重要而独特的关系，从而使东欧文学在中国有着特别意义和影响力。如果与西欧文学的中译相比较，东欧文学无论在数量还是在系统程度上，都有着明显差距。但作为一种外来文化和文学资源，东欧文学在现代中国的意义又因其独特性而发挥着特别的作用和影响。从 20 世纪上半叶中国翻译文学的语境来看，大都是将东欧文学视作"弱小民族文学"看待的。近代以来中国在政治、经济和文化上受西方列强压制、入侵，戊戌变法以来中国历代志士不断寻求强国之道，五四新文化运动更是民族意识的高度觉醒，在对世界文化和文学的开放过程中，一方面学习西方近代以来的先进文化和文学成果，作为更新民族文化，寻求民族文化和文学复兴，进行文学现代化的资源；另一方面又需要向强大的敌人学习。因此，这一过程本身就压抑了自身的民族情感，特别是压抑了近代以来受西方强国欺凌的屈辱感，"师夷之长技以制夷"的口号，从民族现代化战略的意义上是十分明智的，但"师夷""制夷"的最终目的都是为了民族的自强和文化的繁荣，在完成这一过程中所压抑的屈辱感终归需要释放，需要在相应的对象身上寄托这一份情感。于是，中国人在那些同样受英、法、德、美等西方强国压制的"弱小民族"身上，看到了与自己同样的命运，在他们的文学中，听到了同样的抗议之声，体会到同样的寻求民族独立、人民解放的情感。而一批敏感的新文化人士，如鲁迅、周作人、茅盾、郑振铎等为代表的新文学作家，正是居于这样考虑[②]，正是为了唤起独立自强的激情，寄托屈辱的民族情感，促使新兴的中国新

---

① 今译《灯塔看守人》，原署"星科伊梯撰，日本田山花袋译，吴梼重译"，载《绣像小说》(上海)，1906(68)、1906(69)。

② 鲁迅在 20 世纪 30 年代回忆早年对外国文学的关注时说道："但也不是自己想创作，注重的倒是绍介，在翻译，而尤其注重于短篇，特别是被压迫的民族中的作者的作品。因为那时正盛行着排满论，有些青年，都引那叫喊和反抗的作者为同调的。……因为所求的作品是叫喊和反抗，势必至于倾向了东欧，因此所看的俄国、波兰以及巴尔干诸小国作家的东西就特别多。也曾热心的收求印度，埃及的作品，但是得不到。记得当时最爱看的作者，是俄国的果戈理和波兰的显克微支。日本的夏目漱石和森欧外。"见《我是怎么做起小说来》，《鲁迅全集》(第 4 卷)，北京：人民文学出版社，1982 年。

文学与民族现实命运的紧密结合,才大力提倡、积极译介以东欧文学为代表的“被损害”的民族文学。

中华人民共和国成立后,作为新中国文化建构的重要组成部分,文学翻译和研究事业得到了重视。中国与东欧诸国一样,同样面临着主权独立以后特定的现代化处境与任务;同时,又有政治意识形态的相似性,即在国际冷战格局中同属以苏联为首的社会主义阵营,保加利亚、罗马尼亚等东欧国家还是最先承认并与新中国建交的国家,加以中国与苏联以及东欧国家在政治经济和贸易领域的密切关系,相互之间往来频繁。因此,中国与东欧之间的文化和文学交往,理所应当地获得新生的中国政府机构的大力支持。作为全国文学艺术界领导人的周扬与茅盾,在新中国成立之初,都针对引进外国文学的资源问题,提出了加强对苏联和其他新民主主义国家文学学习和介绍的主张。因此,中国现代翻译文学中的东欧文学译介传统,在新的历史语境下得以传承,并因为得到国家政治强有力的支持而发扬光大。

在1966年“文化大革命”开始之前的十七年里,仅东德之外的东欧7国的古典(19世纪前)文学作品翻译就有80多种单行本,共涉及100多位作家的300多个篇目,同时还有多种以国别形式编译的现代文学作品集问世。尤其是1950年至1959年间,东欧文学作品源源不断地被译成了汉语,掀起了东欧文学翻译的一个高潮。这一时期的东欧文学译介体现了如下明显特色[①]:

第一,政府力量的推动大大加强双方的人员来往和信息交流,文学译介的数量剧增,范围也拓展到包括电影等新兴艺术[②];在大学逐渐设置了东欧语言文化专业,培养了一批专业人才,他们便相继成为中国与东欧文化交往和文学译介的中坚。在此之前,东欧文学作品大都由日、德、英、法、俄、世界语等语言转译成汉语,基本上都绕了一个弯,有些还绕了几个弯。介绍和研究文章也多是根据二手或三手材料而写成的。艺术性和准确性都有可能遭到损害。这自然只是无奈之举和权宜之计。因为,很长一段时间,我国根本没有通晓东欧国家语言的人才。新中国成立后,为了更好地进行文化交流,国家先后多次选派留学生到东欧各国,学习它们的语言、历史和文化,培养了一批专门从事东欧文学教学、翻译和研究的人才。后来,这些人才主要集中在北京外国语学院东欧语系和中国社会科学院外国文学研究所。外国文学研究所东欧文学研究(组)室也应运而生。最鼎盛时,它几乎拥有东欧各语种的专家学者,他们中

---

① 关于这一部分概括,本文参考了高兴:《六十年曲折的道路——东欧文学翻译和研究》,《文艺理论与批评》2010(6)。

② 在中华人民共和国成立后的17年间,东欧国家的许多电影被中国译制并播映,这在国产电影并不发达的当时,产生了很大的社会影响。作为一种直观的影像展现,这些电影呈现了这些国家的历史和现实,对建构新中国的民族文化意识及其世界想象,甚至有着比文学作品更为直接和广泛的作用。

有:波兰文学的林洪亮和张振辉;捷克文的蒋承俊;匈牙利文的兴万生、冯植生和李孝凤;保加利亚文的樊石和陈九瑛;罗马尼亚文的王敏生;南斯拉夫文和阿尔巴尼亚文的高韧和郑恩波。此外,《世界文学》编辑部和北京外国语学院东欧语系等单位还涌现出了杨乐云、易丽君、冯志臣、陆象淦、李家渔等优秀的翻译家和学者。

第二,这一时期的东欧文学在译介途径上也大多从原语直接译入;在译介方式上也与英、法、俄、德等主流西方语种的文学译介一样,逐步建立起一定的翻译规范。于是,从50年代末开始,人们就从《译文》(1959年后改名为《世界文学》)上陆续读到一些直接译自东欧语言的文学作品,一些评介文章也都出自第一手材料,许多东欧文学作品得以翻译出版。

第三,这时期东欧文学译介也明显受制于这种意识形态和国际关系的变化。由于政治因素的影响,所选择和译介作品的艺术水准良莠不齐,不少作品的政治性大于艺术性,有些更是充满政治说教色彩,作品的题材也有明显的时代痕迹。如有关二次大战和农村集体化题材成为两大主要译介内容,尤其是后者,更与苏联文学这一共同的影响源有关。50年代早期斯大林时代的结束,引起的苏联内部变革和东欧政治经济改革,引发中国与东欧之间在政治意识形态和国际关系上的摩擦乃至冲突。进入60年代,由于中苏关系开始恶化,中国和东欧大多数国家的关系也因此日趋冷淡。"文化大革命"期间,整个国家都处于非正常状态,东欧文学翻译和研究事业也基本处于停滞阶段。在近十多年的时间里,东欧文学的译介活动充满各种波折和动荡,至60年代中期后一度几乎中断,我们几乎读不到什么东欧文学作品,只看到一些阿尔巴尼亚、罗马尼亚和南斯拉夫的电影,如阿尔巴尼亚的《伏击战》《第八个铜像》,罗马尼亚的《多瑙河之波》《勇敢的米哈伊》《齐波里安·波隆佩斯库》,南斯拉夫的《桥》《瓦尔特保卫萨拉热窝》等,对我们了解到那些国家的历史和现实状况,起到了特殊的作用,也伴随了一代中国人的成长。

新时期开启了对外开放的政治文化时代,也启动了70年代末和80年代中国文学和学术的黄金时代。经过十多年的沉寂,直到70年代末之后,东欧文学这种译介状况很快有了改观。在新时期十多年时间里,尽管对西欧与北美文学的译介日渐成为整个外国文学译介的主流,但译介对象在整体上获得不断扩大,东欧文学的译介传统也得以恢复。许多文学经典得以重译或者出现了新译,显克微支等近代著名作家的译介也有进一步拓展[①],其他东欧作家和作品

① 在1978至1980年不到3年的时间里,先后出版了显克微支长篇历史小说《十字军骑士》(陈冠商译,上海译文出版社,1978)、《你往何处去》(侍桁译,上海译文出版社,1980)和《显克微支中短篇小说选》(陈冠商译,江苏人民出版社,1979)。至此,这位波兰近代伟大作家的代表性作品几乎全部有了中译本。

也得以进一步译介。如阿尔巴尼亚诗人米吉安尼、保加利亚诗人瓦普察洛夫、罗马尼亚诗人考什布克(一译科什布克)、罗马尼亚小说家马林·普列达(一译普雷达)、南斯拉夫作家伊沃·安德里奇、捷克作家哈谢克、伏契克等人的作品,都是七八十年代之交出版的具有影响的译作[①]。另外,也相继编译出版了《东欧短篇小说选》(人民文学出版社,1979)等十多本反映东欧各国文学的短篇小说、诗歌和戏剧选本,还有《美人鱼三姐妹:南斯拉夫民间故事》(王志冲编著,浙江人民出版社,1980)等一系列民间故事、神话与童话作品译本。值得一提的是,由中国社会科学院外国文学研究所和重庆出版社选编出版的《东欧当代文学丛书》。丛书重点介绍东欧各国当代文学创作中的名篇佳作,特别是80年代的近作,选材注重思想性和艺术性,同时兼顾各种流派和各种艺术风格。其中包括:保加利亚古利亚什基的《怪人》(1989)、捷克斯韦达的《情与火》(1990)、聂鲁达·扬的《小城故事》(1990)、南斯拉夫安德里奇的《五百级台阶:南斯拉夫小说选》(1990)等。

1989年底,苏联与东欧国家先后发生的剧变,深刻影响并改变了东欧国家的历史进程,也波及了包括文学在内的东欧社会的各个领域。我国对东欧文学译介一度再次面临困境,几年之后才逐渐得到改观。随着世界格局的变化和全球现代化进程的展开,中国与东欧间在政治、经济和文化方面似乎又同样面临了后冷战时代的文化困局和文化生机,相互间有着许多特殊的关联,也因为这种种关联,使中国与东欧文学的交流和相互关系,又在新意义上找到了新的契合,体现了某种共同的节奏、相似或相关的展开方式,到世纪之交,东欧文学的译介渐趋正常,从而使改革后三十年的东欧文学译介与研究在整体上形成了新的热潮。

在《世界反法西斯文学书系》(刘白羽署名主编,五卷本,重庆出版社1992)等多种大型外国文学翻译作品丛书中,以东欧及其各国分卷的形式出版了一批译作。《世界文学》杂志先后推出的斯特内斯库、鲁齐安·布拉加、塞弗尔特、米沃什、赫拉巴尔、米兰·昆德拉、希姆博斯卡、凯尔泰斯·伊姆雷、贡布罗维奇、埃里亚德、齐奥朗、霍朗、克里玛等作家的作品翻译专辑。其他外国文学期刊如《外国文艺》《译林》《国外文学》等也不同程度地翻译了东欧文学作家作品。

从译介的影响角度看,捷克文学和新近获得诺贝尔奖的东欧作家,是这段时期的一个翻译重点。尽管与欧美其他国家的文学译介相比,东欧文学的译介始终处于相对边缘的状态,在读者中的关注度也不及前者,但在日益多元化的

---

① 米吉安尼(Migjeni,1911—1938)《我们是新时代的儿女》,萧曼译,人民文学出版社,1978;瓦普察洛夫(1909—1942)《瓦普察洛夫诗选》,周熙良译,上海译文出版社,1978;考什布克(一译科什布克,George Cosbuc,1866—1918),《考什布克诗选》,冯志臣译,人民文学出版社,1979;马林·普列达(一译普雷达,Marin Preda,1922—1980),《呓语》,卢仁译,外国文学出版社,1979;伊沃·安德里奇(Ivo Andric,1892—1975)的小说《德里纳河上的桥》,周文燕、李雄飞译,人民文学出版社,1979;哈谢克的小说《好兵帅克历险记》,星灿译,外国文学出版社,1983;伏契克的报告文学《绞刑架下的报告》,蒋承俊译,人民文学出版,1985。

文化与文学环境中，仍有少数有识之士积极投身东欧文学的翻译推介，也受到不少有心读者的欢迎。最后需要提及的就是，新世纪由高兴主编的“蓝色东欧丛书”，由花城出版社出版，2012年已经推出了第一批5种译作，包括阿尔巴尼亚伊斯梅尔・卡达莱的《谁带回了杜伦迪娜》(邹琰译)、《错宴》(余中先译)、《石头城记事》(李玉民译)、《梦幻宫殿》(高兴译)；罗马尼亚的加布里埃尔・基富的《权力之图的绘制者》(林亭、周关超译)和《罗马尼亚当代抒情诗选》(卢齐安・布拉加等著，高兴编译)，这是继“网格本外国文学丛书”[①]和“东欧当代文学丛书”之后的又一套成规模、有影响的东欧文学译介的最新成果。

本节以下论述，选取匈牙利的裴多菲和捷克斯洛伐克的伏契克、昆德拉在中国的翻译与接受，分析东欧文学在中国的翻译状况。

一、裴多菲

匈牙利诗人裴多菲(Petöfi Sándor, 1823—1849)最为中国读者熟悉的，莫过于那首“格言诗”《自由・爱情》，这首四句“格言诗”：“生命诚可贵，/爱情价更高，/若为自由故，/两者皆可抛。”在现代中国享有公认的知名度，几成汉语文学空间的一个组成部分，然而又明明白白有着属于裴多菲的产权标识。稍稍扩大一点，就是其《民族之歌》(1948年3月13日，又译作《国歌》)和《我愿意是激流》(1947年6月)。前者是激昂慷慨的政治抒情诗，写于诗人发动佩斯起义(3月15日)前夕，呼吁匈牙利人民反抗奥地利帝国统治，体现了作为民族解放斗士的一面；《我愿意是激流》则是写给伯爵之女森德莱・尤里娅的一首热烈缠绵的情诗。“文化大革命”过后，小说家谌容又让其《人到中年》(1980)的男女主人公傅家杰、陆文婷反复吟诵，加上明星演员达式常、潘虹在同名电影[②]中“广而告之”，自然令不少人耳熟能详。世纪之交，它更以对照阅读的方式，与朦胧诗人舒婷的爱情诗《致橡树》等作品一起，被编入高中语文课本 ，如此，这位19世纪匈牙利短命的革命诗人的浪漫形象，便深深烙刻在中国“80后”“90后”们的心里。

不过，这两者加在一起，也未必抵得过那四句格言诗的影响广泛。说得极端一点，正因为有那首格言诗的深入人心，才使另两首诗乃至整个裴多菲在一百多年的今天，仍赢得了不少的中国读者。这首“五言绝句”，不仅简短易记，朗

---

① “网格本外国文学丛书”是指20世纪70年代末起至90年代末，由中国社会科学院、人民文学出版社和上海译文出版社及其他有关专家组成编辑委员会，主持选题计划、组织翻译和书稿的编审，并由上述两个出版社担任具体编辑出版工作的“外国文学名著丛书”，因丛书封面设计图案中都有双线环饰围起的斜向交叉网格设计，而被读者称为“网格本”。该丛书计划出版200多卷，实际出版140多卷。另有20世纪50年代人民文学出版社编辑出版的“外国古典文学名著丛书”18种，也因封面设计有网格图案而被称为“古典网格本”丛书。

② 《人到中年》，初刊《收获》(上海)1980年第1期，获首届全国优秀中篇小说一等奖，作者改编的同名电影于1982年由长春电影制片厂摄制，先后获金鸡奖、文化部优秀影片奖和百花奖。

朗上口,其内涵也同时包含了政治和爱情的双重意蕴,更重要的是因为鲁迅,正是鲁迅在译者殷夫的身后"替"他发表了这一译本,也成为其影响力的有力资源。所以,在某种意义上,从这首简短的四行诗的译介及其影响,就可以窥见裴多菲在中国译介的许多特点。

1933年2月7日,在殷夫等五烈士三周年祭之际,住在上海大陆新村的鲁迅,悲愤中写下了那篇著名的悼文《为了忘却的纪念》,文中引录了那同样著名的四句译文,它是烈士生前随手写在(德译本裴多菲诗选)该诗原文旁边的批注。如此,才将这一我们熟知的"译本"公诸于世,流传开来。如果没有鲁迅和他的《为了忘却的纪念》,不要说这首格言诗,甚至整个裴多菲形象,在中国读者的心目中,或许会是另外的情形[①]。

裴多菲这首题为《自由·爱情》的格言诗,较有影响的中译本有八个或者更多,但源于殷夫手笔的五言绝句式的译本是最为流行的。之所以说"源于",是因为前引四句实在已不是原来的殷夫译本,而在流传中不知不觉有所修正了。所以,为我们所熟悉的"五言绝句式"译本,是几十年来流传于中国读者的过程中,多个译本之间"自然竞争"的结果。

该诗原为匈牙利民歌体诗,所谓"格言诗"本非诗题,只是标明它在体式上的特点而已,真正的诗题应是"自由,爱情"。原诗匈牙利文如下,括号中为字句对照的直译:

SZABADSáG,SZERELEM(自由,爱情)

Szabadság, szerelem!(自由,爱情!)
E kettö kell nekem.(我需要这两样。)
Szerelmemért föláldozom(为了我的爱情)
Azéletet,(我牺牲我的生命,)
Szabadságért föláldozom(为了自由,)
Szerelmenet.(我将我的爱情牺牲。)
(pest, 1847. január I.)(佩斯,1847.1.1)

其实,在鲁迅《为了忘却的纪念》所引殷夫版译本之前,至少已有三个中译本了,译者依次是周作人、沈雁冰(茅盾)和殷夫自己。前两者分别用四言六行的文言体和六行自由体翻译,也有一定的影响。周、沈的译本从略[②],第三个译本就是殷夫自己的。1929年5月,殷夫给主编《奔流》月刊的鲁迅寄去一篇译

① 宋炳辉:《中国作家与裴多菲的格言诗》,《东方翻译》2010(1)。

② 同上。

稿，即奥地利作家 Alfred Teniers 所作的裴多菲传记《彼得斐·山陀尔形状》。14 日，鲁迅收到来稿，马上决定刊用，并致信殷夫欲借用 Alfred Teniers 的原本以作校对，殷夫接信后亲自将书送去鲁迅住处，这便是他们的第一次见面。6 月 25 日，译文校毕，鲁迅又去信，认为“只一篇传，觉得太冷静”，并让人给殷夫送去珍藏多年的德译本裴多菲集。这两本“莱克朗氏万有文库本”裴多菲集，是他留日期间从德国邮购而得的。他建议殷夫从中再译出十来首诗，与 Alfred Teniers 的传记一同刊出。这就是后来发表在《奔流》(第 2 卷第 5 期“译文专号”，1929 年 12 月 20 日)上的题为《黑面包及其他(诗八首)》的 9 首裴多菲译诗。其实一起发表的还有一首，那就是《彼得斐·山陀尔形状》一文所引的那首七言两行的《自由与爱情》：“爱比生命更可宝，/但为自由尽该抛!”。这才是在殷夫生前有意发表的《自由·爱情》译本。

1931 年 2 月 7 日，23 名“共党分子”在龙华被国民党枪杀，其中包括殷夫等鲁迅所认识的五名“左翼”青年作家。悲愤中的鲁迅翻开殷夫留下的那本“莱克朗氏万有文库本”裴多菲诗集，在这首《wahlspruch》(格言)诗旁，他发现了殷夫用钢笔写下的那四行译文。于是，在为烈士两周年祭而写的《为了忘却的纪念》中，鲁迅把它抄录了下来。从此，裴多菲的这首短诗便广为流传，成为众多青年爱国志士的座右铭：“生命诚宝贵，/爱情价更高；/若为自由故，/二者皆可抛!”这四个译本都问世于 20 世纪上半期，却为整个 20 世纪的裴多菲翻译奠定了坚实的基础。

相继发表在新中国成立之后的另外三个译本，分别由孙用(1902—1983)、兴万生(1930—)和飞白(1929—)所译。由于与东欧之间的关系获得了国家层面的支持，裴多菲的翻译在整体上也有了极大的推进。除通过世界语翻译的孙用译本《裴多菲诗选》在人民文学出版社重版(1979 年)外，精通匈牙利语的兴万生对裴多菲译介贡献最大，先后翻译出版了《裴多菲诗选》(2 卷，上海译文出版社，1982)、《裴多菲小说散文选》(上海译文出版社，1985)、《裴多菲抒情诗选》(江苏人民出版社，1986)、《裴多菲抒情诗 60 首》(山东文艺出版社，1992)、《裴多菲诗歌精选》(北岳文艺出版社，1994)等，其中许多译本都屡次重版。1996 年上海译文出版社推出的 6 卷本《裴多菲文集》(兴万生、戈宝权等译)是裴多菲译介工程的一个总结。

再回到裴多菲的格言诗。其中，孙用译自世界语本；兴万生是匈牙利文学翻译家，直接从匈语译出该诗；飞白是湖畔诗人汪静之之子，自己也写诗，他自

学多种欧洲语言,所译该诗也依匈牙利文。以下分别是这三个译本的译文①:

自由,/爱情!/我要的就是这两样。/为了爱情,我牺牲我的生命;/为了自由,我又将爱情牺牲。(孙用译)

自由与爱情,/我都为之倾心!/为了爱情,/我宁愿牺牲生命;/为了自由,/我宁愿牺牲爱情。(兴万生译)

自由,爱情——/我的全部憧憬!/作为爱情的代价我不惜/付出生命;/但为了自由啊,我甘愿/付出爱情。(飞白译)

对照原文我们可以看出,它们的共同点是都依原文的自由体式,用散体译出;语义逻辑上也都比较忠实于原作。但具体处理方式各有不同。相对而言,兴万生译本与原诗最为接近,从体式、语序到韵律,近乎直译,也许是规范化翻译最为理想的译本。孙译将原诗首行拆分为二,又将第三、四和五、六行分别合并,分分合合间,变异出原诗所没有的由短至长的梯形格式,同时原诗并不严格的尾韵似在译本中更加淡化了。飞白译本看似对应了原诗的行数、语序和尾韵,但三、四和五、六句之间也有语序调整,体式上形成了长短相兼的特点。

在外国文学翻译史上,一诗多译、一书重译的情况并不少见。但短短六行的一首格言诗就有那么多译本,而且受到鲁迅、周作人、茅盾、殷夫等两代新文学重要作家的关注,实在并不多见。这当然与中国新文学对外来文学思潮开放传统的大背景相关,但更重要的是与以鲁迅为精神核心的对"摩罗诗人"和弱势民族文学传统的大力译介的传统密不可分。其实,与上述七种译本相关的六位译者中,周作人、茅盾、殷夫和孙用四位,都与鲁迅有直接的交往,即使是兴万生、飞白这样的职业翻译家,他们对裴多菲的兴趣和译介实践,也都间接地受鲁迅精神传统的影响,因此,说鲁迅是近百年裴多菲中译史的灵魂,一点不为过。

从20世纪初开始,以东欧为代表的弱势民族文学就是鲁迅译介外国文学以催生中国新文化、新文学的关注重点,而在东欧作家中最受鲁迅推崇的,除波兰作家密茨凯维奇外,就是这位匈牙利肉品商人的儿子("沽肉者子")了,"他是我那时所敬仰的诗人。在满洲政府之下的人,共鸣于反抗俄皇的英雄,也是自然的事"②。早在留日期间的1907年,鲁迅就在《摩罗诗力说》③中介绍了裴多菲的生平和创作特色,称其"纵言自由,诞放激烈""善体物色,着之诗歌,妙绝人世""刚健不挠,抱诚守真;不取媚于群,以随顺旧俗;发为雄声,以起其国人之新

① 第一首收入1951年文化工作社出版的《裴多菲诗四十首》,孙用译;第二首初收入江苏人民出版社1986版的《裴多菲抒情诗选》,兴万生译;第三首收入《诗海:世界诗歌史纲·传统卷》,漓江出版社1989年8月版,飞白译。

② 见鲁迅:《〈奔流〉编校后记十二》,《鲁迅全集》(第7卷),北京:人民文学出版社,1981年,第159页。

③ 见鲁迅:《鲁迅全集》(第1卷),北京:人民文学出版社,1981年,第63页。

生，而大其国于天下”，是一个“为爱而歌，为国而死”的民族诗人。次年又翻译匈牙利作家籁息（Reich E.）的《匈牙利文学史》之《裴彖飞诗论》一章，“冀以考见其国之风土景物，诗人情性”[①]。他还在日本旧书店先后购置裴氏的中篇小说《绞吏之绳》，又从欧洲购得德文版裴多菲诗、文集各一（就是后来借给殷夫的那两本）等。1925 年再译裴氏抒情诗 5 首（载《语丝》周刊），并在之后的《诗歌之敌》《〈中国新文学大系・小说二集〉序》《七论“文人相轻”——两伤》等诗文中一再引用裴氏的诗作。尤其是 1925 年所作的散文诗《野草之七・希望》，引用裴多菲“绝望之为虚妄，正与希望相同！”一语，给裴氏原话的轻松语义赋予了深刻的思想内涵，并成为鲁迅思想深度内涵的重要组成部分，更是他熟知并创造性阐释裴多菲的典型一例。

不仅如此，上述其他裴氏译介者，除殷夫之外，其弟周作人所译此诗，正是与鲁迅一起留日，并受其影响而共同译介弱势民族文学的时候；茅盾的译介理念同样也受鲁迅很大的影响。孙用本是杭州的一个邮局职员，他与鲁迅的相识几乎与殷夫相似，即因在《奔流》月刊发表莱蒙托夫的译诗（1929 年），而与担任主编的鲁迅先生开始交往，随后又将其据世界语译出的裴多菲长诗《勇敢的约翰》寄给鲁迅，鲁迅看后即称“译文极好，可以诵读”[②]，还认真地校阅修改，甚至为此书的出版垫钱，并亲自制作插图，写校改后记。经两年的努力，译作终于 1931 年 11 月在上海湖风书店出版。

其实，裴多菲中译和介绍者的名单还可以列出许多，其中包括沈泽民（1902—1933，茅盾即沈雁冰的弟弟，这又是一位早逝的革命家）、诗人覃子豪（1919—1963）和冯至（1905—1993）、作家赵景深（1902—1985）、翻译家梅川（1904—?，原名王方仁）、诗人吕剑（1919—　）和翻译家冯植生（1935—　），等等。

笔者无意梳理完整的裴多菲中译史。但如从中国接受视域中的裴多菲形象的角度而言，裴多菲作品的中译特别是对其所作的阐释、围绕其所生发的话语，它们在中国文学话语中的焦点变化，都是应该加以考察的内容。它既体现于不同语境、不同主体对裴多菲作品的不同关注，也显现为对相同作品的不同理解与阐释。对此展开详细的论述，当然需要更多相关话语现象的汇总、排比与分析，非本文所能担当，但这里可以做一个简单的申述。

概括起来，裴多菲在中国的译介和接受/阐释史似乎显示了这样的轨迹：在 20 世纪上半期，中华民族争取独立、摆脱外族凌辱的时代文化背景下，从鲁迅

---

① 见鲁迅：《〈裴彖飞诗论〉译者附记》，《鲁迅全集》（第 10 卷），北京：人民文学出版社，1981 年，第 415 页。

② 见鲁迅：《〈勇敢的约翰〉校后记》，《鲁迅全集》（第 8 卷），北京：人民文学出版社，1981 年，第 315 页。

的个性觉悟与民族社会变革、个人与大众之关系的思考,到以殷夫为代表的左翼激进文人的爱情、自由与革命的浪漫主义激情和血染风采的浸润——在这一阶段,晚年鲁迅无疑担当的特别重要的角色。在这一时期中,小小一首“格言诗”,绝对是裴多菲在中国接受中的焦点所在。

到20世纪下半叶,经过冷战与“文化大革命”之国内外政治意识形态的长期桎梏,中国文化终于在80年代的启蒙思潮中走向开放,如此背景下的裴多菲接受中,“格言诗”中的“生命”“爱情”和“自由”似乎又有了新的时代内涵。而谌容小说所引裴多菲《我愿意是激流》这首单纯的爱情诗,在对“革命”反思之下的时代氛围中被广为传诵,其影响不能说超过了他的“格言诗”,但至少成为裴多菲中国接受视域中的又一焦点。最后,这一新的接受焦点在世纪之交的接受视域中,被用来与当代中国诗坛具有标志性的爱情诗人舒婷的作品相并置、比较和阐释,尽管教科书的编撰与接受者决非同代人,青春期的叛逆往往会削弱乃至悖反课文所包蕴的价值训导,但无疑仍见证了这种影响的延续,它多少还是表征了在更年轻的中国人那里,革命裴多菲的弱化与爱情裴多菲的强化趋势。但是,这并不表明“格言诗”的影响力已经退出了裴多菲接受视域,它仍然牢牢占据了这一视域的中心地位①。

如此看来,在一百多年的历史中,裴多菲在中国所激起反响的变迁,似乎一步步荡涤、褪去了浪漫主义的革命激情,但他毕竟在中国社会、思想和文化的现代历程中,留下了一条长长的身影,而格言诗《自由·爱情》,就是这个身影最具标志性的手势。

当然,无可否认的是,“格言诗”本身包涵了丰富的情感与价值内蕴,提供了跨越不同民族、不同文化与不同时代的对话、沟通与认同构架。原诗简短的六行,包蕴了生存中三个极其重要的价值概念:自由、爱情和生命。它们都是人生意义的重要旨归,但在不同的文化与时代,对具有不同的价值理念的个体,在不同的生存境遇中,有着不同的价值排序。“格言诗”的展开所呈现的正是裴多菲的价值选择:作为浪漫主义诗人,自由与爱情都是(区别于生物生命的)人生所必需,均是生命意义的核心体现;但若境遇非要从中做出选择,裴多菲的排序是:自由>爱情>生命。其中,如果说“爱情>生命”所体现的浪漫主义(romanticism)价值,主要凸显对个体(自我或恋爱双方)生命意义的理解和尊重,那么,“自由>爱情”则包含并超越了个体价值,为社群、民族和国家的存在特别是“消极自由”意义上对欺凌、豪夺和奴役的挣脱,提供了价值理念和情感抒发的通道。正是在这些多层次价值内涵指向的意义上,“格言诗”提供了一个

① 一个也许片面的证据是,在目前中国使用最广泛的中文搜索“百度(Baidu)”中,分别输入“生命诚可贵”和“我愿意是激流”,得出的网页条目数分别为169万和13万。

简约明快的跨文化、跨时代认同与沟通的可能构架。

若是在这样的理论中看待殷夫“四言绝句”式中译，不仅可以领悟其“创造性叛逆”的具体表现，更可以理解在众多译本中胜出的“内在”缘由。

与原诗相比，殷译首先放弃了一、二行的内容，变六行为四行。这在诗译中绝对是一个大胆举动，更是殷译有别于前述其他译本的最明显的不同。因为“自由，爱情！/我需要这两样”两句，在原诗中并非可有可无，除去音韵形式的因素不论，首句既强调了诗题，标举出“自由”与“爱情”两个核心价值意象，次句更突出两者同为生命意义所必需的难以取舍。如此放弃的代价，如果没有相应的补偿，肯定是翻译中的重大缺失。但殷夫的中译把焦点集中在后四行的内容上了。其次，更重要的是，殷夫对原诗后四行(两句)，表达特定人生境遇中被逼无奈之价值选择内涵的语义序列，做了重大调整。原诗四行(两句)“为了我的爱情/我牺牲我的生命，/为了自由/我将我的爱情牺牲。”呈现为两个价值对比与选择(先在更重要与重要之间做选择，再在更重要与最重要之间做选择)，虽然两次选择合并，可以得出“自由＞爱情＞生命”的价值排列命题(读者不妨试把原诗替换成两个形式逻辑的命题)，但这种带有逻辑推理意味的“换算”过程，不太符合汉语思维的习惯，在汉语诗歌表述中就显得迂回有余而气势不足，也不利于磅礴激情的抒发。殷夫的处理方式是：在遵循原诗宗旨的前提下，利用四言绝句的汉诗形式，把三个价值意象按逐级提升的次序加以表述：“生命诚宝贵，/爱情价更高；/若为自由故，/二者皆可抛！”前三行各自标举一个价值意象，聚焦明确，层层推进，第三句则通过假设关系词“若……(省略了“则”引出第四句，一个“皆”字，不仅蓄积了足够的气势，在语义关系上也勾连了第二句、第一句，从而形成全诗在语义与气势上的首尾呼应、回环往复的抒情效果。

最后再交代一下所谓第八种“译本”，也即本文开篇所引的四句。“译本”两字之所以加引号，只因它不是通常意义上的翻译，而是在引用流传过程中的变异性文本。对照一下可以看出，它是以殷夫(白莽)的译本为底子，只在首末两句各改一字，即将首句的“宝贵”改为“可贵”，末句的“二”衍作“两”。之所以把“以讹传讹”的变异文本拿来分析，一则实在是因为它流播太广，且不说一般的口头传诵，或者网络中的引用，即便是白纸黑字的报刊文章，乃至那些专业性的论文，包括以外国文学译介、甚至专门讨论裴多菲该诗之不同译本的文章，在引用时一面注明是殷夫(白莽)所译，一面所引却又是我接下来说的所谓“第八种译本”。

若仔细品味这样的衍讹与变异是饶有兴味，因为事实上这种改动反使殷夫译本更加精彩完美了。首先，改“二”为“两”，明显更加符合现代汉语对基数和序数词的区分，表达更加清楚精确；再说把“宝贵”的“宝”字改为“可”，也有两点值得肯定：从词义看，“宝”属会意字(词)，从“家”、从“玉”、从“贝”，家中藏玉也，故现代汉语的“宝贵”一词,乃从珍稀、难得之实物的比喻义而来,词义被凝聚在对象化的喻体上,虽也含珍贵、不易获得之意,但显然没有副词“可”所蕴含的意义空间大。而“可”作为语气兼程度副词,既表示“值得”,也表示强调,词义更多地体现出主体判断的倾向,故而与“宝”字相比,更富于意义的弹性(汉语中的“可”字极富意义弹性,吕叔湘等现代语言学家对副词“可”的词性、语义和语用有许多研究,可作参考),也更契合《自由・爱情》一诗所表达和强调的主体价值选择的主旨。从音韵形式看,“可贵”与“更高”也更对仗(尽管仍是“虚对”),这也符合殷夫译本把原作的自由体式格律化的翻译定向和动机。

究竟是从何时、谁那里开始出现这一“错版”的殷夫译本呢?笔者可以追溯“源头”[①],就是当代诗人吕剑写于1953年的一篇文章。时年正值裴多菲诞辰130周年,吕剑这篇题为《裴多菲・山陀尔》的评论刊于《人民文学》月刊第2期。作者时任《人民文学》编辑部主任、诗歌编辑组组长。文章在评述了裴氏思想和创作的同时,引用了这首格言诗。有意思的是,引文后括号内虽标注为“白莽译”,但首末句则分别是“生命诚可贵”“两者皆可抛”了。这也就是我所谓的“第八种译本”。不管诗人吕剑是有意的“偷梁换柱”还是无意间的错讹,或者这一变异还有更早的源头,但至少说明这就是吕剑所认可的那首裴诗,同时,它也反映出这个错讹译本,在当时已然有一定的社会影响,并进而通过吕剑与《人民文学》的“名人名刊”效应,强化了它的社会影响度,更有甚者,这种错讹至今仍在延续[②]。

裴多菲这位英年早逝,富于激进浪漫情怀和救世冲动的匈牙利诗人,其关于“自由”与“爱情”的区区一首小诗,却在从屈辱中挣扎并拼力夺回尊严的20世纪中国,赢得如此多的关注,拥有如此多的“译本”,正折射出现代境遇里的中国人对世界秩序和人类未来的某些共同看法和愿望,也从一个侧面反映了东欧文学翻译在中国的遭遇。

二、伏契克

与爱国诗人裴多菲相比,作为红色捷克的民族英雄和共产党领导人的尤里乌斯・伏契克(Julius Fucik,1903—1943),他在中国的形象就更具有政治和道德意味,成为革命英雄主义和理想主义的典型。作为捷克作家与文艺评论家,伏契克生于工人家庭,在俄国十月革命鼓舞下投身革命活动,18岁加入捷克共产党,曾任党刊《创造》和《红色权利报》的编辑。30年代积极参与反法西斯斗

① 这是笔者目前所能检索到的最早明显误植的,同时具有影响的材料。

② 这种“美丽的错误”似乎至今仍在延续。2011年4月20日《中华读书报》第19版“国际文化”(838期)发表题为《译史钩沉:缘何一首小诗,百年不衰?——评殷夫的一首译诗〈自由与爱情〉》一文,作者王秉钦,该文仍把殷夫译本中的“宝贵”与“二者”引为“可贵”与“两者”。

争。1941年，捷共中央组织遭破坏后，他参与组织新的地下中央委员会，并负责政策指导和新闻宣传工作。1942年4月24日，被叛徒出卖，在布拉格被捕，囚于近郊的庞克拉茨监狱，次年9月8日被杀害于狱中。就在被法西斯严刑拷打，随时处以绞刑的情况下，写成报告文学体的不朽之著《绞刑架下的报告》。其中，"我爱生活，为了它的美好，我投入了战斗""我为欢乐而生，我欢乐而死。""从门口到窗户七步，从窗户到门口七步。"及该书最后一句话："人们，我爱你们！你们要警惕呵！"等语句，自1945年该书被整理出版后，在包括红色中国在内的社会主义国家阵营和西方左翼群体中长期广为流传，至今被译成九十多种文字，先后出版三百多次。在中国更是作为与《钢铁是怎样炼成的》《牛虻》齐名的青年政治道德教育的经典读物。

最早对伏契克作品的翻译，开始于东北解放区。刘辽逸根据俄译本转译的《绞索套着脖子时的报告》，由生活·读书·新知三联书店大连分部于1947年出版，第二年即重印，1951年又一次重印。之后该译本先后又于1952年、1955年和1959年分别被新文艺出版社（上海）、中国青年出版社（收入《伏契克文集》）和人民文学出版社再版。另一个译本是陈敬容从法译本转译、冯至根据德译本校订的《绞刑架下的报告》，1952年由人民文学出版社出版，该译本自1959年作为"外国现代文学名著丛书"之一，先后印刷10次，60万册。

1953年是伏契克英雄就义10周年，也是伏契克在中国译介与传播的一个高潮。中国的读者因为有伏契克作品的上述两个译本的印行，已经对这位英雄有着广泛的共鸣，为了纪念伏契克，这一年又有多部有关伏契克的传记资料出版，他们包括《尤里乌斯·伏契克》（[苏]库兹涅佐娃著，慧文译，上海出版社，1953）、《尤利乌斯·伏契克日记论文书信集》（栗栖继、杨铁婴编译，北京群众书店，1953）、《尤利斯·伏契克的生平和著作》（张萨槐编著，北京图书馆，1953）和《和平战士伏契克的故事》（定兴著，上海广益书局，1953）。同年，还有两部苏联话剧分别在中国翻译出版和演出。一是苏联作家托夫斯托诺戈夫创作的三幕话剧《绞刑架下的报告》由陈山翻译，上海平明出版社出版；二是苏联剧作家布里亚柯夫斯基的四幕十二场话剧《尤利斯·伏契克》由林耘翻译，先是在当年《剧本》杂志第7、8期上连载，后由上海新文艺出版社出版。同年，河北省话剧团排演了该剧，并在各地进行了几十场演出，反响轰动[①]。紧接着，又有《尤里乌斯·伏契克》（[苏]库兹涅佐娃著，王羽、殿兴译，北京时代出版社，1954）、《尤里乌斯·伏契克书传》（张景瑜著，出版社不详，1955）两本传记出版。另有两本画集印行，一是《伏契克画集》（欧阳惠著，上海人民美术出版社，1955），另一本由捷克画家所作《尤里乌斯·伏契克画传》（凡茨拉夫·科别斯基序，

① 阿庚：《伏契克与〈绞刑架下的报告〉在中国》，《文史精华》1995(8)。

ARTIA·PRAGUE出版社,1955)也在书店出售。

从60年代初开始,尽管由于中苏关系的日趋恶化,中国与苏东地区的文化、文学关系也发生了一定的变化,但并不影响伏契克在中国的译介和接受深入。1963年教育部中学语文教学大纲的目录中,列入了《绞刑架下的报告》的节选,即该书第三章的《二六七号牢房》,自此开始至今,这一篇目始终位列各种中学语文课本中,给几代中国人留下了深刻的记忆。这篇课文与同样入选的中小学语文教科书的方志敏的故事(包括《可爱的中国》片段《清贫》)一起,为青少年学生构建了一组对应的中外共产党英雄狱中斗争的形象。1961年,捷克导演巴立克(Jaroslav Balík)执导拍摄了自传体黑白故事片《绞刑架下的报告》,长春电影制片厂1963年即完成了译制并公映。因此,在整个六七十年代,伏契克及其作品仍然是中国文学艺术中的红色经典。不过从翻译的角度而言,直到新时期开始之前,中国有关伏契克生平及其作品,大都是从俄、法、英等其他译本转译的。

新时期开始后,这种局面才给予打破。1979年,蒋承俊从捷克原文翻译的《绞刑架下的报告》由人民文学出版社出版(由戈宝权据捷文对照俄、英、法三种译本校订[①]),1983、1985年即先后重印。80年代初,还有两种以伏契克狱中故事为题材的连环画书《二六七号牢房》出版:一是由王时一改编、张洪年绘画,天津人民美术出版社1980年出版,仅第二版印数就累计10万册。二是白影、方隆昌绘本,湖南少儿出版社1983年出版。另外这一时期还出版了苏联作家格更加尔所著的《为欢乐而生:尤利乌斯·伏契克传》(宋洪训、李永全译,天津人民出版社,1986)和伏契克妻子伏契克娃《回忆伏契克》(谷中泉等据俄译本转译,河北人民出版社,1986),后者还有何雷译本(新华出版社,1987)。至此,伏契克及其作品在中国的译介、传播与影响,已经构成了从作品文本翻译出版和研究,到话剧、电影,再到教科书和儿童连环画的立体格局。

1989年捷克爆发"天鹅绒革命",与苏东其他国家一样,捷克的政治意识形态发生了变化,一股质疑伏契克作品真实性的思潮在捷克国内兴起,引发了激烈的争论[②],捍卫伏契克一方为了驳斥这种怀疑,重新整理了伏契克当年的手稿,将最初出版时删节的片段、字句增补恢复后重新出版。这一事件传入中国,在中国出版界的呼吁下[③],蒋承俊根据捷克注释新版进行重新翻译修订[④],这就是人民文学出版社2004年版的《绞刑架下的报告》,而蒋承俊所译1995年漓江出版社出版的该书,还是1979年译本的再版。虽然由于苏东局势的变化,中国

① 戈宝权:《写在〈回忆伏契克〉中译本即将出版之际》,《河北师范大学学报》1986(2)。

② 王义祥编译:《伏契克:英雄还是叛徒?》,《今日苏联东欧》1991(5)。

③ 叶至善:《尽快翻译出版新版本的"绞刑架下的报告"》,《民主》1995(3)。

④ 蒋承俊:《关于全文本〈绞刑架下的报告〉》,《外国文学动态》1997(3)。

思想界、文艺界以及广大读者对东欧变革进行的反思，尤其对斯大林时代的苏联及其受其影响的东欧体制进行了质疑和反思，但作为红色经典的伏契克及其作品仍然有着广泛的读者和影响力。《绞刑架下的报告》在90年代还有多个译本出现，包括：刘捷生（山西高校联合出版社，1995）、徐耀宗和白力殳（中国青年出版社，1995）、寒阳（花山文艺出版社，1998，据莫斯科苏联国家文学出版社1953年版编译）、杨实（新世纪出版社，1999）等4个译本。新世纪之后，蒋承俊译本又有中国书籍出版社（2006）、国际文化出版公司（插图本，2006）、光明日报出版社（2008）、中国华侨出版社（2010）和时代文艺出版社（2011）等5个版本行世。此外还有巨富伟、贾艳丽（延边人民出版社，2001）、朱宝宸（北京燕山出版社，2003）、徐伟珠（浙江文艺出版社，2005）、谢磊（广州出版社，2008）和曾献（北京金城出版社，2010）等5个版本。

三、昆德拉

如果说，90年代弥漫于东欧的质疑和反思思潮，在中国读者中对作为反法西斯英雄的伏契克形象有实质性影响的话，捷克当代作家米兰·昆德拉（Milan Kundera，1929— ）对于东欧社会主义道路以及苏联大国沙文主义的反思，则在中国获得了热烈的相应。

在自新时期起进入中国读者视野的当代外国作家中，出生捷克的旅法作家米兰·昆德拉，算得上是个佼佼者。这位出生于年轻、多事、多变的中欧小国（现在她又已一分为二了），曾有工人、爵士乐手、大学教授的职业身份，有共产党员、捷克新浪潮电影与“布拉格之春”的影响者或参与者、苏军入侵捷克后的受害者与1975年之后的流亡者等不同文化身份的作家，自20世纪80年代后期在中国掀起“昆德拉热”以来，不仅至今负有盛名，并对从普通读者到作家、批评家等各个文化层面都产生广泛影响。可以与其比肩的，大约只有美国的福克纳、哥伦比亚的马尔克斯、阿根廷的博尔赫斯和日本的川端康成等少数几位了。

昆德拉最早是什么时候进入中国大陆视野的？最早的译介始于何时？其实，最早有案可稽的介绍，是在20世纪70年代末。1977年第2期的《外国文学动态》就刊登了一篇署名“乐云”的题为《美刊介绍捷克作家伐错立克和昆德拉》的编译文章，其中对昆德拉的创作及其在欧美的影响做了简单介绍。但此文在当时显然没有引起什么反响。普通读者且不说，就是在专业研究者和文学批评界也没有像样的反应。显然，1977年的中国大陆文坛和中国读者群，还刚刚开始摆脱极左政治的统治，正处于“拨乱反正”的政治转折时期，“思想解放”运动还没有展开，文学还处在挣脱狭隘政治钳制的阵痛之中，还没有为接受昆德拉准备好足够的条件。直到整整10年之后，昆德拉作品的翻译才开始正式出现在大陆文学期刊上（台湾紧随其后）。这10年间，除个别学者的大力推荐外，只在偶尔介绍捷克文学状况时顺带提及而已。这部分工作本来就少之又少,与同期对欧美文学的介绍简直不成比例,据笔者考察,只有署名"捷文"的《近20年来的捷克文学概况》(《外国文学动态》1981年第12期)一文中曾提及昆德拉的近况。

这里的"个别学者",指美籍华人学者李欧梵。他在1985年第2期《外国文学研究》发表了《世界文学的两个见证:南美和东欧文学对中国现代文学的启发》一文。文中对马尔克斯和昆德拉这两位作家都有介绍,其中就昆德拉则重点介绍了小说《生命中不能承受之轻》,也提及《笑忘录》与《玩笑》,文章对昆德拉小说创作的主题和表现手法等特征,都有精彩的分析。此文到底对当时和之后的中国文坛有多大的影响,现在难以论定,后来也并不见有多少作家、理论家提及。但它在昆德拉的"中国之行"中,肯定有着重要的价值。如果我们把文章中的一些论点与1985年前后文学思潮相对照,确会发现作者透辟的眼光。仅以之后昆德拉在中国的译介及其影响的过程来看,也可以印证作者对于中国文坛走向的预见性,因为正是《生命中不能承受之轻》这部作品,首先在中国引起广泛的注意,并产生了重大的影响。当然,这样的文章在当时一般读者中间不会引起多大的反应,多少还是显得有点寂寥,尤其考虑到,当时中国大陆还没有昆德拉翻译作品的发表,普通读者还无法领略昆德拉的创作风采,就不足为怪了。

直到1987年,《中外文学》第4期刊登了赵长江翻译的昆德拉的短篇《搭车游戏》,才开始了对这位捷克作家作品的正式介绍。这一年,《中外文学》紧接着刊登了短篇中译《没人会笑》(第6期,赵锋译),更有作家出版社推出的长篇小说翻译《为了告别的聚会》(景凯旋、徐乃健译,1987年8月出版)和《生命中不能承受之轻》(韩少功、韩刚译,1987年9月出版),而尤以后者在中国文坛和读者中的影响为最大。从此开始了中国的"昆德拉热"。这股热潮,在20世纪末虽然谈不上轰轰烈烈,但也没有中断,它不仅表现在对其人其作的翻译介绍和研究阐释连续不断,并且从90年代起使昆德拉作品的汉译逐渐与作家的创作进程基本取得同步。这果然以新时期以来中外文学交往的正常化为前提,但同样和昆德拉与中国文学和文化语境的特殊契合有关。

昆德拉一进入中国人的视线,首先引人注目的是,他作为一个出生于东欧社会主义国度的作家,对于政治现状的批判态度。经历了极左政治长期统治的中国读者,很容易从这种政治反思和批判中找到认同。他在政治批判上的尖锐性和超越性,同样是吸引中国读者的一个重要因素。最早翻译《生命中不能承受之轻》的作家韩少功,在一开始就意识到:中国读者特别需要昆德拉。因为他写的情况和中国很接近,当时捷克也是社会主义国家。莫言也同样认为:昆德拉生活在奉行极左体制的国家。他的政治讽刺小说,充满了对于极左体制的嘲讽。而且,这种嘲讽能够引发中国人的“文化大革命”记忆,人们很容易对这些描写心领神会。当然,昆德拉的吸引力不仅在于这种批判的态度,更在其独特的批判方式。事实上,80年代中后期,尽管中国文坛的“伤痕”“反思”文学思潮已经消退,但并不表明中国作家和读者已无意于对历史和现实的反思批判,而是厌倦了七八十年代之交的那种简单化的批判方式,期待着一种更加有效的反思途径。因此,尽管昆德拉在某些欧美西方人眼里被看作是索尔仁尼琴式的政治极权主义的反对者,但他在中国的形象从一开始就不止于此。昆德拉具有索尔仁尼琴所没有的品质,他的幽默和机智以及怀疑主义的态度,他的现代叙事手法和艺术风格都与后者决然有别。

意识到昆德拉与索尔仁尼琴以及中国当时流行的反思文学模式的不同,并不需要多少艺术分辨力。因为昆德拉的小说还有一个十分明显的标识,那就是对于性爱的大量正面展示。他的小说始终贯穿着性爱话题,肯定昆德拉的创作显然无法绕开其中的性爱话题。但在当时,人们却很少正面涉及这一方面,禁忌似乎还在。其实,当时的中国作家中,也不乏大胆通过性爱进行社会批判和人性探索的例子。张贤亮的《男人的一半是女人》和王安忆的“三恋”、《岗上的世纪》都是80年代中期引人瞩目的探索。但是,前者的性爱不过是进行政治批判的简单工具或者直接中介,性爱在作品主题中没有独立的地位;而王安忆出于某种艺术考虑,则在直面人物的性爱时多少有意模糊了时代政治因素。这两者都在一定程度上妨碍了对于政治现实和人性的探索、对于生存处境的反思。

经历过“反右”和“文化大革命”等历次政治运动的中国读者,对于迫害与被迫害有着刻骨的体验,而昆德拉早期小说的迫害主题,无疑对中国读者具有参考意义。但在中国关于“文化大革命”的叙事中,受害者往往以善良的面目出现,而昆德拉笔下的受害者同时又是施暴者,比如《玩笑》中的路德维克。只要压迫还在,憎恨和报复就会像癌细胞一样增长,而昆德拉笔下的波西米亚人的报复手段就是性,他们落入了欺骗与掠夺的荒诞与轮回之中。因此,对于性爱和情欲的探讨,反过来使得昆德拉的政治批判具有某种独特的力量,从而在对极权政治体制与社会的批判之外,还有更高一层的对人的批判与发现。这对同样经历过历史创痛的中国作家,也提出了更高的诘问与要求。新时期的中国小说中还没有人像昆德拉那样,直接将政治和性爱两个主题如此紧紧地结合,并且将两者同时加以形而上的提升,使之达到抽象的高度。而昆德拉在处理政治和性爱两大主题的大胆独特方式,极大地刺激了中国当代读者和作家。对于昆德拉来说,性爱与情欲是其“探讨人的本质的一个入口,是照亮人的本质的一束强光”。这种特有的主题及其叙述方式,恰好同时刺激了中国文学两根敏感的神经。后来作家陈染在谈及昆德拉的小说时,干脆称之为“政治化的性爱小说”,认为他是一个“写性的高手”,在他的笔下,一方面政治主题演绎为纯文学作品,另一方面,性也避免了那种低俗和小气。触动大了,就会引来意识形态的压力,这也是一开始作家出版社以"内部发行"形式出版昆氏作品的原因。

当然,昆德拉的吸引力,还在于其独特的小说观念和艺术手法。他围绕"轻与重""肉体与灵魂""忠诚与背叛""记忆与遗忘""媚俗""玩笑"等基本词,以之为核心进行构思,加以音乐性的共时结构的采用,使得他的创作可以自由地融小说与散文于一体,将关于存在问题的哲理探讨与小说技巧随机结合。"受到乌托邦声音的诱惑,他们拼命挤进天堂的大门,但当大门在身后砰然关上之时,他们却发觉自己是在地狱里"(《玩笑》英译本序言),这是对民族命运和人类命运、人类实践历史和现实生存状态怀疑、自嘲、反思和积极的对抗。而他的讽刺、反讽等手法,那种历尽辛酸之后的无奈、荒诞与自嘲,对习惯于怒目金刚或者涕泪交零式的中国读者来说,就显得特别新颖有力。

于是,昆德拉的创作在中国新时期文坛发生了重大的影响。也许,后来受到读者广泛青睐的"黑马作家"王小波在这一点上颇得昆德拉的神韵,我们在他的"时代系列"中多少看到昆德拉的某种影子。但这种影响往往是潜在的、无形的,你可以在某些作家的创作中感受到某种与昆德拉相通的一面,但却无法简单地归于昆德拉这一个单一的因素,但明显的是,这种小说观念、构思方式、表现手法或者文学风格,在之前的中国文学中很难看到。

作为一个出生于东欧小国的作家,能够在中国产生如此重大的影响,这里的原因值得探讨,它所反映出来的中国当代文学的国际意识更应该分析,因为后者不仅体现了中国文学主体对于世界文学的态度,更折射出其本身的某些特征和在整体上的建构努力。

其实,昆德拉自己对民族身份的认同,向来有比较矛盾的地方,许多地方的表述也不尽统一,这也反映了他在身份认同上的内在冲突。而这种内在矛盾,既与他后来的流亡生涯有关,也与他所具有的弱小民族母语文化在世界文化格局中的地位有关。

昆德拉一方面自觉地认同于西欧文学的传统,始终认为捷克属于中欧而非东欧,因为后者是属于拜占庭文化传统下的俄国,而中欧在昆德拉看来则是西方文化的一个组成部分,它不是东西方之间的桥梁,而甚至是西方文化的摇篮。在艺术上,昆德拉声称继承以塞万提斯、拉伯雷、狄德罗创造的,由卡夫卡、穆西尔、布洛赫和贡布洛维奇等中欧杰出作家所代表的后普鲁斯特欧洲小说传统。加上他后期加入法国国籍,并随之用法语写作。这一切似乎明显地体现出他的西方艺术的视野。难怪有捷克人对他的评价是:昆德拉先生,欧洲人!法国才子!但另一方面,他又摆脱不了捷克文化给他铸就的性格。他也意识到自己的捷克文化渊源,"如果说,成人时代对于生活以及对于创作都是最丰富最重要的话,那么,潜意识、记忆力、语言等一切创造的基础则在很早时就形成了"(《被背叛的遗嘱》，第 100 页）。

作为一个捷克文化养育成熟的作家，他不得不时时考虑捷克文化在世界民族文化中的地位。早在 1967 年的一次捷克作家代表大会上，昆德拉就提出了一个传统的问题：我们民族的作用是什么？我们对于人类历史的作用是什么？我们民族存在的本质是什么？我们是否就像我们所想象的那样待在家里就很安全吗？我们民族的存在真的值得我们的努力吗？我们民族的文化价值真的那么大吗？尽管其中包含了质疑，但还是表明，他对于政治、文化、艺术的探索，对于作为一个现代知识分子的文化立场和表述，始终无法脱离这一文化渊源。即使在他成为法国公民后的 90 年代，仍继续着这种思考："各个小民族体验不到亘古以来就存在于世界并将永远存在下去的幸福感受；他们在历史的这一或那一时刻，全都等候过死神的召见；他们总是碰撞在大民族傲慢的无知之墙上，他们时时看到自身的生存遭到威胁与质疑；他们的生存确实是个问题。"（《被背叛的遗嘱》，第 201 页）昆德拉对于小民族文化的世界处境有着清醒地认识："小国家都是很世界主义的。不妨说，他们注定得是世界主义的，因为要么做一个可怜的、眼界狭窄的人，除身边环境之外，除小小的波兰、丹麦或捷克文学之外，对其他所知甚少，要么就必须做一个世界性的人，了解所有的文学。小国家和小语种颇为荒谬的优势之一是他们熟悉全世界的文学，而一个美国人主要了解的是美国文学，一个法国人[主要了解的]是法国文学。"（米兰·昆德拉谈话录，《对话的灵光》，第 472—473 页）在这个意义上，在某些西方读者眼里看出的昆德拉捷克民族意识和倾向，即使有所偏颇，也并非完全是空穴来风。虽然当时的中国读者并不了解昆德拉在此问题上的困惑和思考，但事实上正是这方面的共通性，大大助长了中国昆德拉热的掀起和持续。

中国接受主体从面对昆德拉的一开始，就具有某种对于新时期文学未来发展的策略性考虑。作为最早向大陆读者推介昆德拉的举动，上述李欧梵该文的立意，本就不止于介绍昆德拉和马尔克斯两位新兴的外国作家，而带有明显的世界文学意识，以及为中国当代文学如何走向世界的设计策略，他"呼吁中国作家和读者注意南美、东欧和非洲的文学，向世界各地区的文学求取借镜，而不必唯英美文学马首是瞻"，也是一般外国文学作家和思潮在中国译介活动得以展开并产生影响的重要动力因素。马尔克斯和昆德拉在中国新时期引起的巨大影响，恰好反映了新时期中外文学思潮交汇中的一个特殊现象。当时，西方现代文学思潮的大量引进，以英、美、法、德等西方国家为主的文学在七八十年代之交占据中国文学话语的主流地位，引起了一系列的学习模仿，但其后果是，一方面带来了本土意识形态的压力，另一方面，读者接受也体现出某种艰难性。更重要的是，在尾追西方现代派的同时，中国文学主体寻求民族文学发展的焦虑也日益暴露。诺贝尔奖日渐成为一种情结、一种"痒"，更是把这一种焦虑和压力表面化了。马尔克斯已经在1982年获奖,而昆德拉则也已经被提名,似乎预示了非西方的小民族文学同样可以"走向世界",被世界(某种意义上是指西方)认可。李文尽管声称"得不得奖并不重要",但他以诺贝尔奖作为推荐的一个佐证,还是挠到了中国作家和读者的痒处。事实上,1985年寻根文学的崛起正好印证了中国作家在这种焦虑下的努力。不论寻根文学与马尔克斯、福克纳、昆德拉这些外来作家是否具有确凿的因果联系,但都表明处于文化边缘状态的民族文学,在寻求世界认同的努力上具有某种共通性。

昆德拉走进中国,至今已有四分之一世纪了,因为种种姻缘,他与中国的关系是持久的、多层面的、立体的。它反映在普通读者的长期不断的阅读和关注的热情,也表现为学术界不断跟踪的介绍和阐释,更进一步体现为创作与批评的模仿、接受和呼应。他还在一定程度上渗透到中国思想领域,在当代中国知识分子身份和责任的思考中,也有昆德拉创作及其思想的参与。昆德拉的政治批判和反思,对于社会主义历史实践的思考也具有宝贵的价值,对中国而言,昆德拉的视角带有超越于社会主义阵营内部反思的性质,为我们提供了在苏联、西方和国内的同类反思之外的一个特有的角度。因此可以说,昆德拉在中国的旅行和影响,体现在中外文学乃至文化关系的各个层次上。

而在新世纪初由上海译文出版社重新集中推出"米兰·昆德拉作品系列"[①]中译,是至今翻译出版昆德拉作品最为系统的工程,其中还包括许多新译作品,又在原文(或者外文译本)版本的选择、译者的组成和翻译过程中对原作者意图的尊重等方面,都做出了最大限度的努力,并纠正了之前许多译本中出现的错误,似乎预示了中国新一轮"昆德拉热"的开始。

第二节　不朽的希罗经典

——南欧文学的翻译

地理上的南欧,是指伊比利亚半岛、意大利半岛及巴尔干半岛的南部,它东濒黑海,南临地中海,西滨大西洋,包括近二十个国家,因为大多南欧国家靠近地中海,有时也称其为地中海欧洲。但在文化上,南欧一般仅指地中海沿岸的欧洲国家。其东部的爱琴海地区,是世界古文明的发祥地之一,它孕育了古希腊、古罗马文化,确立了早期的基督教社会,在音乐、数学、哲学、文学、建筑、雕刻等方面都曾取得过巨大成就,为西方的思想及知识体系奠定了基础。在13

① "米兰·昆德拉作品系列"丛书,上海译文出版社自2003年开始,陆续推出16本昆德拉作品中译,包括小说、随笔、戏剧等多种文体。

世纪末开始的文艺复兴时期，意大利半岛是发祥之地，伊比利亚半岛的西班牙也是文艺复兴运动的重要地区。对于西方世界而言，南欧地区的这种文化优势持续了两千年以上，直到16世纪以后才逐渐转移至大西洋欧洲。南欧地区的历史与文化特点，在相当程度上决定了其文学在中国译介的整体格局。

在中国翻译史上，南欧文学与文化译介及其影响的重点主要体现在两个方面：第一是古代希腊、罗马的文化与文学经典；第二是文艺复兴时期的意大利与西班牙文学。20世纪中国的政治文化屡经变迁，具有深厚的传统底蕴，以古代和文艺复兴的文化、文学经典为其主要特色的南欧文学，由于其公认的经典地位和与当代社会所具有的时空距离，使其对一般的时代文化思潮变迁具有较强的免疫力，因而在现代中国的译介葆有相对的稳定性。新中国成立之初，出于新文化建设的需要，对世界公认的、代表了整个西方文化最重要渊源的古希腊罗马和文艺复兴文化与文学经典的译介，理所当然地成为其重要的一部分。虽然也难以避免时代大气候的影响，比如在60年代后期“横扫”一切文化传统的时代狂飙中，即使是古典文化与文学经典的译介也受到了极大的冲击。不过，一旦社会相对稳定，这种公认的传统经典会成为启动文化建设，恢复文化生活，提升社会文化素养的首选。所以，它在新中国的译介，虽然也有波折甚至停顿，但与包括南欧地区在内的欧美近现代文学相比，受不同时期政治意识形态的影响较小，在阐释和评价上也少有大起大落和决然对立的状况，这也会反映在对文本的具体译介行为和传播方式上。总之，60多年来南欧文学在中国的译介，虽然进程有快有慢，总体上仍处于比较平稳的进展中。

除此之外，南欧文学的翻译也包括希腊、意大利、西班牙、葡萄牙等国家的近现代文学。在20世纪，尤其是新中国成立之后，现代意大利、西班牙和葡萄牙文学的译介中也包含了意大利的亚米契斯（Amicis，1846—1908）、皮兰德娄（Pirandello，1867—1938）、卡尔维诺（Calvino，1923—1985）、达里奥·福（Dario Fo，1926—），西班牙的贝纳文特（Benavente，1866—1954）、伊巴涅斯（Ibanez，1867—1928）、洛尔卡（Lorca，1898—1936）、乌纳穆诺（Unamuno，1864—1936），葡萄牙的萨拉马戈（Saramago，1922—2010）、佩索阿（Pessoa，1888—1935），比利时的维尔哈伦（Verhaeren，1855—1916）、梅特林克（Maeterlinck，1862—1949）和瑞士的黑塞（Hesse，1877—1962）等作家，他们的作品在中国有数量众多的翻译，在读者中有较为广泛的影响，并且与中国现当代文学发生比较密切的关联，它们作为现代（后现代）西方文学的一个组成部分，在中国翻译文学中也具有重要的地位。但从中国翻译文学的整体看，南欧文学与文化在中国的译介中，上述两个部分的内容，即古希腊、罗马的文学与文化经典和文艺复兴时期的意大利、西班牙文学的翻译，具有无可替代的突出特点，它们作为西方文化与文学经典的代表，在中国翻译文学史上有着重要的意义。

本节以下的论述,将以古希腊悲剧的译介、传播与影响为例,分析以古典时期的希腊、罗马为代表的文化与文学经典,包括文艺复兴时期的以意大利、西班牙文学为代表的近代文学文化经典,在新中国的翻译状况及其影响。

古希腊是欧洲文明的发源地,古希腊文明灿烂辉煌,不仅在古代产生过重大影响,而且对后世世界文明的发展也起过促进作用。虽然由于地理上的阻隔和社会条件的限制,古希腊和罗马文化在古代中国的影响有限,直到清末民初,这种影响才逐渐增强,但其作为世界重要古典文明的地位和代表性,则是一以贯之的。古希腊经典译介的内容,包括荷马(Homēros,约前9—前8世纪)史诗及萨福(Sappho,约前630或612—约前592或560)等人的抒情诗、古希腊悲喜剧、古典哲学以及《伊索寓言》和维吉尔(Virgil,前70—前19)、奥维德(Ovidius,前43—公元18)等古罗马经典作家的作品的翻译,近现代以来就有其传统。中国对古希腊文学的译介是从伊索寓言起步,但真正对希腊文学进行系统翻译介绍的,还是20世纪初期鲁迅、周作人兄弟所开始的。鲁迅虽然没有翻译过古希腊罗马文学,但从一开始就给予关注,这不仅体现在他早期的《斯巴达克》的创作上,更体现在对周作人译介的影响上。1908年,周氏兄弟翻译出版了以希腊图案设计封面的《域外小说集》,这部小说集向人们表明了中国文学界对希腊文学的关注。周作人是20世纪对古希腊的译介贡献突出的译者,在现代作家中首屈一指,从20世纪初期开始,他翻译了大量古希腊作家作品,撰写了一批译介和研究文章,他的这一译介工作一直延续到新中国。50年代,他又拟定了一个庞大的翻译计划,包括译介古希腊的哲学、美学、历史和文学等多个方面,其中包括柏拉图(Plato,约前423 / 428?—约前347 / 348)、亚里士多德(Aristotle,前384—前322)、希罗多德(Herodotus,前484—前430/20)、普罗塔克(Plutarch,约公元46—120)、荷马以及古希腊三大悲剧、三大喜剧作家的作品,杂文作品、诗歌,等等。这些计划虽然并没有全部实现,但可以看出他系统介绍古希腊罗马经典的雄心和思路,而他在这一领域所取得的成就,仍然是首屈一指的,容后再述。此外,郭沫若、茅盾、郑振铎、傅东华、杨晦、瞿世英、罗念生、徐迟以及学衡派代表吴宓、梅光迪等,都对古希腊文学经典的译介和研究作出了贡献。徐迟和罗念生是两位重要的古希腊文学作品的翻译者,特别是古希腊专家罗念生,他从30年代初开始译介古希腊戏剧,终其一生将译述古希腊文学经典作为志业,是中国译介古希腊文学最为系统的翻译家与研究家。这种译介传统为20世纪后半期打下了坚实的基础,并在新中国成立之后得到了延续和发展。

进入五六十年代,古希腊罗马经典被视为世界文学的宝贵遗产,得到中国翻译研究界的高度重视,这一时期出版的古希腊、罗马文学译作,除少数为民国时期的旧译外,大多为新译或者修订本。其中重要作品包括:傅东华从英译本转译的荷马史诗《伊利亚特》(人民文学出版社,1958),是中国第一个全译本;杨周翰翻译的古罗马奥维德《变形记》(作家出版社,1958),杨宪益翻译的维吉尔《牧歌》(人民文学出版社,1957)等,形成了古希腊罗马文学译介的一个高潮。文艺复兴时期意大利经典作家的翻译也有新的进展。在50年代商务印书馆和作家出版社分别重版了王维克从法译本转译的但丁(Dante,1265—1321)《神曲》的散文体译本,这是第一个《神曲》中译全译本。新文艺出版社(后改名为上海文艺出版社)于1954—1962年分3卷(地狱篇、炼狱篇、天堂篇)出版了该著的诗体新译本,由朱维基英译转译。薄伽丘(Boccàccio,1313—1375)的《十日谈》在新中国成立前有3种节译本,方平、王科一从英译本转译,1958年由新文艺出版社出版,次年由上海文艺出版社重版。1955年11月25日,北京学界为纪念西班牙作家塞万提斯(Saavedra,1547—1616)的《堂吉诃德》出版350周年举行隆重集会,1959年人民文学出版社推出傅东华全译本,该译本从英译本转译,参照西班牙文。

20世纪八九十年代,古希腊罗马文学的译介的热潮再次出现。重要的译作有:1994年,两部直接从古希腊原文翻译的诗体《伊利亚特》问世,一是罗念生、王焕生译本(人民文学出版社),一是陈中梅译本(花城出版社)。后者在1999年有北京燕山出版社的重版,2000年又由译林出版社出版译注本。另外,傅东华译本也有河北热敏出版社重版(1996),西安未来出版社还有樊得生等的编译本(1998)印行。荷马的另一部史诗《奥德修纪》也先后有三个重要的译本问世,他们都直接从古希腊原文译出,即杨宪益译本(散文体,有长篇译序,上海译文出版社,1979初版,之后多次重版);陈中梅译本(花城出版社,1994;北京燕山出版社,1999);王焕生译本(人民文学出版社,1997)。其中王焕生、陈中梅的两部荷马史诗译本,分别获得"鲁迅文学奖"和"1998年全国优秀外国文学图书一等奖"。此外,还有三种名为《荷马史诗》的译本,将两部史诗合为一书出版,它们是呼和浩特远方出版社1998年出版的袁飞译本(3卷)、延边人民出版社1999年出版的古牧译本(3卷)、大众文艺出版社1999出版的隋倩、陈洁、马静等译本(2卷),这些译本的质量虽然无法与前述几个译本相比,但它们与同时期出版的7种荷马史诗故事与改写本一样,也从一个侧面反映了古希腊经典在新时期中国的影响力。

其他古希腊经典如柏拉图、西塞罗(Cicero,前106—前43年)、萨福和古罗马经典如维吉尔、奥维德、阿普列乌斯(Apuleius,124—约170年以后)等作家,以及伊索(Aísôpos,前620—前560年)寓言等在八九十年代的译介,也达到了一个新的高潮。其中重要的译著包括柏拉图著作的多种译本:即《理想国》的5个译本(郭斌和/张竹明、刘静、张楚、杨恺、毛宗伟译本)以及朱光潜、陈康、严群、杨绛等内容不同的"对话录"译本,等等。其翻译已经扩展到古希腊、罗马的历史、神话传说、散文(演讲、书信)、小说、寓言等各种文体。其中在20世纪后

30年间,仅《伊索寓言》就出版了近30种不同的编译本[①]。

朱维基和王维克的《神曲》译本在80年代初相继由上海译文出版社和人民文学出版社重版。著名翻译家田德旺完成了该书的新译,这是第一个直接从原文翻译的全译本,先后于1990、1997、2001年由上海译文出版社出版。花城出版社还于2000年出版了黄文捷的新译本。此外还有薛寒冰、陈国强等译本以及多种缩写、改写本。同时,但丁的翻译还扩大到诗歌,1993年上海译文出版社有钱鸿嘉的《新生》(十四行诗集)全译本问世。薄伽丘的《十日谈》在这一时期也有多种新译出现,包括黄石、钱鸿嘉、王永年、邱林、闽逸、周波等6个译本,更有许多改写本与节选本行世[②]。《堂吉诃德》的翻译这一时期有了突破性进展,第一个直接译自西班牙文的中文全译本由杨绛译出,人民文学出版社1978年出版,之后多次重版。到90年代更有13种新译与15种不同的节译、改写、缩写本问世[③]。由此可见南欧古代与近代经典在新时期中国的翻译盛况。

至此笔者有意省略的古希腊戏剧在各个时期的译介情形,正是下面要重点分析的。

从整体而言,直到明代之前,中国对古希腊罗马的了解非常有限,而且对它的传播基本上限于中国古都长安以西地区,这一判断基本上是针对中国中原地区的文化而做出的。直到明代,欧洲传教士的东来,中国才对古希腊文明有了少许了解。到清末,随着西学东渐的加强,中国对古希腊的认识逐步加深,出现了评介古希腊的论著。到20世纪上半叶,由于中外文化交流的进一步开展,中国学术界与古希腊文明的关联有所变化,对古希腊罗马的译介也有意识地展开。但是,如果仅就古希腊戏剧而言,同时把中国文化多元性充分考虑在内的话,那么,中国与古希腊文化之间的关系历史则要大大向前追溯了。事实上,古希腊戏剧入华的历史,至今延续两千多年[④]。古希腊戏剧通过丝绸商路、外来歌舞伎、外来宗教吸收改编、戏剧翻译和国外剧团来华表演等途径传入中国。随着中西交往的发展,希腊戏剧传入中国的形式也在发生变化:从最初的歌舞伎的要杂表演,到被吸收成为中国戏曲的一部分,最后到纸本的承载和直接上演;希腊戏剧传入的流量也日益增加:从最初少量的随工艺品流入和伴随宗教的传入,到后来剧本的大量译介以及外国剧团不断的来华演出,希腊戏剧传入中国,不仅折射着中西文化交流的历史面貌,也体现了华夏文化在历史上的强势地位及其兼收并蓄富于借鉴的优良传统。

---

① 参见查明建、谢天振:《中国20世纪外国文学翻译史》(下卷),武汉:湖北教育出版社,2007年,第1238—1243页。

② 同上书,第1245页。

③ 同上书,第1255—1256页。

④ 参见李蔷:《中西戏剧文化交流史》,北京:人民音乐出版社,2002年。

进入20世纪以来，古希腊戏剧主要是翻译的形式进入中国的。杨晦翻译的埃斯库罗斯《被幽囚的普罗米修斯》(1926)，可能是现代意义上最早的古希腊戏剧的中译。在20世纪三四十年代先后出版了埃斯库罗斯(Aeschylos，约前525—前456)、索福克勒斯(Sophocles，约前496—前406)、欧里庇得斯(Euripides，公元前485—前406)等人的八部悲剧作品。其中除赵家璧(《美狄亚》，商务印书馆，1935)、陈国桦(《特洛亚妇女》，诗歌出版社，1938)和叶君健(《阿伽门农》，上海文化出版社，1946)三人各翻译一部外，石璞翻译了三部(《希腊三大悲剧》(上、下卷)，即《阿伽门农》《安提戈涅》《美狄亚》，商务印书馆，1937)，而贡献最多的就是罗念生，他在10年内译出后了七部悲剧，即埃斯库罗斯的《波斯人》(1936)、《普罗米修斯》(1947)，索福克勒斯的《俄狄浦斯王》(1936)、欧里庇得斯的《伊菲革涅亚在陶洛人里》(1936)、《美狄亚》(1940)、《阿尔刻提斯》(1943)《特洛亚妇女》(1944)，除《阿尔刻提斯》由古今出版社出版外，其余均在商务印书馆印行。

新中国成立之后，比较大规模的古希腊悲剧中译计有：周作人的欧里庇得斯悲剧13种，罗念生的埃斯库罗斯悲剧4种、索福克勒斯悲剧1种、欧里庇得斯悲剧1种，这些工作大多在“十七年”特别是50年代完成；新时期以后，陈中梅译有埃斯库罗斯悲剧8种，另外还有灵珠译《奥瑞斯提亚三部曲》(上海译文出版社，1983)、吕东译《俄狄浦斯》(吉林摄影出版社，2001)，以及台湾的胡耀恒、胡宗文父子等人的翻译。至80年代中期，古希腊三大悲剧家传世的32部悲剧已经全部译成中文了。此外，张竹明、王焕生于2007年翻译完成《古希腊悲剧喜剧全集》。

在20世纪下半期，对古希腊悲剧的中译贡献最为突出的无疑是周作人和罗念生，而他们两人的译介工作，在新中国成立之初，又有了密切的关联，从而导致20世纪的50年代，最终成为古希腊悲剧在中国翻译最为集中的时期。

周作人因为抗战时期的附逆历史，在40年代后期就受到国民政府的刑罚。新中国成立后，他在政治上当然仍被剥夺权利，虽然法庭的正式判决要到1953年底才做出(周作人1953年12月22日日记：“得十九日法院判夺政治权利”)。不过，因为其在新文化运动中的历史作用、他的学识以及他与鲁迅的关系等诸多因素，他还是被安排从事文学翻译工作，具体而言，就是让其与罗念生、缪朗山(笔名灵珠)、杨宪益等一起，从事古希腊戏剧的翻译。而古希腊戏剧的翻译工作，正是作为新中国文化建设的一部分为新政权所认可和倡导的，所以这项工作在新中国成立之初就开始了，周作人日记中最早提及此事，是在1950年10月7日，当天的日记云：“罗念生来访，邀参加为天下图书公司翻译悲剧工作，约以明年。”[①]不久又有：“罗念生来，携来欧利披台斯书三册，约定翻译从下月起。”(10月18日)和“下午至天下图书公司，与公司葛一虹、郁文哉及罗念生、缪灵珠共谈译事。”(10月22日)等记述。

之所以对周作人做这样的工作安排，有一个很重要的因素，就是他自新文化运动时期开始对古希腊文化和文学翻译与研究所取得的成就与影响。50年代初的罗念生与缪朗山分别是清华大学和北京大学的教授，其中罗念生也已经在古希腊文学译介领域取得了相当大的成绩，与有着“戴罪之身”周作人相比，他们之间的政治身份悬殊；但如果换一个角度看，周作人曾长期在北大任教，罗与缪又分别比周作人年轻19和25岁，几乎属于他的学生辈，因此这一次历史性的翻译工程，其实是两代学者与翻译家的合作。

根据当时的分工，约定缪灵珠译埃斯库罗斯，罗念生译索福克勒斯，周作人译欧里庇得斯。此举虽系出版方的约稿，并预付版税，这对没有固定工作的周作人而言固然有生计之虑，但翻译希腊悲剧，也是周氏愿做之事。三大悲剧家中，他又对欧里庇得斯最为重视。早在他的《欧洲文学史》中，即强调欧氏“思想卓绝，不能为世俗所赏”“于神人行事，多所置疑”；他还曾节译过《忒罗亚的妇女》片断，并强调作者“虽然生于二千三百年前，但其著作中唯理的思想与人道的精神，使得我们读他如对当代的大师，发生亲密之感”。不仅如此，此项翻译在他还有另一理由：“希腊悲剧差不多都取材于神话，因此我在这里又得复习希腊神话的机会，这于我是不无兴趣与利益的。”最后，周作人翻译了欧氏18部悲剧中的13部。后来收入《周作人译文全集》[②]的文字中，含古希腊文译作200万字，其中除5万字的《希腊拟曲》是30年代所译外，其余195万字均为1949年后完成，而古希腊悲喜剧又占了其中的一半。除欧氏悲剧外，还包括《希腊神话》《希腊的神与英雄》《希腊女诗人萨波》《伊索寓言》《卢奇安对话集》，还有另外一些“散译”，等等，可谓蔚为壮观。

再说罗念生。上海人民出版社2004—2007年出版的11卷《罗念生全集》中，近半篇幅都是古希腊戏剧的译文，计有埃斯库罗斯悲剧6种，索福克勒斯悲剧5种，以及欧里庇得斯悲剧6种(其中《安德洛玛刻》是节译)。另有阿里斯托芬喜剧2种，《希腊罗马散文选》《伊索寓言选》、古罗马琉善的《琉善哲学文选》、亚里士多德的《诗学》，还有他的研究文集《希腊漫话》等。可见其一生的大部分著述译作，都是集中在古希腊罗马的经典方面了，而对他来说，这项工作只是在40年代的战乱中不得不停了下来，新中国成立之后，马上重又开始，而且与周

① 参见常春编：《周作人日记》影印本(上、中、下)，郑州：大象出版社，1996年12月。以下所引周氏日记出处同。

② 止庵编：《周作人译文全集》(全十一卷)，上海：上海人民出版社，2012年。

作人等有着密切的分工合作，除了“文化大革命”最混乱的几年间不得不停下之外（周作人受冲击更大，1967 年辞世），事实上成为他们的终身志业，由此共同完成了古希腊罗马经典特别是古希腊悲剧的译介工程。

新中国成立后的十七年间，意识形态与文化领域不断出现各种各样的批判运动，从思想观点的争论（如 1956 年的“百家争鸣”）到触及肉体的整肃（如 1955 年的“胡风事件”与 1957 年的“反右运动”）。如果说罗念生的古希腊罗马经典译述工作的继续，更多地与他的职业身份和兴趣爱好相关的话，周作人以“戴罪之身”参与其中，且贯穿了整个“十七年”，除去某些个人的偶然因素外，更多地反映了经典译述在一定程度上对现实政治和文化思潮“免疫”力，这种情形在新中国翻译史上也并不少见，许多文人学者因为政治上受到打击而选择了经典翻译，譬如胡风译日本经典（但他最后放弃了）、穆旦译《唐璜》、绿原译《浮士德》等。事实上，他们的工作成果在当时就已经陆续由人民文学出版社出版：《阿里斯托芬戏剧集》（1954，署“罗念生、周启明译”，含《阿卡奈人》《骑士》《云》《鸟》《财神》5 个剧目，前 3 部由罗译，后 2 部分别由杨宪益和周启明译）；《欧里庇得斯悲剧集》（3 卷，1957、1958 出版，共收 18 个剧目，罗译 5 部，其余 13 部由周译），此外还有罗念生译的《欧里庇得斯悲剧二种》（1958）、《索福克勒斯悲剧二种》（1961）和《埃斯库罗斯悲剧二种》（1961）等。

当然，罗、周之间的合作毕竟是在特定的政治环境中进行，又是以半官方的方式展开的，因此无法完全摆脱政治意识形态的影响。以上出版的译著中，周作人只能署并不通行的“启明”。对翻译方式与策略的把握，两人间有意见分歧，而从处理分歧的方式中，也可以看出这种影响渗透。比如，人民文学出版社安排一同翻译的数位译者互校译稿，而罗、周意见不同，罗认为人地译名当依英美读法，周则主张“名从主人”[①]；又罗氏在《周启明译古希腊悲剧》中所说：“周译注解很多，我曾建议压缩，但译者不同意，说可以任读者自由取舍。”[②]这一分歧几乎贯穿翻译古希腊悲剧和喜剧的始终，周氏称之为“令人厌恶的苦差事”（周 1954 年 9 月 29 日日记）。按常理，作为前辈的周作人的意见对该项工程的事实具有某种指导性质，但事实上却始终压抑着自己的想法，只能归结于政治因素的作用。在翻译的具体处理方式上，仅以罗、周相比，罗更多地采用归化处理方式，而周则更倾向于在形式与意义上保持原著的味道[③]。当然，他们都是学者型的译者，相比意见的分歧，共识更多，罗或许更在无形之中反而受了周的影响，也有待做进一步的核实。譬如罗氏的译作同样有大量的注释，《罗念生全

---

① 止庵：《记周作人翻译古希腊悲喜剧事》，出版商务周报，2008 年 9 月 3 日。

② 此文未收入《罗念生全集》，本文转引自止庵：《记周作人翻译古希腊悲喜剧事》。

③ 参见周嘉惠：《试论罗念生希腊悲剧翻译中的中国文化意识与其他》，《文化艺术研究》2011(3)。

集》中的《波斯人》有360条注释,《阿伽门农》有351条,《酒神的伴侣》有265条注,即使拥有最少注释的《奠酒人》也达到101条。

这种政治意识形态的影响因素直到改革开放新时期之后才有了明显的缓解,古希腊罗马戏剧经典的译介也迎来了新的局面。在20世纪80年代,周、罗等人的古希腊戏剧译著相继出版,除重版上述五六十年代出版的译著外,灵珠、吕东等人的其他新译陆续印行,至此,古希腊32部传世悲剧全部译成中文。90年代又有陈中梅的新译《埃斯库罗斯悲剧集》问世(辽宁教育出版社1999出版,含8个剧目)。

除戏剧文本翻译外,新时期还有众多古希腊戏剧史和评论著作出版,发表的论文更是数量众多。研究的深入展开,大大促进了中国对古希腊经典的了解。它们包括陈洪文、水建馥著《古希腊三大悲剧研究》(中国社会科学出版社1986),廖可兑著《西欧戏剧史》(中国戏剧出版社,1981),吕新雨著《神话·悲剧·诗学》(复旦大学出版社,1995)和[英]吉尔伯特·默雷《古希腊文学史》(孙席珍译,上海译文出版社,1988),俞久洪、藏传真译校的《古希腊戏剧史》([苏]谢·伊·拉齐克著,南开大学出版社,1989)等,这种研究还引入了跨文化比较的视野,涉及中希古典戏剧与神话的研究、中希悲剧比较与中国文学的缺类研究等多种学术论题。

同时,新时期以后的希腊古典戏剧演出活动,包括与中国戏剧的融合的实践,大大促进了古希腊戏剧的影响。古希腊戏剧演出活动在40年代就已开始,但数量不多,仅有1942年四川江安戏剧专科学校演出欧里庇得斯的《美狄亚》(赵家壁译)和1946年上海演出《女人与和平》(李健根据阿里斯托芬《吕西斯特剌忒》编写)等记载。而新时期的演剧实践则数量多,影响也大。比较重要的有[①]:1980年5—6月,北京大学历史系演出三场《俄狄浦斯王》;1986年3月,中央戏剧学院演出《俄狄浦斯王》;1988年哈尔滨话剧院演出《安提戈涅》。1992年7月10日,中国煤矿话剧团在中央戏剧学院实验剧场演出《特洛亚妇女》等。

另外,中国戏剧界还尝试把古希腊悲剧与中国地方戏相结合,以促使其中国化和本土化。1989年6月,罗念生之子著名导演罗锦鳞与河北梆子剧团合作推出《美狄亚》;2004年罗锦鳞执导取材于埃斯库罗斯《七将攻忒拜》和索福克勒斯《安提戈涅》改编的河北梆子《忒拜城》[②]。2007年6月16—17日,武汉人民剧院在武汉剧院公演《地母节妇女》,7月又赴希腊德尔斐参加第13届国际戏剧节,等等。

---

① 罗锦鳞:《古希腊戏剧在中国》,《戏剧》1995(3)。关于古希腊戏剧在新中国的演出情况,本文参考了覃志峰:《古希腊戏剧入华考论》,《戏剧文学》2011(11),特此感谢。

② 参见罗锦麟:《用中国传统戏曲表演古希腊悲剧》,《大舞台》1995(4)。

自1991年以来，中国剧团出国演出的古希腊戏剧已超过200场。这不仅有助于古希腊戏剧的传播和交流，而且向世界展示了中国人对古希腊戏剧的理解和对希腊神话的熟知。同时，新时期以来外国剧团来华演出，也给中国观众带来了古希腊戏剧更直观更贴切和更本土的体验，有助于中国观众深入了解和亲历希腊神话深刻的含义和富于活力的艺术魅力。希腊国家话剧团在1979年10月在京、沪、宁等地演出《普罗米修斯》和《腓尼基妇女》；2003年3月7日在北京天桥剧场演出《安提戈涅》；2008年9月18日在国家大剧院演出《被缚的普罗米修斯》等。

综上所述，希腊戏剧传入中国并最终发生重要的影响，并不是偶然的。它伴随着中西历史上几次重大事件，如亚历山大东征、丝绸之路商业贸易、外来宗教的传入、西学东渐和中国新时期的改革开放等。希腊戏剧在中国的译介与接受也不是个别的文化现象，而是伴随着整个西方文化的传播展开。随着中西交往活动的规模扩大和频率增强，希腊戏剧传入中国的形式也在发生变化：从最初的歌舞伎的要杂表演和外来宗教的带入，从中国戏剧界古希腊演剧活动的展开、外国剧团不断地来华演出，到与中国古典戏剧的融合，其中都贯穿着剧本翻译和研究这一重要的实践。尤其是20世纪以来，古希腊戏剧通过译介、研究和演出等方式，对中国产生广泛而深刻的影响，不仅培养了广大的古希腊戏剧和希腊神话的爱好者和研究者，更有老舍、李健吾、郭沫若、曹禺等著名作家深受古希腊戏剧的影响。希腊戏剧传入中国，不仅折射着中西文化交流的历史面貌，也是华夏文化兼收并蓄的优良传统和创造力的体现。

第三节　永远的安徒生

——北欧文学的翻译

这里的北欧是指斯堪的纳维亚半岛的挪威、丹麦、瑞典、芬兰和冰岛，共五个国家。北欧地区在古代有着悠久的神话传统，中世纪以后才被南方基督教文化所统治，因此，北欧文学有着不同于欧洲其他地区的想象力。在北欧五国中，挪威和丹麦是文学大国，有着深厚的文学传统。自20世纪初期开始，北欧文学就开始传入中国，五四新文化运动中，在周氏兄弟及其他文学研究会成员的倡导下，北欧神话、挪威与丹麦文学的近现代文学就已经在中国有比较系统的译介，尤其是挪威的易卜生和丹麦的安徒生，最是二三十年代北欧文学翻译的热点。如果说挪威易卜生的戏剧直接参与了中国的新文化运动，特别是他的挪拉形象为中国新女性的建构提供了典范和启示的话，那么，安徒生童话的翻译与研究，则不仅给中国读者尤其是少年儿童读者揭开了一个全新的世界，也为中国新文化运动的儿童视角提供了最强有力的外来之源。他们各自从不同的角度,直接参与了中国新文化与新文学的建设。

本节将以丹麦童话作家安徒生(Hans Christian Acdersen,1805—1875)的译介为中心,分析北欧文学在新中国的翻译、研究与影响状况。

中国现代最早译介安徒生的是周作人。1913 年,周作人在发表于《教育部编纂处月刊》上的《童话略论》一文里便提及:“今欧土人为童话唯丹麦安兑尔然(Andersen)为最工”。接着在《丹麦诗人安兑尔然传》一文里,第一次向中国读者详细介绍了安徒生的生平与创作,并参照挪威波亚然(Boyesen)《北欧文学评论》中的论述,给了安徒生极高的评价,肯定“其所著童话,即以小儿之目观察万物,而以诗人之笔写之,故美妙自然,可称神品,真前无古人,后亦无来者也。”[①]之后陆续有刘半农、周瘦鹃、孙毓修、陈家鳞、陈大镫等人以文言译述、改写等方式介绍过安徒生童话。1919 年《新青年》第 6 卷第 1 期上刊载了周作人用白话文直译的《卖火柴的女儿》——这便是中国人用白话文翻译的第一篇安徒生童话。

作为安徒生传播者的第一人,周作人不仅认识到安徒生童话乃“欧土文学童话”之“最工”,又指出其独一无二的特色——“小儿一样的文章”和“野蛮一般的思想”[②],从而揭示了安徒生童话对于精神解放的意义和儿童阅读的意义。在周作人等的倡导下,安徒生的传播亦成为 20 世纪 20 年代颇为显赫的文坛事件。1925 年安徒生诞辰 120 周年,《小说月报》史无前例地特辟两期“安徒生”号,《文学周刊》(第 186 期)亦整期刊登安徒生,其余如《少年杂志》《妇女杂志》《民国日报》《儿童世界》《晨报副刊》《时事新报》《东方杂志》等都曾刊登过安徒生童话。依据郑振铎的统计,到 1925 年,中国对安徒生的翻译已达九十多篇次,关于安徒生的传记及论文也达 15 篇之多。

现代意义的中国儿童文学是在西学运动的冲击下产生的,而安徒生影响最大。安徒生童话这一“童心”与“诗才”相结合的“新的文体”,对于新生的、立志要将儿童的天性、趣味和尊严从道德训诲和艰涩的古文中摆脱出来的中国现代儿童文学来说,具有范本的意义。它那照着说话一样毫无约束力的“小儿一样的文章”和颂扬儿童烂漫天真的心性的“野蛮一般的思想”,在观念形态上为中国儿童文学书写了最具本体特征与理想色彩的一笔。不过,中国读者对安徒生的接受心态并未沿着周作人这一路径走下去。随着社会现实的巨大变化,文化转型时期人们寻求理想文化形态的心态让位于对苦难现实的关注。从 20 世纪 20 年代末到三四十年代,安徒生虽然仍然作为一个在文体上取得非凡成就的

① 周作人:《丹麦诗人安兑尔然传》,《叒社丛刊》创刊号 1913 年 12 月。

② 周作人:《随感录(二四)》,《新青年》第 5 卷第 3 期,1918 年 9 月 15 日。

童话作家而被翻译(从30年代初到新中国成立前,出版各种安徒生集约二十五种左右),但也作为一个有浪漫主义思想局限的人而被批判。安徒生童话的游戏精神及幻想力与中国传统文化中的"文以载道"观念、"唯上"观念、"父意识"、群体本位意识之间构成一种内在紧张,也与动荡时局里接受主体的"为人生"的现实关怀构成内在紧张,从而导致人们对安徒生价值的重新判定[①]。但安徒生的《皇帝的新装》和《卖火柴的小女孩》被中国人指认为现实主义创作的范本。

20世纪50年代初,儿童文学事业重新得到倡扬。1955年安徒生诞辰150周年。叶君健、陈伯吹等发表了数量众多的文章,引发了又一场"安徒生热"。其中成就最为突出的,是叶君健的安徒生童话全集的翻译。之前,中国产生了周作人、赵景深、徐调孚、郑振铎、顾均正、茅盾、胡适、严既澄、焦菊隐、高君箴、傅东华、过昆源、徐培仁、林兰、陈敬容等一大批安徒生童话翻译人,但这些翻译均从日文或英文转译而来。对于叶君健而言,安徒生童话的翻译与介绍是所有中译工作中与自身最为亲近、影响最大,意义也最为深远的一项。他最早是通过世界语了解安徒生童话的。1931年还是中学生的叶君健在函授学习世界语时,读到了世界语创始人波兰医生柴门霍夫翻译的《安徒生童话选》,便产生了浓厚的兴趣。1945年在剑桥大学做研究时,叶君健就发愿要把全部安徒生童话译成中文。为完成这一志业,他开始学丹麦文,每年寒暑假到丹麦访问,了解那里的风土人情,结交丹麦朋友,研究安徒生的生平及其作品。从20世纪50年代初开始,他陆续翻译出版了安徒生童话的单篇作品,并在之后不断修订。1956年至1958年,叶君健整理出版了译自丹麦文的《安徒生童话全集》(共16册),之后不同的选集版本陆续出版。至1979年,各种叶译安徒生童话集达五十多种,发行四百多万册(见国家图书馆编《1949—1979翻译出版外国古典文学著作目录》,中华书局,1980年),他还先后发表了《童话作家安徒生》(上海少儿出版社,1954)、《鞋匠的儿子》(人民文学出版社,1978)和《不丑的丑小鸭》(湖南少儿出版社,1984)等三部安徒生的评传研究作品,并对其每一篇作品进行研究和评论,推出了《安徒生童话(新注全本)》(辽宁少儿出版社,1992)。在他几十年的努力下,安徒生成为了影响几代中国人的伟大作家,他的中译本也成为世界80多种文字译本中评价最高的译本。1988年8月,丹麦女皇玛格丽特二世授予叶君健"丹麦国旗勋章",嘉奖其把全部安徒生童话介绍给有十多亿人口的中国人民,而且"只有中国的译本把他当作一个伟大作家和诗人来介绍给读者,保持了原作者的诗情、幽默感和生动活泼的形象化语言"[②]。

---

① 李红叶:《安徒生在中国》,《中国比较文学》2006(3),本节论述对此文多有参考和引用,特此感谢。另参见李红叶《安徒生童话的中国阐释》,北京:中国和平出版社,2005年。

② 转引自李景端:《叶君健与〈安徒生童话〉中译本》,《出版史料》2003(1):21.

进入新时期之后,安徒生的译介与影响形成了新中国成立后的第二次高潮。1979年丹麦女王来华访问,在京举办了"丹麦安徒生生平及作品展览"。新中国的文艺理论者取法苏联的社会学批评方式,从而树立了一个既不同于五四时期童心烂漫的安徒生形象,也不同于三四十年代"躲向'天鹅'与'人鱼'的虚幻世界里去"的安徒生形象,这个"具有对一切人、对社会的一切阶级都怀着浪漫主义的心平气和的理解"[①]的安徒生,变成了一个"具有充分民主主义和现实主义倾向的作家"。从"现实主义精神与人民性"出发,接受者将安徒生的作品大致分为两类主题:对上层统治阶级丑恶本质的深刻揭露与批判、对下层劳动人民悲惨命运的深刻同情。作为两大主题的代表作品,《皇帝的新装》《卖火柴的小女孩》《丑小鸭》《她是一个废物》《夜莺》《影子》《柳树下的梦》《老单身汉的睡帽》等备受关注。作品中的人物亦按阶级模式进行有序安排:"皇帝"是统治阶级的代表;"卖火柴的小女孩"是受迫害的下层人民的代表;至于"艾丽莎""小人鱼"尽管她们是"出身于贵族——她们实际上是贵族中的叛逆",还有那"被人瞧不起的拇指姑娘"则"是那些勤劳、勇敢和正直的'平民'"的代表[②]。

该时期中国人对安徒生童话平面化的现实主义套解,放逐了安徒生童话生机盎然的儿童精神,忽视了安徒生童话所具有的超越时空的普遍意义。这种接受是特定时代里文艺直追思想性和教育性的反映,是"儿童文学是教育儿童的文学"这一观念的反映,也是中国传统文化一味追求"正而大"的思想观念的反映。不过,也正是经由这种阐释,才使这诗意充盈的安徒生童话幸存于一个极为强调政治的年代,亦冲击了二三十年代便兴起的这样一种童话观念:童话不能反映现实生活,童话等于幻想,幻想是任意的空想。

20世纪80年代以后,文学观念的转变、安徒生童话全集全译本的增多、外源资料的译介使中国人认识一个趋于本来面目的"安徒生"成为可能[③]。

90年代以后出现了4种《安徒生童话全集》全译本:一是叶君健译本:如《新注全本安徒生童话》(辽宁少年儿童出版社,1992)、《英汉对照安徒生童话全集》(清华大学出版社,1999);二是任溶溶译本:如《安徒生童话全集》(上海译文出版社,1996)、《安徒生童话全集》(浙江少年儿童出版社,2005);三是林桦译本:《安徒生童话故事全集》(中国少年儿童出版社,1995)、《安徒生童话故事全集》(中国少年儿童出版社,2005);四是石琴娥译本:《安徒生童话与故事全集》(译林出版社,2005)。以上几种本子,除任溶溶的本子译自英文外,其余均译自丹麦文。这几种全集全本,丰富了安徒生童话的中国版本资源,也为数不胜数

---

① 关于国外汉学家的评论,见《安徒生童话的中译本》,楚冬译,《读书》1981(5)。

② 叶君健:《鞋匠的儿子——童话作家安徒生》,北京:人民文学出版社,1978年,第72页。

③ 关于台湾的安徒生翻译与传播,可参见李红叶:《安徒生童话的中国阐释》,北京:中国和平出版社,2005年。

的各式改写本提供了参照，是安徒生不断深入中国的标志。此外，如人民文学出版社从台湾引进的《名家绘本安徒生童话》(2003)、中国社会科学出版社2003年的《月亮看见了》(宋城双译)、《光荣的荆棘路》(谢惟枫译)、上海社会科学院出版社2004年的《无画的画册》(林桦译)、上海辞书出版社2005年的13册《安徒生绘本典藏》(季颖编)、花城出版社2005年的16册《漫画安徒生童话故事》(田昌镇编绘)，等等，都值得关注。

另外，80年代以后中国人翻译了有关安徒生的如下重要的外源资料：

一、传记类：郭德华编译《安徒生生平简介 安徒生展览会内容之一》，丹麦王国外交部新闻与文化关系司，1988；[苏]伊·穆拉维约娃本：《安徒生传》(马昌议译，上海文艺出版，1981)、《寻找神灯——安徒生传》(何茂正译，湖南文艺出版社，1993)；安徒生本：《我的一生》(李道庸、薛蕾译，四川少年儿童出版社，1983)、《我生命的故事》(黄联金、陈学凰译，中国档案出版社出版，2002)、《真爱让我如此幸福》(留帆译，国际文化出版公司，2002)、《我的童话人生》(林桦译，人民文学出版社，2005)、《我的童话人生》(傅光明译，中国文联出版社，2005)；[丹]伊莱亚斯·布雷斯多夫本：《从丑小鸭到童话大师——安徒生的生平及著作》(周良仁译，黑龙江人民出版社，2005)；德拉戈尔本：《在蓝色中旅行》(冯骏译，译林出版社，2005)。

二、研究资料：《汉斯·克里斯琴·安徒生》([丹]欧林·尼尔森著，郭德华译，中国对外翻译出版公司，1988)；《丹麦安徒生研究论文集》(小啦、约翰·迪米留斯主编，安徽少年儿童出版社，1999)。此外，重要的单篇论文及著作片断有十余种，举例如下：《童话作家》([苏]康·巴乌斯托夫斯基，田雅青译，《未来》1982年第3期)；《简明大不了颠百科全书·外国文学卷·安徒生》(中国大百科全书出版社，1999)；《童话之王——安徒生》(《书·儿童·成人》，保罗·亚哲尔著，台湾富春文化事业有限公司，1992)；《汉斯·克里斯蒂安·安徒生》，(《丹麦文学的群星》，菲·马·米切尔著，阮坤、韩玮、刘麟译，辽宁教育出版社，2002)；[丹]约翰·迪米利乌斯《安徒生——童话作家、诗人、小说作家、剧作家、游记作家》(《安徒生文集》，林桦译，人民文学出版社，2005)。

三、《安徒生文集》及《安徒生剪影》：21世纪初，中国人对安徒生的观察和评价开始从"儿童阅读"视阈里走出来。但真正全面而系统地将安徒生作为一个伟大的文学家和有着全面艺术才华的人来介绍的，是林桦。他不仅翻译了安徒生童话故事全集，翻译了安徒生的完整自传《我的童话人生》及有代表性的小说、戏剧、诗歌和散文(《安徒生文集》，人民文学出版社，2005)，还全面介绍了安徒生的剪纸、素描、拼贴等造型艺术(《安徒生剪影》，三联书店，2005)。此外，2005年，中国文联出版社亦出版了一套根据英译本转译的安徒生精品集(包括由傅光明译的《我的童话人生》、刘季星译的《诗人的市场》《即兴诗人》、阮坤译的《奥·特》)。

此外,"安徒生"的传播形式还涉及评论、专著及录音、舞蹈、影视制作。安徒生童话被制作成各种录音带、卡通片、木偶剧、童话剧、芭蕾舞剧。也引进了来自日本的卡通片及迪斯尼卡通片,引进了好莱坞电影《安徒生传》。中国民间剪纸艺术家卢雪的112幅取材安徒生童话的剪纸作品被丹麦安徒生博物馆收藏。2005年,中国的安徒生传播事业尚包括制作各种安徒生童话全集及选集;中央电视台拍摄了26集安徒生卡通片及两集纪录片《安徒生传》;丹麦总理特别任命林桦、鞠萍、章金莱等6名"中国安徒生大使";安徒生生平暨安徒生童话插画原作巡回展;"关心下一代工作委员会"特别发行由林桦选译的《我爱安徒生》发送到8个省市的儿童手中;以及安徒生纪念邮票的发行,各种安徒生研讨会、故事会、插画比赛,等等。

与安徒生童话在中国的巨大发行量相比照而存在的,却是安徒生研究领域的相对迟滞和冷寂。80年代,长期禁锢的文学研究在松绑后迸发出的热忱促成了这一时期的一批集束性成果的出现,如叶君健著《不丑的丑小鸭》(1984),浦漫汀著《安徒生简论》(1984),易漱泉著《安徒生》(1984)及胡从经的论文《浮槎东来几春秋——安徒生在中国》(1987)等。胡从经整理了从1913年至五四时期中国人的安徒生翻译与介绍,是非常重要的成果。其余各家成果均集时代之大成,采用普遍使用的社会历史批评方式,现今看来,是有局限性的。到21世纪初,孙建江著有《飞翔的灵魂——安徒生经典童话导读》(湖北少年儿童出版社,2003)、林桦编著《安徒生剪影》、李红叶著有《安徒生童话的中国阐释》(中国和平出版社,2005)、王泉根主编《中国安徒生研究一百年》(中国和平出版社,2005)等。其余,中国人编著的安徒生传记类作品有二十余种,如《安徒生》(何茂正编著,辽海出版社,1998),《安徒生》(谢祖英编写,北方妇女儿童出版社,1999),《最受孩子喜爱的安徒生》(韩进著,湖北少年儿童出版社,2005)等等,该类传记与诸多改写本安徒生童话一样,其"中国化"后的品格与成就值得讨论。

80年代以来的安徒生评述,散见于各种儿童文学研究著作中,突显的是安徒生作为一位经典儿童文学大师的地位与才情、安徒生童话的人道主义思想内容、为孩子和成人共同喜爱的双重接受效应及拟人、夸张、幽默、幻想等艺术手法。单篇论文则主要就部分安徒生童话阐述其美学特征,如论安徒生童话的自我象征、悲剧艺术、优美化倾向、死亡意识、若干原型、温暖的人道主义、否定性幽默、成人解读、基督教色彩、叙事视角、后期童话试探,等等。也有部分论文单篇解读《丑小鸭》《海的女儿》(《小人鱼》)、《卖火柴的小女孩》《皇帝的新装》(该四篇构成中国的四大安徒生童话经典),或从"童话之外"介绍安徒生的创作和生平。总之,中国的安徒生研究,系统性尚显不足,集中的成果屈指可数,如浦漫汀从作品与作家性格、时代背景的联系分析安徒生童话的思想内容与艺术特色;韦苇从文学史的角度界定安徒生童话的总体成就及对安徒生童话的再认识;林桦对安徒生总体文学成就及其人的再认识和对安徒生剪纸艺术与素描艺术的分析;孙建江对15篇安徒生童话进行心灵感悟式的解读;潘延对安徒生研究的回顾及安徒生后期童话的分析;王泉根对安徒生童话艺术成就及安徒生对中国的影响的分析;李红叶对安徒生童话在中国的接受历史的全面梳理,等等。

安徒生在中国的流行主要在出版层面。作为一个经典儿童文学大师,他的童话故事对于中国儿童文学的发生意义、建设意义与参照意义,没有其他任何作品可与之相比。安徒生童话的基本艺术特质如抒情的格调,爱与美的主题,对弱者的同情,温情的语调,动植物主角,幻想的品格,拟人的手法,小儿的语言,等等,均以中国化的形式组织进不同历史时期的儿童文学艺术肌体中。在阅读层面上,安徒生亲切柔情、神奇美妙。但为中国人普遍记忆的只是安徒生童话中极少的一部分。安徒生童话的成人阅读是一脉历史的潜流,安徒生童话的丰富性借此免于完全为"孩子性"所遮蔽。实用主义世界观、视儿童文学为"小儿科"的偏见、对童话"幻想"品格的蔑视及网络时代享乐文化与快餐文化的影响使得不少中国人想当然地视安徒生童话为"幼稚""简单""虚幻""无用"的读物。在研究层面上,"安徒生"仍然是被"成人文学"研究群体遗忘的一个角落。对已被翻译成中文的近二百篇的安徒生童话故事,中国尚未有完整而系统的研究,便是对熟知的少数篇章,人们的研究仍值得充分展开。

同样重要的是,安徒生童话激发了中国现代儿童文学的发生,并为中国儿童文学创作带来不断的启发,它与其他西方儿童文学作品一起催生了以叶圣陶为代表的中国儿童文学作家,成为中国儿童文学的源头和恒在的参照,他在1930年以安徒生的《皇帝的新装》为本而创作出新的中国式的《皇帝的新装》。便是到了四五十年代的严文井、叶君健、陈伯吹、金近,新时斯的冰波、陈丹燕、杨红樱、曹文轩以及成人文学作家何其芳、顾城、宗璞、丁玲、孙犁、毕淑敏、学者钱理群、韦苇、王泉根、孙建江、梅子涵、朱自强、班马,等等,其创作与思想里也都有深刻的安徒生渊源。如《卖火柴的小女孩》这样被选入语文课本的童话,已成为各时期文学创作的一种带有原型性的思路,一个广被采用的题材,也将在中国文学中不断获得新的知音,不断催生新的作品。

第六章
亚非拉文学翻译之考察与分析

第一节 《南方来信》
——"文化大革命"前"第三世界"文学的翻译

一、"文化大革命"前亚洲文学翻译概述

新中国成立到"文化大革命"前十七年间,中国加强了对亚非拉等"第三世界"国家文学的翻译。尤其在新中国成立后的十二三年间,出现了介绍亚洲国家文学的小高潮。这主要是因为亚洲国家与中国一样,多半都在历史上遭受过殖民统治,与中国有着共同的命运,其中,朝鲜、越南、老挝等国家,与中国还有着相近的社会制度。这其中的译介重点主要包括历史悠久的印度、阿拉伯国家的古典和现代文学作品,也包括朝鲜、越南等社会主义国家的战争文学。

"文化大革命"前印度文学的译介重点为古典文学以及著名现代作家泰戈尔和小说家普列姆昌德。古典文学方面,人民文学出版社和中国青年出版社相继出版了王维克翻译的《沙恭达罗》,许地山翻译的《二十夜问》《太阳底下山》,金克木翻译的《云使》,季羡林翻译的《五卷书》《沙恭达罗》《优哩湿婆》,吴晓铃翻译的《龙喜王》《小泥车》,孙用翻译的《腊玛延那 玛哈帕腊达》,唐季雍翻译的《摩诃婆罗多的故事》,冯金辛翻译的《罗摩衍那的故事》,等等。在印度著名作家中,泰戈尔的作品得到了极为充分的译介,诗集有郑振铎翻译的《新月集》《飞鸟集》,冰心翻译的《吉檀迦利》,吴岩翻译的《园丁集》、汤永宽翻译的《游思集》,石真翻译的《两亩地》;戏剧有瞿菊农、冯金辛、谢冰心等人翻译的《泰戈尔剧作集》《摩克多塔拉》等。1961 年人民文学出版社出版的十卷本《泰戈尔作品集》收入了上述大多数翻译作品。此外,我国在本阶段还出版了印度小说家普列姆昌德的较多作品，如严绍端翻译的《戈丹》、索那翻译的《尼摩拉》、懿敏翻译的《普列姆昌德短篇小说集》以及正秋翻译的《变心的人》，等等。

“文化大革命”前阿拉伯文学的译介重点为古典文学和反殖民文学。古典文学方面，人民文学出版社在50年代出版了纳训翻译的三卷本《一千零一夜》、郭沫若翻译的《鲁拜集》、潘庆舲翻译的波斯史诗《王书》的部分节选《鲁斯塔姆与苏赫拉布》和伊朗诗人鲁达基的《鲁达基诗选》、水建馥翻译的波斯诗人萨迪的《蔷薇园》，以及宋兆霖翻译的《鲁米诗选》等。阿拉伯文学译介的另一个重点是反殖民文学，例如凌柯等翻译的《叙利亚和平战士诗选》、魏和咏翻译的伊拉克诗人阿卜杜勒·阿里—瓦哈卜·阿里白雅帖的《流亡诗集》、朱嘉等翻译的《伊拉克和平战士诗选》、顾中用等翻译的黎巴嫩诗歌集《黎巴嫩和平战士诗选》、杨孝柏等翻译的巴勒斯坦诗人艾布·赛勒马的《祖国颂》，以及北京大学东方语言系阿拉伯语专业同学集体翻译的《阿拉伯人民的呼声：阿拉伯各国诗人反帝国主义反殖民主义诗集》。

新中国成立后，由于朝鲜战争的特殊历史背景，我国在50年代还翻译出版了大量反映朝鲜抗美战争、社会主义建设以及中朝两国友谊的朝鲜文学作品，例如冰蔚翻译的黄建小说《盖马高原》、孙振侠翻译的金学铁短篇小说集《军功章》和李根荣长篇小说《第一次收获》、江森翻译的朴雄杰小说《祖国》、吉文涛等翻译的尹世重小说《在考验中》，等等。此外，还翻译出版了《朝鲜现代短篇小说集》《燃烧的月尾岛》《狼》和《火线》等小说合集。诗歌方面，人民文学出版社和作家出版社也相继翻译出版了赵基天的《白头山》《赵基天诗集》，朴世永的《密林的历史》，闵炳君的《朝鲜的歌》，洪淳哲的《光荣属于你们》和《阿妈妮》，以及《朝鲜卫国诗选》以及《朝鲜在战斗——朝鲜诗选》等反映抗美战争的朝鲜诗歌选集。

由于相近的社会制度和反殖民经历，我国与越南的文学交流较为密切，新中国成立以来，我国翻译了大量抗法、抗美战争题材的越南文学作品，如《越南现代短篇小说集》《越南短篇小说集》《南方风暴》《战斗的故乡》《英雄的故乡》《天越来越亮》《越南工人诗选》《战斗的南越》《英雄的天空和海洋》《在血火的日子里》《南方来信》《战斗的越南南方青年》，等等。上述越南文学作品有些在我国产生了较为深远的影响，尤其是在越南战争爆发前后，反映南越人民抗美斗争的书信集《南方来信》受到了广泛的欢迎，各大文艺团体出于对国家军事行为的宣传和支援，也多次改编演出《南方来信》，使其成为国内广大读者耳熟能详的文学作品。

二、南方来信——五十年前的一场译介盛事

(一)南方来信的成书背景

《南方来信》是越南战争期间北纬17度线以南的越南人民写给北方亲人的书信集,1964年由越南外文出版社译为中文以后,在中国家喻户晓、风靡一时,成为"文化大革命"前成功译介外国文学的一个典型范例。多年以后,我们要解读《南方来信》译介活动的来龙去脉,首先必须厘清越南战争交战各方的立场、关系、情感与心态。

越南战争是冷战期间最为激烈的一次局部国际战争,由越南内战而引起。正如许多前殖民地国家一样,越南内部分裂和冲突的根源,终究归因于前殖民宗主国的干涉——1945年二战结束前后,胡志明领导的越南共产党在河内建立越南民主共和国,法国则支持越南末代皇帝保大在西贡建国,使越南形成分裂状态。为争夺全国主权,越共与法国进行了长达10年的战争。1954年,在中国的军事援助下,越南民主共和国在奠边府战役中赢得对法军的决定性胜利,法国撤出越南。根据当年日内瓦会议的决议,越南暂时以北纬17度线为军事分界线,计划1956年举行全国大选,南方的越共军队和干部按协议规定,集结北上,离开家乡。然而,1955年,美国政府在南越扶植吴庭艳发动政变,建立亲美的越南共和国。吴庭艳否认日内瓦协议,拒绝进行全国大选,南北亲人也从此隔绝。

1959年,越共领导的越南民主共和国决定武装推翻吴庭艳政权,统一全国,并派遣大量军事人员前往南越,组织武装颠覆。1960年,南越反政府武装(越南南方民族解放阵线)成立,实际由越共控制,到了1961年,越南南方民族解放阵线已经控制了越南共和国的大部分农村。1961年5月,为了帮助吴庭艳政府,美国总统肯尼迪派遣一支美国国防军特种部队进驻越南共和国,开启了美国战斗部队进入越南的先河,这就是历史上的"越南战争"。

1964年8月5日,以"北部湾事件"为标志,越南战争全面升级,中国安全也受到严重威胁。1965年4月,越南劳动党请求中国支援,中国政府决定向越南提供全面援助,这是中国正式介入越南战争的开始。1965年4月4日,人民日报开始使用"抗美援越战争"这一名称。1973年1月27日,越共、越南南方民族解放阵线、美国、南越阮文绍政权四方在巴黎签署了《关于在越南结束战争、恢复和平的协定》。3月,侵越美军部队开始撤出越南南方。8月,执行抗美援越任务的中国部队全部撤回国内。

综上所述,在越南战争中,越共所领导的越南民主共和国与越南南方民族解放阵线相互呼应,休戚与共,中国出于国际共产主义运动的需要和自身安全的考虑,对他们全力支持;美国则为了遏制亚洲地区的共产主义势力,不惜付出

巨大代价，从“特种战争”升级到“局部战争”，全力维护南越亲美政权。政治上严重对立的中国和美国，在越南战场上再次形成了事实上的军事敌对关系。

在残酷激烈的战争形势之下，《南方来信》其实是越南民主共和国（越共）对广大军民一次成功的宣传、策动和激励。《南方来信》的确以民间通信为基础，但有着明显的文学加工痕迹，每封信都有相对完整的故事情节和明确的主题，或是对北方亲人的思念，或是对南方斗争的描述与歌颂，或是对美军及吴庭艳政权残暴行径的控诉，或是对未来胜利的憧憬。中国作为越南民主共和国反美的同盟者、实际上的援助者，对这部文学作品表示热烈的欢迎和认同，是完全可以想见的。

（二）《南方来信》的中文译介和传播

1964年1月，越南外文出版社印行了《南方来信》中文版，分为一、二两集。时隔不久，1964年5月，中国作家出版社根据越南外文社的版本重排出版。如果说前者是越南共产党一次卓有成效的对外宣传活动，那么后者就意味着中国官方的积极回应和热情支持。然而，这一切都还仅仅只是这次译介盛事的开端。由于读者反响强烈，转年9月，人民文学出版社又选编出版了《南方来信选（农村版）》，编者特别指出，选编农村版的原因是，“《南方来信》一、二集的中文本，一九六四年在我国出版后，受到广大读者热烈的欢迎”[①]。这次出版行为有两点值得我们注意，首先是出版社从作家出版社升格到人民文学出版社，其次是出版社开始有意识向广大农村普及《南方来信》，这意味着《南方来信》不仅与中国的主流意识形态高度吻合，有力地宣传了中国抗美援越政策的正当性和紧迫性，也确实成为广大中国读者喜闻乐见的文艺作品。

尤为特别的是，国内对《南方来信》的评介文章，一般都发表于本土文学期刊，而并非登载于外国文学期刊，这无疑最能体现其特殊的文学地位。例如，国内最为重要的文学杂志《人民文学》，就多次登载与《南方来信》相关的评介文章：

《人民文学》1964年第6期发表了著名诗人臧克家的组诗《南越英雄赞——读〈南方来信〉》，这些诗歌有的以《南方来信》描写的人物为题，如《老大娘》《三斧》《小八》《阿合》《母与子》，有些以《南方来信》描述的场景为题，如《受难母子》《铁的脊背》，有些是自己的感想，如《望明天》《战斗永不休》等。[②] 这种特殊的文学改写形式，不仅体现出作者对《南方来信》的熟悉和喜爱，更说明诗人对他的预期读者有如下的把握——大家作为《南方来信》的读者，都应该十分熟悉这些人物和情节。

---

① 农村版图书编选委员会：《南方来信选（农村版）》，北京：人民文学出版社，1965年，“编者的话”。

② 臧克家：《南越英雄赞——读〈南方来信〉》，《人民文学》1964(6)：20－21。

紧接着,《人民文学》1964年第9期登载了韩北屏的《〈南方来信〉的收信人》。这篇文章其实是由《南方来信》引起的一篇文学报导,作者记叙了自己在河内的所见所闻,尤其是对《南方来信》几位收信人的访谈。他特别提到,"在越南同志那里,看到许多封原信。这些信,有的是转移几个地区才断续写成,有的是用不同颜色的纸凑成。……原信的内容和发表出来的完全一样。《南方来信》的编者,对这些信件没有删削,也没有增补,正因为如此,更显得可贵"①。这些文字,一来是强调《南方来信》真实性,进一步增强国内读者对译作的好感;二来也说明《南方来信》的确在中国深入人心,所以文学工作者才有探寻源头的动机和兴趣。试想,若非人们对《南方来信》深感兴趣,这样细致而生动的文学报导写给谁看呢?

1964年6月5日,巴金在《文汇报》发表文章《珍贵的礼物》,感谢越南诗人江南寄给他的《南方来信》,回顾了自己在越南参观和考察的经历,抒发了自己阅读《南方来信》的感受。② 江南于1965年1月回信,登载于《人民文学》1965年第3期,题为《春天的来信——一位越南南方诗人寄给巴金同志的信》,江南描述了自己和广大越南文学工作者收到巴金来信时激动的心情,并强调,"知道你们已经翻译出版了《南方来信》,印数很大,并且向中国人民做了郑重的介绍,我们也万分的感动"③,此外还详细介绍了南方各省的战况。《人民文学》1965年第10期,登载了巴金的回信《美国飞贼们的下场——答越南南方诗人江南同志》,详细描述自己再次在越南所亲见的战争场面,落款时间地点为"一九六五年九月十八日在河内",这显然是巴金又一次亲赴越南访问。④ 从前文可知,韩北屏等文学工作者也都到越南进行了参观和交流。围绕着《南方来信》,中越两国之间进行了大规模的文学交流,深度和广度都是空前的。这背后所需的大量资金、人力和资源的支持,都清楚地体现了政府的意图和主张。

除了《人民文学》以外,国内许多知名文学报刊都高度评价《南方来信》。《文学评论》1964年第6期发表了叶廷芳的书评《〈南方来信〉第二集》,作者首先表达了自己对《南方来信》的喜爱和珍视,"我们读到了《南方来信》,真是如获至宝",并将其称为"高亢嘹亮的革命英雄主义和革命乐观主义的颂歌"⑤。《山花》1964年第10期发表了伯龄的《革命的颂歌 战斗的乐章——读〈南方来信〉》,作者认为,"这不是一些普通的书信,而是一篇篇革命的颂歌,战斗的乐

① 韩北屏:《〈南方来信〉的收信人》,《人民文学》1964(9):18—22。

② 巴金:《珍贵的礼物》,《文汇报》,1964年4月5日。

③ 江南(著)、王云峰(译):《春天的来信——一位越南南方诗人寄给巴金同志的信》,《人民文学》1965(3):7—11。

④ 巴金:《美国飞贼们的下场——答越南南方诗人江南同志(一)》,《人民文学》1965(10):28—33。

⑤ 叶廷芳:《〈南方来信〉第二集》,《文学评论》1964(6):97—99。

章，闪烁着革命理想的诗篇"，并号召读者说，"让我们向英勇战斗着的越南南方人民致以崇高的革命敬意！让我们都来读一读这一套好书！"[①]

国内重要文学期刊纷纷评论《南方来信》，《人民文学》一年内三次登载与《南方来信》相关的诗文，这是国内著名文学作品也难以获得的殊荣。更重要的是，这些诗文不是简单的评介文字，而是以译作为基础进行的文学改写，涉及了各种文学体裁。由此可见，《南方来信》作为翻译文学，在中国广为传播，而且生发出多种多样的改写形式，在当时的中国文学界已经具有了经典的地位。

（三）中国戏剧界对《南方来信》的改编

尤其引人注目的是，1964 到 1965 年间，中国戏剧界还掀起了一场《南方来信》的改编风潮。改编自《南方来信》的话剧剧本有很多，其中最为著名的有两种，其一是莎色、傅铎、马融、李其煌编剧的总政文工团剧本，其二为上海人民艺术剧院集体编剧的上海人艺剧本。此外，各地话剧团和传统剧种也争相改编和演出《南方来信》，其中京剧《南方来信》已成为代表性"裘派"剧目而流传下来。至于剧本，"有的是根据总政话剧团的改编本，有的是根据《南方来信》的原著重新改编的"[②]，编者通过对《南方来信》不同篇目的增删取舍、组合润色，渲染出一幕幕悲壮激烈、感人至深的革命战争场景。

仅仅 1964 年间，就有"中国人民解放军驻昆明部队国防话剧团、广州部队政治文工团话剧团、武汉部队胜利文工团话剧团、云南人民艺术剧院、广西话剧团、上海人民艺术剧院、天津人民艺术剧院、天津市评剧院二团、上海越剧院、云南京剧院一团等戏剧团体纷纷上演《南方来信》"[③]，这么多高水平剧团的名称，足以让人想见一时盛况。到了 1965 年，更多的剧种和剧团加入了编演《南方来信》的行列，其中包括"中国京剧院二团、广西彩调团、广西玉林粤剧团、广东粤剧院、湖南省湘昆剧团、成都市川剧院联合团、沈阳市评剧团、重庆市越剧团、许昌曲剧团、武汉楚剧团、厦门芗剧团、贵阳市评剧团、新疆乌鲁木齐市秦剧团等"[④]，这种全国戏剧界总动员的情形，真可谓是弦歌动地，盛况空前。

与此同时，戏剧界舆论宣传的导向也十分鲜明。《中国戏剧》不仅刊登了《南方来信》的剧本，还在一年间刊登了十余篇关于《南方来信》的报导、评论和观后感，作者分别为编剧、演员、评论家以及中国和越南观众。

总政文工团《南方来信》的剧本刊登于《中国戏剧》1964 年第 9 期，占有 26 页的篇幅。[⑤] 为加深读者理解，《中国戏剧》同期登载了安波的评介文章《越南

---

① 伯龄：《革命的颂歌 战斗的乐章——读〈南方来信〉》，《山花》1964 (10)：94－96。

② 黄：《各地纷纷上演〈南方来信〉》，《中国戏剧》1964 (z1)：58。

③ 同上。

④ 无署名报导：《各地纷纷上演〈南方来信〉支援越南抗美救国斗争》，《中国戏剧》1965(3)：25。

⑤ 莎色、傅铎、马融、李其煌：《南方来信》，《中国戏剧》1964 (9)：20－45。

南方人民英勇斗争的战歌——评介话剧〈南方来信〉》,点明该剧的现实意义——“美帝必败,越南南方人民必胜……我们表现越南南方人民斗争的戏剧,表现世界革命人民斗争的戏剧也一定会不断提高,不断繁荣!”[①]为配合宣传,《中国戏剧》1965 年第 3 期还登载了傅铎、马融的《支援越南兄弟的抗美斗争——话剧〈南方来信〉创作心得》,1965 年第 4 期登载了红线女、梁一鸣等不同剧种演员演出《南方来信》的体会。

为了宣传全国各剧种、剧团、群众编演《南方来信》的盛况,《中国戏剧》1964 年第 1 期专辑、1964 年第 10 期、1965 年第 3 期分别刊登了题为《各地纷纷上演南方来信》《各地纷纷上演南方来信,支援越南抗美救国斗争》《周总理等领导人观看话剧南方来信》的短讯报导。这些报导进一步促成了更多的剧团和群众投入《南方来信》的编演,更多的观众观看和欣赏改编自《南方来信》的戏剧,当然也促使更多的读者阅读《南方来信》原著的中文版。

除此以外,戏剧界还很重视与中国和越南观众的交流,多次发表他们对《南方来信》的观感,也鼓励群众参与《南方来信》的编演。《中国戏剧》1965 年第 4 期登载了中国戏曲研究院越南留学生武玉琏和成登庆的观后感《充满了无产阶级国际主义精神的演出——看京剧〈南方来信〉和评剧〈南方烈火〉》,1964 年第 1 期专辑在“观众谈戏”栏目还发表了北京体育学院全体越南留学生的《胜利必将属于我们——话剧〈南方来信〉观后感》。此外,《中国戏剧》的许多相关报导和文章都提倡和鼓励群众排演与《南方来信》有关的“小话剧、街头剧、朗诵剧、活报剧、小演唱以及歌舞、曲艺节目”[②]。

戏剧界全方位、大规模地改编、演出和宣传《南方来信》,并大力支持和鼓励群众在文艺活动中采用《南方来信》的题材,当然有着明确的政治目的。《中国戏剧》1965 年第 3 期的“本刊评论员”文章《用戏剧武器狠狠打击美帝》对此进行了充分的说明——“中国戏剧工作者们,行动起来!……写越南,写亚非拉各地人民的反美斗争,用各种形式各种题材的戏剧武器,对准美帝国主义及其走狗,打!”[③]在众多亚非拉文学作品中,来自越南的《南方来信》最能体现反美军事行为的迫切性和必要性,而且素材丰富、情节曲折、富有激情,人物形象也易于塑造,自然成为中国戏剧界首选的改编和演出对象。事实上,这也促成了千千万万的观众转而阅读《南方来信》中文版的原著。《南方来信》中文版第一集印了 128 万册,第二集印了 100 万册,影响巨大,这显然与戏剧界的改编和宣传是分不开的。

---

① 安波:《越南南方人民英勇斗争的赞歌——评介话剧〈南方来信〉》,《中国戏剧》1964 (9):10-13。

② 无署名报导:《各地纷纷上演〈南方来信〉支援越南抗美救国斗争》,《中国戏剧》1965(3):25。

③ 本刊评论员:《用戏剧武器狠狠打击美帝》,《中国戏剧》1965(3):25。

（四）《南方来信》译介个案的历史剖析

上述史实清楚表明，《南方来信》的译介在新中国翻译文学史上具有特殊的意义。首先，译作本身大受欢迎，几乎被当成本土文学作品，还引发了许多相关文学评论和改写；译作受到了译语国家另外一个艺术种类——戏剧——的特别青睐，掀起了戏剧改编的高潮，引来了万千观众，也进一步促成了大量读者阅读《南方来信》中文版；译介作品的读者和观众不仅限于译语国家，甚至也有部分来自源语国家，立场虽有分别，评价观点却高度一致；紧紧围绕着一部作品，两国文学界和戏剧界进行了大规模的深入交流与合作。这场译介盛事，无疑是一篇传奇、一段佳话和一个不可复制的奇迹。

陈思和曾指出，自抗战爆发以来，中国文学就打上了"战时文化"的特殊印记，甚至在新中国成立以后的和平时期，直至"文化大革命"结束，新中国文学都普遍存在战争文化心理——革命战争题材的文学作品特别受到青睐；军事词汇在文学创作和文学批评中大行其道；作家陶醉于军事生活，把战时军队生活方式视作最完美的境界。[①] 从这个标准看来，《南方来信》是不折不扣的战争文学作品，特别符合这一文学主流，无论是题材、话语和情节，与国内的革命战争主题的文学作品都几乎同出一辙。更为特殊的是，国内战争文学多半是峥嵘岁月的回顾，而《南方来信》所表现的却是惊心动魄的现实斗争，因此更能激起和平时期普通读者的热情和向往。正如一位普通读者所回忆的，"其中弥漫的格瓦拉式的献身精神和理想主义激励了无数青年热血沸腾，当年正是国际共产主义蓬勃发展的黄金时代，越南成为对抗帝国主义斗争的最前线，是革命青年心驰神往的圣地"[②]。

此外，《南方来信》在事实上也是对国家军事行为的宣传和支援。我们来观察几个时间点——1964 年 1 月，越南外文出版社印行《南方来信》中文版；5 月，作家出版社迅速重版；接下来的一年间，《南方来信》的宣传、评论、报导、戏剧改编和演出不断；1965 年 4 月，中国抗美援越战斗正式打响——就可以清晰地窥见，文艺宣传正在一步步为军事行动做准备。《中国戏剧》称，仅 1964 年间，上演《南方来信》的重要剧团有 10 个，其中就包括"中国人民解放军驻昆明部队国防话剧团、广州部队政治文工团话剧团、武汉部队胜利文工团话剧团"[③]。部队文工团从来都是直接为前线作战服务，他们大量集中演出《南方来信》，其中的军事战略意义，是不言而喻的。

不仅如此，由于越南的抗法、抗美战争与中国自抗日战争、解放战争以来的

---

① 陈思和：《中国新文学整体观》，上海：上海文艺出版社，2001 年，第 96－98 页。

② http://tieba.baidu.com/f? kz＝164970530

③ 黄：《各地纷纷上演〈南方来信〉》，《中国戏剧》1964 (zl)：58。

历史十分相似,译介《南方来信》这样逼真、感人而生动的纪实文学作品,无疑有助于再次向读者强化国内革命战争的必要性和现行政权的合理性。正如《人民教育》1964年12期所记载的河北玉田第一中学"《南方来信》报告会","高三丙班一位同学"认为,"听了这次报告,再对照一下历史,我觉得今天越南南方人民的斗争很像我国人民在新中国成立前和美蒋集团斗争的情景。因此,听着那一封封的信,感到格外亲切。"[①]这大概是《南方来信》最能契合中国主流意识形态的地方,因为超越了一时一地的对外政策的宣传,所以具有长远的教育意义。正因如此,至少到"文化大革命"后期,《南方来信》还是广为流传的文学作品。

然而,我们必须注意到,《南方来信》之所以在中国大受欢迎,还不仅仅是"革命战争"这一主题。它与国内革命战争题材的文学作品相比,其实"同中有异",而最大的异处,就是文中充沛而细腻的感情描写,尤其是爱情描写,例如:"我们之间的情感是无可比拟的","长河鱼儿远游不见踪,有情夫妻千年也相逢","深深地想念你!你的贤妻","我怀念的心上人","热烈地吻你!","我感觉到我们美丽的爱情是天长地久日益生辉的,因此我们共守着始终不渝的盟誓",等等。[②] 这些真挚热烈的情感表达,无疑是国内同时期战争文学作品所大大欠缺的,其实也暗合了读者对此类情感描写的渴求。当然,透露这方面观感的,不可能是当时的官方杂志,而是多年以后出现的一些回忆文章。

最著名的例子当数王小波,他在《沉默的大多数》中坦承,当年阅读《南方来信》,曾令他想入非非,"暑期布置的读书作业是《南方来信》……看完以后,心里充满了怪怪的想法。那时正在青春期的前沿,差一点要变成个性变态了"[③]。其实,《南方来信》有着大量的激战、拷问和虐杀情节,混合着国内作品难得一见的爱情描写,确实给当时的年轻人带来奇异的观感。2010年4月,一名天涯网友发表题为《南方来信——写在越战终战35周年》的博文,回忆自己在"文化大革命"后期读到《南方来信》,"打动我的不是文中的战争场面,而是夹杂在粗犷战争咆哮中的爱情喘息。以至于,长久以来我都以为《南方来信》是一本情书,带着蕉雨椰风味道的书信体言情小说"[④]。他认为,"《南方来信》的高明之处,在于时时处处于革命战争之外加入了爱情。所谓爱情让战争更迷人,而战争让爱情更壮美"[⑤]。这无疑是《南方来信》带给一般年轻读者最为真切动人的感受。

另外,还有知青读者回忆,"忠贞的爱情,凄苦的思念,真挚的牵挂和乐观的

---

① 俊刚、春普:《南方来信报告会》,《人民教育》1964(12):43。

② 以上引文分别见《南方来信(第一集)》,北京:作家出版社,1964年,第5、83页;《南方来信(第二集)》,河内:越南外文出版社,1964年,第23、103、108、110-111页。

③ 王小波:《沉默的大多数》,北京:中国青年出版社,1997年,第3页。

④ http://blog.tianya.cn/blogger/blog_main.asp?BlogID=626519

⑤ http://blog.tianya.cn/blogger/blog_main.asp?BlogID=62651

憧憬，战争状态下人的离愁别绪，因此变得弥足珍贵，尤其惹人怜爱。而这也是离乱的知青下乡年代，许多家庭的共同遭遇。战争与爱情抚慰了越南人的同时，也抚慰了无数中国人"[①]。这里所描述的阅读环境，已经是译作出版好几年之后的"文化大革命"时期了，由于《南方来信》的情感描写契合了知青背井离乡的凄苦心情，作品仍然在中国年轻读者中广为流传、大受欢迎。

最后需要指出的是，《南方来信》绝非粗糙的政治宣传物，而是描写细腻生动的文学作品，除了激烈的战斗场面和真挚的情感描写以外，特别吸引读者的，还有前面那位网友所说的"蕉雨椰风味道"。何谓"蕉雨椰风味道"？简言之，就是具有越南特色的异国风味。而这种异国风味，正体现在人情风俗、自然景观的各个方面。试看下面两段极具越南风味的景物描写：

> 今天早晨，戴拉奴街上，玉兰花含苞欲放，散发着阵阵清香。上教堂做礼拜的人流，静静地涌向巧桥方向，教堂的钟声，回荡在空中。一排排的杉树沉睡未醒。码头那边响起低沉的笛声，传遍了各街道。钊，你是知道的，芹苴市的黎明是多么绚丽，多么富有诗意啊！[②]

> 黎明时，站在萍大海滩上，你将听到隆隆响的汽艇声。看到几百只安上发动机的打渔船，一队队地在蓝色的海面上撒网。早上的太阳，放射着红艳、温暖的光芒。天气凉爽，海风飒飒送来海水的咸味。绿油油的甘蔗地，一村接着一村，一望无边。[③]

后面这个优美的段落，巴金在《珍贵的礼物》当中引用过，显然也十分欣赏。这些饱含异国情调的风景描写，给读者带来了美妙的阅读享受，也引起了他们的无限想往。一位读者说："南方在我们心中是这样的画面：晴朗的天空，蔚蓝的大海，高大挺拔的椰子树，头戴斗笠手握钢枪的女战士目光坚定地凝视着远方。"[④]越南题材的作品，既有异国风味，文化上又与中国十分相近，达到了新奇感和亲切感的平衡。在外国文学作品相当匮乏的时期，《南方来信》自然会受到读者的普遍青睐。

综上所述，《南方来信》是越南战争的派生产品、宣传武器和文学记录。从历史和现实两重意义来说，《南方来信》在中国的译介和传播是值得我们深入研究的。《南方来信》不仅高度符合中国新文学发展中的战争文化心理，而且还宣传了中国抗美援越军事行动的正当性和紧迫性，强化了国内革命战争的必要性和现行政权的合理性，所以在中国受到热烈欢迎，不仅由最高等级的出版社几

---

① http://blog.tianya.cn/blogger/blog_main.asp? BlogID=626519

② 光：《亲爱的钊》，《南方来信(第一集)》，北京：作家出版社，1964年，第10页。

③ L.C.：《亲爱的六哥》，《南方来信(第一集)》，北京：作家出版社，1964年，第74—75页。

④ http://tieba.baidu.com/f? kz=164970530

次出版,获得权威文学刊物的高度评价,还引起了戏剧界的改编热潮。这充分说明,翻译文学只有契合本土文学的主流,才能获得畅通无阻的通行权。此外,我们发现,揭开层层意识形态的包裹,《南方来信》真正吸引普通读者的,还有“革命战争”这一共名主题下的爱情气息和异国情调,将近五十年后的今天,战争宣传已成陈迹,当年的读者却难以忘怀其中的柔情深意和蕉雨椰风。由此可见,共名状态下的翻译文学,承担政治宣传任务之外,还须给普通读者带来他们梦想中“他者”和“彼岸”,才会真正具有持久不衰的生命力。

第二节　黑暗大陆的黎明

——非洲反殖民文学的翻译

一、“文化大革命”前非洲反殖民文学的翻译

“文化大革命”前“第三世界”文学的翻译中,非洲文学占据了较为重要的地位。重要的翻译小说包括南非作家旭莱纳的《一个非洲庄园的故事》(1958)、阿伯拉罕的《咆哮》《矿工》(1959),喀麦隆作家马迪的《非洲,我们不了解你》(1958)、奥约诺的《老黑人和奖章》(1959),埃及作家塔哈·侯赛因的《日子》(1961)、塞内加尔作家乌斯曼(又译作奥斯曼)的《祖国,我可爱的人民》(1961)、《神的女儿》(1964),尼日利亚作家阿契贝的《瓦解》(1964),阿尔及利亚作家狄普的《大房子》(1959)、《火灾》(1959)、《在咖啡店里》(1959)。著名的特写作品有阿尔及利亚共产党作家阿卡歇的《七号牢房沉默》(1960)。诗歌翻译则包括《现代非洲诗歌集》(1958)以及阿尔及利亚诗人萨阿达拉的《胜利属于阿尔及利亚》(1959)。

在上述作品中,反殖民题材占绝大多数。上海文艺出版社在1958到1959年间翻译了大量阿伯拉罕和迪普的小说。此外,人民文学出版社、作家出版社、中国青年出版社、新文艺出版社、平民出版社都有不少非洲文学作品翻译出版。特别著名的作品,例如萨阿达拉的《胜利属于阿尔及利亚》和乌斯曼的《祖国,我可爱的人民》则由人民文学出版社和作家出版社两次出版。然而,在这些大量翻译的非洲文学作品中,只有极少数——如阿契贝和阿伯拉罕的小说——在20世纪80年代以后获得重译。新时期尤其是新世纪以来,我国对非洲文学作品的译介几乎完全以诺贝尔奖为导向,“文化大革命”前译介的大量非洲反殖民题材作品几乎被完全忘却,这一现象是值得深思的。

二、《老黑人和奖章》:黑非洲的幻灭与觉醒

在众多反殖民题材的作品中,喀麦隆作家奥约诺的《老黑人和奖章》受到了中国读者的特别青睐。小说创作于1956年,1959年由中国青年出版社出版(译者王崇廉),很快引起了较大反响。著名文学评论家董衡巽于《文学评论》1961年第5期发表题为《黑暗大陆的黎明——评介非洲反殖民主义小说》的评论文章,其中对《老黑人和奖章》进行了重点评介。董衡巽对小说情节的梗概如下:

> 主人公是一个奉信基督教、对法国殖民当局还抱有幻想的老黑人麦卡。他的两个儿子在第二次世界大战中被法国殖民主义者拉去当了炮灰,他的土地又被法国天主教会骗走盖了教堂。为了表彰麦卡的"功勋",法国殖民主义者决定授予麦卡一枚"奖章"。可是就在授奖当天的晚上,麦卡因为暴风雨误入白人住宅区而被捕。奖章并没有使他少受一些鞭打。现实教育了麦卡,他认识到自己原来是"最后一个傻瓜",再也不相信殖民主义者为欺骗人民所玩弄的一套伎俩了。[①]

董衡巽对作品情节和主题的把握是非常准确的。小说中的具体对话和情节,也有助于我们进一步理解作者奥约诺的创作意图:

> "我很疲倦,疲倦得不知道应该对鸟脖子(当地的白人警察局长)说些什么话。他们爱把我怎么办就怎么办吧……既然他问我是谁,你就说我是最后一个傻瓜,昨天我还相信白人的友谊。"
>
> "他们把麦卡抢光了,土地……儿子……他们把一切都拿走了……一切……"
>
> "我们这个地方还剩下什么?什么也不剩!什么也不剩!就连拒绝他们的赏赐的自由都没有。"
>
> "我们还会有人睁着眼睛上白人的圈套吗?"
>
> "我们不是豪猪!"[②]

董衡巽指出:"这部小说的意义在于描写了'最后一个傻瓜'的觉醒,这标志着反殖民斗争之深入人心。"[③]这也正是国内评论家和普通读者对《老黑人与奖章》的共同解读,也基本符合原作者奥诺约的创作意图。事实上,在董衡巽发表

---

① 董衡巽:《黑暗大陆的黎明——评介非洲反殖民主义小说》,《文学评论》1961(5):116-122。

② 严绍端:《老黑人的觉醒——读喀麦隆小说〈老黑人和奖章〉》,《人民日报》,1960年11月12日第8版。

③ 董衡巽:《黑暗大陆的黎明——评介非洲反殖民主义小说》,《文学评论》1961(5):116-122。

这篇重要评论文章之前，已经有许多报纸和期刊对这部作品进行了介绍和评论。例如，[illegible]《我国出版的非洲文学作品》就特别介绍了《老黑人与奖章》。而最具影响力、并对普通读者起到巨大导向作用的评介文章，当属人民日报1960年11月12日第8版所刊登的长篇评论《老黑人的觉醒——读喀麦隆小说〈老黑人和奖章〉》，作者为著名翻译家严绍端。

和黄衡盟一样，严绍端也对小说的情节、主题和现实意义进行了探讨。不同之处在于，后者对情节的分析更为细致，对主题的剖析更为透彻，文章所体现的时代特征也更为鲜明。作者大量使用国内流行的政治话语对译作进行评论，例如，"近年来，亚洲、非洲、拉丁美洲民族解放运动的巨大风暴，使帝国主义殖民体系正在加速崩溃。现在许多正在遭受殖民统治、[illegible]的被压迫人民投入到反帝国主义反殖民主义的斗争中来"。又如，"今天的喀麦隆已经宣布了独立。喀麦隆人民已经从法国殖民者的行径中懂得了他们对殖民地人民一贯施展[illegible]"①。这些用语与当时《人民日报》社论文章的风格如出一辙，体现出强烈的意识形态导向。

在"文化大革命"前译介的众多非洲反殖民文学作品当中，《人民日报》选取了《老黑人与奖章》进行评介，而且是以整版长篇评论文章的形式[illegible]翻译文学作品而言，这无疑是难得的殊荣。作为国内最为权威的宣传喉舌，《人民日报》的影响力度和范围是不言而喻的，其评论文章又必然进一步推动普通读者阅读作品本身。基于这一点，我们完全有理由将《老黑人与奖章》看作"文化大革命"前非洲反殖民文学在中国影响最大的一部作品。[illegible]品当中脱颖而出，获得中国评论家的重视，其原因何在？笔者认为，这是因为中国新文学传统中的[illegible]

[illegible]生了广泛的共鸣。

中国新文学传统中[illegible]形象、相关的故事母题往往如下：[illegible]失于受辱、受难，才最终觉醒，继而抗争（或继续蒙昧）。这些形象的根源或来自异域，如林纾的《黑奴吁天录》，或产于本土，如鲁迅的《阿Q正传》《药》《祝福》，等等，都是新文学运动前后最为深入人心的人物典型。在建国后被奉为经典的[illegible]于不同阶层，但都属于这一原型。因此，在具有一定文学阅读经验的中国读者

---

① 严绍端：《老黑人的觉醒——读喀麦隆小说〈老黑人和奖章〉》，《人民日报》，1960年11月12日第8版。

眼中，麦卡这类形象深入人心，具有很高的辨识度和认同感。

事实上，从我们所引述几篇评论文章，就可以发现评论者对于这类原型和母题的特别重视。董衡巽明确指出，“这部小说的意义在于描写了‘最后一个傻瓜’的觉醒。”严绍端更是反复强调麦卡所代表的“幻想—觉醒”母题，例如，“甚至有些过去对殖民者存有幻想的人，也觉醒过来参加了斗争。……《老黑人和奖章》中老黑人麦卡这个艺术形象的最重要的意义，就在于它令人信服地揭示了这一个真理。”再如，“麦卡这个形象代表了殖民地人民中一部分人……这一部分人在思想意识上受殖民者的毒害最深。他们觉醒过来已不容易，觉醒之后要采取行动更需要一个过程。”[①]

由此可见，译本的命运并不是偶然的。在众多非洲反殖民文学作品当中，《老黑人与奖章》受到中国读者的特别关注，正是因为人物形象和故事母题等重要的诗学元素契合了中国的新文学传统。这一现象印证了勒菲弗尔的重要观点，即译入语文化的主流诗学元素对翻译作品文学声誉的影响和操纵。事实证明，在意识形态相符这一大前提之下，翻译文学还须契合本土诗学的主流，生命之花才能在异域的土壤再次盛放。

最后，值得我们注意的是，人民日报所刊登的这篇评论文章，除了一般意义上的反殖民宣传，还传递着某种特殊的历史信息，对 20 世纪 60 年代初的中国对外政策有着明确的呼应。作者强调，“我们知道，喀麦隆人民曾经在殖民统治下度过了漫长的、暗无天日的岁月。先后奴役过他们的有葡萄牙人、荷兰人、德国人、英国人、法国人，还有那来得最晚，也是最穷凶极恶的美国人”。作者还特别指出，“而在他们的武装斗争中，他们亲眼看见美国新殖民主义者如何以武器援助法国殖民军屠杀自己的同胞，因此他们和全体非洲人一起振臂高呼：‘新老殖民主义者滚出非洲去’！”[②]与此相类似，董衡巽的文章也十分激烈地强调：“最凶恶的豺狼，美国新殖民主义者不正是披上‘反殖民主义’的画皮，高唱‘支援’非洲的‘友好’调子吗？”[③]

这些论断是否符合历史事实？回顾历史，我们发现，美国其实并不是撒哈拉沙漠以南黑非洲国家最为重要的殖民者，也不是传统意义上的殖民宗主国，但作者为什么要在这里将美国宣判为黑非洲的头号敌人？其目的无疑是为了强化新中国的外交政策和对外军事行为的合理性——20 世纪 60 年代初，美国是新中国最主要的敌对者和遏制者，两国不仅在政治上严重对立，而且已经在朝鲜战场、并即将在越南战场形成激烈的军事敌对关系。将美国定义为“新殖

---

① 严绍端：《老黑人的觉醒——读喀麦隆小说〈老黑人和奖章〉》，《人民日报》，1960 年 11 月 12 日第 8 版。

② 同上。

③ 董衡巽：《黑暗大陆的黎明——评介非洲反殖民主义小说》，《文学评论》1961(5)：116－122。

民者”,将其宣判为世界各地反殖民斗争的头号敌人,正是对我国外交和军事行为最有力的解释和宣传。由此我们发现,即使是在“文化大革命”前这一共同的历史背景和“反殖民斗争”这一共同主题之下,不同年份的文学译介过程还是体现出各自不同的偏重,呈现出某些微妙的处理方式,这不仅揭示了当下意识形态对译介过程的影响和操纵,又能体现译介者对主流意识形态的主动靠拢。而这些易于为读者所忽视的细节,正是译介学研究者应该高度敏感和关注的问题。

三、阿契贝和乌斯曼作品在“文化大革命”前中国的不同命运

著名作家阿契贝和乌斯曼都是黑非洲国家享有极高声望的文学家,两人都成名于20世纪50年代末到60年代初。前者来自尼日利亚,出生于1930年,被誉为“非洲现代文学之父”;后者来自塞内加尔,出生于1923年,除了以小说创作著称,还是一名杰出的电影艺术家,被誉为“非洲电影之父”。“文化大革命”前两人的作品在中国都曾有翻译出版,但接受状况却不尽相同。

“文化大革命”前两人的作品在中国翻译出版情况如下:阿契贝创作于1958年的长篇小说《瓦解》1964年由作家出版社出版,译者为高宗禹,而其1960年的作品《动荡》和1964年的作品《神箭》都未译为中文。乌斯曼创作于1957年的小说《祖国,我可爱的人民》以《塞内加尔的儿子》为题于1959由中国青年出版社出版,译者为王崇廉;1961年,《祖国,我可爱的人民》再次由作家出版社出版,译者为黎星。乌斯曼创作于1960年的另一部长篇小说《神的儿女》1964年由作家出版社出版,译者为任起莘和任恤焘。

由此可见,乌斯曼的作品一问世,就迅速得到翻译,而且重要作品在短期内获得重译;而阿契贝的作品译为中文的只有《瓦解》一部,与其创作时间也间隔较长。与此同时,在“文化大革命”前对非洲文学进行评介的几篇主要文章当中,作者也都对乌斯曼推崇备至,对阿契贝的关注则几乎为零。例如,董衡巽的《黑暗大陆的黎明——评介非洲反殖民主义小说》登载于《文学评论》1961年第5期116页到122页,文章在117页、118页、119页、121页以及122页共六次高度评价乌斯曼及其小说《祖国,我可爱的人民》。作者明确指出,“表现新的一代最为有力的是乌斯曼的第二部小说《祖国,我可爱的人民》”,并认为小说主人公乌马尔是“成功的先进人物形象”,因为“这个人物最突出的品质是爱憎异常分明。对待祖国、人民,他是那样温柔、热情;对待殖民者,他又是那样勇敢、愤恨”。整篇文章还引用乌斯曼的讲话“继帝国主义的时代之后,将是人民大众的时代”作为结语。[①] 与此形成对比的是,通篇文章却并未提及阿契贝。阿契贝

① 董衡巽:《黑暗大陆的黎明——评介非洲反殖民主义小说》,《文学评论》1961(5):116-122。

的《瓦解》出版于1958年，尽管当时还未译为中文，但董衡巽文章所评论对象也包括了许多当时并未译为中文的重要作品，作者显然对《瓦解》这部在国际文坛引起极大震动的作品并不关注。此前，《读书》1960年第7期登载的王逸平的《我国出版的非洲文学作品》也并未提及阿契贝，这当然是因为《瓦解》未能得到及时的翻译，迟至1964年才出版中译本。

中国文坛对阿契贝的忽视，其实还另有旁证。2009年，重庆出版社再次出版《瓦解》中译本，著名作家邱华栋为其撰写推介文章，篇首第一句话竟然是——“也许《瓦解》中文译本的出版实在是来得慢了一些，竟然在这本名作问世50年之后，才新近由国内一家出版社翻译出版。”①作者在撰写推介文章之前，无论如何还是会对作品的翻译出版情况进行一些了解，却仍然得出错误的结论，认为作品从未被翻译出版过——这说明，1964年出版的《瓦解》中译本，无论是在读者的记忆中，还是在现存的文字评论上，都几乎没有留下丝毫痕迹，影响可说是微乎其微。

由上述事实可见，就作品的翻译数量和评论者的关注程度而言，在“文化大革命”前的中国，乌斯曼显然比阿契贝获得了更高的文学声誉。那么，这一文学声誉与二人在国际上的文学地位是否相符呢？回答是否定的。事实上，仅就文学创作而言，阿契贝无疑在非洲本土和西方世界享有更高的声望。他因长篇小说《瓦解》获布克奖。南非女作家戈迪默(1991年诺贝尔奖获得者)将阿契贝誉为“非洲现代文学之父”②，这一赞誉获得评论界的普遍认同(尽管阿契贝本人公开婉拒这一荣誉)③。南非黑人领袖曼德拉说，他在监狱度过漫长岁月时，“有阿契贝的《瓦解》做伴，白人监狱的高墙瓦解了。(the writer in whose company the prison walls fell down)”④阿契贝的另一部作品《人民公仆》被《时代周刊》誉为是一部伟大的非洲政治寓言，被认为“比成千上万的新闻纪录更有价值，比一切政治家和记者更具智慧”。而乌斯曼作为一名伟大的艺术家，其崇高声望主要来自于他对非洲电影的开创性贡献，文学创作只是他早期的艺术活动，他在中国文坛所享有盛誉的几部作品，如《祖国，我可爱的人民》和《神的儿女》都并未像阿契贝的《瓦解》和《人民公仆》那样，在世界范围获得广泛而持续的关注。

那么，是什么因素使得阿契贝和乌斯曼的文学声望在“文化大革命”前的中

---

① 邱华栋：《〈瓦解〉里瓦解了什么》，《海南日报》，2009年6月1日第11版。

② Ed Pilkington, "A long Way from Home", *The Guardian*, July 10th, 2007.

③ Nii Ayikwei Parkes, No individual 'fathered' modern African literature, *The Guardian*, December 2nd, 2009.

④ Richard Dowden, "Mandela's 'Little Brother' —The Voice of Africa", http://www.royalafricansociety.org/articles-by-richard-dowden/615.html.

国形成了反差?主要原因还是在于作品题材和内容的差别。乌斯曼的小说反映了火热的斗争现实,突出了鲜明的反殖民斗争主题,小说具体内容也与“文化大革命”前国内流行的革命战争题材作品十分契合。例如,《黑人码头工》通过描述码头工人的不幸遭遇,表达了对种族歧视制度的愤怒。《祖国,我可爱的人民》描写有觉悟的非洲青年知识分子与殖民当局斗争的经历,预示着大规模的反抗殖民主义斗争的兴起。《神的儿女》以1947年达喀尔—尼日尔铁路工人大罢工为背景,歌颂非洲人民同殖民统治的斗争,并成功塑造了杰出工人领袖的形象。这些内容,既能唤起中国读者对国内类似题材文学作品的亲切回忆,又符合“反帝反美”的对外政策,因此不仅受到政治上高度敏感的评论家的青睐,也易于在普通读者中产生共鸣,其作品受到高度赞誉是完全可以想见的。由于乌斯曼的作品在中国大受欢迎,乌斯曼本人还曾应邀来华访问,他在亚非作家会议上的讲话也被《译文》杂志登载。

阿契贝的小说虽然也符合“反殖民”这一宽泛的主题,但其实更具民族文化史和政治寓言的特点,并未正面描写斗争场景,也并不局限于“反殖民”这一主题,作品内容与中国国内革命斗争实践较为疏离。其成名作《瓦解》直到篇末才涉及白人殖民者的侵入,“小说前面三分之二的篇幅都在向你展示阿契贝笔下的伊博人的古老生活方式,他们的一些神祇、繁复的仪式和等级,以及严厉但有效的政治机制……(The first two-thirds of the story steeps you in the ancient ways of Achebe's Igbo people, with their several gods, elaborate ceremonies and hierarchies, and the tough but effective policing mechanisms…)”[①]正如邱华栋所言,“小说的前面部分都是描述了在传教士还没有来到非洲之前,非洲人的生活和生命的存在状态”[②],书中充满大量的部落民俗、仪式、迷信的描写,具有很强的文化史的意义。这样的作品,很难直接为国内的意识形态宣传服务,也很难直接用于进行反殖民(反美)宣传。所以,即使作品在1964年被译为中文,也并未在当时的社会语境中引起太大反响。

阿契贝的另外两部小说《动荡》和《神箭》虽然也包含了反殖民意识,但前者的描写重点是非洲内部两种文化冲突,后者则描写了部落老祭司在新的社会秩序下的生活选择,主题都较为复杂,并非单纯的反殖民作品。《人民公仆》则直接针砭非洲国家独立后所出现的腐败和内乱,并不符合中国国内政治宣传口径。因此,这几部享有国际声誉的作品,在“文化大革命”前都没有得到翻译出版。

“文化大革命”前阿契贝和乌斯曼在中国的不同接受情形,对两人在中国的

---

① Ed Pilkington,“A long Way from Home”, *The Guardian*, July 10th, 2007.

② 邱华栋:《〈瓦解〉里瓦解了什么》,《海南日报》,2009年6月1日第11版。

文学地位产生了较为持续的影响。三十多年后,《读书》1992 年第 2 期登载吴振邦为专著《二十世纪的非洲文学》所撰写的书评,在该书所涉及的众多文学作品之中,吴振邦仍然只选择乌斯曼的长篇小说《神的儿女》进行分析①,对于阿契贝的作品则未曾提及。直到新世纪之后,情形才发生了一定变化,夏艳发表于 2011 年的《非洲文学研究与中非交流与合作》列举了"文化大革命"前所翻译的乌斯曼、奥诺约和阿契贝的作品,但只单独提出阿契贝的《瓦解》进行详细介绍②。这说明,历经近五十年的岁月,当年特殊意识形态所造就的文学接受环境已经消逝,两人在中国的文学地位和声誉与他们在非洲本土和西方世界的接受情形逐渐趋同。

通过上述对比研究,我们可以很清晰地总结阿契贝和乌斯曼的作品在"文化大革命"前的中国遭遇不同命运的原因。乌斯曼的作品浓墨重彩地描述以工人阶级为主导的反殖民斗争,这正是新中国读者最为熟悉的内容和题材,也高度契合 50 年代末、60 年代初反帝反美的政治环境;而阿契贝的作品则体现出史诗和寓言的特征,主题繁复,视角多变,普通读者难以欣赏把握,译介者也难以将其直接用于反帝反美的文学宣传。因此,在"文化大革命"前非洲反殖民文学的译介过程中,乌斯曼的作品得到高度赞扬和反复评论;阿契贝则泯然众人,没有引起中国文坛的特殊关注。然而,放眼非洲本土和世界文坛,我们发现,尽管两人都享有很高声望,阿契贝作为文学家的地位却更加崇高——阿契贝和乌斯曼在"文化大革命"前中国文学声誉上的差异与他们在非洲本土和西方世界的情形其实并不相符。这一特殊现象,有助于我们进一步认识到译入语国家的意识形态,尤其是特定年份特定时期的政治和外交诉求对外来作家的文学地位的极大影响。这一影响可能完全重塑作者的文学声望,产生特殊的文学接受效果。

四、影响与变种:中文直接创作的非洲反殖民题材文学《赤道战鼓》

事实上,所有非洲反殖民文学作品译本在中国的影响,统统比不上在它们影响下所产生的一个特殊的变种——以中文直接创作的非洲反殖民题材文学作品《赤道战鼓》。我们注意到,"文化大革命"前非洲反殖民文学在中国的译介虽然较为丰富,但缺少像《南方来信》那样一枝独秀的文学作品。然而,由于官方较大力度的宣传,以及相似的反殖民斗争历史,中国普通读者对非洲反殖民斗争仍然具有高度的认同感。同时,在 1965 年这个特殊的年份,中国即将介入

① 吴振邦:《二十世纪非洲文学》,《读书》1992(2):103—105。

② 夏艳:《非洲文学研究与中非交流与合作》,《云南民族大学学报(哲学社会科学版)》2011(3):156—160。

越南战场,与美国直接对抗,宣传这次军事行为的合理性和必要性成为国内宣传机构的一项重要任务。在这样的历史语境之下,《赤道战鼓》这一特殊的文学剧本应运而生,取代了多种非洲文学译本,成为国内最为普及的非洲反殖民题材的文学作品。《赤道战鼓》可以看作是中国戏剧界对一起非洲政治事件的多版本改写,矛头直指美国,其创作背景是刚果(利)总理卢蒙巴遭分裂势力杀害事件。

《赤道战鼓》的相关背景如下:扎伊尔民族英雄卢蒙巴于1925年出生于比属刚果的农家,1958年协助成立刚果民族运动组织,致力于不同族群的团结,使刚果民族运动的声势日渐壮大。1959年,卢蒙巴成为刚果民族运动的领导人。1960年,刚果举行第一次议会选举,刚果民族运动组织成为最大党,卢蒙巴成为独立后的刚果第一任总理。1960年6月30日,刚果民主共和国成立。但因为卢蒙巴要求比利时军队即时退出刚果,变乱发生,7月间比利时军队攻击首相官邸,并且占领金沙萨机场。卢蒙巴与比利时断交,并且请求联合国及非洲各国予以援助。8月2日,比利时唆使刚果南部的喀坦加省宣布独立,卢蒙巴拒绝了喀坦加省的独立。同年12月1日刚果民主共和国发生政变,在以美国为代表的联合国的默许和怂恿之下,刚果军方领导人莫博托等人逮捕卢蒙巴,并将卢蒙巴移交给加丹加省的分离主义者冲伯。卢蒙巴于1961年1月17日至18日间被白人雇佣兵杀害。

事件发生后,1961年2月14日,中国政府发表声明,谴责美国、比利时及其代理人杀害卢蒙巴。2月18日,首都10万人举行了抗议大会,抗议美帝国主义打着联合国的招牌,勾结老殖民者比利时,颠覆了刚果的合法政府,杀害了刚果民族英雄卢蒙巴,建立傀儡政权。这一指控基本是符合历史事实的。

耐人寻味的是,1964年11月28日,毛泽东再次发表《支持刚果(利)人民反对美国侵略的声明》。声明中说:"刚果人民的正义斗争不是孤立的。全中国人民支持你们。全世界一切反对帝国主义的人民支持你们。帝国主义和各国反动派都是纸老虎。刚果人民必胜,美帝国主义必败。"时隔三年,毛泽东发表这一声明意义何在?如果我们对相关历史事件进行考察,会发现这正是1964年8月越南战争全面升级之后,中国即将正式介入美国战场的时刻。声明的一个重要目的,是为了强调美国在世界各地"倒行逆施""失道寡助",为即将进行的抗美援越军事行动做好准备和动员工作。

为了配合《声明》的发表和即将来临的军事行动,1965年初,海政文工团话剧团集体创作并演出七场话剧《赤道战鼓》,纪念非洲英雄卢蒙巴,抗议美国及联合国的恶劣行径,国内其他话剧团也纷纷排演该剧。同时,京剧及各地方剧种也广泛改编及上演《赤道战鼓》,包括越剧、豫剧、沪剧、评剧、吕剧、秦腔、川剧、河北梆子、吉剧、婺剧,等等。这些剧本的基本情节大同小异,均以一位具有反殖民思想的刚果司机及他的家人为主要角色，他们在刚果独立后深切感受到“美国新殖民者”的虚伪和残酷，在民族英雄卢蒙巴遭杀害后，化悲痛为力量，奋起抗争，痛击“美帝国主义者”。此外，英若诚、苏民编剧的人艺话剧《刚果风雷》以及大型音乐舞蹈史诗“东方红”导演团编导的芭蕾舞剧《刚果河在怒吼》取材自同一事件，也具有较大影响力。

上述文学剧本不是真正意义上的翻译文学，在本土文学创作中也很难占有一席之地，情节固然纯属虚构，但却借鉴了一些真实的非洲反殖民斗争经历，可以说是非洲反殖民文学影响下的一个特殊变种。在1965年4月抗美援越战斗打响前后，《赤道战鼓》和《南方来信》一起，成功地起到了鼓动反美情绪、进行军事动员的宣传作用。这是“文化大革命”前中国特有的一种文学改写现象，值得我们在今后的研究中进一步关注和探讨。

第三节　从《蟹工船》到《挪威的森林》

——日本文学的翻译

一、从《蟹工船》到《挪威的森林》——日本文学翻译选材的变化

新中国成立头三十年，日本文学的翻译除古典与近代名著以外，主要以现代无产阶级文学及左翼文学为主，也包括一些战后文学作品。以1953年德永直《静静的群山》翻译出版为标志，我国对日本文学的翻译进入了繁荣期，至1965年“文化大革命”前夕，已取得丰硕的成果：古典文学方面，作家出版社于1955年出版了《日本狂言选》，人民文学出版社于1963年出版了《古事记》，译者均为周作人；近代名家的选集和作品，在本阶段翻译出版的有《二叶亭四迷小说集》《樋口一叶选集》《石川啄木小说集》《石川啄木诗歌集》《夏目漱石选集》《志贺直哉小说集》以及德富芦花的《不如归》、岛崎藤村的《破戒》、田山花袋的《棉被》等；现代文学尤其着重于左翼文学的翻译，除大量作家作品的单行本外，重要左翼作家如小林多喜二、宫本百合子和德永直的个人选集，都出现在这一时段；战后日本进步文学和反战文学，如壶井繁治、高仓辉、春川铁男、壶井荣、小池富美子、大田洋子的作品，也都得到非常及时的翻译和宣传。在此期间，小林多喜二的作品，尤其是《蟹工船》，在中国经历了极为明显的经典化过程，除了作品翻译之外，大量评介文章见于各类文学期刊，数量甚至远远超过了对日本文学进行整体评介的文章。“文化大革命”期间，日本文学的翻译几乎停滞，此前译介过的进步作家当中，唯有小林多喜二的几部作品得以重译或再版，《蟹工船》在国内影响最为广泛的译本就产生于这一时期；而与此同时得以翻译面世

的，竟是一批作为“反面教材”的军国主义作品，其中最具文学价值的是三岛由纪夫的四部曲《丰饶之海》，由人民文学出版社出版。尽管译本卷首的序言对作品进行了严厉的批判，但在客观上还是促成了翻译选材的多样化，开拓了读者的视野。耐人寻味的是，四部曲中唯有第一部《春雪》在新时期多次重译、再版，这一翻译现象也是值得探究的。此外，松本清张的推理作品于1965年首次面世后，在“文化大革命”末期的1975年由最高规格的人民文学出版社出版，预示着此后三十余年日本流行文学在中国大量译介、大受欢迎的盛况。

新时期以来，特别是20世纪80到90年代，我国日本文学的翻译进入了极盛时期。首先，古典文学的翻译更为系统完整：古典和歌方面，自1984年到1998年，我国出版了三种《万叶集》译本，即钱稻孙的《万叶集精选》、杨烈的《万叶集》全译本和李芒的《万叶集选》；古典俳句方面，出版了李芒主编的《和歌俳句丛书》、林林的《日本古典俳句选》和葛祖兰的《正冈子规俳句选》等译本；古典小说方面，人民文学出版社于1982年到1983年出版了丰子恺在60年代完成的《源氏物语》译本，于1984年出版了他翻译的《竹取物语》《伊势物语》和《落洼物语》，并于同年出版了周作人和申非合译的《平家物语》；古典散文方面，人民文学出版社于1988年出版了《日本古代随笔选》，包括周作人翻译的《枕草子》和王以铸翻译的《徒然草》；古典戏剧方面，人民文学出版社于1980年出版了申非翻译的《日本狂言选》，1985年又出版了他翻译的《日本谣曲狂言选》。其次，大批此前被忽视的近现代名家都得到了较为充分的译介，也在读者中引起了较大反响：如近代著名作家尾崎红叶的代表作《金色夜叉》译本于1983年出版，大获成功；我国在“文化大革命”前曾零星译介过的近代作家幸田露伴、德富芦花、岛崎藤村、田山花袋等，在新时期都得到了更为系统完整的翻译；在新中国成立头三十年被忽视的重要作家芥川龙之介、谷崎润一郎、横光利一等，也都得到了充分的译介和较高的赞誉。另外，一些具有国际声誉的当代作家成为日本文学翻译的热点：川端康成自20世纪80年代以来，在中国持续大热，“川端作品的这些丛书、译本规模化、大密度、持续不断的翻译出版，在20世纪我国的日本文学翻译史上，是空前的”[①]；三岛由纪夫的代表作在“文化大革命”期间作为反面教材出版，新时期则有更多译本问世，并引起热议；大江健三郎则是因为1994年获得诺奖，多种作品译本和大量评介文章在中国迅速涌现。

如果说上述这些翻译成果属于常规的外国文学翻译，那么，日本纯文学作品之外的流行文学(大众文学)在中国的翻译与传播，则更为引人注目。自20世纪80年代开始，国内一般读者日常阅读的通俗文学书籍，有很大一部分译自日本流行文学，形成了“日本文学热”。日本文学的译作在我国社会生活中占据

---

① 王向远：《二十世纪中国的日本翻译文学史》，北京：北京师范大学出版社，2001年，第362页。

如此重要的地位，引人注目，其背后的社会和历史成因更值得我们深入探究。改革开放之初，娱乐方式仍然较为有限，文学阅读是普通人群业余生活的重要组成部分，被禁锢了多年的国内读者对高质量的通俗流行文学产生了较大的需求，但由于国内创作队伍并不成熟，上述需求难以得到充分的满足。在此背景之下，由于日本与中国关系密切，文化背景异中有同，其丰富而成熟的流行文学作品对中国读者产生巨大的吸引力，是非常自然的。在日本流行作品的翻译中，推理小说、社会小说、经济小说、历史小说、青春小说等几大类别，占据了极为重要的位置。日本是推理小说的创作大国，江户川乱步、横沟正史、松本清张、森村诚一、夏树静子、赤川次郎等不同时代名家的作品，各有特色，引起了中国读者极为浓厚的兴趣，根据森村诚一小说改编的电影《人证》，在中国更是家喻户晓、无人不知。日本的社会、经济小说，如石川达三的《金环蚀》、五木宽之的《青春之门》、山崎丰子的《浮华世家》和《白色巨塔》等，在中国也大受欢迎。根据《金环蚀》和《浮华世家》改编的电影和电视剧，又吸引了众多中国观众阅读原著译本。日本作家所创作的中国题材历史小说，如井上靖的《杨贵妃传》《苍狼》《敦煌》以及原百代的《武则天》等，都在中国拥有大量的忠实读者。青春性爱小说最典型的代表作无疑是渡边淳一的《失乐园》和村上春树的《挪威的森林》，其中《挪威的森林》一书在日中两国都畅销不衰，从流行到经典，形成了极为独特的文化现象。需要指出的是，上述作家有许多其实并非专事流行文学创作，如水上勉、井上靖、村上春树等，都是具有崇高声望的纯文学作家。由此也可看出日本"大众文学"与"纯文学"密不可分、相互渗透的特点。

值得一提的是，在新时期日本文学译介的热潮之中，曾经在我国备受重视的左翼文学却随着时代的变迁而逐渐沉寂。尤其是一些文学水准并不太高的作品，遭到了市场的自然淘汰。例如，德永直的作品20世纪50、60年代在我国曾大量翻译、集中连续出版，新时期以来却遭到冷遇，在1985年以后完全销声匿迹，国内学者对其文学水准的评价也趋于负面。《蟹工船》的经典地位也风光不再，虽然原著于2008年在日本"复活"，再度大热，但其中文译本趁此东风于2009年再版后，虽然引起了知识界的关注，但并未在普通读者中引起较大反响。为了解释和说明新中国成立以来日本文学翻译历程中的一些特殊现象，我们以左翼文学的代表《蟹工船》和青春小说的代表《挪威的森林》为重点，对作品文学声誉的形成、接受情况的改变、围绕这些作品产生的译介观念的变化以及相关社会历史原因进行深入的探讨和分析。

二、《蟹工船》所贯穿的日本文学翻译历程

（一）"文化大革命"前日本左翼文学的译介：以《蟹工船》为最高典范

自新中国成立到"文化大革命"前的十七年间，我国日本文学的译介成果是

非常丰富的,其中绝大多数是现代左翼和无产阶级文学,也兼及一些古典及近代名著。1956年,张梦麟在《读书月报》发表的“我们出版了哪些日本文学作品”,对已经翻译出版以及即将译介的日本作家作品进行了介绍,比较全面地反映了“文化大革命”前日本文学译介的整体趋势。总体而言,是以左翼文学为中心,分为“战后进步文学”“战前进步文学”以及古典和近代名著等三个译介方向。

新中国成立后,首先进入译介视野的日本文学是“战后十年来进步文学”。这部分文学作品总体属于左翼文学,虽然如张梦麟所言,“战后日本进步文学所表现的方向极为广泛”[①],内容题材各异,但都能与当时我国国内主流意识形态的不同方面产生呼应,因此得到了及时而充分的译介。在战后进步文学中,最受重视的是直接反映工农斗争的无产阶级文学,如德永直的《静静的群山》的第一、二部分别由文化生活出版社和作家出版社于1953年、1957年出版,高仓辉的《箱根风云录》也早在1953年就由新文艺出版社出版,1958年又由作家出版社再版,上述作品的译者均为萧萧。到1960年,德永直的作品翻译出版了11种,高仓辉的也出版了7种。事实上,这两位作家在日本文学史上的地位并不高,后来在我国新时期的日本文学译介中也几乎销声匿迹,对于他们作品进行如此密集的译介,政治因素显然发挥了极大的影响。相比之下,共产党女作家宫本百合子则更具文学声望,她在战后结合自身斗争经历所著的《播州平野》和《知风草》,50年代初就由文化工作出版社翻译出版,文洁若于1959年发表于《读书》杂志的书评将她称为“无产阶级文学界的巨擘”[②]。除此之外,日本反战文学也引起了较大的关注,壶井荣的《二十四只眼珠》和野间宏的《真空地带》反映战争期间日本军人和平民所遭受的苦难,分别于1956年和1957年由人民文学出版社出版;山田清三郎的《天总会亮的》和秋山浩的《七三一细菌部队》,都在各个方面揭露侵华日军的罪行,于1958年和1961年分别由新文艺出版社和群众出版社出版。这些作品从另一个角度唤起中国读者对战争的回忆,与新中国成立后对抗日战争相关的文学宣传形成呼应,对现存政权的合理性和必要性再一次进行了强化。特别需要指出的是,我国在对日本战后文学进行译介时,最为特殊、也最具时代特征的一个关注点,是这些文学作品中的“反美因素”。张梦麟在文章开头即指出,译介日本文学的一个重要原因,即为“中国人民在新中国成立以后,热切地关怀着在美帝国主义占领下的日本人民的生活”[③]。我们已经发现,国内翻译机构、译者和评论家在译介第三世界国家的反殖民文

---

① 张梦麟:《我们出版了哪些日本文学作品》,《读书月报》1959(7):5-7。

② 文洁若:《谈谈宫本百合子的〈两个院子〉》,《读书》1959(16):18-20。

③ 张梦麟:《我们出版了哪些日本文学作品》,《读书月报》1959(7):5-7。

学时，相对于传统意义上的殖民宗主国，往往特别强调“那来得最晚、也是最穷凶极恶的美国人”[①]。与此类似，他们在战后日本文学的翻译中也特别注意挖掘“反美”主题。这一译介倾向与中美两国严重的政治和军事对立是密不可分的，意在强化新中国外交政策和对外军事行为的合理性。事实上，专门呈现反美主题的日本文学作品并不多，较为典型的是共产党员作家壶井繁治等的诗集《怒吼吧，富士》。这部诗集在50年代已经由作家出版社翻译出版，1965年又由作家出版社再版，后者正是中国开始“抗美援越”战争的年份，再版目的不言而喻。此外，反对美军建立驻日军事基地的小说《在喷烟之下》《跑道》《冲绳岛》等，都在50年代末和60年代初相继翻译出版。再如春川铁男的《日本劳动者》、山田歌子的《活下去》，都是描写贫苦劳动人民生活的作品，中间仅存少量对驻日美军基地的负面描写[②]，但也被归为“以民族解放为主题”[③]，反美因素在译介中得到了强化。

本阶段的第二个译介重点，是“战前日本进步文学的介绍”，主要是译介30年代日本无产阶级文学的重要作品。如前文所述，由于“战后进步文学”既能与国内近期类似题材文学作品形成呼应，又符合“反帝反美”的对外政策，因此得以大量翻译出版。但真正被奉为日本文学最高典范的，还是战前无产阶级文学的代表小林多喜二。小林多喜二是公认的日本无产阶级文学最杰出的代表，他不仅担当着“日本无产阶级作家同盟”及“日本无产阶级文化联盟”的领导工作，为无产阶级革命事业献出了生命，而且文学成就受到了日本主流文学界的高度认可，因此拥有崇高的政治威望和文学声誉。与他同期的作家江口涣回忆，小林的《不在地主》于1929年发表于《中央公论》，这标志着作家“受到了当时日本第一流大杂志的欢迎”，主要原因是“《一九二八年三月十五日》和《蟹工船》两部作品，使小林多喜二名声大振”[④]。因此，包括中国在内的众多社会主义国家，“大多是以介绍小林多喜二的作品作为它们介绍日本文学的开始。”[⑤]普通读者在接触日本文学时读到的第一个名字，也往往是小林多喜二。新中国成立头三十年，我国共出版小林多喜二的译作十余种，其中他的代表作《蟹工船》翻译出版两次，分别是1955年作家出版社的楼适夷译本和1973年人民文学出版社的叶渭渠译本。更为重要的是，大量重要报刊，如《人民日报》《文学评论》以及《北京大学学报》，都纷纷登载小林多喜二的评介文章。这些文章使得小林多

---

① 严绍端：《老黑人的觉醒——读喀麦隆小说〈老黑人和奖章〉》，《人民日报》，1960年11月12日第8版。

② 山田歌子：《活下去！》，上海：新文艺出版社，1957年，第38－41页。

③ 张梦麟：《我们出版了哪些日本文学作品》，《读书月报》1959(7)：5－7。

④ 江口涣：《小林多喜二的生平和业绩》，《文学评论》1961(4)：15－25。

⑤ 卞立强：《日本无产阶级作家小林多喜二》，《文学评论》1960(3)：111－120。

喜二及其代表作《蟹工船》的名字在中国读者之间迅速传播,几乎达到了家喻户晓的地步。

“文化大革命”前日本文学译介的第三个方向,是古典及近代名著。本阶段开始的一些大型翻译计划相当富有成效,但往往因为“文化大革命”而搁置,有些译稿到了80年代以后才得以整理出版,如丰子恺的《源氏物语》、周作人的《平家物语》以及钱稻孙的《万叶集精选》等。特别值得一提的是,本阶段对日本近代名家的译介,尤其注重他们对于左翼文学传统的贡献——“今天的日本进步文学,也和其他国家的进步文学一样,是有着长期的文学传统的。”[①]例如,在近代名家中,志贺直哉的作品受到了特别的重视,就是因为“小林多喜二就曾深深受到志贺直哉的影响”[②],楼适夷翻译的《志贺直哉小说集》于1956年由作家出版社出版;再如,以底层人民生活为主要创作题材的明治时代女作家樋口一叶,也获得了高度评价,被称为“少数真正同情人民的作家之一”[③],周作人、卞立强所译的《樋口一叶选集》于1962年由人民文学出版社出版。

此外还有一个引人注目的现象:由于许多日本作家,尤其是战后左翼作家,与中国文学界有着密切的联系,这些作家受到中国文学界的邀请,直接为中国文学期刊撰写日本文学评介文章,或直接与读者进行交流,在“文化大革命”前日本文学的译介过程中发挥了较大的影响。例如,曾任日本无产阶级作家同盟中央委员会委员长的江口涣,于1961年受中国人民对外文化协会的邀请访华,并于当年《文学评论》第4期发表题为“小林多喜二的生平和业绩”的文章,以他的亲身经历为线索,完整地再现了小林多喜二无产阶级文学领袖的形象,作为权威的一手资料,有力地配合了国内对小林多喜二的译介。再如,日本左翼作家高仓辉应邀在北京大学东语系做题为“日本文学家当前的责任”的报告,由刘振瀛译为中文,发表于《北京大学学报》1951年第1期。高仓辉认为,“由于美帝国主义及其走狗岸信介卖国政府的殖民主义政策,现在的日本人民正被迫陷入奴隶一般的生活中”。他认为日本大量流行的是“反动的颓废的文学作品”,因此,“现在日本的文学,正进行着激烈的阶级斗争。工人阶级和资产阶级正争夺着文学上的领导权。”[④]左翼文学家对日本文学的整体观感,代替了对日本文学全貌的客观分析。高仓辉是日共中央委员,多年从事农民运动,显然熟谙并高度认同当时中国的主流革命话语和外交诉求,他的讲座与其说是对日本文学的客观介绍,还不如说是对中国主流政治意识形态和反帝反美外交政策的又一次宣传和强化。

---

① 张梦麟:《我们出版了哪些日本文学作品》,《读书月报》1959(7):5—7。

② 同上。

③ 王向远:《二十世纪中国的日本翻译文学史》,北京:北京师范大学出版社,2001年,第24页。

④ 高仓辉:《日本文学家当前的责任》,《北京大学学报》1959(1):59—68。

（二）"革命经典"地位的强化："文化大革命"中《蟹工船》的翻译

要探讨"文化大革命"中《蟹工船》的重译，有必要回顾小林多喜二及《蟹工船》在中国的经典化过程。小林多喜二很早就受到中国进步文学界的极大关注，几乎是他在日本成名的同时，作品就被译介到中国，并引起强烈的反响。小林多喜二的《蟹工船》于1929年发表于"全日本无产者艺术联盟"的机关刊物《战旗》的五、六月号，紧接着的1930年元月，崔若沁（夏衍）就在我国"左联"机关刊物《拓荒者》详细介绍《蟹工船》的内容，称其为"一部普罗列塔利亚的杰作"[①]。1930年4月，《蟹工船》的第一个中文译本就由上海大江书铺出版，译者为潘念之。此后，国民党政府禁止《蟹工船》译本发行，译本不得不改换书店再次发行，这反而更加强化了《蟹工船》作为无产阶级文学代表作的重要意义。在此之前，"左联"所译介的日本无产阶级文学一般都较为粗糙，被"新月派"评论家以及张资平等文人称为"形式主义""广告文学"和"暴露文学"，被认为"不见得真有多大的文艺价值"[②]。但《蟹工船》却具有很高的艺术性，小说在日本问世后，"小林多喜二名声大振，终于受到当时日本第一流大杂志的欢迎"[③]，政治的歧见也无法抹杀作品的价值。如鲁迅所言，"日本普罗列塔利亚文学迄今最大的收获，谁都承认是这部小林多喜二的《蟹工船》"[④]。因此，我国左翼文学界对《蟹工船》如获至宝，将其奉为日本无产阶级文学的经典，是非常自然的选择。

正如卞立强所指出的，"小林多喜二在文学创作和革命活动的20年代末和30年代初又正是我们两国左翼文学最活跃的时代……尤其是小林多喜二本人对我国人民的革命运动和革命文学运动曾给予极大的同情和支持，因而他格外受到我国进步文学界和广大读者的热烈欢迎，这也是必然的事情"[⑤]。这并非空泛的溢美之词。在《蟹工船》中，小林多喜二描述了"苏联领海鄂霍次克海岸渔场上劳动的中国渔工，向漂流到那里的日本渔工呼吁工人阶级的国际团结的场面"[⑥]。在《蟹工船》中译本序言中，小林曾写道，"中国无产阶级英勇的奋斗，给近邻日本的无产阶级以无比的激励和鼓舞。……沿着同样道路前进的中国同志们！我希望你们永远健康！明朗！"[⑦]1933年遇害前夕，他还在为支持即将举行的上海反战大会而奔忙。鲁迅那封著名的唁电，最能证明小林多喜二在我国左翼作家和读者群体中所拥有的崇高声誉：

---

① 卞立强：《日本无产阶级作家小林多喜二》，《文学评论》1960(3)：111－120。

② 同上。

③ 江口涣：《小林多喜二的生平和业绩》，《文学评论》1961(4)：15－25。

④ 小林多喜二著，叶渭渠译：《蟹工船》，南京：译林出版社，2009年，第24页。

⑤ 卞立强：《日本无产阶级作家小林多喜二》，《文学评论》1960(3)：111－120。

⑥ 江口涣：《小林多喜二的生平和业绩》，《文学评论》1961(4)：15－25。

⑦ 卞立强：《日本无产阶级作家小林多喜二》，《文学评论》1960(3)：111－120。

> 日本和中国的人民,从来就是兄弟。资产阶级欺骗人民,用人民的血,在我们之间划了一道界线,并且还在继续划着。但是无产阶级及其先驱者们,都在用血洗掉这血的界线。小林同志的死,就是一个证明。我们知道,我们不会忘记。我们将沿着小林同志的血路携手前进。[①]

正因如此,新中国成立以后,小林多喜二理所当然成为新政权最为推崇的日本文学家,《蟹工船》也被奉为日本文学的最高经典。在新中国成立头三十年,小林多喜二不仅成为日本左翼文学的代表,甚至在某种意义上也成为日本文学的代表。知名文学期刊如《文学评论》、政府宣传喉舌如《人民日报》以及权威学术刊物如《北京大学学报》,都纷纷登载小林多喜二的评介文章,这是其他任何日本作家都不曾获得的殊荣。在普通读者眼中,"翻看80年代及其以前的外国文学史的日本部分,小林多喜二几乎是这个国别文学的代名词"[②]。甚至在"文化大革命"期间翻译文学"众声齐喑"的情况下,《蟹工船》以及小林多喜二的其他几部作品仍得以重译出版,可见其不可撼动的"革命经典"地位。据译者叶渭渠回忆:"我翻译的本子,是1973年1月出版的,这个本子有个背景:当时我在人民文学出版社工作。'文革'中,很多外国文学作品都不许出,出版社就让我们考虑,找点尚可出版的作品。当时我们就找到一些无产阶级文学的作品,《蟹工船》即是其一。"[③]而之所以不用楼适夷1955年的译本,是因为"形势不适合出那些已被"打倒"的老专家的本子,希望能重译"。随着政治环境的变化,译者处境日益艰难,但原著仍屹立不倒,充分说明了《蟹工船》所拥有的特殊地位。

三、《蟹工船》在新世纪的中国:未曾实现的复活

改革开放以后,日本文学在中国的译介进入了新的高潮,大量古典和近现代名著相继出版,流行文学作品的译本迅速涌现。但是,正是日本文学在中国大热的20世纪80、90年代,革命经典《蟹工船》渐渐失去了往日的魅力,尽管仍在文学教材上占有一席之地,但既不能在文学声望上与那些具有国际影响力的日本一流名著抗衡,也早已失去了对普通读者的吸引力。这是《蟹工船》和其他新中国成立"头三十年大量译介的日本左翼文学在中国的共同命运。

然而,《蟹工船》毕竟是与众不同的。2008年,近80年前创作的《蟹工船》在日本本土沉寂多年以后,突然再度热销,几度登上畅销书排行榜榜首,"仅只

---

① 张梦麟:《我们出版了哪些日本文学作品》,《读书月报》1959(7):5—7。

② 杜为:"小林多喜二《蟹工船》",2009—2—4,豆瓣书评 http://www.douban.com/group/topic/5295675/

③ 王小宁:《很多过去的历史值得回忆——著名翻译家叶渭渠谈日本普罗文学代表作〈蟹工船〉的再度走红》,《人民政协报》,2009年6月8日第9版。

新潮文库版，以往一年能卖出五千册，而2008年增印五十余万册，大爆冷门，让人跌破眼镜。岁暮评选流行语大赏，'蟹工''蟹工船'也昭然上榜。"[①]此前的2007年，小说的漫画版出版，吸引了广泛的读者群；此后，根据小说改编的同名电影也迅速拍摄上映。这一奇特的"爆发式复活"，源自日本的"新穷人"现象——由于经济衰退，日本政府放任企业推行"自由雇佣制度"，到2008年，日本非正规雇佣劳动者达到三分之一，形成了庞大的低收入阶层，他们随时可能被解雇，生活朝不保夕，甚至流落网吧，露宿街头。"《读卖新闻》表示，《蟹工船》之所以能在今年热卖50万册以上，与当今年轻人为过于严酷的劳动环境所困息息相关。尤其在金融危机愈演愈烈之际，人们对身边的不确定性表现出极度的不安，像《蟹工船》这样描绘残酷环境中艰苦生存的劳工文学也就具有了特殊的号召力。"[②]当然，"在无数的普罗作品中，唯有《蟹工船》的历史回响如此巨大"[③]，这与其自身的文学价值是分不开的。

《蟹工船》在日本的大热促成了译本在中国的再度出版。译林出版社于2009年1月重版《蟹工船》的1973年译本，并请原译者叶渭渠写序。人民文学出版社于2009年7月出版《蟹工船》漫画版译本，译者为秦刚和应杰。本来，无论是出版商还是评论家，都预计到会有大量读者对这部作品引起共鸣。例如，梁文道谈到《蟹工船》里蟹工受虐的情形，认为切合了目前中国部分底层劳工的悲惨遭遇，"对日本读者而言，这是个隐喻；对我们来说，它却是个模拟。模拟那黑砖窑里的奴工，他们甚至比这个死者更年轻，遭到更严重的毒打，而且有的至今下落不明。又像那煤矿里的矿工，一个个黄土上的坑就如北洋上的船队，里头同样有污黑腐朽的躯干。"[④]他对这部作品所引起的反响是有所期待的——"不知道《蟹工船》的中文版重新推出市面之后，会不会像日本那样？"[⑤]如他所料，重回中国读者视野的《蟹工船》在知识界确实引起了一定的反响。《读书》《书屋》等知识分子读物迅速反应，登载了较有深度的书评：秦刚分析了《蟹工船》时隔80年的两次热销与席卷世界的两次大型经济危机之间的关系，认为"那条风雨飘摇的'蟹工船'，即便在今天看来，依然构成了我们身处其中的现代世界的一个本质化的隐喻"[⑥]；雷池月则和梁文道一样，直斥"矿难和黑窑一类事件"，指出"有志于建设和谐社会的人，都会明白自己的责任所在"[⑦]。权威学

---

① 李长声：《〈蟹工船〉——一部日本小说与两度世界经济危机》，《东方早报》，2009年2月8日B04版。

② 戴铮：《华裔作家和〈蟹工船〉惊艳2008日本文坛》，《中华读书报》2009年1月7日第6版。

③ 潘世圣：《近年日本"小林多喜二现象"解读》，《外国文学评论》2009(4)：113－120。

④ 梁文道：《时空错乱的"革命文学"》，《书城》2009(2)：5－7。

⑤ 同上。

⑥ 秦刚：《罐装了现代资本主义的〈蟹工船〉》，《读书》2009(6)：144－151。

⑦ 雷池月：《畅销书闲话两则》，《书屋》2009(11)：11－14。

术期刊《外国文学评论》也于2009年第4期刊出潘世圣的“近年日本‘小林多喜二现象’解读”。但是，尽管知识界对《蟹工船》反响强烈，面向大众的主流报刊媒体对《蟹工船》的接受热情却远逊于“文化大革命”前，对此进行专题报导和评论的报刊《人民政协报》、《山花》、《天涯》等，与当年的《人民日报》和《文学评论》的规格相去甚远，书评家也直言其“在中国不受欢迎”[①]。而且，译本在普通读者中并未真正引起较大反响，译林出版的《蟹工船》译本销量为一万册，远远不能与其在日本的销量相提并论。从这一角度来看，新世纪《蟹工船》在中国的传播只限于知识阶层，未曾实现真正的“复活”。

原因何在？“左翼文学在取得主流地位之前，由于它所坚持的批判立场所决定，在推动人类社会进步的历程中，确实做出过重大的贡献。”但是，“取得主流地位之后，由于‘工具论’之类的误导，在权力的干预下，左翼文学的地位和作用往往发生质的变化”[②]——在新中国成立头三十年，我国创作和译介以工人运动为主题的左翼文学，是出于对往昔斗争的追忆，从而强化现行政权合理性，并凸显新社会劳工地位的优越性，左翼文学的社会批判功能事实上已荡然无存。世易时移，目前在我国新的经济体制尚不完善的情况下，许多合资或私营企业劳工地位低下，基本利益不能得到保证；某些地区出现了凌虐奴工、黑工的残酷现象；私营煤矿一味追求暴利，安全措施低下，矿难时有发生。在这一社会背景之下，《蟹工船》再次进入读者视野，反而可能成为对现实社会的抨击，引发人们对社会敏感问题的关注。正因如此，主流媒体不可能对其中的“压迫”与“斗争”主题进行大量的宣传，在对《蟹工船》这类文学作品的正式宣传、访谈和促销过程中，只会强调“红色回忆”等概念，而不会将其与社会现实相联系，[③]因此基本未曾引起普通读者的注意。另外，对《蟹工船》所描述现象感同身受的底层劳工群体，精神生活也较为贫乏，基本失去了阅读与思考的习惯与条件，所以也不可能出现日本类似读者群体的反应。预期中的热销并未到来，其实是可以想见的。可见，《蟹工船》因为“新穷人”现象在日本再度热销，存在类似现象的中国却并未引起热烈的反响，这反而映照出某种更深层的悲哀。

四、《挪威的森林》：翻译文学中的流行经典

(一)《挪威的森林》：从流行到经典

20世纪80年代，我国出现了“日本文学热”，与古典与近现代文学名著相比，日本流行文学的大量译介更为引人注目。前文对这一现象背后的社会和历

---

① 李长声：《〈蟹工船〉——一部日本小说与两度世界经济危机》，《东方早报》，2009年2月8日B04版。

② 雷池月：《畅销书闲话两则》，《书屋》2009(11)：11－14。

③ 王小宁：《很多过去的历史值得回忆——著名翻译家叶渭渠谈日本普罗文学代表作〈蟹工船〉的再度走红》，《人民政协报》，2009年6月8日09版。

史成因也进行了分析——被禁锢了多年的国内读者对高质量的通俗流行文学产生了较大的需求，由于日中两国关系密切、文化背景异中有同，日本丰富而成熟的流行文学作品自然对中国读者产生巨大的吸引力。"日本文学热"对中国普通读者的日常生活、文化认知和阅读趣味造成了很大的影响，其中，推理侦探小说、历史传记小说、社会经济小说和青春性爱小说尤其受到读者的欢迎。村上春树及其代表作《挪威的森林》正是在这一背景下进入中国的。

村上春树是享有世界声誉的纯文学作家，但《挪威的森林》却是以流行小说的形象出现的，不但日本著名文学评论家称其为"流行的青春小说"，村上本人对这部作品的期许也是"足以让全国少男少女流干红泪的'百分之百的恋爱小说'"。[①]《挪威的森林》原作出版于1987年，在中国最初的译介过程当中，也曾被视作通俗流行小说，甚至是性爱小说，出现了一些哗众取宠、质量低劣的译本。例如，台湾故乡出版社1989年出版的《挪威的森林》第一个中文译本就由五人合译，前后内容不统一，而且在章节题目中加上"黑暗中的裸体""交换性伴侣""色情电影的配音"等词句，其实是对原文内容的断章取义。中国内地的北方文艺出版社于1990年也曾出版题为《挪威的森林——告别处女世界》的译本，从题目就可看出译本格调低下，目的在于吸引眼球。然而，此后20余年间，《挪威的森林》在中国十分明显地经历了从流行到经典的过程，在此过程中，流传最为广泛、最深入人心的译本是漓江出版社的林少华译本。

1989年，漓江出版社出版了《挪威的森林》在中国大陆第一个译本，译者为林少华，译本序《物欲世界的异化》的作者为李德纯。原作题材充满青春气息，村上的风格简洁而独具匠心，林少华的译笔贴切灵动，李德纯的译序深刻凝练，一部优秀的翻译文学作品就此诞生。译本出版后即大受欢迎，至1993年重印4次，印数为10万册。在此后近20年间，各出版社的不断再版重印这一译本，印数和发行量一路攀升：1996年7月，漓江出版社将这一译本纳入"村上春树精品集"再次出版，加入林少华的总序《村上春树的小说世界及其艺术魅力》，印数8万余册；1999年5月"精品集"出第二版，《挪威的森林》除林少华的总序和李德纯的译本序以外，加入"专家评论""作家访谈"和"村上春树年谱"共40页的内容，印数10万余册；至2000年9月，印至10次，两年印数超过20万册；上海译文出版社购得村上作品版权，于2001年将林少华译《挪威的森林》纳入"村上春树文集"出版，至2007年印行27次。至此，译本总印数超过145万册。这一辉煌的出版经历不仅反映出村上春树在中国读者当中持久不衰的魅力，也证明了林少华译本所得到的广泛认同。

---

① 林少华："村上春树的小说世界及其艺术魅力"，村上春树著，林少华译，《挪威的森林》，桂林：漓江出版社，1999年，(总序)第1—25页。

从译本的再版和重印的频率、年份、印行数量可以看出,自1989年以后的20年间,《挪威的森林》在中国不仅一直销量可观,而且在进入新世纪以来呈不断上升的趋势。事实上,在这20年间,不仅日本文学热早已消退,甚至一般的文学阅读也早已在国人生活中退居次要地位,一部翻译文学作品能够如此深入人心,不能不说是一个奇迹。不仅如此,《挪威的森林》还引起了主流媒体和权威学术期刊的广泛关注。"《人民日报》《文汇报》《文汇读书周报》《新民晚报》《中华读书报》《中国图书商报》等报先后发表书评,《外国文学评论》《世界文学》《外国文学》《外国文艺》《日本文学》《译林》《黄金时代》等刊物也都发表了评介文章。"[①]各类报刊高规格、大范围的评介,以及20余年来高居不下、甚至不断攀升的销售量,都足以证明《挪威的森林》在中国已获得文学经典地位。"就日本文学以至当代外国文学作品来说,得到如此的反响近年来在我国恐怕是极为少见的。"[②]林译《挪威的森林》当之无愧成为中国翻译文学中的经典之作。

(二)谁的青春,谁的感动:《挪威的森林》经典化现象探讨

《挪威的森林》是作为流行文学作品被译介到中国的,但20年过去,小说远远超越了一般流行文学的地位,获得了持久而崇高的文学声誉。在20世纪80年代,日本文学翻译中的通俗化倾向特别明显,各类流行小说的翻译满足了社会各个年龄层次的阅读需要,《挪威的森林》作为青春爱情小说进入中国,也顺应了这一潮流。然而90年代以来,因版权等问题,日本文学选题相对紧缩,译介数量大大减少,但村上春树作品仍然是出版商长久青睐的选题,《挪威的森林》在读者心目中的魅力也长盛不衰。新世纪以来,重版次数更为频繁,发行数量也更为巨大。此外,主流报刊和权威学术期刊也纷纷对其进行评论或援引,又吸引了更多的读者来阅读译本。

围绕着《挪威的森林》,出版界还出现了许多值得一提的特殊现象。新世纪以来,许多出版社未能购得村上春树作品的版权,不能出版林少华译本,但仍强行请其他译者进行翻译。观其译文,大部分都是对林译本的抄袭,如2001年内蒙古出版社的译本和2003年西苑出版社的译本,虽然译者不同,但文字都与林译本基本相同。更为奇特的是,2004年5月远方出版社竟然出版了题为《挪威没有森林》的"译本",号称《挪威的森林》的续篇,作者福原爱姬,译者署名若彤。这本书后来证明是伪译,其实是中国人的创作。[③] 抄袭和伪译都属出版行业的不正当竞争行为,但也从反面说明了林译《挪威的森林》在中国书籍市场中的号召力。此外,《挪威的森林》还带动了村上春树其他作品在中国的译介和传播,

① 林少华:"村上春树的小说世界及其艺术魅力",村上春树著,林少华译,《挪威的森林》,桂林:漓江出版社,1999年,(总序)第1—25页。

② 同上。

③ 孙立春:《〈挪威的森林〉在中国的译介与传播》,《临沂大学学报》2010(1):139—142。

几乎每一部村上新作翻译出版，在封页简介中都要提及《挪威的森林》。甚至《挪威的森林》中主人公最喜欢的小说《了不起的盖茨比》在中国的知名度也日渐提高，出版商极力彰显两者之间的联系。2008年新版的《了不起的盖茨比》译本腰封上赫然印有村上春树的评论，而读者更是在豆瓣书评上坦承，“看《了不起的盖茨比》完全是因为对村上君的爱。”[①]上述种种现象都是林译《挪威的森林》在中国经典化的标志，这其中的原因是值得我们探讨的。

自90年代以来，随着休闲娱乐方式的多样化，文学阅读已经在我国普通大众的生活中退居次要地位，具有一定品位的文学爱好者构成了文学书籍的主要阅读群体，游走在流行文学和纯文学边缘的《挪威的森林》特别符合他们的审美期待。《挪威的森林》最初是作为青春性爱小说进入读者视野的，但从一开始就与通俗言情小说流于俗套的情节和煽情的语言风格拉开了极大差距。“青春”和“性爱”是文学永恒的主题，但真要将青春和性爱写得扣人心弦、引人深思，并引发读者的普遍共鸣，唯有极少数作家能够做到。李德纯在译本序中的评价——“以幽静的笔触抒发对青春的感怀”“内心深处最为动人的青春幽思”“令人永生难忘的青春咏叹”[②]——《挪威的森林》是当之无愧的。村上春树对人物内心深处细腻精微的情感、心理、感受的把握与描绘，在小说中比比皆是，往往引起人们的思索与共鸣：

> 但初美这位女性身上却有一种强烈打动人心的力量，而那绝非足以撼倒对方的巨大力量。她所发出的不过是微不足道的力，然而却能引起对方心灵的共振。车到涩谷之前，我一直注视着她，一直在思索她在我心中激起的感情震颤究竟是什么东西……
>
> ……
>
> 就是在这种气势夺人的暮色当中，我猛然想起了初美，并且这时才领悟她给我带来的心灵震颤究竟是什么东西——它类似一种少年时代的憧憬，一种从来不曾实现而且永远不可能实现的憧憬。这种直欲燃烧般地天真烂漫的憧憬，我在很早以前就已遗忘在什么地方了，甚至在很长时间里我连它曾在我心中存在过都未曾记起。而初美所摇撼的恰恰就是我身上长眠未醒的“我自身的一部分”。当我恍然大悟时，一时悲怆之极，几欲涕零。

除了扣人心弦而又微妙动人的青春感受的描写，小说还充满着真诚的哲思。而这些哲思往往是开放性的，在引起读者共鸣后，又留有不尽余味，令人产

---

① Meiya：这本书是怎样毁了我的一周，豆瓣书评，http://book.douban.com/subject/3171941/

② 李德纯：“物欲世界的异化”，村上春树著，林少华译，《挪威的森林》，桂林：漓江出版社，1999年，(译本序)第1—7页。

生如译者林少华一般的思考——“小说想向我们倾诉什么呢，生与死？死与性？性与爱？坦率与真诚？”[①]作者对青春与死亡、青春与生命、青春与永恒等形而上主题的不断思考，升华了小说的主题，使得《挪威的森林》超越了单纯的青春悲剧，走向对人生普遍性问题的叩问：

> 就是这样，直子的形象如同汹涌而来的潮水向我联翩袭来，将我的身体冲往奇妙的地带。在这奇妙地带里，我同死者共同生活。直子也在这里活着，同我交谈，同我拥抱。在这个地方，所谓死，并非使生完结的决定性因素，而仅仅是构成生的众多因素之一。直子在这里仍在含有死的前提下继续生存，并且对我这样说：“不要紧，渡边君，那不过是一死罢了，别介意。”
>
> “死并非生的对立面，死潜伏在我们的生之中。”
>
> ……
>
> 我拿着听筒扬起脸，飞快地环视电话亭周围。我现在哪里？我不知道这里是哪里，全然摸不着头脑。这里究竟是哪里？目力所及，无不是不知走去哪里的无数男男女女。我是在哪里也不是的处所连连呼唤绿子。

正如前文所言，20世纪90年代以来，随着影碟、电脑以及各种电子产品的普及，国人追求精神生活的方式有了极大的丰富和改变，阅读已经退居次要地位，因此，真正进行文学阅读的主要人群，往往不再是单纯地寻求消遣或刺激，而是具有一定文学追求的。《挪威的森林》对青春性爱题材的细腻独特的描写，吸引着众多读者；而其中满溢的哲思和文学性，又满足了读者对自身品位的期许，在读者当中造成了极好的口碑。

《挪威的森林》吸引读者(尤其是年轻读者)的另一个主要因素是小说中弥漫的都市生活的细节感。村上笔下的都市，不是80年代我国流行的日本社会经济小说中传奇化、概念化的都市，而是充满细节描写的、具有极强“现实感”的都市，特别符合我国转型期青年人的生活状态，或者说，符合他们所向往的某种生活状态。“村上很注重细节的真实，注重用小物件‘小情况’体现现代社会的现实性。如超级市场里的商品名称、电冰箱里的食品名称、唱片名称、洋酒及饮料名称……在某种意义上，甚至可以视之为社会风俗史、商品流行史。”[②]正是都市生活的种种细节，使得《挪威的森林》以及村上春树的其他作品成为“小资文化”的代名词——所谓“小资情调”，就是对具有现代都市情调的物质生活

---

① 林少华：“村上春树的小说世界及其艺术魅力”，村上春树著，林少华译，《挪威的森林》，桂林：漓江出版社，1999年，(总序)第1—25页。

② 同上。

和精神生活的向往与认同。小说中充满了不经意的细节描写，极富生活质感；此外，还频繁提及与日常生活相伴的文学作品、歌手、音乐、时尚品牌，等等，这些都满足了都市白领、文艺青年对都市化精致生活的向往：

> 我点点头，再未开口。接着又要了一杯汽水威士忌，吃着嚼着开心果。店里充满着鸡尾酒搅拌器的搅拌声、酒杯相碰声、捞取机制冰块的"哗啦"声，店后又传出莎娜波恩唱古典情歌的唱片声。
>
> 我自通勤电车一样拥挤不堪的纪伊国书店买了一本福克纳的《八月之光》。然后挑一家声音听起来尽可能大的爵士酒吧走进去，一边听奥尔德·科尔曼和巴顿·帕维尔洛的唱片，一边喝又热又不好喝的咖啡，随即翻看刚买的书。
>
> ……
>
> 玲子转向甲壳虫。弹了《挪威的森林》，弹了《昨日》，弹了《米歇尔》，弹了《有一件事》，边唱边弹了《太阳从这里升起》，弹了《山冈上的傻子》。我排出了七根火柴。
>
> "七首，"玲子说着，呷了口酒，吸口烟。"这几个人对人生的伤感和温情确实深有体会啊。"
>
> 这几个人当然是J.列侬、P.麦卡特尼，加上G.哈里森。

都市青年人的细节生活描写、对一些文学作品和音乐不经意的提及，以及随之而来的氛围的营造，构成了《挪威的森林》对中国读者极大的吸引力。以"青春"为主题的翻译文学比比皆是——迷惘的一代，有《了不起的盖茨比》；垮掉的一代，有《麦田的守望者》。但为何村上春树在中国读者心目中的地位甚至远远超过了他自己的偶像？为何他笔下的青春岁月最能吸引中国目前的年轻读者，尤其是都市白领和文学青年？《挪威的森林》是作者在80年代回忆60年代的青春往事，后者正是日本经济快速上升、高度城市化的时期，其中所体现的消费时代的种种审美符号，最为贴近新世纪前后中国都市青年（或是向往都市生活的青年）的审美期待。我们所说的"小资阶层"，即认同或追求都市精致生活的城市人群，正是消费时代的主要阅读群体。《挪威的森林》在中国之所以大受欢迎，也是因为契合了这一重要的读者群体。

耐人寻味的是，2008年《蟹工船》在日本再度大热，主要读者是低收入的临时雇佣者，并由此引发了社会问题的大讨论；中国出版商快速跟进，再度翻译出版这部革命经典，然而译本虽在知识界掀起了不小的反响，在普通读者当中却未引起反响。事实上，中国也在同期出现大量困居都市边缘的大学毕业生"蚁族"，他们其实与日本"穷忙族"的处境完全相通。然而，中国的这部分年轻人多数只知《挪威的森林》而不知《蟹工船》，他们在对前者的阅读中对都市化的生活产生了替代性的满足,而不知道《蟹工船》更符合他们的生存环境,这与消费时代的整体舆论引导是密切相关的。

最后需要探讨的是:村上春树作品颇丰,为何《挪威的森林》在中国特别受到欢迎?我们发现,除了《挪威的森林》之外,村上春树的其他作品往往都极富实验性和技巧性,例如,叙述视角的频繁转换、不同叙事线索的叠加与融合、奇幻的超自然元素与逼真的现实生活细节的结合、寓言式的虚拟人物、动物甚至场景,等等,对读者阅读造成了一定的难度和挑战。早期的《奇鸟形状录》《寻羊冒险记》《世界尽头与冷酷仙境》《国境以南 太阳以西》无不如此。新世纪以来,村上作品中的这种倾向愈加明显。例如,《海边的卡夫卡》中现实和过去的两条叙事线索通过超自然的力量汇集到一起,人与人之间的关系都非现实而是隐喻式的,隐藏着无数的可能性;而其最新力作《IQ84》也交织了数条错综复杂的叙事线索,试图通过具有浓厚寓言色彩和虚拟元素的故事描述,触及人性和人类社会的重大问题。由此看来,与村上其他作品相比较,《挪威的森林》是最具"现实性"的一部,除了第一章的倒叙以外,全部是平铺直叙的现实生活的描述,平淡隽永而又好读易懂,在普通读者当中最易引起共鸣。不仅《挪威的森林》在日本的销量居村上作品的第一位,绝大多数的中国读者的村上之旅也是从《挪威的森林》开始的。在村上作品中相对通俗的《挪威的森林》反而成为人们耳熟能详的经典作品,也带动了读者对其他更富挑战性的村上作品的接受。

(三)译者在场:林少华与《挪威的森林》

《挪威的森林》在中国二十多年的译介过程中,还出现了一个最为与众不同的亮点,就是译者林少华在读者心目中强大的存在感。许多读者已经不仅是村上迷,而且也早已成为林少华的拥趸。在中国,只要谈及《挪威的森林》以及村上春树的译介,林少华已经成为一个绕不过的名字。2009年,新经典公司天价竞得村上最新作品《IQ84》的中文简体字版权,译者为施小炜,而非林少华,这一情况竟立即在媒体掀起了很大的波澜,一时间各大报纸网站都争相登载类似主题的报道或访谈。村上作品译者的更换竟然甚至成为社会上的热点话题,这从反面证明了林少华作为翻译家的影响力。尽管出版方邀请了止庵等文化名人对施小炜译作进行宣传,并对林少华的翻译方法提出异议,但网上读者评论几乎一边倒地怀念林少华的译文,日语专家也都对林少华的翻译表示了认同。林、施两位译者都承受了很大的压力,也不得不在一些场合表达了自己的看法。上述宣传、争议乃至炒作,暴露了出版界的许多问题,但最终在客观上彰显了译者的价值与尊严。

那么,该如何客观评价林少华作为《挪威的森林》译者的成就呢?根据网上众多读者的反应,林少华译文的吸引力主要在于文体和风格。日本读者对村上春树的语言风格的评价是:“真个可爱”“俏皮”“好玩儿”“妙极了”[①];而中国读者对林少华译文的认同也主要在风格方面。这一点,学术界的日本文学专家也有着同样的意见。王向远出版于2001年的《二十世纪中国的日本翻译文学史》对村上小说的风格以及林少华的评价如下:

> 村上的小说在轻松中有一点窘迫,悠闲中有一点紧张,潇洒中有一点苦涩,热情中有一丝冷漠。兴奋、达观、感伤、无奈、空虚、倦怠,各种复杂的微妙的情绪都有一点点,交织在一起,如云烟淡霞,可望而不可触。翻译家必须具备相当好的文学感受力,才能抓住它,把它传达出来。林少华的译文,体现了在现代汉语上的良好的修养及译者的文学悟性,准确到位地再现了原文的独特风格。可以说,村上春树在我国的影响,很大程度依赖于林少华译文的精彩。[②]

这段话对于村上春树原著风格的评论是非常精当的,也抓住了林少华译本的精髓。林少华本人对村上春树的语言风格有着很深的思考和把握,他非常认同这段话中对村上风格的分析,同时认为,“若再补充一点,那就是还有一点幽默——带有孩子气加文人气加西洋味的幽默。”[③]林少华翻译《挪威的森林》源于李德纯的推荐,但在翻译村上春树的过程中,他很快就深深感受到二人风格的契合之处。“翻译他的作品始终很愉快,因为感觉上心情上文笔上和他有息息相通之处,总之很对脾性。”[④]因此,他对翻译村上作品始终甘之如饴,译文也深深地走入了读者内心。仅举一例,百度“村上春树吧”上关于“林少华和施小炜的译作谁更有爱”的议题,37条回复中,有36条是明确支持林少华译文的。[⑤]

现在再回到书评人止庵对林少华译文的指摘。止庵受新经典公司邀请于2010年5月参加施小炜《IQ84》译本的首发仪式,在访谈中称自己很不喜欢《挪威的森林》,而独爱《IQ84》。接下来,他在2010年12月于《文汇读书周报》发表“关于翻译的外行话”,将林少华的译文称为“隔”的翻译,认为不能传递原文风格。翻译批评的立场当然可以各不相同,但止庵这篇文章却是很不严谨的,论据十分站不住脚。首先,他指出周作人曾批评丰子恺“只是很漂亮,滥用成语”,而林少华“必读的一部日文译著为丰子恺《源氏物语》”,[⑥]就由此推断林少华承

---

① 林少华:“村上春树的小说世界及其艺术魅力”,村上春树著,林少华译,《挪威的森林》,桂林:漓江出版社,1999年,(总序)第1—25页。

② 王向远:《二十世纪中国的日本翻译文学史》,北京:北京师范大学出版社,2001年,第377—378页。

③ 林少华:“译者的话”,村上春树著,林少华译,《海边的卡夫卡》,上海:上海译文出版社,2003年4月,(译者的话)1—7。

④ 同上。

⑤ http://tieba.baidu.com/p/1388104243

⑥ 止庵:《关于翻译的外行话》,《文汇读书周报》,2010年12月17日03版。

袭了丰子恺的翻译风格、译文也是不可取的,这一推论是极其武断的——且不说林少华和丰子恺的语言风格一现代、一古典,根本大相径庭,更何况周作人的意见也并非衡量一切日文译作的圭臬,丰子恺的译文丰赡华美,也早有定评。止庵号称读过林译《挪威的森林》,但他唯一讨论的译例不是来自本人阅读经验,而是引自藤井省三的评论——"玲子……缓缓弹起巴赫的赋格曲。细微之处她刻意求工,或悠扬婉转,或神采飞扬,或一掷千钧,或愁肠百结。"[①]止庵认为,这段译文在"信"上并无问题,但由于包含了一些成语,所以"过雅反俗",所以"隔"。然而,他并未解释此处的成语为何"过雅反俗",却只举出某译者在《红与黑》中将"她……去世了"译作"她……魂归离恨天了"的极端例子,认为林少华的翻译"归根到底是一码事"。[②] 是否在翻译中运用成语就是"浮词套语"? 林译的效果如与这种"浮词套语"真是"一码事",止庵又何必要另举他例? 止庵认为村上春树语言风格"简洁",这个推论不算错。而作为译者,林少华早已强调过,村上风格的核心正是"一种不无书卷气的技巧性洗练……干净利落,新颖脱俗而又异彩纷呈,曲径成文。"也曾很明白地指出,"若驾轻就熟地搬弄老套数,自然少人问津。"[③]林译风格最大的特点,正是新巧、简练、俏皮的语言,即使是使用成语,也是点缀其间,用法也常出人意表,可说正好形成了与"浮词套语"相反的效果。止庵在这一点上指责林译,显然并未认真读过译本。正如高宁在"关于文学翻译批评的学术思考——兼与止庵先生商榷"中,就反对以藤井的一篇评论作为否定林译的根据,因为村上作品文体问题本来就在日本学者之间存在争论,更何况止庵谈的是汉语译文的效果,而藤井作为国外汉学家,"对汉语诸多微妙之处的把握究竟达到何种程度,恐怕还是留有考察余地的。"[④]

其实,对林少华的译文进行批评乃至否定,都是非常正常的行为,但应该建立在具体的译例讨论、或是读者反应数据分析的基础上,而不是如止庵那样空洞牵强的指责。谈到对译文的争议,《IQ84》的译者施小炜细读林少华的《且听风吟》,发现100多处硬伤,这是有根有据的批评,体现了他自己所恪守的翻译观,态度是非常严谨的,因此令人尊重;而止庵想当然地说林译《挪威的森林》"信"上面没有问题,问题在于"雅",可说是贻笑大方。止庵因不谙日语,以"普通读者"自况,但他也不得不承认普通读者对《挪威的森林》的人心所向——"三种译法,高下立判,林译最佳""林译版是比较喜欢和对味儿的"。至于为何自己

---

① 村上春树著,林少华译:《挪威的森林》,桂林:漓江出版社,1999年,第310页。

② 止庵:《关于翻译的外行话》,《文汇读书周报》,2010年12月17日03版。

③ 林少华:"村上春树的小说世界及其艺术魅力",村上春树著,林少华译,《挪威的森林》,桂林:漓江出版社,1999年,(总序)1—25页。

④ 高宁:《关于文学翻译批评的学术思考——兼与止庵先生商榷》,《东方翻译》2011(1):4—8。

不喜林译，却只能以“道不同不相为谋”为解释。[①] 其实，止庵这位“普通读者”与新经典公司有着很深的联系，可能才是最合理的解释。[②] 不管出于何种目的，一位有着一定知名度的独立书评人发表如此浅薄轻率的译评，是不利于整体翻译水准的提高的。

上述发生在媒体的宣传和争论，对于翻译界和翻译研究界来说，其实是一个鼓舞人心的现象，因为翻译家不再隐于幕后，而是对译本的接受起到了举足轻重的作用，这对于“翻译文学”概念的推广、对于翻译工作价值的认可，以及翻译家地位的提高，都起着很大的推动作用。然而，通过对这一个案例的回溯、记录、分析乃至追踪，我们也发现，出版商出于商业动机，对知名译者进行正反两面的炒作和褒贬，甚至人为制造他们之间的恩怨，是不利于翻译事业的健康发展的，从长久而言，对出版业的发展也会有负面影响。翻译家也是重要的品牌，出版商可以通过投标选择不同的译者，但应该尊重译者、信守合同承诺，建立良好的机制促进他们的良性竞争，通过读者的自然选择不断促进翻译文学的发展，这样才最能体现翻译文学的本质和翻译家的地位，出现更多如林少华这样在文化界、文学界、知识界都能产生一定影响力的翻译家，使翻译文学对读者真正产生更大的吸引力，出版业也必将通过翻译文学获得更大的推进和发展。

第四节　拉美文学在新中国的“潮起潮落”

尽管在现代文学史中，拉美文学已经进入中国读者视野，但这种译介却非常零星，而且几乎全部是通过转译完成的。新中国成立后，拉美文学才第一次以整体形象进入中国文学视野。由于国家创办了西班牙语专业并开始成批培养专业西班牙语人才，因此直接译自西班牙文的拉美文学汉译作品越来越多。20 世纪 50—70 年代，本土的杂志上开始出现拉美文学专辑，出版了各种拉美文学丛书、拉美文学史，并逐步确立了本土的拉美文学经典序列。新中国成立后六十年的拉美文学汉译可以大致分为三个时期：20 世纪 50—70 年代、20 世纪 80 年代、20 世纪 90 年代至今。

一、20 世纪 50—70 年代

20 世纪 50—70 年代，中国大陆大约出版了 300 多种关于拉美的出版物（包

---

① 止庵：《关于翻译的外行话》，《文汇读书周报》，2010 年 12 月 17 日 03 版。

② 止庵不仅受邀于 2010 年 5 月参加《IQ84》首发仪式，发表访谈，还是新经典所投资的刊物《大方》的编委。此外，新经典所出版的《百年孤独》译本在遇到质疑“并非全译本”时，也是止庵接受采访对此加以解释。

括著作、工具书、地图、图片等),包括近80种文学类著作,涵盖了古巴、智利、巴西、墨西哥、哥伦比亚、哥斯达黎加、危地马拉、海地、阿根廷、秘鲁、西印度群岛、洪都拉斯、乌拉圭、巴拉圭、厄瓜多尔、玻利维亚等16个国家和地区;总印数超过60万册。[①] 其中拉美文学丛书2种,拉美文学史2种,拉美文学作品选5种。翻译出版最多的是古巴文学作品(15种),此外智利(10种)、巴西(9种)、阿根廷(8种)、墨西哥(6种)等国家文学也被较多关注;被译介较多的作家分别是巴勃罗·聂鲁达(Pablo Neruda,6种)、[②]何塞·马蒂(José Martí,4种)、若热·亚马多(Jorge Amado,3种)、尼古拉斯·纪廉(Nocolás Guillén,2种);印数较多的有亚马多的长篇小说三部曲《无边的土地》(3次印刷,34 500册)、《黄金果的土地》(2次印刷,16 300册)以及《饥饿的道路》(4次印刷,31 500册);此外还有聂鲁达的诗集(印刷12次,85 770册)、阿根廷作家阿·荣凯的童话集《马丁什么也没偷》(1次印刷,55 000册)、哥伦比亚作家里维拉(José Eustasio Rivera)的《草原林莽恶旋风》(3次印刷,30 600册),以及古巴小说《吉隆滩的人们》(2次印刷30 000册)。翻译拉美文学最多的年份是1959年(16种)。从当时影响最大、最重要的外国文学杂志《译文》/《世界文学》(1953年创刊时刊名为《译文》,1959年1月起更名为《世界文学》)来看,1953—1965年的150期中,[③]有13期以拉美文学作品为主;共发表拉美文学翻译作品约150篇,评论文章20篇;其中被译介最多的是古巴文学作品或关于古巴革命的作品(59篇),被译介最多的作家是聂鲁达(13篇)和纪廉(13篇)。1959年,古巴革命取得了胜利;这是50—70年代译介拉美文学作品最多的一年。在所有出版和发表的翻译作品中,直接译自原文(西文、葡文)的超过一半,其余主要从俄文、法文以及英文转译,尤其是1959—1962年间转译现象经常发生。此时期对拉美各国古典文学关注较少,而19世纪的作品也仅限于马蒂、欧克里德斯·达·库尼亚(Euclides da Cunha)、安东尼奥·德·卡斯特罗·阿尔维斯(Antonio de Castro Alves)等几位作家,其余绝大多数为20世纪的当代作品。

总观此三十年间的拉美文学汉译,译介最多的是被当作革命或进步作家的聂鲁达、马蒂、亚马多、纪廉等人的作品。无论被译介作品的体裁是诗歌、小说、戏剧、游记、童话还是民间传说,反帝反殖的题材都占多数,当代的、现实主义作品占绝对主流。作为"亚非拉"文学的重要组成部分,拉美文学无疑联系着20世纪50—70年代社会主义中国的历史。但它更为特殊之处在于,不仅中国第一次规模性地翻译拉美文学是受政治因素直接驱动的,而且西班牙语这一专业

---

① 参见文后所附的详细出版年表。

② 文中出现西班牙语人名时,第一次尽量用全名并标注西文全名,以后再出现用姓(或复姓)。

③ 《世界文学》1966年第1期之后停办,这一期上没有刊登拉美文学作品。1977年才复刊。

起初就是因国家政治需要而开设的。因此，拉美文学翻译在 50—70 年代的历史比较清晰地呈现了翻译与政治之间复杂的连接与互动。这表现在 20 世纪 50—70 年代，国家出于外交政治的需要，在学校中开设西班牙语专业，并组织译介拉美文学，尤其古巴革命胜利后，受其影响，中国同拉美大陆的联系突然密切起来，因此国家在全国范围内增设西班牙语专业，扩大招生，同时掀起第一个拉美文学翻译高潮。自 1965 年起，由于中苏分裂引发国际共运大论战，拉美左翼内部分裂为亲苏派和亲华派，中国于是同亲苏派断绝来往，不再翻译亲苏派拉美作家的作品。不久“文化大革命”开始，整个外国文学翻译长久停滞；“文化大革命”期间，只有一本拉美文学汉译作品公开出版。

二、20 世纪 80 年代

与前三十年的拉美文学译介相比，80 年代发表和出版的拉美文学作品数量大幅增加，总共出版了大约一百三十种。其中印数最多的作品是巴西作家贝尔纳多·吉马朗斯(Bernardo Guimaraes)的小说《女奴》，一个月之内两个版本共印刷 422 600 册。[①] 此外印数超过 5 万册的作品还有路易斯·古斯曼(Martín Luís Guzmán)《元首的阴影》(77 000 册)、布兰卡·勃·毛雷斯(Blanca B. Mauries)的《多难丽人》(72 500 册)、阿斯图里亚斯的《总统先生》(50 000 册)、里维拉的《漩涡》(96 000 册)、加西亚·马尔克斯的《百年孤独》(两个版本分别印刷了 54 000 册和 53 000 册)以及他的中短篇小说集(52 000 册)、西罗·阿莱格里亚(Ciro Alegaria)的《饿狗》两个版本(总印数 309 300 册)、巴尔加斯·略萨的《城市与狗》(65 000 册)、《青楼》(50 000 册)、《绿房子》(77 400 册)，以及《聂鲁达诗选》(50 000 册)等。外国文学类杂志上译介最多的依次是加西亚·马尔克斯、博尔赫斯和巴尔加斯·略萨。此外，80 年代重要的外国文学丛书，比如人民文学出版社的“外国文学名著丛书”“外国文学小丛书”，外国文学出版社的“20 世纪外国文学丛书”“当代外国文学丛书”，上海译文出版社的“20 世纪外国文学丛书”，漓江出版社“获诺贝尔文学奖作家丛书”，湖南人民出版社的“诗苑译林丛书”中都包括了拉美文学作品。80 年代还出版了两种含拉美文学在内的西班牙语文学丛书，即北方文艺出版社的“西班牙葡萄牙语文学丛书”、黑龙江人民出版社“西班牙葡萄牙语文学丛书”。从 1987 年开始云南人民出版社同中国西葡拉美文学研究会合作，陆续推出“拉美文学丛书”，这是迄今为止规模最大的一套拉美文学专题丛书。在此过程中，拉丁美洲小说的大家名著几乎都有了汉译本，而被翻译最多的还是拉美当代小说，像加西亚·马尔克斯、巴尔加斯·略萨和鲁尔福当时已经发表的几乎全部作品，以及亚马多、何

---

① 因为根据小说改编的同名电视剧在中国热播，因此引起小说畅销。

塞·多诺索(José Donoso)的大部分作品都被译成了中文。《百年孤独》《绿房子》《加布里埃拉》都不止一个中译本。在拉美文学翻译作品巨大的社会效应和市场利益刺激下,许多出版社都主动同中国西葡拉美文学研究会保持良好合作关系。上海译文出版社(1983年5月)、云南人民出版社(1986年9月)以及浙江文艺出版社(1988年8月)都曾对研究会的年会及专题研讨会给予支持。在拉美文学热的直接刺激下,于1986年才开始恢复外国文学出版的云南人民出版社,寄希望于以出版拉美文学丛书迅速奠定在业内的地位和名声。1987年4月25日研究会与云南人民出版社签署了为期五年的"拉美文学丛书"出版协议,自此之后云南人民出版社逐渐成为出版拉美文学的"专业户"。同时,中国拉美文学研究在80年代开始进一步的学科化和机构化。这表现在:1979年成立了中国西葡拉美文学研究会;大学里开设了拉美文学专题、拉美文学史等课程,有些西班牙语专业还将其设为专业必修课;出现许多以拉美文学为研究对象的学位论文;出版了拉美文学研究论文集;召开了拉美文学专题学术研讨会……同时伴随中国调整对外政策,开始以经济建设而不是意识形态斗争为主,越来越多的拉美国家同中国建交,开展双边经贸往来。于是西语文学研究者赴拉美的渠道日益通畅,这使得80年代的拉美文学译介在某种程度上减少了与拉美本土的创作以及研究之间的时间差。

80年代,拉美文学转译现象日渐减少。一方面由于已有近三十年历史的西语专业培养了众多的西语人才,彼时拉美文学的西语译者较之从前大为充足。另一方面,80年代,文学成为一种重要的社会批判与启蒙力量占据着社会的中心地位;作家、翻译家被视为"社会精英",备受尊重。这鼓舞了许多人业余从事文学翻译。当时拉美文学作品除了少数的专业研究者之外,大部分是由大学西语专业的学生、教员以及编译局、外交部、新华社、广电总局、外经贸部等单位的西语译员在业余时间翻译的;译者当中不乏驻拉美国家外交使节以及上述机关的高层官员。那时稿酬并不优厚,但由于发表和出版渠道相对畅通,[①]而且容易在社会上产生影响,因此很多人甚至将文学翻译当作自己真正的事业。大学中的西语教员亦开始倾向于将文学研究而不是单纯的语言教学作为本职业务。再者,50—70年代出于政治原因不能翻译西方当代文学只好转译拉美文学作品的很多译者,如今将精力大多投入到对西方当代文学的译介中,已经

---

① 五六十年代只有《世界文学》(包括前身《译文》)一种外国文学类杂志,而80年代新创办了十几种此类刊物,比如《外国文艺》《外国文学》《当代外国文学》《译林》《译海》《外国小说》《苏联文学》《俄罗斯文学》《日本文学》《外国文学研究》《外国文学报道》《外国文学动态》《外国文学研究季刊》《外国文学之窗》《外国文学欣赏》《外国文学评论》《青年外国文学》,等等。另外许多报纸和文学期刊也刊登外国文学译作,比如《光明日报》一类的大报。出版社都争相出版文学译本,此外又成立了专门的外国文学出版机构,如外国文学出版社(从人民文学出版社分出)、上海译文出版社、中国对外翻译出版公司等。

无暇旁顾，因此较少继续转译拉美文学。[①] 不过，在聂鲁达、加西亚・马尔克斯和博尔赫斯这些拉美文学大师身上，从俄文、英文转译的现象仍时有发生。

虽然，从数量上来看，80 年代的拉美文学译介仍旧远远不能和欧洲文学相比；但是却以整体的面貌对中国当代文学产生直接而深刻的影响。在 1986 年的《世界文学》举办的“我所喜欢的外国当代作家征文选登”栏目中，谈拉美文学的征文最多。其中不仅有莫言这样当时正崭露头角的文坛新人，也有普通文学爱好者；甚至有边陲小城的读者来信评论博尔赫斯。[②] 汪曾祺、王蒙、刘心武、李陀、韩少功、李杭育、邓刚、郑万隆、莫言、马原、洪峰、扎西达娃、张炜、格非、余华、苏童、残雪等中国当代作家都曾经论及拉美文学的重要性及其影响。在某种程度上代表着 80 年代中国文学艺术水准的寻根文学以及先锋文学在文学的民族性与世界性、文学与政治、文学与历史等问题的思考上，在语言、叙事、时空、主题等方面的探索与开掘上无不直接受到拉美文学的启发。当代文坛的“拉美文学热”从 1982 年加西亚・马尔克斯获得诺贝尔文学奖开始兴起，到 1985—1987 年达到鼎盛，余温一直持续到 90 年代前期。

纵观 80 年代拉美文学汉译的历史，其突出变化在于随着中国步入经济建设为主的改革开放时期，拉美曾经具有的政治所指逐渐消隐。在翻译政治化、文学政治化被清算之后，曾经在 50—70 年代中国被高度政治化的拉美文学不仅成功抹去历史印记继续被大量译介，而且在一个以实现西方式的“现代化”为大叙事和奋斗目标的时代里，这一“非西方”的、来自第三世界的、中国语境的“小语种”文学[③]竟然掀起阅读与谈论的热潮，以“文学爆炸”和“魔幻现实主义”为中心的“拉美文学热”直接影响到中国当代文学的探索与创作，尤以寻根文学

---

① 比如 1958 年曾经从德文转译过哥斯达黎加作家法拉斯的《绿地狱》的侯浚吉先生在新时期翻译了西德当代小说家伦茨的小说。转译过波西埃的《王冠上的宝石》的施咸荣先生新时期翻译了《等待戈多》，并成为美国文学研究会的创办者之一。五六十年代几乎所有亚马多的作品都是郑永慧先生从法文转译的，新时期之后他翻译了大量的法国文学名著，比如梅里美、萨特、乔治・桑、罗伯-格里耶等人的作品。

② 参见莫言：《两座灼热的高炉——加西亚・马尔克斯和福克纳》，雷铎：《感知现实的新角度——加西亚・马尔克斯对我的启迪》，《世界文学》1986(3)；甘铁生：《我喜欢卡彭铁尔和他的〈人间王国〉》，《世界文学》1986(4)；丁晓禾：《加西亚・马尔克斯：魅力的爆炸》，《世界文学》1986(5)；高尚（甘肃阿克塞哈萨克自治县中学）：《博尔赫斯的世界》，《世界文学》1986(6)。

③ 必须指出的是，大语种/小语种这种关于外语的等级序列是在权力关系之中被建构出来的。就西班牙语而言，它是世界上使用人口最多的三大语种之一（另两种是汉语和英语），联合国六种工作语言之一，因此在国际社会中，西班牙语并非小语种。之所以在美国西班牙语是最重要的外语之一，而在今日中国则是小语种，这同中美两国与讲西班牙语地区（主要是拉美）的政治、经济、文化等关系的密切程度直接相关。同时，这种等级序列并非一成不变。比如在 50—70 年代的中国，出于参与国际政治斗争的需要，俄语、西班牙语、阿拉伯语都是重要的外语，即所谓“大语种”，而改革开放之后，随之经贸往来的日益频繁，日语、德语的重要性开始日渐突显，逐渐取代阿拉伯语和西班牙语成为中国的“大语种”。因此本文使用加引号的“小语种”，以表明对上述问题的反思。关于这一点文中还会论及。

和先锋文学所受浸染最深。“拉美文学热”的形成不仅紧密联系着诺贝尔文学奖[①]、“走向世界”“现代化”“民族化”“纯文学”等诸多80年代文学与社会的重大话题,而且深刻介入到80年代的文学变革。

三、20世纪90年代至今

90年代,随着文学在整个社会格局之中逐渐被边缘化,拉美文学回落到似乎属于它的“小语种”文学的一隅。根据《全国总书目》的统计,1990—1999年间总共出版了百种左右的拉美文学翻译作品,其中近2/3来自云南人民出版社自1987年开始出版的“拉美文学丛书”。但“拉美文学丛书”中的很多作品没有像80年代一样受到读者追捧,而是堆积在仓库之中蒙尘。1990年诺贝尔文学奖再度花落拉美大陆,墨西哥诗人帕斯成为拉美第五位获此殊荣的作家。虽然帕斯的获奖作品《太阳石》很快由赵振江译成中文,《世界文学》1991年第3期也推出帕斯作品小辑,但他却没能像加西亚·马尔克斯那样再次在中国掀起拉美文学旋风。而由于中国始终未能获得加西亚·马尔克斯的翻译出版权,在中国加入国际版权公约之后,出版他的作品受到限制,这使得加西亚·马尔克斯在中国也难以维持80年代的人气。另一位在80年代因“结构现实主义”名声大噪的拉美文学大家巴尔加斯·略萨,虽然国内在90年代末开始推出其作品全集,但也反响平平。曾经在80年代拉美文学热中因另类而显得有些落寞的阿根廷作家博尔赫斯却成为90年代的“文化英雄”之一,并被作为后现代文学大师备受推崇。博尔赫斯一度被拉美文学界指认为“欧洲作家”(他者),但这位最不“拉美”的拉美作家却在90年代中国的拉美文学汉译中一枝独秀,也从另一角度表明,作为整体的拉美文学没能延续80年代的热度,继续吸引文化界的普遍关注。

很多因素造成拉美文学翻译在90年代的日渐衰落。比如,90年代中期以来,曾经积极组织筹划拉美文学翻译、研究、出版的中国西葡拉美文学研究会日益涣散;很多80年代的翻译主将先后退休,而年轻一代愿意并能够从事翻译的人数甚少,造成翻译队伍青黄不接;加入国际版权条约后,拉美文学作品出版遭遇前所未有的困难……事实上,这些因素无不同90年代以来中国日益推进的市场化与国际化的进程有关。正是这一进程对拉美文学翻译产生了复杂而微妙的影响,而这种影响则一直延续到当下。

四、考察与分析

在对新中国成立以来拉美文学汉译的历史进行了简要概述之后,我们进入其中所折射出的一些问题的考察与分析。首先,中国对拉美文学翻译与接受的

---

① 1982年,哥伦比亚作家加西亚·马尔克斯获得诺贝尔文学奖。

历史总是经历着重新构造的过程:20世纪50—70年代应邀来华访问、作品被翻译介绍的拉美作家,如聂鲁达、阿斯图里亚斯等都被视作“反美帝国主义的斗士”。在当时的中国语境中,他们的左翼政治家身份比其作家身份更受关注。到80年代初,中国作家通过了解诺贝尔文学奖才知道这两位原来都是现代派(在拉美被称作“先锋派”)。也是通过诺贝尔文学奖,以加西亚·马尔克斯为代表的一批拉美当代作家的作品被大量引入中国,他们被视为卓越的文学艺术家、受世界承认的现代文学大师,被中国文学当作学习的榜样。但到近年,又有中国学者指出,这些作家原来还是左翼政治家。另一方面,这一翻译历史中的重构过程总是包含着两个重要的策略,一为“历史的钩沉”,或者叫“历史的补白”,就是把被遮蔽的历史事实重新呈现出来,予以再评价;另一种,就是颠覆原有的经典序列,重新思考和重新命名经典。[①] 无论是80年代的拉美文学翻译相对于50—70年代的翻译而言,还是90年代的翻译相对于80年代的翻译而言,中国视野中的拉美文学图景不断经历着遮蔽——显影——再遮蔽——再显影的重写过程。如果说,50—70年代由于政治禁忌而有一些景观被遮蔽的话(比如聂鲁达的情诗),那么80年代在这些景观得以浮现的同时新的遮蔽再度发生(比如聂鲁达的情诗被大量译介而政治诗不再被讨论)。因此,每一次的遮蔽与挪用、每一次的补白与重写都是带有意识形态诉求的话语实践。于是,对拉美文学在当代中国的翻译与影响的历史研究,不仅应该努力再现翻译过程中遮蔽的痕迹,同时也要力图再现历史重构过程中被恢复和补足的画面,唯其如此,“讲述神话的年代”的政治和文化变迁才能得以清晰呈现。

当然,从事这一翻译史课题的研究同样是一种有诉求的重写历史行为。但对这段历史的补白与重写并非是为了证明原来的历史书写是一种“谎言”,因为那样做只会导致深入的历史反思的可能性被消解。事实上,无论是翻译文本的选择、翻译策略的制定、对译本的编辑、出版、阅读、评论、接受……翻译中的每一个步骤都“不是在真空中进行的”,都是对意识形态的运作轨迹的铭写(inscription)。尽管从理论上讲,完全对等的翻译无法实现,因此翻译过程中必然存在着误读和改写;但译本最终呈现出怎样的误读与改写,却毫无疑问仍然同意识形态的书写过程直接相关。比如50—70年代将聂鲁达的诗歌简化为政治诗、80年代对加西亚·马尔克斯为代表的拉美60年代小说的非政治化以及90年代将博尔赫斯书写为“文化英雄”与“后现代文学大师”这些本土拉美文学译介过程中的重要事实表明,拉美文学的汉译始终既受到意识形态控制,同时亦参与意识形态的建构过程。这样的观点无疑与今天影响颇为广泛的“翻译研究”中的“意识形态操控理论”有所区别。虽然在揭示翻译中的权力结构、意识

---

① 戴锦华:《犹在镜中》,北京:知识出版社,1999年,第32页。

形态的隐蔽运作方面"操控理论"功不可没,但是它将意识形态视为铁板一块的本质性存在,而且对意识形态持完全否定的态度,认为它就是统治阶级制造的谎言。正如本文所指出的,如果革命、现代化、市场化与全球化仅仅是一些"虚假"意识,那么我们如何解释它们分别在50—70年代、80年代以及90年代中国成为最具整合力的话语?斯图尔特·霍尔(Stuart Hall)指出,否定的意识形态观是"一个极其不可信的关于世界的理论,它假定为数众多的普通人……,会轻易被……欺骗,完全看不到自己的真正利益所在"。对于一种能够成功地整合起多数民众的意识形态,"首先要问的不是它有哪些是虚假的,而是它有哪些是真实的",当然这里的真实不是指世界规律所应有的普遍正确性,而是指"合情合理"。[①] 换句话说,一种意识形态如果不能获得多数民众的由衷认同,它就无法使自己成为文化霸权(hegemony)。因此,翻译并非一个完全受意识形态操控的、被动的、无辜的过程;相反,翻译与意识形态之间形成了一种多重的、复杂的、动态的斗争/妥协、抵抗/合谋关系。避免简单化的批评,尽力在拉美/西方/中国的多重参照关系中考察拉美文学在中国的翻译与接受历史,再现翻译与意识形态之间复杂的动态关系;这样,我们才能更深刻地检省翻译如何参与意识形态的建构,才能意识到每一次的翻译实践同时也是话语实践,都有可能同意识形态形成抵抗/合谋关系,因此才会在进行翻译实践时保持一份介入现实的自觉和清醒。

其次,拉美文学汉译的历史折射出中国自身文化身份及中国视野中的世界图景的变迁。韦努蒂指出,翻译不仅"以巨大的力量构建着对异域文本的再现""制造出异国他乡的固定形象",同时"也构建了一个本土主体""参与了本土身份的塑造过程"。[②] 因此,从对异域文本的选择和翻译策略的变化可以看出本土视野中异域形象的改变,而这种变化同时反映出本土自我想象的迁移。

在现代文学史中,很多精通外文的五四一代知识分子一生中译介最多的并非西方文学。只懂英语的茅盾却翻译了大量的波兰、匈牙利、爱尔兰、西班牙、俄国等当时被视为"弱小民族"的文学;冰心受过12年良好的西式教育,英文甚佳,但使她成为翻译名家的却是其翻译的泰戈尔、纪伯伦而不是英美大家的作品。彼时的知识分子在追求现代性的同时,更注重的是世界图景的完整以及不同民族现代化的不同规划与途径。尽管大量从西方语言转译,但这并未损伤非西方文学文本中的革命性。对于50—70年代的中国文学界而言,世界文学更不是西方中心主义的;世界文学的重要组成部分是亚非拉的反殖民、反帝国主

① S. Hall, "The Toad in the Garden: Thatcherism among the theories", see in Cary Nelson and Lawrence Grossberg (ed.), *Marxism and the interpretation of culture*, Urbana: University of Illinois Press, 1988, pp. 44-46.

② 韦努蒂:《翻译与文化身份的塑造》,许宝强、袁伟(选编):《语言与翻译的政治》,北京:中央编译出版社,2001年,第358-382页。

义、反压迫的革命文学。塔什干亚非作家会议期间,《译文》改名为《世界文学》,目的在于"加强刊物的现实性和战斗性""今后主要介绍翻译现代世界各国人民现实生活和革命斗争的作品"。[①]《译文》的名字本来就出自鲁迅、茅盾在20世纪30年代创办的《译文》杂志,为的是继承他们译介苏联和其他国家革命和进步文学的传统;但在50年代末,也因无法完全含纳当时关于"世界文学"的想象而被代替。当时本土外国文学的等级次序是:苏联文学、人民民主国家文学、其他国家文学;其中其他国家文学包括亚非拉等地区被压迫民族反映民族解放运动的文学,以及资本主义国家内反帝反殖民的进步和无产阶级文学。当时外语的语言等级次序也并非今天的"英、法、德、日、俄"为大语种,其他为小语种;而是"英、法、俄、西、阿"五种语言最重要。[②] 但是自80年代中国开始迈向"四个现代化"以来,西方成为我们世界视野的中心。以诺贝尔文学奖为代表的西方文学奖、文学评论、文学史写作成为中国接受外国文学的先在视野,必得经过西方的筛选,在西方获得承认,才能在中国引起热烈地反响。80年代以来对拉美文学的翻译与接受集中地体现了西方文学巨大的中介作用,一如韩毓海所说,"我们……是从诺贝尔等西方的河里接受的他们影子的反光"。[③] 在这种折射与"反光"中,拉美文学在某种程度上被"变形"。进入90年代以来,拉美文学不再备受西方关注,在中国也丧失热度。而且不仅拉美文学,拉美的社会图景也不再能唤起中国的关注热情;同样,不仅拉美,第三世界的文学、文化以及社会现实都从中国的世界视野中渐渐淡去。

霍尔曾指出,文化身份"像一切历史性事物一样,它们经历着不断的变化。远非永远固定于某个本质化了的过去,它们服从于历史、文化和权力的不断'游戏'。远非建立在对过去的单纯'恢复'上,认为过去就在那里等着被发现,而且如果发现了,就能确保我们的自我感觉永远不变,相反,身份是我们对我们被定位的不同方式的称呼,我们通过对过去的叙述来使自己定位并定位于其中"[④]。换而言之,文化身份不是本质主义的、单一的,而是一个历史性的概念。因此,翻译对异域文化身份(他者)以及本土主体(自我)的建构也是一个历史过程,在这一过程中,翻译可能参与宰制也可能成为抵抗的力量。[⑤]

---

① 《从译文到世界文学——致读者》,《世界文学》,1959(1)。

② 1961年以后中国政府和外交部的重要对外文件都要翻译成这五种文字。见《新大陆的再发现——周恩来和拉丁美洲》,第26页。

③ 韩毓海:《"魔幻现实主义"作家身份的重新确认》,引自"左岸文化网"www.eduww.com,"重估拉美"专栏。

④ 霍尔:《文化身份与散居在国外的人》,转引自乔治·拉伦:《意识形态与文化身份:现代性和第三世界的在场》,戴从容译,上海:上海教育出版社,2005年,第220—221页。

⑤ 更详细的分析与阐释,参阅滕威:《"边镜之南":拉丁美洲文学汉泽与中国当代文学(1949—1999)》,北京:北京大学出版社,2011年。

下　编

新中国 60 年外国文学翻译：类别和热点专题探讨

第七章
外国文论翻译之考察与分析

外国文论在新中国60年来的译介，走过了曲折不平的道路，给新中国的文学理论和文学批评留下了深深的印痕，深刻地影响甚至改变了当代中国文学创作的走向乃至文化价值观，成为当代中国文学发展进程中的一个独特侧面，值得认真总结。回顾60年来外国文论的译介，不难发现它明显地经历了三个阶段：第一阶段，从新中国成立初期至“文化大革命”，可以名之为“苏俄文论独领风骚”；第二阶段，从“文化大革命”结束到80年代末，西方文论渐成热点，其中弗洛伊德、萨特、尼采等是最耀眼的明星；第三阶段，1990年至今，表现为外国文论译介的全面繁荣，形形色色的“主义”“流派”在中国文坛激荡，而海德格尔等思想巨擘始终挺立潮头。下面我们根据外国文论在中国译介所经历的三个阶段，对译介情况进行梳理，简析不同阶段外国文论译介的基本特点，然后再专门探讨弗洛伊德、萨特等人的文论在中国的译介和接受，评述外国文论译介的翻译质量问题。

第一节　外国文论译介的三个阶段

一、1949—1976：苏俄文论独领风骚

20世纪五六十年代主要介绍马克思主义文论和苏联文论，包括列宁、斯大林和高尔基的著作，苏联作家代表大会的文件，苏共中央的决议和日丹诺夫讲话。其次是欧美古典文论，特别是俄国革命民主主义者别林斯基、车尔尼雪夫斯基、杜勃罗留波夫（下文简称别车杜）的现实主义批评。

1949年，上海群益出版社重版了苏联学者顾尔希坦的《论文学中的人民性》（戈宝权译，1947年首版于香港海洋书屋），次年又出版马克思的《艺术的真实》。1949年，北平（北京）天下图书公司也出版了该书，书名改为《文学的人民

性》,并于1950年、1951年连续重版。1951年,北京的文艺翻译出版社出版了《作家与生活——第二届全苏青年作家会议论文集》(刘辽逸译),其中收入了法捷耶夫、爱伦堡等人的文章。这些作品的出版,标志着中国的文论翻译走上了马克思主义文论特别是苏联文论的轨道。

1952—1954年,为配合国内学习苏联社会主义现实主义理论、宣传马克思主义、唯物主义文艺观的政治要求和文化需要,上海的新文艺出版社编辑出版了"文艺理论学习小译丛",三年之间出版六辑,[①]每辑10篇著作,介绍的基本上就是苏联学者撰写的文艺理论著作,也包括少数马克思主义的文论。这些著作虽然篇幅短小(一般只有几十页),但具有强烈的政治倾向性和鲜明的时代色彩。第一辑中主要有缅斯尼柯夫《论社会主义现实主义的基本特征》(田森、刘运琪译)、叶高林《斯大林关于语言学著作中的文学问题》(何勤译)、《反对文学中的思想歪曲》("真理报"专论,齐思闻译)、《反对文学批评中的庸俗化》("真理报"专论,齐思闻译)、顾尔希坦《论苏联文学中的民族形式问题》(戈宝权译)、约·里瓦伊《作家的责任》(徐继曾译),等等,都是谈论的思想问题和政策问题,根本未涉及文学的内部规律和艺术特征。第二、第三辑中主要有苏尔科夫《苏维埃文学发展的几个问题》(蔡时济译)、《克服戏剧创作的落后现象》("真理报"专论,蔡时济译)、留里科夫《古典作家的遗产与苏维埃文学》(高叔眉译)、彼沙列夫斯基《斯大林社会主义现实主义原则是艺术科学的最高成就》(高叔眉译)等,也是政策宣传和思想教育为主,未涉及文学艺术的内部问题,只有安东诺夫的《论短篇小说的写作》(岳麟译)较多涉及艺术技巧。第四—六辑中的著作,有一些涉及艺术的形式、技巧问题,例如赖松姆纳等的《论艺术的内容和形式》(叶知等译)、雷伐金的《论文学中的典型问题》(朱扬译)、那察伦柯的《技巧和诗的构思》(罗洛译)、尼古拉耶娃的《论文学的特征》(方健译)等,都多少带有"内部研究"的特征。当然,更重要的仍然是思想性和政治性的"文论",例如罗米什的《斯大林与苏维埃文学》(胡鑫之译)和苏联《戏剧》杂志专论《论批评》(戚雨村译)、别尔金的《契诃夫的现实主义》(徐亚倩译)等。

就在新文艺出版社推出"文艺理论学习小译丛"的同时,北京的文艺翻译出版社也译介了不少苏联的文论,如:《苏联文学艺术工作的任务》(法捷耶夫等著,蔡时济译),《社会主义现实主义的几个问题》(西蒙诺夫等著,郑伯华等译),《论苏联文学中的军事题材》(斯珂莫洛霍夫等著,许铁马译),积极参与了宣扬社会主义现实主义的大合唱。

1955年,新文艺出版社(后改为上海文艺出版社)又开始编辑出版"文艺理

① 该译丛可能直到1955还在出版,估计已出到第七辑。但作者未见到第七辑的著作,故只讨论前六辑的情况。

论译丛”,至1958共出至四辑40部(篇)著作,继续引领外国文论译介的潮流,并使它具有更加鲜明的“社会主义现实主义”色彩。第一辑包括:特罗斐莫夫等《马克思列宁主义美学原则》(金霞译)、阿·伏尔柯夫《列宁和社会主义美学问题》(史慎微译)、安·卡拉瓦叶娃《思想性与技巧》(阮冈译)、叶果洛夫《论艺术的内容和形式问题》(吴行健译)、留里科夫等《艺术的宝藏》(蔡时济等译)、杰米基耶夫《第二次全苏作家代表大会——苏联文学史上最重要的路标》(戈安译)、谢尔宾纳《文学与现实》(硕甫译)、万斯洛夫《艺术中的内容和形式问题》(侯华甫译)、叶密里娅诺娃《按照高尔基的方式关心年青作家》(杨骅译)等,无一不与苏共党的文艺政策密切相关,只有万斯洛夫的著作有较高的理论价值。第二辑包括《关于文学艺术中的典型问题:苏联“共产党人”杂志专论》(廷超译)、伊凡诺夫《列宁的文学党性原则》(史慎微译)、阿波列相《列宁和艺术的人民性问题》(戈安译)、奥泽洛夫《社会主义现实主义的若干问题》(戈安译)、阿·杰明季耶夫《社会主义现实主义:苏联文学的主要方向》(曹庸译)等宣扬社会主义现实主义的论著,也包括一些研究文学的艺术性的著述,如《艺术形象》(勒佐姆奈依著,侯华甫译)、《典型与个性》(谢尔宾娜[纳]著,一之译)、《个性与典型性》(塔马尔钦科著,方予译)、《灵感与技巧》(英贝尔著,戈安译)、《剧作家的技巧》(叶·果尔布诺娃著,刘豫璇译)等。从数量上看,两类著作平分秋色。1958年出版的第三、第四辑,继承了前两辑的传统,继续把社会主义现实主义作为译介的重点。如特罗菲莫夫等《马克思列宁主义美学》(马晶锋译)、福明娜《普列汉诺夫的文学和艺术观》(张祺译)、特罗菲莫夫《社会主义现实主义——苏联艺术的创作方法》(牛治译)和《现代资产阶级反动艺术与美学主要流派的批判》(吴天真译)、万斯洛夫《艺术的人民性》(刘颂燕译),以及德国作家约翰涅斯·贝希尔的《诗与生活》(林枚生、善懿译),都是苏联版的马克思主义文论。另外,英贝尔的《再论灵感与技巧》(戈安译)、万斯洛夫和特罗菲莫夫的《美与崇高》(夜澄译)、伊·斯莫尔耶尼诺夫和尤·波列夫的《悲剧和喜剧》(吴行健译)则较多地涉及艺术性或审美问题。1959年,新文艺出版社(上海文艺出版社)仍在出版“文艺理论译丛”,如赫拉普钦科等人的《世界观和创作》(戈安译)即出版于该年。

当新文艺出版社(上海文艺出版社)为译介苏联文论连续推出两个“译丛”,翻译出版了上百部小册子、干得如火如荼的时候,北京的人民文学出版社出版了卢那察尔斯基的《论俄罗斯古典作家》(1958)以及《日丹诺夫论文学》(1959)等苏联文论,并且推出了“苏联文艺理论译丛”,先后出版了《世界文学中的现实主义问题》(1958)、《苏联作家论社会主义现实主义:第一次苏联作家代表大会前后的有关言论》(1960)等著作(文集)。这是由中国科学院文学研究所苏联文学组编写的,但似乎没有持续下去。而且,在苏联作家第二次代表大会修正了有关社会主义现实主义的定义之后,还着力重温第一次代表大会前后的言论,暴露了中国文坛在社会主义现实主义问题上的保守性,其观点已经与"解冻"后的苏联同行渐行渐远。

还有一个重要的文学现象值得关注,那就是20世纪五六十年代专门译介外国文论的期刊——《文艺理论译丛》在译介外国文论方面的贡献。1957年,中国科学院文学所创办《文艺理论译丛》,于当年7月创刊,到1958年12月,共出六期。后因故未能续出。1961年6月再次出刊,更名为《古典文艺理论译丛》。由于改刊后的"译丛"不刊载当代的文章或资料,中国科学院文学所决定同时创办《现代文艺理论译丛》,译介的重点仍然是苏联学者的文艺理论。但后来由于意识形态的纷争和中苏交恶,对苏联文坛最新情况的报道逐渐变成了"内部参考"资料。例如,"现代文艺理论译丛"出了多期增刊:《苏联文学与人道主义》(1963)、《苏联文学中的正面人物、写战争问题》(1963)、《苏联青年作家及其创作问题》(1963)、《苏联文学与党性、时代精神及其他问题》(1964)、《苏联一些批评家、作家论艺术革新与"自我表现"问题》(1964)、《人道主义与现代文学:报告集》(上、下册,1965)、《勒菲弗尔文艺论文选》(1965)等大部头著述,均由北京作家出版社作为"内部参考"出版。

此外,苏联科学院哲学研究所、艺术史研究所编写的长篇巨著《马克思主义美学原理》(陆梅林等译)1961年由北京三联书店出版,苏联艺术科学院美术理论与美术史研究所编写的《马克思主义美学概论》(杨成寅译)1962年由北京人民美术出版社出版。

应该说,中国学界翻译和研究苏联文论的热情是极为高涨的,苏联文论的译介构成了中国学者接受马克思主义文论和马克思主义美学的重要中介,并在相当长的历史时期被当成了马克思主义文论本身,而对西方古典文论译介较少,对西方当代文论则极少译介。

但俄国的古典文论还是得到了充分的重视。早在20年代,俄国革命民主主义者的文论就得到了中国学者的系统评介[①],1949年以后,别车杜的美学思想成为中国美学界和批评界宝贵的精神财富,对他们的介绍力度尤胜于从前。首先是他们著作的翻译开始略见系统。例如,1952—1953年,时代出版社出版《别林斯基选集》(两卷,满涛译);1958年新文艺出版社又出版《别林斯基论文学》(梁真译);1956年,《车尔尼雪夫斯基论文学》(辛未艾译)上卷出版(1965年出版中卷,1983年出齐下卷);1957年,人民文学出版社出版了车尔尼雪夫斯基的《美学论文选》(缪灵珠译),重版了车氏《生活与美学》(周扬译);1958—1959年,三联书店出版《车尔尼雪夫斯基选集》(上、下卷,多人合译);1954年,新文

① 郭绍虞:《俄国美论与其文艺》,《小说月报》十二卷号外"俄国文学研究"(1921年9月)。

艺出版社出版《杜勃罗留波夫选集》(辛未艾译)。这些著作大都在短时间内得以重印,是五六十年代最受欢迎的外国文论著作。不仅如此,苏联学者研究别车杜的著作也翻译出版了不少。例如:列别杰夫的《别林斯基画传》(晨光出版公司,1951),约夫楚克的《别林斯基》(人民出版社,1954),依列里茨基的《别林斯基的历史观点》(三联书店,1956),戈洛文钦科的《别林斯基》(作家出版社,1957),普罗特金的《俄国天才的学者和批评家——车尔尼雪夫斯基》(新华书店,1950),普列汉诺夫的《车尔尼雪夫斯基评传》(新文艺出版社,1951),留里科夫的《车尔尼雪夫斯基》(作家出版社,1956),岳夫楚克的《杜勃罗留波夫研究》(正风出版社,1950)和《杜勃罗留波夫底哲学和政治观》(正风出版社,1952),阿尔克希伯夫的《杜勃罗留波夫的文学批评的原则》(新文艺出版社,1954),等等,都得到了及时的介绍。当然,这个时期翻译最多的也是马克思主义文论和苏联文论,特别是关于社会主义现实主义的言论。

但译介较少的并不意味着毫无成就。事实上,中国学界对于西方古典文论的译介,在20世纪五六十年代也已略具雏形。上文提到的《古典文艺理论译丛》,自1961年6月创刊至1966年4月共出刊11期(辑),主要刊登西方的古典美学及文艺理论著作(即古代和资产阶级上升时期的著作)。第一辑,19世纪英国浪漫主义文论专辑;第二辑,近代德法浪漫主义文艺思想专辑;第三辑,莎士比亚专辑;第四辑,东欧文论专辑;第五辑,18世纪西欧美学思想专辑;第六辑,欧洲悲剧理论专辑;第七辑,欧洲喜剧理论专辑;第八辑,19世纪中期美学思想专辑;第九辑,莎士比亚评论专辑;第十辑,东方诸国重要古典文论及巴尔扎克专辑;第十一辑,关于形象思维资料辑要。由此可见,《古典文艺理论译丛》囊括各时代各流派的重要的理论家和作家有关基本原理以至创作技巧的专著(摘要)和论文,视野相当开阔。出现在丛书中的译者有钱锺书、杨绛、冯至、罗念生、张黎、董问樵、曹葆华、袁可嘉、缪灵珠、柳鸣九、陈荣、徐继曾、刘若端、林波、兴万生、叶水夫、盛澄华、吴兴华、王晓峰、张君川、张玉书、田德望、李健吾、成时、陈占元、鲍文蔚等数十位,几乎汇集了当时外国文学界第一流的翻译家。

作家出版社、人民文学出版社、商务印书馆等多家出版单位也都出版过西方古典文论的单行本。常见的有:黑格尔《美学》第一卷(朱光潜译)(商务印书馆,1958);克罗齐《美学原理》(朱光潜译)(作家出版社,1958);亚里士多德、贺拉斯《诗学·诗艺》(罗念生、杨周翰译)(人民文学出版社,1962);《柏拉图文艺对话集》(朱光潜译)(人民文学出版社,1963);爱德华·扬格《试论独创性作品》(袁可嘉译)(人民文学出版社,1963);锡德尼《为诗辩护》(钱学熙译)(人民文学出版社,1964);鲍山葵《美学三讲》(周煦良译)(上海人民出版社,1965);H.帕克《美学原理》(张今译)(商务印书馆,1965);等等。此外,当代西方学者的论著也有所介绍,如亨利·阿杰尔的《电影美学概述》(徐崇业译),1963年由中国电影出版社出版。

这些译作虽然数量不多,但中国的文艺理论研究和文学批评产生了持久深远的影响。不论是亚里士多德的“诗比历史更真实”的观念,还是贺拉斯的类型说和“寓教于乐”主张,或者柏拉图的模仿说和“影子”理论,还是黑格尔的美学思想,都始终受到中国学术界的关注。例如,朱光潜先生作于1960年代初的《西方美学史》,即把柏拉图、亚里士多德、康德、黑格尔视为四个最重要的美学家,并且在分析别林斯基、车尔尼雪夫斯基等人的美学思想时,明确指出他们之间的继承关系,并说明老师(康德、黑格尔)在许多方面胜过学生(别、车)。①

二、1977—1989:西方文论渐成热点

这个时期,苏联文论和马克思主义文论的介绍仍在继续;另一方面,西方文论成为译介的真正重点,而西方现代文论则成了众人瞩目的热点。

“文化大革命”后期,中国逐渐走出自我封闭的小圈子,重新接触外国文学和外国文论。首先受到关注的还是苏联文论,尽管它们是作为批判材料和“内部参考”的方式与读者见面的。1977年,上海人民出版社出版了赫拉普钦科的名著《作家的创作个性与文学的发展》,译者前言猛烈批判、抨击了该书的“反动无耻”。该书将社会主义现实主义文学、社会主义文学、苏联文学等概念区别开来,让人窥见了苏联文学的丰富的一面,确有令人耳目一新之感。这在刚刚结束动乱、恢复正常活动的中国学术界引起相当强烈的反响。1979年,中国社会科学出版社出版了《七十年代苏联社会主义现实主义问题》,客观地、不加任何评论地向中国读者介绍了苏联学者马尔科夫等人的“社会主义现实主义开放体系”,与文革时代对苏修言论大张挞伐的做法判然有别。受苏联学者的影响,中国学者开始对社会主义现实主义做一些小的修补,如黄伟宗就提出了“社会主义的批判现实主义”。② 王福湘则受马尔科夫“开放体系”的启发,提出了“民族的开放的社会主义现实主义”,应对国外现代主义文艺思潮的冲击,主动地“走民族的开放的社会主义现实主义之路”。③

80年代,介绍马克思主义文论和苏联文论仍然是一项重要的工作。1980—1981年,中国社会科学出版社出版了《卢卡契文学论文集》(2册);1982年,人民文学出版社出版了《马克思恩格斯论文学与艺术》(陆梅林辑注),中国社会科学出版社出版了四卷本《马克思恩格斯论艺术》([苏]里夫希茨编,程代熙编辑);1983年,中国社会科学出版社出版梅特钦科《继往开来——论苏联文

① 朱光潜:《西方美学史》,北京:人民文学出版社,1979年,第517、567—569页。

② 《湘江文艺》1980(4)。

③ 《文艺理论与批评》1987(2)。

学发展中的若干问题》;1984 年,中国社会科学出版社出版斯托洛维奇《审美价值的本质》;1985 年,中国文联出版公司出版了 A. 齐斯的《马克思主义美学基础》,三联书店出版了波斯彼洛夫的《文学原理》;1986 年,上海文艺出版社出版加洛蒂的《论无边的现实主义》,上海译文出版社出版了万斯洛夫的《美的问题》。此外,普列汉诺夫、高尔基、卢森堡等人的文学论文也都得以出版或重版。中国社会科学出版社编辑出版的《拉普资料汇编》(1981 年)和《无产阶级文化派资料选编》(1983 年)加深了我国学者对于"社会主义现实主义"的理解。与此同时,中国学者有关苏联社会主义现实主义的论文重新出现在刊物上,短短两三年即达十余篇。这个时期出版的有关高尔基文艺思想的论著,也都有大量篇幅论述社会主义现实主义。[①]

上述译著和论文、论著的发表说明,中国的思想解放才刚刚开始,步履蹒跚。他们对 50 年代以来日益"左倾"的"中国版"社会主义现实主义概念有所不满,但对社会主义现实主义"本身"还是深信不疑的,故而追本溯源,回顾苏联的相关历史,以期找到"真正的""原版的"社会主义现实主义。例如,薛君智在长篇论文《法捷耶夫论社会主义现实主义》一文中,考察了法捷耶夫一生中探讨社会主义现实主义的三个阶段,分析了他在各个阶段的成就和失误,他的"辩证唯物主义方法"的偏颇和"活人论"的修正,以及最终肯定了浪漫主义的价值,从而达到了对社会主义现实主义的"正确理解",实际上即日丹诺夫式的理解。[②] 张羽的《通向社会主义现实主义的道路——高尔基九十年代文艺观点探讨》,也在完全肯定社会主义现实主义的前提下探讨了高尔基早期的文艺思想。[③] 80 年代中期以后,苏联版的、"真正"的马克思主义文论也逐渐丧失了吸引读者的魅力,真正造成 80 年代中国学术界精神激荡的新潮流,来自现代西方文论和西方美学、哲学的强力催发。

我们首先考察一下外国文论译介的情况。1978 年,人民文学出版社开始出版《外国文艺理论丛书》,共计五十种。主要是西方古典文论,但包括古印度、日本的文艺理论著述,涵盖面还是比较广阔的。其中《柏拉图文艺对话集》、亚里士多德《诗学》、贺拉斯《诗艺》以及别林斯基、车尔尼雪夫斯基、杜勃罗留波夫、锡德尼、伏尔泰、狄德罗、巴尔扎克等人的论文,都曾经译为中文发表过,此时只是重版。有些新的面孔更引人瞩目。例如,维柯的《新科学》(朱光潜译),波德莱尔《论文学》,莱辛《拉奥孔》(朱光潜译)和《汉堡剧评选》,爱克曼辑录《歌德谈话录》(朱光潜译),叔本华《美学论文选》,尼采《悲剧的诞生》等,都给中国

---

① 吴元迈:《苏联文学思潮》,杭州:浙江文艺出版社,1985 年;李辉凡:《苏联文学思潮综览》,长沙:湖南人民出版社,1986 年。

② 《外国文学研究集刊》1982(4)。

③ 《外国文学研究集刊》1982(5)。

文坛带来了新风。维柯关于诗性思维的阐述、波德莱尔的象征主义诗评、歌德的"世界文学"观、叔本华的生存空虚说都颇有影响,尼采的超人哲学和酒神精神,更是产生了广泛持久的影响。

20世纪七八十年代,中国社会科学院外国文学研究所编选的外国文学研究资料丛刊,也大量介绍外国的文学理论著作。1979年,中国社会科学出版社出版了《外国理论家作家论形象思维》,1980年,该社又出版《欧美古典作家论现实主义和浪漫主义》(两册),1988年出版《新批评文集》(赵毅衡选编),也都是文艺理论方面的重要著述。1981—1986年,人民文学出版社分册出版了勃兰兑斯的《十九世纪文学主流》,1997年出版了六卷本。

1980年,中国社科院哲学所开始组织编辑一套"美学译文丛书"(李泽厚主编),由中国社会科学出版社、光明日报出版社、辽宁人民出版社三家分别出版,选题相当新颖,主要是西方现代美学,包括弗洛伊德、萨特、列维-斯特劳斯、梅洛-庞蒂、苏珊·朗格、罗兰·巴特等人的著作,以及阐释学、接受美学等方面的著述,十年之间不下数十种。虽然这套丛书的翻译质量令人遗憾,但对于缓解中国学术界的"美学饥渴"还是起了很重要的作用。

自1983年始,三联书店陆续推出一套"现代外国文艺理论译丛",其中影响较大的有:韦勒克、沃伦的《文学理论》(刘象愚等译);弗里德里克.J.霍夫曼的《弗洛伊德主义与文学思想》(王宁等译);巴赫金的《陀思妥耶夫斯基诗学问题》(白春仁、顾亚玲译)等。

1986年,三联书店开始出版"现代西方学术文库",除了许多大部头的哲学著作外,还有不少文艺理论和美学著作。主要有:尼采《悲剧的诞生》(周国平译),卡西尔《语言与神话》(于晓译),荣格《心理学与文学》(冯川、苏克译),马里坦《艺术与诗中的创造性直觉》,什克洛夫斯基等《俄国形式主义文论选》,艾柯等《结构主义和符号学——电影理论文选》,姚斯等《接受美学译文集》(刘小枫选编),托多洛夫《批评的批评:教育小说》,狄尔泰《体验与诗》,萨特《词语》(潘培庆译),马尔库塞《审美之维》(李小兵译),本雅明《发达资本主义时代的抒情诗人》(张旭东、魏文生译)、《机械复制时代的艺术》,伊恩.P.瓦特《小说的兴起:笛福、理查逊、菲尔丁研究》(高原、董红钧译),雅各布逊《语言学与诗学》,穆卡洛夫斯基《结构、符号与功能》,巴尔特《符号学原理》(李幼蒸译),德里达《消解批评文选》,布鲁姆《影响的焦虑》,奥巴赫《模仿论》等。

另外,英国人类学家詹·乔·弗雷泽的文化学巨著《金枝》(徐育新等译),1987年由中国民间文艺出版社出版,以后又多次重版,对于中国的文学研究也产生了深远的影响。法国学者列维-斯特劳斯(Levi-Strauss, C.)的《结构人类学:巫术·宗教·神话》(陆晓禾、黄锡光等译,文化艺术出版社,1989)也对中国文艺理论有重要影响。

上述几套外国文论(美学)丛书的出版,不仅彻底打破了我国文艺界“闭关锁国”的局面,开阔了中国学者的文艺视野,也有利于中国文学批评摆脱单纯的社会学批评模式。特别是弗洛伊德等人的著作的译介,使中国学人重温精神分析学的基本概念;萨特和梅洛-庞蒂等人的著述,使存在主义、现象学批评广为人知;苏珊·朗格、列维-斯特劳斯和罗兰·巴特等人的著述,让人们了解了符号学和结构主义为何物。中国学者很快学会了他们的术语、概念,迅速应用到文学研究之中,极大地促进了中国文艺批评的繁荣。尤其值得关注的是,韦勒克和沃伦合作的《文学理论》,作为英美新批评的教科书,在中国文学界广为流传,它关于“内部研究”和“外部研究”的区分,与俄国形式主义文论和法国结构主义、符号学一起,共同促使中国的文学批评走上“由外到内”的转向。与此相应的是巴赫金的对话理论和复调小说、狂欢化等概念,也逐渐在中国流行起来。当然,整个 80 年代最响亮的名字还是萨特、弗洛伊德、尼采三人。笔者据中国知网统计,1980 年至 1989 年,中国期刊上发表的以萨特为题的文章共计 156 篇,以弗洛伊德为题的文章共 134 篇,以尼采为题的文章共 82 篇,而同一时期发表的以海德格尔为题的文章只有 38 篇。[①] 后者是到 90 年代以后才独领风骚的。

三、1990—2009:外国文论译介全面繁荣

进入 90 年代以来,中国学界译介西方文论的热情持续不断,许多优秀的文艺理论和美学著作介绍到中国,同时,中国学者也在逐步消化西方文论的方法和概念,日益加深对它们的理解和研究,形成了翻译和研究互相促进、共同繁荣的局面。

譬如,中国社会科学出版社、百花洲文艺出版社、百花文艺出版社联合于 90 年代初推出,至今仍在出版的“20 世纪欧美文论丛书”,在国内学界产生了较大的影响。

这套丛书包括中国社会科学出版社的下列著作:热拉尔·热奈特《叙事话语 新叙事话语》(王文融译,1990),乔纳森·卡勒《结构主义诗学》(盛宁译,1991),埃米尔·施塔格尔《诗学的基本概念》(胡其鼎译,1992),居斯塔夫·朗松《方法、批评及文学史》(昂利·拜尔编,徐继曾译,1992),《巴赫金文论选》(佟景韩译,1996)等,都是“内部研究”的名著。

百花洲文艺出版社选题达十种,包括:艾·阿·瑞恰慈《文学批评原理》(杨

---

① 搜索范围包括“文史哲、政治军事与法律、教育与社会科学综合、经济与管理”四个方面,其中弗洛伊德是以“弗洛伊德”和“弗洛依德”两种译名搜索后将结果相加、然后减去同名者得出的,海德格尔是以“海德格”和“海德格尔”两种译名搜索后删去重复得出的,萨特和尼采以其名字搜索后减去同名者得出的。

自伍译,1992);普鲁斯特《驳圣伯夫》(王道乾译,1992);乔治·布莱《批评意识》(郭宏安译,1993);《艾略特文学论文集》(李赋宁译,1994);《考德威尔文学论文集》(刘宗次译,1995);维·什克洛夫斯基《散文理论》(刘宗次译)和弗里德里克·詹姆逊《语言的牢笼 马克思主义与形式》(1997),后者包括《语言的牢笼——结构主义及俄国形式主义述评》(钱佼汝译)和《马克思主义与形式——20世纪文学辩证理论》(李自修译)两篇著作。差不多也都是形式研究或"内部研究"的名作。

百花文艺出版社出版的著述,主要有:吕西安·戈德曼《隐蔽的上帝》(蔡鸿滨译,1998);卢纳察尔斯基《艺术及其最新形式》(郭家申译,1998);瓦尔特·本雅明《经验与贫乏》(王炳钧译,1999);托多罗夫《巴赫金、对话理论及其他》(蒋子华、张萍译,2001);罗杰·法约尔《批评:方法与历史》(怀宇译,2002);保罗·瓦莱里《文艺杂谈》(段映虹译,2002);维谢洛夫斯基《历史诗学》(刘宁译,2003);翁贝尔托·埃科《符号学与语言哲学》(王天清译,2006);诺思罗普·弗莱《批评的解剖》(陈慧等译,2006);克罗齐《美学或艺术和语言哲学》(黄文捷译,2009);A.J.格雷马斯《符号学与社会科学》(徐伟民译,2009)等。

众所周知,保罗·瓦莱里以《海滨墓园》等不朽的诗篇著称于世,其实他在文艺批评和诗歌理论领域也同样卓有建树。《文艺杂谈》是他重要的论文集,所选24篇文章,对维庸、魏尔伦、歌德、雨果、波德莱尔、马拉美等诗人、作家进行了独到的评述。诗人并没有刻意建立某种新的诗学或美学体系,而是着重对"创造行为本身,而非创造出来的事物"进行分析。亚·尼·维谢洛夫斯基(1838—1906)的《历史诗学》,集中体现了他的美学思想,文艺观和方法论。他对文艺的起源、文学的样式和体裁的形成和演变,情节史、修饰语史,以及诗歌语言风格、对比手法等一系列诗学基本问题的范畴进行了追根溯源,鞭辟入里的系统分析研究,提出了一系列富于开拓性的创见,开辟了一条"从诗的历史中阐明诗的本质",从而把文学史的研究和诗学理论的研究有机地结合起来的文艺学研究的新方向、新道路。翁贝尔托·埃科的《符号学与语言哲学》全书共五章,每一章分别考察了当前西方关于符号学争论的最主要的一个问题:符号,意义,隐喻,象征和代码,并以历史的观点对他们逐一予以再认识。诺思罗普·弗莱《批评的解剖》具有特殊意义,它与荣格的集体无意识理论和原型理论一道,促成了当代中国的神话—原型批评。

90年代以来出版的外国文论和美学著述数量众多,不可能一一尽数。流传较广的还有:杜夫海纳《审美经验现象学》(韩树站译,文化艺术出版社1992);列维-斯特劳斯《看·听·读》(顾嘉琛译,三联书店,1996);海德格尔《荷尔德林诗的阐释》(孙周兴译,商务印书馆,2000);波德莱尔《1846年的沙龙:波德莱尔美学论文选》(郭宏安译,广西师范大学出版社,2002);蒂菲纳·萨莫瓦约《互文性研究》(邵炜译,天津人民出版社,2003);罗兰·巴特《显义与晦义》(怀宇译,百花文艺出版社,2005);汉斯·罗伯特·姚斯《审美经验与文学解释学》(顾建光等译,上海译文出版社,2006);彼得·斯丛狄《现代戏剧理论1880—1950》(王建译,北京大学出版社,2006);特里·伊格尔顿《现象学,阐释学,接受理论》(王逢振译,江苏教育出版社,2006);理查德·墨菲《先锋派散论:现代主义、表现主义和后现代性问题》(朱进东译,南京大学出版社,2007年)。

此外,90年代中叶以来,西方的女权主义、后殖民主义等思潮涌入,与先期到场的存在主义、现象学、阐释学一起,也强烈地影响着中国文艺界的批评观念和批评模式。

具体到个人,90年代影响最大的除了上述尼采、萨特和弗洛伊德之外,海德格尔"后来居上",成为最耀眼的明星。笔者据中国知网统计,1990—1999年,中国期刊发表的以弗洛伊德为题的文章为170余篇,尼采和萨特刚过200篇,而海德格尔则高达253篇。① 这说明弗洛伊德的地位相对有所降低,尼采的位置在稳步提高。进入21世纪后,情况又有了新的变化。2000—2009年,中国期刊上发表的以弗洛伊德为题的文章约490篇,以萨特为题的文章516篇,以尼采为题的文章685篇,而以海德格尔为题的文章则高达1188篇,另有博士论文18篇,硕士论文133篇(其中文学艺术美学方面的论文221篇,博士论文9篇,硕士论文28篇)。② 此外,巴赫金、德里达、福柯等,也逐渐成为学术界关注的中心。

例如,2000—2009年中国期刊以德里达为题的文章368篇(文学艺术美学方面134篇),另有博士论文2篇,硕士论文22篇;以福柯为题的文章414篇,另有博士论文9篇,硕士论文77篇(其中文学艺术美学方面论文84篇,博士论文2篇,硕士论文30篇);以本雅明为题的文章214篇(文学艺术美学163),博士论文3篇(文学艺术美学2),硕士论文33篇(文学艺术美学28);以哈贝马斯为题的文章798篇,博士论文18篇,硕士论文94篇(但其中文学艺术美学方面的论文只有59篇,博士论文无,硕士论文4篇)。

至于纯粹的文论家,如韦勒克,关于他的研究文章则很少。例如,2000—2009年,中国期刊上发表的以韦勒克为题的文章只有67篇,另有博士论文2篇,硕士论文5篇。只有巴赫金才足以跟萨特、德里达、福柯等相抗衡。1990—1999年,中国期刊上以巴赫金为题的文章69篇,另有博士论文1篇③;2000—2009年,以巴赫金为题的文章高达401篇(文学艺术美学方面357篇),另有博

① 统计方法同上。

② 统计方法同上,但弗洛伊德包括了医药卫生方面的论文。

③ 凌建侯:《话语的对话本质》,北京外国语大学,1999年。

士论文5篇,硕士论文62篇。但我们知道,巴赫金文论的哲学意味是极其浓重的,“对话”“复调”和“狂欢”远非单纯的文艺问题。

虽然论文数量大幅度攀升,是中国特殊的社会境遇中“学术泡沫”造成的,但相对位置的变化还是能说明问题的。这种现象包含多重含义。首先,在西方文论家中,海德格尔依然矗立在奥林波斯山的顶峰,保持着对中国文艺界(乃至整个学术界)的巨大影响,弗洛伊德和萨特依靠惯性保持了自己话语中心的地位,尼采的地位持续上升,把弗洛伊德和萨特甩在了后面。其次,福柯、德里达等“后现代主义”的思想巨匠,迅速进入话语中心。第三,苏联文论已经丧失了吸引中国学者的魅力,只有巴赫金的文艺理论“一枝独秀”。第四,马克思主义文论对中国的影响,途径和方式都发生了变化。传统的马克思主义文论的影响已经衰微。例如,由全国马列文艺论著研究会主编的《马列文论研究》1982年出版第1集,至1988年8月出至第10集,差不多每年两集。此后即风光不再,断断续续,到1991年才出版第11集,到2007年才出版第14集。而西方马克思主义(“西马”)的影响则迅速上升,成为中国文艺界、学术界关注的热点。例如,中国的学术刊物直到1988年才开始发表论述本雅明的文章,1988—1999年间总共只有11篇文章论述他,但进入新世纪后,仅仅10年之间就有200余篇以本雅明为题的文章。哈贝马斯虽然在80年代初就得到了介绍,但整个80年代只有16篇文章,90年代88篇,进入新世纪后短短10年之间竟然有近800篇以他为题的文章发表在期刊上。[①] 也就是说,本雅明、哈贝马斯等“法兰克福学派”的代表人物,已经成为学术界耀眼的明星。后者甚至超过尼采,成为最受关注的人物之一。第五,“纯粹”的文艺理论家或文学批评家,如韦勒克等,虽然也为人们所赞赏,但却不能成为学术界关注的中心,是那些卓越的思想家引领中国的学术界。

由于形式主义、新批评、结构主义、后结构主义的译介,中国学者改变了原来的“文学—社会生活”这样粗放型的社会学批评模式,经过艰苦的学术训练学会了“内部研究”,空间、时间、符号、书写、叙事、互文性等貌似跟意识形态无关的术语,使用的频率日益提高,使用范围日渐广泛,使我们在不知不觉间接受了“文学是书写游戏”的观念,放弃了从“生活—文艺”角度研究文学现象的习惯,实际上也就是放弃了原有的意识形态。这也应该看作非常重要的影响。另一方面,由于西方文论的输入,中国学者面临着“失语”的危机,如何保持思想和精神的独立,如何发掘我们自身的文艺理论传统,创造我们自己的文艺理论体系和文学批评体系,也是中国学者颇为焦虑的问题。

---

① 统计方法同上。

第二节　弗洛伊德和萨特

弗洛伊德和萨特是对当代中国文学和文学批评产生重要影响的思想家，所以对其在中国的译介和传播、接受，我们专门予以介绍。

一、精神分析学的译介与80年代的“弗洛伊德热”

弗洛伊德和精神分析学早在民国时期就传入中国，并对中国文学产生影响。1921年，朱光潜在《东方杂志》发表《弗洛伊德的隐意识学说与心理分析》，率先向中国学界介绍弗洛伊德的精神分析学。1924年，鲁迅翻译厨川白村《苦闷的象征》并作“引言”介绍了弗洛伊德的学说：“作者据伯格森一流的哲学，以进行不息的生命力为人类生活的根本，又从弗罗特一流的科学，寻出生命力的根柢来，即用以解释文艺，——尤其是文学。然与旧说又小有不同，伯格森以未来为不可测，作者则以诗人为先知，弗罗特归生命力的根柢于性欲，作者则云即其力的突进与跳跃。这在目下同类的群书中，殆可以说，既异于科学家似的专断和哲学家似的玄虚，而且也并无一般文学论者的繁碎。”[①]差不多同时，丰子恺也翻译了《苦闷的象征》（商务印书馆，1925年初版）。1925年，高卓（高觉敷）翻译的弗洛伊德著作《心之分析的起源和发展》，刊载于《教育杂志》1925年第10—11期。稍后，章士钊翻译的弗洛伊德自传《弗罗乙德叙传》于1930年出版。[②] 1930年，商务印书馆出版了弗洛伊德的《精神分析引论》（高觉敷译自英文），1936年又出版《精神分析引论新编》（高觉敷译自英文）。1939—1941年，潘光旦翻译了《性心理学》（见民国三十年12月序），其中也介绍了弗洛伊德学说，并对学界产生了重要影响。其实，潘光旦早在20年代初就接触霭理士（Henry Havelock Ellis）性学研究和弗洛伊德主义，于1924年创作了《冯小青考》（载《妇女杂志》），[③]此后陆续翻译了《性的道德》（上海青年协会书局，1934）、《性心理学》（重庆商务印书馆，1946年）、《性的教育》（上海青年协会书局，1948三版）等。1947年，董秋斯翻译的奥兹本著作《弗洛伊德和马克思》出版。但此

---

① 厨川白村：《苦闷的象征》，鲁迅译，“未名丛刊”1930年版，引言第2—3页，北京：人民文学出版社，1988年，第4页。

② 吴立昌：《弗洛伊德与中国现代文坛》，《复旦学报》（社会科学版）1987(6)。

③ 1927年新月书店版易名为《小青之分析》，1929年再版时易名为《冯小青：一件影恋之研究》，1990年北京文化艺术出版社出版时易名为《冯小青性心理变态解密》。

后,除了为数无几的批判文章[①]外,弗洛伊德在中国内地的译介似乎乏善可陈,直到"文化大革命"后的"新时期"才迎来译介的春天。[②]

弗洛伊德在中国恢复介绍,是在"文化大革命"结束后的1979年。这一年,中国发表了两篇介绍弗洛伊德的文章,一篇是在《国际精神病学杂志》,一篇是在《世界哲学》,1980年的有关文章也仍然是哲学类的,表明当时中国人还没有"回想起"弗洛伊德跟中国现代文学的密切关系。[③] 1981年,虽然弗洛伊德仍然跟精神病学和哲学密不可分,但终于跟文学联系起来。这一年,《文艺理论研究》第3期发表傅俊荣的《弗洛伊德》(译自苏联《文学简明百科全书》),介绍精神分析学与文学的瓜葛(弗洛伊德对阎森、陀思妥耶夫斯基、莎士比亚、霍夫曼等人的分析);湖南人民出版社出版了余凤高的《弗洛伊德、螺赢及其他——鲁迅著作中的自然科学史知识》其中两节《弗洛伊德及其精神分析法》和《说梦》介绍了弗洛伊德学说,并跟鲁迅扯上了关系。

80年代的"弗洛伊德热"是以重印民国时代的译本和台湾学者的译本开始的,当然也有台湾地区的译本直接流传大陆的。我们先梳理译作出版的情况,然后再稍作分析。而这个时期译本极多,这里所列不过是其主要著作,特别是与文学有关的著作的译本:

80年代,台湾地区继续出版弗洛伊德的著作。例如,《日常生活的心理分析》(台北志文出版社,1981),《图腾与禁忌》(志文出版社,1984),《变态心理学》(苏燕译,台北水牛出版社,1986)等。

1984年,弗洛伊德的重要著作《精神分析引论》(高觉敷译)由商务印书馆重版(汉译世界学术名著丛书),表明弗洛伊德已经"经典化",其在大陆的出版之路已经畅通。

1986年2月,北京作家出版社出版了《爱情心理学》(林克明译),内部发行了两万册。内容包括"性学三论""爱情心理学""文明的性道德与现代人的不安"三部著作,还附录了一篇"谈性异常"。接下来出版的著作有:

1986年4月,中国展望出版社出版了《弗洛伊德论创造力与无意识:艺术、文学、恋爱、宗教》,一次印刷32 000册。书分艺术、文学、恋爱、宗教四大部类,包括:"开场白——心理分析的困难之一""米开朗基罗的摩西""与幻觉

---

① 哈利·威尔斯:《西格蒙德·弗洛伊德及其学说》,《西北师范大学学报》1958(1);孙晔:《国际学术界反弗洛伊德主义的斗争》,《心理学报》1959(4)。

② 期间台湾地区的翻译未停止。例如,70年代,台北志文出版社出版了《梦的解析》(赖其万、符传孝译)。

③ 1979年,《国际精神病学杂志》第4期:《精神病学中的边缘状态——弗洛伊德学派的认识(文献综述)》。1979年,《世界哲学》第5期:赵鑫珊《弗洛伊德其人及其学说》。1980年,《世界哲学》第3—4期连载:[美国]斯祖曼斯基《弗洛伊德学说的革命用途》(孟庆时、赵黛仪译)。

对应的神话”“诗人同白昼梦的关系”“原始词汇的对偶意义”“三个匣子的主题思想”“来源于童话的梦的素材”“心理分析所遇到的性格类型”“歌德在其著作《诗与真》里对童年的回忆”“论‘令人害怕’的东西”“关于恋爱心理的三篇论文”(男子选择对象的特殊类型、性爱生活降格的最流行形式、对处女的禁忌)、“目前对战争与死亡的看法”“梦与心灵感应”“十七世纪附鬼神经病病例”等14篇论文。

1986年4月，四川人民出版社出版《弗洛伊德著作选》(J.里克曼编，贺明明译自英文)，作为“走向未来丛书”之一，印数55 500册。内容包括：“精神分析的起源与发展”“论心理机能的两条原则”“精神分析中无意识的注释”“否定”“一个普遍的病因公式”“神经症发病机制的类型”“本能及其变化”“压抑”“精神分析工作中遇到的一些性格类型”“论自恋：导论”“悲痛与抑郁”“超越快乐原则”“群体心理学与自我的分析”“自我与本我”等14篇文献。

1986年5月，中国民间文艺出版社“内部发行”了《梦的解析：揭开人类心灵的奥秘》(赖其万、符传孝译，据台湾版重印)。1986年6月，上海译文出版社出版《弗洛伊德后期著作选》(林尘、张唤民、陈伟奇译)，包括“超越快乐原则”“集体心理学和自我的分析”“自我与本我”三篇著作，半年之内印刷三次，印数达22万5千册，远远超过一般通俗小说的印数。

1986年12月，浙江文艺出版社出版了《日常生活的心理分析》(林克明译)，印数达6万册。同时，中国民间文艺出版社出版了《少女杜拉的故事——一位歇斯底里少女的精神分析》(文荣光译)，也是“内部发行”。1986年还出版了张霁明、卓如飞翻译的《弗洛伊德自传》(辽宁人民出版社)。

1987年，弗洛伊德译介的势头依然强劲。

1987年1月，知识出版社出版了《弗洛伊德论美文选》(张唤民、陈伟奇译)，内容包括“《俄狄浦斯王》与《哈姆莱特》”“戏剧中的精神变态人物”“作家与白日梦”“列奥纳多·达·芬奇和他同年的一个记忆”“米开朗基罗的摩西”“精神分析学在美学上的应用”“论幽默”“陀思妥耶夫斯基与弑父者”“论升华”等9篇，列入“美学译文丛书”，一个月内印了10万册。同时，安徽文艺出版社开始出版“精神分析学译评丛书”，先后出版《精神分析纲要》(刘福堂等译，印数10万)，《精神分析引论新讲》(苏晓离、刘福堂译，印数3万)，《性爱与文明》(滕守尧译)，《文明及其缺憾》(付雅芳、郝冬瑾译，印数10万)。1987年2月，上海人民出版社出版了顾闻译的《弗洛伊德自传》，一次印刷78 000册。1987年3月，张燕云翻译的《梦的释义》由辽宁人民出版社出版，一次印刷125 000册。1987年12月，商务印书馆出版了高觉敷译的《精神分析引论新编》，印数46 000册。

1988—1989年，弗洛伊德的译介渐入尾声，但仍有不少著作问世。1988年

9月,辽宁人民出版社出版车文博主编的《弗洛伊德主义原著选辑》(上卷)。收录弗洛伊德的"释梦""日常生活的精神病理学""性学三论""作家与白日梦""图腾与禁忌""精神分析引论""超越快乐原则""自我与本我""文明及其缺憾""精神分析引论新编""摩西与一神教""精神分析纲要"等重要著作25篇,作为"高等学校文科教学参考书"出版,印数4 000册。同时,北京农村读物出版社出版了徐冬焱、刘飞茂编的《弗洛伊德言论精选》,印数达43 300册。

1989年6月,三联书店出版了李展开翻译的《摩西与一神教》;10月,华夏出版社出版《一个幻觉的未来》(杨韶刚译),列入"现代西方思想文库"。

80年代弗洛伊德译介的高潮不仅体现在弗洛伊德本人著作的翻译,还体现在与弗洛伊德主义相关的著述的翻译出版。这方面包括两类:一类是受弗洛伊德影响的精神分析学家们的著作,另一类是专门研究和介绍弗洛伊德和弗洛伊德主义的著作。我们分别予以阐述。

1985年10月,商务印书馆出版了霍尔(C. S. Hall)的《弗洛伊德心理学入门》(陈维正译);1986年6月,湖南文艺出版社出版了霍尔的另一部著作《弗洛伊德心理学与西方文学》(陈维正译);1986年8月,三联书店出版了奥兹本(R. Osborn)的《弗洛伊德和马克思》(董秋斯译)。1986年出版的最显眼的有关弗洛伊德的著作,无疑是埃里希·弗洛姆(E. Fromm)的一系列著述:《在幻想锁链的彼岸:我所理解的马克思和弗洛伊德》(湖南人民出版社,1986年7月);《弗洛伊德思想的贡献与局限》(申荷永译),湖南人民出版社,1986年12月出版,印数26 500册;《弗洛伊德的使命:对弗洛伊德的个性和影响的分析》(尚建新译),三联书店,1986年12月初版,"新知文库",1987年4月第2次印刷,印数达17万册。

1987年,关于弗洛伊德和弗洛伊德主义的著述继续红红火火。1987年6月,辽宁大学出版社出版了美国学者艾布拉姆森的《弗洛伊德的爱欲论:自由及其限度》(陆杰荣等译),印数达11万册;8月,马尔库塞的名著《爱欲与文明:对弗洛伊德思想的哲学探讨》(黄勇、薛民译)由上海译文出版社出版,印数更高达18万册。同月,辽宁人民出版社出版了巴赫金的《弗洛伊德主义述评》;9月,中国文联出版公司出版了该书的另一个译本《弗洛伊德主义批判》,译者张杰、樊锦鑫,作者署名为M. M. 巴赫金、B. H. 沃洛希诺夫,印数为31 245册。12月,霍夫曼的《弗洛伊德主义与文学思想》(王宁等译)由三联书店出版。

1988年,上海文艺出版社出版了巴赫金和沃洛希诺夫的《弗洛伊德主义批判》新译本,书名改为《弗洛伊德主义》(佟景寒译)。1988年7月,东方出版社出版了苏联学者尼·格·波波娃的《法国的后弗洛伊德主义:批判分析》(李亚卿译),列入"现代思想文化译丛",印数9 800册。11月,苏联学者雷宾的《精神分析和新弗洛伊德主义》(李今山、吴健飞译)由社会科学文献出版社出版,印数

8 000 册。

1989 年，翻译出版的有关弗洛伊德的著作依然不少，但印数不太可观。1989 年 3 月，东方出版社出版了苏联鲁特凯维奇（A. M. Руткевич）的《从弗洛伊德到海德格尔：存在精神分析述评》（关谷鹰译）。7 月，车文博主编的《弗洛伊德主义原著选辑》下卷出版，该辑是"关于新弗洛伊德主义文献的选编"，收录阿德勒、荣格、霍妮、卡丁纳、沙利文、安娜・弗洛伊德、哈特曼、埃里克森、赖希、弗洛姆、马尔库塞等人的著作 40 篇，印数只有 1 108 册。9 月，英国克拉克的《弗洛伊德究竟说了些什么》（姚锦清、应亚平译），由中国文联出版公司出版。10 月，美国 L. 弗雷・罗恩的《从弗洛伊德到荣格：无意识心理学比较研究》由中国国际广播出版社出版，印数 5 000 册。

显示 80 年代"弗洛伊德热"的另一个证据，是其传记的翻译出版。一部重要著作是欧文・斯通（Irving Stone）所作的长篇传记小说《心灵的激情：西格蒙德・弗洛伊德传记小说》（朱安等译），1986 年 11 月由中国文联出版公司出版发行，印数为 4 万册。1987 年 8 月，欧文・斯通所作的弗洛伊德传记小说又出了一个新译本：《弗洛伊德：精神分析大师》（关颖译），上海翻译出版公司出版发行，印数 15 000 册。

80 年代中国学者撰写的有关弗洛伊德的著作，数量也相当可观。1986 年 4 月，作家出版社出版了高宣扬编写的《弗洛伊德传》；1986 年 12 月，辽宁大学出版社出版了杨恩寰等著的《弗洛伊德：一个神秘的人物》。1987 年 6 月，南京大学出版社出版了张传开、章中民的《弗洛伊德精神分析学述评》。1988 年，中国学者创作的有关弗洛伊德的著作也出了不少。1 月，宋继凯的《尼采、弗洛伊德、萨特》由大连海运学院出版社出版，一年后即发行第二版。9 月，洪丕熙的《弗洛伊德生平和学说》由重庆出版社出版。12 月，同时有两部书出版：一个是李铮、章中民的《弗洛伊德与现代文化》（黄山出版社）；另一个是陈慧的《弗洛伊德与文坛》。1989 年中国学者所著的有关弗洛伊德的书：陈学明《弗洛伊德的马克思主义》（面向世界丛书），辽宁人民出版社 1989 年 2 月出版。稍后，吴立昌《探索人类心灵的奥秘：弗洛伊德的"精神分析引论"》由云南人民出版社出版。值得一提的、与文学关系比较密切的还有美籍华裔学者刘耀中的论文集《荣格、弗洛伊德与艺术》，1989 年 4 月由宝文堂书店出版发行。该书包含 31 篇论文，论述弗洛伊德和荣格学说与乔伊斯、劳伦斯、福克纳、庞德、海明威、尤金・奥尼尔、瓦格纳、三岛由纪夫、博尔赫斯等 20 余位作家艺术家的关系，还论述了尼采、胡塞尔、海德格尔、萨特等哲学家。但这些著作印数一般在 2 000 册至 5 000 册之间，远不如弗洛伊德本人的著作受欢迎。

据中国知网统计，1980 年至 1989 年，中国期刊上发表的以弗洛伊德为题的文章共 134 篇，其中论述文学的文章 37 篇。80 年代与文学比较密切的文章是:陈瘦竹《谈谈弗洛伊德心理分析学派喜剧理论》(《文艺研究》1983 年第 5 期);管希雄《弗洛伊德与鲁迅小说中精神病患者形象》(《温州师专学报》社科版 1985 年第 1 期);吴立昌《弗洛伊德与中国现代文坛》(《复旦学报》社会科学版 1987 年第 6 期);周百义《浅论弗洛伊德精神分析学对新时期小说创作的影响》(《中州学刊》1989 年第 1 期)等。尹鸿《弗洛伊德主义与五四浪漫文学》(《中国社会科学》1989 年第 5 期)对弗洛伊德主义在 20 年代给予中国文学的影响以及这种影响的意义、特点、其后的发展和嬗变,进行了探讨。文章认为,弗洛伊德关于性欲本能的理论,关于性欲与文明和变态心理的理论,关于梦和自由联想的理论等,作为一种文化观念都曾对我国五四浪漫文学发生过影响,并且被纳入当时反对封建传统、主张个性解放的历史潮流当中。文章对这种影响积极面和消极面做了具体分析,并指出由于中国的历史条件,在 20 年代后期迅速走向衰落的历史必然性。

二、90 年代“弗洛伊德热”的降温和深度开掘

90 年代,中国的“弗洛伊德热”迅速降温,具体表现就是翻译作品的种类和印数大幅度下滑,显示弗洛伊德已经逐渐失去了吸引普通读者的魅力,仅留存在少数专家的学术圈子里。当然,旧有的译著还在重印。例如,三联书店 1989 年版的《摩西与一神教》(李展开译),1992 年 6 月第 3 次印刷;奥兹本的《弗洛伊德和马克思》直到 2004 年还出了新版本。但新译本确实不太多。1996 年,安徽文艺出版社出版“弗洛伊德文集”(夏光明、王立信主编),其中大多是 1987 年“精神分析学译评丛书”的重版。譬如《文明与缺憾》(付雅芳、郝冬瑾译),包含《文明与缺憾》《精神分析引论新讲》《本能及其蝉变》《外行分析的问题》四篇著作,安徽文艺出版社 1996 年 12 月出版,印数 8 000 册。其他如《性爱与文明》(滕守尧等译)、《梦的解析》(赖其万、符传孝译)等,也都是旧译本。

当然,新译本还是出了一些。1993 年,哈尔滨出版社出版姜延书、王继宏编译的《情爱王国之谜》。1996 年,百花洲文艺出版社同时出版了两部弗洛伊德著作:一个是《性学与爱情心理学》,内容包括“性学三论”“儿童的性理论”“诗人的白日梦”“本能的蜕变”“爱情心理学”“性道德文明与现代人的不安”“无意识”7 篇著作,印数 10 000 册;另一部是《精神分析引论 · 新论》,包含“精神分析引论”和“精神分析引论新论”两部著作,译者都是罗生。1996 年,上海文艺出版社出版了徐勋国编选的《人性的真相:弗洛伊德如是说》。1997 年,中国文史出版社出版了《少女杜拉的故事:一位歇斯底里少女的精神分析》(茂华译)。1998 年,国际文化出版公司出版了丹宁翻译的《梦的解析》。1999 年,华夏出版社出版了《一个幻觉的未来》(杨韶刚译)。

90 年代弗洛伊德译介的一个重要成果是车文博主编的《弗洛伊德文集》(5

卷280万字),1998年由长春出版社出版(2004年再版)。文集共8册:1,癔症研究;2,释梦;3,性学三论与论潜意识;4,精神分析导论;5,精神分析新论;6,自我与本我;7,达·芬奇对童年的回忆;8,图腾与禁忌。

国外学者有关弗洛伊德的著述继续得到译介。例如,1990年2月,北京文化艺术出版社出版斯佩克特(Jack J. Spector)《艺术与精神分析:论弗洛伊德的美学》(高建平译);[①]1997年,学林出版社出版丹尼尔斯(Kathleen Daniels)等的《精神之梦:弗洛伊德与弥娜》(唐发铙译);1999年6月,沈阳春风文艺出版社出版了拉克尔(Thomas Laqueur)的《身体与属性:从古希腊到弗洛伊德的性制作》,赵万鹏译,印数5 000册;同年,北京西苑出版社出版了茨威格的《精神疗法:梅斯梅尔、玛丽·贝克尔、弗洛伊德》(王威译)。

欧文·斯通所作的弗洛伊德传记小说,在90年代又出了两个新版本:一个名为《弗洛伊德传:心灵的自白》,华龄出版社1997年9月出版,印数2万册,不题译者姓名,作者题名"欧文"。另一个版本是《弗洛伊德传:我心澎湃》,刘白岚译,北京十月文艺出版社1999年2月出版。

90年代中国学者有关弗洛伊德的著述进一步增加。河北人民出版社1990年8月出版秦弓的《艺术与性》。1992年9月,车文博主编的《弗洛伊德主义论评》由吉林教育出版社出版,全书1200多页,分上下两篇,即古典弗洛伊德主义和新弗洛伊德主义,将弗洛伊德主义的历史与思想逻辑有机地统一起来,肯定了其合理的一面,批判了与马克思主义对立的一面。1994年9月,尹鸿《徘徊的幽灵:弗洛伊德主义与中国二十世纪文学》由云南人民出版社出版。全书分七章,包括"导论:弗洛伊德主义与20世纪世界文学""弗洛伊德主义与'五四'浪漫文学""弗洛伊德主义与中国30年代的实验小说""弗洛伊德主义与中国新时期文学思潮""弗洛伊德主义与中国20世纪文艺美学""精神分析批评在中国的影响""结语:弗洛伊德主义在中国文学中的命运"等。1996年,长江文艺出版社出版李建中、尹玉敏合著的《爱欲人格:弗洛伊德》。1997年10月,作家出版社出版文聘元的《直面人性:弗洛伊德传》,印数8 000册。1998年2月,中国社会科学出版社出版了王小章、郭本禹合著的《潜意识的诠释:从弗洛伊德主义到后弗洛伊德主义》,印数5 000册。1998年,河北大学出版社出版田永胜的《心灵的守望者:西格蒙德·弗洛伊德》,1999年第2次印刷。1998年,内蒙古人民出版社出版了林施、李德编著的《情感世界:弗洛伊德、荣格、阿德勒》,叙述三位精神分析大师的传记。1999年,湖北教育出版社出版了熊哲宏的著作《心灵深处的王国:弗洛伊德的精神分析学》。

1990—1999年,中国期刊发表的以弗洛伊德为题的文章为170余篇,其中

---

① 2006年由四川人民出版社再版,书名改为《弗洛伊德的美学:艺术研究中的精神分析法》。

关于文学的论文53篇。翻译高潮已过,但研究还在继续。王宁对“弗洛伊德热”的形成及冷却的原因做了具体分析[①],但实际上“冷却”的只是译介的热潮和盲目的崇拜以及简单比附式的研究,中国学界对弗洛伊德的关注并未真正停止,而是更加纯熟地以之分析中外文学现象。内容所及,除了荣格、皮亚杰、弗洛姆、马斯洛等人对弗洛伊德的继承和发展外,还涉及陀思妥耶夫斯基、托尔斯泰、奥尼尔、劳伦斯、罗伯-格里耶、尼采、鲁迅、郭沫若、叶灵凤、老子、曹雪芹、金圣叹等。甚至被用来研究中国当代文学中被压抑的性意识。例如,邢小群《论中国50—70年代文学中的性意识》(学术论坛1993年第2期)尝试从中国当代文学独特的历史命运出发,研究性意识在文学中的变化轨迹及其背后的文化成因。

进入新世纪以来,“弗洛伊德热”的冷却依然继续。西方文化的译介呈现出许多新面貌,其中现代性和后现代的新成果逐渐成为译介的中心,从大众传播层面看,弗洛伊德的魅力被新的偶像取代。另一方面,弗洛伊德著作的翻译已告完成,进入消化总结阶段,短时间内出版新译本的必要性大幅度降低。反过来,中国学者对弗洛伊德的认识加深了,出现了从各种角度研究弗洛伊德的著述。我们先检阅一下翻译的情况,然后再分析。

新世纪,弗洛伊德的著作的出版依然保持着虽非热潮但稳步发展的局面。

2000年,国际文化出版公司连续出版了多部弗洛伊德的著作,如《精神分析导论讲演新编》(含《精神分析纲要》),程小平、王希勇译;《论文明》(包括《一个幻觉的未来》《文明及其不满》《群体心理学与自我的分析》),徐洋、何桂全、张敦福译;《日常生活的精神病理学》(彭丽新译)。2001年,国际文化出版公司出版《论文学和艺术》(常宏等译),列入“精神分析经典译丛”,印数5 000册。2003年,九州图书出版社出版《弗洛伊德心理哲学》(杨韶刚等译)。2004年,北京华文出版社出版《本能的冲动与成功》(文良文化编译)。2005年,东方出版社出版弗洛伊德的自传《弗洛伊德传:思想巨人的生涯心路》(廖运范译)。2005年,上海人民出版社《图腾与禁忌》(赵立玮译)。2006年,光明日报出版社出版《梦的解析》(赵辰译,“西风译丛第2辑”)。同年,台北心灵工坊文化事业股份有限公司出版《史瑞伯:妄想症案例的精神分析》(王声昌译)。新世纪,弗洛伊德的著作大都得到重印,其中重印较多的是《弗洛伊德后期著作选》(上海译文出版社)以及马尔库塞的《爱欲与文明》(上海译文出版社)等。

国外学者有关弗洛伊德的著作,译介过来的也不在少数。2000年,安徽文艺出版社出版茨威格的《精神疗法:梅斯默尔、玛丽·贝克-艾迪、弗洛伊德》(沈

① 王宁:《“弗洛伊德热”的冷却》,《文学自由谈》1991(3)。

锡良译)[①]。2002年1月,河北教育出版社出版日本学者今村仁司等合著《马克思、尼采、弗洛伊德、胡塞尔:现代思想的源流》(卞崇道、周秀静等译)。2002年10月,文化艺术出版社出版了法国丽迪娅·弗莱姆的《弗洛伊德别传》(戎容译),印数10000册。2002年,台北立绪文化公司出版了彼得·盖伊[Peter Gay]的《弗洛伊德传》(龚卓军、高志仁、梁永安译)[②]。2004年,天津人民出版社出版了贝尔曼-诺埃尔(Jean Bellemin-Noel)的《文学文本的精神分析:弗洛伊德影响下的文学批评解析导论》(李书红译)。2005年,台北秀威资讯科技股份有限公司出版了巴里奥(Angel B. Espina Barrio)的《佛洛伊德与李维史陀:动力人类学与结构人类学的互补、贡献于不足》(石雅如译)。2006年,台北张老师文化事业股份有限公司出版马修·安文斯(Matthew von Uwerth)的《佛洛伊德的挽歌:悲悼、追忆、佛洛伊德与友人的夏日午间散步》(张美惠译)。2008年,大连理工大学出版社出版英国贝利(Ruth Berry)的《弗洛伊德:旅途传的躺椅》(中英文对照,邓瑶译)。同年,台北五南图书出版公司出版了皮尔森(Ethel Spector Person)的《论佛洛伊德的群体心理学与自我的分析》(杨大和等译);心灵工坊文化事业公司出版了侯硕极(Guy Rosolato,通译罗索拉托)的《牺牲:精神分析的指标》(卓立、杨明敏、谢隆仪译)。2009年,上海三联书店出版利奥·博萨尼(Leo Bersani)的《弗洛伊德式的身体:精神分析与艺术》(潘源译)。同年,科学出版社出版韩国李武石的《弗洛伊德:精神分析理论与经典案例》(李光哲、李东根、杨华瑜译)。台北五南图书出版公司出版了桑德勒(Joseph Sandler)的《弗洛伊德"论自恋:一篇导论"》(李俊毅译)。

2006年,上海译文出版社出版雷纳·韦勒克的《近代文学批评史》第七卷(杨自伍译),其中花了400多页的篇幅论述1900—1950年的德国批评,将弗洛伊德、荣格、海德格尔并列,予以同等程度的关注。

新世纪十年间中国学者编写的有关弗洛伊德的著作,数量远甚于前面的20年。2002年,叶孟理《弗洛伊德传》,中国广播出版社。2007年,杨锐《弗洛伊德论艺术》,吉林美术出版社;王溢嘉《心灵侦探:弗洛伊德的爱欲推理》,国际文化出版公司;刘泉、凤媛编著《夜深人不静:走进弗洛伊德的"梦的解析"》,北京师范大学出版社。2008年,任傲霜编著《突破心灵:精神分析大师弗洛伊德》,华文出版社。2009年,九州出版社出版了《图解心理学:从弗洛伊德到马斯洛的经典学说》(清远编著,李滔绘图)。

2009年,吴立昌编著的《精神分析狂潮:弗洛伊德在中国》由江西高校出版社出版,详细梳理了近一个世纪来弗洛伊德在中国的影响。全书内容分为两

---

① 2007年上海人民出版社再版。

② 厦门鹭江出版社2006年再版。

辑,第一辑为从哲学、心理学等角度介绍研究精神分析理论的社会科学类论文;第二辑为研究精神分析与文学关系的论文,或运用精神分析理论分析评论作家作品和文学现象的评论,或选文本身就是随笔类的文学作品。

2000—2009年,中国期刊上发表以弗洛伊德为题的文章490余篇(包括医药卫生方面的论文),仅涉及文学的236篇,报纸上27篇(文学4篇),会议论文10篇(文学2篇),4篇博士论文(文学2篇),54篇硕士论文(文学32篇)。对弗洛伊德的论述,涉及医学、文学、哲学、经济、教育、公安等行业;文学方面,除上文提到那些作家外,扩展到李渔、杜丽娘、张爱玲、林语堂、崔莺莺等。

杜瑞华的博士论文《弗洛伊德与文学批评》(苏州大学2008)比较详细地探讨了弗洛伊德精神分析学与文学批评的必然联系。论文分为五章:第一章,精神分析的关键词研究,包括梦、潜意识、力比多、儿童、压抑、升华六个关键词。第二章,对作家的精神分析。包括“作家:常人与非常人之间”“作家与性敏感”“作家的幻想与自我分析”等三个部分的内容。是依据精神分析学而对创作家的精神特质与创作的心理机制作出的探讨;阐析作家人格与思想情感的复杂性,揭示作家的心理特质与创作的心理学意义。第三章,对文学内容的精神分析,论述“人物形象的心理分析法”“俄狄浦斯情结”“爱情题材的精神分析”三个方面。第四章,精神分析的批评方法与策略,是根据弗洛伊德的病例分析、理论阐述、文学批评及暗示做出的总结和运用,并探讨精神分析运用于文学批评的可行性及在诸多方面的操作特质与要领。第五章,中国的接受与第二次“弗洛伊德热”,简要回顾弗洛伊德进入中国的历程,重点考察80年代的第二次“弗洛伊德热”,主要分析文学研究界“弗洛伊德热”的特征。

三、萨特热与“自由选择”

萨特曾于1955年访问中国,萨特的著作在中国的译介始于“文化大革命”开始前的1963年。这一年,徐懋庸翻译的萨特重要著作《辩证理性批判》(第1卷关于实践的集合体的理论)由商务印书馆出版(内部读物,印数仅2 500册)。1965年,萨特的文学作品集《厌恶及其他》(郑永慧译)由作家出版社出版。此后,萨特的译介中断,直到“文化大革命”后恢复。

1979年,王守昌《当代西方资产阶级哲学人物评介(二)——萨特尔的作为人学的存在主义》[①]比较客观地介绍了萨特的生平和学说。此后,有关萨特的文章和译著不断出现,并迅速形成热潮。1980年萨特逝世,中国期刊上发表了16篇介绍萨特的文章。据中国知网统计,1980年至1989年,中国期刊上发表的以萨特为题的文章约160篇。内容广泛涉及存在主义哲学、现象学、伦理学、

① 《湘潭大学学报(哲学社会科学版)》1979(3)。

一多。这一现象标志着萨特[illegible]

[illegible]

过来。[illegible]1987年9月由

[illegible]出版社出版(印数5 500册)；萨特的"[illegible]女友"西蒙娜·德·波伏娃的

[illegible]《[illegible]：我与萨特》[illegible]由湖南人民出

版社出版于1988年12月，而且一次印数达41 000册。

与此同时，中国学者编写的论述萨特的著作也出现了。1982年11月，人民出版社出版了徐崇温等著的《萨特及其存在主义》，而这部一百六十多页的小册子竟印了两万多册。1986年1月，[illegible]著的《[illegible]：[illegible]萨特》[illegible]

[illegible]。1988年3月，杜小真的《一个绝望者的希望：萨特引论》由上海人民出版社出版，[illegible]。1989年6月，云南人民出版社出版[illegible]编著的《[illegible]的探索：萨特的〈存在与虚无〉》；1989年11月，魏金声的《"探索"人生奥秘：萨特与存在主义》由北京出版社出版。

当然，最能说明80年代"萨特热"的[illegible]是蒋子丹的中篇小说《杨月月与萨特之研究》。这部小说1983年8月发表于《人民文学》，1984年6月由中国文联出版公司出版单行本，印数为28 000册(按当时的标准不算高)，本没有什么特殊之处。但是，第一，它将一个当代外国的哲学家写入了小说标题，而且通篇都将一个中国妇女的命运跟萨特的"自由选择"接合在一起[illegible]来这是弗洛伊德都未曾享受过。[illegible]萨特[illegible]

[illegible]

进入90年代，萨特的传奇高潮已经过去，他不再被当作[illegible]

[illegible]俚语来说，就是萨特已经"走下了神坛"。

我们先梳理一下翻译和出版情况。

1990年9月，漓江出版社出版了《我的自传：文字的诱惑》(张放译)；12月，[illegible]1991年4月，人民文学出版社出版了施康强译的《萨特文论选》，[illegible]

[illegible]

① 2000年、2004年分别由广西师范大学出版社和中国人民大学出版社再版。

② [illegible]《求新与失度——评〈杨月月与萨特之研究〉》，《当代文坛》1984(5)；江源：《〈杨月月与萨特之研究〉的探索》，《当代文坛》1984[illegible]；[illegible]：《评〈杨月月与萨特之研究〉》，《当代文坛》1984(6)；[illegible]

伏爱华的博士论文《萨特存在主义美学思想研究》(山东大学,2007)指出萨特的存在主义哲学是一种以本体论与伦理学的自由观为核心的人学,他的存在主义美学成就不仅仅在于一种学理上的探讨,更在于为人生提供一种审美方法和审美境界。因此,萨特的美学是一种广义的美学。本文还论述了萨特与克尔凯郭尔、尼采之间的继承关系。[①]

阎伟的博士论文《萨特的叙事之旅:从伦理叙事到意识形态叙事》(华中师范大学2009)以"叙事"为切入点,展示萨特文学理论中对文学形式因素的思考和探索,以及文学实践中叙事形式的发展与变革,并在指出萨特前后期叙事形式的不同后,揭示这些形式的变化如何体现了其文学观念的变革。通过叙事时间、叙事角度和叙事结构等方面的考察,指出萨特的文论和创作存在着两个阶段。一是早期的"伦理叙事"阶段,二是后期的"意识形态叙事"阶段。而萨特前后期个人的经历、社会环境和文学观念的不同,影响了他文学叙事模式的转变。本文分析了这两种叙事模式的形式特征,并具体说明不同叙事模式下不同的审美效果。论文共分六章,主要内容包括:萨特早期的哲学思想和伦理叙事;伦理叙事的话语模式及特征;伦理叙事中的时间与身体;介入文学与意识形态叙事;意识形态叙事的话语模式及特征;历史意识与文体之变。[②]

除上述论文外,1990—2009年,有十余部研究萨特的专著出版。与文学关系较密切者有:李辛生等《自由的迷惘 :萨特存在主义哲学剖视》(广东高等教育出版社,1991);李杰《荒谬人格:萨特》(长江文艺出版社,1996);杨昌龙《存在主义的艺术人学:论文学家萨特》(西北大学出版社,1998);江龙《解读存在:戏剧家萨特与萨特戏剧》(湖南大学出版社,2001);杜小真《存在和自由的重负:解读萨特〈存在与虚无〉》(山东人民出版社,2002);吴格非《萨特与中国新时期文学中人的"存在"探询》(中国矿业大学出版社,2004);杜小真《萨特引论》(商务印书馆,2007);涂成林《现象学运动的歷史使命:从胡塞尔、海德格尔到萨特》(中央编译出版社,2007);柳鸣九《自我选择至上》(东方出版社,2008);伏爱华《想象·自由:萨特存在主义美学思想研究》(安徽大学出版社,2009)。此外还有黄忠晶的《第三性:萨特与波伏瓦》(青岛出版社,2003);陈慧平的《辩证法的当代意蕴:〈辩证理性批判〉的辩证解读》(中国社会科学出版社,2007);王时中的《实存与共在:萨特历史辩证法研究》(中国社会科学出版社,2007)等。这一系列著作的出版,把萨特研究推向高峰。

应该如何理解这些数字呢?首先,弗洛伊德和萨特乃是中国当代文学界影响最大的人物之一,他们不仅在80年代是最响亮的名字,90年代以后仍然深

---

① 伏爱华:《想象·自由:萨特存在主义美学思想研究》,合肥:安徽大学出版社,2009年。

② 阎伟:《萨特的叙事之旅:从伦理叙事到意识形态叙事》,北京:中国社会科学出版社,2010年。

受国人重视。其次,90年代以来,特别是进入新世纪以来,不论弗洛伊德还是萨特,都已经走下神坛,由崇拜的偶像成为研究对象和深入批判的对象。但是,萨特和弗洛伊德走下神坛,不是因为中国学界放弃了对西方文论或西方思想的崇拜,而是因为找到了新的偶像。这新的偶像就是比他们资格更老的尼采和海德格尔,以及比他们资历更浅的巴赫金、福柯、德里达以及哈贝马斯之流。

尼采早在清末被介绍到中国,其超人哲学和"重估一切价值"的号召成为五四时代中国文化界最响亮有力的符号之一。80年代,尼采迎来了第二次热潮,与弗洛伊德和萨特一起备受中国文化界瞩目。90年代以来,当中国学者在现代性的语境下重新审视西方式的启蒙和理性主义时,尼采以其对传统的更深沉更大胆的颠覆而超越弗洛伊德和萨特这些小字辈成为"新神"。2000—2009年期刊上以尼采为题的文章685篇,博士论文5篇,硕士论文88篇,会议论文12篇,报纸30篇。远远超过弗洛伊德和萨特。同一时间,中国期刊上发表的有关海德格尔的论文更是将近1200篇,另有18篇博士论文,138篇硕士论文。海德格尔与尼采相比虽然也是小字辈,但却是萨特的导师,其哲学体系远比萨特的哲学体系精致深刻。因此,我们在高喊了一段时间的"自由选择"和"他人就是地狱"之后,"诗意地栖居"成为更响亮的口号。巴赫金、福柯、德里达的情况类似,虽然涌进中国的时间晚于萨特和弗洛伊德,研究他们的论文数量至今未超过弗洛伊德和萨特,但其学说远比弗洛伊德和萨特的学说精致,因而更有"学术"色彩。毕竟,90年代以来中国学界的关键词不是"潜意识""性本能"和"力比多",也不是"自由选择"和"干预""介入",而是"被抛""复调"和"狂欢化",新世纪以来更演变为"权力""颠覆"和"解构"等更新颖的名词。这些关键词的演变伴随着中国学者关于"古代文论现代转换"的呼声,凸显了西方文论的强势地位和中国文论的尴尬。

第三节　外国文论翻译的若干问题分析

外国文论翻译的成就是毋庸置疑的,突出地表现为量大、面广,影响深远,而且出了不少优秀的、堪称典范的译本,如朱光潜翻译的《美学》《柏拉图文艺对话集》和《歌德谈话录》等。虽然朱光潜把 pathos(情志)翻译为"情致"似与原文有点距离,但这类小小的争议,实在不妨碍朱光潜翻译的优异质量。就近三十年的情况来看,外国文论翻译中的问题着实不少,主要有两点:一是重复翻译现象严重,造成资源的浪费;二是翻译质量堪忧,存在较严重的"硬译"现象,不仅错译、误译、漏译随处可见,还产生了不少纯粹的粗制滥造之作。语言的演变和译作语言的老化可以为重复翻译作部分的辩护,因此,我们重点讨论翻译质量问题。不论弗洛伊德还是尼采、萨特,或是巴赫金与舍斯托夫、别尔嘉耶夫,几乎所有的理论家都存在这方面的问题。

“硬译”或翻译质量不高的原因可分为主观和客观两个方面。主观原因,首先是译者的学养问题——知识面及中外文功夫。由于当代中国的政治动荡以及与西方的数十年隔绝,致使老一代学者错过了产生翻译成果的岁月,而新一代翻译者在80年代登上译坛的时候,缺乏对西方文化的深入了解,只能据字面意思机械地翻译。这方面的缺点,随着改革开放和中外文化交流的加深,随着新一代学者学养的提高,逐步得到了克服。另一个原因是译者的态度问题。很多译者过分随意地对待原文和译文,以致错误百出。这方面的缺点,要改正就更加困难了。客观原因也可以分为两点:一是我国翻译所处的地位不高,译者收入不高,翻译成果也不算什么科研成果;二是我国缺乏翻译批评的良好氛围。

而翻译错误本身主要包括错误地理解原文的句法结构、错误地理解原文概念以及由于文化背景差异造成的深层次错误。我们略举数例加以说明。

尼采早期著作《悲剧的诞生》(Der Geburtstag der Tragödie)在1986年出了三个中译本:一个是刘崎译本(作家出版社),一个是李长俊译本(湖南人民出版社),一个是周国平译本《悲剧的诞生——尼采美学文选》(三联书店)。刘译本的译文虽不能说错误百出,但“硬译”的色彩极为明显,以致文法结构都亦步亦趋地模仿原文,致使中文文意不彰,而中文的编校工作也有粗制滥造之嫌。同时出版的周译本,译文灵活,对意义的传达也要准确得多。兹举第一章中的一段话为例:

> Im Traume traten zuerst, nach der Vorstellung des Lucretius, die herrlichen Göttergestalten vor die Seelen der Menschen, im Traume sah der grosse Bildner den entzückenden Gliederbau übermenschlicher Wesen, und der hellenische Dichter, um die Geheimnisse der poetischen Zeugung befragt, würde ebenfalls an den Traum erinnert und eine ähnliche Belehrung gegeben haben, wie sie Hans Sachs in den Meistersingern giebt:
>
> Mein Freund, das grad' ist Dichters Werk,
> dass er sein Träumen deut' und merk'.[①]

Ian Johnston 英译本为:

> According to the idea of Lucretius, the marvelous divine shapes first

① http://www.gutenberg.org/catalog/world/readfile? fk_files=1466180&pageno=9

stepped out before the mind of man in a dream. It was in a dream that the great artist saw the delightful anatomy of superhuman existence, and the Greek poet, questioned about the secrets of poetic creativity, would have also recalled his dreams and given an explanation similar to the one Hans Sachs provides in *Die Meistersinger*.

My friend, that is precisely the poet's work—
To figure out his dreams, mark them down.①

刘译本作：

根据卢克理息斯的说法，奇妙的诸神是在梦幻中第一次出现在人们的心里。那伟大雕刻家菲狄亚斯，在梦幻中看到那些令人出神的超人类的人物。同样，如果有人曾经问过希腊诗人们关于他们创作时的神秘的话，他们也会叫他到梦幻中去寻求，而且会告诉他许多东西，正如汉斯·萨克斯，在其《诗乐会会员》一诗中所告诉我们的那样：

我的朋友，解释和显示梦幻
那是诗人的工作。②

而周译本是：

按照卢克莱修的见解，壮丽的神的形象首先是在梦中向人类的心灵显现，伟大的雕刻家是梦中看见超人灵物优美的四肢结构的。如果要探究诗歌创作的秘密，希腊诗人同样会提醒人们注意梦，如汉斯·萨克斯在《名歌手》中那样教导说：

我的朋友，那正是诗人的使命，
留心并且解释他的梦。③

很显然，"超人灵物"要比"超人类的人物"更符合 übermenschlicher Wesen (superhuman existence)的意义，虽然 Wesen (existence)可以指人或人的存在(生存)，但既然已经"超人类"，那也就不再是人物，而是"灵物"了。"诗歌创作的秘密"也要比"关于他们创作时的神秘"更贴近 die Geheimnisse der poetischen Zeugung (the secrets of poetic creativity)，尽管原文前面确实有个um(about)，但 um 只是表明 befragen(探究)的对象，在汉语中用不着译出来。而 Die Meistersinger 的意思是"名歌手"，而非"诗乐会会员"。此外，刘译本还

---

① *The Birth of Tragedy*, translated by Ian Johnston, Malaspina University-College, Nanaimo, BC December 2000

② 尼采：《悲剧的诞生》，刘崎译，北京：作家出版社，1986 年，第 13—14 页。

③ 尼采：《悲剧的诞生——尼采美学文选》，周国平译，北京：三联书店，1986 年，第 89 页。

凭空指出了伟大雕刻家的名字菲狄亚斯。《悲剧的诞生》尚有张念东和凌素心译本(海南国际新闻出版中心,1993)、熊希伟译本(华龄出版社,1996)赵登荣译本(漓江出版社,2000)、杨恒达译本(译林出版社,2008)、陈伟功和王常柱译本(北京出版社,2008)等。其实,早在“文化大革命”之前,缪灵珠(缪朗山,1910—1978)就已经将《悲剧的诞生》译为中文,虽然直到1991年才公开出版。缪灵珠的译文是:

> 鲁克勒提乌斯(Lucretius)曾设想:庄严的神像,首先是在梦中对人类的心灵显现的,伟大的雕刻家也是在梦中见到这些超人灵物的辉煌形体。假如你向这位古希腊诗人询问诗的创作之秘密,他同样会提出梦境,正像汉斯·萨克斯(Hans Sachs)在《善歌者》(Meistersinger)中所说的那样,对你指教:
>
> 朋友呵,这正是诗人的责任;
> 去阐明和记下自己的梦境。①

这段译文,除了人名Lucretius翻译成鲁克勒提乌斯(通译卢克莱修)不符合当下习惯外,整体而言,不仅文笔远胜这些后来者,译文也远较后辈准确,显示了译者深厚的文化功底。尼采晚期著作Der Antichrist(《反基督》)也有多个译本,我们以《上帝死了——尼采文选》(戚仁译,三联书店上海分店,1989)的部分译文与《反基督》(陈君华译,河北教育出版社,2002)做一番对照,看看后来者对译文的改进。

例如《反基督》第57节中的一句话,原文是:

> Ein solches Gesetzbuch wie das des Manu entsteht, wie jedes gute Gesetzbuch: es resümirt die Erfahrung, Klugheit und Experimental-Moral von langen Jahrhunderten, es schliesst ab, es schafft Nichts mehr.

这段话,Anthony M. Ludovici(1882—1971)的英译文是:

> A Law-Book like that of Manu comes into being like every good law-book: it epitomises the experience, the precautionary measures, and the experimental morality of long ages, it settles things definitely, it no longer creates. (Prometheus Books, New York, 2000. p.92)

《上帝死了》(戚仁译)中的译文是:

> “摩奴法典”这样一部法典的产生就像每一部好法典的产生一样:它总

---

① 《缪灵珠美学译文集》,第四卷,北京:中国人民大学出版社,1991年,第4—5页。译文集编者将缪灵珠所译的鲁克勒提乌斯改译为现代通行的卢克莱修。

结了悠悠数世纪的策略权术和实验道德学的经验，它只是清算，而无创新。①

显而易见，这段译文错误多多。不仅把 Experimental-Moral 误译为“实验道德学”，还错误地把并列关系当作偏正关系，竟以为“经验”(Erfahrung)受“实验道德学”的修饰限制。此外，译文生硬地模仿原文结构，却又把 langen Jahrhunderten(许多世纪，漫长的世代)翻译成“悠悠数世纪”以增添文采。相比之下，《反基督》(陈君华)中的译文要准确规范得多，也流畅得多：

> 就像任何一部好的律法书一样，《摩奴法典》这样一部律法书是这样产生的：它汇集了许多世纪的经验、智慧和试验性的道德(Experimental-Moral)，它作为一个结论，并没有创造更多的东西。②

当然，我们列举尼采的翻译，并非因为尼采的翻译问题特别严重，而是因为尼采特别重要。其他作家的翻译，也暴露了很多问题，甚至有人指出别尔嘉耶夫遭遇了“出版灾难”。如果详加考察的话，我们就会遗憾地发现，不仅别尔嘉耶夫，其他许多思想家，都经历了类似的“灾难”。兹举数例说明之。

荣格自传《回忆·梦·思考》(刘国彬、杨德友译)的中译本不仅多次将 *I Ching*(《易经》的英文音译)译为《变化》③，还有更“精彩”的创造。荣格评述《西藏度亡经》④的著作，《荣格文集》(英文)第 11 卷作：Psychological Commentaries on ‘The Tibetan Book of The Great Liberation’ and ‘The Tibetan Book of The Dead’。这个名称虽然有点复杂，但译者竟将它译为《对〈大解放西藏书〉与〈死亡西藏书〉的心理学上的评论》⑤，还是有点令人吃惊。译者既不知“亡灵书”(又译“死者之书”)乃古代埃及人写的指导亡魂在阴间活动的著述，更不知西藏也有类似的超度亡魂的著作，这些都可原谅，奇怪的是译者竟以为荣格的这部归于“东方宗教”类的著作跟西藏解放有关！亡魂得到超度，自然是“伟大的解脱”，与“解放西藏”何干？英国学者温森特·布罗姆的传记著作《荣格：人和神话》同样提到了荣格的这篇论文，但中译本把它翻译为：《〈藏文大藏经〉以及〈藏遗经〉的心理学评注》⑥，似乎稍微像样一点，但仍然不着边际。须知，The Tibetan Book of The Great Liberation 与 The Tibetan Book of The Dead 实际上是同一本书

---

① 尼采：《上帝死了》，戚仁译，上海：三联书店上海分店，1989 年，第 151—152 页。

② 尼采：《反基督》，陈君华译，石家庄：河北教育出版社，2002 年，第 157 页。

③ 荣格：《回忆·梦·思考》，沈阳：辽宁人民出版社，1988 年，第 599—603 页。

④ 藏文原名《中阴得度》(Bardo Thodol)，一般英译本作 The Tibetan Book of the Great Liberation or, the Method of Realizing Nirvana Through Knowing the Mind。

⑤ 荣格：《回忆、梦、思考》，沈阳：辽宁人民出版社，1988 年，第 634 页。

⑥ 温森特·布罗姆：《荣格：人和神话》，郑州：黄河文艺出版社，1989 年，第 447 页。

的两种不同版本，前者是指1939年出版于瑞士的德译本（Das Tibetanische Totenbuch），后者是指早在1927年就已出版的英译本，英译名正是把它与古埃及的“亡灵书”（The Book of The Dead）相比，才称之为“西藏的亡灵书”。

别尔嘉耶夫的《俄罗斯思想》（雷永生、邱守娟译，三联书店，1995）也有很多的错误。[①] 如果说尼采和荣格的翻译错误主要是译者的学养问题，那么，别尔嘉耶夫遭遇的“翻译灾难”则不仅关乎学养，更关乎译者态度，是译者极不负责造成的。该书虽然号称数十年探索的结晶，博大精深，实际上是别尔嘉耶夫的著作中比较通俗易懂的一部，本不应该有那么多翻译错误。2004年，三联书店再版了《俄罗斯思想》，译文有所修正，仍然错误多多。译者粗心大意地将языческий（异教的，多神教的）误译为“语言的”，甚至不知斯拉夫字母的创制者基里尔和梅福季，将其误译为基里洛姆（Кирилом）和梅弗基叶姆（Мефодием），茫然不知这是基里尔（Кирил）和梅福季（Мефодий）两个名词的第五格。[②] 1997年，上海三联书店出版了《自我认识——思想自传》（雷永生译），译文中也有不少明显的误译。作品多处将“性”误译为“域”，如中译本140页（原文169页）将“基督教在性问题上的伪善”误译为莫名其妙的“基督教在域问题上的伪善”，还在“域”后附上了俄文поле，显然未想到поле不是田野，更非“域”，只是пол（“性”）的第六格形式。别尔嘉耶夫的《文化的哲学》（于培才译，上海人民出版社，2007），中译文错误也相当多，而且有些是很低级的错误。例如：“我的任务应该是在气动学领域，而不是搞心理学研究。”（第4页）而原文是：“Моя работа должна быть отнесена к области пневматологии, а не психологии.”关键在于пневматология，它不同于пневматика（气动学），虽然同样是源于希腊文（πνευμα，拉丁文pneuma），却不是一般的空气，而是元气、精神、灵魂，是关于圣灵、关于精神和灵魂的神学概念。因此，这句话应该翻译成：“我的任务应该是在精神领域，而不是心理学领域。”即便凭空猜测，别尔嘉耶夫关于陀思妥耶夫斯基世界观的著作也不应该是气动学领域！再如，关于舍斯托夫《无根基颂》的评论，别尔嘉耶夫在《悲剧与日常现象》中说：

> Мне жаль, что “беспочвенность” начала писать свой “апофеоз”, тут она делается догматической, несмотря на подзаголовок “опыт адогмагического мышления”. Потерявшая всякую надежду беспочвенность превращается в своеобразную систему успокоения, ведь абсолютный скептицизм также может убить тревожные искания, как и

① 朱达秋：《谈学术翻译的常态性批评——兼评别尔嘉耶夫的〈俄罗斯思想〉中译本》，《中国俄语教学》2011年1月。

② 别尔嘉耶夫：《俄罗斯思想》（修订版），北京：三联书店，2004年，第3—4页。

абсолютный догматизм. Беспочвенность, трагическая беспочвенность, не может иметь другого “апофеоза”, кроме религиозного, и тогда уже положительного. Трагический мотив ослабел в “Апофеозе”, и в этом есть что-то трагически фатальное.[①]

《文化的哲学》中译文是：

> 我很遗憾，“无乡土主义”开始谱写自己的颂歌，这里，它变得教条式的武断，尽管副标题为“无教条主义思考的经验”。失去任何希望的无乡土主义，正变成一个独特的慰藉的体系，因为绝对的怀疑主义像绝对的教条主义一样，也可以让令人不安的探索陷入绝望。无乡土主义，不幸的无乡土主义，除了宗教的，当时已经是积极的，再不会有别的“颂歌”。悲剧的主题在“颂歌”中削弱，这就是某种命中注定的不幸之所在。(152 页)

这段译文不仅把“无根基性”误译为“无乡土主义”，对整段文字的理解也是完全错误的，更不用提“文从字顺”这类较高的要求了。可以试译为：

> 我很遗憾，“无根基性”既然已开始写自己的“颂歌”，那么它就变成了教条主义的，尽管其副标题是“非教条主义思考的尝试”。无根基性既已丧失了任何希望，也就会变成一个独特的慰藉的体系，因为绝对的怀疑主义正如绝对的教条主义一样，也能扼杀惊慌不安的探索。无根基性，不幸的无根基性，除了宗教的和当时已经得到肯定的颂歌之外，不可能有另外的“颂歌”。悲剧的主题在《无根基颂》中削弱了，这其中悲剧性地包含着某种命中注定的东西。

舍斯托夫也遭遇了类似别尔嘉耶夫的翻译灾难。舍斯托夫的名著《悲剧的哲学——陀思妥耶夫斯基与尼采》(张杰译)中译本错误之多，同样令人怵目惊心。其中屡次将“老生常谈”(общее место)译为“共同的地方”，将“妓院”(публичный дом)译为“公共房屋”，将大名鼎鼎的“水晶宫”(хрустальный дворец)译为“精心炮制的体系”，把“我喜欢伸舌头”(люблю мой язык выставлять，意为喜欢做鬼脸)误译为“我喜欢显示自己的语言”。[②] 至于深层次的错误，那就更是不胜枚举的了。例如，舍斯托夫说：“Нас учили: предоставьте мертвым хоронить своих мертвецов, —и мы сразу поняли и радостно согласились принять это учение.”而《悲剧的哲学》中译文是：“如果我们知道，这一学说通过表现个体的毁灭来埋葬死，那么我们就立即会理解和乐意赞同这

---

① Н. А. Бердяев. *Sub Specie Aeternitatis*. СПб., 1907г., сс. 250－251. 另见于：Л. И. Шестов. Сочинения в двух томах, том I, Издательство «Водолей», Томск, 1996г., с. 469

② 舍斯托夫：《思辨与启示》，上海：上海人民出版社，2005 年，第 200、221、252－253 页。

一学说。”[1]这段译文至少有三重错误:第一,胡乱把“我们被教导”说成“如果我们知道”,“译”得过分随意;第二,误将 предоставьте(让……)理解为“表现”,以致说出“通过表现个体的毁灭来埋葬死”这样莫名其妙的话;第三,则是深层次的问题,暴露了译者相关背景知识的缺乏,不了解“让死人来埋葬死人”的意义。其实这句话出自《马太福音》第8章。一人对耶稣说,让我埋葬了死人再跟你走。耶稣说:跟我走,让死人去埋葬他们的死人。正确的译文应该是:“人们教导我们:要让死人来埋葬他们的死人——而我们一下子就理解并愉快地同意接受这一教导。”可以毫不夸张地说,《悲剧的哲学》洋洋十几万言,几乎无一通顺之处。这类译著虽然错误多多,却一版再版而未见任何改进。

不过,像这类错误百出的译文,并不代表当代中国翻译的一般水准,只是反映了中国的外国文论翻译的比较阴暗的一面。还有一些得到广泛引用的、比较出色的译文,显示了中国学界翻译外国文论的比较健康的一面。不过,这类健康的译文也存在翻译质量问题。例如,巴赫金的《陀思妥耶夫斯基诗学问题》中译本(白春仁、顾亚铃译)于1988年初版,在中国产生了广泛的影响,但译文却有一些不甚合适的地方,1998年作为《巴赫金全集》第五卷再版,而译文并无改进。兹举一例,请看第四章中的一句话:

经典的“梅尼普讽刺”作品,是塞涅卡的《Апоколокинтозис》,即《Отыквление》。[2]

这段译文的错误是很明显的,因为它根本就没有将该译的东西译出来。这段话原文作:Классической «Менипповой сатирой» является «Апоколокинтозис», то есть «Отыквление», Сенеки. 首先,Апоколокинтозис 是拉丁文 apocolocyntosis 的音译转写,译者应该将它转回拉丁文,译者显然并不知道它是拉丁文,更不知其义。第二个词 Отыквление 是纯粹的俄文单词,由名词 тыква(南瓜)变化而来的动名词,意思就是“变化成南瓜”,翻译成中国人熟悉的书名也就是《变瓜记》。这段译文的另一个问题是将古罗马作家 Lucius Annaeus Seneca(公元前4—公元65年,通译“塞内加”或“塞内卡”)译成“塞涅卡”,显然是按照俄语发音改造了古罗马作家。其实书中这类例子比比皆是。如《变瓜记》的主人公、罗马暴君 Claudius(“克劳底”或“克劳狄乌斯”)被译成“克拉弗基”,Claudius 想要去的著名的神山——奥林波斯山被译成了奥林普山。

再看柏拉图《理想国》第三卷中的一段译文:

苏:现在,我的朋友,我们可以认为已经完成了关于语言或故事的“音

---

① 舍斯托夫:《思辨与启示》,上海:上海人民出版社,2005年,第189页。

② 巴赫金:《陀思妥耶夫斯基诗学问题》,北京:三联书店,1988年,第164页。又见《巴赫金全集》(第5卷),石家庄:河北教育出版社,1998年,第148页。

乐”（指文艺教育——译者注）部分的讨论，因为我们已经说明了应该讲什么以及怎样讲法的问题。

阿：我也这样认为。

苏：那么，是不是剩下来的还有诗歌和曲调的形式问题？

阿：是的，显然如此。①

这是苏格拉底和阿得曼托斯关于“音乐”问题的一段对话，稍加分析就会发现中译文的问题严重。首先，这段对话意思完全翻译倒了，苏格拉底要结束讨论的不是“语言和故事的音乐部分”，而是“音乐或文艺教育的故事或神话部分”。其实，我们不用看原文也知道中译文的错误。众所周知，古希腊的“音乐”一词是指伴随着音乐（演奏）进行的歌唱，与中国古代的“乐”类似，因此，“音乐”大致上包括两个部分，一是歌词（故事）部分，二是曲调和节奏、旋律部分。苏格拉底正是按照这个步骤讨论问题的（对照上下文可以看得很清楚）：先讨论“音乐”的故事部分，即用怎样的“故事”来“教育战士们”；接着讨论“剩下来的”曲调问题，即讨论“音乐”的各种类型，如“挽歌”“靡靡之音”“吕底亚调”以及“七弦琴”之类的话题。其次，译者的注释更使译文错上加错。这里的“音乐”并不是指“文艺教育”，虽然这段对话是讨论“音乐”的教育作用的。应该承认译者的语言是很漂亮的，但漂亮的语句并不就是优秀的译文，例如译文生造了诸如“您们”“音乐文艺教育”之类的词，句子尚且不通，何谈“译出原书的神韵”。“译者引言”声明参考了 Benjamin Jowett 的译本，这段话 Benjamin Jowett（1817—1893）的英译文是：

Then now, my friend, I said, that part of music or literary education which relates to the story or myth may be considered to be finished; for the matter and manner have both been discussed.

I think so too, he said.

Next in order will follow melody and song.

That is obvious.

Jowett 的英译文是简洁明确、意思通畅的英文，很难设想译者看不懂，只能说明译者的中文表达有些问题。相比之下，朱光潜的译文虽然过分简练，却也更顺畅：

苏：朋友，关于文学和故事这一部门音乐，我们算是讨论完毕了，我们讨论过题材内容，又讨论过形式。

---

① 柏拉图：《理想国》，郭斌和、张竹明译，北京：商务印书馆，1996 年，第 102 页。

阿:我也是这样看。

苏:音乐还剩下另一个部门,歌词和乐调。

阿:那是很明显的。[①]

朱光潜虽不熟悉希腊文,也是根据英译本转译的,而依据的英译本首先就是Jowett的英译本。[②] 显然,朱光潜是把文学和故事看作音乐的一个部门,把歌词和乐调看作音乐的另一个部门,基本上传达了原作的意思。

上述各类翻译错误,暴露了中国广大翻译工作者学养方面的严重缺陷。而说得具体一点,学养又可以大致分为以下几个方面:第一,外文功夫;第二,中文基础和表达能力;第三,知识面和相关的逻辑分析能力。译者首先要对原著有一定的研究,庶几可免望文生义、隔靴搔痒之弊。其实,只要对古代文化稍有了解,怎会不知"易经",不知"亡灵书"? 而apocolocyntosis在稍大一点的拉丁文词典中就能查到。

另外,马列主义的经典著作也存在翻译方面的问题,如朱光潜先生就指出了《关于费尔巴哈的提纲》的大量翻译错误,并建议将文章名称改译为《费尔巴哈论纲》。[③]

考察新中国60年尤其是近三十年来外国文论的翻译情况,完全可以"繁荣"二字概括。基本规律如下:第一,翻译受到国内政治局势的影响较大,时起时落,时盛时衰,因而,外国文论的翻译经历了繁荣——萧条——沉寂——繁荣的周期性变化,但不论衰落还是繁荣期,中国文论的热门词汇都是来自国外而非本土自产;第二,始终以西方(包括苏俄)文论为翻译的重心和研究的重心,东方(日本、印度等)文论只起到点缀的作用,也未对中国文论发生多大影响;第三,外国文论的翻译并未随着"繁荣"而提高质量,而是相反,形成翻译愈少质量俞高、翻译愈多质量俞差的怪相。翻译的质量方面存在的严重问题,给"繁荣"二字蒙上了阴影。古人尝为"一名之立,旬月踯躅",足见翻译之事,殊为不易。而翻译除了对译者的学养有较高要求之外,责任心也是必不可少的,甚至比前者更为重要。例如,梅列日科夫斯基的《路德与加尔文》中译文几乎不堪卒读,而同一个译者翻译的梅氏巨著《托尔斯泰与陀思妥耶夫斯基》,却翻译得相当不错。这种进步恐怕主要应归功于译者的认真负责,因为难以设想译者的学养在短短数年间有极大提升。因此,要提高外国文论的翻译质量,我们要呼吁的首先是译者的责任心,同时更祈望能够形成一个展开翻译批评的良好氛围,以促进翻译水平的提高。

---

① 柏拉图:《文艺对话集》,朱光潜译,北京:人民文学出版社,1983年,第56页。

② 同上书,"译后记",第364页。

③ 朱光潜:《对〈关于费尔巴哈的提纲〉译文的商榷》,《社会科学战线》1980(3)。

第八章
外国文学史类著作的翻译考察与分析

第一节　残缺的俄苏文学图景
——新中国成立初期“俄苏文学史”类著述的翻译

俄苏文学史著述的翻译在新中国成立初期的外国文学史译介活动中处于特别突出地位。1950年—1962年期间我国翻译的外国文学史类著述共计13部，其中译介的俄苏文学史占主流，达11部之多①。这些文学史多为通史形式，原文本均来源于苏联文学界研究成果。

这个时期译介的俄苏文学史著述根据翻译方式主要分为两类：一类采取全译方式，即苏联人撰写的文学史被整本译介进入中国，译者对其中的内容基本上未做改变。它们多为苏联国家教育体制内认可的教材，在此类译介作品的数量上占绝对优势，如1962年蒋路、刘辽逸翻译的《俄国文学史》(布罗茨基主编)，原著是苏联中等学校八、九年级的课本教材；1959年殷涵翻译的《俄罗斯苏维埃文学简史》(季莫菲耶夫主编)，原著是苏联高等教育部批准的中等专业学校教科书，等等。另一类文学史著述采取编译形式，由中国学者精选苏联文学界评论文章汇编译而成，带有学术研究色彩，如我国学者贾植芳编译的《俄国文学研究》(1954)。

总体而言，新中国成立初期翻译的“俄苏文学史”类著述给读者构建的俄苏

① 高尔基：《苏联的文学》，曹葆华译，新文艺出版社，1953年；高尔基：《俄国文学史》，缪灵珠译，新文艺出版社，1956年；季莫菲耶夫：《苏联文学史》(上、下卷)，水夫译，作家出版社，1956年；伊凡诺夫：《苏联文学思想斗争史》，曹葆华，徐云生译，作家出版社，1957年；季莫菲耶夫：《苏联文学史》(上、下卷)，水夫译，作家出版社，1956年；捷明契耶夫等：《俄罗斯苏维埃文学》，李时译，新文艺出版社，1958年；叶高林：《苏联文学小史》，雪原译，江苏文艺出版社，1958年；季莫菲耶夫主编：《俄罗斯苏维埃文学简史》，殷涵译，上海文艺出版社，1959年；博士库拉科娃：《十八世纪俄罗斯文学史》，北京俄语学院科学研究处翻译组译，北京俄语学院，1958年；卡普斯金：《十九世纪俄罗斯文学史》(上、下)，北京大学俄语系教研室译，高等教育出版社，1958年；布罗茨基主编：《俄国文学史》(上、中、下)，蒋路、刘辽逸译，湖南文艺出版社，1962年。

文学图景残缺不全。一方面,绝大多数的文学史作品由于原著本身受苏联文学界本身意识形态影响,以服务革命的总体目标出发来观察文学过程、评价文学现象、剪裁和取舍作家和作品,因而未能全面反映俄苏文学发展历程的风貌。中国学界在几乎原封不动地照搬翻译过来后,译作自然也不能真实全面地展现俄苏文学历史。另一方面,中国学者自己编译的俄苏文学史作品在选材上更为保守。由于新中国成立国初期国内文艺理论和文艺批评观都直接取自苏联,苏联的文学史编写方式和文学史上作家的排名列次不可置疑,编者谨慎选择苏联文学界或者40年代以来中国对俄苏文学有定评的作家,侧重古典名家的介绍,这样一来,文学史作品呈现的自然也只能是俄苏文学图景的某些片段。

具体而言,译介的"俄苏文学史"类著述明显缺乏以文学为本位的取向。编者大多从社会经济基础决定上层建筑的基本原理出发考察文学现象,把文学看成纯粹意识形态的产品,把社会阶级斗争和政治演变作为考察文学史进程的内在线索。这种"泛政治"取向使文学史著述在阐述文学思潮和文学运动产生与演变的原因时,多从同时期社会政治、经济的角度直线式地加以解释。因此,这个时期的文学史著述喜欢根据苏联历史的发展来界定各个时期苏联文学的特征,社会经济发展阶段或政治体制的变动往往成了文学发展的分期标志。在缪灵珠翻译的《俄国文学史》中,原作者高尔基在序言的开篇就明确指出"文学是社会诸阶级和集团的意识形态之形象化的表现""它是阶级关系的最敏感的最忠实的反映。"[①]从这样的文学定位出发,作者把两个世纪的俄国文学与俄国的政治史、社会史密切联系起来,把文学思潮、文学流派和作家思想均放入俄国政治演变和社会思想变化的过程中进行梳理和考察,说明其发展与衰替。许多章节的名称"叶卡捷琳娜时代的俄国文学""十二月党人与普希金""平民知识分子作家""农民运动与文学""农奴解放后的文学"等都展示了这样的特征。而1958年翻译出版的《苏联文学小史》中,七个章节里除了第一章和第六章探讨文学的党性和文学理论外,其余章节标题分别为"新世界的新文学""内战时期的文学""国民经济恢复时期与重建时期的文化""斯大林五年计划时期的文学""伟大卫国战争与和平建设时期的文学"。

有些著述还专门详尽解释此类文学分期方法。如在《俄罗斯苏维埃文学简史》里,编者明确指出"(俄罗斯文学)根据列宁所规定的俄国解放运动的几个阶段,其发展可分成三个基本阶段。十二月党人的革命运动标志出19世纪的开始。伟大俄罗斯诗人普希金的创作.就是在这个运动的直接影响下发展起来的。到19世纪下半叶,革命运动获得了新的规模,于是开始了俄国解放运动的第二个时期。车尔尼雪夫斯基、涅克拉索夫、萨尔蒂科夫-谢德林等人在自己的

① 高尔基:《俄国文学史》,缪灵珠译,上海:新文艺出版社,1956年,第1页。

创作中反映了俄国解放运动的这个时期。最后，到19世纪90年代，开始了解放运动的第三个时期，这是具有决定意义的时期，是无产阶级革命的时期、以伟大十月社会主义革命而结束。伟大作家高尔基的创作正是与这个时期联系着，俄罗斯文学史与俄罗斯人民争取自由的斗争史是分不开的。至于苏联文学的发展更是紧紧地联系着社会生活，必须根据伟大十月社会主义革命后苏联国内的发展来进行研究。本书就是根据这种分期方法来考察俄罗斯文学的历史。"[①]由于没有按照文学的发展规律和自身特征介绍文学事实，文学的发展进程几乎与社会发展史同步，读这个时期译介的俄苏文学史就仿佛在读俄苏"社会发展史"。

从译介的文学史著述收录的作品主题看，俄国古典文学多反映封建压迫、表现人民争取自由的主题，苏联文学方面则侧重卫国战争题材、歌颂十月革命的作品。在内容编排上，这些文学史著述大同小异，一般多从社会历史背景介绍到文学概貌的描述，再到重要作家作品的分析，对文学史和社会发展史的评价用的差不多是同一尺度，文学现象成了印证特定时期社会政治经济状况的材料汇编，文学史教材对文学作品的艺术个性和独特的艺术魅力反而未能展开详尽分析。

这种"非文学本位"倾向甚至反映在文学史著述对相关作家或作品的评论方面，即把革命导师的论断而不是学界的评论作为作品价值评判的重要依据。以1956年翻译出版的《苏联文学史》(季莫菲耶夫著、水夫译)为例，即可明显看出。这部文学史对高尔基的创作和思想以及《母亲》这部小说作了非常详细的阐释，并结合列宁、斯大林、卢那察尔斯基等人的论述对高尔基及其创作的影响给予了极高的评价。书中不仅引用列宁的话说《母亲》"这部书很重要"，是"一本非常及时的书"，同时还引用了列宁给高尔基信中的赞语："您以艺术家的才干替俄国的——而且不仅仅是俄国的——工人运动带来了这样巨大的利益，而且还在带来同样多的利益。"[②]而在《俄罗斯苏维埃文学》[③]中，托尔斯泰的文学地位仍是根据革命领导人的论断来决定的——"列宁指出，列夫·托尔斯泰的创作在全人类艺术发展中迈进了一大步"，"我们只要回忆一下列宁对列夫·托尔斯泰创作的评价，就可以清楚了解过去俄罗斯文学的全部伟大性：'……托尔斯泰在自己的作品里竟能提出这样多的巨大问题，竟能达到这样高的艺术力量，以致他的作品在世界文学中占了一个首要的地位'"。

译介的俄苏文学史著述无一例外地依据现实主义创作标准和美学原则来衡量一切文学创作，削足适履地评判一切文学思潮流派与作家作品，使得内容

① 季莫菲耶夫主编：《俄罗斯苏维埃文学简史》，殷涵译，上海：上海文艺出版社，1959年，第11—12页。

② 季莫菲耶夫：《苏联文学史》(上、下卷)，水夫译，北京：作家出版社，1956年，第104页。

③ 捷明契耶夫等：《俄罗斯苏维埃文学》，李时译，上海：新文艺出版社，1958年，第429页。

本来丰富多彩的俄苏文学史最终变成单调统一的现实主义创作汇集。《俄国文学史》在评论普希金、谢德林、托尔斯泰等古典作家创作时均以“现实主义”的尺度来衡量,而没有从各自的创作个性入手,归纳其总体美学思想和创作风格。文学史著述对不同风格和艺术个性的作家作品不能以与之相应的不同方法予以剖析,甚至同一作家不同时期的创作亦不能区别分析。如,普希金(1799—1837)是俄国浪漫主义文学杰出代表和现实主义文学的开拓者,在俄罗斯文学史上具有光辉的地位。他的早期作品有着鲜明的感情色彩,注重抒发个人的感受和体验,后期才转向现实主义创作。但是《俄罗斯苏维埃文学简史》对其介绍始终围绕“现实主义”传统展开,详尽介绍其后期转变为现实主义的作品,如长篇诗体小说《叶甫盖尼·奥涅金》中的主题思想,而对前期创作仅列举若干抒情诗说明,甚至连浪漫主义这样的字眼都没有出现。

社会主义现实主义在当时苏联文坛极受尊崇的一个重要原因是文学界高度重视文学的教化作用,强调文学的思想性、阶级性、党性和社会意义。季莫菲耶夫在《俄罗斯苏维埃文学简史》[①]就专门指出“苏联文学拥有特别伟大的社会意义。苏联作家在他们的创作中,反映了自己国内正在建设共产主义的人民伟大历史经验;他们是共产主义思想的宣传家。他们的作品不仅影响着苏联境内千百万群众,而且还影响着整个进步人类”。而高尔基则在《俄国文学史》序言开始强调“文学是阶级倾向的最普及、方便、简单而常胜的宣传手段”[②]。译者缪灵珠则在《译后记》中将高尔基的文学史观归纳为:“(一)俄国文学的发展史,归根结底乃是一切反人民的颓废文学日渐衰败而灭亡、一切与人民解放运动密切联系着的民主文学日渐长成而兴盛之历史;(二)文学创作的价值,全视乎它在反映人民的生活、利益、思想、感情上所达到的深度、广度和密度。”[③]从这一认识出发,俄苏文学史著述重点推介的是普希金、果戈理、托尔斯泰、契诃夫、冈察洛夫、高尔基、奥斯特洛夫斯基等有定论的俄苏作家,这些“经典作家”基本上是根据社会主义现实主义的评价原则遴选出来的,侧重作家作品的进步思想而非其艺术流派和风格。

以我国学者贾植芳编译《俄国文学研究》为例,全书收录编译了俄苏作家共26篇关于文学作品或文学家评论的文章,研讨对象从18世纪后期拉吉舍夫起直至19世纪初高尔基为止。此书虽然没有收录冈察洛夫、奥斯特洛夫斯基两位“经典作家”,但原因却是“国内已介绍过多”“缺乏新鲜材料”。[④] 值得注意的是这部文学史中关于果戈理的研究占了8篇,即全书约三分之一的内容用于介

---

① 季莫菲耶夫主编:《俄罗斯苏维埃文学简史》,殷涵译,上海:上海文艺出版社,1959年,第5页。

② 高尔基:《俄国文学史》,缪灵珠译,上海:新文艺出版社,1956年,第1页。

③ 同上书,第516页。

④ 贾植芳编译:《俄国文学研究》,上海:泥土社,1954年,第350页。

绍这位作家及其作品。编译者自己承认此书“受材料的限制，因之从目录一眼望去，颇现出一种不很调和的精神：有的作家分量较重，有的较轻，甚至有些应该列入的作家付之阙如。内容亦复如此。“编译者的个人打算是：在材料许可的范围内，对于某些作家不妨来个重点，如果戈理，便算是个极端”①。仔细阅读这部文学史，可以发现编译者精心挑选推介的果戈理的作品是为译介总目的服务的，即“显示出伟大的永远震撼着人类心灵的俄国现实主义文学的发展历史”，“同时从其中也更深刻地说明了俄国现实主义文学和俄国人民的解放运动的血缘关系。”②在这部文学史中，《死魂灵》作为果戈理的现实主义创作发展的顶峰进行介绍；而《钦差大臣》揭露了农奴制俄国社会的黑暗、腐朽和荒唐反动；历史题材《塔拉斯·布尔巴》则歌颂了俄国民族解放斗争和人民爱国主义精神，等等。总之，每一篇关于果戈理的介绍都强调其与俄国现实主义传统之间的联系。

在苏联人自己编写的文学史教材中，不同作家介绍的比重差异也很大。以水夫翻译、季莫菲耶夫主编的《苏联文学史》为例，这部文学史俄语版原著是苏联中学十年级的教材，使用非常普及，译成中文的时候原著已印过十版。中译本分上、下两卷出版，上卷 364 页中，仅“阿列克塞·马克西莫维奇·高尔基”一个章节就占去全书二分之一的篇幅，内容包括“高尔基的生活道路”“高尔基的创作道路”“反动年代和第一次世界大战时期的高尔基的创作”“高尔基和二十世纪初的文学斗争”以及“伟大十月社会主义革命之后的高尔基的创作”。书中对高尔基的几部与俄国革命有着紧密联系的作品进行详细介绍，如《童年》《在人间》《底层》《母亲》《夏天》《阿尔塔莫诺夫家的事业》等，突出作家革命意识和无产阶级文学意识，以此作为肯定高尔基的文学地位和历史地位的主要依据。

另一方面，这个时期译介的文学史有意回避苏联文学界有争议或受到批判、否定的作家，或者直接抹杀他们在俄苏文学史上应有的地位，有相当一部分优秀的俄苏作家及其作品因政治因素被排除在文学史之外或被贬低文学价值和应有的文学史地位。如从 19 世纪 20 年代末至 50 年代初，苏联文学评论界对著名诗人叶赛宁的评价有争议，文学史著述大都沿袭贬多于褒的传统看法。于是我们在上文提到的《苏联文学史》（上卷）中，发现关于叶赛宁的介绍仅三页，与介绍高尔基的几百页冗长篇幅形成鲜明对比。同时，这部文学史还把叶赛宁归入颓废诗人之列，得出“不能抵抗敌对思想的影响”“背叛了自己，背叛了自己的才智，背叛了自己对祖国的爱”等结论来③，完全否定诗人在精神危机时期之外所写的大量优秀作品。又如，茹科夫斯基被公认为俄国浪漫主义诗

① 贾植芳编译：《俄国文学研究》，上海：泥土社，1954 年，第 350 页。

② 同上书，第 349 页。

③ 季莫菲耶夫：《苏联文学史》（上、下卷），水夫译，北京：作家出版社，1956 年，第 231—233 页。

歌的奠基人。但他的诗歌不接触社会主题,着重描写内心生活、梦幻世界、对自然的感受,结果在缪灵珠翻译的高尔基的《俄国文学史》中,我们看到对茹科夫斯基的评价是“他对于俄国文学上的功劳,主要的是翻译”[①];(他)“本人的创作,不过是重弹德国浪漫派的老调罢了”[②];以及“茹科夫斯基对于某些社会问题是否有他自己的创见,那是很难说的。无论你在他的散文作品或者杂志论文里接触到什么,那都是从西欧方面翻译、模仿、剽窃过来的”[③]。

还有许多作家尽管有真正的艺术天赋,但由于政治上有不同观点或离开苏联侨居国外等原因,也未能进入文学史的视野,如新俄罗斯散文的奠基人列米佐夫,优秀的女诗人阿赫玛托娃和茨维塔耶娃,杰出的批判现实主义作家库普林等。以荣膺诺贝尔文学奖的第一位俄罗斯作家布宁为例,他因极富诗意的散文和诗歌创作以及对俄罗斯民族文学传统的发扬而闻名。他的作品既有批判贵族阶级精神上堕落的《安东诺夫卡苹果》(1900)、关心农民和俄罗斯命运的《乡村》(1910),也有表达过对资本主义文明憎恶的作品,如《弟兄们》(1914)和《来自旧金山的绅士》(1915)。按理说也应该是俄苏文学史重点介绍的作家,但是因为其作品真实描写了俄罗斯农村的落后和黑暗和农民的愚昧无知,而且长期以来俄罗斯文学界主流习惯于把侨民文学与西方反苏政治背景直接对等起来,把布宁的弃国侨居视为叛国投敌,因此没有给予其应有的文学地位,在译介的俄苏文学史著述中布宁要么作为被批判的作家出现(如《苏联文学史》),要么被排斥在俄苏文学之外(如《苏联文学小史》《俄罗斯苏维埃文学简史》等)。总之,相当一部分非主流派优秀作家及其作品由于这样的原因很长一段时期都不为普通中国读者所知。

值得注意的是,在这些译介的俄苏文学史著述中,大多数关于苏联文学史的介绍都是从1917年十月革命后的文学讲起,而19世纪的文学又往往只讲到契诃夫为止,如《俄罗斯苏维埃文学史》《俄国文学史》等,因而从19世纪末到十月革命前有近三十年的文学历程成了一段空白。然而这并非由于这一时期的文学创作无价值。相反,19—20世纪之交的“白银时代”在俄罗斯文学史上本是现代主义兴起、与现实主义争妍斗艳的时代。19世纪的俄罗斯文学本是以现实主义为主的文学,但到了世纪末,现实主义一统天下的格局被打破,出现了众多的文学流派及各自的作家群体,他们各显才能、潜心创作,为后人留下了丰厚的文学遗产。在这段时期,除了无产阶级文学潮流的蓬勃兴起和批判现实主义文学的继续探索外,象征派、阿克梅派、未来派等一大批文学流派

① 高尔基:《俄国文学史》,缪灵珠译,上海:新文艺出版社,1956年,第96页。

② 同上书,第99页。

③ 同上书,第97页。

也竞相崛起，有象征主义作家，阿克梅主义作家，未来主义作家，新古典主义作家，将现实主义和现代主义结合起来的作家。他们的艺术表达体现文学自身价值，体现语言魅力，不仅打破了批判现实主义一统天下的局面，且在文学表现手法、题材、体裁的拓宽，人的情感世界，乃至人性的描写，生与死，恨与爱，大自然的无垠与时空的无尽的吟唱等方面均大大地前进了一步，展现创作的民族性和现代性。然而，"社会主义现实主义"①创作手法是四五十年代苏联文学创作和批评的基本方法和最高准则，在此准则指导下，苏联文学界提倡"文艺的主要力量在于正确地反映生活、在于现实主义的创作方法"，而"文学创作的价值，全视乎它在反映人民的生活、利益、思想、感情上所达到的深度、广度和密度"②。从这一认识出发，这些非社会主义现实主义文学作品受到苏联文坛主流话语的排斥③。在文艺为政治服务的社会大环境中，编者对白银时期的文学如何评价实在难以把握。特别是牵涉到有些作家对待苏维埃政权的立场和态度，更加成为十分棘手的难题。因此，文学史著述对这个时期浪漫主义和现代主义的其他流派的文学创作或以资产阶级颓废派一言以废之或干脆采取了回避态度。由于译介的这批文学史著述未能体现苏联文学发展的连续性和继承性，人为地造成空白，俄国文学在白银时代业已形成的文学流派多元化格局未能进入当时中国读者的视野。

第二节　《英国文学史纲》的翻译与新中国的英国文学研究

新中国成立之初，为了满足国家意识形态建设需要，中国外国文学研究经历了从学术观念、研究方法到话语使用等方面的裂变与更换，文学界全方位照搬苏联文学界话语。俄苏文学不但是最受重视的外国文学，其他国家的文学史讲述以及文学研究也均以苏联学者的观点为准绳，英国文学研究自然也不例外。

在文学史研究方面，英国文学史乃至整个外国文学史的编撰在中国 50 年代基本上处于停滞状态，各高校外国文学教学当时所使用的基本上是教师们自己编写的讲义④。因此，由苏联学者阿尼克斯特所著的文学史著述中译本

---

① "社会主义现实主义作为苏联文学与苏联文学批评的基本方法，要求艺术家从现实的革命发展中真实地、历史具体地去描写现实：同时，艺术描写的真实性和历史具体性必须与用社会主义精神从思想上改造和教育劳动人民的任务结合起来。"转引自《中国大百科全书．外国文学》，1982 年，"社会主义现实主义"词条。

② 高尔基：《俄国文学史》，缪灵珠译，新文艺出版社，1956 年，第 522 页。

③ 40 年代末 50 年代初当时苏联负责文艺工作的领导人日丹诺夫将象征主义、未来主义、现代主义等艺术流派划入"反动的文学流派"，把西方的文艺理论和现代文学艺术统统称之为"资产阶级的没落颓废货色"。（陈建华《论 50 年代初期的中苏文学关系》：43．）

④ 汪介之：《关于外国文学史教材编写的几个问题》，《世界文学评论》2009(2)：254。

《英国文学史纲》(戴镏龄等译,人民文学出版社)1959年出版后很快成为英国文学研究与教学领域指南性的著作。《史纲》据1956年俄文版译出,约有近五十万言的篇幅,讲述从中世纪至20世纪50年代的英国文学,集中体现了苏联学界在20世纪四五十年代对英国文学研究的观点和看法。《史纲》自译介出版后就被国内不少高等院校列为英美文学专业研究生的重要参考书,并在随后二十多年时间里长期统领着国内的英国文学教学与研究(即便60年代后中苏交恶期间亦如此),1980年还曾被人民文学出版社重印出版,对英国文学在中国的研究产生深远而长久的影响。

《史纲》的影响并非因为填补国内英国文学研究的空白。早在1937年,国内学者金东雷以同样的书名出版过一本文学史(上海商务印书馆),甚至之前还有一部欧阳兰编译的《英国文学简史》(京师大学文科出版部,1927)。两者均参照英美同类著作,虽然内容简洁,但也大致勾勒了英国文学自中世纪以来的流变历程。当然,《史纲》与前两者相比,篇幅更长,内容更丰富。以18世纪英国"哥特"类小说介绍为例,对比两部《史纲》就可以发现阿尼克斯特版的文学史不但对哥特式小说及其早期作家的介绍更加详尽,且中译本中直接确立了"哥特"的译名而非以前金东雷版文学史中使用的"浪漫故事"的表达。

《史纲》给新中国英国文学研究带来的更深远影响在于它运用政治和阶级的标准来书写文学史,即文学史研究者从无产阶级立场出发,重点突出文学作品的政治性,强调阶级分析,弱化文学审美,旗帜鲜明地突出"文艺为政治服务"宗旨。这种文学史叙事模式因为《史纲》在国内英国文学研究与教学领域"一支独大"的地位①进一步推动新中国外国文学研究倒向"苏联模式"②,书中为政治服务的观点和阶级的分析方法在后来很长时间里亦成为国内英国文学研究模仿的标杆,不可避免地影响了新中国成立后研习英国文学史的中国老师、学生乃至普通读者对英国文学的接受。

《史纲》编写的理论预设是马克思主义理论和阶级分析理论,在分析文学现象时尤其关注作品的阶级性。作者在序言中强调,要了解英国文学"只有密切联系任何时期发生的阶级斗争和这个国家的社会政治历史",而评判作品则要根据"作品在人民的文化中所起的作用"③,于是,用阶级斗争来解释或总结文

① 20世纪80年代之前除了《史纲》,国内没有一部直接用中文写的有影响的英国文学史。见张隆溪:《评〈英国文学史纲〉》,《读书》1982(9):33。

② 英国文学史的编写存在两种模式,即英美模式与苏联模式。所谓"英美模式",是指20世纪50年代之前在中国出版的由中国人编写的英国文学史遵循的模式,基本上是英美同类著作的编译或者说"复制",而且都很简略。所谓"苏联模式",是指20世纪50年代之后在中国出版的由中国人编写的英国文学史所遵循的模式,和全民政治思想教育密切相关,即"文学为政治服务"。见刘文荣,《复制与重构——也谈英国文学史编写的"中国模式"》,湖北大学学报(哲学社会科学版)2010(1):62。

③ 阿尼克斯特:《英国文学史纲》,戴镏龄译,北京:人民文学出版社,1959年,第1页。

学发展史成为《史纲》一大特色：莎士比亚以前的戏剧在《史纲》中成了人民反封建、反剥削阶级的写照；17世纪文学反映的是革命与反革命、复辟与反复辟的思想内容；18世纪文学表现工业革命前夕社会阶级矛盾；19世纪初的浪漫主义文学则陷入积极浪漫主义和反动浪漫主义的对峙；批判现实主义文学就是对资产阶级的有力控诉；而现代英国文学被描绘成进步文学与颓废主义文学相互斗争的结果。

把文学作品视为反映阶级斗争现实的社会历史文献，《史纲》这种极具苏联特色的"唯阶级论"话语主导着当时国内出版的外国文学史。1964年由我国学者撰写的《欧洲文学史》（上卷）出版，其绪言特别强调"要树立起批判的学习态度"以及"用阶级观点和历史主义观点分析历史上的欧洲文学现象"[①]。20年后，主编者杨周翰教授对此进行了反思，承认当时忽视了艺术形式，没有注意到文学本身的独立性，造成"文学变成了阶级斗争的说明书，文学史成了历史的印证或材料汇编"[②]。《史纲》中"政治至上"的研究偏向甚至影响到20世纪80年代之后中国学者自己撰写的英国文学史教材。如，刘炳善的《英国文学简史》（1981）把《史纲》列为极为重要的参考书目，书中的政治观点比较浓厚；王忠祥等主编三卷本《外国文学教程》（1985）在中卷第九章论《20世纪文学》时也是先论述无产阶级作家，然后论述有代表性的资产阶级作家，以阶级划线的特点非常明显。

由于《史纲》把文学的阶级斗争属性视为衡量评价作品的最重要标准，因此不少作家和作品的入选和评判在很大程度上是政治选择，缺乏理论的研究和学理上的考量，如对宪章派文学、现代派文学的介绍。

19世纪三四十年代，英国发生宪章运动，宪章运动者为了进行宣传，经常在群众集会上发表演说，撰写诗歌、小说、杂文和文艺评论文章，其作品具有鲜明的政治倾向性，尤以诗歌为代表。《史纲》专辟章节说明其产生、发展的过程，并对代表性人物托马斯·胡德、艾伯讷则·艾略特、托马斯·库伯、艾内斯特·琼斯以及基洛德·马西等宪章派诗人进行详细介绍，但对其作品只谈主题与内容，却不做任何艺术方面的分析，明显地表现出以政治标准衡量一切的倾向。《史纲》甚至在评价群众性宪章文学成就时也承认其"不曾具有特殊出色的艺术特点"，但仍极尽赞誉之词，皆因这是"英国无产阶级革命文学的创始者"[③]。

与之形成鲜明对比的是，《史纲》对劳伦斯、乔伊斯以及福斯特等20世纪英国文学重要小说家及作品的处理：他们被直接划进资产阶级意识形态范畴，并作为无产阶级文学的对立面，冠以"颓废文学"代表、"反动文学领袖"称号。《史

---

① 杨周翰、吴达元、赵萝蕤主编：《欧洲文学史》（上卷），北京：人民文学出版社，1964年，第7页。

② 《杨周翰教授答本刊记者问》，《外国文学研究》1980(1)：64。

③ 阿尼克斯特：《英国文学史纲》，戴镏龄译，北京：人民文学出版社，1959年，第373页。

纲》在介绍这些现代派作品内容和主题时采用“帝国主义时代资产阶级文化瓦解、文化的没落”[①]等带阶级分析色彩的论断,认为劳伦斯和乔伊斯等作家受弗洛伊德及其心理学理论的影响形成的心理状态细微描写的方式“破坏了生活现象的真实比例”“近乎荒谬的极端程度”。在未做任何学理性分析的前提下,《史纲》得出这是由于“资产阶级颓废的世界观已经不能理解和解释现实了”的主观结论。再比如,《史纲》介绍现代派作家福斯特,只谈小说《印度之行》,其他重要作品如《看得见风景的房间》《霍华德庄园》似乎都不曾存在过。而之所以提到《印度之行》,也主要是因为小说“毫无粉饰地揭露了英国帝国主义在印度的掠夺行为”[②]。

用简单的政治鉴定代替深入细致的艺术分析,这种做法并非《史纲》的独创,而是当时苏联学界文艺研究的总走向使然。新中国成立头十七年间译介的苏联学者编写的《英美文学史教学大纲》、涉及英美文学的外国文学史如《十八世纪外国文学史》《西欧文学简论》等诸多著作,也都侧重从社会政治诉求层面研讨文学功利价值。受苏联学界这种影响,中国国家高等教育部审订并于1956年由高等教育出版社出版的《英国文学史教学大纲》对英国文学史的定性就是“英国文学发展的历史就是人民群众和剥削阶级斗争的历史”[③]。而《文学评论》1959年第5期上发表的《十年来的外国文学翻译和研究工作》则反复强调“对时代精神和时代特点要有阶级分析的方法”,同时指出新中国成立后发表的外国文学评论和研究文章在此影响下“只谈艺术不谈思想的情形差不多可以说没有”[④]。在一边倒地接受苏联话语的新中国语境中,带有浓厚苏联外国文学研究话语特征的《史纲》中译本的出版,不过是进一步规约了国内英国文学研究遵循“政治标准第一”原则的元话语模式。

文学史作为文学研究的元话语往往影响文学作品的研究与译介。以宪章派诗歌和现代派文学的译介与研究为例,我们可以看到《史纲》从特定阶级立场和政治概念出发评论各种文学现象的深刻影响。宪章派诗歌在50年代以前国内出版的外国文学史中不曾留下只言片语,无论是《欧洲文学史》(周作人,1818)、《英国文学简史》(欧阳兰,1927),还是《英国文学史纲》(金东雷,1937)。但自60年代起,紧随《史纲》后出版的《欧洲文学史》(杨周翰等,1964)却专门开辟一节详细介绍宪章派文学、其政治目标和经济要求,并介绍了其代表作家作品。不仅如此,20世纪60年代起至80年代甚至到了90年代,国内多部外国文学史、重要期刊论文都对宪章派诗歌大加叙述和推介。而英国现代派文学,因

① 阿尼克斯特:《英国文学史纲》,戴镏龄译,北京:人民文学出版社,1959年,第619页、621页。

② 同上书,第633页。

③ 中华人民共和国高等教育部:《英国文学史教学大纲》,北京:高等教育出版社,1956年,第15页。

④ 卞之琳、叶水夫、袁可嘉、陈燊:《十年来的外国文学翻译和研究工作》,《文学研究》1959(5):63。

在主流评论和文学史中被列为批判对象和反面教材，其译介和研究在新中国建立后的很长时间里几乎完全处于空白状态，20 世纪 80 年代前现代派作品对普通中国读者来说几乎完全陌生。

《史纲》另一个重要特点是把现实主义（四五十年代苏联唯一认可的文学创作方法）用作甄选作家作品的重要衡量标尺。从这种文学观念出发，《史纲》对被认为是“现实主义的”或“进步的”的作家作品介绍和肯定过多，弱化甚至完全忽略其他所谓的消极浪漫主义、自然主义以及现代主义文学等“革命性不强”的作家和作品。如《史纲》在前言中就强调“英国优秀文学作品”指的应该是“莎士比亚、笛福、斯威夫特、拜伦、狄更斯、高尔斯华绥、萧伯纳等人的作品”[①]。

从诗歌方面的介绍看，《史纲》肯定了“文艺复兴”以来至 19 世纪的英国现实主义文学传统，将英国现实主义传统溯源至 14 世纪肩负中世纪与新时代使命的诗人乔叟[②]。然而，同属浪漫主义，湖畔派诗人因致力于描写远离现实斗争的题材而被《史纲》归为“反动、保守的浪漫主义”一类，着墨不多，仅占 8 页的篇幅。其中的诗人华兹华斯，由于其作品曾“尤为显著”地表明他曾“拒绝接受资产阶级文明”而获得“青睐”，又占去湖畔派介绍篇幅的一半多，另两位重要的湖畔派诗人柯勒律治和骚塞的介绍因此压缩在 2 页内。而被称为积极浪漫主义诗人的拜伦因在创作中表现了极其明显的现实主义倾向，讽刺、揭露黑暗的封建专制统治和丑恶而虚伪的资本主义文明，仅 1 人的介绍篇幅就多达 30 页。

史料的这种详略安排明显表现出 20 世纪四五十年代苏联学界对拜伦的认同和热爱，而同时期中国学界对外国文学的译介又基本以苏联学者的观点为根据。于是，新中国成立后拜伦诗歌在国内翻译界很快获得青睐。20 世纪三四十年代拜伦诗歌译介还只是零散地出现在国内文学期刊上，且代表作《唐璜》只有一个节译本，即 1930 年上海世界书局出版的张竞生译的《多若情歌》。而新中国成立后，拜伦诗歌翻译不断有译本面世，包括与雪莱的合集《小夜曲》（李岳南译，正风出版社，1945 年初版，1950 年再版）；《海盗》《科林斯的围攻》（杜秉正译，文化工作出版社，1949）；《该隐》（杜秉正译，文化工作出版社，1950）；《曼弗雷德》（刘让言译，平明出版社，1955）；《拜伦抒情诗》（查良铮译，平明出版社，1955；新文艺出版社，1957），《恰尔德哈罗尔德游记》（杨熙令译，新文艺出版社，1956）；以及《唐璜》（朱维基译，新文艺出版社，1956）。译介的力度之大，数量之多使拜伦诗歌很快成为英国文学在新中国的经典。

而湖畔派诗歌的译介在新中国成立后头十七年期间基本处于停滞状态。除了 1961 年出版的《古典文艺理论译丛》上刊载过华兹华斯《抒情歌谣集》1800

① 阿尼克斯特：《英国文学史纲》，戴镏龄译，北京：人民文学出版社，1959 年，第 1 页。

② 同上书，第 58 页。

年版序言及附录以及1815年版序言(曹葆华译)外，中国一般研究者和读者接触不到湖畔派作品，对其认识基本受诸如《史纲》之类外国文学教材和教参内容所限，因此评论多带负面倾向。以华兹华斯为例，到80年代初国内不少英国文学研究者仍把他看作消极浪漫主义诗人，“鼓吹宿命论，脱离现实，逃避斗争”，是“拜伦、雪莱等积极浪漫主义诗人斗争的对象”①。

在小说方面，狄更斯因被定义为“英国文学上批判现实主义的创始人”②成为仅次于莎士比亚的重要推介对象，其介绍篇幅长达44页。《史纲》秉承苏联学界主流观点，认为狄更斯作品尽管没有提出解决社会矛盾的正确方案，但对资本主义社会的政治、道德、宗教和文化等方面做了淋漓尽致的揭露和批判。《史纲》将其创作具体分期为四阶段，对每个阶段共达17部的作品进行逐一具体的介绍，但在评价方面略微不同。一方面，《史纲》充分肯定《奥利弗·退斯特》《大卫·科波菲尔》等作品对资本主义社会的批判和揭露暴露，对下层人民的人道主义同情，以及现实主义创作手法的运用，等等，另一方面对《董贝父子》《荒凉山庄》等作品进行不同程度的批判，认为它们“调和阶级矛盾”或“描绘的图画具有很大的阴郁性特点”③。此类带有抑扬偏向的苏联式论断直接影响狄更斯作品在中国的译介选择。从1950年到1963年出版的狄更斯作品的中译本多达16种④，多集中在最能反映现实、揭露社会丑恶现象的小说方面，诸如《奥利弗·退斯特》(1837)、《大卫·科波菲尔》(1849)、《圣诞欢歌》(1843)等作品甚至被重复翻译⑤。然而，《董贝父子》(1848)、《荒凉山庄》(1852)这两本在《史纲》中评价不高的小说则未受到重视，前者只是被节译(《世界文学》(1961年第7、8号)，后者压根未被翻译。

以单一的现实主义标准来“量体裁衣”，《史纲》对文学史实的编排取舍上自然出现缺失和偏差，一些英国重要作家作品甚至完全没有进入文学史视野。国内学者张隆溪就曾痛批《史纲》的作者“不知何故”“讲十八世纪文学完全不提约翰生，讲十九世纪初的小说只字不提简· 奥斯丁”⑥。小说家奥斯丁的作品数量不多，且题材“狭小”，多局限于婚姻、家庭，很难得到以题材大小论价值的苏

---

① 葛桂录，《建国以后华兹华斯在中国的接受》，《宁夏大学学报》(哲学社会科学版) 1999 (1)：87。

② 阿尼克斯特：《英国文学史纲》，戴镏龄译，北京：人民文学出版社，1959年，第381页。

③ 同上书，第400页。

④ 见卢玉玲：《他者缺席的批判——“十七年”英美批判现实主义文学翻译研究(1949—1966)》，《中国翻译》20011(4)：19。

⑤ *David Copperfield* 有三个译本，《大卫·科波菲尔》(董秋斯译，1950)、《大卫考柏飞》(林汉达译述，1951)、《大卫高柏菲尔》(徐天虹译)；*A Christmas Carol*(1843)有3个译本，《圣诞之梦》《圣诞欢歌》(吴钧陶版)，《圣诞欢歌》(汪然版)；*Oliver Twist* 有两个译本《奥列佛尔》(蒋天佐版)和《雾都孤儿》(熊友榛版)。见蔡熙，《中国百年狄更斯研究的精神谱系》，《中国社会科学报》2012年4月27日A—04。

⑥ 张隆溪：《评〈英国文学史纲〉》，《读书》1982(9)：34。

联文化界的认可。《史纲》略去奥斯丁，反映了当时苏联学界对这位女作家和作品的一贯看法。受此影响，除了1956年出版了一部《傲慢与偏见》中译本(王科一译，上海译文出版社)外，80年代之前我国有关奥斯丁的评论和研究“基本呈空白状态”“几乎没有任何文章对之进行深入讨论”[①]。甚至就连当时唯一出版的那部《傲慢与偏见》，为了能跟上时代的潮流，译者在序言中不得不强调奥斯丁有“摆脱罗曼司传统，有抨击封建意识形态的功劳”的进步性、能以幽默讽刺的笔调“精确细致地”描写当时的中产阶级，“反映出一个社会阶层的面貌”等[②]。

《史纲》评判一切文学思潮流派与作家作品也多采用现实主义创作标准和原则。在戏剧方面，《史纲》重点介绍莎士比亚的作品，44页的篇幅用于重点揭示莎剧以写实为手段对封建势力及资产阶级的揭露与批判，肯定其中的人文主义思想，指出其中的阶级局限性。除了开篇引用马克思、恩格斯、别林斯基的话语肯定莎士比亚作品的“人民性”和艺术性外，阿尼克斯特在介绍莎氏创作的三个时期基础上还专列一节“莎士比亚的现实主义”进行介绍，仿佛莎士比亚只在现实主义方面才有巨大成就。因为作家获得革命导师的赞扬和肯定，作品又被纳入现实主义范畴，莎士比亚作为英国文学经典人物成为“十七年”间中国翻译最多的英国作家[③]，十七年间国内一共出版的50种英国戏剧中，莎士比亚占34种之多[④]。与翻译兴旺现象同步的是莎学研究和莎学评论。从新中国成立初到1964年，中国的莎学研究迅速地从新中国成立前以西方莎学观点转变为以苏联马克思主义莎学为指导，对莎士比亚进行评论和研究。这段期间，我国大概翻译了各种莎评80篇左右，大大超过了新中国成立前的翻译量，而翻译的主体是马克思恩格斯的评论[⑤]。国内英国文学界著名学者如卞之琳、王佐良等人60年代纷纷发表关于莎士比亚论文，在肯定莎剧杰出的艺术成就同时，均沿用《史纲》中的阶级分析思路和现实主义原则[⑥]。

与之形成鲜明对比的是唯美主义代表奥斯卡·王尔德，他在《史纲》中直接

---

① 黄梅：《新中国六十年奥斯丁小说研究之考察与分析》，《浙江大学学报》(人文社会科学版) 2012(1)：158。

② 同上，159。

③ 莎士比亚(35种)、狄更斯(16种)、高尔斯华绥(9种)是“十七年”中国翻译最多的三位英国作家。见卢玉玲，《他者缺席的批判——“十七年”英美批判现实主义文学翻译研究(1949—1966)》，《中国翻译》2011(4)：19。

④ 侯靖靖：《17年间(1949—1966)王尔德戏剧在中国译界的“缺席”研究》，《英美文学研究论丛》2009(1)：140。

⑤ 曹晓青：《莎士比亚与中国》，《湖南社会科学》2010(1)：146。

⑥ 卞之琳于1961年第1期《文学研究集刊》上的《里亚王的社会意义和莎士比亚的人道主义》以及1964年第4期《文学评论》上的《莎士比亚戏剧创作的发展》强调莎剧的反资产阶级倾向。王佐良发表于《文学评论》1964(2)上的《英国诗剧与莎士比亚》和1964年第5期《世界文学》上的《读莎士比亚随想录》批判莎士比亚资产阶级人道主义；陈嘉发表于1964年第4期《江海学刊》上的《论罗密欧与朱丽叶》研讨莎士比亚作品对当时社会上阶级矛盾和阶级斗争的反映不够深刻。

被归入“颓废派”,并由于“为艺术而艺术”的口号而被作者认定为“否认艺术中的现实主义”,站在了现实主义的对立面。阿尼克斯特评价王尔德剧作时,认为这些作品尽管有“出色的俏皮对话”“精彩反议论”和“幽默式格言”,但“缺乏深刻内容”“反映了资本主义文化的危机和没落”,而值得肯定之处则在于王尔德“每一部喜剧都在某种程度上对于资产阶级贵族上流社会做了批判的描写”[①]。总之,一贬一褒均参照现实主义的原则,受到的批评远远多于得到的肯定。事实上,由于不受苏联文学界主流认可,新中国成立后,曾经一度曾在国内达到许多外国重要作家所“难以奢望的广度”[②]的王尔德作品的译介很快沉寂下来,除了文化生活社(1949)以及平明出版社(1955)重版巴金 1948 年翻译的童话集《快乐王子集》外,在随后的三十多年时间里,王尔德喜剧几乎无人问津,被彻底地“封杀”在当时读者的视野之外,相关研究自然也陷入了长长的休眠期。

20 世纪 50 年代末译介出版的这部《英国文学史纲》本身带有鲜明的时代烙印,现在看来不乏主观主义、机械论的偏向,忽略了对文学作品本身的审美需求。但在当时,学习苏联文学研究话语是中国学界很自然、很必要的步骤。事实上,新中国的外国文学研究在起步阶段尚不具备自我构建话语的能力,在 20 世纪大部分时间里一直在努力学习国外的经验,尝试构建外国文学在中国研究的话语。英国文学史方面,50 年代以前学者们多借鉴西方外国文学研究成果,50 年代后由于建设新兴国家意识形态需要,径直把苏联文学界的结论借用过来充当我们认识和评价的依据。《史纲》的译介出版在当时进一步巩固和加强文艺为政治服务的观点和阶级的分析方法,使其在随后几十年间成为国内英国文学研究界难于逾越的鸿沟。然而,也正是多年的学习和积累,中国的英国文学研究乃至整个外国文学研究,通过反思和批判性审视这条鸿沟,在 90 年代后终于渐渐走出一条属于自己的道路。

---

① 阿尼克斯特:《英国文学史纲》,戴镏龄译,北京:人民文学出版社,1959 年,第 524、526 页。

② 中国的王尔德热从五四前开始,历经二十余年,不少剧目甚至被改编搬上中国舞台(如洪深改编的《温德米尔太太的扇子》)。见宋达,《翻译的魅力:王尔德何以成为汉译的杰出文学家》,《中国文学研究》2010(2):105。

第九章
翻译文学期刊的考察与分析

新中国成立初期(1949—1966)的十七年间，文学和政治有着密不可分的关系，甚至有说法称，“文艺是政治斗争的晴雨表”，文艺的社会功能得以凸显。文艺的“工具说”(文艺为政治服务)和“从属说”(文艺从属于政治)使文学译介也难免成为了政治意识形态的附庸。这一方面是受苏联文艺理论与批评的影响；另一方面，毛泽东个人关于文艺的一些指导性意见成为了文艺发展的金科玉律。[①]毛泽东在《延安文艺座谈会上的讲话》中就指出了文艺的服务对象应该是“千千万万劳动人民”。在此期间，《译文》(1959年后更名为《世界文学》)是唯一一家从事外国文学译介的期刊。社会主义现实主义文学成为了期刊译介的主流，这主要得益于“社会主义”的政治正确性和“现实主义”的现实指导意义；期刊对外国作家的具有“现实性”和“战斗性”的作品进行有选择的引入。政治对于文学的影响力由此可见。

“文化大革命”时期(1966—1976)，意识形态对于文学译介的操控达到了极致。据李景端回忆，“外国文学教学、研究、出版全面停止，好多年，除了有本越南的《南方来信》和朝鲜的歌剧《卖花姑娘》以外，几乎见不到其他外国文艺。”[②]这种意识形态的影响在翻译文学期刊的译介中也可以得到印证。该时期仅有一本翻译文学期刊《外国文艺·摘译》(简称《摘译》)，该期刊属“内部发行”，供批判使用。就国别选择而言，基本限于苏、美、日三国，前两国的文学更是被冠以“苏修”“美帝”这样政治批判特征鲜明的字眼。在此期间，意识形态和文学之间有近乎“病态”的关联：国别选择窄、文学类型少、以批判为最终目的。

新时期以来(1977年至今)，政治环境变化带来了文艺环境的改变，“双百”(“百花齐放，百家争鸣”)、“二为”(“为人民服务，为社会主义服务”)成为文艺界

---

① 唐翼明：《大陆新时期文学(1977—1989)：理论与批评》，台北：东大图书公司，1995年，第3—4页。

② 李景端：《翻译编辑谈翻译》，武汉：湖北教育出版社，2009年，第211页。

的指导思想。在这样一种大背景下,各种文学期刊纷纷复刊和创刊,这成为了当时一个引人注目的文学现象。翻译文学期刊也借此机会蓬勃发展起来。1977年《世界文学》复刊,在内部发行了两期之后,于1978年正式公开发行。《外国文艺》和《译林》分别于1978年、1979年正式创刊。《世界文学》在80年代初期,每期的发行量一度高达20余万份。《外国文艺》在创刊之初,发行量也曾高达每期十几万册;《译林》的发行量在1983年就达到了每期近30万册。[①]在最高峰时期,翻译文学期刊的数量达到24种,国别选择已经大大拓宽,以魔幻现实主义、意识流为代表的西方现代派在80年代中后期曾在中国文学领域中兴起一股译介和模仿的热潮。对于西方文学手法的借鉴逐渐取代了政治批判成为更为重要的译介选择标准。

通观新中国成立60年来的翻译文学期刊所经历的过程,比较新中国成立初期、"文化大革命"时期和新时期三个不同的历史时期,我们不难发现,我国的翻译文学期刊分别在如下三个方面发生了根本性的变化:就译介目的而言,由文艺为政治服务转变为反帝反修和批判资产阶级直至文学借鉴;就译作选择标准而言,由"现实性""战斗性"转变为"批判性"直至作品在源语国的文学声誉;就译介内容而言,由社会主义现实主义作品转变为修正主义、帝国主义的文艺直至西方现代派(其中包括魔幻现实主义)和通俗文学。译介目的、译作选择标准和译介内容之所以会发生如此巨大的转变,主要是由于政治意识形态影响下的中国文学场域发生了变化。

第一节 新中国头十七年及"文化大革命"时期的翻译文学期刊

一、新中国头十七年的翻译文学期刊

新中国成立初期17年,《译文》(1959年之后更名为《世界文学》)是唯一一家从事外国文学译介的期刊。该刊为月刊,1953年7月由中国作家协会创办,茅盾为第一任主编。1964年承办单位更换为中国科学院哲学社会科学部(即中国社会科学院前身)新成立的外国文学研究所。1965年停刊一年,1966年复刊时改为双月刊,出一期后即停办。该刊的前身是中国最早的专门译介外国文学的同名期刊,即鲁迅和茅盾1934年9月在上海创办的《译文》。这一时期的翻译文学期刊的译介活动具有如下一些特征:以社会主义现实主义作品为译介

---

① 李卫华:《文本旅行与文化建构——中国新时期翻译文学期刊研究》,四川大学2009年博士论文,第90—91页。

主流、政治意识形态的考虑是译介主要目的、"现实性"和"战斗性"是译作选择的主要依据。

1. 社会主义现实主义作品成为译介主流

1934年苏联第一次作家代表大会通过的《苏联作家协会章程》中,对社会主义现实主义这一创作手法有较为明确的定义:"社会主义的现实主义,作为苏联文学和苏联文学批评的基本方法,要求艺术家从现实的革命发展中真实地、历史具体地去描写现实。同时艺术描写的真实性和历史具体性必须与用社会主义精神从思想上改造和教育劳动人民的任务结合起来。"[①]蔡仪(2002)曾将之追溯到在1848年欧洲革命运动、1871年巴黎公社运动的影响下产生的英国宪章派工人的诗歌、德国西里西亚工人的诗歌、奥尔格·维尔特以及欧仁·鲍狄埃的作品。[②]

肖洛霍夫的长篇小说《被开垦的处女地》在该时期的译介,可以作为社会主义现实主义文学兴盛的典型例证。自《译文》1955年12月号起至《世界文学》1959年11月号止,该小说的长篇选译被接连刊载,刊号可分列如下:1955年12月号,1956年2月号、3月号、4月号、5月号、6月号以及8月号,1957年4月号和7月号,1959年1月号、2月号、4月号和11月号。这其中有两个特别之处:其一,期刊本来一直偏重于诗歌和短篇小说等篇幅较短的文学体裁,而肖洛霍夫的《被开垦的处女地》(第二部)在《译文》中却以长篇选译的形式在5年之内先后出现了13次,从体裁、绵延时间和出现频率上来看,无疑是一个引人注目的例外;其二,1958年底,由于中苏政治关系交恶的影响,苏俄文学译介已呈现总体下滑的态势,而这部长篇小说却在经历了1958年的沉寂之后,在1959年一年先后4次被刊载于《世界文学》,其受关注的程度由此可见一斑。在《译文》1955年12月号首次刊载草婴的译文的时候,除刊发该小说的译文之外,还刊发了两篇评论文章,一篇是《真理报》的专论,一篇是苏联作家的作品述评。

《被开垦的处女地》(第二部)在这一时期的期刊译介中如此受到重视,这其中的原因有下面三点:首先,《被开垦的处女地》(第二部)紧紧围绕苏联农业化进程这一社会主义现实主义题材,为它在苏联国内赢得很高的文学地位。当时的中国和苏联还处于意识形态上的"蜜月期",意识形态上的高度契合使得在苏联得到较高评价的文学作品在中国很容易获得"合法"地位。其次,当时的中国也在进行土地改革,这部小说对于当时的农村土地改革有现实指导意义。这在1955年12月号后记中可以得到印证,编者对该作品有如下评价:"《被开垦的处女地》是反映苏联农业集体化的最优秀的作品。正当我国农业合作化运动在农村中广泛展开的时候,我们来阅读这部杰出的社会主义现实主义作品,是会

---

① 曹葆华:《苏联文学艺术问题》,北京:人民文学出版社,1953年,第13页。

② 蔡仪:《蔡仪文集(8)》,北京:中国文联出版社,2002年,第343页。

得到很大的启发的。”[①]再次，肖洛霍夫在苏联文坛有相当高的地位，他的作品的文学价值也得到苏联文坛的高度认可。玛加尔·拉古尔洛夫称肖氏的作品“性格鲜明”，笔触“幽默”，拥有“愉快活泼、柔和、创造喜剧气氛的无穷尽的创造才能，还有杰出的利用人物的特殊语言来描写人物的本领”[②]。作品的社会主义现实主义这一体裁、作品对当时中国社会主义建设较强的指导意义以及作品本身较高的文学价值，这三种因素的合力成就了肖洛霍夫的《被开垦的处女地》(第二部)绵延5年之久的译介历程。

2. 政治意识形态上的考虑成为译介的主要目的

《译文》(1955年7月号)在“告读者”中将该刊的译介目的陈述如下：“帮助读者从这些作品中认识世界各国人民的生活，思想和斗争，并且学习他们的社会主义现实主义的创作方法。”[③]了解现代世界各国人民的现实生活和革命斗争是第一位的考虑，学习他们的社会主义现实主义的创作方法，其重要性相对要小一些。进而言之，政治和意识形态上的考虑要先于文学艺术技巧的学习。

巴勃罗·聂鲁达在该时期的译介就颇具典型意义。在1953—1966年的《译文》中，聂鲁达共出现过11次，其中诗作共有14篇，分别为：“诗与晦涩”(评论)(1953年10月号)、“解释一些事情”(诗)(1954年11月号)、“诗两首(给我的党 * 在巴卡恩布大会上的发言)”(1956年10月号)、“人民武装的胜利”和“欢乐颂”(诗)(1957年2月号)、“谈谈我的诗和我的生活”(评论)(1957年2月号)、“我的童年和我的诗”(回忆录)(1958年6月号)、“钢的颂歌”(诗)(1960年1月号)、“海岸上的仙人掌的颂歌”(诗)(1960年3月号)、“保卫亲爱的古巴”(诗)(1960年6月号)、“英雄事业的赞歌(古巴出现了 * 我来自南方 * 自由 * 我的生活就是这样 * 献给美洲)”(诗)(1961年4月号)和“告别西盖罗斯”(诗)(1961年4月号)。在此期间出现的14篇译作，除两篇评论和1篇回忆录之外，其余11篇都是作者的政治抒情诗。在“诗与晦涩”(讲演词)一文的相关后记中，编者将他描述为“智利进步诗人”[④]。聂鲁达之所以能进入五六十年代中国文学的译介视野，他的政治立场和追求，对于美国的批判，对于和平运动的热衷起到了很大的作用。作为诺贝尔文学奖的得主，他的爱情诗却是完全被遮蔽，政治上的规约作用得到了明显的体现，这在“解释一些事情”一诗的后记中即可找到佐证：“这首诗写于一九三七年，标志了作者创作道路的一个转折点。在这以前，聂鲁达所写的诗歌的题材多半是一些个人的事情。他曾受到超现实主义

---

① 编者：《关于〈被开垦的处女地〉》，《译文》1955(12)。

② 《创作为人民服务(〈真理报〉专论)》，严红译，《译文》1955(12)。

③ 编者：《告读者》，《译文》1955(7)。

④ 编者：《诗与晦涩》，《译文》1953(10)。

的影响。不少作品中流露着悲观的情绪。"[①]后记的评述将其"爱情诗"贬抑为一些"流露着悲观情绪"的"个人的东西"。

3. "现实性"和"战斗性"成为译作选择的主要依据

在《译文》(1953年1月号)的"发刊词"中,茅盾对《译文》的译介内容给出了明确的陈述:"苏联及人民民主国家的社会主义现实主义的优秀文学作品",同时也需要借鉴"外国的古典文学"和"今天各资本主义国家的以及殖民地半殖民地的革命的进步的文学"。[②]

在《译文》(1955年7月号)的"告读者"中,对于各文学类型的译介有如下陈述:"今后刊物的重点是介绍现代世界各国,首先是苏联和人民民主国家的优秀作品以及资本主义国家进步作家的优秀作品",古典文学作品酌量减少,"精选富有代表性的"或者"配合世界和平理事会每年决定的世界文化名人和文学名著的纪念以及其他一般古典作家和古典名著的重要纪念"[③]。

《世界文学》(1959年1月号)在"致读者"中,对刊物的译介做出了如下的规划:"为了加强刊物的现实性和战斗性,同时也是根据广大读者的要求,我们的刊物今后主要将介绍反映现代世界各国人民的现实生活和革命斗争的作品。作品的题材内容和艺术形式尽可能要广阔而多样。对于刊物上发表的重要作品和初次出现的作家,尽可能要通过后记等方式加以分析介绍。为了迅速反映世界各国人民生活中的重大事件,刊物将经常刊载一些政论、特写、小品、杂文之类的作品。至于世界各国的古典文学作品,也还要择优介绍一些。"[④]

综合分析这三段文字,可得出如下结论:"现实性""战斗性"已经成为新中国翻译文学期刊译作选择的重要标尺。文学类别和文学地位可以以其"战斗性"加以区分。文学划分不仅依赖于"古典"和"现代"这一文学系统内部的划分原则,政治意识形态的归属(即革命性)也成了划分的依据,有社会主义、资本主义、殖民地半殖民地的文学之分,革命性的强弱直接决定了该作品的地位高低。社会主义现实主义文学高于古典文学和资本主义国家和殖民地半殖民地的革命进步文学。是否"革命""进步"成为了选材的重要依据,"战斗性"是考量译介选择的主要标尺之一。1959年之后,刊物宣称其今后的主要任务是"介绍世界各国优秀文学作品",但这种丰富性更多的是体现在文学体裁的选择上。

二、"文化大革命"期间的文学期刊译介

就翻译文学期刊而言,《世界文学》在"文化大革命"开始的1966年已停刊。

---

① 袁水拍:《〈解释一些事情〉后记》,《译文》1954(11)。

② 茅盾:《发刊词》,《译文》1953(1)。

③ 编者:《告读者》,《译文》1955(7)。

④ 编者:《从〈译文〉到〈世界文学〉——致读者》,《世界文学》1959(1)。

文学期刊译介在“文化大革命”初期处于完全停滞状态，后期才出现了一份期刊，即1973年11月至1976年11月上海人民出版社编辑出版的一本翻译文学刊物《外国文艺·摘译》(简称《摘译》)，前后共出版了32期，其中正刊30期(1973年3期、1974年8期，1975年8期，1976年11期)、增刊2期(1975年5月、12月)。刊载的文章大致可以分为：外国文学批判、外国文学译作(其中包括中长篇小说、短篇小说、电影剧本、话剧剧本、诗歌和小品文)、文艺评论、资料、动态五大类。该刊的“出版说明”明确指出：“《摘译》主要介绍苏联、美国、日本三国的文艺动态，不定期出版，供有关单位研究、批判时参考。本资料是从苏、美、日三国出版的书籍、报纸、杂志直接选译出来的。”[①]该刊物的主要任务是：“通过文艺揭示苏、美、日等国的社会思想、政治和经济状况，为反帝反修和批判资产阶级提供材料。”[②]当然，这本刊物也是属于“内部发行”的。就译介形式而言，刊物在“答读者问”中也明确指出：“《摘译》所发表的作品除少数属进步和革命文艺外，大部分是毒草，是帝国主义的文艺、资产阶级的文艺。……我们努力做到在介绍作品的同时，也发表工农兵群众和专业人员所写的批判文章。”[③]

翻译文学已经完全被从形式中剥离出来，是否可以作为批判对象成为这一时期翻译文学选择的最重要标准。发行期间有一个文学事件可以作为权力和意识形态对于翻译极致操控的典型例证。《摘译》(1975年6—8期)上曾刊载有“《水浒》在外国”的文学评论。编者指出：“伟大领袖毛主席最近指出：‘《水浒》这部书，好就好在投降’。做反面教材，使人民都知道投降派。遵照毛主席的指示，当前正在全国开展的对《水浒》的评论和讨论，是我国政治思想战线上的又一次重大斗争，是贯彻执行毛主席关于学习理论、反修防修重要指示的组成部分。”[④]“《水浒》在外国”是一个连续三期出现的有关《水浒》内容以及艺术技巧的文学评论汇编，其中主要包括苏联、英美以及日本诸多知名作家和文艺评论家对于该小说的评价的译文。与该刊其他作品的选择类似，选材主要还是来源于苏、美、日三国，除此之外还增添了英国。之所以会在三期上以连载的形式进行对于该作的讨论，如“编者按”中所言，主要是为了配合“政治思想战线上的政治斗争”。“编者按”中诸如“反修防修”“革命路线”之类的政治领域词汇表明这个文学评论汇编的出现完全是政治意识形态操控下的产物。

---

① 编者：《出版说明》，《摘译》1973(1)。

② 编者：《答读者——关于〈摘译〉的编译方针》，《摘译》1976(1)。

③ 同上。

④ 《“〈水浒〉在外国”编者按》，《摘译》1975(6)。

第二节 新时期以来翻译文学期刊的高潮与低谷

就翻译文学期刊而言，新时期以来共出现了24家[①]，其中有19家是在1977—1982这6年间创办的，另外5家(除《外国文艺·译文》之外)，也都在80年代中期陆续创办。从地域分布来看，翻译文学期刊分别位于11座核心城市：北京(7家)、上海(3家)、广州(3家)、南京(2家)、哈尔滨(2家)、沈阳(2家)、长春(1家)、武汉(1家)、长沙(1家)、桂林(1家)、西安(1家)。这其中创刊的翻译文学期刊数量最多的当属北京、上海、广州三个城市。在这24家刊物中，有14家先后停刊，按照终刊时间顺序排列是：《翻译文摘》(1979年)、《译丛》(1982年)、《外国小说报》(1982年)、《外国文学季刊》(1984年)、《翻译文学》(1985年)、《世界文艺》(1987年)、《日本文学》(1987年)、《外国戏剧》(1988年)、《译海》(1988年)、《外国文学欣赏》(1989年)、《外国小说大观》(1989年)、《外国小说》(1989年)、《中外文学》(1990年)、《外国文艺·译文》(2008年)。跨越整个新时期的期刊有6家：《世界文学》《外国文艺》《译林》《当代外国文学》《外国文学》和《国外文学》。

从整体上看，1977至1982年是翻译文学期刊发展的肇始期，80年代中期是翻译文学期刊的鼎盛时(1984年又有3家刊物创刊、1985年有2家刊物更名)，80年代末翻译文学期刊开始逐渐走向衰落(在1987至1989年的3年间，先后有10家刊物停刊，而创刊的仅有《外国文艺·译文》一家)。后文中有关新时期翻译文学期刊的分析将会聚焦在《世界文学》(1977—2010)、《译林》(1979—2010)和《外国文艺》(1978—2010)这三本主流文学期刊之上。之所以会聚焦在这三本刊物上，主要原因如下：其一、从内容上来看，三种期刊各有侧重，相互补充，可以较为完整地呈现新时期以来期刊译介的全貌。《世界文学》具有半官方的性质，接近于机关刊物，更多的是发表意识形态文学；《外国文艺》具有同人杂志的性质，集中发表现代派作品，引领文学流派译介的潮流；《译林》更接近于商业报刊，以通俗文学为主要译介对象。其二、就所处地域来看，三本刊物的出版社分别位于北京，上海，南京三座文化重镇。其三、就时间跨度而言，这三本期刊贯穿了新时期30年。

新时期以来的期刊译介大致可以分为四个时期：改革开放初期(1977—

① 新时期共出现翻译文学期刊29家，其中4家期刊先后更名，分别是：《外国小说大观》(1988年前名为《外国小说选刊》)；《俄罗斯文艺》(1993年前名为《苏联文学》)；《中外文学》(1986年前名为《春风译丛》)；《当代苏联文学》(1984年前名为《苏联文艺》，1979年名为《苏联文学》)。这4家期刊只计算一次，因《当代苏联文学》曾两次更名，故新时期翻译文学期刊实际数量应为24家。

1981)、80年代中后期(1981—1989)、90年代初(1989—1992)以及新世纪(1992—2010)。在改革开放初期(1977—1981),政治氛围刚刚有所松动,翻译文学期刊译介处于“试水期”,政治正确性依旧占据主导。自1981年开始,翻译文学期刊译介史上独占鳌头的拉美文学译介拉开了序幕,以魔幻现实主义文学为代表的西方现代派进入了中国文学视野。《外国文艺》(1981年第3期)首次刊载了略萨的《胡利娅姨妈和作家》,《世界文学》(1981年第6期)首次刊载了阿根廷作家博尔赫斯的作品小辑。1981—1989年是翻译文学期刊蓬勃发展的9年,这之后由于“六四”政治风波的影响,国家意识形态对于期刊译介采取了更为谨慎的态度,审批也愈加严格。1989年是另一个比较重要的时间节点,该年发生了对于资产阶级自由化的批判。在此次批判的影响下,1989年9月16日,中共中央办公厅和国务院办公厅联合发出了《关于整顿、清理书报刊和音像市场严厉打击犯罪活动的通知》,同年10月4日又联合发出了《关于压缩整顿报刊和出版社的通知》[①]。在这之后,翻译文学期刊基本都处于勉力维持的境地。1989—1992年期刊译介又开始重视东方文学和拉美文学这样一些政治上较为安全的选择,欧美现代派在该时期受到了一定程度的冷遇。1992年成为了翻译文学期刊发展进程中一个非常重要的转折点。中国于1992年7月30日加入《世界版权公约》,同年10月14日加入《伯尔尼公约》。在此事件影响下,1992—2010年的18年间,版权日益成为制约各翻译文学期刊发展的瓶颈,翻译文学期刊对于外国文学的译介较之80年代有明显的降温,只有《世界文学》《外国文艺》和《译林》依然坚持从事外国文学的译介,翻译文学期刊的生存举步维艰。这四个时期的整体状况分别探讨如下:

一、1977—1981:马恩列毛的评价成为译介依据

在1977年复刊的《世界文学》第一期,编者组织了名为“高举毛泽东思想的伟大旗帜,深入揭批‘四人帮’,努力做好外国文学工作”的笔谈。季羡林就曾援引马恩列毛的观点为古典文学以及世界各国文学正名:“伟大的革命导师马克思和恩格斯深通各国文学,特别是古代希腊和罗马的作品。马克思能整段整章地背诵希腊戏剧,背诵莎士比亚的剧本,对但丁和歌德都有深刻的研究和确切的评价。他曾指出:古代神话有永恒的魅力。这些光辉的榜样都被抛到哪里去了呢?伟大的列宁也精通许多国家的文学,他对托尔斯泰的分析和评价是人所共知的。我们的伟大领袖和导师毛主席教导说:‘我们必须继承一切优秀的文

① 中共中央办公厅、国务院办公厅:《关于整顿、清理书报刊和音像市场严厉打击犯罪活动的通知》,中国出版科学研究所:《坚持以马克思主义为指导,繁荣社会主义出版发行事业》,北京:中国书籍出版社,1991年,第158－163页。

学艺术遗产，批判地吸收其中一切有益的东西，作为我们从此时此地的人民生活中的文学艺术原料创造作品时候的借鉴。有这个借鉴和没有这个借鉴是不同的，这里有文野之分，粗细之分，高低之分，快慢之分。'"[①]茅盾在《向鲁迅学习》一文中，回顾了鲁迅在翻译实践和译介方法的贡献之后，认为"鲁迅对于中外古今的文学遗产，从不采取片面的极端的态度。他是辩证地看待它们的；他主张吸取其精华，化为自己的血肉，主张借鉴，古为今用，洋为中用。"[②]

80年代初期，文学译介领域刚刚开始有所松动，为了能够赢得政治上的合法地位，得到马克思、恩格斯、列宁高度评价的古希腊罗马的戏剧、但丁、歌德、托尔斯泰的作品成了理所应当的译介首选。纵观这一时期的文学译介，毛泽东《在延安文艺座谈会上的讲话》中所包含的"取其精华、去其糟粕"的文艺指导方针，鲁迅的"拿来主义"思想成为文艺界赖以进行外国文学译介的依据。

二、1981—1989：政治标准让位于文学标准

这一时期的文学译介，已经从政治教育为主，逐渐地向艺术技巧的学习转换。欧美现代派文学中诸如卡夫卡、海明威、福克纳、劳伦斯等当代作家，以资本主义社会阴暗面的揭露者的身份被期刊引入，他们的创作手法也成为可供借鉴的创作手段。

《译林》1981年第1期就指出："从本期起，尽量多介绍外国当代特别是70年代以来的新作品。每期全文刊载一部在国外有影响的长篇小说和若干寓意深刻，在艺术上确有特色的中篇作品；其他专栏力求按照少而精的原则办得更加丰富、活泼。"[③]作为重中之重的长篇小说的译介标准是其在"国外的影响力"，中篇小说除了"寓意深刻"、还要求"艺术上确有特色"。《世界文学》在1984年第6期上也指出该刊新的方针："以介绍和评论当代和现代外国文学为主，着重选登有代表性的作品；积极介绍坚持无产阶级文学方向、从事革命文学活动的作家和作品；有科学分析和有评论地介绍西方资产阶级文学；热情刊载第三世界人民的新兴文学作品；认真介绍东西方优秀的古典文学作品。"[④]

从以上"编者的话"可以看出：革命文学已经让位于当代和现代外国文学中有代表性的作品，西方资产阶级文学已经优先于第三世界人民的新兴文学，古典文学作品重要性位列最后。这与改革开放初期相比已经有了很大变化，政治的标准逐渐弱化。政治标准让位于文学标准，也可以在文学奖项获得者在期刊上越来越多的译介中得到佐证。诺贝尔文学奖以及其他外国文学奖项的获奖

---

① 季羡林：《回顾与前瞻》，《世界文学》1977(1)。

② 茅盾：《向鲁迅学习》，《世界文学》1977(1)。

③ 编者：《封封来信寄深情》，《译林》1981(1)。

④ 编者：《〈世界文学〉三十年——致读者》，《世界文学》1983(3)。

者成为了文学期刊译介的优先考虑对象。这种奖项对于期刊译介的影响在这一时期的《译林》上表现尤为明显。不仅仅是诺贝尔文学奖,美国的普利策奖、英国的布克奖、法国的龚古尔文学奖、日本的芥川奖和直木奖在《译林》上都会在"文学动态"栏目中给予关注。这些奖项的获得者也频繁地出现在三大期刊上。

三、1989—1992:意识形态再冲击

在1989到1992年的三年间,《世界文学》报道了三次就外国文学译介工作召开的会议,第一次是1989年3月10日由《世界文学》编辑部召开的"五四运动与外国文学"座谈会,林林、杨宪益、冯至等先生先后在此次座谈会上发言,主要是重申了鲁迅先生的"拿来主义"和毛主席的"洋为中用"思想,但同时几位专家也不约而同地提出了对于"赶时髦"思想的反对。林林指出:"《世界文学》翻译的方向和照顾文学的各种体裁的做法是很好的。我们现在不少杂志多注意抓现当代的作品,但对一些经过时间考验的古典名作,我以为注意、关心不够。我还是主张不要赶时髦。"[①]叶水夫也有与此类似的看法:"但是也应看到,有人借思想解放之名,在介绍'通俗文学'或'畅销书'的掩护下,把外国一些格调低下、宣扬淫秽行为与凶杀的破烂货也翻译过来,那就是另外一回事了。这是一股浊流,必须加以遏止。"[②]从以上两位名家的代表性发言和笔谈中可以看出:所谓"赶时髦"主要是指对于商业利益追求过程中对于迎合读者兴趣的品位低下的畅销书和通俗文学的发行,对于中国文学的发展有借鉴意义成为了翻译文学期刊应该遵循的重要的选材标准。

第二次会议是《世界文学》杂志组织的一次"外国文学工作笔谈"。编者在笔谈前言中明确指出了此次笔谈的目的:"为了坚持四项基本原则,坚决反对资产阶级自由化,是外国文学工作更好地为人民服务、为社会主义服务,更好地坚持百花齐放、百家争鸣的方针,我们《世界文学》编辑部特地组织了这次外国文学工作笔谈。"[③]叶渭渠指出:"东方并不乏优秀的传统,也不乏优秀的作家和作品,问题是在'西方中心论'的影响下,在文化商品化的冲击下,这个角落被忽视了,没有被发掘、被开发罢了。"[④]张黎也指出:"现代派文学无疑在艺术手法、表现现代西方知识分子的生活感受和揭示资本主义制度某些弊端方面,做了许多有益的开拓工作,但其中相当大一部分脱离读者大众的贵族化倾向,从一开始

① 林林:《继承五四传统,搞好外国文学介绍》,《世界文学》1989(3)。

② 叶水夫:《五四精神与新时期外国文学工作》,《世界文学》1989(3)。

③ 编者:《"外国文学工作笔谈"前言》,《世界文学》1989(6)。

④ 叶渭渠:《传统与现代》,《世界文学》1989(6)。

便是明显的，尤其是在社会危机严重的时刻，显得更为突出。”[①]倪培耕则指出：“东方或弱小民族文学也理应得到重视。”[②]这种对于西方现代派一分为二的观点和对于东方文学、亚非拉文学的重新认识成为了笔谈的主流观点。

第三次会议是由《世界文学》《外国文艺》和《译林》三家杂志及杭州大学外语系发起并组织的名为“全国外国文学研究现状研讨会”的外国文学工作会议。在研讨会纪实中，对于会议主题有明确描述：“这次研讨会的主题是对 80 年代外国文学的现状进行回顾，并对 90 年代外国文学的走向与发展前景做出预测和展望，以便从宏观的角度加强对外国文学的了解和研究，在坚持四项基本原则，反对资产阶级自由化的基础上进一步做好外国文学工作。”[③]在闭幕式上，作为四个发起、组织单位的代表译林出版社社长李景端对外国文学工作提出三项要求，其中第三点是：“面对存在的问题，要更加积极努力，实事求是地介绍和评论外国文学，宣传外国文学工作的成绩，批判、抵制黄色与资产阶级自由化的浊流，为社会主义精神文明建设做出贡献。”[④]闭幕式发言中的“资产阶级自由化”“批判”“抵制”“浊流”等词的出现，成为了政治因素再次影响外国文学翻译工作的明证，这次会议是对当时政治氛围的一种回应。

四、1992—2010：市场、读者成为选材的主要考虑

中国于 1992 年先后加入《世界版权公约》和《伯尔尼公约》，两大公约对于著作权的保护使得很多翻译文学期刊失去了译介外国文学的权力。很多原为专门从事外国文学译介的刊物，如《当代外国文学》《外国文学》《俄罗斯文艺》《国外文学》等，慢慢改为文学评论性刊物，译介的比例逐渐缩减。90 年代之后，在翻译文学期刊译介领域，市场、读者逐渐成为译介选材的主要考虑因素。在市场作用下，读者日益成为了期刊译介过程中最具决定性的力量。在作者、译者和读者构成的主体网络中，读者的作用日益增强。这主要体现在通俗文学逐渐占据主导。《译林》对于通俗文学译介的重视，使得该刊物在《世界文学》《外国文艺》的销售量日益缩减的情况下，能够后来居上，成为销量最大的期刊。《译林》从 1997 年第 1 期开始，由季刊改双月刊，《译林》也从一家刊物发展壮大为一个出版社。

《译林》(1996 年第 1 期)就曾刊载过一则题为“译林积极向海外购买版权，一批当代外国文学中文本即将问世”的消息。文中指出：“译林出版社近几年来十分注重购买当代外国小说的中国专有出版权，明年又将推出一批有一定影响

① 张黎：《多搞些辩证法，少来点偏激性》，《世界文学》1989(6)。
② 倪培耕：《文学现代化刍议》，《世界文学》1989(6)。
③ 邹海崙：《回顾与展望——“全国外国文学现状研讨会”纪实》，《世界文学》1990(1)。
④ 同上。

或畅销各国的外国小说。”[①]这种购买当代外国小说的中国专有出版权的做法，使得《译林》在中国拥有了其他翻译文学期刊所不具备的市场份额，对于著作权的重视为其开拓了市场。从译介角度看，所选择的作品必须是“有一定影响或是畅销”的“当代外国小说”。简而言之，“有一定影响”更多的涉及原作在源语国家的文学地位；“畅销”则是强调可读性、原作在中国市场的接受。这两条标准从该消息后面所举的即将要译介的书目中可以看出端倪，属于“有一定影响”的作品有：黑色幽默代表作《第二十二条军规》、后现代主义代表作家多克托罗的《褴褛时代》、堂戴里洛的《利勃拉》；属于“畅销”作品的有：“我国读者熟悉”的美国作家西德尼·谢尔顿的新作《世无定事》和《早上、中午、晚上》、“作品销售量达一亿两千万册的”美国法律小说作家约翰·格里森姆的《毒气室》和《超级说客》。“读者熟悉”和“畅销”将读者和市场这两个新时期文学领域中最活跃的因素在翻译文学期刊译介选择过程中的重要性凸显出来。

第三节　翻译文学期刊对新中国文学建设的功与过

一、新中国成立初期——意识形态折射中的“世界文学”

在新中国成立后最初的十七年间，翻译文学期刊发挥了其涉及国家广、文学题材多样的特点，将诸多社会主义国家的文学作品和资本主义国家的进步作品引入中国，使得当时读者在相对较为封闭的外国文学译介环境中对于“世界文学”有了一定的认识。1959年之后，《译文》更名为《世界文学》，这种吸纳世界各国优秀文学作品的愿望从刊物名称的变更中可见一斑。更名后的《世界文学》将“介绍反映现代世界各国人民的现实生活和革命斗争的作品”和“以各种方式来加强反映世界各国文学界的情况”作为刊物的首要目标。不论是文学作品还是文艺动态都是将视野定位于“世界各国”。

据笔者统计，在1953—1966年的这13年间，《译文》(《世界文学》)上的译作总数达2748篇，其中苏俄文学作品译介总数为610篇，占了译介总数的22.2%，译介数量居首。其余9个位列前十名的国家分别是：法国(186)、日本(156)、美国(153)、德国(150)、越南(113)、英国(82)、古巴(65)、阿尔巴尼亚(62)、朝鲜(57)。从整体上看，苏俄文学在新中国成立初期的十七年译介最丰，是排名第二的法国文学译介的三倍之多；处于第二个层次的主要是法国、日本、美国、德国和越南；处于第三个层次的是英国、古巴、阿尔巴尼亚和朝鲜。苏俄文学的译介数量比欧美、亚非拉国家相加的总和还要多，其重要性不言而喻。

---

① 庆云：《译林积极向海外购买版权，一批当代外国文学中文本即将问世》，《译林》1996(1)。

如果考虑到60年代后中苏交恶，苏俄文学译介数量因此锐减，苏俄文学在50年代取得的译介成绩就更为显著。法国文学之所以能位列第二，主要得益于巴黎公社文学的进步性质，同时法国进步文学代表作家得到了马克思、恩格斯、高尔基的高度评价。日本文学则是由于地缘上的关系，德永直、小林多喜二等进步作家的作品成为了译介的主流。美国文学则是以马克・吐温、杰克・伦敦的作品以及黑人文学为典型代表。这些作品之所以能够在中国顺利地传播，苏联文学评论家给他们贴上的"批判现实主义"标签起了很大的作用。德国文学在该时期译介的主要是民主德国作家的作品，布莱希特因其积极的政治倾向而被译介颇丰。英国文学译介更多集中于莎士比亚、拜伦等作家诗人，他们曾得到马恩列毛或是鲁迅的高度评价。越南、古巴、阿尔巴尼亚还有朝鲜都是属于社会主义这一阵营，《世界文学》曾为古巴（1959年2月号和1960年6月号），朝鲜（1960年7月号）等亚非拉民族文学设立专栏；在该刊的1964年10月号、11月号更是为越南和阿尔巴尼亚两国设立文学专号。

从以上统计可以得出结论，这里的"世界文学"还有诸多局限，主要是苏联，资本主义国家（法国、日本、美国、英国），社会主义国家（民主德国、越南、古巴、阿尔巴尼亚、朝鲜）。新中国成立初期，通过文学期刊折射出来的世界文学是以社会主义国家的文学为核心的文学，资本主义国家的文学也是这些国家中革命、进步的文学。

除此之外，新中国成立初期十七年，除了文学作品的引入，关注世界各国的"文艺动态"也为中国文艺界提供了理论指引。1959年，《世界文学》在"致读者"中指出："我们的刊物将以各种方式来加强反映世界各国文学界的情况：目前发生的重大事件，重要问题，文艺论争，思想斗争，等等，而且将特别注意反映国际文艺战线上的思想斗争。这里将有动态报道和综合述评，也将有外国论文翻译和特约各国著名文学家写的文章。除此以外，和作品评论一样，这里也将有我国文学界的同志们的发言。……国际马克思列宁主义的美学思想和世界各国先进的文艺理论，我们也要继续加以介绍。"诸如"动态报道""综合述评""评论"等栏目的设置让国内文艺界能够及时把握社会主义国家的文艺动向，尤其是苏联的文艺动向。在60年代中苏交恶之前，苏联的文艺理论是中国文艺界所必须要效仿的范本，而在此之后，苏联的文艺理论思想则转而沦为了批判的对象。不论是作为正面教材还是反面典型，苏联的文艺理论对当时的中国文艺界影响十分明显。

二、"文化大革命"时期——政治批判的工具

"文化大革命"时期的翻译文学期刊只有《摘译》一家。由于当时政治风气的影响，文学译介本身已经不再是文学期刊的主要任务，结合当时的政治形势

进行文学批评或政治宣传成为《摘译》的首要任务。关于此刊的作用,在《外国文艺》创刊号,题为"高举毛泽东思想的伟大旗帜,深入揭批'四人帮',做好现代外国文艺的介绍和研究工作"的笔谈中,可以了解其间的情况。《摘译》被定义为"四人帮"的"帮刊",就译介目的而言,"他们也办文艺《摘译》那样的刊物,借口介绍外国文艺情况,用外国人的文章攻击今天中国的现实,攻击中国的老干部。他们搞'洋为帮用',把外国文艺作为他们害人的利器,加注释,添说明,造谣中伤,污蔑诽谤,这都是他们擅长的伎俩。"①正如谢天振(2009)指出的那样:"该时期的文学翻译不仅要充当执政党党内不同政治集团之间的斗争工具,还要充当国际上不同政党之间的斗争工具,加上此时中国大陆几乎所有的翻译家都已经被'打倒',权力与意识形态对翻译的操控达到极致。"②

这种政治对于翻译文学期刊译介活动的操控体现在文学体裁的选择上,电影剧本和话剧剧本在该时期的译介颇丰,从篇幅来看,远远超过了小说。就小说而言,中长篇小说很多是以梗概的形式出现,短篇小说则大部分是全文译介的。中长篇小说以故事梗概形式出现表明文学作品本身在该时期已不再是关注的焦点,文学作品的内容才是核心。外国文学评论和文艺评论从整体数量上占据优势,文学评论则是以文学批判的形式出现。以 1974 年第 1 期《摘译》上刊载的名为剑刃的文艺批评家所做的题为"一股颠倒黑白的逆流——评苏修美帝合伙对所谓'黑人新浪潮'影片的吹捧"的文学评论为例。单就题目而言,批判的色彩就已经十分明显地体现在"颠倒黑白""逆流""吹捧"等词的使用上。作者"剑刃"这一笔名的使用也颇具象征意义,顾名思义就是一个具有批判精神的文学评论家。在文中更是不乏批判类的话语:"美国垄断资产阶级自作聪明,妄想通过影片来玩一套'颠倒黑白'的把戏,把自己身上的痈疽毒瘤移栽到黑人身上,恰恰是搬起石头砸自己的脚,只能帮助我们进一步看清它的垂死的面貌。而苏修叛徒集团如此卖力地为'黑人新浪潮'影片捧场,其根本原因,就是它同美国垄断资产阶级有着共同的阶级利益。"③"妄想""自作聪明""把戏""痈疽毒瘤"还有"垂死"等批判性词汇的使用和标题中如出一辙。文学选择的标准不再是它本身的文学价值,而是其政治面貌。

三、翻译文学期刊与80年代文学潮流的兴起

新时期的文学期刊对于当时的中国文学场域影响颇大,叶辛指出:"不仅仅是读书界,中国的创作界,也深受译文作品的熏陶和影响,当代作家中的很多人

---

① 巴金:《个人的想法》,《外国文艺》1978(1)。

② 谢天振:《非常时期的非常翻译——关于中国大陆文革时期的文学翻译》,《中国比较文学》2009(2)。

③ 剑刃:《一股颠倒黑白的逆流——评苏修美帝合伙对所谓"黑人新浪潮"影片的吹捧》,《摘译》1974(1)。

都把北京的《世界文学》,上海的《外国文艺》,作为自己年年都订的刊物。"[1]翻译文学期刊作为风向标,与文学评论和单行本译介紧密配合,推动了中国文学系统内部文学潮流的兴起。就新时期而言,与期刊译介有联系的三次较为重要的文学热潮是:80年代初期的"萨特热"、80年代中后期的拉美文学风潮以及通俗文学的兴起。这几次文学事件的形成都可在文学期刊对于萨特、博尔赫斯和《尼罗河上的惨案》的译介中找到端倪。

以博尔赫斯的期刊译介为例。博尔赫斯(1899—1986)是阿根廷著名作家,作品涵盖领域极广,包括小说、诗歌、散文、随笔、文学评论等翻译文学多个领域。就其贡献而言,他的短篇小说是其赖以成名的文学形式。他早年从事诗歌创作,后来转向短篇小说写作,并曾出版多部文论集。博尔赫斯的作品在1979年首次由《外国文艺》引入中国,该刊1979年第1期刊载了王央乐翻译的博尔赫斯四篇小说作品,分别为:《交叉小径的花园》《南方》《马可福音》和《一个无可奈何的奇迹》。王央乐1956年起担任拉丁美洲文学编辑,主编《中国大百科全书·外国文学卷》中的西班牙、葡萄牙、拉丁美洲文学条目,是中国从西班牙语原文翻译智利作家巴勃罗·聂鲁达诗作的第一人。王央乐在拉美文学翻译界的地位为博尔赫斯作品的推广起到了积极作用。博尔赫斯的译介很快就在《世界文学》(1981年第6期)得到响应,《世界文学》设立了"阿根廷作家博尔赫斯作品小辑",共刊载了他的作品8篇(3篇小说和5篇散文)。《当代外国文学》(1983年第1期)也刊载了他的三篇小说;《外国文学》(1985年第5期)刊载了他的小说4篇,两家刊物还在同一期刊载关于博尔赫斯的评论文章。新时期以来,拉美文学领域,除了魔幻现实主义的作品之外,博尔赫斯的译作在新时期的三家主流翻译文学期刊上共有34篇,其中包括小说9篇、诗歌10首、文论6篇、散文和随笔9篇。2002年《外国文艺》还曾为他专设了一个栏目,名为"博尔赫斯谈诗论艺"。从整体上看,1979—1981年为其作品译介高潮期(共12篇);1982—1991年为低潮期(共8篇);1992—2007年,译介以散文和文论为主(共14篇)。除此之外,还译介了有关他的评论7篇。

从单行本的发行角度来看,第一本为王央乐译的《博尔赫斯短篇小说集》,由上海译文出版社于1983年出版发行。1992年之后,博尔赫斯的作品译介开始回升,在与博尔赫斯第一本译作相隔9年之后,博尔赫斯的第二本译作《巴比伦的抽签游戏》(陈凯先、屠孟超译)1992年由花城出版社出版。1993—1998年间有3本博尔赫斯的译著、3本有关博尔赫斯的评论和传记问世,其中有两部译著两年后重印。1999年是博尔赫斯译介的高潮期,相继有4本译著、1部有关博尔赫的传记问世。2000—2007年,博尔赫斯的译作6部,有关他的评著有

---

① 叶辛:《译文琐谈》,《作家谈译文》,上海:上海译文出版社,1997年,第35页。

6部。浙江文艺出版社曾先后5次出版博尔赫斯的作品或作品集,2006年出版的《博尔赫斯全集》内容最为全面。2008年是博尔赫斯译介的又一个高潮期,先后有10本译著问世。2009至2010年,博尔赫斯的作品未有译介。

就文学评论而言,以引用频率为据,最有影响力的评论文章前五位为:季进(2000)的"作家们的作家——博尔赫斯及其在中国的影响"①、张学军(2004)的"博尔赫斯与中国当代先锋写作"②、余华(1998)的"博尔赫斯的现实"③、张汉行(1999)的"博尔赫斯在中国"④和赵稀方(2000)的"博尔赫斯·马原·先锋小说"⑤。除张学军的文章以外,其余四篇最有影响力的评论都是在1998—2000年这三年发表的。

从译介过程来看,期刊译介的高潮期出现在80年代初(1979—1981),单行本译介的高潮出现在1999年,文学评论的高潮出现在90年代末(1998—2000)。从整体上看,博尔赫斯在中国的译介历程经历了80年代初的繁盛期,90年代末,在文学译介和文学评论的双重推动下,借助文学期刊,博尔赫斯的文学地位得以确立。期刊文学翻译因其先锋性和风向标性质,在初入某一文学系统的时候,往往数量并不多,其影响力却未见得小,在经历了一个时候之后,本土诗学会对翻译文学期刊所引入的某一作家或其作品进行反思,出现大量与此有关的文学评论,在得到评论界的认可后,该作家或其作品便获得了文学系统内的合法化地位,单行本译介在此时也会达到顶峰。

四、翻译文学期刊在90年代之后的"逆势而为"

1992年之后,翻译文学期刊中有不少已经停刊,另外一些也已从专门的翻译文学期刊转变为兼有文学译介和文学评论的刊物,只有《世界文学》《外国文艺》和《译林》三家杂志依旧将注意力集中在外国文学的译介上,这一时期的丛书热以及网络之类的新兴媒体的迅速崛起,使得文学期刊这一原本在翻译文学译介领域占主导地位的文学媒体日益萎缩。《世界文学》和《外国文艺》虽然总体印数有所下降,但由于有中国社会科学院外国文学研究所、上海译文出版社作为赞助人,这两家刊物依然拥有一个相对较小、却较为稳定的"文人"读者群,《译林》则依靠其一贯的通俗文学译介而在"大众"读者群中拥有较高的认知度。翻译文学期刊的发展路径在新时期伊始是"顺势而起",但从90年代开始,则更多的是"逆势而为"。90年代之后的翻译文学期刊以"风中之旗"的面貌出现,

---

① 季进:《作家们的作家——博尔赫斯及其在中国的影响》,《当代作家评论》2000(3)。

② 张学军:《博尔赫斯与中国当代先锋写作》,《文学评论》2004(6)。

③ 余华:《博尔赫斯的现实》,《读书》1998(5)。

④ 张汉行:《博尔赫斯在中国》,《当代外国文学》1999(1)。

⑤ 赵稀方:《博尔赫斯·马原·先锋小说》,《小说评论》2000(6)。

所谓“风中之旗”就是在文学译介质量普遍下降的大环境中，对于文学价值和文学品味的坚持。

《世界文学》前主编黄宝生 2000 年在“主编寄语”中将《世界文学》的发展方向描述如下：“我们希望我们的选材能体现文学的‘经典性’，也就是在各国文学史上能占据一定地位的作家和作品。注重现代文学和大国文学，也不忽视古典文学和小国文学……我们的目标是将《世界文学》办成一个精品文学刊物，一座微缩的世界文学花园。”[①]“精品”“经典”“在各国文学史上能占据一定地位”的作家和作品是《世界文学》这一期刊在译介上的持守，这种译介选择表明了该杂志的价值取向。在“时尚”发生变化的情况下，坚持“审美要求”成为了《世界文学》的追求。这样的译作选择旨在完成前文所提及的逆势而为、扭转文学潮流的作用。《外国文艺》也是如此，从 1989 年开始至 2007 年为止（2001 年除外），在每一年的第一期上均刊载有前一年的诺贝尔文学奖的得主（前后共有 18 位）的译作选登，往往在其后还刊载有评论文章。诺贝尔文学奖所代表的文学地位成为了《外国文艺》译作选择的重要标准，虽然是否能将诺贝尔文学奖作为文学价值衡量的最终标准值得商榷，但《外国文艺》对于作品文学价值的追求却毋庸置疑。《译林》虽然更多地译介通俗文学，但始终坚持通俗不等于庸俗。李景端在 1999 年指出：“我们绝不同别人比用稿谁‘胆大’。要比，就应该比在选材上谁更有胆识。所谓胆识，就是在充分调查研究和掌握各种信息的基础上，判断准确，选材果断，对于内容好的作品不受老框框的约束，敢于用；对于倾向、内容低下的作品，即使能赚钱也不采用。”[②]《世界文学》《外国文艺》《译林》虽然各有特色，但对于新时期翻译文学译作选择上的坚持使得三份刊物都成为了新时期文学译介领域中“逆势而为”的典范。

---

① 黄宝生：《主编寄语》，《世界文学》2000(1)。

② 李景端：《波涛上的足迹》，重庆：重庆出版社，1999 年，第 178 页。

第十章 并非空白的十年

——“文化大革命”时期的外国文学翻译

众所周知，在1966年至1976年中国发生的“文化大革命”期间，中国公开发行的外国文学翻译出版物几乎等于零。因此有不少人，特别是境外研究中国文学翻译的学者，误以为在此期间中国不存在外国文学的翻译。事实并非如此。中国“文化大革命”期间，外国文学的翻译不但不是空白，而且还进行得很活跃：苏联、美国、日本等国的许多文学作品（主要是当代文学作品）都被有选择地翻译成了中文。当然，这些译作并没有公开出版，更没有在书店里公开出售，而是以一种特殊的“内部发行”的形式在一个特定的、比较有限的圈子内流传、阅读，读者多为有一定级别的高级干部和高级知识分子。

由于20世纪60、70年代中国当时特定的政治形势，中国“文化大革命”时期的文学翻译颇像是世界翻译史上一场空前绝后的大实验，因为它把翻译放置在一面独特的放大镜下，让人们异常清晰地看清了翻译与政治、翻译与意识形态、翻译与国家政权、翻译与翻译家等之间的关系，以及这些关系的性质。从这个意义上而言，中国的“文化大革命”不仅为中国文学翻译史，而且也为世界文学翻译史提供了一个史无前例的、极其独特的文学翻译的语境。而且，无论是对于中国翻译文学史、还是对于世界翻译文学史来说，中国“文化大革命”时期的文学翻译，也许都可以说是一个绝无仅有的文化现象。这是因为，在这一人类历史上罕见的非常时期，政治、意识形态、国家政权、政党对翻译的干预和控制，达到了极点，与此同时，作为一种文学再创作行为的文学翻译的文学性质以及译者的主体性完全被抹杀。中国“文化大革命”期间的外国文学翻译也因此具有了独特的研究价值。

第一节　“文化大革命”期间外国文学翻译概况

中国的“文化大革命”始于1966年五六月间，但外国文学的翻译实际上从60年代初起已呈逐年减少的趋势，至“文化大革命”爆发后则完全停止。之后，直到70年代初，才逐步开始恢复外国文学作品的翻译、出版和发行。

“文化大革命”期间的外国文学翻译和出版分为两种情况：一种属于公开出版发行，这一类图书可在当时的书店公开出售和购买，但只有少量的几种，多为“文化大革命”前已经翻译出版过的、且得到过权威人士（如马、恩、列、斯、毛、鲁迅等）肯定的图书；另一种属于“内部发行”。所谓“内部发行”，这是一种非常特殊的图书发行形式，一些有限的读者，多为高级干部和高级知识分子，通过一种特别的渠道，可以购买到一些不宜或不准公开发行的图书。顺便提一下，这种“内部发行”的形式倒是在“文化大革命”爆发之前就已有的，只是到了“文化大革命”期间，几乎所有新翻译出版的文学书籍（也包括一些翻译的政治书籍）都通过内部渠道发行了。

“文化大革命”后期公开出版的翻译作品首先是苏联文学作品，共有6部，具体为：高尔基的《人间》（汝龙译，人民文学出版社，1975年10月）、《母亲》（夏衍译，人民文学出版社，1973年5月；广东人民出版社租型，1974年3月）、《一月九日》（曹靖华译，陕西人民出版社，1972年12月；1973年12月，印2次）；法捷耶夫的《青年近卫军》（水夫译，人民文学出版社，1975年10月；广东人民出版社租型，1976年6月）、奥斯特罗夫斯基的《钢铁是怎样炼成的》（梅益译，人民文学出版社，1976年10月；此书另一个译本为黑龙江大学俄语系翻译组和俄语系72级工农兵学员译，人民文学出版社，1976年10月）；绥拉菲莫维奇的《铁流》（曹靖华译，人民文学出版社，1973年9月）。上述这些作品以前都有毛泽东、鲁迅等人的定论，被认为是真正的无产阶级革命文学，因此在“文化大革命”期间几乎把所有的外国文学作品都视作异类的情况下也仍然可以公开出版发行。

与上述6部苏联文学作品同样享受公开出版发行的“殊荣”的还有日本无产阶级作家小林多喜二的3部作品《沼尾村》（李德纯译，人民文学出版社，1973年5月）、《蟹工船》（叶渭渠译，人民文学出版社，1973年10月）、《在外地主》（李芒译，人民文学出版社，1973年10月），以及2部文学理论和文学史著作：遍照金刚的《文镜秘府论》（周维德校点，人民文学出版社，1975年5月）和吉田精一的《现代日本文学史》（从明治维新到20世纪60年代）（齐干译，上海人民出版社，1976年1月）。

此外,还有10种翻译自阿尔巴尼亚等社会主义国家的文学作品也是公开发行的,其中有《老挝短篇小说集》(人民文学出版社,1972年9月)、老挝作家伦沙万的《生活的道路》(梁继同、戴德忠,人民文学出版社,1975年6月);《阿尔巴尼亚短篇小说集》(梅绍武等译,人民文学出版社,1973年2月)、阿尔巴尼亚诗人阿果里的《阿果里诗选》(郑恩波译,人民文学出版社,1974年11月);《柬埔寨通讯集》(人民文学出版社,1972年9月);《朝鲜短篇小说选》(张永生等译,人民文学出版社,1975年9月)、《朝鲜诗集》(延边大学朝鲜语系72级工农兵学员译,人民文学出版社,1976年5月)、《朝鲜电影剧本集》(延边大学朝鲜语系72级工农兵学员译,人民文学出版社,1977年4月);《越南南方短篇小说集》(人民文学出版社,1972年9月)、《越南短篇小说集》(人民文学出版社,1973年4月)。

不难发现,以上这些翻译的原作都属于在"文化大革命"期间与中国有着良好外交关系的国家,并且是当时中国在国际政治舞台上结盟反抗美苏两个超级大国的同盟军。因此,公开翻译出版这些国家的文学作品,不光是一个单纯的文学行为,更是一个带有明显国际外交性质的政治行为。

至于"文化大革命"时期翻译出版并"内部发行"的外国文学作品,则无论是数量还是品种都要远远超过公开出版发行的作品。其中,苏联的文学作品有24部,包括长篇小说《人世间》(谢苗·巴巴耶夫斯基著,上海新闻出版系统"五·七"干校翻译组译,上海人民出版社,1972年5月);《你到底要什么?》(弗·阿·科切托夫著,上海新闻出版系统"五·七"干校翻译组译,上海人民出版社,1972年10月);《多雪的冬天》(伊凡·沙米亚金著,上海新闻出版系统"五·七"干校翻译组译,上海人民出版社,1972年12月);《他们为祖国而战》(长篇小说的若干章节)(米·肖洛霍夫著,史刃译,上海人民出版社,1973年7月);《白轮船》(钦吉斯·艾特玛托夫著,雷延中译,上海人民出版社,1973年7月);《落角》(弗·阿·科切托夫著,上海人民出版社编译室译,上海人民出版社,1973年9月);《普隆恰托夫经理的故事》(维·利帕托夫著,上海外国语学院俄语系译,上海人民出版社,1973年10月);《礼节性访问》(收五个话剧、电影剧本,包括《礼节性访问》《外来人》《幸运的布肯》《湖畔》《驯火记》),齐戈译,上海人民出版社,1974年4月);《特别分队》(瓦吉姆·柯热夫尼柯夫著,上海师范大学外语系俄语组译,上海人民出版社,1974年7月);《反华电影剧本〈德尔苏·乌扎拉〉》(人民文学出版社,1975年3月);《绝对辨音力》(《摘译》增刊)(谢苗·拉什金著,上海外国语学院俄语系三年级师生译,上海人民出版社,1975年5月);《现代人》(谢苗·巴巴耶夫斯基著,上海人民出版社编译室译,上海人民出版社,1975年6月);《核潜艇闻警出动》(阿·约尔金等著,上海师范大学外语系俄语组等译,上海人民出版社,1975年7月);《不受审判的哥尔查科夫》(戏剧)(萨·丹古洛夫等著,北京外国语学院俄语系三年级八、九班工农兵学员译,上海人民出版社,1975年7月);《最后一个夏天》(康·西蒙诺夫,上海外国语学院俄语系译,上海人民出版社,1975年10月);《明朗的天气》(以对话、书信、电报与其他文件等形式表达的现场报道剧)(米·沙特罗夫著,北京大学俄语系苏修文学批判组译,人民文学出版社,1975年10月);《苏修短篇小说集》(《摘译》增刊)(上海人民出版社,1975年12月);《阿穆尔河的里程》(尼·纳沃洛奇金著,江岷译,人民文学出版社,1975年12月);《四滴水》(戏剧)(维·罗佐夫著,北京师范大学外国问题研究所苏联文学研究室译,人民文学出版社,1976年1月);《蓝色的闪电》(阿·库列绍夫著,梧桐译,人民文学出版社,1976年3月);《热的雪》(尤里·邦达列夫著,上海外国语学院《热的雪》翻译组译,上海人民出版社,1976年6月);《泡沫》(风尚喜剧)(谢尔盖·米哈尔科夫著,粟周熊译,人民文学出版社,1976年8月);《淘金狂》(尼·扎多尔诺夫著,何力译,上海人民出版社,1976年11月)。

日本文学方面有9种13部,包括三岛由纪夫《忧国》(未注明译者,人民文学出版社,1971年11月;四部曲《丰饶之海》(第四部《天人五衰》,1971年12月;第一部《晓寺》,1972年8月;第二部《奔马》(《丰饶之海》),1973年5月;第三部《春雪》1973年12月);户川猪佐武的《党人山脉》(《吉田学校》第三部,上海人民出版社,1972年8月);山田洋次等著的《故乡——日本的五个电影剧本》(石宇译,上海人民出版社,1974年6月);有吉佐和子的《恍惚的人》(秀丰、渭惠译,人民文学出版社,1975年4月);小松左京的《日本的沉没》(李德纯译,人民文学出版社,1975年6月);日本电影剧本《沙器》《望乡》(《沙器》[日]桥本忍、山田洋次著,《望乡》,广泽荣、熊井启著,叶渭渠、高惠勤译,人民文学出版社,1976年1月);五味川纯平的《虚构的大义——一个关东军士兵的日记》(人民文学出版社翻译组译,人民文学出版社,1976年3月);堺屋太一的《油断》(渭文、惠梅译,人民文学出版社,1976年8月)。

当代美国文学作品5种6部,具体为《美国小说两篇》(收理查德·贝奇著、小路翻译的《海鸥乔纳森·利文斯顿》和埃里奇·西格尔著、蔡国荣翻译的《爱情的故事》,上海人民出版社,1974年3月);《乐观者的女儿》(尤多拉·韦尔蒂著,叶亮译,上海人民出版社,1974年11月);《阿维马事件》(内德·卡尔默著,馥芝译,上海人民出版社,1975年4月);三卷本《战争风云》(赫尔曼·沃克著,石韧译,人民文学出版社,1975年11月);《百年》(《摘译》增刊)(詹姆斯·A.米切纳著,庞渤译,上海人民出版社,1976年6月)。

除苏美日三国的作品外,还有德国斐迪南·拉萨尔的《弗兰茨·冯·济金根》(五幕历史悲剧)(叶逢植译,人民文学出版社,1976年1月)和玻利维亚雷纳托·普拉达·奥鲁佩萨的《点燃朝霞的人》(苏龄译,人民文学出版社,1974

年11月)。

此外,从1973年11月起在上海还编辑出版了一本翻译文学刊物《外国文艺摘译》,简称《摘译》,主要介绍苏、美、日等国的文艺作品。当然,这本刊物也是属于"内部发行"的。

从以上整理的当时翻译出版的外国文学作品数量来看,公开发行的外国文学作品,阿、越、朝等社会主义国家是8种(部),占了第一位,其次是苏联文学,再其次是日本文学。从内部发行的译作数量看,则苏联文学作品占了第一位(24部),其次是日本文学(9种13部),再次是美国文学(5种6部)。从总体上看苏联文学依然占据中国外国文学译介的首位,但是在新中国成立后17年间绝少译介的当代日本和美国文学此时却跃升成为译介的重要对象,却是一个引人注目的现象。

如前所述,所谓的"内部发行"并不始于"文化大革命"。"文化大革命"以前作家出版社和中国戏剧出版社就曾以"内部发行"的形式出版过数十种二战以后的西方现代主义文学作品,包括荒诞派、存在主义、垮掉的一代等流派的作品,如塞林格的《麦田里的守望者》等。由于这些译作的封面都设计成黄色的,所以当时对这些书还有一个俗称——"黄皮书"。但是,如果说在"文化大革命"前以"内部发行"形式出版的一些外国文学翻译作品,除了含有"供批判用"(这些译作的封面或书名页通常都印有"供批判用"字样)的意思之外,还有一点"为文学研究者提供信息或参考"的意思的话,那么到了"文化大革命"期间,这后一层意思已经完全没有了,剩下的只是"供批判用"的意思了。更有甚者,"文化大革命"前"供批判用"的还仅仅是所译作品的本身,而到了"文化大革命"期间,所批判的已经不限于所译的作品,也不限于原作中不合中国时宜和趣味的文学表现手法,而是原作所反映、涉及甚至仅仅是从原作引申出来的社会现实、意识形态等内容了。

第二节 "文化大革命"时期外国文学翻译的几个特点

一、文学翻译家被贬为翻译机器

在古今中外的文学翻译中,文学翻译家通常都会具有一定的主体意识,他们对翻译何种外国文学作品、不翻译何种外国文学作品,都会有自己的选择。譬如鲁迅,尽管留学日本,精通日语,但他几乎没有翻译过日本的文学作品(除了文论),却翻译了大量的受压迫的弱小民族国家的文学,因为他觉得这些国家的作品翻译过来对中国读者有警示作用。译者的主体性在鲁迅身上显然得到了明显的体现。甚至是本人不懂外语的林纾,他在翻译外国文学作品时也有自己的选择：他比较喜欢哈葛德的作品，尽管哈葛德在英国充其量只能算是个二流作家，但林纾喜欢哈氏作品中紧张曲折的情节，于是与他的助手一起翻译了比较多的哈葛德的作品。至于朱生豪，他的主体选择更是明确：他为了给中华民族争气，所以选择翻译莎士比亚的戏剧作品，且立志要尽毕生之力把莎士比亚的全部作品译成中文。

然而在"文化大革命"期间，翻译家的自主性和对翻译对象的选择权利完全被抹杀和剥夺了。翻译家完全失去了自己的主体性，没有了选择翻译或不翻译什么作品的权利。本来，文学翻译是一种再创作，翻译家作为这一再创作行为的主体，在选择和确定翻译对象时应该有充分的自主性，在从事翻译时也有权保持他的个性。但是，在"文化大革命"时期的文学翻译中，翻译家的这种自主性和个性完全被剥夺殆尽，沦为一具任人摆布的翻译机器。翻译家基本上没有署名权，不少译作的译者署名往往是"某某出版社编译室""某某大学某某系工农兵学员"，甚至"上海出版系统'五・七'干校翻译连"。译者能署自己真名或笔名的情况很少，至多用一个并非出于译者本意的化名。更有甚者，明明是某一个或几个翻译家翻译的作品，却硬要署上"某某学校某某系工农兵学员译"。由于译者得不到应有的尊重，翻译的目的又大多出于政治上的功利主义考虑，因此"文化大革命"期间文学翻译的质量也就不会很高。但也有例外，因为"文化大革命"中也起用了一批著名的老翻译家，如董鼎山、董乐山、草婴、方平等，这些老翻译家本着他们一贯认真负责的精神，即使身处逆境，而且没有署名权，但他们在翻译中仍然一丝不苟，从而使他们经手的译作表现出较高的翻译质量。

著名俄苏文学翻译家草婴先生曾对笔者描述过"文化大革命"期间他们是如何进行外国文学翻译的：当时上海无论是出版社系统内的还是社会上的从事外国文学翻译的人员都被组织成一个所谓的"翻译连"下放到上海郊区的"《五・七》干校"从事农村的体力劳动。一天，一位工宣队员拿着一本俄文原版小说书找到草婴先生，要他组织"翻译连"里能从事俄文翻译的人员两个星期就把这本小说翻译出来。这本小说有 40 万字，但那位工宣队员竟然要求草婴先生负责在两星期的时间里翻译出来，这种要求在今天听来不啻是天方夜谭，但在"文化大革命"那种高压政治气氛下，草婴先生也不敢违抗命令。他只好把"翻译连"里 15 位能翻译俄文的人员找来，把他们三人一组分成五个小组，然后把那本俄文小说书也一拆为五份，关照每个小组抓紧时间把各自分到的部分阅读一遍，抓住主要情节，三天后一起交流，以便大家对全书的故事有一个基本的概念。之后，各组就分头进行翻译了。翻译出来的稿子交到草婴先生处，由草婴先生(他拉了任溶溶先生帮忙)负责统稿和定稿。这样，花了 17 天功夫，总算把那本小说翻译成了中文。这本书就是后来内部出版的苏联长篇小说《人世间》。

事实上,"文化大革命"时期文学翻译的第一个特征就表现在压制文学翻译家的主体意识,剥夺他们对文学翻译的选题的选择权利。"文化大革命"时期的文学翻译家从一开始就已经被"打倒"或"靠边",对文学翻译他们没有任何发言权,他们已经被贬为一部纯粹的翻译机器,听凭当时从中央到地方掌管党内意识形态的一小撮"极左分子"的摆布。翻译选题的确定完全在当时掌握着中国意识形态大权的四个"极左分子"——即"四人帮"直接操控之下,并由"四人帮"在上海的亲信负责具体的组织工作。"四人帮"在上海的亲信,也即当时上海的党政领导,专门为此组织了一批精通外文的高校教师,让他们每天八小时阅读最新出版的国外文学作品并写出作品的故事梗概。他们上面另有一套班子审查阅读这些故事梗概,并最后做出决定,哪些作品要翻译,哪些作品不要翻译。而最终决定某部或某几部作品可以翻译出版也并不是因为这些作品具有较高的艺术价值,而是因这些作品中的某些内容或是正好迎合了"四人帮"们对某个资本主义或帝国主义国家的"想象"。譬如日本中篇小说《金色稻浪今何在》,因为在当时的宣传部门领导看来,这部作品反映了"身受残酷剥削与压迫的日本人民"的悲惨生活,描写了"不景气席卷了整个(日本)社会",展示了日本社会"凄凉萧条的市场,漩涡般上升的物价,农业破产,乡村荒芜,农田快成了芒草白穗随风摇摆的古战场"等"腐朽的资本主义制度给日本农村和整个社会带来的衰败景象"。[①] 因此这部作品就具有了翻译的价值。其他被翻译的作品,也都是因为描写了"美国黑人对白人统治者的反抗和斗争",或是这部作品"揭露了苏联修正主义集团如何不得人心",以及诸如此类的原因,所以才会组织翻译家们去翻译。

二、"无形的手"变成"有形的手"

人们常说,在文学翻译的背后有一只"无形的手"在操控,它决定该翻译什么、不该翻译什么、甚至该如何翻译,等等。这只"无形的手"主要指的就是意识形态。与本土创作文学相比,意识形态对文学翻译的制约似乎更多,也更直接。这也许是因为在文学翻译这个行为开始之前,译者及其背后的决定翻译出版的决策者面对的是一个既成的文学作品,通常译者和决策者对作品的内容以及该作品在源语国甚至在国际文坛所产生的影响都已经有所了解,对这部作品翻译出版后在译入国可能发挥的作用和可能产生的影响也都有所预见。

然而,如果说在"文化大革命"以前中国大陆意识形态对翻译的干预和操控还仅仅是在宏观层面,即对整体文学翻译的领导和导向方面,读者对文学翻译

① 参见《外国文艺摘译》1976年第8期《金色稻浪今何在》"编者按"。

背后意识形态这只无形的手还不是十分具体和敏感，那么到了“文化大革命”期间，文学翻译背后意识形态这只无形的手已经变成了一只有形的手。它从背后走到台前，并且直接对文学翻译中的每一部(篇)作品进行非常直接和十分具体的干预和操控。

譬如，在20世纪50年代，当时由于新成立的中华人民共和国实行向苏联一边倒的政策，所以在文学翻译上同样实行一条亲苏的政策：凡是苏联出版的文学作品，哪怕是二三流的，见到一本，即可翻译一本。而美、英、法等资本主义国家的文学作品，尤其是现当代作品，则被认为是宣扬资产阶级思想和生活方式，所以基本上属于不能翻译出版之列。但是，当时的读者并不明显感觉到意识形态对外国文学翻译的干预和操控，这一方面是因为苏联文学本身的题材相对中国当代文学而言，还是比较丰富的，另一方面加上俄罗斯古典文学作品，如托尔斯泰、契诃夫等人的作品，再加上美英法等国的当代文学作品虽然不能翻译，但它们的古典作品以及部分现代作品，尤其是属于所谓的批判现实主义的作品，如马克·吐温、德莱塞、狄更斯、巴尔扎克等人的作品，还是能翻译出版的。这样，基本上能够满足读者对外国文学的需要。

但是，到了“文化大革命”期间情况就不一样了。一开始是几乎所有的外国文学作品都不能公开出版发行，在进入70年代以后，总算开始翻译出版一些外国文学作品了。但是，一方面是这些书籍的品种和发行数量都非常有限，而另一方面，更重要的是，它们是以一种非常特殊的操作方式进行，从确定选题到组织翻译、到最后的发行方式(即所谓的内部发行)，等等，无一不处于严密的意识形态的操控之下。

我们暂时还没有发现与当时确定翻译选题时所依据的标准有关的文字材料，但从当时发表的一些有关文章包括一些“编者的话”等，我们还是不难发现当时的翻译选题决策者所采用的标准：

首先，它为当时中国大陆所奉行的外交政策服务。当时中国内地的领导层对国际形势的估价是，认定美苏两个超级大国在争夺世界霸权，而中国则自认是第三世界的代表，并有责任和义务代表第三世界国家反对美苏争霸。鉴于这样的认识，于是《礼节性访问》《核潜艇闻警出动》、电影剧本《夜晚记事》等苏联作品就被选中翻译出版了，因为在这些作品中，读者可以看到“苏修与美帝争夺非洲、争霸世界以至妄想充当人类‘救世主’的狂妄野心”。[①]

再如，由于“文化大革命”期间中共与苏共两大共产党反目，当时中共领导层把苏共定位为“推行社会帝国主义政策”的“新沙皇”。于是描写曾任沙皇亚

① 郭季竹:《拙劣的寓言，狂妄的野心——评电影剧本〈夜晚记事〉》，《不受审判的哥尔查科夫》，上海：上海人民出版社，1975年7月，第8—17页。

历山大二世的首相兼外交大臣亚历山大·米哈伊洛夫·哥尔查科夫生平活动的剧本《不受审判的哥尔查科夫》(萨·丹古洛夫著)被翻译出版了,这是因为该剧本所反映的哥尔查科夫"为废除巴黎和约,重新霸占黑海所干的一系列勾当",是"明目张胆地为老沙皇侵略扩张罪行翻案,为苏修新沙皇争夺世界霸权制造舆论,充分暴露无遗了苏修社会帝国主义的反动本质。"[①]另一出剧本《柏林卫戍司令》(瓦·索勃科著)翻译出版的原因也同出一辙:"剧中主角柏扎林上将确有其人,此人在当时确实曾任柏林卫戍司令,剧本写的好像是'真人真事',于是就可以'借尸还魂',在这个历史人物的幌子下贩卖(苏修统治集团的)'新见解',也就是要歪曲历史,把自己打扮成'欧洲各国人民的解放者',来掩饰它社会帝国主义的霸权主义的行径。"[②]

与此同时,还翻译出版了埃及作家法耶斯·哈拉瓦的剧本《代表团万岁》。这是"文化大革命"期间唯一一部埃及作品的汉译,而之所以当时会想到要翻译这部剧本,就是因为这部剧本一度因苏联的干预而被禁演,但后来因"埃及人民坚持斗争,强烈反对苏修干涉埃及内部事务的霸道行径,……埃及国务委员会遂宣布取消对此剧的禁演令","社会帝国主义迫使此剧停演的企图终于遭到了失败,埃及人民取得了一次反对霸权主义的胜利"。[③] 从上述引自该译本的"出版说明"中不难窥见当时有关部门决定翻译出版这部埃及剧本的主观意图。

其次,"文化大革命"期间的文学翻译是非常明确地用来为当时中国大陆占主导地位的意识形态服务的。众所周知,当时中国正在进行"文化大革命",对待"文化大革命"党内外各政治派别还是存在着不同意见的。于是"文化大革命"的领导人、尤其是当时主管意识形态的"四人帮"集团把目光瞄准了翻译文学,他们觉得可以利用翻译文学作品来证明他们进行的"文化大革命"是完全正确的,因为"文化大革命"的主要理论依据就是无产阶级在夺取政权以后必须要继续革命,否则党就会变"修(正主义)",资本主义就会复辟,劳动人民就会吃"二遍苦",而当时的苏共领导集团在他们的眼中正好是无产阶级政党"变修"的典型。这样,"文化大革命"期间就翻译出版了特别多的能反映所谓"苏联劳动人民悲惨生活""苏共干部专横跋扈、腐化堕落"以及"苏联青少年一代颓废消沉、追求享乐"的作品,如长篇小说《人世间》《普隆恰托夫经理的故事》《你到底要什么?》等。譬如,在为两篇苏联短篇小说《费多西娅·伊凡诺芙娜》和《小勺

---

① 北京师范大学外国问题研究所苏联文学研究室:《新沙皇为老沙皇翻案的铁证》,《不受审判的哥尔查科夫》,上海:上海人民出版社,第1—7页。

② 樊益世:《"救世主"招牌的背后》,《译丛》1976(2):85。

③ 法耶斯·哈拉瓦:《代表团万岁》,北京外国语学院亚非语系阿拉伯语专业译,北京:人民文学出版社,1975年,第1页。

子》所写的“编者的话”中，作者特别强调指出，前者的主人公“为了维持一家八口的生活，当牛做马，承受着极其沉重的体力与精神负担”，后者的主人公“也迫于生活，沦为她的叔叔、某木材仓库经理的雇工”，“劳动群众的这种境遇，在苏联现实生活中触目皆是，而且还要悲惨得多。这是赫鲁晓夫—勃列日涅夫叛徒集团在苏联复辟资本主义的必然结果。”[①]以此说明，如果中国不搞“文化大革命”，中国也会出现类似的情景。

最后，其实“文化大革命”中文学翻译的最根本的目的是为当时掌握着意识形态大权的“四人帮”小集团的帮派利益服务，所以“文化大革命”期间能反映苏联领导干部“化公为私、贪污腐化、盗窃行贿”、享受特权生活的文学作品就翻译得特别多，“四人帮”借这些作品影射他们的政治对手就像这些作品里所描写的“特权阶层”一样，从而煽动群众起来打倒这些“特权阶层”，也即“文化大革命”中所说的“走资派”，实质是“四人帮”的政治对手。譬如，针对剧本《一个能干的女人的故事》所写的批判文章《新资产阶级分子的自画像》，作者指出剧本“透露了苏修国内阶级矛盾激化的现实”，“我们从剧本中可以看到：一方面是高踞劳动群众之上的资产阶级老爷们，另一方面是沦为奴隶的雇佣劳动者；一方面是女厂长及其女儿伊林娜之流那种骄奢淫逸的悠闲生活，另一方面是广大工人疲于奔命的牛马不如的生活；一方面是统治集团使用各种‘科学的办法’，穷凶极恶地榨取工人一点一滴的血，另一方面是广大工人被更紧张的劳动压断了腰，以及因‘科技革命’而大量过剩的劳动力加入失业大军。”[②]另一篇短篇小说《入党介绍人》的“编者按”则是这样描述这部作品的一个主人公的：“作者笔下的资产阶级分子某工厂厂长鲁胡拉，就是勃列日涅夫集团的化身：鲁胡拉徒工出身，在红旗下长大，组织上加入了共产党，又经过大学培养，成了一名红色专家。但在资本主义土壤上，他们背叛了自己的阶级，篡夺了工厂领导权，改变了工厂性质，成了资产阶级对无产阶级专政的小头目。他们欺压工人，为非作歹。工厂为油井生产的马达，他可以从后门卖给住别墅的上层人物，也可以据为己有。他在市中心有一栋富丽堂皇的住宅，在纳尔达兰又搞了一幢大庄园式的别墅。室内摆满了漂亮的家具，院中遍地花香，满池金鱼……完全是剥削阶级奢侈淫逸的生活。”[③]从以上这些大批判文章和刊登在译作前面的“编者按”中，不难窥见当时选择所要翻译的文学作品的意图。

---

① 《编者的话——写在苏修短篇小说〈费多西娅·伊凡诺芙娜〉、〈小勺子〉的前面》，《摘译》（外国文艺）1976(12)。

② 樊益世：《新资产阶级分子的自画像——批判苏修剧本〈一个能干的女人的故事〉》，武汉大学《译丛》编译组编《一个能干女人的故事》（《译丛》，批判材料）1976(1)：5。

③ 参见《入党介绍人“编者按”》，武汉大学《译丛》编译组编《一个能干女人的故事》（《译丛》，批判材料）1976(1)。

值得一提的是,“文化大革命”期间确实也翻译出版了一些具有较高艺术价值的作品,如著名苏联作家西蒙诺夫的长篇小说《生者与死者》《最后一个夏天》,以及著名吉尔吉斯作家艾特玛托夫的《白轮船》,等等。但这当然不是因为当时文学翻译的决策者看中了这几本书的艺术价值,而是因为前者所流露的反斯大林倾向和后者所表现的深刻的人道主义精神都不见容于当时中国内地的主流意识形态,而它们却可以充当当时国内所宣扬的“苏联已经变修”的话的证明。就像刊在《白轮船》译文正文前面的一篇大批判文章“在‘善’与‘恶’的背后——代出版前言”中所写的,“《白轮船》里所描写的,是今天苏修社会的一面镜子。通过阿洛斯古尔,我们看到了勃列日涅夫一伙的丑恶嘴脸。通过护林所,我们看到了今天苏修整个社会。毛主席曾经指出:‘修正主义上台,也就是资产阶级上台。’在苏联,人们虽然找不到自称为资本家的人物,但一切工厂、企业却全由像阿洛斯古尔一类的人物控制着,他们挂着‘经理’‘厂长’‘党委书记’的牌子,实际上却完完全全像美国那些大大小小的垄断资本家一样,残酷地压榨着工人。”“‘善’与‘恶’从来是有阶级内容的。读完《白轮船》,我们清楚地看到了在作者宣扬的抽象的‘善’与‘恶’的背后,在勃列日涅夫宣扬的和谐的‘共同体’背后,是一幅多么激烈的阶级斗争画图啊!”[①]以及诸如此类的话。

三、强制规定读者的接受角度

“文化大革命”时期文学翻译的第三个特征是强制性地规定了读者对译作的接受角度,这种赤裸裸的对读者接受外国文学译作的干预,在国际翻译文学界恐怕也是极为罕见的。

“文化大革命”时期的翻译作品几乎每一篇(部)都会附有一篇或长或短的前言、后记或批判文章,在这些前言、后记或批判文章中,“文化大革命”中文学翻译的操控者们通常都是毫不隐讳他们组织翻译并出版该译作的动机。譬如在译自玻利维亚作家奥鲁佩萨所著的《点燃朝霞的人们》一书的“出版说明”中,“说明”的作者直截了当地点明“《点燃朝霞的人们》是拉丁美洲的一部宣扬格瓦拉路线的小说”,这部小说的主题思想“就是反映格瓦拉在玻利维亚的日记中所提出的所谓‘游击中心’(或称‘焦点论’)的思想。这种思想所主张的是一条机会主义的错误路线,它不要马克思列宁主义政党的领导,不发动不依靠广大群众,不建立根据地,只依靠少数人的开头力量进行流寇式的冒险活动,因此,最后必然遭到失败。”而对于小说把几个人物的活动、思想、对话错乱交织的比较新颖独特的叙述手法,“说明”的作者也同样嗤之以鼻,讥之为“只不过是对没

① 任犊“在‘善’与‘恶’的背后——代出版前言”,载钦吉斯·艾特玛托夫《白轮船》,雷延中译,上海:上海人民出版社,1973年,第2页。

落的西方资产阶级文学常用的形式主义创作方法的模仿”。[1]

在有的翻译作品的正文前所附的“编者说明”或批判文章，出版该译作的组织者对作品的文学艺术价值更是闭口不谈，而是把篇幅全用在对译作内容的所谓“批判”上。他们完全不顾译作的完整内容，而是随心所欲地断章取义、借题发挥，并且让读者也按照他们的方式去阅读和理解译作。譬如，苏联作家拉什金的长篇小说《绝对辨音力》，明明歌颂了女主人公玛丽雅富有爱心的教学方法，反对作品中另一个人物所推行的“军事游戏”式的“教育”，但冠在作品前面用来代替前言的一篇所谓某大学某系三年级师生批判该书的“发言纪要”却硬要说这部作品是在宣扬“地地道道的军国主义教育”，是“日本军国主义者、德国希特勒纳粹分子曾经竭力推行过的军国主义教育的翻版”。而书中的正面人物女教师玛丽雅的“仁爱、善良”的教育，则被说成是推行军国主义教育的“遮羞布”，她的“仁爱”和“善良”“就是要第三世界人民容忍超级大国的吞噬”。[2] 这样的结论今天看来完全是匪夷所思的，但在当时却感觉到振振有词。

还有一篇苏联话剧《金色的篝火》的译作走得更远，编译者干脆在译文中加上按语。这些按语或直接反驳剧中人物的话，或联系当时中国国内的政治现实，对苏联领导层大加鞭挞。譬如，剧中主人公、苏共中央委员萨拉托夫在说他的从前的师傅、老工人苏什金生活过得不坏时，编译者马上插入一段话，说“这个‘过得不坏’的苏什金是一个被歪曲了的工人形象，它是作者为了掩盖阶级矛盾和美化苏修社会面捏造出来的。”在剧中另一个人物米洛奇卡指责社会上有人“可恶”“大量地偷，把货物的等级搞乱，八十戈比一公斤的苹果我们要卖一个卢布”时，编译者又插入一段话：“这不是个别人的‘可恶’，因为唯利是图是以勃列日涅夫为代表的官僚垄断资产阶级贪婪本性的反映，是你们的国家整个儿改变颜色的必然结果。”[3]如此等等，成为当代文学翻译史上的一个非常奇特的现象。

“文化大革命”是1976年结束的，距今已经整整三十多年了。随着时间的推移，“文化大革命”连同它的许多事件、人物、思想、观念，正渐行渐远，从人们的记忆中淡出。然而，“文化大革命”实在是中国人民一笔不可多得的财富，这笔财富是中国人民用惨痛的经验教训、甚至用了成千上万人的血的代价换来的，我们应该好好珍惜这笔财富，好好利用这笔财富。这里我们对“文化大革命”期间的文学翻译所做的分析，只是一个非常粗浅的尝试，有待今后进一步的深入挖掘。

---

① 普拉达·奥鲁佩萨：《点燃朝霞的人们》，苏龄译，北京：人民文学出版社，1974年，第1—2页。

② 谢苗·拉什金：《绝对辨音力》，上海外国语学院俄语系三年级师生译，上海：上海人民出版社，1975年，第1—12页。

③ 伊西多尔·什托克：《金色的篝火》，万山红译，《摘译(外国文艺)》1976(8)：5，29。

最后,不无必要说明一下的是,尽管在当前中国大陆,文学翻译与我们国家的政治和意识形态仍然有着非常密切的关系,但是翻译家的自主性和文学作品本身的艺术价值已经得到了应有的尊重,并在文学翻译中起着越来越重要的作用。正因为如此,所以无论是东方的大江健三郎,还是西方的君特·格拉斯、拉丁美洲的马尔克斯、博尔赫斯,等等,都已经通过我们的翻译家的劳动走进了中国各地的书店,并成为广大中国读者熟悉和喜爱的外国作家。

第十一章
新时期外国文学翻译中的几个热点

第一节 “名著重译”与人道主义

一、“名著重译”开启了对人道主义的反思

1978年5月1日国际劳动节，粉碎“四人帮”之后首次重印的世界古典文学名著在全国新华书店公开出售。这次书籍发售在全国各地都引起了巨大的轰动，造成了读者排队抢购的局面。“名著重印”这件早已为人们遗忘的小事，其实意义非同小可。不夸张地说，它算得上是中国改革开放新时期“西学东渐”的起点。如果不是从翻译的角度梳理当代思想史的话，我们就很难发现到这一点。

“文化大革命”以后，外国文学的翻译在中国极度凋零，对于外国古典文学的介绍更成了禁区。但这种禁绝并没有完全割断国人与外国古典名著的联系，人们还是在偷偷地从以前出版的这些“禁书”中获取精神的支持和心灵的慰藉。孔捷生在荒凉的五指山的深处，偷偷地将辗转借来的《安娜·卡列尼娜》几本书读了一遍又一遍，直到将几本书都能背下来了。回城之后，他借助于妈妈在中山图书馆的一个熟人，“在那儿啃了将近两百部外国名著”[①]。王小鹰在山区农场土屋的煤油灯下，等人家都进入梦乡了，便开始如痴如醉地“吸收资产阶级毒素”。后来回城做工，办公室的抽屉里藏满了世界名著，偷读“那一部一部的精华”[②]。肖复兴在“文化大革命”后期接触外国文学作品，得力于一位交情特殊的图书馆老师。这位老师冒着风险将被封存的图书偷出来给他看，“每看完几本之后，我用报纸包好悄悄地放在传达室里，等着老师再从图书馆里偷出另外

① 孔捷生：《文坛学步杂谈》，王蒙等著《走向文学之路》，长沙：湖南人民出版社，1983年9月第1版。

② 王小鹰：《从川端康成到托尔斯泰》，《外国文学评论》1988(3)。

几本同样也用报纸包好放在传达室里交换,简直像是地下工作者在秘密传递情报之类。"[①]这些作家的特殊经历,既表明了那个时代的匮乏,也说明了中国读者对于外国古典文学名著的巨大需求。

1976年10月,"四人帮"垮台,中国进入了新的历史时期。敏感的人民文学出版社立即对此做出了反应,1977年,该社开始了新旧并举的翻译出版策略。一方面,它出版了秘鲁蒙托罗的《金鱼》(上海外国语学院西班牙语专业76届工农兵学员及部分教员集体翻译),朝鲜朴凤学等著的《朝鲜电影剧本集》(延边大学朝语系72届工农兵学员译),苏联马雅可夫斯基的长诗《列宁》(飞白译),德国《维尔特诗选》(施升译),日本中田润一郎的《从序幕中开始》(共工译),菲律宾黎萨尔的《不许犯我》《起义者》(柏群等译)等书,这还是明显继承"文化大革命"出版的路向;另一方面,它又试探性地"越轨"重印了五本久被禁绝的世界古典文学名著:斯威布的《希腊的神话和传说》,阿拉伯民间故事集《一千零一夜》(一、二、三),果戈理的《死魂灵》,莎士比亚的《哈姆雷特》《雅典的泰门》。这些书都并非新译,而是对于从前的名家名译的重印,故称为"名著重印"。果戈理的《死魂灵》系鲁迅翻译,最早于1935年由上海生活文化出版社出版。莎士比亚的《哈姆雷特》《雅典的泰门》均为朱生豪译本,朱译莎士比亚戏剧全集1947年由世界书局初版。《希腊的神话和传说》为楚图南所译,1949年由上海书报联合发行所初版。《一千零一夜》则是1957年由纳训翻译人民文学出版社初版的。从篇目上看,这5本书显然经过了出版者的慎重选择,入选篇目都具有一定的"安全系数"。古希腊神话与阿拉伯民间故事,很明显不具有多少意识形态色彩。果戈理的《死魂灵》是鲁迅的译品,而鲁迅是"文化大革命"中唯一未倒的"旗帜"。莎士比亚的朱生豪译本也是名译,但其得以出版却并非因为译者,而是由于作家本身,因为莎士比亚是在马列文论中屡受称赞的作家,我们还记得"莎士比亚化"一类的术语。出版界对于禁区的突破是艰难而谨慎的,这五种书显然是在投石问路。书出版后,在读书界引起了强烈反响,成为了社会的一个"亮点"。读者反应热烈,而"上面"似乎一时还不知道怎样应对,因而并没有什么批评指责,这使出版者受到了鼓舞,接下来步伐更大了。1978年,人民文学出版社"名著重印"的数量大大超过了上一年,累计达到37种。这些书包括:雨果的《悲惨世界》(李丹译),托尔斯泰的《战争与和平》《安娜·卡列尼娜》(周扬译),塞万提斯的《堂吉诃德》(杨绛译),巴尔扎克的《高老头》《欧也妮·葛朗台》(傅雷译),狄更斯的《大卫·科波菲尔》(董秋斯译),《契诃夫小说选》(汝龙译),萨克雷的《名利场》(杨必译)等。尤其值得一提的是,这一年还出版了据朱生豪译本校订的《莎士比亚全集》,计11卷。这些名著销量惊人,它们

---

① 肖复兴:《契诃夫之恋》,《作家谈译文》,上海:上海译文出版社,1997年12月第1版。

大都印了四五十万册以上，其中《一千零一夜》出版后一两年内，销量已近百万。在今天看来，翻译文学图书的这种销售量无异于天方夜谭。

在很多作家、学者的文章中，我们都可以看到他们对于彼时抢购、阅读西方古典文学名著的盛况的深情追忆。陈思和曾在一篇文章中谈到："那年5月1日，全国新华书店出售经过精心挑选的新版古典文学名著《悲惨世界》《安娜·卡列尼娜》《高老头》等，造成了万人空巷的抢购的局面。"[①]对于精神饥渴的中国读者来说，外国古典名著的出版的确不啻为一次精神的盛宴。经历了那个时代的人，都会津津乐道于名著重印的效应，但其意义到底在什么地方呢？没有人加以说明。我所感兴趣的，正是对于这一思想过程的具体分析。"四人帮"垮台是一个政治事件，新的文化并未随之出现。从知识生产的角度看，文化惯性持续的一个重要原因是缺乏外来文化的刺激与参照。自1977年开始的"名著重印"，所担负的正是这样一个重要的角色，它在国内植入了新的话语生长点，为新时期的知识构造提供了动力，其直接结果是促进了新时期最早思想文化思潮人道主义的话语实践。

一种外来文化进入中国，首先出自于中国文化的需要，但作为从前被禁止的外国文学名著进入中国，必然会带来对于原有的社会意义结构的破坏。究其实，外国古典名著并不是如存在主义那样的某一种具有特定的理论立场思想流派，而是涉及不同时代不同国度的混杂的外来文化。中国读者从外国古典名著中得到的启示，与其说来自于那些外国小说，不如说更来自于中国社会内部。经历了"文化大革命"时期残酷的阶级斗争现实的中国读者，在阅读外国古典名著时，尤其容易被其中的人道主义情怀所打动，并引发对于中国现实世界的反省。世界古典文学名著以前被禁止的一个重要理由正是所谓抽象人道主义，它们的重新流通必然会引起对于人道主义的重新认识。我们在张抗抗的下列描述中，很容易发现外国古典名著的阅读与新时期人道主义思潮的内在联系：

> 那个酷热的夏天，我每天一动不动地读着大仲马、小仲马、哈代、罗曼·罗兰。我深爱《德伯家的苔丝》和《九三年》。恰恰在那一个沉闷黯淡的时期，人文主义的阳光第一次照亮了混沌的心灵，冲击着编织多年的思想藩篱。面对窒息的现实，便开始有了不满、有了质问、有了深思和探寻。我确信在那几年以后，即70年代末我走向文坛初期，如泉水般喷涌的那些作品中，所试图表现的人性、尊严、价值观等一切与此相关的话题，都是在那些饥渴的阅读中埋下的种子。[②]

---

① 陈思和：《想起了〈外国文艺〉创刊号》，《作家谈译文》，上海：上海译文出版社，1997年12月第1版。

② 张抗抗：《大写的"人"字》，《外国文学评论》1989(4)。

不计其数的关于新时期人道主义论争的论述,都忽略了下列事实:新时期人道主义论争首先起源于外国文学名著的效应。这一不大不小的失误严重影响了我们对于新时期人道主义思潮源流的准确把握。

有一种不断被重复的看法,即认为新时期第一篇鼓吹"人性"和"人道主义"的文章,是发表于《文艺研究》1979年第3期朱光潜的《关于人性、人道主义、人情味和共同美问题》一文。应该说,朱光潜的这篇文章,加上其后汝信的《人道主义就是修正主义吗?》、王若水的《谈谈异化问题》两文,是引发全国性的有关人道主义大讨论的关键性的文章。但朱光潜的文章既非谈论人道主义的第一篇文章,关于人道主义的讨论更不是仅仅始于这几篇文章之后。早在此文之前,就已有不少讨论人道主义的文章。早在1978年11月广州召开的"全国外国文学研究工作规划会议"上,后来在有关人道主义和异化问题大讨论中起了关键作用的中国理论界权威周扬在涉及对于世界文学的评价时,就初步提出了不应该笼统反对人道主义的思想。他说:"我们对人道主义,也不应笼统反对,我们只反对对人道主义不作历史的、阶级的分析。"[①]周扬的这一讲话以会议纪要的形式,刊载于全国较有影响的刊物《外国文学研究》1979年第1期上。正是在这一期上,同时出现了讨论人道主义的专栏"人道主义笔谈"。这一专栏的文章包括四篇文章:沈国经的《人道主义的历史进步意义无容否定》、周乐群的《人道主义断想》、李鸾的《从读莎剧的一点感受谈起》、秦德儒的《昨日的人道主义与今日的封建法西斯主义》。从文章的题目可以看出,它们都是为人道主义张目的文章。但它们与后来讨论人道主义的文章的不同之处在于,它们主要是从评价外国古典文学名著入手的,而后来的文章侧重于从理论上分析人道主义与马克思主义的关系。后面我们将揭示,这体现了新时期人道主义讨论的两个不同阶段。

对于外国古典名著的文化冲击的忽略,直接导致了对于新时期人道主义思想来源的误解。对于新时期人道主义的来源,通常的说法有两种:一种看法认为来源于新时期以来陆续进入中国的萨特、叔本华、尼采、弗洛伊德等西方现代人本主义[②],另一种看法认为主要来源于西方马克思主义思潮[③]。这两种看法加起来,似乎已经穷尽了新时期以来进入中国的西方文化思潮,但它遗漏了最早进入中国的大批的外国古典文学名著。在他们看来,外国文学名著不能构成一种思潮,但恰恰是由它们带来的西方古典人道主义直接构成了中国新时期人道主义的源头。

---

① 《全国外国文学研究工作规划会议在广州召开》,《外国文学研究》1979(1)。

② 张炯:《人性、人道主义思潮的复苏与争议》,朱寨、张炯主编《当代文学新潮》,北京:人民文学出版社,1997年12月第1版。

③ 丁学良:《新马克思主义对中国大陆的影响》,陈奎德主编《中国大陆当代文化变迁》,台湾:台湾桂冠图书股份有限公司,1991年7月初版。

二、人道主义在新时期的艰难复甦

就其历史含义而言，一般认为，人道主义在西方历史上是从中世纪神学统治下寻求解脱的"人的解放"思潮。但按照海德格尔的说法，"只要按照基督教义看来一切都是为了人的灵魂得救(salus aeterna)，而人类历史是在救世史的框架之内显露出来的话，那么基督教也是一种人道主义。"[①]就其理论内涵而言，人们一般将人道主义看作是对于人的"自然本性"及"自由"的强调，在海德格尔看来，果若如此的话，那么人道主义的内涵就因人们对于"自然本性"和"自由"的不同理解而大相径庭了。人道主义成了一个空洞的能指，它可以指涉各种各样、甚至完全相反的东西。福柯认为人道主义是一个或一组"超越时间、在欧洲社会的一些场合一直重复出现的主题；这些主题总是与价值判断连结在一起，在内容上，以及在它们一直保存的价值上明显地有巨大的变化"。他由此考察欧洲历史上形形色色的人道主义，"在17世纪，存在着以基督教批判或一般宗教批判形式出现的人道主义；存在着与苦行主义和更加神学中心主义的人道主义相反的基督教人文主义。在19世纪，有怀疑的人道主义，它对科学持敌意和批判态度，而另一种人道主义则与之相反，把它的希望寄托在同一个科学之上。马克思主义一直是一种人道主义；存在主义和人格主义也是；曾经有这样的一个时期，那时人们支持由国家社会主义所表达的人道主义，斯大林都有说他们是人道主义者。"[②]事实上，人道主义也不是第一次在中国露面。在20世纪以来的中国历史上，Humanism它已被多次"翻译"过来，而且意义各不相同。汪晖曾经指出，Humanism一词在五四期间曾被翻译为两个截然相互对立的命题，《新青年》派将其译为"人道主义"，《学衡》派将其译为"人文主义"。在此，"人道主义"是源于西方文艺复兴和启蒙运动的一个现代性概念，而"人文主义"则是来源于古希腊人文文化的一个反现代性的概念。

由此而来的启发是，在讨论中国新时期人道主义思潮的时候，我们无法像以前那样泛泛而谈。中国新时期诸家对于人道主义有过各种概括，如"尊重人的尊严，把人放在高于一切的地位。"(朱光潜)、"指一切以人、人性的价值、人的尊严、人的利益或幸福、人的发展或自由为主旨的观念或哲学思想"(王若水)、"主张维护人的尊严权利和自由，重视人的价值，要求人能够得到充分的自由发展等的思想和观点"(汝信)，现在看来，这些看起来明白无误的定义其实毫无意义，倒不如将其看作是对于当时流行的诸如雨果的《九三年》等外国古典名著的

---

① 海德格尔：《关于人道主义的书信》，熊伟译，某些地方参考了陈嘉映的译文。《海德格尔选集》，上海：三联书店，1996年12月第1版。

② 福柯：《什么是启蒙》，汪晖译，选自汪晖，陈燕谷主编《文化与公共性》，北京：三联书店，1998年6月第1版。

内涵的阐释。中国新时期的人道主义不同于西方的人道主义,而西方的人道主义本身也各不相同,因而我们所需要做的是,考察这一回我们究竟“翻译”进了什么样的人道主义。

让我们先从《外国文学研究》中的“人道主义笔谈”开始,考察论者笔下的人道主义内涵。沈国经将托尔斯泰《复活》中的男主人公聂赫留朵夫与“四人帮”进行了直接的对照:“就拿《复活》里的男主人公聂赫留朵夫来说吧,当他看到被他玩弄并遗弃的玛丝洛娃,因为他而遭到悲惨的命运时,他毕竟产生了羞愧和忏悔之心,并且冲破了他的贵族身份所必然带来的伦理上、社交上、舆论上的重重障碍而真诚地去尽心赎罪,挽救玛丝洛娃。对聂赫留朵夫这个典型,我这里不去分析,不过我觉得比起‘四人帮’这伙披着‘最革命的’外衣的刽子手、恶棍来,聂赫留朵夫的道德水准似乎也要高出九十九倍。‘四人帮’这伙‘极左派’,对广大人民实行骇人听闻的封建法西斯专政,他们党同伐异,陷害无辜,残人唯恐不广,虽武则天时代的周兴、来俊臣之辈也望尘莫及。但是他们何尝有过一丝一毫忏悔之意;他们完全是一群残民以逞的人面豺狼。”[①]正是在这种十分感性的善与恶的简单对比中,论者彰扬了聂赫留朵夫所代表的人道主义。在文章近于谩骂的语句中,我们注意到作者反复强调的对于“四人帮”的定性——封建法西斯主义。这是“笔谈”中几篇文章的共同立场,周乐群在文中指出,“四人帮”之所以大批特批“地主资产阶级人性论”,原来“是为他们一伙实施封建法西斯主义进行反革命宣传”。故而“有同志愤慨地说:在封建法西斯主义和资产阶级人道主义之间,如果只能有这两种选择,那就宁肯要后者”[②]。从周乐群的后一句话中,我们能够体察到他们共同强调“四人帮”为封建法西斯的用意。在那个时代,阐述问题的最权威的依据不是别的,就是马列论述。论者对于人道主义合法性的论述,最有力的方法就是诉诸于此。马列经典的确曾经强调过资产阶级人道主义的进步性,但却强调的是这种进步性的历史性。也就是说,对于封建主义来说,它是进步的,而对于社会主义来说,它则是反动的。由此,唯有将“四人帮”定位于封建法西斯主义残余,人道主义的进步性才能合法地确立。这是这几篇文章共同的论证逻辑。从题目“人道主义的历史进步意义无容否定”就可以看出,秦德儒的文章是在直接演绎马列经典关于资产阶级历史进步性的论述:“文艺复兴时期的作家从新兴资产阶级人文主义立场描写生活,用资产阶级的人道反对中世纪的神道,用资产阶级的人性反对封建神性,用资产阶级的理性反对封建蒙昧主义,从思想文化领域向封建主义展开猛烈进攻。18世纪的启蒙主义作家鼓吹资产阶级的自由、平等、博爱,为资产阶级夺取政权大

① 沈国经:《昨日的人道主义与今日的封建法西斯主义》,《外国文学研究》1979(1)。

② 周乐群:《人道主义断想》,《外国文学研究》1979(1)。

造舆论。这些资产阶级文学在历史上都起过一定的进步作用。”李鶩则通过论证在社会主义国家中仍然“残存着封建迷信、传统的种种封建观念,例如家长作风,特权观念等等。而且还可能出现‘四人帮’那样的封建法西斯主义”,从而强调资产阶级人道主义在今天的积极意义:“对于独断专横的家长作风、飞扬跋扈的‘长官意志’,对于‘四人帮’的封建法西斯主义,自由、平等等的要求总不能不是一种破坏力量吧?难道能说它们是有利于而不是不利于家长作风、‘长官意志’、法西斯式的暴行吗?如果如实地把人道主义看作为人类文明进步的一种积极成果,那么像家长作风、‘长官意志’之类的封建意识,像法西斯式的罪恶行径,也就更易看出它们的落后或反动,更易为人们所唾弃和憎恶了。对自由平等的追求之所以能发挥这种作用,就因为人性论、人道主义中还有着合理的因素。”①

上述论者所说的“封建法西斯”的政治含义到底是什么呢?如果说因为政治气候的原因,此时论者只能痛斥“四人帮”,却不敢揭批具体的政治路线,那么到了稍后的涉及人道主义的文学作品,“封建法西斯”背后的东西就显露出来了。1980年,戴厚英发表了引起争议的小说《人啊,人》。在这篇小说中,主人公何荆夫在1957年被打成右派以来流落民间多年。面对那个岁月人与人残酷相斗,人情爱情都遭到压抑的现实,他苦苦思索着我们究竟需不需要人道主义的问题,写作一本《马克思主义与人道主义》的书。是雨果的《九三年》给了他重要的启示。在《九三年》的结尾,共和国的凶恶敌人朗德纳克侯爵在被捕前从大火里救了三个儿童,使主持军事法庭审判处决朗德纳克的共和国英雄、司令官郭文深受感动,并甘愿代替这个魔鬼受刑而放掉了他。因为从朗德纳克救孩子的行动中,郭文看到了“魔鬼身上的上帝”。在郭文的头脑里,“在绝对正确的革命上,还有一个绝对正确的人道主义”。这种超越于革命的博大的爱让何荆夫深受启发,他对他的老师说:“革命的目的难道是要破坏家庭,为了使人道窒息吗?绝不是的。”小说中援引马克思的话:“无神论的博爱最初还是哲学的、抽象的博爱,而共产主义的博爱则从一开始就是现实的、直接追求实效的博爱。”②何荆夫的矛头所指,被他的对手直截了当地指出来了。小说中的游若水说,何荆夫的《马克思主义与人道主义》一书“最大的、最危险的修正主义观点是他认为马克思主义与人道主义不是矛盾的,而是相通的。这就阉割了马克思主义的灵魂——阶级和阶级斗争的学说。”小说中同情何荆夫的女主人公孙悦这样正面评描述荆夫的观点:“他反对把阶级斗争当作目的,反对夸大社会主义社会的阶级斗争,导致对人民群众的伤害和分裂。他认为社会主义社会应有更广泛的

① 李鶩:《从读莎氏喜剧的一点感受谈起》,《外国文学研究》1979(1)。

② 戴厚英:《人啊,人!》,广州:广东人民出版社,1980年11月第1版。

民主、自由和平等。他要求不但从物质上而且从精神上把每一个公民当作人，尊重他们的权利和个性。这难道不对吗?”①现在我们已经清楚地看到，新时期人道主义直接针对的是作为中国社会主义主流意识形态的阶级斗争理论。这一理论强调人的阶级性，强调阶级立场之间的不可调和，强调阶级斗争，中国的人道主义认为正是这一路线造成了“文化大革命”的腥风血雨，造成了多少家庭的破产和情人的分离。在后来的张笑天的小说《离离原上草》，我们更看到了对于以共同人性直接消解阶级分野的尝试。这篇小说的主人公是战争中的劳动妇女杜玉凤，她出自于善良，一方面在家中照料解放军战士女伤员苏岩，另一方面同时又在地窖里收养着一个国民党将军申公秋。而在这两个敌对阵营的人相遇而展开了殊死搏斗时，杜玉凤用自己的身体隔开了双方的枪火。杜玉凤被击中了，苏岩和申公秋都震惊了。杜玉凤的“爱”感化了双方。在几十年后，已经成为政协委员的申公秋和成为地委书记的苏岩不约而同地去医院看望杜玉凤。这些小说力图表明的是，在阶级性以外，人类还有更深层的相通的人性。人与人不应当囿于阶级性的对立，而更应该相亲相爱。《离离原上草》很快受到了批评，批评家将此斥责为抽象的人道主义:“作家在这里实际要表现的思想是:人性和兽性——或者说神性和魔性，同时存在于任何人身上，只不过在坏人那里兽性或魔性占上风，而人性或神性被窒息。在适当的条件下，坏人心灵中的人性或神性也是会觉醒的。”②作者倒也毫不隐讳自己的意图，他正是要用“共同人性”来抹平阶级之间的巨大鸿沟。他在为自己辩解的时候说:“‘神性’与‘魔性’不见得恰当，如果译成人性，为什么不会有共通呢?”③在后来关于《人啊，人》和《离离原上草》等小说的争鸣中，人道主义理论家不再隐讳自己的立场，而是公开地标示出了“人性”“人情味”与“阶级性”“党性”的对立。王若望在《大胆和可贵的尝试》一文中说:“许多年来，反而‘人性’和‘人情味’被当作坏东西扔进垃圾箱，而用‘阶级性’‘党性’来包括一切。表面看来这种理论很革命，其实却是反马列主义的。”“‘没有抽象的人性’，这句话并不错，但那些极左派却把它解释成‘没有人性’了。马克思则肯定了人性，并认为社会主义革命是给人类创造了充分发展其人性的有利条件。”④

在上面的论述中，我们发现一个处处碰到、难以回避的关键问题，即人道主

① 戴厚英:《人啊，人!》，广州:广东人民出版社，1980年11月第1版。

② 张毓茂:《探求者的得与失》，沈太慧等编《文艺论争集1979—1983》，郑州:黄河文艺出版社，1985年6月第1版。

③ 张笑天:《索性惹它一回》，沈太慧等编《文艺论争集1979—1983》，郑州:黄河文艺出版社，1985年6月第1版。

④ 王若望:《大胆而和可贵的尝试——评《啊，人……》，沈太慧等编《文艺论争集1979—1983》，郑州:黄河文艺出版社，1985年6月第1版。

义与马克思主义的关系问题。在“人道主义笔谈中”，论者的叙事策略是将“四人帮”叙述成为封建法西斯主义，由此获得资产阶级人道主义的进步性。但这一叙述同时带来了很大的麻烦。论者均承认，资产阶级人道主义的进步性只是相对于封建主义而言的，而到了社会主义历史阶段它则毫无疑义是反动的。由于在社会主义阶段人道主义的积极意义仅仅是针对于社会主义阶段的封建残余而言的，因而它的价值必然是极其有限的。这一点，“笔谈”的论者们公认不讳。李鶩在论述了人性论、人道主义在历史上的进步作用后，同时又承认它们“同时对无产阶级革命产生过有害的影响”。而在历史发展的过程中，人道主义的“社会意义随着时间的推移而不断减弱，消极作用逐步增强。最后，他表示“我们肯定人性论、人道主义在今天的某些有益的作用，也不是为了把它与马克思主义相混同。”[①]由此可知，新时期之初中国人道主义者对于人道主义的肯定是底气不足的，障碍在于马列经典论述。面对于此，他们束手无策。作为中国官方意识形态的马克思主义的权威性是不容怀疑的，但如果仅止于此的话，那么人道主义在新时期中国仍然无法翻身。人道主义话语的推进，让我们看到一个被逼迫出来的逻辑转换，即中国的人道主义者转而去论证马克思主义的人道主义性质。中国的人道主义者竭力论证，我们从前仅仅强调马克思主义阶级斗争学说是片面的，真正的马克思主义是以人为目的的，是一种最彻底的人道主义。在“人道主义笔谈”中李鶩还在说不能将人道主义与马克思主义相混同，事隔不久，王若望的谈话已在公然将两者混为一谈了，他将人道主义看成是真正的马克思主义，而将阶级斗争理论说成是“反马列主义的”。

在关于人道主义的大讨论中，有几句话先后在中国被辗转反侧地引用，几乎家喻户晓，一是莎士比亚《哈姆雷特》中对于人的颂扬，“人是一件多么了不起的杰作！多么高贵的理性！多么伟大的力量！多么优美的仪表！多么文雅的举动！在行为上多么像一个天使！宇宙的精华！万物的灵长！”二是马克思早年关于“人的解放”的论述，“人的根本就是人自身”“人本身是人的最高本质”“共产主义就是现实的人道主义”等。这正说明了新时期人道主义思潮从泛泛的世界文学名著到西方马克思的递进嬗变。

第二节　“现代派”与后现代

一、对西方现代派文学的误读

1949年以后，由于政治意识形态的原因，西方现代主义文学在中国一直是

① 李鶩：《从读莎氏喜剧的一点感受谈起》，《外国文学研究》1979(1)。

受排斥的。新中国成立后中国对待西方现代主义的态度受到了苏联日丹诺夫理论的影响,在第一次全苏作家代表大会,日丹诺夫对于西方现代文学有下列评判:“由于资本主义制度的衰退与腐朽而产生的资产阶级文学的衰退与腐朽,这就是现在资产阶级文化与资产阶级文学状况的特色与特点。资产阶级文学曾经反映资产阶级制度战胜封建主义,并能创造出资本主义繁荣时期的伟大作品,但这样的时代是一去不复返了。现在,无论题材和才能,无论作者和主人公,都是普遍地在堕落……沉缅于神秘主义和僧侣主义,迷醉于色情文学和春宫画片,这就是资产阶级文化衰退和腐朽的特征。资产阶级文学家把自己的笔出卖给资本家和资产阶级政府,它的著名人物,现在是盗贼、侦探、娼妓和流氓。”[①]这样一段庸俗进化论的漫画式的论述,竟成为了新中国成立以后评价外国西方现代文学的一个指导思想,其论述方式和语言都在中国得到了广泛的运用。如此,西方现代主义文学作品在中国的翻译不能不受到严重的限制。1949年以后我国的翻译格局是畸形的,“文化大革命”可以不提,“文化大革命”前十七年,俄苏文学翻译共3526种,全部英美文学翻译的总量却只有460部,还不够俄苏文学的零头。至于西方现代主义文学的翻译则更少,很多是“内部出版”,供批判之用的。1959年,卞之琳在总结新中国成立后十年的文学翻译的成就时说:“新中国成立前,我们译的资本主义国家的作品里,夹带有颓废主义的、低级趣味的、思想反动的东西。新中国成立后由于社会性质的改变,这些货色失去了市场,这是自然而然的。”[②]在这里,读者的趣味及其变化都只能由社会意识形态代为规定和表达。本世纪初期、特别是五四以来西方现代主义文学在中国的流脉就这样“自然而然”地中断了。

前面我们说到,1978年的“五一”,世界古典名著的首次公开出售,而在这一年的夏天,大量刊载西方现代主义作品的《外国文艺》双月刊就问世了。与世界古典名著批判现实主义不同,现代主义自新中国成立以来就一直处于被排斥的状态。考虑到这一点,现代主义能够如此早地在新时期中国出现,实属不易。《外国文艺》在创刊号中刊登了美国约·海勒的《第二十二条军规》和法国让—保尔·萨特的剧本《肮脏的手》,而在后面几期刊物中,又陆续刊出了约翰·巴思《迷失在开心馆里》、福克纳《纪念爱米丽的一朵玫瑰花》、阿·罗伯-格里耶《橡皮》、豪·路·博尔赫斯《交叉小径的花园》等著名的现代主义的名著。这是新中国建国以后第一次在非批判的状态下展示外国“现代派”小说,其效果可说是石破天惊。20年后,刘心武还能真切地回忆自己看到《外国文艺》“满眼的新

① 柳鸣久:《现当代资产阶级文学评价的几个问题》,《外国文学评论》1979(1)。

② 卞之琳等:《十年来的外国文学翻译和研究工作》,《文学评论》1959(1)。

奇”的感觉[①]。《外国文艺》在新时期不经过任何试探，首次引进西方现代主义文学作品，其胆识勇气的确十分令人敬佩，意义也非同小可。陈思和曾从文化嬗变的角度，高度评价《外国文艺》的贡献，他认为凡一时代的文学风气发生新旧嬗变之际，首先起推波助澜作用的往往是一两家期刊，如五四时期的《新青年》，30 年代的《现代》杂志，50 年代台湾的《文学杂志》等，“以这样的标准来看‘文革’后中国文学发展与期刊的关系，我觉得其关系最大、影响最重要的，倒不是当时那些质量平平的文学期刊，而是有关外国现代文学观念引进和介绍的刊物——我想说的是上海译文出版社出版的《外国文艺》杂志。”[②]

《外国文艺》开了风气之先，但它毕竟是一本刊物，对于外国现代派作家作品的翻译介绍不成系统。1980 年出版的袁可嘉、董衡巽、郑克鲁选编的《外国现代派作品选》在一定程度上弥补了这一缺陷。这四卷书首次系统译介了 19 世纪以来的外国现代主义（包括后现代主义）诸流派，包括后期象征主义、表现主义、未来主义、意识流、超现实主义、存在主义、荒诞文学、法国新小说派、垮掉的一代、黑色幽默，等等。这一份目录可谓洋洋大观，既囊括了外国“现代派”有代表性的作家作品，又显示了我国现代以来的这一方面翻译精品。这一套“作品选”连同袁可嘉的“前言”影响极大，许子东曾指出：“有不少后来被称为‘中国的现代派’的青年诗人、作家，他们对于现代主义的最初理解便来自于袁的‘前言’”[③]。

《外国现代派作品选》虽然弥补了《外国文艺》的不足，成为了新时期之初“现代派”作家作品的“经典”，但它自身仍有很大的局限性。这种局限来自“选本”篇幅有限，不可能在四册书中详尽刊登如此众多的作家作品，只能每个作家都选登一点，较长的小说都只能选载，或干脆不登。如美国的约瑟夫·赫勒的代表作是《第二十二条军规》，但这是一部长篇，故《外国现代派作品选》改登了他的《出了毛病》。上海译文出版社陆续出版的“外国文艺丛书”，是对于《外国文艺》这缺陷的弥补。“外国文艺丛书”自 1979 年就开始出书，较早地出版一些重要的“现代派”作家的代表作，如奥地利卡夫卡的《城堡》（汤永宽译，1980）、法国加缪的《鼠疫》（顾方济、徐志仁译，1980）、美国约瑟夫·海勒的《第二十二条军规》（南文等译，1981）、法国阿·罗伯-格里耶的《橡皮》（林青译，1981）、哥伦比亚马尔克斯的《加西亚·马尔克斯中短篇小说集》（赵德明等译，1982）、阿根廷的《博尔赫斯短篇小说集》（王央乐译，1983），等等。另外，上海译文出版社在和人民文学出版社自 1981 年起联合出版的“二十世纪外国文学丛书”中也推出

---

① 刘心武：《滴水可知海味》，《作家谈译文》，上海：上海译文出版社，1997 年 12 月第 1 版。

② 陈思和：《想起了〈外国文艺〉创刊号》，《作家谈译文》，上海：上海译文出版社，1997 年 12 月第 1 版。

③ 许子东：《现代主义与中国新时期文学》，选自《当代小说阅读笔记》，上海：华东师大出版社，1997 年 5 月第 1 版。

了福克纳的《喧哗与骚动》(李文俊译)和《康拉德小说选》(袁家骅等译)等。

虽然同时期还有别的翻译介绍,但在新时期初期,这一本刊物,一本书,一套丛书在引进西方现代主义文学的过程中扮演了最为重要的角色,它们构成了中国新时期西方现代主义思潮的起点。

论及西方现代主义在新时期中国的命运,最值得注意的就是它进入中国的时间。前面我们说到,西方现代主义与外国古典名著几乎是结伴而来的。外国古典名著之进入中国,带动了中国的人道主义思潮,由此而来的是文艺上自我表现、审美特性的讨论,它们构成了西方现代主义进入中国的特定语境。作为反现代主义产物的西方现代主义现身于中国新时期的现代性大潮中,它的被篡改的命运也就势在难免了。

为外国"现代派"平反的第一篇文章,是柳鸣九的《现当代资产阶级文学评价问题》,刊登于《外国文学研究》1979年第1期上,篇目正好在新时期最早讨论人道主义的"人道主义笔谈"栏目之后。新时期有关"现代派"的讨论汇进了人道主义的洪流之中,形成了本文互涉的关系。也就是说,有关"现代派"的讨论是在人道主义理论的语境中展开的。柳鸣九正是从人道主义的角度肯定现代主义的,他认为,虽然叔本华、尼采、柏格森、弗洛伊德、萨特等西方现代哲学思潮对现代主义文学有负面影响,但现代主义并没有完全抛弃资产阶级人道主义传统。他对卡夫卡、萨特和贝克特三位作家进行了详尽的分析,得出的结论是:"资产阶级上升时期的人道主义传统,在20世纪资产阶级现代派文学中并没有中断,它得到了一些优秀的进步作家的继承和发扬。正因为他们的作品是以资产阶级人道主义为思想基础,所以显示出了可贵的价值。不过,这里存在一个问题,即资产阶级人道主义在20世纪究竟还有没有进步性,还有多少进步性?"回答是肯定的:"资产阶级人道主义的这种揭露和批判力量,只要资本主义制度还存在一天,它也就不会是过时的,也就不会丧失其进步意义。"[①]这里的推衍逻辑很清楚,首先论证西方现代派文学的人道主义思想基础,再以刚刚为人们认识到的人道主义的进步性证明外国现代派文学的合法性。柳鸣九显然对西方"现代派"做了人道主义误读,西方现代主义可以说是人道主义破产的结果。西方文艺复兴、启蒙运动之后,工具理性的日益扩张使得人逐渐为自己的创造物所窒息,人所构造的意义世界也日益分崩离析,这就产生了反对以人为中心的理性分裂的现代主义。中国新时期所需要的人的主体意识、个性解放等人道主义概念其实已经是现代主义所否决的东西。柳鸣九这一"误读"影响很大,"制造"了后来的评论者对于现代主义的认识模式。

如果说柳鸣九本人的论述还是谨慎节制的,那么后来的一些误读就已走向

① 柳鸣九:《现当代资产阶级文学评价问题》,《外国文学研究》1979(1)、1979(2)。

极端。同样在《外国文学研究》上，两年后我们看到了一篇有关现代主义的争鸣，题目为《它代表了文学的未来》，文章认为："现代主义之所以有如此大的力量，是因为它有巨大价值，这个价值就是对自我的重新发现，对人的价值的再肯定，即对人的本质的探索和对人性充满激情的追求，尽管在现代主义作品里，这种追求大多数是间接表现出来的，是通过对人的本质异化、人的价值沦丧的揭露和批判中流露出来的。这种追求表现了人类首先要承认自我，看到自己的价值，看到作为人应有的权利，看到人要求个性发展，要求自由的善的本性，是最富于人道主义的，是和社会科学发展，人类文明的进化一致的。"[①]文中从人的价值，人性的追求及科学文明发展的角度肯定现代主义，这让我们已经完全看不到现代主义同人道主义、个性主义的区别了。这篇文章的题目本身也具有反讽意味，现代主义的主要精神特征就是看不到未来的绝望情绪，未料到在这里它本身成了"文学的未来"。

二、中国当代文学与后现代文学的译介

从以上所述我们可以发现，80年代初我国翻译介绍的所谓西方"现代派"作品，事实上已经大量包括了"后现代"作品，如博尔赫斯、罗伯-格里耶、约翰·巴思等人的小说。也就是说，在中国，"后现代"与"现代"几乎是同时到来的。关于什么是后现代，众说纷纭，但将上述公认的后现代小说家的作品与卡夫卡、福克纳等经典现代派作家的作品比较，我们至少可以看到一点区别，即：前者对于传统文体的破坏更为激烈，小说实验来得比后者更为极端。中国新时期作家不管什么"现代""后现代"，只知道通过翻译借鉴西方最新的写作技巧，故而在经过了意识流、荒诞派、存在主义及弗洛伊德之后，终于走向了对博尔赫斯等晦涩的后现代作家作品的模仿和借鉴。

中国新时期"后现代"的踪迹，最早可以追溯到刘索拉的《你别无选择》、徐星的《无主题变奏》等"现代"小说。前面我们已经说到，这些被称为中国真正的现代主义作品事实上并不纯粹，其中隐含了个性解放等"前现代"的成分，这里想说明的是，它甚至还同时夹杂了一些"后现代"的成分。有评论者曾分析："'你别无选择'这个萨特存在主义式的标题正是后现代主义的'不确定性'命题和'无选择技法'的一种形变，如果说这部小说尚有某个类似'主题'的东西的话，那么这也是仿佛在海勒的《第二十二条军规》中似曾相识。此外，小说中人物所表现出的虚无主义人生观更得益于塞林格的《麦田的守望者》的深刻哲

① 张桑桑：《它代表了文学的未来》，《外国文学研究》1981(1)。

理。”[①]杰罗姆·大卫·塞林格《麦田里的守望者》早在中国1963年就由施咸荣翻译出版,属于“黄皮书”,约瑟夫·海勒的《第二十二条军规》则在1981年由上海译文出版社出版。在美国20世纪文学中,前者属于“垮掉的一代”,后者属于“黑色幽默”,但它们都属于存在主义影响下的小说,它们虽然已经感觉到了意义的窘迫,却还没有走到彻底瓦解意义及小说形式的“后现代”地步。事实上,存在主义文学在西方就被看作是从“现代主义”到“后现代主义”的一个过渡。从行文风格看,《无主题变奏》与《麦田的守望者》《你别无选择》与《第二十二条军规》的对应关系是十分明显的,应该说它们主要是存在主义的,而不是后现代的。但可以说,它们已是中国“后现代”小说的先声。

启发了中国新时期先锋小说实验的是博尔赫斯、罗伯-格里耶、贝克特、萨特、布托尔、约翰·巴思、冯内古特、品钦、巴塞尔姆等西方后现代作家作品。在袁可嘉的《外国现代派作品选》中,这些作家多数赫然在目,而一些个人小说集专著如罗伯-格里耶的《窥视者》(郑永慧译)、《博尔赫斯短篇小说集》(王央乐译)也早早面世。在这些作家中,阿根廷作家博尔赫斯对中国的影响甚为显赫。早在1979年,《外国文艺》就刊登了王央乐翻译的博尔赫斯小说4篇,计有《交叉小径的花园》《南方》《马可福音》《一个无可奈何的奇迹》。1983年《博尔赫斯短篇小说集》出版,此后又有《巴比伦的抽签游戏》《巴比伦彩票》等书的出版。现在《博尔赫斯文集》(海南国际新闻出版中心)和《博尔赫斯全集》(浙江文艺)均已出版。几乎所有的中国先锋派作家都对博尔赫斯敬佩有加,并不同程度地受其影响,这可能是博尔赫斯虽然晦涩却仍能够在中国大行其道的原因。新时期的先锋小说实验基本上笼罩在博尔赫斯的阴影之下,梳理博尔赫斯与中国先锋作家的关系,大体上可以勾勒出中国“后现代”文学创作的轮廓。

博尔赫斯来中国太早,彼时中国正是恢复现实主义,连适当吸取现代主义都引起巨大争议,根本不具备接受博尔赫斯的土壤。但博尔赫斯的作品放在那里,却成了中国作家的一块心病。博尔赫斯的作品既不同于现实主义,也不同于现代主义,它的写法对于中国作家来说是不可思议的。怪异的博尔赫斯作品的存在对中国当代作家构成了潜在的挑战。面对博尔赫斯,他们还不知道如何反应。苏童初次面对博尔赫斯的心理反应,在中国作家中具有一定的代表性。“大概在一九八四年,我在北师大图书馆的新书卡片盒里翻书名,我借到了博尔赫斯的小说集,从而深深陷入博尔赫斯的迷宫和陷阱里,一种特殊的立体几何般的小说思维,一种简单而优雅的叙述语言,一种黑洞式的深邃无际的艺术魅力。坦率地说,我不能理解博尔赫斯,但我感觉到了博尔赫斯。我为此迷惑,我

① 王宁:《现代主义、后现代主义及其在二十世纪中国文学中的命运》,《比较文学与当代文化批评》,北京:人民文学出版社,2000年1月第1版。

无法忘记博尔赫斯对我的冲击。”[1]但当代作家的创新热情是巨大的，也就是从这一年开始，以《拉萨河的女神》为标志，马原首先尝试借鉴博尔赫斯，从而开启了新时期先锋小说的浪潮。80年代中期是新时期文学的兴盛期，此时一方面80年代初期以来的现代主义探索达到了高潮，出现了刘索拉的《你别无选择》等杰作，另一方面受拉美魔幻现实主义影响的寻根文学异军突起，出现了莫言《透明的红萝卜》、阿城的《棋王》等杰作。在这种情形下，如何突破、如何超越就成了后来作家的一个难题。在无路可走的情况下，马原大胆地选择了令人生畏的博尔赫斯，从而在小说写法上有了前所未有的突破。

马原从博尔赫斯那儿学来的最具有“爆炸性”的一招，是打破小说的假定性，明确告诉读者小说的虚构性，并在小说中说明作者的构思过程。博尔赫斯在小说中常常采用这样一种叙事策略，《曲径分岔的花园》的结束一段说：“其余的事，不是真的，也微不足道。”《巴比伦彩票》的结尾也有这样一段话：“我本人在这篇草草写成的东西里也作了一些夸张歪曲。或许还有一些故弄玄虚的单调……”《叛徒与英雄的故事》开头是：

> 我进行构思并打算撰写这个故事明显地受了切斯特顿和枢密院院士莱布尼茨的影响。这个故事让我消磨掉几个无所事事的下午。我准备将这个故事写下来，但还缺少一些细节，另外，还需要修改和整理。这个故事发生的地点我还不十分清楚，今天是1944年1月3日，下面就是我想象出来的故事。
>
> 故事发生在一个遭受苦难、但却不停地进行着反抗的国家里，这个国家可能是波兰、爱尔兰、威尼斯共和国，也可能是南美或巴尔干的某个国家……为了叙述的方便，我们权且把这个国家说成是爱尔兰吧，时间假设为1824年。[2]

这样一种叙述方法对中国读者来说是十分新奇的，它完全打破了叙事文学的假定性原则，打破了我们一以贯之的心理禁忌。为了起到“革命”的效果，马原在作品中毅然引用了这一招。在《冈底斯山的诱惑》快要结束的第15章，作者忽然直接谈论起情节安排来：

> 故事到这里已经讲得差不多了，但是显然会有读者提出一些技术以及技巧方面的问题。我们来设想一下。
>
> a，关于结构。这似乎是三个单独成立的故事，其中很少内在联系。这

---

① 苏童：《阅读》，《苏童散文》，杭州：浙江文艺出版社，2000年10月第1版。

② 文中所引博尔赫斯的文字均出自《博尔赫斯文集》，海口：海南国际新闻出版中心，1996年11月第1版。

是个技巧方面的问题。我们下面设法解决一下。

b,关于线索。顿月截止第一部分,后来就莫名其妙地断线,没戏了,他到底为什么没给尼姆写信?为什么没有出现在后面的情节当中?又一个技术问题,一并解决吧。

c,遗留问题。设想一下:顿月回来了,兄弟之间,顿月与嫂子尼姆之间将可能发生什么?三个人物的动机如何解释?

第三个问题涉及技术和技巧两个方面。

后来,马原干脆将小说的题目就叫做《虚构》。在这篇小说的开头,他直接交代自己及这篇故事的来由,口吻毕肖博尔赫斯。小说的开头是:“我就是那个叫马原的汉人,我写小说,我喜欢天马行空,我的故事多多少少都有那么一点耸人听闻。”他声称小说只是“那个环境可能有的故事”,是“编排一个耸人听闻的故事”“或许它根本不存在,或许它只存在于我的想象中”。而在小说结束的时候,他又指出,“下面的结尾是杜撰的”“下面的结尾是我为了洗刷自己杜撰的”。

马原的小说在文坛引起了震惊,这正是马原的原意。对于将假定性看作是艺术创作前提的中国读者来说,这一招是破天荒的。它引起了先锋作家们的竞相效仿,对此尤其有兴趣的是洪峰,他在小说中肆意混淆写作与故事的界线,将这一手法发展到了极端。在《极地之侧》一开头,他引用了一句哲理,接着说:“好像是我所不认识的哲人说过的话。权且拿它作为我的故事的题记——有助于我的故事滥竽充数混进当代最时髦的哲学小说或者第五维第六维第n维小说先烈里去。”他又声明:“在我所有糟糕和不糟糕的故事里边,时间地点人物等博尔赫斯因素充其量是出于讲述的需要。换句话说,你别太追究。这样大家都轻松。”而在故事开始之后,小说又来了这么一句:“故事真的开始了。这样的开始犯了作小说之大忌:没有悬念。”有了马原在前面,洪峰的实验多少有点白费力气。马原模仿博尔赫斯被认为是创新,毕竟他有勇气引进,再模仿马原,则已没有多少创造性。在后来的先锋小说中,这一手法已被用得很滥,了无新意。

博尔赫斯迷宫式的故事叙述方法,也让中国小说家们新鲜而着迷。马原将其称为“故事里面套故事”的“套盒”方法,他的小说常常并不围绕着一个中心情节进行,而是由一连串相关不相关的故事构成。《冈底斯山的诱惑》由穷布、陆高和姚亮及顿珠和顿月兄弟三个没有多少关系的故事套接而成,《拉萨生活的三种时间》开始写“我”夜晚在八角街逛首饰市场,阿旺白白送他一件高贵的银饰物,在回家以后,老婆正害怕而睡不着觉,她正在想朋友家发生的故事,于是又引出午黄木家的天花板上夜晚有响声的故事。这两个故事间并无关系,只是在叙述他的黑猫贝贝时,想到阿旺送他银饰是否就是为了换猫,然后也并没有答案。马原的小说在叙述故事的时候，往往前后缺乏交代，甚至人物也有混淆，因而充满了疑义，读者很容易绕在其中，得不出一个明晰的印象。

洪峰开始有意地在小说中设置谜团，《极地之侧》中，有一天早晨"我"起床后，小晶说了一段我在半夜里的经历："我"在半夜去了雪原扒坑，看埋在坑里的死孩子，并用英语对小晶说"我爱你"，"我"被弄糊涂了，认为是小晶在做梦。然而，在实地勘察确实在坑里发现了一丝不挂的死孩子。我懵了，疑是自己梦游，但在梦里我为什么能准确地找到两个死孩子呢？不懂英语的"我"怎么又会用英语说"我爱你"呢？这一切都没有答案。格非对博尔赫斯也十分迷恋，常对博尔赫斯进行公开模拟，如《迷舟》的开头直接模拟《交叉小径的花园》的开头，而结尾模仿的是博尔赫斯《死亡与罗盘》的结尾。他的《青黄》被认为是一部典型的博尔赫斯迷宫式的小说。《极地之侧》中只有部分疑团，整个情节还是清楚的，以寻找"青黄"为线索的《青黄》则整个就是一个迷宫。"我"要探索的是一段历史，但他所找到的只是一些似乎相关似乎不相关的遗迹，每个线索都可能将他引向不可知的歧途，历史在这里散落成了不定的碎片。先锋小说与传统小说的差别在于，传统小说的谜团在最后都能得到丝丝入扣的解答，先锋小说则不予解答，也没有答案，疑团甚至会变得更乱。

余华深谙博尔赫斯小说的迷宫构成，他说："与其他作家不一样，博尔赫斯在叙述故事的时候，似乎有意要使读者迷失方向，于他成为了迷宫的创造者，并且乐此不倦。……他的叙述总是假装地要确定下来了，可是永远无法确定。我们耐心细致地阅读他的故事，终于读到了期待已久的肯定时，接踵而来的立刻是否定。于是我们不得不重新开始，我们身处迷宫之中，而且找不到出口，这似乎正是博尔赫斯所乐意看到的。"但余华更着迷的是这迷宫后面的东西，即作者对于真实与虚构的混同："他的故事总是让我们难以判断：是一段真实的历史还是虚构？是深不可测的学问还是平易近人的描述，是活生生的事实还是非现实的幻觉？叙述上的似是而非，使这一切都变得真假难辨。"昔日当余华读到卡夫卡在《乡村医生》中让那匹马说出现就出现的时候，这种摆脱经验的态度让他大吃了一惊，这使他离开了细腻描摹现实的川端康成。博尔赫斯又上升到了一个更高的层次，他寓神秘的世界予经验的外表，这令余华更为着迷。在谈到博尔赫斯的小说《少之书》的时候，余华写道："博尔赫斯是在用我们熟悉的方式讲述我们所熟悉的事物，即使在上述引号里的段落，我们仍然读到了我们的现实：'页码的排列''我记住地方，合上书''我把左手按在封面上''把它们临摹下来'，这些来自生活的经验和动作让我们没有理由产生警惕，恰恰是这时候，令人不安的神秘和虚幻来到了。这正是博尔赫斯叙述里最为迷人之处，他在现实与神秘之间来回走动,就像在一座桥上来回踱步一样自然流畅和从容不迫。”[①]余华的小说并不有意设置迷宫,他的小说看起来都冷静的现实描写,甚至每个细节写得都很真切,但整体上看起来却虚幻不定。用现实的笔法描写神秘,将虚幻与现实混到一起,这更让读者有一种扑朔迷离的感觉。

新时期以来,西方后现代主义文化思潮在中国是有过介绍的,但在80年代中后期马原、洪峰、格非、余华、孙甘露等先锋派小说出现之前,它们在中国一直未曾引起充分的重视。在这批在中国读者眼里面目怪异的小说出现后,一批青年批评家才想到这批小说与西方后现代主义思潮的联系,于是他们一面大力翻译介绍西方后现代文化理论,另一方面开始用这些理论来阐释这些作品。先锋小说声明小说的虚构性,被阐释为对真实性的解构,对于深度模式的破坏,“文本的作者往往采取了这样一种叙事策略,首先确立起一组组二元对立关系,然后在叙述过程中,则诱发能指与所指发生冲突并导致能指的发散型扩展,而所指却无处落脚,最后这种二元对立不战自溃,意义也就被分解了。”[②]王宁的概括虽然极为简要,但却足以代表不计其数的后现代批评对于先锋小说叙事策略的分析。先锋小说迷宫式的情节,现实与幻觉的混淆,被认为是对于历史与现实的统一性和确定性的破除。张颐武认为:“马原、洪峰等人所不断制造的叙事混乱,就表明他们对文学/历史的极差性关系的反抗,他们一再地表明不存在任何确定的可能性追寻的真实和因果关系,而只是本文中能指的无穷尽的互相指涉、关联与差异的运动。”[③]命名看来是极具快感的,1990年王宁在翻译后来在中国产生了一定影响的后现代论文集的《走向后现代主义》(佛克玛、伯顿斯编)时尚认为:“后现代主义是西方后工业、后现代社会的特定文化和文学现象,它只能产生在资本主义物质文明高度发达、并有着丰厚的现代主义文化土壤的地区,而在只出现过一些具有现代主义倾向的作家、作品,却根本缺乏这种文化土壤和社会条件的中国,则不可能出现一场后现代主义文学运动。”到后来则禁不住命名的诱惑,一而再,再而三地大谈中国先锋小说的“后现代性”了。[④]先锋小说就这样成了中国“后现代”思潮的先锋,其后,后学家们又将“新写实小说”、王朔及电视剧等大众文化纳入了后现代框架之中,营造了中国的后现代的新纪元。

---

① 余华:《博尔赫斯的现实》,《我能否相信自己》,北京:人民日报出版社,1998年12月第1版。

② 王宁:《接受与变形:中国当代先锋小说中的后现代性》,《生存游戏的水圈》,北京:北京大学出版社,1994年2月第1版。

③ 张颐武:《实验的意义》,张颐武:《从现代性到后现代性》,桂林:广西教育出版社,1997年11月第1版。

④ 参见佛克玛、伯顿斯编《走向后现代主义·译后记》(北京大学出版社1991年5月第1版)和王宁《比较文学与当代文化批评》(人民文学出版社2000年1月第1版)。

第三节 翻译与市场消费

前面谈到的诸如古典名著、现代主义等热潮，都植根于中国的历史需要，在新时期文化建构中发挥着独特功能。但随着消费主义对于社会结构的影响，情形发生了变化。90年代以后，随着市场经济的高速发展，中国逐渐进入了消费社会的时代。在消费社会里，文化成为一种工业生产，阅读日益成为一种跨国界的文化消费，从而丧失了自己独特的历史。

自1998年至2004年，在中国大陆翻译最多的外国文学作品为：《钢铁是怎样炼成的》《挪威的森林》《哈里·波特》《魔戒》等。《钢铁是怎样炼成的》是一部红色经典，然而它在新世纪的畅销却是一个以“怀旧”和“理想主义”为卖点的市场消费行为。《挪威的森林》首先在日本乃至世界畅销，波及中国，中国读者的消费口味开始具有区域和世界的类同性。《哈里·波特》《魔戒》是风行世界的魔幻作品，由西方制造，全球推销，中国成了全球消费的一个部分。

一、《钢铁是怎样炼成的》

尼·奥斯特洛夫斯基的《钢铁是怎样炼成的》一书在20世纪中国的五六十年代是家喻户晓的革命小说，其中的“一个人的一生应该这样度过……”的格言曾为无数的读者抄在笔记本上，铭刻在心里。然而，在新时期，在“在没有英雄的时代，我只想做一个人”（北岛）的非英雄化的年代中，《钢铁是怎样炼成的》与其他革命书籍一道被废弃了。

《钢铁是怎样炼成的》的最早、也是最权威的译本，是梅益译本。梅益30年代后期在上海从事地下党文化工作，负责将上海出版的《字林西报》《泰晤士报》等英文报纸上发表的有关中国问题的评论，译成汉语并汇报给中共中央。1938年，他接受了党组织交给的政治任务，翻译刚刚出版的英文本尼·奥斯特洛夫斯基的《钢铁是怎样炼成的》。梅益在工作之余，挤时间翻译，终于在1941年冬将全书译完。1942年，上海新知书店在极其困难的条件下出版了这本书。为了保证译文质量，1949年出版社请俄文专家刘辽逸根据俄文原本加以校阅增补，并由梅益做进一步的润色。作为革命经典，《钢铁是怎样炼成的》这部书影响巨大。仅人民文学出版社1952年至1956年就印了132万册。但在新时期以后，《钢铁是怎样炼成的》虽得以重版，但后来与其他红色经典一样，逐渐被人忘却。

出乎意料的是，20世纪90年代中后期，《钢铁是怎样炼成的》这部书开始重新流行，并出现了重新翻译出版的热潮。仅在刘小枫写作《记恋冬妮亚》的

1996年,国内就有六个出版社同时出版《钢铁是怎样炼成的》,它们分别是花山文艺出版社的仰熙、凤芝译本,四川文艺出版社的尚之年译本,陕西人民出版社的袁崇章译本,海天出版社的马海燕译本,东北朝鲜民族教育出版社的王志冲译本,解放军文艺出版社的米娜缩写本。而至2000年2至3月,中央电视台在黄金时间播出了20集电视连续剧《钢铁是怎样炼成的》,获得了很高的收视率。漓江出版社紧接其后出版了《钢铁是怎样炼成的》电视剧文学本,首版达20万册,其后又有多家出版社翻译出版此书。应该说,《钢铁是怎样炼成的》出现了好的译本,如经过再次修订的由人民文学出版社及中国青年出版社的梅益译本,1976年人民文学初版后由漓江出版社出版的黄树南全译本,上海译文出版社的译者王志冲自身就是一位保尔式的残疾翻译家,译文也受到称赞。但译本过多,未免泥沙俱下。漓江版电视连续剧本《钢铁是怎样炼成的》出现了大量的字词、修辞、语法、体例、标点、地名、人名、称谓等方面的错误,被南京大学教授余一中以消费者名义告上法庭,结果出版社被判停止发行此书。

电视热播及译本的涌现,使《钢铁是怎样炼成的》这部小说一时成了媒体讨论和街谈巷议的热门话题。《北京青年报》上出现如下报道:"保尔精神体现了四个统一:中宣部教育部团中央联合召开《钢铁是怎样炼成的》座谈会。"中宣部副部长刘鹏、教育部副部长张天保、团中央书记处书记胡春华等领导到会并发言,"对革命事业的无限的忠诚的奉献精神"等论述,似乎复活了几十年以来的革命"宏大论述"。

对于这样一种"红色经典"的回潮,启蒙知识界感到心惊。学者们陆续发表文章,揭示《钢铁是怎样炼成的》一书所反映的斯大林时代的历史真相,警醒读者不要沉迷于历史的欺骗和政治的大话中。

郑风在《不忘古拉格群岛》一文中指出,我们首先要问的是,"保尔的理想实现了吗?"作者认为:"要回答这样一个问题,我们就无法绕过索尔仁尼琴的《古拉格群岛》。"①董健发表《保尔的复出与历史反思》一文,对于"保尔热"提出了他的尖锐批评。②《钢铁是怎样炼成的》俄文版译者之一姜长斌教授本是"保尔热"的受益者,90年代以来,他多次收到增印稿费。但他对于这本书的社会意义却深表忧虑。他结合赵云中《乌克兰:沉重的历史脚步》一书对《钢铁是怎样炼成的》的历史真相予以了详细的澄清。《钢铁是怎样炼成的》分为第一部和第二部,第一部共9章,第二部8章。第一部从第4章起,着力描写"匪帮首领佩特留拉"的暴行,此后展开的主人公保尔·柯察金的经历是:参加共青团、布尔什维克党、红军及其肃反部队。第一部故事发生在乌克兰西部,红军作战对象

① 郑风:《不忘古拉格群岛》,《世纪中国》2001年04月04日。

② 董健:《保尔的复出与历史反思》,《博览群书》2000(8)。

有:德国军队、波兰军队、佩特留拉"匪帮"。佩特留拉占主要地位,他被刻画为十恶不赦的匪徒首领。第二部的故事,主要以内战结束后苏俄新经济政策时期为背景。在姜长斌看来,这两部分的叙述在今天看来都是有严重问题的。西蒙·佩特留拉是受乌克兰人民尊敬的民族独立运动领导人,《钢铁》一书写佩特留拉领导的乌克兰民族军与德军、波兰军队沆瀣一气是不准确的。乌克兰现在已经是中国承认的独立国家,我们现在继续沿袭原有的说法显然是不合适的。事实上也的确有乌克兰人向姜长斌提出了类似问题。小说第二部反映苏俄新经济政策时期至列宁逝世以后的历史,也有"严重的主题思想错误"。譬如,宣扬一种不切实际的"世界革命"思想。第二部第4章描写青年团要求参军,出国支援德国起义和攻打波兰首都华沙的场面。"事实上,苏俄主导的德国汉堡起义,1923年很快就失败了,这次起义是托洛茨基、季诺维也夫、斯大林等人背着病重的列宁发动的,代价不仅是花光了苏俄1921年实行新经济政策以后积累的全部黄金储备,而且使德共和民众遭受了巨大的人员牺牲,客观上为德国重新军国主义化、法西斯势力上台制造了借口。"[①]

这些为历史真相而慷慨激昂的学者,似乎有点过于"较真"。在我看来,"保尔热"固然有其历史原因,但究其实,它主要并不是一个思想政治事件,而不过是一个得到政治资本支持的市场行为,不必过于大惊小怪。早已自负盈亏的出版社竞相翻译出版《钢铁是怎样炼成的》、民营万科公司耗费巨资拍摄电视剧《钢铁是怎样炼成的》,都不是出于政治动机,而是为了追求商业利润。商业主义行为遵循的是市场逻辑,追随的是消费者的心理;而在仍受政治约束而非完全市场化的中国,还有政治意识形态的因素需要考虑。从市场的角度说,商家选择"红色经典"不能不说是一种精明的选择。"红色经典"是经过几代人积累的品牌,知名度高,容易得到社会认同,如此商家就节省了高额的广告宣传费用。另一个重要原因是,"红色经典"容易得到主流政治的认同,书籍发行及电视播出都容易完成。后来,《钢铁是怎样炼成的》在央视黄金时间播出大获成功,验证了商家的精明。

《钢铁是怎样炼成的》受到读者观众的喜爱,确有社会心理的原因。80年代以来的个性和感性的世俗化运动,在市场的推动下,至90年代而日趋堕落:人性解放变成了享受腐化,个性主义变成了自私自利,见死不救,贪污腐败,卖淫嫖娼,日益成为报刊媒体的报导对象。90年代上半期,中国学界的有关"人文精神"的讨论,就隐约折射出人们对于人文主义、理想主义的呼唤。在这种社会背景下,作为昔日理想主义化身的保尔的走红显得可以理解。但这是否说明读者观众都像以前那样欣赏这部小说的革命内涵、像官方希望的那样执着于

---

① 博正学术网(www.xueshubook.com)。

“对革命事业的无限的忠诚的奉献精神”等大话呢？并不尽然！商家所抓住的，事实上主要是由这部昔日家喻户晓的红色经典所附带的朦朦胧胧的怀旧心理。作为主要读者和观众的青年以上的国人，多数受过《钢铁是怎样炼成的》的熏陶，这部书在今天能够成功地唤起他们的青春记忆，至于具体内容，其实并不重要。2000年3月10日《北京青年报》关于“保尔缘何热荧屏”问题做了采访，观众认为最能扣人心弦的是电视剧引起了人们对于过去的回忆。武志海对此深有感受：“有时听一首10年前的流行歌曲，你会一下想起当时听这首歌时的场景，在哪儿、和谁在一起，等等。我现在看《钢铁是怎样炼成的》就是这种感觉。”他将《钢铁是怎样炼成的》与10年前(也就是90年代左右的歌)相类比，也说明歌声或电影的内容倒在其次。刘昕同样也是因为幼年时代的记忆而迷恋上这部电影，她还表示这不是一种纯粹个人的怀旧，而是一种集体性的时代怀旧。她的确看到了保尔身上的吸引人的品质，但她只泛泛地说，那是“理想主义色彩”，她选择了“理智战胜感情”“平凡而伟大”这类的抽象的字眼，似乎在有意地剥离其中的时代内涵。在《北京青年报》后来发起的众多媒体的关于“保尔和盖茨谁是我们这个时代的英雄”的讨论中，多数人都认为，保尔和盖茨都是我们这个时代的英雄，他们都具有英雄的品格。可见，读者观众并不是从政治思想的层面，而是从较为抽象的意义层面怀念保尔的。

《钢铁是怎样炼成的》的消费主义性质，在其后的红色经典改编中显露无遗。“怀旧”的消费是有限的，经不住大量的红色经典跟风之作的消耗。于是，商家纷纷开始改编红色经典，将其现代都市化。《红色娘子军》中吴琼花成为时尚美女，洪常青变成帅气帅哥，成为偶像剧。《林海雪原》中少剑波与白茹陷入情感戏，杨子荣陷入三角恋，匪首座山雕甚至出现了“私生子”。这些改动受到了很多激烈的批评，批评家认为红色经典变成了黄色经典，英雄不是人性化，而是“性”化了。批评家感到奇怪：改编者完全可以按照他们的历史想象重写剧本，为什么一定要糟蹋经典名著。批评家还是太天真了，他们没有想到这正是商家的“智慧”所在。他们既要有红色经典的品牌效应和政治投机，又要去除已经不符合当下观众需要的概念化情节，于是他们在人情化、人性化的幌子下将红色经典庸俗化市场化了。让商家没想到的是，这一次的“红色”效应失败了，商业操作超过了意识形态所能忍受的底线。国家广电总局向全国各地有关职能部门下发了《关于认真对待红色经典改编电视剧有关问题的通知》，禁止戏说红色经典。本来想借政治之功，行商业之利，没想到赔了夫人又折兵，商家们对此连连叫苦。

《钢铁是怎样炼成的》的热潮，是一次成功但难以重复的借鉴政治资本的市场运作的结果。让人缅想的理想主义和怀旧，这次成为消费的内容。

二、中国的"村上春树热"

中国的"村上春树热"是与日本以至世界同步的。

据译者林少华介绍,村上春树先在日本风行,接着蹿红海内外。村上春树在出道以后的短短十几年内便风行日本,出版社为他出了专集,杂志出了专号,书店设了专柜,每出一本书,销量少则 10 万,多则上百万册。其中 1987 年的《挪威的森林》上、下册销出 700 余万册(1996 年统计),也就是说几乎每 15 个日本人中便拥有一册。村上春树的影响已不限于日本国内。美国翻译出版了《寻羊冒险记》《世界尽头与冷酷仙境》《舞!舞!舞!》,短篇集《象的失踪》以及《国境南·太阳西》《奇鸟行状记》等书。《纽约客》(《*New Yorker*》也刊载了其数篇短篇小说的英译本。德国翻译了《寻羊冒险记》《世界尽头与冷酷仙境》两部长篇和《象的失踪》《再袭面包店》等六七个短篇,很多报纸都发表书评予以赞赏。在韩国,村上的主要作品大多被翻译出版,其中《挪威的森林》和《且听风吟》不止由一家出版社亦不止一次出版。汉城壇国大学副教授金顺子撰文说,目前村上春树是韩国最受欢迎的作家。我国港台地区也流行"村上热"。在台湾,村上的中长篇小说几乎全部翻译过来,由台北的城乡出版社、台北时报文化出版公司和可筑书房等相继出版。当地出版商认为,村上春树永远是"书市最佳票房"。

在中国内地,《挪威的森林》1989 年由漓江出版社出版,数次印刷均很快售罄,后来出版的五卷本村上春树文集,以及译林出版社推出的《奇鸟行状录》,也正在稳步获得读者的青睐。《人民日报》等报刊也都发表了评介文章,对其作品给予积极肯定的评价。林少华认为,无论就日本文学还是就当代外国文学来说,村上春树在中国的反响恐怕都是"极为少见"的。

村上春树为什么如此受欢迎呢?林少华对其艺术魅力做了几个方面归纳:"第一,在于他作品的现实性,包括非现实的现实性。""第二,村上作品的魅力还在于作者匠心独运的语言、语言风格或者说文体。""第三,行文流畅传神,富于文采。"最后,它还能够"唤起人们的田园情结,唤起一缕乡愁,给人以由身入心的深度抚慰"。林少华对于村上春树作品的风格分析,不无道理,特别是他所强调的村上春树在表达和语言上的魅力,译者本人应该居功其间。村上春树在中国内地的翻译十分独特,即几乎为林少华一人所垄断,这与我们前面提到的热门外国作家作品出现多种译本的鱼龙混杂的情形形成对比。林少华的村上春树译本十分优美。他喜欢中国古代诗词,在文字上追求唐诗宋词的意境,因而在翻译村上春树的时候不免充分汉化,甚至让人不自觉地读出中国古典文学的韵味。语言较为质朴的台湾赖明珠译本,常常被拿来与林少华译本相比较。林少华认为:赖明珠的英语比他好,可以将村上春树的西化词汇还原回来,而他则有时不免将自己不熟悉的爵士乐的名称译错;但他的汉语比赖明珠好,在汉语表达的韵味情调上更胜一筹。赖明珠似乎倾向于忠实原文,而林少华则认为翻译不可能不带上自己的烙印,他们在翻译理论上看来不太相同。但林少华译文在中国大陆深受读者喜爱,则已经是事实。很多大陆读者表示,因为一直读的是林少华译本,已经无法接受其他译文。当然也有人抱怨,分不清所读到底是树上春树还是林少华。

《挪威的森林》主要写男主人公渡边与直子及绿子等女性的感情和心理纠葛。直子是渡边的第一个恋人,她原是渡边中学同学木月的女友,在木月自杀后,直子一方面与渡边倾心交往,另一方面却在内心里无法忘却木月,以至她在生理上后来无法接受渡边。渡边后来偶然相遇低年级的绿子,绿子大胆活泼,两人很快陷入恋情。渡边内心既牵挂身处遥远的疗养院的直子,又不能抗拒身边的绿子。如此,《挪威的森林》看起来不过是一部三角恋爱的言情小说,读者的确常常将村上春树称为日本琼瑶。不过日本琼瑶和台湾琼瑶不太一样。与中国传统文化有关,台湾琼瑶的小说所制造的情感世界十分纯洁,基本不涉及到性;村上春树的小说却毫不忌讳地写性,或者说通过写性而写情,这自然使其更加吸引读者。性描写不断出现于《挪威的森林》小说情节中,成为了小说的结构性因素。小说中既有渡边与直子、绿子之间的情感与性爱的困扰纠葛,还有大量其他的性爱,如渡边与永泽上街找妓女过夜,如最后渡边与直子的病友中年妇人玲子的做爱,这些画面共同营造出一个浮华情色的小说世界,使读者沉浸其中。很多读者回忆,开始接触村上春树的时候,是将其作为地摊文学的黄色读物来看的。1989年版的《挪威的森林》的封面上是一个半裸的女郎,似乎也是暗示这一点。译者林少华后来曾抱怨,出版社将1989年版《挪威的森林》设计得像一部黄色小说,让人无法拿去送人。情爱再加上性爱,成为《挪威的森林》吸引读者的原因,这一点是不必否认的。至2001年上海译文版的时候,为了吸引读者,出版社请林少华补足了漓江版中一些色情文字,以“全译本”为噱头推出,使这部书更加畅销。

《挪威的森林》1989年初版卖得不错,1996年再版卖得更好,但这部书真正火起来却是在1999年,尤其是2001年上海译文出版社接手以后。村上春树在10年后重新迅速流行,理由已经截然不同,那是因为90年代末中国消费社会小资风潮的带动。与全球同步的中国的“村上春树热”,说明90年代以后中国的文化市场的确已经日益成为了全球文化消费的一部分。

90年代以后,中国逐步进入消费社会,作为消费社会标志的小资风潮却要等到10年后时机成熟才能到来。据说,点燃中国小资风潮的是一本出版于1999年的保罗·福赛尔的《格调》。这部从生活的细节角度展现西方中产阶级生活方式的书,迎合了中国广大的小资阶层在温饱之后追求生活品位的心理。

作为一本发轫之作,《格调》引发了中国生活类小资书籍市场。村上春树的书恰恰从这一年开始畅销,似乎并非偶然。村上春树的书并不是生活类书,但读者却可以在其中看到对于美国及日本现代生活方式的更加富于质感的表现。2002 年,《北京青年报》刊发了一篇题为“村上春树引领青春生活方式”的文章,报道了国内读者将村上春树视为时髦的情形。小资的含义除却物质的品牌之外,另外还有重要的精神维度。有读者说,村上春树的名字让人立即想到坐在星巴克咖啡馆中孤独的青年。这里的星巴克咖啡馆是物质场所是品牌,而孤独却是小资的精神象征。村上春树一方面精彩地传达出都市的节奏,另一方面却要从精神上居于都市之上,这很让中国小资读者心向往之。现代都市光怪陆离,甚至让渡边不知所措:“唱片行隔壁有间成人玩具店,一名睡眼惺忪的中年男人在看古怪的性玩具。我猜不到有谁需要那种东西,然而那间店似乎相当好生意。斜对面的小巷中,有个饮酒过量的学生在呕吐。对面的游戏机中心里,有个附近餐厅的厨师用现款在玩“冰高”打发休息时间。一名黑脸流浪汉一动也不动地蹲在一间关了的店的骑楼下。一名涂上浅红色口红,怎么看都像初中生的女孩走进店来,叫我放滚石乐队的“跳跃.杰克.闪光”给她听……见到这些情景,我的脑袋逐渐混乱起来,不明白那是什么玩意。到底这是什么?究竟这情形意味着什么?我不懂。”然而,这种“不懂”表达的却是一种冷眼。而渡边的放荡不羁的旅行和性爱生活,及随口说出的“没有人喜欢孤独。只是不愿失望”的名言,更让人有一种大智若愚的超越感。

不过,当已经被编辑为《村上春树音乐宝典》的爵士乐在中国市场上流行时,其中的冲动早已被磨平,在中国小资刻意地寻找星巴克咖啡馆时,所谓的孤独就成了一种装饰。在这种情形下,村上春树转变成了名副其实的消费品。可以作为佐证的是,在中国,小说《挪威的森林》已经与三宅一生香水,瑞士 SWATCH 手表,星巴克咖啡等并列为小资必备的品牌。

三、《哈里·波特》

《哈里·波特》等作品都是以西方为中心全球首发的,这个时候,翻译变得十分重要,没有翻译,我们无法消费这些西方文化产品,没有即时翻译,我们不能与世界同步消费。在抢时间的情况下,翻译往往容易出问题。

《哈里·波特》和《魔戒》在由人民文学和译林出版社于 2000 年和 2001 年隆重推出后,借助西方电影大片的推动,在中国市场流行一时,位居畅销书排行榜。但这两部书的翻译质量,却引起了很多读者的不满。魔幻文学迷们采取了独特的网络批评的做法,甚至越俎代庖在网上自行翻译,由于涉及“网络侵权”的问题,这一事件引起了社会的广泛注目。

2003 年,“哈利·波特系列作品”第五册《哈利·波特与凤凰令》出版发行,人民文学出版社购买大陆版权,中文简体译本将于9月上市。未曾想,人民文学的译本尚未出世,一些国内网站上却已赫然出现"不满人文社版本"的网上译本。"西祠胡同"网站自7月开始连载"哈利·波特网络译本",受到了网友的追捧。另外,还有一个专为"哈利·波特迷"们设立的大型网站,翻译《哈利·波特与凤凰令》更快也更全,平均每天更新的内容都超过了1万字。据北青报记者探访,网络译者及网友们认为"人文社新书翻译出版过程太慢",而且人文社前四本《哈利·波特》"翻译得有问题"。比如将《哈里·波特》译得过于儿童化等[①]。

相对来说,读者对于人文版《哈里·波特》的反应还算温和,而对于译林版《魔戒》的批评,则远为激烈。2004年,国内魔幻文学网站中出现了对于译林版《魔戒》的尖锐批评和排斥。批评认为,译林版《魔戒》的译者缺乏对于魔幻小说的基本知识,屡屡出现字面理解错误和大量漏译,三个翻译者之间常常出现不统一的现象。据说,《魔戒再现》《王者无敌》两卷书中翻译错误至少也有800余处!而《精灵宝钻》更加离谱,仅仅是书后的index就可以找出179处硬伤!令人惊讶的是,这些网上读者似乎既通魔幻小说又通外语,他们居然给出了译林版译本《精灵宝钻》第九章译文的勘正表,共计指正了107处错误。读者们以诸如"离谱""胡编"等网络特有的说话方式,对译林版《魔戒》提出了强烈的不满。甚至有人贴出了"抵制译林版"的口号,号召大家不要买译林版的《魔戒》。

网络读者对于人文社《哈里·波特》的不满,首先是认为人文社的译本速度实在太慢,这也是导致读者自行翻译的原因。凭常识我们就知道,这其实正是《哈里·波特》等书出现翻译错误的重要原因。人文社在回答《哈里·波特》一书的译本速度是否太慢的问题时,觉得很冤枉。人文社策划室主任孙顺林告诉记者:"前几册我们只有一位翻译,这次专门安排了三位,目的就是尽可能地争取时间。网络译本更新得快,其实我们翻得也不慢,但是我们还要进行统稿、校对、制作版式等工作,另外必须保证新书的差错率要在万分之一以下,这些都需要时间。"他认为,在三个月之内拿出译本,这已经是相当快的速度了。据查,《凤凰令》德文、法文和繁体版都晚于简体中文版,其中法文版预计今年11月推出,而德文版和繁体中文版要在2004年才能与读者见面。[②]为赶时间,由三个人同时翻译,很难不出现协调上的差错,而三个月的期限也无法让人有从容雕琢的余地。前面我们谈到,名著重译之所以粗糙,就是因为抢速度,抢市场份额。像《哈里·波特》《魔戒》这样的当代国外畅销书,对于速度的要求更高,它追求的是同步畅销,以期不失去市场"热点"。

---

① 曾鹏宇:《网络版〈哈利·波特〉叫板始末,出版社否认将打击》,2003年07月29日《北京青年报》。

② 同上。

同步畅销的机制，在获诺贝尔文学奖作品上，表现得尤为明显。同年诺贝尔文学将得主作品在中国的翻译出版之快，达到令人惊叹的程度。2003 年 10 月南非作家库切获奖，半年后的 2004 年 4 月《库切小说文库》即由浙江文艺出版社出版上市。2004 年 10 月奥地利作家耶利内克获奖，三个月后的 2005 年 1 月，已有数本耶利内克中译文问世。在这种惊人的速度之下，译本的质量如何能够得到保证呢？市场给译者提出了很苛刻的要求。

主要参考书目

阿尼克斯特:《英国文学史纲》,戴镏龄等译,北京:人民文学出版社,1959年。
阿诺德·凯特尔:《谈谈英国文学》,《译文》1956年第7期。
安贝托·艾柯等:《诠释与过度诠释》,王宇根译,北京:三联书店,2005年。
安　波:《越南南方人民英勇斗争的赞歌——评介话剧〈南方来信〉》,《中国戏剧》1964年第9期。
巴　金:《个人的想法》,《外国文艺》1978年第1期。
巴　金:《美国飞贼们的下场——答越南南方诗人江南同志(一)》,《人民文学》1965年第10期。
巴　金:《珍贵的礼物》,《文汇报》1964年4月5日。
拜　伦:《拜伦抒情诗选》,上海:平明出版社,1955年。
包布洛娃:《马克吐温作品中的华侨工人的形象》,《世界文学》1961年第4期。
北京大学西语系法文专业57级全体同学:《中国翻译文学简史》,北京大学西语系(未公开出版),1960年。
编　者:《"外国文学工作笔谈"前言》,《世界文学》1989年第6期。
编　者:《〈世界文学〉三十年——致读者》,《世界文学》1983年第3期。
编　者:《出版说明》,《摘译》1973年第1期。
编　者:《从〈译文〉到〈世界文学〉——致读者》,《世界文学》1959年第1期。
编　者:《答读者——关于〈摘译〉的编译方针》,《摘译》1976年第1期。
编　者:《告读者》,《译文》1955年第7期。
卞立强:《日本无产阶级作家小林多喜二》,《文学评论》1960年第3期。
卞之琳:《里亚王的社会意义和莎士比亚的人道主义》,《文学研究集刊》1961年第1期。
卞之琳:《莎士比亚戏剧创作的发展》,《文学评论》1964年第4期。
卞之琳、叶水夫、袁可嘉、陈燊:《十年来的外国文学翻译和研究工作》,《文学评论》1959年第5期。
伯　龄:《革命的颂歌 战斗的乐章——读〈南方来信〉》,《山花》1964年第10期。
布罗茨基:《俄国文学史》(上、中、下),蒋路、刘辽逸译,长沙:湖南文艺出版社,1962年。
蔡　熙:《中国百年狄更斯研究的精神谱系》,《中国社会科学报》2012年4月27日A—04。
蔡　仪:《蔡仪文集(8)》,北京:中国文联出版社,2002年。
曹葆华:《苏联文学艺术问题》,北京:人民文学出版社,1953年。
曹晓青:《莎士比亚与中国》,《湖南社会科学》2010年第1期。

草　婴:《我与俄罗斯文学——翻译生涯六十年》,上海:文汇出版社,2003 年。

常谢岚:《从〈叶甫根尼·奥涅金〉的翻译看外诗格律的传达问题》,《外国文学研究》1987 年第 1 期。

陈嘉发:《论罗密欧与朱丽叶》,《江海学刊》1964 年第 4 期。

陈建华:《20 世纪中俄文学关系》,上海:学林出版社,1998 年。

陈建华:《论 50 年代初期的中苏文学关系》,《外国文学研究》1995 年第 4 期。

陈　焜:《从狄更斯死了谈起——当代外国文学评论问题杂感》,《外国文学研究集刊》1979 年第 1 期。

陈　民、许　钧:《无力面对的镜子——耶利内克在中国的译介与接受》,《南京社会科学》2010 年第 5 期。

陈瘦竹:《谈谈弗洛伊德心理分析学派喜剧理论》,《文艺研究》1983 年第 5 期。

陈思和:《中国新文学整体观》,上海:上海文艺出版社,2001 年。

陈训明:《话说〈普希金秘密日记〉》,《俄罗斯文艺》2000 年第 2 期。

陈振尧:《法国文学史》,北京:外语教学与研究出版社,1989 年。

戴　铮:《华裔作家和〈蟹工船〉惊艳 2008 日本文坛》,《中华读书报》2009 年 1 月 7 日。

董衡巽:《黑暗大陆的黎明——评介非洲反殖民主义小说》,《文学评论》1961 年第 5 期。

董衡巽:《马克吐温的历史命运》,《读书》1985 年第 11 期。

范伯群:《中国近现代通俗文学史》(上卷),南京:江苏教育出版社,1999 年。

范大灿:《德国文学史》(五卷),南京:译林出版社,2006—2008 年。

冯　至:《布莱希特选集》,北京:北京人民文学出版社,1959 年。

冯　至:《发扬马克思列宁主义的批判精神,正确对待欧洲资产阶级文学遗产是批判地吸收,还是盲目地崇拜?》,《文艺报》1964 年第 4 期。

冯　至:《关于批判和继承欧洲批判的现实主义文学问题》,《文学评论》1960 年第 4 期。

冯　至:《学习毛泽东思想,进一步明确外国文学研究工作的方向》,《世界文学》1960 年第 2 期。

傅　雷:《傅雷全集》(第 6 卷),沈阳:辽宁教育出版社,2002 年。

傅　雷:《傅雷文集·书信卷》,合肥:安徽文艺出版社,1998 年。

高仓辉:《日本文学家当前的责任》,《北京大学学报》1959 年第 1 期。

高尔基:《俄国文学史》,缪灵珠译,上海:新文艺出版社,1956 年。

高尔基:《高尔基论资产阶级文学遗产》,《文艺报》1960 年第 6 期。

高尔基:《苏联的文学》,曹葆华译,上海:新文艺出版社,1953 年。

高　莽:《略谈普希金抒情诗在中国》,《俄罗斯文艺》,1999 年第 2 期。

高　宁:《关于文学翻译批评的学术思考——兼与止庵先生商榷》,《东方翻译》2011 年第 1 期。

戈宝权:《契诃夫和中国》,《文学评论》1960 年第 1 期。

戈宝权:《中外文学因缘——戈宝权比较文学论文集》,上海:华东师范大学出版社,2013 年。

葛桂录:《建国以后华兹华斯在中国的接受》,《宁夏大学学报》(哲学社会科学版) 1999 年第 1 期。

葛桂录:《他者的眼光:中英文学关系论稿》,银川:宁夏人民教育出版社,2003 年。

葛鲁嘉:《掌握与驾驭当代西方的社会思潮》,《社会科学战线》1996 年第 3 期。

谷　羽:《普希金与查良铮》,《俄罗斯文艺》1999 年第 2 期。

哈罗德·布鲁姆:《影响的焦虑:一种诗歌理论》,南京:江苏教育出版社,2006 年。

韩北屏:《〈南方来信〉的收信人》,《人民文学》1964 年第 9 期。

何望贤:《西方现代派文学问题论争集》(上),北京:人民文学出版社,1984 年。

洪子诚:《中国当代文学史》,北京:北京大学出版社,2010 年。

侯靖靖:《17 年间(1949—1966)王尔德戏剧在中国译界的"缺席"研究》,《英美文学研究论丛》2009 年第 1 期。

户思社:《痛苦欢快的文字人生——玛格丽特·杜拉斯传》,北京:中国文联出版社,2002 年。

黄宝生:《主编寄语》,《世界文学》2000 年第 1 期。

黄　梅:《新中国六十年奥斯丁小说研究之考察与分析》,《浙江大学学报》(人文社会科学版)2012 年第 1 期。

季　进:《作家们的作家——博尔赫斯及其在中国的影响》,《当代作家评论》2000 年第 3 期。

季莫菲耶夫:《俄罗斯苏维埃文学简史》,殷涵译,上海:上海文艺出版社,1959 年。

季莫菲耶夫:《苏联文学史》(上、下卷),水夫译,北京:作家出版社,1956 年。

季羡林:《回顾与前瞻》,《世界文学》1977 年第 1 期。

剑　平:《查良铮先生的诗歌翻译艺术——纪念查良铮先生逝世三十周年》,《国外文学》2007 年第 1 期。

剑　刃:《一股颠倒黑白的逆流——评苏修美帝合伙对所谓"黑人新浪潮"影片的吹捧》,《摘译》1974 年第 1 期。

江口涣:《小林多喜二的生平和业绩》,《文学评论》1961 年第 4 期。

江　南:《春天的来信——一位越南南方诗人寄给巴金同志的信》,王云峰译,《人民文学》1965 年第 3 期。

捷明契耶夫等:《俄罗斯苏维埃文学》,李时译,上海:新文艺出版社,1958 年。

金圣华:《傅雷与他的世界》,北京:三联书店,1996 年。

俊　刚、春　普:《〈南方来信〉报告会》,《人民教育》1964 年第 12 期。

卡普斯金:《十九世纪俄罗斯文学史》(上、下),北京大学俄语系教研室译,北京:高等教育出版社,1958 年。

库拉科娃:《十八世纪俄罗斯文学史》,北京俄语学院科学研究处翻译组译,北京:北京俄语学院,1958 年。

蓝爱国:《解构十七年》,上海:华东师范大学出版社,2003 年。

老　舍:《马克吐温——"金元帝国"的揭露者——在世界文化名人马克吐温逝世 50 周年纪念会上的报告》,《世界文学》1960 年第 10 期。

雷池月:《畅销书闲话两则》,《书屋》2009 年第 11 期。

雷纳·维勒克:《近代文学批评史 1750—1950》(第五卷,英国批评),上海:上海译文出版社,2002 年。

雷内·韦勒克:《批评的概念》,杭州:中国美术学院出版社,1999 年。

李长声:《〈蟹工船〉——一部日本小说与两度世界经济危机》,《东方早报》2009 年 2 月 8 日。

李春林:《王蒙与意识流文学的东方化》,《天津社会科学》1987 年第 6 期。

李辉凡:《苏联文学思潮综览》,长沙:湖南人民出版社,1986 年。

李　今:《三四十年代苏俄汉译文学论》,北京:人民文学出版社,2006 年。

李景端:《波涛上的足迹》,重庆:重庆出版社,1999 年。

李景端:《翻译编辑谈翻译》,武汉:湖北教育出版社,2009 年。

李维屏:《英美现代主义文学概观》,上海:上海外语教育出版社,1998 年。

李维屏:《英美意识流小说》,上海:上海外语教育出版社,1996 年。

李　铮:《诗人译诗,以诗译诗——查良铮与普希金的相遇》,《时代文学》2008 年第 12 期。

梁文道:《时空错乱的"革命文学"》,《书城》2009 年第 2 期。

林　林:《继承五四传统,搞好外国文学介绍》,《世界文学》1989 年第 3 期。

刘文荣:《复制与重构——也谈英国文学史编写的"中国模式"》,《湖北大学学报》(哲学社会科学版)2010 年第 1 期。

柳鸣九:《法国廿世纪文学散论》,广州:花城出版社,1993 年。

柳鸣九:《萨特研究》,北京:中国社会科学出版社,1981 年。

柳鸣九:《十九世纪批判现实主义文学的历史地位与"四人帮"文化专制主义》,《世界文学》1978 年第 2 期。

卢玉玲:《他者缺席的批判——"十七年"英美批判现实主义文学翻译研究(1949—1966)》,《中国翻译》2001 年第 4 期。

绿　原:《古今中外文学名篇拔萃 · 外国诗卷》,青岛:青岛出版社,1990 年。

罗大冈:《论罗曼 · 罗兰》(修订本),上海:上海文艺出版社,1984 年。

罗　洛:《法国现代诗选》,长沙:湖南人民出版社,1983 年。

马　原:《阅读大师》,上海:上海文艺出版社,2002 年。

毛泽东:《毛泽东文艺论集》,北京:中央文献出版社,2002 年。

茅　盾:《发刊词》,《译文》1953 年第 1 期。

茅　盾:《向鲁迅学习》,《世界文学》1977 年第 1 期。

梅　林:《马克思传》,北京:人民文学出版社,1965 年。

米 · 海伊尔 · 里夫希茨:《马克思恩格斯论艺术(二)》,北京:人民文学出版社,1963 年。

缪灵珠:《缪灵珠美学译文集》,北京:中国人民大学出版社,1991 年。

莫蒂列娃:《罗曼 · 罗兰的创作》,卢龙等译,上海:上海译文出版社,1989 年。

莫　言:《说说福克纳老头》,《当代作家评论》1995 年第 2 期。

穆拉维耶娃、屠拉耶夫:《西欧文学简论》,上海:新文艺出版社,1957 年。

尼　采:《悲剧的诞生——尼采美学文选》,周国平译,北京:三联书店,1986 年。

尼　采:《悲剧的诞生》,刘崎译,北京:作家出版社,1986 年。

倪培耕:《文学现代化刍议》,《世界文学》1989 年第 6 期。

倪蕊琴:《列夫 · 托尔斯泰比较研究》,上海:华东师范大学出版社,1991 年。

潘世圣:《近年日本"小林多喜二现象"解读》,《外国文学评论》2009 年第 4 期。

彭建德:《"意识流"与国情》,《外国文学研究》1981 年第 1 期。

契尔尼亚克:《狄更斯的美国丑恶暴露》,星原译,《翻译月刊》1949 年第 1 期。

钱林森:《法国作家与中国》,福州:福建教育出版社,1995 年。

乔治 · 拉伦:《意识形态与文化身份:现代性和第三世界的在场》,戴从容译,上海:上海教育出版社,2005 年。

秦　刚:《罐装了现代资本主义的〈蟹工船〉》,《读书》2009 年第 6 期。

庆　云:《译林积极向海外购买版权,一批当代外国文学中文本即将问世》,《译林》1996 年第 1 期。

邱华栋:《〈瓦解〉里瓦解了什么》,《海南日报》2009年6月1日。
瞿世镜:《意识流小说理论》,成都:四川文艺出版社,1989年。
任 真:《新时期通俗文学接受心理分析》,《社会科学家》1993年第3期。
日丹诺夫:《苏联文学艺术问题》,北京:人民文学出版社,1959年。
莎 色、傅 铎、马 融、李其煌:《南方来信》,《中国戏剧》1964年第9期。
山田歌子:《活下去!》,上海:新文艺出版社,1957年。
沈志明:《阿拉贡研究》,北京:中国社会科学出版社,1986年。
史锦秀:《艾特玛托夫在中国》,石家庄:河北人民出版社,2007年。
宋 达:《翻译的魅力:王尔德何以成为汉译的杰出文学家》,《中国文学研究》2010第2期。
孙会军、郑庆珠:《新时期英美文学在中国大陆的翻译(1976—2008)》,《解放军外国语学院学报》2010第3期。
孙乃修:《屠格涅夫与中国——二十世纪中外文学关系研究》,上海:学林出版社,1988年。
孙思定:《翻译工作的新方向——代发刊词》,《翻译月刊》1949年第1期。
孙致礼:《我国英美文学翻译概论 1949—1966》,南京:译林出版社,1996年。
孙致礼:《中国的英美文学翻译:1949—2008》,南京:译林出版社,2009年。
唐 弢:《中国现代文学史》(第一卷),北京:人民文学出版社,1979年。
陶春军:《试论20世纪90年代通俗文学的基本特征》,《盐城师范学院学报》(人文社会科学版)2011年第6期。
陶东风:《文学的祛魅》,《文艺争鸣》2006年第1期。
田全金:《启蒙·革命·战争——中俄文学交往的三个镜像》,济南:齐鲁书社,2009年。
田全金:《言与思的越界——陀思妥耶夫斯基比较研究》,上海:复旦大学出版社,2010年。
汪介之:《关于外国文学史教材编写的几个问题》,《世界文学评论》2009年第2期。
王逢振:《柯南道尔和他的〈福尔摩斯探案集〉》,《读书》1979年第8期。
王建刚:《政治形态文艺学——五十年代中国文艺思想研究》,北京:中国社会科学出版社,2004年。
王建开:《五四以来我国英美文学作品译介史 1919—1949》,上海:上海外语教育出版社,2003年。
王 蒙:《苏联文学的光明梦》,《读书》1993年第7期。
王蒙等:《作家谈译文》,上海:上海译文出版社,1997年。
王 宁:《"弗洛伊德热"的冷却》,《文学自由谈》1991年第3期。
王惟苏、邵明波:《20世纪外国诗选》,成都:四川文艺出版社,1987年。
王向远:《二十世纪中国的日本翻译文学史》,北京:北京师范大学出版社,2001年。
王小波:《沉默的大多数》,北京:中国青年出版社,1997年。
王小宁:《很多过去的历史值得回忆——著名翻译家叶渭渠谈日本普罗文学代表作〈蟹工船〉的再度走红》,《人民政协报》2009年6月8日。
王亚平:《诗人普希金在中国的影响》,《说说唱唱》1953年第6期。
王友贵:《20世纪中国翻译史研究:共和国首29年对外国通俗文学的翻译:1949—1977》,《广东外语外贸大学学报》2011年第11期。

王佐良:《读莎士比亚随想录》,《世界文学》1964 年第 5 期。

王佐良:《英国诗剧与莎士比亚》,《文学评论》1964 年第 2 期。

威廉・福克纳:《喧哗与骚动》,李文俊译,上海:上海译文出版社,1984 年。

卫茂平:《席勒戏剧在中国——从起始到当下的翻译及研究述评》,《东南大学学报》2012 年第 5 期。

未 凡、未 珉:《外国现代派诗集》,北京:中国文联出版公司,1989 年。

温儒敏:《文学史的视野》,北京:人民文学出版社,2004 年。

文楚安:《"垮掉一代"及其他》,成都:四川大学出版社,2002 年。

文洁若:《谈谈宫本百合子的〈两个院子〉》,《读书》1959 年第 16 期。

吴格非:《萨特与中国新时期文学中人的"存在"探询》,徐州:中国矿业大学出版社,2004 年。

吴立昌:《弗洛伊德与中国现代文坛》,《复旦学报》(社会科学版)1987 年第 6 期。

吴立昌:《精神分析狂潮:弗洛伊德在中国》,南昌:江西高校出版社,2009 年。

吴 岩:《落日秋风》,北京:华夏出版社,1998 年。

吴元迈:《苏联文学思潮》,杭州:浙江文艺出版社,1985 年。

吴岳添:《法国现当代左翼文学》,湘潭:湘潭大学出版社,2007 年。

吴岳添:《世纪末的巴黎文化・玛格丽特杜拉斯的一生》,北京:社会科学文献出版社,1998 年。

吴振邦:《二十世纪非洲文学》,《读书》1992 年第 2 期。

奚 海:《批判借鉴与锐意创新——"意识流"断想》,《河北学刊》1983 年第 3 期。

夏 艳:《非洲文学研究与中非交流与合作》,《云南民族大学学报(哲学社会科学版)》2011 年第 3 期。

萧 乾:《读〈金星英雄〉》,《人民文学》1953 年第 10 期。

肖 穆:《美国南北战争与〈飘〉的认识价值》,《读书》1981 年第 2 期。

谢天振:《非常时期的非常翻译——关于中国大陆文革时期的文学翻译》,《中国比较文学》2009 年第 2 期。

谢天振、查明建:《中国现代翻译文学史(1898—1949)》,上海:上海外语教育出版社,2004 年。

谢天振、田全金:《外国文论在中国的译介(1949—2009)》,《当代作家评论》2009 年第 5 期。

辛晓征、郭银星:《外国诗歌精品》,沈阳:春风文艺出版社,1994 年。

徐 迟:《吸收外国文艺精华总和》,《外国文学研究》1978 年第 1 期。

徐 南:《意识流能否流到中国来》,《外国文学研究》1981 年第 2 期。

许宝强、袁 伟(选编):《语言与翻译的政治》,北京:中央编译出版社,2001 年。

许 钧:《翻译思考录》,武汉:湖北教育出版社,1998 年。

许 钧:《文字・文学・文化——〈红与黑〉汉译研究》(增订本),南京:译林出版社,2011 年。

严绍端:《老黑人的觉醒——读喀麦隆小说〈老黑人和奖章〉》,《人民日报》1960 年 11 月 12 日。

阎 伟:《萨特的叙事之旅:从伦理叙事到意识形态叙事》,北京:中国社会科学出版社,2010 年。

颜 敏:《宿命般的两难——消费主义文化与文学分析》,《创作评谭》2004 年第 2 期。

杨汉云:《通俗文学:九十年代中国文坛的三种现象之一》,《衡阳师专学报》(社会科学版)1995 年第 1 期。

杨怀玉:《〈叶甫盖尼・奥涅金〉在中国》,《外国文学》1998 年第 4 期。

杨江柱:《意识流小说在中国的两次崛起——从〈狂人日记〉到〈春之声〉》,《武汉师范大学学报》

1981年第1期。
杨静远:《〈飘〉在文学史上的地位》,《读书》1981年第2期。
杨静远:《从复辟小说〈飘〉看复辟狂江青》,《世界文学》1977年第2期。
杨耀民、干永昌、张　羽:《欧洲十九世纪资产阶级文学中的劳动人民形象》,《文学评论》1960年第3期。
杨周翰:《杨周翰教授答本刊记者问》,《外国文学研究》1980年第1期。
杨周翰、吴达元、赵萝蕤:《欧洲文学史》(上卷),北京:人民文学出版社,1964年。
叶高林:《苏联文学小史》,雪原译,南京:江苏文艺出版社,1958年。
叶　隽:《现代中国的克莱斯特研究》,《南京师范大学文学院学报》,2010年第1期。
叶立文:《"误读"的方法 新时期初西方现代主义文学的传播与接受》,北京:中国社会科学出版社,2009年。
叶水夫:《五四精神与新时期外国文学工作》,《世界文学》1989年第3期。
叶廷芳:《迪伦马特在中国》,《戏剧艺术》2008年第3期。
叶廷芳:《南方来信》第二集,《文学评论》1964年第6期 。
叶渭渠:《传统与现代》,《世界文学》1989年第6期。
一　鸣:《文学翻译应该评奖吗?》,《世界文学》1982年第3期。
伊恩·P·瓦特:《小说的兴起》,北京:三联书店,1992年。
伊凡诺夫:《苏联文学思想斗争史》,曹葆华,徐云生译,北京:作家出版社,1957年。
伊瓦雪娃:《关于狄更斯作品的评价问题("狄更斯的创作"一书的序言)》,《文史译丛》1956年第1期。
尹　鸿:《徘徊的幽灵:弗洛伊德主义与中国二十世纪文学》,昆明:云南人民出版社,1994年。
于　沁:《美斯通贝克教授谈我国研究翻译福克纳作品的情况》,《外国文学动态》1983年第9期。
余　华:《博尔赫斯的现实》,《读书》1998年第5期。
余一中:《作者死了,可以为所欲为了——〈普希金秘密日记〉是一本伪书》,《俄罗斯文艺》2000年第2期。
余　振:《谈谈普希金的几个译本》,《雪莲》1983年第2期。
袁可嘉:《欧美文学在中国》,《世界文学》1959年第9期。
袁可嘉:《欧美现代十大流派诗选》,上海:上海文艺出版社,1991年。
袁可嘉等:《外国现代派作品选》第二册(上),上海:上海文艺出版社,1981年。
袁水拍:《〈解释一些事情〉后记》,《译文》1954年第11期。
臧克家:《南越英雄赞——读〈南方来信〉》,《人民文学》1964年第6期。
查明建、谢天振:《中国20世纪外国文学翻译史》,武汉:湖北教育出版社,2007年。
詹姆斯·乔伊斯:《都柏林人》,孙梁等译,上海:上海译文出版社,1984年。
詹姆斯·乔伊斯:《一个青年艺术家的画像》,黄雨石译,北京:华夏出版社,2008年。
张柏然、许　钧:《面向21世纪的译学研究》,北京:商务印书馆,2002年。
张汉行:《博尔赫斯在中国》,《当代外国文学》1999年第1期。
张　黎:《多搞些辩证法,少来点偏激性》,《世界文学》1989年第6期。
张隆溪:《评〈英国文学史纲〉》,《读书》1982年第9期。
张梦麟:《我们出版了哪些日本文学作品》,《读书月报》1959年第7期。

张铁夫:《普希金与中国》,长沙:岳麓书社,2000 年。

张 炜:《纯文学的当代境遇》,《鲁东大学学报》(哲学社会科学版)2006 年第 9 期。

张 炜:《融入野地》,北京:作家出版社,1996 年。

张学军:《博尔赫斯与中国当代先锋写作》,《文学评论》2004 年第 6 期。

赵 明:《托尔斯泰·屠格涅夫·契诃夫——20 世纪中国文学接受俄国文学的三种模式》,《外国文学评论》1997 年第 1 期。

赵稀方:《博尔赫斯·马原·先锋小说》,《小说评论》2000 年第 6 期。

赵稀方:《翻译与新时期话语实践》,北京:中国社会科学出版社,2003 年。

赵鑫珊:《弗洛伊德其人及其学说》,《世界哲学》1979 年第 5 期。

赵毅衡:《当说者被说的时候》,北京:中国人民大学出版社,1998 年。

止 庵:《关于翻译的外行话》,《文汇读书周报》2010 年 12 月 17 日。

智 量:《论普希金、屠格涅夫、托尔斯泰》,北京:光明日报出版社,1985 年。

智 量等:《俄国文学与中国》,上海:华东师范大学出版社,1991 年。

中国出版科学研究所:《坚持以马克思主义为指导,繁荣社会主义出版发行事业》,北京:中国书籍出版社,1991 年。

中华人民共和国高等教育部:《英国文学史教学大纲》,北京:高等教育出版社,1956 年。

钟 玲:《美国诗与中国梦:美国现代诗里的中国文化模式》,桂林:广西师范大学出版社,2003 年。

周珏良:《论马克吐温的创作及其思想》,《世界文学》1960 年第 4 期。

朱达秋:《谈学术翻译的常态性批评——兼评别尔嘉耶夫的〈俄罗斯思想〉中译本》,《中国俄语教学》2011 年 1 月。

朱光潜:《对〈关于费尔巴哈的提纲〉译文的商榷》,《社会科学战线》1980 年第 3 期。

朱光潜:《西方美学史》,北京:人民文学出版社,1979 年。

朱 虹:《论萨克雷的创作——纪念萨克雷逝世一百周年》,《文学评论》1963 年第 5 期。

朱于敏:《欧洲十九世纪资产阶级文学中的个人反抗问题》,《文学评论》1960 年第 5 期。

宗 信:《在中德建交 30 周年之际,北京德国图书信息中心凯泽女士谈德国文学在中国》,《文学报》2002 年 10 月 24 日。

邹海崙:《回顾与展望——"全国外国文学现状研讨会"纪实》,《世界文学》1990 年第 1 期。

André Lefevere. *Translation, Rewriting and the Manipulation*. London: Routledge, 1992.

Edwin Gentzler. *Contemporary Translation Theories*. London & New York: Rouledge, 1993.

Judith B. Wittenberg, Faulkner. *The Transfiguration of Biography*. Lincoln: University of Nebraska Press, 1979.

Mary Ann Gillies and Aurelea Mahood. *Modernist Literature: An Introduction*. Edinburgh: Edinburgh University Press, 2007.

Román Álvarez and M. Carmen-África Vidal (edited), "Translation: A Political Act", *Translation Power Subversion*. Clevedon · Philadelphia · Adelaide: Multilingual Matters LTD, 1996.

主要人名索引

N

O

P

Q

R

S

T

W

X

Y

Z